ULRIKE SCHWEIKERT
Das Antlitz der Ehre

Buch

Würzburg um 1430: Mit der Absetzung des Fürstbischofs Johann II. von Brunn hat sich die Stadt aus der eisernen Faust des verschwenderischen Herrschers befreit, aber nicht zur Ruhe gefunden. Der Kampf um die Macht ist entbrannt, und wider Willen findet sich Elisabeth, die Tochter des entmachteten Bischofs, inmitten der politischen Wirren. Ohne es zu wissen, wird sie zum Spielball der Interessen ihres Vaters und ihrer großen Liebe, Albrecht von Wertheim, dem sie versprochen ist. Doch dann stimmt Albrecht zu, Nachfolger ihres Vaters zu werden – und wäre damit für ein weltliches Leben und Elisabeth verloren. Elisabeth muss sich entscheiden, wem sie ihr Vertrauen und ihr Herz schenkt, und erst im letzten Moment erkennt sie, warum Albrecht seinen Schwur gebrochen hat...

Autorin

Ulrike Schweikert arbeitete nach einer Banklehre als Wertpapierhändlerin und studierte Geologie und Journalismus. Seit ihrem fulminanten Romandebüt *Die Tochter des Salzsieders* ist sie eine der erfolgreichsten deutschen Autorinnen historischer Romane. Ihr Markenzeichen sind faszinierende, lebensnahe Heldinnen, was sie in diesem Buch mit der Figur der Elisabeth erneut unter Beweis stellt. Ulrike Schweikert lebt und schreibt in der Nähe von Stuttgart.

Von Ulrike Schweikert bei Blanvalet bereits erschienen:

Das Siegel des Templers (36992)
Die Dirne und der Bischof (37453)
Die Herrin der Burg (37239)
Das Kreidekreuz (37240)
Das Antlitz der Ehre (37242)

Weitere Titel in Vorbereitung

Ulrike Schweikert

Das Antlitz der Ehre

Roman

blanvalet

Verlagsgruppe Random House FSC-DEU-0100
Das FSC®-zertifizierte Papier *Holmen Book Cream*
für dieses Buch liefert Holmen Paper, Hallstavik, Schweden.

1. Auflage
Taschenbuchausgabe April 2012 bei Blanvalet,
einem Unternehmen der Verlagsgruppe
Random House GmbH, München.
Copyright © der Originalausgabe 2010
by Blanvalet Verlag, Munchen, in der Verlagsgruppe
Random House GmbH
Umschlaggestaltung: bürosüd°, München
Umschlagmotive: The Gallery Collection/Corbis;
Cameraphoto/akg-images
HS · Herstellung: sam
Satz: Uhl + Massopust, Aalen
Druck und Einband: GGP Media GmbH, Pößneck
Printed in Germany
ISBN 978-3-442-37242-3

www.blanvalet.de

Kapitel 1

Die Räder der Kutsche rumpelten den unebenen Karrenweg entlang und ließen das prächtige Gefährt von einer Seite auf die andere schwanken. Obwohl sie vierspännig fuhren, kam die Kutsche nur langsam voran.

»Sind wir immer noch nicht da?«, stöhnte eine der beiden Frauen, die sich in der Kutsche auf den wohl gepolsterten Bänken gegenübersaßen. »Ich kann die Stunden nicht mehr zählen, die wir nun schon durchgerüttelt werden. Was ist das nur für ein Einfall, bei diesem Wetter solch eine lange Fahrt zu machen! Ich weiß zwar noch, dass eine Reise über die Landstraße eine arge Plage ist, nur hätte ich mir nicht träumen lassen, dass es in solch einer noblen Kutsche fast noch schlimmer ist, als zu Fuß über Stock und Stein zu gehen.«

Die Miene der Frau gegenüber schwankte zwischen Ärger und Amüsement.

»Urteilst du nicht ein wenig hart, liebe Jeanne? Vielleicht trügt dich da deine Erinnerung.«

Jeanne wollte etwas erwidern, doch stattdessen stieß sie einen Schrei aus, als das linke Vorderrad unvermittelt in eine Mulde sackte und die Kutsche sich zur Seite neigte. Ihr Knie stieß hart gegen das ihrer Gefährtin, ehe sie das Gleichgewicht wiederfinden konnte und in ihre Ecke zurückrutschte.

»Oh, das tut mir leid! Entschuldige, Elisabeth, das lag nicht in meiner Absicht.«

»Ich weiß, Jeanne. Es ist nichts passiert«, beschwichtigte

sie die andere, auch wenn sie sich ihr Knie rieb und das Gesicht vor Schmerz verzog. Elisabeth schob den Vorhang beiseite und spähte hinaus.

»Ich kann nur Bäume nach allen Seiten ausmachen, aber der Weg steigt nun immer steiler an. Ich denke, wir haben die Burg bald erreicht.«

Als der Weg sich wieder abflachte, traten die Bäume zurück, und das späte Licht des Tages drang in die Kutsche. Elisabeth beugte sich ein wenig vor. Sie fuhren nun einen Höhenrücken entlang, dessen grasgrüne Oberfläche nur durch ein wenig Buschwerk unterbrochen wurde. Die Bäume, die hier früher einmal dicht an dicht in den Himmel geragt hatten, waren längst abgeschlagen worden. Einige der Baumstümpfe moderten noch vor sich hin.

Es war nicht nur die Folge des Bedarfs der Burg an Bauholz und Brennmaterial. Man war stets darauf bedacht, gute Sicht auf das umliegende Gelände zu behalten und einem möglichen Feind jede Deckung zu nehmen.

»Dort ist sie!«, rief Elisabeth und deutete nach vorn. »Ich kann den Bergfried sehen und die Ringmauer mit dem Torturm.«

Jeanne drängte sich neben sie ans Fenster. Je näher sie kamen, desto mehr Einzelheiten konnten die Frauen ausmachen. Die Französin nickte anerkennend.

»Das ist eine ordentliche Burg. Nicht so groß wie Unser Frauenberg, aber vielleicht ebenso gut gesichert. Sieh dir nur die beiden Ringmauern und die vielen Türme an.«

Die beiden Bewaffneten, die bis dahin hinter der Kutsche hergeritten waren, überholten sie nun und sprengten davon, um ihre Ankunft zu melden, damit die Brücke herabgelassen und das Tor geöffnet sein würde, wenn die Kutsche ihr Ziel erreichte.

»Ob es klug ist, dem Bischof eine solche Festung zu überlassen?«, fügte Jeanne nachdenklich hinzu.

Elisabeth wiegte den Kopf. »Ja, ich weiß nicht, ob er den Palas bequem und geräumig genug findet.«

Jeanne schnaubte undamenhaft durch die Nase. »Das habe ich nicht gemeint!«

»Ich weiß, was du gemeint hast, aber ich möchte keine weiteren Verleumdungen gegen den Bischof hören. Er hat eingesehen, dass seine Regierung dem Land schadet, und übergab deshalb alle politischen Geschäfte dem Pfleger von Wertheim. Das ist eine großmütige Tat, Würzburg und den Marienberg zu verlassen und sich hier in den dichten Wäldern auf den Zabelstein zurückzuziehen.«

»Ob das aus Einsicht herrührt? Ich dachte eher, das Kapitel und der fränkische Adel mussten ihn zu diesem Schritt zwingen«, murmelte das Kammermädchen.

Elisabeth runzelte die Stirn. »Du scheinst zu vergessen, dass er mein Vater ist.«

Jeanne lehnte sich wieder in die Polster der prächtigen Bischofskutsche zurück. »Nein, ich habe es nicht vergessen. Wie sollte ich? Müsste ich sonst nicht noch immer bei der Eselswirtin leben und den Männern Nacht für Nacht zu Diensten sein? Nur weil du seine Tochter bist, konntest du mich und Gret freikaufen.«

Elisabeth legte ihre Hand auf das Knie der früheren Dirne. »Denk nicht zurück. Vergiss die Zeit am besten.«

»Wie sollte ich?«, widersprach das Kammermädchen. »Kannst du einfach vergessen und den Träumen und Erinnerungen befehlen?«

Die Herrin seufzte. »Nein, das kann ich nicht. Bei Tage geht es recht gut, doch ich fürchte noch immer die Nächte.«

Jeanne nickte. »Ich weiß. Du sprichst oft im Schlaf. Von Else redest du und den anderen Frauen und von Meister Thürner, unserem Henker. Vergangene Nacht hast du von einem Ritter von Thann geredet.«

Fast ein Jahr hatte Elisabeth das Leben der Frauen in

Elses Haus geteilt, nicht wissend, wer sie war und woher sie kam. Und auch nicht, woher der Schlag auf den Kopf gekommen war, der sie für so lange Zeit ihres Gedächtnisses beraubt hatte, bis die Erinnerungen endlich zurückkehrten.

Elisabeth zog eine Grimasse. »Ja, so manches verfolgt mich, auch wenn ich immer wieder erstaunt feststelle, dass nicht alle Erinnerungen an diese Zeit schlecht sind. Manches Mal ist es fast so, als würde ich die anderen Frauen vermissen.«

Jeanne lächelte. »Dass selbst du das sagst, die in einem Frauenhaus nichts verloren hatte! Nicht wie wir anderen. Es war unser Schicksal, dass unser Weg uns in Elses Haus brachte.«

»Nichts im Frauenhaus verloren?«, wiederholte Elisabeth, und ihre Stimme klang bitter. »Nein, nicht *im* Frauenhaus. Verloren habe ich mein Gedächtnis und damit meine Vergangenheit auf der Marienfestung durch den heimtückischen Anschlag der Männer, die meinem Vater ans Leben wollten.«

»Die beiden Ritter sind tot, und alles ist jetzt wieder gut«, beschwichtigte Jeanne die Freundin, die nun auch ihre Herrin war.

»Alles?«, sagte Elisabeth zweifelnd und richtete ihren Blick wieder auf die Burg vor sich, deren Mauern nun über ihnen aufragten und ihre Schatten über die Ostflanke warfen, die wie die Hänge im Norden und Westen steil abfiel. Nur nach Südosten war der Berg über einen mäßig ansteigenden Grat mit Pferd und Wagen zu erreichen. Hier sicherte ein tiefer Graben mit Türmen, Tor und Ziehbrücke den Zugang.

Die Räder des Wagens rumpelten über die Planken, und die Frauen erhaschten einen Blick in den von Unrat und Morast bedeckten Graben, ehe die Mauern sie umschlossen. Für einen Augenblick schwebten die Spitzen eines aufgezogenen Fallgitters über den Pferden und der Kutsche, dann fuhren die Reisenden in den Hof ein. Der Ruf des Kutschers ertönte, und die vier kräftigen Braunen kamen zum Stehen. Kurz darauf wurde der Wagenschlag aufgerissen, und der Kutscher half Elisabeth beim Aussteigen. Jeanne raffte ihre Röcke und kletterte hinterher. Staunend sah sie sich um.

»Bleib du bei unseren Kisten und sieh, wohin man sie bringt. Ich weiß nicht, wo unser Gemach sein wird«, wies Elisabeth sie an. Jeanne knickste und senkte den Blick.

»Jawohl, Herrin, wie Ihr wünscht«, sagte sie artig, wie sie es immer tat, wenn die beiden Frauen nicht alleine waren. Elisabeth fand zwar, dass sie es ein wenig übertrieb, Jeanne aber blieb dabei. Ob das Verhältnis zwischen Herrin und Kammermädchen so ihren Vorstellungen entsprach oder ob sie es sich irgendwo abgesehen hatte, wusste Elisabeth nicht. Und vielleicht war es ja ganz gut so, dass Jeanne darauf achtete, dass sie sich unter den scharfen Augen ihrer Umgebung so verhielten, wie man es von ihnen erwarten durfte. Ein zu vertraulicher Umgang mit ihren Mägden wäre ihrem eh schon ein wenig angeschlagenen Ruf vielleicht abträglich gewesen. Also erwiderte Elisabeth die Worte nur mit einem knappen Nicken und ließ Jeanne bei ihrem Gepäck zurück, während sie selbst dem Diener folgte, der sie die Stufen zum Palas hinauf und zu ihrem Vater brachte, dem von seinen Regierungsgeschäften abgesetzten Würzburger Fürstbischof Johann II. von Brunn.

»Sieht sie nicht ganz wunderbar aus, die Jungfrau Elisabeth, Eure liebreizende Tochter, verehrter Herr... ah... ich meine natürlich Eure bischöfliche Gnaden.«

Wieder einmal spürte Elisabeth den Drang, sich unter dem spöttischen Blick des Hofnarren zu ducken, doch sie unterdrückte ihn und richtete sich stattdessen noch ein wenig stolzer in ihrem Scherenstuhl auf.

Friedlein war für einen Mann ein wenig klein gewachsen, gar einige Zoll kleiner als Elisabeth, dafür von kräftigerem Körperbau. Sein linkes Bein war ein wenig kürzer als das andere und zwang ihn zu einem hinkenden Gang, sein Gesicht, das von dunklem, fast schwarzem Haar umrahmt wurde, wirkte irgendwie schief. Die grünen Augen dagegen sahen hell und klar in die Welt und sandten einen solch intensiven Blick aus, dass man ihm nur schwer standhalten konnte.

Er war ein intelligenter Mann, wortgewandt und voller Scharfsinn, wenn es darum ging, die politische Lage einzuschätzen. Vielleicht hatten seine körperlichen Mängel ihm den Posten als Berater eines Fürsten verwehrt, sodass er ins Narrengewand schlüpfte, um seine Meinung kundtun zu können und auch gehört zu werden. Bischof Johann jedenfalls schätzte die Ansichten seines Hofnarren, der von jeher mehr Ratgeber denn Possenreißer gewesen war.

Elisabeths Gefühle dem Mann gegenüber waren gemischt. Sie achtete seinen klugen Geist, fürchtete sich aber ein wenig vor seiner scharfen Zunge, denn einen Vorteil hatte der Posten des Narren für Friedlein allemal: Er durfte viel mehr aussprechen, ohne die Entlassung oder eine Strafe befürchten zu müssen, als andere Berater. Eine scharfe Zunge war bei einem Hofnarren geschätzt, bei Ratgebern nur selten. Und gerade deshalb fühlte sich Elisabeth, seit sie die Schande ihrer Zeit im Frauenhaus mit sich trug, in seiner Gegenwart unwohl. Bildete sie sich das nur ein oder legte er eine besondere Betonung auf das Wort Jungfrau?

Er konnte um ihr Geheimnis nicht wissen. Ihr Vater würde nicht über diese Schmach sprechen, nicht einmal mit dem von ihm so hochgeschätzten Friedlein. Das hoffte sie zumindest. Vielleicht bezog sich der Spott ja auch auf den jungen Domherrn Albrecht von Wertheim, der für sie bereit war, der kirchlichen Laufbahn, die er eben erst begonnen hatte, wieder zu entsagen. Dachte der Narr, sie habe seinem Werben bereits zu weit nachgegeben?

Nun, diese Vermutung war für sie weniger gefährlich, als wenn er in ihrer Vergangenheit kramen und das Jahr, das sie angeblich im Kloster verbracht hatte (wie die offizielle Erklärung ihres Verschwindens lautete), näher untersuchen würde.

»Ja, meine Tochter sieht prächtig aus, Friedlein«, bestätigte Johann von Brunn mit Stolz. »Komm her, meine Liebe. Es ist schön, dass du dich doch noch besonnen hast, das schwere Los, das man mir aufgebürdet hat, mit mir zu teilen.«

Elisabeth schüttelte den Kopf. »Nein, Vater.« Die Anrede schmeckte noch immer ein wenig seltsam, obgleich sie früher als Kind keine Schwierigkeiten damit gehabt hatte. »Ich komme nur, um nach Euch zu sehen und mich davon zu überzeugen, dass Ihr Euch wohl befindet.«

»Und dann? Wirst du sogleich zu Unser Frauenberg zurückkehren?« In seinem Tonfall schwang die Kränkung mit.

»Ja«, antwortete sie nur. Er wusste von ihren Plänen. Warum sie noch einmal aussprechen? Der Hofnarr schien allerdings nichts dabei zu finden, die Wunde noch einmal aufzureißen.

»Sie wird den jungen Domherrn Albrecht von Wertheim ehelichen, wenn er kein Domherr mehr ist, sondern wieder Ritter. Nicht mehr Euer Ritter natürlich, Exzellenz. Nein, ich vermute, eher der seines Bruders, des Pflegers Johann von Wertheim, der Euch als Bischof folgen wird, wenn Ihr – wie von vielen bereits sehnsüchtig erwartet – bald für immer die Augen schließt.«

Elisabeth zuckte zusammen und warf ihrem Vater einen Blick zu. Der schien sich nicht wirklich zu ärgern, obwohl er einen leeren Zinnbecher ergriff und nach seinem Hofnarren warf, der diesem jedoch geschickt auswich. Der Becher prallte gegen die Wand und blieb verbeult am Boden liegen.

»Vater, ich liebe Albrecht«, sagte Elisabeth. Sie ignorierte Friedlein, der spöttisch »Oh, die Liebe! Welch starke, himmlische Macht« murmelte.

»Steht es nicht schon in der Bibel, dass die Tochter ihr Vaterhaus verlassen und ihrem Gatten nachfolgen wird?«

»Du hast ja recht, meine Liebe, dennoch hätte ich dich gerne um mich. Geradina ist erst seit einer Woche hier, und ich muss gestehen, sie geht mir jetzt schon auf die Nerven.«

Elisabeth erwiderte nichts. Was sie über die jüngste einer ganzen Reihe von Mätressen des Bischofs dachte, behielt sie lieber für sich. Dass sich ihr Vater mit seinen mehr als siebzig Lebensjahren überhaupt noch mit Mätressen umgab, konnte ihr nicht gefallen, selbst wenn er nicht Bischof gewesen wäre. So schwieg sie lieber und ergriff die ihr entgegengestreckte Hand, um einen Kuss auf den Ring zu hauchen. Er war mit einem wertvollen Edelstein geschmückt, zeigte aber nicht das Siegel des Würzburger Fürstbischofs. Natürlich, das Siegel hatte der Vater in die Hände des Pflegers legen müssen, der nun die Regierungsgeschäfte für ihn übernahm, um das Land aus seinen zerstörerischen Fehden zu führen und vor allem von der drückenden Schuldenlast zu befreien, an der Johanns leichtfertige Lebensweise maßgeblich Schuld trug.

Ja, seine verschwenderische Hofhaltung und seine Schwäche für Mätressen musste sie ihm zur Last legen, und dennoch sah sie ihn mit gemischten Gefühlen entmachtet im Saal der Burg sitzen, die die Domherren ihm für seine letzten Jahre bis zu seinem Tod zugewiesen hatten. Bis es so weit sein würde, durfte er sich noch Bischof nennen. Das zumindest hatten sie ihm nicht genommen. Zu Elisabeths Überraschung schien ihr Vater recht guter Dinge zu sein und sich über den Verlust seiner Macht nicht zu grämen, abgesehen davon, dass er betonte, mit den wenigen Gulden, die das Kapitel ihm zubilligte, nicht weit zu kommen.

»So schlimm steht es doch gar nicht«, widersprach Elisabeth. »Ihr habt die Burg Zabelstein und Schloss Aschach mit allen Gütern und Einkünften zugesprochen bekommen und dreitausend Gulden jährliche Leibding.«

Der Bischof seufzte, sein Narr aber lachte.

»Dreitausend? Was sind dreitausend Gulden, wenn man einen fürstlichen Hof führen will?«

Elisabeth dachte an die wenigen Pfennige, die ein Handwerker am Tag verdiente, ja, und an die Münzen, die sie sich im Frauenhaus so schwer hatte verdienen müssen. Dreitausend Gulden! Es war für sie fast unvorstellbar, dass man in einem Jahr so viel Geld ausgeben konnte. Und dennoch hatte auch sie früher leichtfertig in die Schatulle des Vaters gegriffen, um sich teure Gewänder nähen zu lassen, Geschmeide anzufertigen oder die wundervollen Pferde zu kaufen, die sie so gerne ritt. War es nicht scheinheilig, wenn sie, die Tochter der Sünde, ihm Vorhaltungen machte?

Vielleicht ahnte der Bischof ihre Gedanken, denn er erhob sich schwerfällig aus seinem tiefen Polsterstuhl.

»Du darfst dich nun zurückziehen, meine Tochter, und ein Gewand anlegen, das meine Sinne erfreut. Ich werde nach dem Küchenmeister rufen lassen und ihm auftragen, eine besonders reiche Tafel zur Feier des Tages zu richten.«

Elisabeth erhob sich ebenfalls. »Das ist nicht nötig, Vater. Ich esse nicht viel. Ein leichtes Mahl wird mir genügen.«

»Das waren die falschen Worte«, tadelte der Hofnarr, dem die finstere Miene des Bischofs ebenfalls nicht entgangen sein konnte. »Wisst Ihr denn nicht mehr, dass es nur wenige Dinge gibt, die Seiner Exzellenz mehr Vergnügen bereiten als eine wohl gedeckte Tafel, die sich unter der Last der Speisen zu biegen scheint? Wobei der Wein natürlich nicht fehlen darf. Nein, wenn ich nachdenke, fällt mir nicht viel anderes ein, das ihm ein heiteres Gemüt und ein strahlendes Antlitz bereitet – und das, was mir sonst noch in den Sinn kommt, wäre in diesem Rahmen nicht anständig zu erwähnen«, fügte er mit einem unverschämten Grinsen an. »Ja, Essen und Trinken ist die Lust der späten Jahre, denn die Zeiten, da der Herr verwegen zur Jagd geritten ist und bei seinen Turnieren sich am liebsten selbst in den Sattel geschwungen hat, sind wohl vorbei.«

»Ich bin noch immer ein guter Reiter!«, widersprach der Bischof.

»Aber ja, Herr, keiner macht im Sattel eine so gute Figur wie Seine Exzellenz«, sagte Friedlein mit Spott in der Stimme, sodass der Bischof vermutlich erwog, noch einen Becher nach seinem Narren zu werfen. Er entschied sich dagegen, rief stattdessen einen Diener und verabschiedete Elisabeth mit freundlichen Worten.

»Wie schön, dass ihr wohlbehalten zurück seid!«, schallte es ihnen entgegen, als Elisabeth und Jeanne einige Tage später vom Zabelstein nach Würzburg zurückkehrten.

Eine burschikos wirkende Frau mit flammend rotem Haar, von dem einige Strähnen unter ihrer Haube hervorlugten, eilte mit ausgebreiteten Armen auf die Kutsche zu und schloss dann Jeanne in die Arme, dass deren Rippen knackten und sie vor Empörung aufschrie. Elisabeth schenkte sie nur ein Lächeln und ein Kopfnicken. Sie hier im Hof der Festung Marienberg zu umarmen wäre unschicklich gewesen.

»Ich grüße dich, Gret«, erwiderte Jeanne, als sie wieder zu Luft kam. »Du hast dich doch nicht etwa um uns gesorgt? Dass wir in die Hände von Strauchdieben gefallen sind oder in die eines der unzähligen Ritter, die der Bischof erzürnt hat und die ihm deswegen den Fehdebrief geschickt haben?« Sie zwinkerte vergnügt.

Gret winkte ab. »Aber nein, warum sollte ich mir um dich Sorgen machen? Unkraut vergeht nicht.« Jeanne stieß einen Ruf der Empörung aus und knuffte Gret am Oberarm. Doch die Küchenmagd sprach weiter, als sei nichts geschehen.

»Nein – wenn, dann galt meine Sorge unserer zarten Elisabeth.«

Diese zog eine Grimasse. »Zart? Ich glaube, die Zeiten sind schon lange vorbei. Aber danke, dass du dich gesorgt hast. Bist du zur Messe gegangen und hast für unsere sichere Rückkehr gebetet? Hast gar eine Kerze für uns gestiftet?«, fügte sie neckend hinzu.

Gret grinste und schüttelte den Kopf. »Nein, so weit bin ich nicht gegangen. Obwohl sich hier auf dem Marienberg einiges geändert hat, seit Pfleger Johann das Zepter schwingt. Die Kapläne lesen regelmäßig die Messe, und es geht sogar manch einer hin, um zuzuhören. Und auch der Pfleger selbst ist ungewöhnlich häufig in der Kirche anzutreffen.«

»Im Gegensatz zu Bischof von Brunn früher«, ergänzte Jeanne, brach dann aber ab, als Elisabeth das Gesicht verzog.

»Entschuldige bitte, ich wollte nichts Schlechtes über deinen Vater sagen.«

»Was wahr ist, darf man auch sagen«, widersprach Gret.

Elisabeth nickte. »Es entspricht leider der Wahrheit, dass der Bischof viele Jahre seine seelsorgerischen Pflichten arg vernachlässigt und selbst seine eigene Kirche hier auf der Burg nur selten betreten hat«, gab Elisabeth zu, doch dann wurde ihre Aufmerksamkeit von jemandem in Anspruch genommen, der oben auf den Stufen erschien, die zum großen Festsaal und zu den Gemächern der Fürstbischöfe im alten Palas führten.

Elisabeth merkte selber, wie sich ein Strahlen über ihrem Gesicht ausbreitete. Gret stieß Jeanne in die Rippen, und die beiden tauschten Blicke.

»Albrecht!« Sie war ihm die ersten Schritte bereits entgegengeeilt, als sie sich der beiden Freundinnen erinnerte, die noch immer neben der Kutsche standen.

»Ihr verzeiht?«

Die beiden lächelten. »Aber ja, gnädiges Fräulein«, sagte Gret mit warmer Stimme. »Geh du nur zu deinem Liebsten. Musst du da erst deine Mägde um Erlaubnis fragen?«

»Nein, das nicht, aber es ist nicht höflich, einfach so davonzulaufen.«

Gret verbeugte sich. »Dann danken wir für die höfliche Rücksicht. Und nun mach, dass du fortkommst!«

Doch statt dem Drängen zu folgen, ihm entgegenzulaufen, raffte Elisabeth den Saum ihres langen Reisekleides nur einige Zoll und ging, wie es sich gehörte, gemessenen Schrittes auf ihn zu. Albrecht kam ihr entgegen, und obgleich er heute wieder das lange Gewand der Domherren trug und nicht wenige Leute im Hof unterwegs waren, umarmte er sie kurz, als sie endlich vor ihm stand. Dass er sie gerne auch geküsst hätte, konnte sie in seiner Miene lesen. So weit ließ er sich jedoch nicht treiben.

»Ich habe sehnsüchtig die Tage gezählt, bis du endlich wieder da bist«, sagte er überschwänglich, obwohl sie kaum mehr als eine Woche auf dem Zabelstein geweilt hatte. »Komm, lass uns ein paar Schritte spazieren gehen, und berichte mir, wie es dir ergangen ist.«

Elisabeth willigte gerne ein. Es war für sie die einzige Möglichkeit, alleine miteinander zu sprechen, ohne Anstoß zu erregen. Im großen Saal war immer ein Kommen und Gehen. Ungestört würden sie dort nicht sein. Sich ohne Begleitung in ein Gemach zurückzuziehen kam gar nicht infrage. Das hätte zu Recht Anlass zu Gerede gegeben. Nicht, dass man es hier auf der Bischofsburg unter Johann von Brunn mit der Moral besonders genau genommen hätte. Aber gerade die über Jahre hinweg üblichen Ausschweifungen würden den Schluss nahelegen, dass es mit Elisabeths Moral ebenfalls nicht weit her sei. Und das konnten weder Albrecht noch Elisabeth wünschen. Lag nicht schon allein durch ihre uneheliche Geburt ein unauslöschlicher Schatten auf ihr? Ein Schatten, den die Menschen gern zu übersehen bereit waren, solange es sich bei dem Vater um einen hochadeligen und mächtigen Mann handelte!

Sie schritten zwischen dem Gewirr kleiner, aus Holz errichteter Häuser hindurch, das den Innenhof der Festung weitgehend ausfüllte, vorbei an der Basilika und der hohen Warte, die sich weithin sichtbar aus der Mitte des Hofes erhob. Die

Wächter verbeugten sich höflich, als sie das innere Tor und die vorgelagerte Barbakane zur Vorburg durchschritten. Für einige Augenblicke blieben sie an der Pferdeschwemme stehen, durch die zwei Knechte gerade die prächtigen Rappen trieben, die der Bischof erst vor einigen Wochen erstanden hatte. Nun gehörten sie zum Besitz der Festung und wurden von Albrechts Bruder verwaltet, wie er sagte. Vielleicht würde er sie verkaufen. War nicht jeder Gulden in dieser misslichen Lage, in der sich das Bistum befand, wichtig?

Elisabeth versuchte, keinen Groll zu empfinden. Diese schönen Pferde standen weder ihr noch ihrem Vater zu. Rasch wandte sie sich ab und folgte Albrecht durch das äußere Tor. Als sie von den Wachen nicht mehr gesehen werden konnten, blieben sie stehen. Albrecht wandte sich ihr zu. Seine Hände verharrten einen Moment reglos in der Luft. Erst als sie seine lautlose Frage mit einem leichten Nicken beantwortete, legte er seine Arme um sie und zog Elisabeth an sich. Zart küsste er sie auf den Mund.

»Du musst dir keine Sorgen machen. Alles wird gut«, bekräftigte er, obwohl sie ihre Sorgen noch gar nicht geäußert hatte.

»Wir werden uns schon bald ein eigenes Haus suchen, in dem wir leben können. Vielleicht in Würzburg, ich weiß es noch nicht. Ach, ich stelle es mir wunderbar vor heimzukommen und von meiner Hausfrau – meiner Elisabeth – erwartet zu werden.« Er strahlte sie an.

»Wir werden Unser Frauenberg verlassen?«, hakte sie erstaunt nach. »Aber warum denn? Warum die Eile? Ich habe meine Gemächer, und auch du bist gut untergebracht. Wir können eine Hochzeit doch nicht so überstürzen. Das würde deiner Familie nicht gefallen. Und du dachtest doch nicht etwa daran, mit mir vor der Eheschließung ein gemeinsames Haus zu beziehen?«

»Nein, natürlich nicht«, rief er entrüstet. »Ich würde nichts tun, an dem dein Ruf Schaden nehmen könnte. Ich würde natürlich bis zu unserer Hochzeit nicht bei dir wohnen können, aber wenn du dein Kammermädchen hast und ich eine ältere Cousine zu deiner Gesellschaft so lange dort einquartieren würde, dann sollte niemand Anstoß daran nehmen.«

»Ich habe hier meine Gemächer«, wiederholte Elisabeth.

Nun schien Albrecht verlegen. »Ja, ich weiß. Dein Vater hat sie dir eingerichtet, aber er ist nicht mehr Herr dieser Festung, weißt du, und wenn nun der Pfleger oder ein anderer Obmann die Burg führt, wird er hier einziehen und die Räume des Bischofs übernehmen.«

Elisabeth dämmerte, wovon er sprach. Warum war sie noch nicht selbst darauf gekommen? »Ich muss aus meinen Gemächern, die ich seit meiner Kindheit bewohnt habe, ausziehen?«

Albrecht nickte mit zerknirschter Miene. »Ja, leider ist es so. Und es wäre gut, wenn es bald geschehen würde...«

»Sagt wer?«, gab Elisabeth kriegerisch zurück. Obwohl sie einsah, dass er recht hatte, wollte sie sich nicht so plötzlich ihres Heims verweisen lassen.

»Der Pfleger, dem das Kapitel die Rechte und Pflichten des Bistums und des Landes übertragen hat«, antwortete er ein wenig steif.

»Dein Bruder Johann?«, wiederholte sie ungläubig, obwohl das auch in ihrem Sinne sein musste. Wie konnte sie mit einem Domherrn zusammen im Palas leben? Nein, er war mit seiner Forderung im Recht, und dennoch ärgerte sie die Eile, mit der er ihr ihr Heim zu entziehen suchte. Und dass er mit seinem Bruder darüber gesprochen hatte statt mit ihr selbst. Stand ihr nicht wenigstens das zu? Oder würden stets Männer über ihr Geschick entscheiden?

»Er ist auf unserer Seite«, versicherte Albrecht. »Du darfst ihm nicht zürnen. Es würde sich wirklich nicht schicken. Nein, es ist ganz unmöglich, dass du hier im Palas des Marienberges bleibst.«

Resignierend hob sie die Schultern. »Nun gut, dann sei es so, wie es sein muss. Warum aber in Würzburg ein eigenes Haus? Wird dein Vater nicht wollen, dass du erst einmal auf die elterliche Burg heimkehrst, und dir dann eine seiner Festen überlassen?«

Albrecht wand sich. »Ja, vielleicht, das weiß ich nicht.«

»Du weißt es nicht? Ja hast du denn mit deinem Vater nicht darüber gesprochen?«

»Nein, noch nicht; ich werde es jedoch beizeiten tun.«

Elisabeth runzelte die Stirn. »Ihr habt über die Hochzeit gesprochen, aber nicht darüber, wo wir wohnen werden? Das verstehe ich nicht.« Als Albrecht schwieg und den Blick abwandte, wurde es ihr klar.

»Du hast noch gar nicht mit deinem Vater gesprochen? Warum denn nicht? Hat er unserer Verbindung nicht immer wohlwollend entgegengesehen? Er weiß, dass du dich mir versprochen hast.«

»Ja, das ist wahr. Das war bevor ... nun ja ... ehe all das geschehen ist.« Er machte eine ausholende Geste, die sie und die ganze Festung erfasste.

Elisabeth wich ein Stück zurück. Hatte er von ihrer Schande erfahren? Wusste er von ihrem Jahr im Frauenhaus? Und wusste auch sein Vater davon und lehnte sie deshalb als Gemahlin seines Sohnes ab? Verständlich, aber wie konnte das sein? Noch ehe sie die Frage formulieren konnte, wurde ihr klar, dass Albrecht nicht davon sprach, was *ihr* geschehen war.

»Stört er sich an meiner unehelichen Geburt?« Sie blickte Albrecht provozierend an. Er blieb stumm.

»Davon wusste er, seit er mich als Kind das erste Mal sah, und dennoch hatte er früher nichts dagegen einzuwenden, dass ich die Tochter des Bischofs bin.«

»Das schon. Nun ist die Lage jedoch eine andere«, sagte er schwach.

»Du meinst, jetzt, nachdem mein Vater seiner Regierungsgeschäfte enthoben und in die Verbannung geschickt wurde, bin ich keine geeignete Gattin mehr für seinen Sohn, weil Bischof von Brunn nun kein Geld und keine Macht mehr an die Mitglieder seiner Familie und Verbündeten vergeben kann, nicht wahr? Denn darin war er stets mehr als großzügig. Ja, ich erinnere mich, das war einer der Vorwürfe, weswegen das Domkapitel ihn absetzte. Aber das war es auch, was mich in den Augen deines Vaters – trotz des Makels meiner Geburt – als geeignete Braut erscheinen ließ. Ich verstehe. Dieser Vorteil ist nun geschwunden, und nur der Makel ist geblieben.«

»Sprich nicht so«, bat Albrecht und griff nach ihren Händen, doch sie entzog sie ihm und wich zurück.

»Ist es nicht wahr?«

Er wand sich, nickte dann aber kleinlaut. »Ja, doch du darfst nicht denken, dass ich seine Ansichten teile. Mir ist es gleich, ob eine Ehe mit dir meiner Familie Vorteile bringt oder nicht. Nur du bist mir wichtig! Ich brauche weder das Geld noch die Pfründe, die dein Vater verteilen konnte«, fügte er leidenschaftlich hinzu.

Nun war es Elisabeth, die nach seinen Händen griff. »Ich glaube dir. Aber so einfach ist es nicht. Wie stellst du dir das vor? Willst du mich gegen den Willen deines Vaters und ohne sein Wissen heiraten und darauf hoffen, dass er dir irgendwann vergibt? Wovon sollen wir leben, wenn du in Ungnade fällst? Wie du weißt, habe ich keine üppige Mitgift mehr zu erwarten!«

Ein trotziger Zug trat in seine Miene. »Mein Bruder steht noch immer hinter mir. Er hat nichts dagegen, wenn ich dich heirate, und wird mich in sein Gefolge nehmen. Jetzt ist er erst Pfleger des Stifts, aber wenn der Bischof endlich...« Er hielt inne und setzte neu an. »Ich meine, später, wenn vom Kapitel ein neuer Bischof gewählt wird, dann werden sie ihn in das hohe Amt berufen, so steht es im Vertrag. Dann haben wir keine Sorgen mehr, ganz gleich, was mein Vater dazu sagt. Mein Bruder Johann wird unser Schirm und Schutz sein. Dafür stehe ich mit meinem Schwert an seiner Seite. Ich denke, er wird uns dann auch einige Räume hier auf der Festung zur Verfügung stellen, sodass du in dein Heim zurückkehren kannst – wenn auch sicher nicht in die Gemächer deiner Kindheit«, fügte er rasch noch hinzu. Er wagte es, ihr Gesicht zwischen seine Hände zu nehmen und ihre Stirn zu küssen. Seine Stimme klang zärtlich.

»Mach dir keine Sorgen. Es wir alles gut. Deine Geburt ist nicht deine Schande. Sie ist die deines Vaters und deiner Mutter, die als eheliche Ratsherrenfrau ihren Gatten verlassen hat, um an der Seite des Bischofs jahrelang ein sündiges Leben zu führen. Du hast dir nichts zu Schulden kommen lassen, und nur das zählt. Für mich liegt kein Schatten über dir. Du bist so glänzend rein wie die Jungfrau Maria im Himmel.«

Obwohl er ihr mit den Worten sicher hatte schmeicheln wollen, breitete sich in ihr Entsetzen aus, und Elisabeth taumelte zurück.

»Was ist, Geliebte? Du bist plötzlich so blass. Bekommt dir die Sonne nicht? Sollen wir zurückgehen?«

Elisabeth schüttelte heftig den Kopf. »Nein, das ist es nicht. Du irrst dich in mir. Ich bin ganz bestimmt nicht strahlend rein! Es wäre Blasphemie, mich mit der Jungfrau Maria zu vergleichen.« Rasch bekreuzigte sie sich. »Ich bin eine Sünderin! Nenn mich besser Magdalena. Nein, unterbrich mich nicht, ich muss es dir erzählen, bevor du dich an mich bindest, denn ich könnte es nicht ertragen, wenn du irgendwann einmal davon erfährst und dich dann getäuscht und verraten fühlst. Ich müsste sterben, wenn du dann deine Liebe von mir wenden würdest«, fügte sie leise hinzu.

»Jeder von uns ist ein Sünder«, sagte er sanft. »Nichts, was du getan haben könntest, würde meiner Liebe zu dir auch nur einen Streich versetzen.«

»Sag so etwas nicht so leichtfertig. Nicht, solange du nicht alles gehört hast«, gab Elisabeth mit erstickter Stimme zurück. Tränen traten ihr bei dem Gedanken in die Augen, welche Worte sie gleich würde aussprechen müssen, und bei der Furcht, Entsetzen und dann Ablehnung oder gar Abscheu in seinen Augen zu lesen. War ihr Traum heute und hier zu Ende? Was würde aus ihr werden, wenn Albrecht sich nun von ihr abwandte? Sie wagte kaum zu hoffen, dass seine Liebe stark genug war, die grausame Wahrheit zu überstehen.

Was blieb ihr dann noch? Vielleicht war der Wunsch ihres Vaters, sie in seiner Verbannung an seiner Seite zu wissen, ihre einzige Wahl. Und wenn er dereinst nicht mehr sein sollte? Nein, darüber durfte sie im Augenblick nicht nachdenken. Sonst würde sie der Mut verlassen, und sie würde die Kraft zu dieser Beichte nicht finden.

»Nun?«, half Albrecht nach, der ihren inneren Kampf aufmerksam verfolgte. »Was liegt dir so schwer auf dem Herzen? Lass mich dir deine Sorgen nehmen. Oder schweig, wenn es dir lieber ist. Ich verzeihe dir alles, auch ohne es aus deinem Mund gehört zu haben.«

Ach, wie verlockend die Versuchung sie umgarnte! Aber Elisabeth wusste, dass Albrechts Fantasie nicht so weit ging, den wahren Schrecken zu erfassen. Wie konnte sie! War dies nicht eine ganz unglaubliche Geschichte, die eigentlich so nicht geschehen konnte? Und doch hatte Elisabeth sie erlitten. Konnte eine unschuldige Liebe so stark sein, so etwas zu überdauern?

Elisabeth räusperte sich. »Du hast gehört, dass ich mich in ein Kloster zurückgezogen und ein Jahr lang unter den Nonnen gelebt habe.« Sie holte tief Luft, aber ehe sie weitersprechen konnte, unterbrach sie ein Ruf vom Tor her.

»Herr? Ach, hier seid Ihr! Ich habe Euch schon überall gesucht.«

Gunter, Waffenknecht und Diener des jungen von Wertheim, kam über die Wiese geeilt.

Albrecht wandte sich ihm zu. »Was ist denn? Du siehst, ich habe keine Zeit für dich.«

»Es ist wichtig, hat der Herr Pfleger, Euer Bruder, mir gesagt. Ich solle Euch sofort suchen und zu ihm bringen. So waren seine Worte, und wie kann ich etwas dagegen sagen?« Entschuldigend hob er die Achseln. »Jungfrau Elisabeth, es tut mir leid zu stören.«

Albrecht stieß etwas aus, das ein wenig nach einem Fluch klang. »Nein, natürlich konntest du nicht anders. Dann sage meinem Bruder, dass ich sogleich zu ihm komme. Ich geleite nur noch meine Dame zu ihren Gemächern.«

»Natürlich, Herr.« Gunter verbeugte sich hastig und eilte zur Festung zurück. Albrecht bot Elisabeth den Arm. »Mein Herz, wir müssen uns schon wieder trennen. Die Pflicht ruft. Du weißt, dass ich meinen Bruder nicht erzürnen sollte. Also verzeih die Unterbrechung. Beschwere deinen hübschen Kopf und dein liebes Herz nicht mit Zweifeln. Nichts und niemand wird uns unser Glück rauben können. Hab Vertrauen!«

Elisabeth schob die Hand in seine Armbeuge und ließ sich in die Festung zurückgeleiten. Sie schwieg. Nichts, was ihr auf der Seele brannte, hätte sie hier auf dem Weg so einfach erzählen können.

Kapitel 2

*D*a seid Ihr ja, mein Herr und Bischof«, sagte der Narr in seiner üblichen spöttischen Art, und auch seine Verbeugung war ganz und gar nicht ehrerbietig, wie ein Fürstbischof – auch ein entmachteter Fürstbischof? – es verlangen durfte. Er hatte seinen Herrn auf der Plattform des Bergfrieds hoch über dem Grund gefunden. Dort stand Johann von Brunn mit gefalteten Händen, an denen zahlreiche Juwelen funkelten, und sah mit gerunzelter Stirn über das Land, das sich nun nach Sonnenuntergang rasch verdunkelte.

»Was ist? Habt Ihr die vielen Stufen überwunden, um Euch selbst davon zu überzeugen, dass in Euren Ländereien alles zum Besten steht? Es herrscht Ruhe, und kein Feind ist in Sicht.«

»Meine Ländereien. Ja, wie beschaulich sie zu meinen Füßen liegen«, brummte der Bischof, und sein Narr wusste genau, was er damit sagen wollte.

»Überschaubar ist das rechte Wort«, sagte er mit einem liebenswürdigen Lächeln.

»Genau«, rief Bischof von Brunn erbost. »Früher habe ich über Ländereien geherrscht, die man in mehreren Tagen nicht durchreisen konnte…«

»Bis Ihr sie dann nach und nach alle verkauft und verpfändet habt«, wagte der Narr ihn zu erinnern.

»Ach, schweig! Was verstehst du von Politik?«

Friedlein legte die Stirn in Falten. »Dass sie auszuüben viel Geld kostet und dass ihr Fehlen zu Langeweile führt, vielleicht?«

In der Miene des Bischofs stand zuerst Ärger, doch dann schmunzelte er. »Ja, vielleicht hast du wie üblich den Kern getroffen. Mir fehlt nicht nur das Geld für meine Hofhaltung, mir fehlt das ganze Leben auf dem Marienberg.«

»Und die so unterhaltsamen Streitereien mit dem Domkapitel, dem fränkischen Adel und Eurer Stadt Würzburg«, fügte der Narr hinzu.

Der Bischof lachte und nickte. »Ja, auch das, mein Lieber, auch das. Es ist lange keine Abordnung mehr bei mir gewesen, um sich zu beschweren und mich zu ermahnen, mein verschwenderisches Leben zu ändern.«

Inzwischen war es dunkel geworden.

»Wollen wir hinuntersteigen und nachsehen, ob Euer Koch nicht etwas zustande gebracht hat, das Eure Stimmung zu heben im Stande wäre? Ach, und wenn wir von gehobener Stimmung sprechen: Geradina hat nach Euch gefragt. Sie wartet bestimmt schon im Saal, um all Eure Wünsche zu erfüllen.«

Der Bischof schnaubte durch die Nase. »Ha, es liegt bestimmt nicht in der Macht dieses Weibes, mir meine Wünsche zu erfüllen! Was bildet sie sich ein?«

»Sie ist ein Weib«, sagte der Narr mit einem Schulterzucken, als sage dies alles.

»Ja, sie ist nur ein Weib«, bestätigte der Bischof und machte sich an den beschwerlichen Abstieg. »Und sie ist schon viel zu lange um mich. Sie langweilt mich. Ich werde sie wegschicken und mir etwas anderes nehmen. Ich habe da schon ein Mädchen im Blick, das sich über die Ehre, von mir erwählt zu werden, sicher beglückt zeigen wird.«

Ausnahmsweise schwieg der Hofnarr. Er ließ seinen Blick über die Gestalt des Bischofs gleiten. Alt war er, das Gesicht rot, der Leib aufgedunsen von Wein und Schlemmerei. Was allerdings viel schwerer wog: Er hatte keine Macht, keine Vergünstigungen und kein Geld mehr zu bieten, um mit seinem unzüchtigen Ansinnen Begehrlichkeit zu wecken.

»Was machst du denn für ein Gesicht?«, forschte Gret nach, als sich die Frauen nach Einbruch der Dunkelheit auf der Schütt, ihrem Lieblingsplatz, der aufgeschütteten Bastion auf der Mainseite vor dem Fürstenpalas, trafen. Der Herbst nahm bereits seinen Lauf, die Blätter fielen, und mit ihm kam die Nacht jeden Tag ein wenig früher, der Wind wurde stürmischer und kälter. Bald würden sie sich im Innern der Festung ein Plätzchen für ihre heimlichen Zusammenkünfte suchen müssen. Heute jedoch schenkte der Herbst ihnen einen schönen Abend, den man mit einem warmen Umschlagtuch um die Schultern wohl ertragen konnte. Elisabeths Umhang war aus kostbarem Stoff, bestickt und mit Pelz gefüttert, die von Gret und Jeanne aus grob gewebter Wolle.

Elisabeth ließ den Blick den Schlossberg hinunterwandern zur Vorstadt mit ihren drei Klöstern und dann über den dunklen Main, dessen schäumende Flut die stolze Brücke überspannte. Am anderen Ufer erhob sich die Stadt. Das prächtige Würzburg mit seinen Mauern und Türmen, dem Dom, dem Neumünster und den anderen Kirchen, die sich noch vor dem zunehmend dunkleren Abendhimmel abhoben.

»Heilige Jungfrau, es ist geschehen?«, stieß Jeanne aus. »Du hast es ihm gesagt, nicht wahr?«

»Und er ist mit Entsetzen vor dir zurückgewichen«, knurrte Gret empört, obwohl Elisabeth noch keinen Ton erwidert hatte.

»Nein, ist er nicht, oder? Er ist nun vielleicht ein wenig verwirrt, aber er wird zu seinem Wort stehen. Nicht wahr? Er ist ein Ritter!« Jeanne drückte drängend Elisabeths Hand.

Gret schnaubte. »Ha, ein Ritter, mit den berühmten Tugenden, die man vielleicht in alten Sagen findet, aber nicht bei denen, die heute unter uns leben. Jeanne, du bist ein Schaf. Ritter oder nicht, er ist ein Mann, der kein Weib vor den Altar führen wird, das bereits mehr als ein anderer besessen hat.«

Elisabeth unterdrückte ein Stöhnen.

»Gret! Wie kannst du so herzlos sein, so etwas zu sagen?«, rief Jeanne.

»Was wahr ist, muss man auch sagen, sei es nun herzlos oder nicht. Ich habe sie ja gewarnt, wieder und wieder, aber du bist so blind, dass du sie auch noch in ihrem Wahnsinn bestärkt hast! Nun ist das Unglück geschehen, und keiner kann die Worte mehr zurücknehmen.«

Die beiden standen sich mit erbostem Gesichtsausdruck gegenüber, die Hände in die Hüften gestemmt, und funkelten einander an, bis Elisabeth zwischen sie trat.

»Schluss jetzt, ihr beiden! Ihr ereifert euch ganz unnötig. Nichts ist passiert, denn ich habe es Albrecht immer noch nicht gesagt.«

»Endlich ist sie zur Vernunft gekommen«, rief Gret, während Jeanne wissen wollte, was sie noch immer davon abhalte.

»Du willst doch nicht etwa auf Gret hören? Tu das nicht. Gott wird dich strafen, wenn du deine Liebe auf einer Lüge aufbaust!«

»Blödsinn!«, fiel ihr Gret ins Wort. »Alle Männer belügen und betrügen die Frauen. Hast du nicht einmal das in deiner Zeit im Frauenhaus gelernt, Jeanne? Warum sollte Elisabeth es nicht auch so halten?«

»Und wenn er es irgendwann herausfindet?«, entgegnete Jeanne.

»Das wäre nicht gut, aber dennoch nicht so schlimm, als wenn er es jetzt schon erführe und sie gar nicht erst heiratete. Er würde ihr böse sein und sich hintergangen fühlen, aber er würde nicht so weit gehen, sie zu verstoßen. Zu viel der Schande bliebe an ihm selbst hängen. Nein, es könnte nur in seinem Interesse sein, die Sache zu vertuschen und nach außen eine gute Miene zum bösen Spiel zu zeigen.«

»Nur wenn wir alleine wären, würde er mich seine Verachtung spüren lassen, ja mich hassen für das, was ich ihm angetan habe«, sagte Elisabeth leise. »Meinst du, so könnte ich leben?«

»Es ist besser, als ohne Freunde, Geld und Ehemann auf der Straße zu stehen. Du müsstest wissen, wohin das eine Frau treibt«, antwortete Gret brutal.

Elisabeth nickte. »Ja, ich habe es erfahren, und dennoch kann ich mein Leben und meine Liebe nicht auf einer Lüge aufbauen. Ich werde nicht mit ihm vor den Altar treten, ohne ihm alles gebeichtet zu haben.«

Jeanne drückte ihr warm die Hände. »Du tust das Richtige, Liebes.«

Gret dagegen schnaubte. »Dann wirst du gar nicht vor den Altar treten, so wahr ich hier stehe. Kein Mann wird dich heiraten, wenn er die Wahrheit kennt.«

»Nun, dann muss ich eben ein anderes Leben wählen.« Sie reckte sich ein wenig und sah die Freundinnen fest an. »Meine Entscheidung ist unumstößlich!«

»Sie ist so stolz und edel«, seufzte Jeanne.

»Nein, nur dumm, obwohl sie es besser wissen sollte«, widersprach Gret, doch dann lächelte sie, und ihre Miene wurde weich. »Und dennoch bin ich für immer deine Schwester, mit allem, was mir möglich ist.«

»Ich auch!«, rief Jeanne. »Ich werde immer für dich da sein, Lisa, egal, was das Schicksal dir noch bringen mag.«

Elisabeth umarmte beide. Tränen der Rührung standen ihr in den Augen. »Wenn mir früher einmal jemand gesagt hätte, ich würde die edelsten Geschöpfe auf Erden in einem Frauenhaus finden, ich hätte ihm nicht geglaubt.«

»Früher hätte niemand in deiner Gegenwart gewagt, so etwas Sündiges wie ein Frauenhaus auch nur zu erwähnen«, entgegnete Gret trocken.

Als Elisabeth am nächsten Morgen die Augen aufschlug, drangen ungewohnte Laute zu ihrem Gemach herauf. Sie schlug die Decke zurück und sprang aus dem Bett.

»Was ist denn dort drunten los?«, fragte sie Jeanne, die wie üblich bei der ersten ihrer Bewegungen herbeigeeilt kam, um nach den Wünschen ihrer Herrin zu fragen.

Jeanne hob die Schultern. »Ich weiß es nicht. Ich war noch nicht unten. Ich wollte nicht riskieren, dass du erwachst und ich nicht da bin.«

»Übertreibst du es nicht ein wenig mit deinen Pflichten?«

»Ist es klug, eine Magd so etwas zu fragen?«, gab Jeanne mit einem schelmischen Lächeln zurück. »Was ist, wenn ich dies als Aufforderung verstehe, meine Arbeit zu vernachlässigen?«

»Dann zause ich dir das Haar und schimpfe ganz fürchterlich mit dir«, antwortete Elisabeth mit einem Lachen. »Nun gut, dann hilf mir schnell in mein Gewand, und lass uns sehen, was der ungewohnte Aufruhr im Hof bedeutet.«

Sie mussten hinaus in die Vorburg, um eine Antwort auf ihre Frage zu finden. Im großen Burghof um die Warte trafen sie bereits auf einige ihnen unbekannte Männer, die schwer beladen mit Kisten und Bündeln scheinbar ziellos durcheinanderliefen, während ein kleines Männchen versuchte, Ordnung zu schaffen.

»Was hast du da? Nein, das muss in den Keller hinunter. Dort drüben, und stell es irgendwohin, wo es feucht ist. Feucht und dunkel, hast du gehört, sonst verdirbt alles! Und du? Halt, wohin gehst du? Ins Zeughaus? Blödsinn, trag es in die große Halle. Wir werden die Kiste später selbst auspacken. Und sei vorsichtig, du Tölpel. Lass sie auf keinen Fall herunterfallen. He, Bursche, ja, du dort drüben, komm her und fass mit an, dass er die Kiste heil die Treppe hochbekommt.« Das Männlein wischte sich den Schweiß von der Stirn und ließ den Blick schweifen, bis er an zwei Burschen hängen blieb.

»Nein, was macht ihr denn? Vorsicht! Vorsicht!«, er rannte mit seltsam tippelnden Schritten davon, um dem einen eine kleine Kiste zu entreißen. Mit einem Seufzer barg er sie an seiner Brust und wiegte sie ein paar Mal, als halte er ein Kind in den Armen. Elisabeth und Jeanne tauschten belustigte Blicke. Was ging hier vor sich? Natürlich kamen hier immer wieder Händler mit Waren auf die Festung. Die Lieferungen reichten von den verschiedenen Nahrungsmitteln, die die zahlreichen Bewohner täglich benötigten, bis hin zu edlen Pferden, luxuriösen Stoffen und Geschmeide. So einen Auflauf hatte Elisabeth jedoch noch nicht erlebt.

Die Frauen passierten das innere Tor und die Barbakane und schritten über die Zugbrücke, zumindest bis zur Mitte, denn dort blieb Elisabeth wie angewurzelt stehen.

»Das ist doch nicht möglich«, hauchte sie.

Auch Jeanne blieb jetzt stehen und wandte sich ihr mit fragender Miene zu. »Was ist nicht möglich?«

»Georg«, hauchte Elisabeth, was Jeanne nicht weniger fragend dreinschauen ließ.

»Georg«, wiederholte Elisabeth ungläubig. Dann breitete sich ein Strahlen über ihrem Gesicht aus, und sie jauchzte: »Er ist zurück! Er ist tatsächlich wohlbehalten zurück!«

Jeannes Frage, von wem sie spreche, verhallte ungehört. Elisabeth raffte ihre Röcke und stürzte über die Brücke auf den Hof und in die Arme eines Mannes, der sich gerade rechtzeitig umdrehte, um sie aufzufangen und an sich zu drücken.

»Gibt es da irgendetwas, das wir nicht mitbekommen haben?«, erklang eine Stimme hinter Jeanne.

Gret trat mit hochgezogenen Brauen neben Jeanne, die anscheinend so entsetzt war, dass sie keinen Ton herausbrachte. Gret dagegen murmelte: »Ich könnte mir vorstellen, dass unser Herr Albrecht von Wertheim das nicht gerne sehen würde.« Rasch blickte sie sich um, konnte ihn aber glücklicherweise nicht entdecken. »Nun, es wird schon einen freundlichen Menschen hier auf dieser Burg geben, der ihn mit jeder unnötigen Einzelheit versorgt; davon bin ich überzeugt.«

»Ich hoffe nicht«, hauchte Jeanne, die noch immer geschockt schien.

»Unterschätze nicht die Bosheit der Menschen. Er wird es erfahren!«

Nun schwenkte der Fremde Elisabeth gar im Kreis, dass sie hell aufjauchzte. Fröhlich wie ein unbeschwertes Kind, das die Härte des Lebens noch nicht erfahren hat. So hatten die beiden Frauen Elisabeth noch nie erlebt. Ihr Lachen schallte über den Hof. Langsam traten die beiden näher. Endlich löste sich Elisabeth von dem Fremden und trat einen Schritt zurück. Ihre Wangen waren gerötet, und ihr Atem ging ein wenig schneller. Ein Strahlen ließ ihre graugrünen Augen aufleuchten. Einige Strähnen ihrer honigblonden Locken hatten sich aus ihrer Frisur gelöst und ringelten sich um ihren Hals bis über die Schultern.

»Georg!«, stieß sie aus und lächelte zu dem jungen Mann hoch, der kaum älter schien als sie. »Der Tag hätte mir keine größere Freude bringen können als deine Rückkehr.«

»Nun, ich war gerne weg, das will ich nicht verhehlen, aber dich wieder in die Arme schließen zu können, darauf habe ich mich gefreut, seit wir Persien verlassen haben. Und ich bin froh, dass die Gerüchte, die mich in fernen Landen erreichten, du habest dich in ein Kloster zurückgezogen, der Wahrheit entbehren.«

Elisabeth senkte den Blick. »Das ist eine komplizierte Geschichte.« Sie war erleichtert, dass er nicht darauf einging.

»Dann wirst du also doch noch unseren heißblütigen Rittersmann Albrecht ehelichen, wie ich es schon vor vielen Jahren prophezeite, als du noch ein Fratz warst und Zöpfe trugst?«

»Wenn er mich noch haben will«, sagte Elisabeth leise, ohne den Blick zu heben. Der Fremde lachte.

»Da müsste vorher die Welt untergehen und das Jüngste Gericht über uns kommen, ehe Albrecht etwas von seiner Vernarrtheit verliert. Von jeher war er völlig blind gegenüber deinen zahlreichen Fehlern und Makeln«, sagte er in scherzhaftem Ton und zupfte an einer ihrer Locken.

Elisabeth sah ihn empört an und knuffte ihm in die Rippen. »Wie kannst du so etwas behaupten? So viele Makel habe ich nicht...« Sie brach ab. »Hatte ich nicht«, fügte sie schwach hinzu.

»Ach, ich habe dich vermisst«, rief er unvermittelt und zog sie noch einmal in seine Arme. Elisabeth schloss die Augen und legte ihre Wange mit einem Seufzer an seine Schulter. »Ich dich auch«, hauchte sie.

Jeanne und Gret sahen einander an. »Jetzt verstehe ich gar nichts mehr«, stieß Gret aus, doch plötzlich begann ein Lächeln ihre Lippen zu heben und breitete sich dann über ihr ganzes Gesicht aus.

»Ich wüsste nicht, was es da zu grinsen gibt«, herrschte sie Jeanne an.

»Ich schon«, gab Gret zurück, und das Lachen wurde noch breiter. »Sieh ihn dir genau an. Sein Gesicht, die Nase, das blonde Haar und seine Augen. Ein schöner junger Mann, nicht wahr?«

»Ich wüsste nicht, was das zur Sache tut«, fauchte Jeanne, doch dann stutzte sie und stieß einen Seufzer der Erleichterung aus. »Er ist ihr wie aus dem Gesicht geschnitten.«

»Ja, das finde ich auch. Er hat Glück, dass er nicht nach seinem Vater gerät«, fügte Gret lästerlich hinzu.

In diesem Moment löste sich Elisabeth aus den Armen des jungen Mannes, und ihr Blick glitt zu den beiden Freundinnen, die noch immer auf der Brücke standen. Sie winkte sie zu sich.

»Gret, Jeanne, begrüßt meinen Bruder Georg, der von einer langen Reise zurückgekehrt ist. Georg, das sind meine vertrauten... äh... Mägde Gret und Jeanne, die sich stets um mein Wohlergehen bemühen.«

Während Gret und Jeanne vor dem Sohn des Bischofs artig knicksten, gönnte er ihnen nur ein flüchtiges Nicken.

Ein Mann mit einem Sack auf dem Rücken trat zu ihnen. »Verzeiht, dass ich störe, Meister Georg, aber wohin soll ich diesen Sack bringen, den Ihr in Indien erworben habt?«

Georg überlegte kurz. »Bring ihn in die leere Kammer neben dem Gemach, das Meister Thomas bewohnen wird. Wir werden dort eine kleine Alchemistenküche einrichten müssen.«

Der Mann nickte und strebte mit seiner Last auf die Zugbrücke zu.

»Wer ist Meister Thomas?«, fragte Elisabeth neugierig.

»Kurz gesagt, heute ein guter Freund; zu Anfang nur ein Mann, der sich dem Kaufmann, der mich in die Lehre nahm, auf seiner Reise angeschlossen hat. Du wirst Thomas kennenlernen. Lass mich aber zuerst dafür sorgen, dass alle Waren gut versorgt sind, dann können wir uns zum Mahl zusammensetzen, und ich werde dir alles erzählen. So lange wirst du deine Ungeduld wohl noch bezähmen müssen, auch wenn es dir schwerfällt.« Er strich ihr noch einmal über die Wange und lächelte verschmitzt. »Ich nehme an, Geduld gehört noch immer nicht zu deinen Tugenden, liebste Schwester?«

»Nein, gehört sie nicht«, seufzte Elisabeth, »und du hast sie verdammt lange strapaziert.«

»Schwester, ich bin entsetzt, ein Fluch aus deinem zarten, jungfräulichen Mund!«, spottete Georg gutmütig.

»Ja, ein Fluch ist hier durchaus angemessen. Drei ganze lange Jahre, die du auf Reisen warst und während derer ich nicht einmal wusste, ob du noch lebst!« Eine Träne rollte über ihre Wange. Georg hob die Hand und wischte sie ab.

»Ich werde es wiedergutmachen, Schwesterherz, ich verspreche es. Von nun an kannst du auf mich zählen. Ich bin als zorniger Jüngling aus Würzburg gezogen, und ich komme als gemachter Mann wieder. Ja, sieh mich nicht so ungläubig an. Trotz meiner Jugend habe ich viel erreicht. Von nun an werde ich meine eigenen Handelsreisen unternehmen. Ich habe alles gelernt, was Meister Johann mir beibringen wollte. Doch nun lass mich meine Arbeit tun. Später ist Zeit, zu allem Rede und Antwort zu stehen.«

Er wandte sich ab und trat zu einem Wagen, von dem gerade kleine hölzerne Kästchen abgeladen wurden. Elisabeth und die beiden Mägde sahen ihm noch eine Weile zu, dann schritten sie in die Burg zurück, um ein Mahl für die Männer der Handelskarawane zubereiten zu lassen.

»Ich werde ihm etwas ganz Besonderes kochen«, versprach Gret. »Wenn dieser Tyrann von einem Küchenmeister mich lässt«, fügte sie düster hinzu, ehe sie die Treppe zur Küche hinunterlief.

Viermal eilte Elisabeth in die Küche, und der Koch war nahe daran durchzudrehen, bis die Tafel in der Stube endlich ihren Wünschen entsprach. Sie hatte diesen kleinen, prächtigen Raum gewählt, in dem auch der Bischof zuweilen gespeist hatte, wenn er keine Gäste erwartete und nur wenige seiner engsten Vertrauten mit ihm zu Tisch saßen. Was in den vergangenen Jahren allerdings nicht häufig vorgekommen war. Elisabeth dagegen bevorzugte diese intime Runde und hoffte, ihr Bruder werde nicht zu viele seiner Reisegefährten mit zum Mahl bringen. Sonst würde sie womöglich alles in den großen Saal bringen lassen müssen.

Noch einmal umrundete sie die Tafel mit kritischem Blick. Heute war schließlich ein besonderer Tag. Hatte der Vater in der biblischen Geschichte nicht auch das Beste auftischen lassen, als der verlorene Sohn in die Heimat zurückkehrte?

Nun gut, Georg war nicht verloren gewesen, obwohl Elisabeth die meiste Zeit über nicht einmal gewusst hatte, durch welches ferne Land er gerade reiste, ja, ob er überhaupt noch am Leben oder vielleicht einem tückischen Leiden oder einer Bande Wegelagerer zum Opfer gefallen war. Und er war auch nicht gegen den Willen des Vaters mit dem Kaufmann Meister Johann von Würzburg davongezogen. Der Bischof hatte ihm seinen Segen erteilt, oder zumindest dem Drängen seines Sohnes nachgegeben.

Elisabeth ließ prüfend den Blick über die Tafel schweifen. Es war alles bereit. Nichts, was ihr Bruder begehren konnte, fehlte. Sie hatte alle Speisen herrichten lassen, die er früher gern gegessen hatte – soweit sie sich derer noch erinnerte.

Ein Geräusch ließ sie herumfahren. Johann von Wertheim stand in der Tür und ließ den Blick über die Tafel schweifen. Er sagte kein Wort, aber Elisabeth wurde es abwechselnd heiß und kalt. Wie hatte sie das auch nur einen Augenblick vergessen können? Sie war nicht mehr die Tochter des Hauses, die auf dem Marienberg schalten und walten durfte, wie es ihr beliebte. Ihr Vater saß auf seiner Burg in der Verbannung, und dem neuen Herrn musste sie gar dankbar sein, wenn er sie noch eine Weile duldete.

»Ich habe gehört, Besuch sei angekommen?«, begann der Pfleger, nachdem Elisabeth noch immer nichts sagte.

Sie nickte. »Ja, mein Bruder Georg und sein Meister, der Kaufmann Johann von Würzburg, sind von einer langen Reise zurückgekehrt. Sie konnten nicht wissen, dass sich die Verhältnisse hier im Land verändert haben; daher führte sie ihr Weg in der Heimat sogleich auf Unser Frauenberg.«

Der Blick des Pflegers ruhte noch immer auf der üppigen Tafel und den wenigen Stühlen, die um den Tisch gruppiert waren. Elisabeth spürte seinen Vorwurf, obwohl er nichts dazu sagte.

»Nun, dann werde ich mich später ein wenig zu Euch gesellen, um zu hören, welch Waren und Geschichten die

Kaufleute von ihren Reisen mitbringen«, sagte er schließlich und verließ dann den Raum.

Elisabeth stand da, den Blick auf die Tafel gerichtet, die sie mit so viel Freude für ihren Bruder gerichtet hatte, doch nun wollte sich dieses Gefühl nicht mehr einstellen. Sie sah nur die Verschwendung, den unnötigen Überfluss, in dem sie am Hof ihres Vaters aufgewachsen war. Hatte ihre Zeit im Frauenhaus sie gar nichts gelehrt? Hatten dort nicht eine Schale Suppe und ein wenig Brot am Abend genügt, und sie war dankbar für Gottes Gabe gewesen? Deshalb war der Pfleger von Wertheim von den Domherren eingesetzt worden, um der Verschwendung Einhalt zu gebieten.

Wie gut, dass ihr Bruder diesen Augenblick für sein Erscheinen wählte und alle trübsinnigen Gedanken wie eine Sturmböe vertrieb. Sie spürte, wie ihr Gesicht erstrahlte, als sie seinen Schritt auf der Treppe vernahm. Er überquerte den Vorplatz und strebte auf sie zu.

»Ah, das duftet ganz vortrefflich. Was hast du nicht alles aufgetischt! So hatte ich die Festmähler stets in meiner Erinnerung, wenn ich bei kargem Mus auf einer öden Ebene frierend in meinem Zelt saß und mich fragte, welcher Dämon mich geritten hat, die Heimat zu verlassen. Thomas, komm schnell, und labe dich an diesem Anblick, ehe wir es uns schmecken lassen.«

Er sah den Freund an, der nun vortrat und sich artig vor Elisabeth verbeugte. »Thomas Klüpfel, gebürtig aus Bamberg«, stellte er sich vor. Das war also der angekündigte Reisegefährte, der sich zum Freund gewandelt hatte. Neugierig musterte Elisabeth ihn, während sie die anderen Männer aufforderte, Platz zu nehmen und kräftig zuzugreifen, was diese sich nicht zweimal sagen ließen.

Georg nannte ihr auch die Namen der anderen Gäste. Das kleine Männchen, das sie bereits im Hof angetroffen hatte, war der Kaufmann Johann Roderer, der Georg in die Lehre genommen hatte. Ein weiterer jüngerer Mann, größer gewachsen und schlanker in der Erscheinung, wurde als Johanns Sohn Eberhard vorgestellt. Neben ihm nahmen noch zwei weitere Männer Platz, die hauptsächlich mit chinesischer Seide handelten und die sich unterwegs mit ihren beiden Karren dem Zug des Würzburger Kaufmanns angeschlossen hatten. Elisabeth richtete ihre Aufmerksamkeit wieder auf den Freund ihres Bruders.

Thomas Klüpfel war ein großgewachsener Mann, schlank, ja fast ein wenig hager, und einige Jahre älter als ihr Bruder. Elisabeth vermutete allerdings, dass er die dreißig noch nicht erreicht hatte, obwohl sein Blick davon sprach, wie viel er bereits erlebt hatte. Gutes, aber auch die Härte, zu der das Schicksal fähig ist. Die Augen waren blau. Von einem tiefen, dunklen Blau. Sein intensiver Blick wanderte immer wieder zu ihr herüber. Sein erst kürzlich sauber geschnittenes Haar zeigte einen hellen Braunton, dem vermutlich die Sonne des Südens einen Goldton verliehen hatte. Die Wangen des harmonischen und doch männlich markanten Gesichts waren frisch rasiert. Außerdem trugen sowohl ihr Bruder als auch die Gäste saubere, farbenprächtige Gewänder aus teuren Stoffen mit Pelzverzierungen an den Säumen. Ganz so direkt hatte ihr Weg sie also nicht aus den wilden Ländern ihrer Reise auf den Marienberg geführt. Obwohl Elisabeth nur eine vage Vorstellung davon hatte, wie es bei solch einer Handelskarawane zuging, war sie sich dennoch sicher, dass sich die Männer nicht die Mühe machten, regelmäßig einen Barbier aufzusuchen oder auf saubere Kleider zu achten.

Thomas Klüpfel lachte und bestätigte Elisabeths Verdacht, als sie ihn laut äußerte. Er zwinkerte ihr zu. »Wir sahen gar aus wie die Wegelagerer, als wir das Schiff in Genua verließen, das kann ich Euch versichern, und unser Zug über die Alpen hat die Sache nicht besser gemacht. Nein, die Wächter hätten uns vermutlich mit vorgestreckten Hellebarden davongejagt und nicht einmal den verlorenen Sohn Georg wiedererkannt. Das konnten wir nicht riskieren!« Er lächelte verschmitzt. »Außerdem wollte Georg schließlich mit stolz geschwellter Brust unter seinem teuren Tuch hier erscheinen, um zu zeigen, dass sich die Jahre in der Fremde ausgezahlt haben, nicht wahr, guter Freund?«

Georg ging nicht auf die Neckerei seines Freundes ein. Er war zu sehr damit beschäftigt, sich die Köstlichkeiten von den zahlreichen Platten und Schüsseln auf den Teller zu häufen. Auch die anderen Männer griffen eifrig zu.

»Ah, Thomas, sieh nur, ein in Honig knusprig gebratener Kapaun, dort Wachteln in Wein gekocht und ein Rebhuhn mit süßen Beeren gefüllt.« Er seufzte und tat sich gleich zwei Stücke auf, ehe sein Blick weiterwanderte und er mit seiner Aufzählung fortfuhr. »Eine Mandelspeise mit Reis, saftige Würste und ein Braten, dem das Fett noch aus allen Poren quillt. Sieh dir die dicken, braunen Zwiebeln an, in bestem Essig eingelegt, dort der Salzfisch aus dem Norden und hier die gebratenen Fische im Kräutermantel direkt aus dem Main samt der Krebse, die liebevoll um sie herumdekoriert wurden. Vom Quittenmus und den kandierten Früchten erst gar nicht zu reden! Greift zu, liebe Freunde, es muss an nichts gespart werden. Esst und trinkt, und vergesst die kargen Tage, ja die Monate, die wir darben mussten.«

Er beugte sich vor und legte auch seinem Freund dicke Scheiben vom Braten und einige Zwiebeln auf. Elisabeth reichte duftendes warmes Brot. Ihr Bruder biss herzhaft in den knusprigen Schenkel des Kapauns. Gret trat ein und schenkte die hohen, mit Edelsteinsplittern besetzten Zinnbecher voll kühlen, roten Wein. Georg trank und ließ sich dann mit einem Seufzer in seinem Stuhl zurücksinken.

»Es hat sich nichts verändert. So habe ich es in meiner Erinnerung gesehen, wenn die Schwärze der Nacht über mir zusammenstürzte und Zweifel und Ängste mich frösteln ließen. Wie gut tut es, endlich zu Hause zu sein.«

Er hob den Becher und prostete ihnen zu. Sein Freund erwiderte die Geste und trank dann durstig, während Elisabeth nur an ihrem Wein nippte.

»Sosehr es mich schmerzt, dir das sagen zu müssen«, begann sie zaghaft, »aber nichts ist mehr so, wie es war, und dies ist auch nicht mehr unser Zuhause. Der Bischof, unser Vater...«

Georg fiel ihr ins Wort. »... wurde abgesetzt und verbannt, ja, ich habe es bereits erfahren. Johann von Wertheim hat nun mit Segen des Kapitels und des fränkischen Adels hier das Sagen. Ich habe ihn im Hof getroffen und es nicht versäumt, ihm die Spezereien, die Seiden und Stoffe, Perlen und andere Kostbarkeiten aus China und Indien anzubieten. Er lehnte mit dem Hinweis ab, das Bistum habe keinen einzigen Gulden für solch unnützen Luxus übrig.« Ihr Bruder zog eine Grimasse. »Wenigstens konnte ich ihn für den Weihrauch aus dem Land der Königin von Saba begeistern, den ich unterwegs eingetauscht habe. Ich überlege mir, ob ich ihn nicht ein wenig teurer anbiete, um ihn für den Dom dadurch wertvoller zu machen. – Das ist nur ein Scherz, Kleines! Du musst mich nicht so entsetzt ansehen. Ich werde ihn den Domherren zu einem angemessenen Preis überlassen. Und vielleicht auch ein wenig Myrrhe, wenn sie meine Seide schon nicht wollen.« Sein Blick hob sich von seinem noch einmal gut gefüllten Teller zu seiner Schwester, die ihm gegenübersaß.

»Es ist mir also nicht entgangen, dass hier nun ein anderer Wind weht. Doch lass uns davon schweigen, Schwesterherz, und uns nicht diesen ersten Tag in der Heimat davon verderben lassen. Morgen ist auch noch ein Tag, an dem wir überlegen können, wie es weitergehen soll.« Er erhob seine Stimme. »Feuerkopf, wo bist du? Mein Becher ist leer!«

Die Magd huschte herbei und schenkte ihm ein. »Mein

Name ist Gret, Meister Georg«, sagte sie und sah ihn fest an.

Er erwiderte ein wenig erstaunt ihren Blick. »Gret, gut, sollte ich mir das merken?«

»Es ist immer gut, wenn man weiß, mit wem man es zu tun hat, Herr«, antwortete die Magd mit ehrerbietiger Stimme, doch Elisabeth bemerkte das kriegerische Funkeln in ihrem Blick, das anscheinend auch ihrem Bruder nicht entging.

»Gret mit dem Feuerschopf, ich werde es nicht vergessen«, sagte er und blickte der Magd nachdenklich hinterher, als sie mit dem leeren Krug den Raum verließ. Der Moment der Spannung verwehte, und Georg wandte sich wieder dem Essen zu, während Thomas zu Elisabeth hinübersah.

»Und, Meister Thomas, was habt Ihr aus den fernen Ländern mitgebracht?«, fragte sie ihn. Der intensive Blick verunsicherte sie. »Habt auch Ihr feine Stoffe und Geschmeide in Eurem Gepäck, mit denen die Männer Herz und Verstand der Frauen zu verwirren versuchen?«

Thomas schüttelte den Kopf, doch ehe er etwas sagen konnte, fiel ihm Georg ins Wort. »Nein, er trägt keine Dinge bei sich, die von Frauen heiß begehrt werden. Da musst du dich schon an mich wenden. Mein Freund dagegen hat einen seltsamen Geschmack. Thomas kauft tote Käfer und getrocknete Skorpione, Mohnkapseln und übel riechende Pasten, kistenweise Pflanzen, die ich noch niemals zuvor gesehen habe, aber auch Steine mit leuchtend grünen oder blauen Flecken, Schwefel und Kristalle von den Flanken eines feuerspeienden Berges, sündhaft teure Glaskolben und gar Porzellanbehälter, die aus dem fernen Japan stammen. Und er hat sich nicht gescheut, Teile von monströsen Tieren, die – nach den Staubschichten zu urteilen – schon ziemlich lange nicht mehr unter den Lebenden weilen, für ganze Berge an Münzen zu erwerben!« Er lachte, während sein Freund protestierte.

»Das ist nicht gerecht, Georg, ich habe weder das ausgestopfte Krokodil gekauft noch den Löwenkopf, dem die Motten schon zu sehr zugesetzt hatten, als dass man dessen Mähne noch als prächtig hätte bezeichnen können.«

»Und was ist mit der Mumie aus Ägypten, die sie dir in Konstantinopel aufgeschwatzt haben?«

»Sie ist sehr interessant, nicht wahr?«

»Und was ist gar mit diesem langen, gedrehten Horn? Ich will nicht wiederholen, welch Vermögen du dafür ausgegeben hast. Bei dem Gedanken wird es mir noch immer schlecht«, fuhr Georg fort und leerte rasch seinen Becher. Vielleicht um die angekündigte Übelkeit zu bekämpfen. Der Blick seines Freundes nahm etwas Verträumtes an.

»Ach ja, das Horn, das war ein echter Glücksgriff. Was zählt da der Stapel Goldgulden, den ich dafür hinlegen musste?«

Elisabeth wusste nicht, ob die Männer sie auf den Arm nehmen wollten. »Ihr habt das alles, was mein Bruder aufgezählt hat, wirklich gekauft und einen Berg Gulden für ein gedrehtes Horn bezahlt?«

»Aber ja«, rief der Gast aus und strahlte sie an. »Das Horn ist nun mein wertvollster Besitz. Nein, schaut nicht so ungläubig drein, verehrtes Fräulein Elisabeth. Es ist das echte Horn eines *unicornus*!«

»Oh!« Elisabeth hatte selbst noch keines dieser fabelhaften Wesen gesehen, und sie kannte auch keinen, der dies für sich behaupten konnte. Doch obgleich niemand genau sagen konnte, wo diese Tiere zu finden waren, zweifelte keiner an ihrer Existenz.

»Habt Ihr mit eigenen Augen ein Einhorn gesehen, Meister Thomas?«

Er schüttelte bedauernd den Kopf. »Nein, ich habe leider nur das Horn erworben, aber das wird mir für eine Weile meinen Wohlstand sichern.«

»Wie das, und was wollt Ihr mit all den anderen seltsamen Dingen anfangen, die Ihr in der Ferne erworben habt?«

Thomas deutete eine Verbeugung an und sagte dann in feierlichem Ton: »Sie zu Pulver und Pasten verarbeiten, zu Tinkturen und Tränken, mit denen ich Menschen von ihren Leiden erlösen und Kranke zu heilen vermag.«

Elisabeth nickte. »Ja, das hätte ich mir denken sollen. Seid Ihr ein Medicus?«

»Nein, ein Apotheker auf Reisen, immer auf der Suche nach Heilmitteln und den Stoffen, die die Ärzte ihren Patienten verordnen.«

»Dann wisst Ihr, wie man diese geheimnisvollen Medizinen braut und wie sie den Körper wieder gesunden lassen?«

Thomas nickte. »Aber ja. Habe ich Euer Interesse geweckt? Dann will ich Euch gerne einladen, Euch meine seltenen Waren anzusehen und zu hören, was für Mittel man daraus herstellen kann.«

Elisabeth spürte, wie ihre Wangen glühten. »Oh ja, gerne. Ich bin schon sehr gespannt!«

Beschwingt griff sie nach der Mandelspeise und lud sich auch noch ein paar kandierte Früchte auf den Teller.

Kapitel 3

»Ach, mein gnädigster Herr, was macht Ihr für ein trübsinniges Gesicht? Das Essen ist herrlich, und der Wein mundet vorzüglich, und nachher werde ich Euch verwöhnen, dass Ihr glauben mögt, Ihr könntet bereits den Schein des Himmelreichs erhaschen.«

Geradina versuchte ihm eine rote Traube in den Mund zu schieben. Als er das Gesicht wegdrehte, schlang sie die Arme um den fleischigen Nacken des Bischofs. Er befreite sich aus der Umarmung und schob seine Mätresse grob von sich.

»Hör auf, mich mit Trauben zu füttern, und unterlass es, mich zu umschlingen, als wolltest du alles Leben aus mir herausquetschen. Ja, so kommst du mir manches Mal vor. Wie Efeu, der sich heimtückisch an einem gesunden Baum emporrankt, erst schmeichelnd seine Rinde umhüllt und ihm dann gnadenlos allen Lebenssaft aussaugt, bis er dahinsiecht und schließlich jämmerlich zugrunde geht.«

Beleidigt verschränkte Geradina die Arme vor dem üppigen Busen. »Das ist nicht nett, Eure Exzellenz, nach dem, was ich alles für Euch getan habe. Ich bin Euch sogar in Eure Verbannung auf den Zabelstein gefolgt!«

»Ja, es ist mir aufgefallen, dass ich nicht einmal hier Ruhe vor dir habe«, sagte der Bischof unfreundlich.

»Das ist nicht nett«, wiederholte sie mit weinerlicher Stimme.

»Ich will auch nicht nett sein«, polterte der Bischof. »Und nun geh, und befreie mich von deinem Anblick, denn wenn ich etwas noch weniger leiden kann als wie Efeu schlingende

Weiber, so sind es welche, die heulen. Es macht dich nicht gerade schöner, das solltest du wissen!«

Die Hände vors Gesicht geschlagen, rannte Geradina schluchzend hinaus. Der Bischof wandte sich ungerührt wieder seiner Rehkeule zu, warf jedoch den halb abgenagten Knochen kurz darauf missmutig auf seinen Teller und stürzte zwei Gläser Wein hinunter. Sein Blick wanderte unstet über die wenigen Gäste seiner Tafel, bis er an Friedleins schiefem Gesicht hängen blieb. Der Narr erwiderte seinen Blick.

»Nun, Exzellenz, was ist? Braucht Ihr ein neues Opfer für Euren Zorn? Soll ich mich ein wenig um Euren Hals schmiegen oder ein paar Tränen vergießen? Ich bin sicher, sie würden auch mich nicht hübscher machen.«

Der Bischof nahm einen der abgenagten Knochen von seinem Teller und warf ihn quer über den Tisch nach seinem Hofnarren. Der neigte sich ein wenig zur Seite, ohne seine Mahlzeit zu unterbrechen, sodass das Geschoss gegen die Wand prallte. Kaplan Berthold und Vikar Weigand ließen sich bei ihrem Mahl nicht stören, und auch die Ritter von Hain und Baiersdorfer aßen ungestört weiter. Solche Szenen waren sie gewöhnt.

»Pah, es gibt vermutlich nichts, was dich noch hässlicher machen würde«, sagte Johann von Brunn grob.

»Vermutlich habt Ihr recht. Wer bin ich, dass ich Euch zu widersprechen wagte? War ja auch nur ein Vorschlag, um Eure Stimmung zu heben.«

»Es gibt nichts, das meine Stimmung heben könnte«, brummte der Bischof und schob den Teller mit einer heftigen Geste von sich. »Nicht einmal das von mir selbst geschossene Wild oder der Wein bereitet mir Genuss.«

Er stemmte sich von seinem Sitz hoch, und auch Friedlein sprang auf. Der Narr erreichte die Tür noch vor seinem Herrn und verließ mit ihm die Halle. Die Hände auf dem Rücken verschränkt, ging der Bischof im düsteren Hof auf und ab.

Er schien nicht einmal zu merken, dass der Wind aufgefrischt hatte und ihn mit dürren Blättern umwirbelte, ehe die ersten Tropfen fielen. Der Esel, der das Laufrad des Brunnens in Bewegung hielt, um die wassergefüllten Eimer aus dem mehr als einhundert Schritt tiefen Schacht zu ziehen, blieb stehen, glotzte ihm nach und wackelte mit den Ohren.

»Zieh, Alter, nicht so faul«, erinnerte die Magd, die mit ihren leeren Eimern auf Wasser wartete, das Tier an seine Pflicht. Der Esel stieß einen kläglichen Laut aus und setzte sich wieder in Bewegung. Und auch Bischof Johann von Brunn fuhr unermüdlich fort, den Hof zu umkreisen, bis Friedlein ihn darauf aufmerksam machte, dass seine Robe bald völlig durchnässt sein werde.

»Ich kann Euch nicht davon abhalten, wenn Ihr es Euch in den Kopf gesetzt habt, Euch heute hier draußen zu Tode zu verkühlen, Exzellenz, wobei der Herr im Himmel sicher so gnädig sein wird, Euch vor einem solchen Schicksal zu bewahren. Da ich selbst mit den himmlischen Obrigkeiten nicht so auf vertrautem Fuß stehe, bin ich mir jedoch nicht sicher, ob sie sich erbarmen würden, auch mich zu erretten. Daher will ich keinen in Versuchung führen und mich lieber ins Trockene begeben. Es bestünde allerdings auch die Möglichkeit, dass Ihr mit mir kommt und mir drinnen berichtet, was Euch so sehr die Laune verdirbt.«

Der entmachtete Bischof hielt in seinem Lauf inne und funkelte Friedlein an. Dann sah er an seinem Gewand herab, das die Nässe von den Schultern her dunkel zu verfärben begann. Johann von Brunn stieß einen Seufzer aus, folgte dann aber dem Hofnarren in sein eigenes behagliches Gemach, wo bereits ein Feuer im Kamin brannte. Der Bischof ließ sich in seinen bequemen Polstersessel fallen und stöhnte.

»Also, Herr, wollt Ihr darüber reden, oder soll ich Euch sagen, welch Vermutungen ich seit Tagen über Euren trübsinnigen Zustand anstelle?«

Der Bischof hob abwehrend die Hände. »Gott bewahre mich vor deinem Geschwätz. Aber bevor du mich mit deiner Fragerei noch länger nervst: Ich ärgere mich über den Pfleger von Wertheim!«

»Weshalb?«

»Ich habe ihm ein Schreiben geschickt.« Der Bischof reckte sich ein wenig in seinem Sessel. Vielleicht, um imposanter zu wirken.

»Und? Was stand darin?« Friedlein ließ nicht locker.

»Ich bot ihm meine Hilfe und Beratung an und machte manch guten Vorschlag für die Verwaltung und Regierung des Bistums.«

»Eurer Laune nach zu schließen, hat er sie nicht gebührend geschätzt.«

»Nein!«, rief der Bischof erbost. »Das hat er nicht. Ich forderte ihn auf, zu mir zu kommen und sich mit mir zu besprechen, doch was tut er? Er lehnt nicht nur ab, zum Zabelstein zu reisen oder auch nur einen Vertreter zu schicken, er fordert mich gar auf, mich ruhig zu verhalten und mich nicht mehr in die Regierungsgeschäfte einzumischen, die nur er und das Kapitel sowie die zur Beratung gewählten Edlen wahrnehmen.«

»Nein, ist das nicht die Höhe!«

»Friedlein, verspottest du mich?«

»Ich?« Der Narr war ganz die Unschuld selbst und riss die grünen Augen weit auf. »Wie kommt Ihr denn auf solch einen Gedanken?«

»Ich höre es an deinem Tonfall, und ich warne dich. Es ist nicht ratsam, mich in solch einer Stimmung zu reizen.«

Friedlein griff sich an den Hals und verdrehte ein wenig die Augen. »Ich weiß, Eure Exzellenz, sonst ist mein Leben verspielt.«

»Schluss jetzt! Du glaubst doch nicht etwa, dass es mich aufheitert, daran erinnert zu werden, wie man jetzt in Würzburg mit meinen Gefolgsleuten umspringt?«

»Nein, das glaube ich nicht. Aber Ihr habt nun die Möglichkeit, Euch über etwas anderes zu ärgern. Sozusagen eine größere Auswahl an Kümmernissen, die Euch den Abend verderben.«

Der Bischof starrte den Narren verdutzt an. Dann begann er zu lachen. »Ich weiß nicht, warum ich dich nicht schon lange habe hinrichten lassen!«

Friedlein hob die Schultern. »Vielleicht, weil ich Euch immer wieder zum Lachen bringe oder weil ich Euch gute Ratschläge erteile, wie beispielsweise den:«

Er beugte sich in seinem unbequemen Sitz, den er sich gewählt hatte, nach vorn. Seine Miene war nun ernst, und auch aus seiner Stimme war jeder Spott gewichen.

»Wenn Ihr Euch hier langweilt und über die Ignoranz des Pflegers ärgert, dann unternehmt etwas dagegen, statt Euch nur Euren Launen hinzugeben. Geradina zu kränken wird Eure Stimmung nicht heben. Jammert nicht. Tut etwas!«

Bischof Johann von Brunn öffnete und schloss tonlos den Mund. So wagte keiner seiner Leute mit ihm zu sprechen. Aber war der Narr mit seiner Offenheit nicht segensreicher als all die Speichellecker, die nur vergeblich versuchten, ihn bei Laune zu halten und ihm das wenige Geld aus der Tasche zu ziehen, das ihm geblieben war? Nein, wenn einer hier nicht nur auf seine eigenen Vorteile aus war, dann Friedlein. Und dass ein scharfer Geist in diesem verschobenen Kopf wohnte, davon war der Bischof überzeugt.

»Du meinst also, wenn der Pfleger von Wertheim sich weigert, mich in angemessener Weise zu respektieren und mich an den Entscheidungen des Landes teilhaben zu lassen, dann muss ich andere Wege beschreiten, um an mein Ziel zu gelangen? Schließlich habe ich diesem dummen Vertrag nur in einer schwachen Minute zugestimmt, die dieses machtgierige Domkapitel für sich ausgenutzt hat. Ich bin immer noch der gesalbte Fürstbischof von Würzburg!«

»Genau.«

Langsam erhob sich der Bischof und trat vor den Kamin. Eine Weile starrte er schweigend in die Flammen, dann drehte er sich mit einem Ruck um und fixierte den Hofnarren, der seinen Blick erwartungsvoll erwiderte.

»Wir werden einen Brief schreiben. Nicht an den Pfleger und das Kapitel. Ich werde an die Viertelmeister der Stadt Würzburg schreiben.«

Friedlein nickte. »Soll ich den Schreiber rufen?«

Bischof von Brunn schüttelte den Kopf. »Nein, setz du dich hierher, und schreibe, was ich dir sage, und dann sorge mir dafür, dass die Briefe sogleich zugestellt werden.«

Ein Funkeln trat in die Augen des Bischofs. »Ja, du hast recht. Ich werde dieses ungerechte Schicksal, das sie mir aufgezwungen haben, nicht länger hinnehmen. Ich würde hier draußen sonst vor Langeweile sterben, noch ehe der Winter vorbei ist.«

»Vielleicht haben sich das die Domherren so ähnlich gedacht.«

»Nun, dann werde ich sie eines Besseren belehren.« Der fleischige Finger des Bischofs wies zum Sekretär. »Schreib!«

Friedlein deutete eine Verbeugung an und setzte sich an den Sekretär. Er zog ein Blatt Pergament hervor, glättete es, spitzte die Feder, rührte die Tinte durch und hob dann erwartungsvoll den Blick. »Ich bin bereit. Was wollen Eure Exzellenz den Vierteln der Stadt schreiben?«

Der Bischof kaute auf seiner Lippe und ging ein paarmal in seinem Gemach auf und ab. Der Narr rührte sich nicht und folgte dem Gang seines Herrn nur mit den Augen. Endlich blieb Johann von Brunn stehen.

»Fangen wir im Süden an. Schreib:

Liebe Freunde von dem Viertel zu Sande!
Ihr werdet ohne Zweifel wohl vernommen haben, welche Beschuldigungen man uns unverdienterweise auf-

bürdet. Gewiss würdet ihr aber eine bessere Meinung von uns gewinnen, wenn man euch den Hergang der Sache der Wahrheit gemäß und nicht auf fälschliche Weise, wie von der Gemeinde aus geschehen, berichtet hätte. Wir haben uns nie geweigert, zum Besten des Stifts alle geforderten Opfer zu bringen, und sind überzeugt, von dem langjährigen verderblichen Zwiste keineswegs der Urheber zu sein, dessen Schuld nur alle jene tragen, welche uns bei euch als die Ursache dieser traurigen Zerwürfnisse zu verdächtigen suchen. Wir glauben, im Stande zu sein, euch mittels unserer Herren Ritter und Städte dafür eine genügende Versicherung bieten zu können, wenn ihr euch nur fürder gegen uns verhalten wolltet, wie es Untertanen gegen ihren Fürsten geziemt. Fordert doch unsere Ehre und euer und des ganzen Landes Bestes, dass wir also handeln, um Frieden und Wohlstand im Stifte wiederherzustellen, was auf eine andere Weise und bei fortdauerndem allgemeinem Misstrauen nicht geschehen mag. Gott der Allmächtige wolle euch die Einsicht verleihen, unsere lauteren Absichten nicht zu misskennen.
Gegeben am und so weiter und so weiter.

»Wie findest du das? Es ist natürlich nur ein Auftakt, um Verbindung mit der Stadt aufzunehmen und sie auf meine Seite zu bringen. Ich denke, das Volk mit seinem einfachen Gemüt ist leichter zu überzeugen.«

Der Hofnarr schnitt eine Grimasse. »Wenn Ihr meint, Exzellenz, und ein einfaches Gemüt mit einem kurzen Gedächtnis einhergeht.«

Der Bischof ignorierte den Einwurf. »Dann müssen noch ein paar Domherren auf meine Seite gebracht werden, und schon ist dieser Pfleger nur noch Geschichte.«

»Warum schreibt Ihr an die einzelnen Viertel und nicht gleich an den Rat?«, wollte der Hofnarr wissen, der das Blatt sorgsam mit Sand bestreute und den überschüssigen Staub abblies.

»Ich habe bereits ein Sendschreiben an den Rat gerichtet, bevor sie diesen von Wertheim als Pfleger einsetzten und ich meine Reise auf den Zabelstein antrat, doch wie es mir scheint, haben die einfachen Bürger es nicht erhalten. Es war für alle zur Kenntnis gedacht, doch der Rat muss es einbehalten haben. Nun sollen meine Leute, die ich in der Stadt noch immer habe, diesen Brief in Würzburg ausstreuen. Er wird den Boden für meine Rückkehr bereiten. Warte es nur ab.«

Der Hofnarr erwiderte nichts. Stattdessen nahm er sich ein neues Blatt und begann den Text zu wiederholen, nur dass er die Anrede an ein anderes Viertel der Stadt richtete. Der Bischof nahm stattdessen wieder seinen Marsch durch das Gemach auf.

»Ich muss nur genügend Bürger auf meine Seite ziehen. Gefolgsleute zu finden war von jeher nicht sehr schwer für mich. Und dann wird es ein Leichtes, die Regierung wieder zu übernehmen und auf den Marienberg zurückzukehren.«

»Eure Exzellenz, Ihr vergesst nur eine kleine, aber nicht unwichtige Sache, die so viele in Eure Arme getrieben hat.«

»Und das wäre?«, fragte der Bischof ungehalten.

»Das liebe Geld, das noch besser als Worte überzeugen kann.«

»Ich habe kein Geld mehr«, schnaubte Johann von Brunn. Friedlein nickte.

»Ich weiß, und das macht die Sache ein wenig schwieriger, wenn auch nicht unmöglich. Die Überzeugungsarbeit muss nur gründlicher sein.«

»Dann schreib gleich ein paar Briefe mehr. Sie müssen jedem Bürger zu Augen kommen. Lass sie in der ganzen Stadt ausstreuen.«

Der Narr nickte nachdenklich. »Dann wollen wir nur hoffen, dass Eure Anhänger keine Schwierigkeiten bekommen, wie zum Beispiel ihr Leben am Ende eines Stricks zu beschließen. Der Rat könnte das immerhin als Hochverrat werten.«

»Pah«, sagte der Bischof nur.

»Ja, pah. Was bedeutet es schon, sein Leben für ein paar Briefe zu riskieren. Für einen wahren Anhänger ist das nichts.«

»Du verspottest mich schon wieder!«

Friedlein verdrehte die Augen. »Meine teuerste Exzellenz, wie käme ich dazu, so dreist zu sein? Bin ich nicht etwa eben erst von Eurem Narren zu Eurem Schreiberling aufgestiegen? Daher bitte ich Euch, nun Ruhe zu bewahren und mich meine Arbeit tun zu lassen.«

Schwungvoll tauchte er die Feder ein, dass die Tinte nach allen Seiten spritzte.

»Was ist mit dir? Du schaust, als habe es dir ins Gemüsebeet gehagelt.«

Elisabeth war auf dem Rückweg vom äußeren Tor in die Burg, als sie auf Gret traf, die einen Sack mit Rüben auf dem Rücken trug. Sie passte ihren Schritt dem der Magd an, ließ sich aber ein wenig Zeit, deren Frage zu beantworten. Endlich sagte sie: »Ich war am äußeren Tor, um Albrecht zu verabschieden. Sein Vater ruft ihn zu sich.«

»Dann wird er endlich mit dem Grafen über die Hochzeit reden?«, vermutete Gret. Elisabeth hob die Schultern.

»Ich weiß es nicht. Er hat mir diese Frage nicht beantwortet. Nein, er vermied es gar deutlich. Albrecht hat noch immer vor, ihn vor vollendete Tatsachen zu stellen, und hofft ganz auf die Unterstützung seines Bruders. Und darauf, dass sein Vater sich schon wieder mit ihm versöhnen und ihn dann unterstützen wird. Aber ich weiß nicht, ob er da nicht zu blauäugig denkt. Weder Graf Hans von Wertheim noch sein Bruder Michael sind für ein sanftes Gemüt und umgängliches Verhalten bekannt! Für sie ist dies keine vorteilhafte Verbindung mehr und Schluss. Außerdem...« Sie seufzte.

»Und außerdem drückt dich dein Gewissen, und du denkst daran, was passiert, sollten sie erfahren, *wie* unvorteilhaft diese Verbindung ist«, ergänzte Gret.

»Ja, ich habe es Albrecht noch immer nicht gesagt.«

»Aber du willst es tun, nicht wahr?«

Elisabeth nickte wild mit dem Kopf. »Ich bin fester entschlossen denn je. Mit dieser Lüge gehe ich nicht vor den Altar.«

Gret stöhnte. »Ich frage mich, warum ich überhaupt etwas sage, wenn keiner auf mich hört. Dann lehne ich mich also zurück und sehe zu, wie du in dein Verderben rennst. Du kannst danach zu mir kommen und deine Tränen an meiner Schulter trocknen, aber helfen kann ich dir dann nicht mehr«, fügte sie düster hinzu, ehe sie mit ihrem Sack über der Schulter die Treppe zur Küche hinunter verschwand.

Elisabeth sah ihr nach. Hatte die Freundin recht? War sie im Begriff, einen schweren Fehler zu begehen? Vielleicht. Dennoch konnte sie sich nicht vorstellen, mit solch einer Lüge zu leben. Wie würde sie Albrecht damit auch nur einmal freimütig in die Augen sehen können?

Den Kopf gesenkt, schritt sie grübelnd ohne ein Ziel über den Hof. Ein Teil ihres Geistes bemerkte den menschlichen Schatten, der über ihre Schuhspitzen hinweg auf sie zuglitt, doch erst der Warnruf ließ sie aufsehen und innehalten – allerdings zu spät, um den Zusammenstoß ganz zu vermeiden.

Drei kleine Kisten trug er übereinandergestapelt in den Armen. Zwei gelang es ihm trotz seines abrupten Stopps zu halten, die oberste allerdings rutschte ihm seitlich herunter. Er stieß einen Schrei des Entsetzens aus, konnte aber nichts tun, ohne auch den Inhalt der anderen beiden zu gefährden.

Obwohl sie mit ihren Gedanken so weit weg gewesen war, griff Elisabeth zu und erwischte die kleine Kiste, ehe sie am Boden zerschellte.

»Gott sei gedankt, sie ist unversehrt«, stöhnte Meister Thomas. »Es tut mir leid, Fräulein Elisabeth, aber ich habe Euch gar nicht gesehen.«

»Was wohl an dem Turm in Euren Armen liegt?«, vermutete sie.

»Ganz recht. Ich wollte diese Kisten keinem der Knechte überlassen, da ich sichergehen wollte, dass sie wohlbehalten in meiner Kammer eintreffen.« Er grinste schief.

»Und nun wäre das Unglück beinahe Euch selbst passiert«, fügte Elisabeth hinzu. »Warum tragt Ihr auch alle drei auf einmal? Ihr habt es geradezu herausgefordert!«

»Ja, das war ganz und gar unbedacht von mir«, gab er zerknirscht zu. »Würdet Ihr so freundlich sein, die dritte Kiste wieder obenauf zu legen, damit ich meinen Weg nun hoffentlich unbeschadet zu Ende bringen kann?«

»Nein, das werde ich nicht! Schaut nicht so erstaunt. Ich trage sie Euch in Eure Kammer, und dann müsst Ihr mir verraten, was für Kostbarkeiten in diesen Kisten schlummern.«

Meister Thomas lächelte. »Ich danke Euch, Fräulein Elisabeth. Ich hoffe, Ihr seht Euch nachher nicht für Eure Freundlichkeit getäuscht, denn ich fürchte, der Inhalt kann nur einem solch verschrobenen Kerl, wie ich es bin, einen Ausruf des Entzückens entringen.«

Elisabeth barg die Kiste behutsam in ihren Armen und schritt neben Meister Thomas zu dem mittleren Gebäude auf der Südseite der Festung, wo er und ihr Bruder neben den wertvollsten der mitgebrachten Waren untergebracht worden waren. Während Georg ein Gemach und zwei angrenzende Kammern im Obergeschoss bezogen hatte, bog Meister Thomas von dem schmalen Gang im unteren Geschoss in einen Raum mit gewölbter Decke und steinernem Boden ab, in dem es außer einer einfachen Feuerstelle, einem langen Tisch und einigen Hockern an der Wand keinerlei Möbelstücke gab. Hatte man sie entfernt? Elisabeth konnte sich nicht erinnern, wann sie diesen Raum das letzte Mal betreten hatte. Es musste sehr lange her gewesen sein. Nun jedenfalls enthielt er – außer der kärglichen Möblierung – unzählige Kisten und Bündel und so etwas wie handliche, tragbare Holzregale mit Dosen aus Metall, Holz oder glasiertem Ton, kleinen Metall- oder Holzschachteln, aber auch mit Stroh ausgepolsterte Kästen, in denen bauchige Glasflaschen ruhten.

Behutsam stellte Elisabeth ihre Kiste auf den Tisch und sah sich dann neugierig in der weitläufigen Kammer um.

»Wollt Ihr mir verraten, wozu Ihr diese vielen verschiedenen Dosen und Kästchen braucht?«

»Gern, Fräulein Elisabeth, wenn Euch das interessiert. Aber sagt mir Bescheid, wenn ich Euch langweile. Die Leidenschaft geht gern mit mir durch, wenn ich von der Wunderwelt der Heilmittel spreche.«

»Ich werde es Euch wissen lassen, ehe ich gelangweilt in tiefen Schlaf sinke«, gab sie mit einem Lächeln zurück.

»Nun denn.« Auch Meister Thomas stellte seine Fracht ab, ehe er sich zu ihr gesellte und auf eines der kleinen Transportregale zeigte.

»Wie Ihr bereits selbst bemerkt habt, gibt es viele verschiedene Möglichkeiten, Heilmittel zu transportieren und aufzubewahren. Es gibt Holzkästen und Säckchen aus Stoff oder Leder, Papiertüten und kleine Schachteln, dann die Tongefäße und natürlich die aus Glas. Daneben findet Ihr Materialien wie Silber und Bronze, Zinn und Horn. Die Wertvollsten sind die aus feinem, weißem Milchglas, auch Porzellan genannt, das aus dem fernen Japan kommt und kaum bezahlbar ist, dafür aber bei jedem Fall zu Bruch gehen kann. Keiner weiß, wie sie es herstellen. Viele haben schon experimentiert, aber unsere Häfnerwaren und das Steingut sind noch weit von diesem wundervollen Milchglas entfernt. Manche sagen auch Beinglas dazu, wenn Menschenknochen in der Grundmasse mitverarbeitet wurden. Aber ich schweife ab. Wozu diese vielen verschiedenen Behältnisse? Natürlich sollen sie in einer Apotheke auch schön aussehen – wir wollen ja schließlich die zahlungskräftige Kundschaft beeindrucken, und nichts schafft mehr Vertrauen als eine prächtige Offizin! Doch mehr noch fordern alle Ingredienzien eine sorgfältige Behandlung, und nicht jeder Stoff lässt sich in jedem Behältnis aufbewahren. Sie verfallen und verderben, verändern sich, werden wässrig oder fest, schimmeln oder ziehen Ungeziefer an. All das muss ich zu verhindern suchen, um jedes Heilmittel möglichst lange in seiner reinen und damit wirksamen Form zu erhalten.«

Elisabeth strich mit dem Finger an den Behältnissen entlang, die mit farbigen Wappen und seltsamen Zeichen verziert waren.

»Wollt Ihr ein paar Beispiele sehen?«

Sie nickte. Meister Thomas nahm ein Holzkästchen aus einem der Regale und öffnete es. Drinnen sah Elisabeth einen fest verschlossenen Lederbeutel.

»Sind es die Blüten einer Pflanze, die die Heilung bringen, dann verwahrt man sie am besten in solchen Lederbeuteln in einem Holzkasten. Bei Samen reichen auch Papiertüten, wenn sie nur trocken bleiben. Reist man durch Länder, in denen es stets heiß und feucht ist, wie manche Regionen Indiens, fangen sie leicht an zu schimmeln oder zu treiben. Andere trockene Arzneimittel – Pulver, die man in Wein lösen muss und die von sich aus nicht viel Wasser ziehen – bewahre ich in solchen weiß gestrichenen Holzkästchen auf, die aus Espen-, Eschen- oder Buchenholz gemacht sind. Diese Art von Ingredienzien und fertige Arzneien aufzubewahren ist nicht sehr teuer. Andere dagegen umso mehr. Substanzen, die stark riechen, wie diese zum Beispiel...« Er öffnete eine Dose und hielt sie Elisabeth entgegen. Ein seltsam intensiver Geruch ließ sie zurückweichen. »Das ist Moschus, in seiner konzentrierten Form von uns als unangenehm empfunden, vermischt mit anderen Gerüchen aber anziehend. Oder Ambra hier. Solche

Stoffe muss man in Silber-, Kristall- oder Glasgefäße geben, um sie nicht zu verderben. Auch Öle, die wir aus Pflanzen pressen, müssen in Glasbehälter. Die zylindrischen Holzgefäße dort drüben enthalten getrocknete Wurzeln, aber auch Harz von besonderen Bäumen, Edelsteine und fein geriebene farbige Erden, die Linderung vieler Beschwerden bringen. Die Gefäße daneben sind aus Blei oder Zinn und enthalten fettige Tinkturen und Salben, aber auch so wichtige und seltene Stoffe wie Muskat, *Mumia vera*, Opium und Drachenblut.«

»*Mumia vera*«, wiederholte Elisabeth ehrfürchtig.

»Ja, das Pulver von alten, ägyptischen Mumien soll magische Wirkung haben und kann geradezu unanständig teuer verkauft werden. Die Menschen glauben an ihre Kraft. Ich jedoch – im Vertrauen gesagt, Fräulein Elisabeth – halte die ganzen Berichte über wundersame Heilungen oder gar Verjüngungen für maßlos übertrieben. Ich wage gar zu behaupten, dass manche heimische Heilpflanze aus unseren Gärten, wenn sie sorgfältig zubereitet verabreicht wird, der Heilung besser dient.«

»Und dennoch habt Ihr es hier, um es den gutgläubigen Kranken zu verkaufen, ja, Ihr habt Euch sogar eine ganze Mumie aus Ägypten mitgebracht, wie ich höre«, entgegnete Elisabeth und sah provozierend zu ihm auf. Meister Thomas ließ sich nicht beirren.

»Ja, ich habe mir *Mumia vera* auf meiner Reise besorgt, und ich bringe es mit, um es zu verkaufen. An andere Apotheker, die danach suchen, aber auch an Leidende, die zu mir kommen und eine Arznei wollen. Wenn ihr Arzt ihnen eine Medizin mit diesem Stoff aufgeschrieben hat, dann ist es nicht an mir, die Anweisung zu ändern. Ich darf es nicht einmal, so steht es in zahlreichen Apothekerverordnungen der Städte, auf die jeder schwören muss, der sich dort in diesem Beruf niederlassen will. Ich zweifle auch an anderen alt hergebrachten Mitteln, die schon die großen griechischen Ärzte oder die der Schule von Salerno empfohlen haben. Doch wer bin ich, gegen die aufzubegehren, die seit vielen Jahrhunderten die Medizin beherrschen?«

»Wenn Ihr doch andere Erfahrungen gemacht habt. Warum denn nicht? Sie müssen sich mit Eurer Meinung auseinandersetzen und die Richtigkeit ihrer Thesen beweisen, wenn sie weiterhin Bestand haben sollen.«

Er lächelte sie an. »Ihr seid eine bemerkenswerte Frau. Ja, ich würde es Euch zutrauen, dass Ihr Euch mit Ärzten, Gelehrten und Räten auseinandersetzt und sie dazu zwingt, Eure Ansichten zu hören und zu prüfen. Allerdings sollte man daran denken, dass solch ein Auftreten nicht gerade hilfreich ist, wenn man sich an einem Ort niederlassen und ein Apothekenprivileg der Stadt erhalten will. Vielleicht ist man gut beraten, erst ein wenig später streitbar zu werden. Oder haltet Ihr das für feige?«

Elisabeth schüttelte den Kopf. »Nein, es ist nur klug. Habt Ihr denn vor, den Rat von Würzburg um ein Privileg zu ersuchen? Wir haben bereits einen Apothekenmeister in Würzburg, wisst Ihr das? Meister Heinrich, dessen Offizin auf den Greden zu finden ist, unter der Oberratsstube. Soweit mir bekannt, ist es ein Lehen der Domkustorei.«

Meister Thomas nickte. »Das ist mir bekannt. Ich kam auch nicht, um mich in der Stadt niederzulassen. Ich folgte dem Ruf des Bischofs.« Elisabeth sah ihn überrascht an.

»Euer Bruder hat während der Reisen ab und zu Briefe mit Eurem Vater gewechselt, und in einem äußerte er sich bestrebt, nicht nur einen Leibarzt an seiner Seite zu haben, sondern eine eigene Apotheke auf dem Marienberg einzurichten. Er forderte mich auf, auf meinen Reisen viele seltene Ingredienzien zu sammeln und sie mit nach Würzburg zu bringen, um dann hier eine Offizin einzurichten.«

»Und nun? Was gedenkt Ihr nun zu tun? Ihr wisst doch,

dass der Bischof auf dem Zabelstein weilt. Wollt Ihr zu ihm weiterreisen?«

Meister Thomas hob die Schultern. »Einen Versuch ist es wert, doch ich kann mir nicht denken, dass er unter diesen Umständen noch einen Apothekenmeister benötigt.«

»Warum nicht? Mein Vater ist ein alter Mann, der – das muss man leider sagen – in seinem Leben zu viel dem Genuss gefrönt und sich diverse Leiden zugezogen hat. Wo soll er dort draußen in den Wäldern Heilmittel bekommen?«

»Das ist schon richtig«, unterbrach sie der Gast. »Doch bedenkt, sein Hofstaat ist dort viel kleiner. Und, was viel schwerer wiegt, man sagte mir, dem Bischof stünden nur noch wenige Mittel zur Verfügung, die der Pfleger und das Kapitel ihm zukommen lassen. Ich denke nicht, dass er diese für mich und meine Medizin verwenden will. Wenn er krank ist, wird er einen Boten mit dem Rezept seines Leibarztes nach Schweinfurt, Bamberg oder Würzburg schicken. Da muss er sich nicht eine eigene Offizin einrichten.«

»Und wie wird es dann für Euch weitergehen?«, fragte Elisabeth ein wenig ratlos. Meister Thomas machte eine wegwerfende Handbewegung. »Macht Euch meinetwegen keine Gedanken. Pfleger von Wertheim hat mir fürs Erste erlaubt, meine Waren hier unterzubringen und diesen Raum zum Verarbeiten einiger Kräuter und Steinproben zu verwenden, um Heilmittel herzustellen. Diese kann ich an andere Apotheker verkaufen. Ich kann wieder mit Eurem Bruder auf Reisen gehen und mir neue Ware verschaffen, oder ich gehe zurück in meine Geburtsstadt, nach Bamberg, um dort das Privileg für eine Apotheke zu erwerben. Vielleicht sogar bei Hof, wer weiß. Mein Vater ist ein angesehener Bürger und Ratsherr.«

Elisabeth strich mit dem Finger über eine Reihe zylindrischer Gefäße aus Majolika, der wertvollen Töpferware von einer Insel im Mittelmeer, deren undurchsichtige Zinnglasur und eine weitere durchsichtige, die Blei enthielt, sie ungewöhnlich gut abdichtete, ganz im Gegensatz zu der porösen heimischen Ware. Ein Gedanke huschte durch ihren Sinn, und sie sprach ihn aus, ehe sie darüber nachgedacht hatte.

»Dann kann ich nur hoffen, dass Eure Experimente Euch lange hier aufhalten.«

Meister Thomas trat ein Stück näher. »Warum denn das, Fräulein Elisabeth?«

Sie hob den Blick und sah in seine tiefblauen Augen.

»Damit Ihr Zeit und Muße findet, mir noch viele interessante Dinge von Euren Reisen und über die Heilmittel, die Ihr dort gesammelt habt, zu berichten.«

Kapitel 4

»Exzellenz, der Bote hat dieses Schreiben für Euch abgegeben.« Friedlein hielt ihm den Brief so hin, dass das Licht der Kerzen auf das Siegel fiel. »Aus Würzburg, vom bürgerlichen Rat. Ah, endlich gibt es eine Antwort auf Eure Schreiben, die die Stadt wie eine Flut überschwemmt haben müssen – zumindest sagt mir der Schmerz in meiner Hand, dass ich den Brief so oft abgeschrieben habe.«

Er machte ein kläglisches Gesicht, doch der Bischof ignorierte ihn. Er riss dem Narren nur das Schreiben aus der Hand, erbrach das Siegel und begann zu lesen. Friedlein beobachtete ihn gespannt und sah, wie sich die Farbe seines Gesichts wiederholt von Rot zu blass und dann wieder zu Rot wandelte. Zum Schluss, als er mit einem Ausruf das Blatt sinken ließ, war sein fleischiges Gesicht mit dem Doppelkinn von roten Flecken verunziert.

»Das scheint nicht die gewünschte Antwort zu sein«, sprach der Narr mehr zu sich selbst. »Was schreiben die Ratsherren?«

Zu seinem Erstaunen reichte ihm der Bischof das Blatt. Nein, er warf es ihm geradezu voll Abscheu vor die Füße. Friedlein fing das unschuldig herabsegelnde Pergament auf und begann in dramatischem Tonfall zu lesen.

Ehrwürdiger Herr, Herr Johann, Bischof zu Würzburg!
Es sind auf den Straßen, in den Kirchen und an anderen Orten Briefe ausgestreut worden, welche Ihr an die

Viertel der Stadt geschrieben habt, was einem würdigen Herrn wie Euch nicht geziemt. Doch wollen wir uns auf die in demselben gemachten Beschuldigungen freimütig verantworten. Ihr habt in diesen Briefen vorerst Euch beschwert, dass wir Euch ungerechter Regierung beschuldigten und deshalb verunglimpften. Wir erinnern Euch nun an die von Euch an uns verübte Gewalttätigkeit, da Ihr uns auf den Frauenberg laden und dort gefangen nehmen, auch die Stadt mit Kriegsvolk belagern ließet. Ihr wolltet glauben, dass wir den Vierteln der Stadt über die mit Euch gepflogenen Unterhaltungen mit Unwahrheit berichtet haben; wir haben denselben im Gegenteile alle auf der Versammlung zu Kitzingen gemachten Vergleichsvorschläge getreulich bekannt gemacht. Wenn Ihr ferner uns als die Urheber der Feindseligkeiten bezichtigt, so wollen wir dagegen nur Euer bisheriges, jedermann kundiges, gewaltsames Benehmen gegen uns anführen, gegen welches wir unsere stets gefährdete Ehre, Leib und Gut zu verteidigen genötigt und gezwungen waren. Auf Euer Versprechen, das Stift selbst mit Gottes und Euerer Freunde Beistande fürder löblich regieren zu wollen, erklären wir, dass Ihr dieses schon früher zu der Zeit, als Ihr zu dem würdigen Stifte Würzburg gelangt seid, wohl hättet tun können, damals aber das Gegenteil getan und das Stift in unabsehbares Elend gestürzt habt. Euer Vorhaben erscheint uns deshalb mit Recht unlauter und nicht ehrenhaft. Der allmächtige Gott und der heilige Märtyrer Kilian, unser Stiftspatron, mit seinen heiligen Gefährten, möge Euch erleuchten und bewegen, dass Ihr einsehet, in welches Unglück Ihr das löbliche Stift Würzburg gestürzt habt, und Euer Herz bekehren und bessern, damit dem äußersten Notstande des Landes endlich abgeholfen werde. Wollet Ihr aber, wie es scheint, absichtlich Gelegenheit zur Erneuerung und Fortspinnung des Zwistes zwischen

Euch und uns suchen, so werden wir uns gemüßigt sehen, uns auf jede erlaubte Weise vor Euren Anfeindungen sicherzustellen.

»Hör endlich auf damit!«

Friedlein ließ den Brief sinken. »Das könnte man als ein eindeutiges »Nein« zu Eurem Ansinnen deuten.«

»Glaubst du, das ist mir entgangen?«, rief der Bischof erbost.

»Dass das einfache Volk immer so nachtragend sein muss«, meinte der Narr mit einem Kopfschütteln. »Es ist so fantasielos in seinen Gedanken und sieht nur, was sich direkt vor seinen Augen abspielt. Den höheren Zweck, der dahinter steht, will es nicht einsehen. Nun gut, einen Versuch war es wert.«

Er warf den Brief achtlos hinter sich, wo er zu Boden flatterte.

»Wenden wir uns neuen Plänen zu. Was gedenkt Ihr nun zu tun, nachdem Eure höfliche Aufforderung ins Leere glitt?«

»Ich denke darüber nach«, sagte der Bischof unfreundlich. »Und nun geh. Ich werde es dich wissen lassen, wenn ich so weit bin, dass ich glaube, es wäre gut, meine Gedanken mit dir zu teilen.«

»Das hört sich vielversprechend an. Ich bin gespannt!«, rief Friedlein und hinkte mit seinen verschieden langen Beinen hinaus.

»Er ist wieder da!« Elisabeth schenkte Jeanne ein strahlendes Lächeln, dann raffte sie die Röcke und eilte den Gang entlang und die Treppe hinunter in den Hof, wo sie Albrecht auf der untersten Stufe beinahe umrannte. Lachend fing er sie auf, drückte sie kurz an sich, nahm aber dann Abstand und verbeugte sich, wie es sich gehörte.

»Mein Herz, ich brauche dich also nicht zu fragen, ob du mich vermisst hast«, sagte er mit einem Lachen. »Aber ich stehe dir in keiner Weise nach. Ich konnte an nichts anderes denken als an unser Wiedersehen. Komm, lass uns hineingehen. Hier draußen ist es zu unwirtlich, und ich sehe, dass es dich fröstelt.«

So traten sie in den Fürstenbau zurück, in dem ihr Vater früher gewohnt hatte und in dem nun der Pfleger Johann sich einrichtete. Am liebsten hätte sie Albrecht mit in ihr behagliches Gemach genommen, um mit ihm vor dem Kamin zu sitzen und zu plaudern, einen Becher Honigwein in den Händen und vielleicht einige kandierte Früchte aus der Schale, die Jeanne nie leer werden ließ. Gret hatte die Köstlichkeiten eigenhändig nur für die Freundin zubereitet, so viel wusste sie.

So setzten sie sich in den kleinen Speisesaal, in dem sie nun öfters mit ihrem Bruder und Meister Thomas zu speisen pflegte, wenn sie sich nicht zu dem neuen Hausherrn und seinen Gefolgsleuten setzen mochte. Kaufmann Johann und die anderen Begleiter des Handelszuges waren bereits weitergereist.

Sorgsam rückte Elisabeth zwei Sessel an den Kamin und schenkte Albrecht einen Becher Wein ein. »Nun, wie geht es auf Burg Wertheim? Sind dein verehrter Vater und deine liebe Mutter wohlauf?«

»Aber ja, danke der Nachfrage.«

Warum sah er ihr nicht in die Augen? Ein ungutes Gefühl breitete sich in ihrem Innern aus. »Was haben sie denn gesagt?«, fragte sie weiter, obwohl sie die Antwort fürchtete.

»Gesagt? Nichts Besonderes. Sie freuen sich über die Ehre, die Johann zuteilgeworden ist, und hoffen – nun ja, dass er bald Bischof wird.« Verlegen sah er zu ihr hinüber, doch im Moment interessierte es Elisabeth nicht, dass Albrechts Eltern auf den baldigen Tod ihres Vaters hofften. Das war nur verständlich und kein Grund, sich zu kränken. Wusste Albrecht nicht, dass sie auf eine andere Antwort wartete?

»Ich meine über mich!«, fügte sie ein wenig schärfer hinzu. »Was haben sie über mich gesagt?«

»Ich weiß nicht. Ich kann mich nicht entsinnen, dass sie dich erwähnt hätten...«

Elisabeth fiel ihm ins Wort. »Du hast nicht mit ihnen darüber gesprochen! Und frage nun nicht, worüber, denn das weißt du genau«, eiferte sie sich. »Du sagst, ich solle dir getrost meine Zukunft anvertrauen und keine Furcht hegen, obwohl ich den Marienberg und damit meine Heimat schon bald verlassen muss, aber du sprichst nicht einmal mit deinen Eltern über unsere Vermählung!«

Albrecht hob resignierend die Hände. »Elisabeth, das ist kein Grund, an mir zu zweifeln. Ich habe dir geschworen, dass du getrost dein Leben in meine Hände legen kannst, und dazu stehe ich. Früher hätte der Vater gegen diese Verbindung nichts einzuwenden gehabt, doch ich weiß, dass er nun seine Zustimmung nicht mehr geben würde, daher kann ich ihn nicht fragen. Er wird es erst erfahren, wenn wir für immer untrennbar miteinander verbunden sind. Sicher wird er mir eine Zeit lang zürnen, aber dann wird er mir verzeihen. Und bis es so weit ist, wird mein Bruder Johann seine schützende Hand über uns halten.«

»Ach, und er findet nichts dabei, dass ich nur der Bastard eines abgesetzten Bischofs bin, der seine Macht und sein Geld verloren hat?«

»Du musst nicht so im Zorn mit mir sprechen«, erwiderte Albrecht sanft und griff über den Tisch nach ihrer Hand. »Ich gebe zu, dass auch Johann dies nicht für eine kluge Verbindung hält und mir das offen sagt, doch er ist auch bereit, meine Entscheidung zu respektieren.«

»Dann sind wir stets von seinen Launen abhängig«, warf Elisabeth ein.

»Er ist kein launenhafter Mensch«, verteidigte Albrecht seinen Bruder. »Und nun halte ein, und lass uns den Tag genießen. Es gibt nichts, das uns trennen wird. Lass dein aufgeregtes Gemüt zur Ruhe kommen, meine Liebste.«

Elisabeth seufzte. »Es gibt viel mehr, das uns trennen wird, als du es dir vorstellen kannst. Ich muss es dir sagen, daher höre mir gut zu. Wenn du mich wirklich liebst und diesen Schritt auf ewig mit mir wagen willst, dann musst du die ganze Wahrheit kennen.«

Albrecht sprang auf, kam zu ihr herüber und verschloss ihre Lippen mit seiner Hand. »Quäl dich nicht so. Du musst mir gar nichts sagen. Ich vertraue dir und will dich, so, wie du bist. Aber nun entschuldige mich. Ich habe meinen Bruder noch nicht gesehen und muss ihm einige Dinge von unserem Vater bestellen.«

Und schon war er draußen. Elisabeth sah ihm mit offenem Mund nach. Das durfte nicht wahr sein. Jetzt hatte sie noch einmal ihren ganzen Mut für diese schwere Beichte zusammengenommen, und er war ihr schon wieder entwischt – geflohen, konnte man geradezu sagen. Ahnte er gar, was sie ihm sagen wollte, und wusste er, dass er diese Worte nicht würde ertragen können? Aber wie sollte das möglich sein? Oder war es so, wie Gret stets behauptete, dass die Männer gar keine Offenheit wollten?

»Ich kann aber nicht mit dieser Lüge leben!«, rief Elisabeth empört aus und schlug mit der Faust auf den Tisch.

»Oh, ich störe wohl. Das wollte ich nicht!« Eine Stimme von der Tür ließ sie herumfahren. Meister Thomas stand mit verlegener Miene im Türrahmen, bereit, sich zurückzuziehen. »Ich war auf der Suche nach Eurem Bruder Georg, der mich nach Würzburg hinunter begleiten wollte, um mit mir Meister Heinrich in seiner Offizin auf den Greden aufzusuchen. Aber wie ich sehe, ist er nicht hier, und so entschuldige ich mich und ziehe mich sogleich zurück.«

Elisabeth sprang auf und wischte sich die Zornesträrnen aus den Augenwinkeln.

»Ihr stört nicht, Meister Thomas, und wenn, dann war es eine Störung, die in diesem Moment das Rechte war.«

Sie eilte an seine Seite und stieg neben ihm die Treppe hinunter. »Meinen Bruder werdet Ihr vergeblich suchen«, sagte sie, als sie ihre Hand in seine Armbeuge legte. »Er ist zur Jagd geritten. Sie haben die Falken und einen Habicht mitgenommen und wollen sie noch einmal fliegen lassen, bevor sie an einen der Gefolgsleute verkauft werden, wie ich vermute«, fügte sie ein wenig traurig hinzu. Der Apotheker hielt inne und ließ sie als Erste durch die Tür auf die Freitreppe treten, die sie in den Hof hinunterführte.

»Es tut mir leid, aber ich fürchte, Georg hat Eure Verabredung vergessen.« Unvermittelt blieb Elisabeth auf der untersten Stufe stehen. »Aber könnte nicht ich Euch begleiten?«

Meister Thomas hielt inne und sah sie überrascht an. »Ja, wenn Ihr meint. Ich würde mich freuen, aber...«

»Ich weiß, es war eine dumme Idee, verzeiht. Ihr braucht den fachkundigen Rat des erfahrenen Kaufmanns und nicht das einfältige Geplapper seiner Schwester. Denkt nicht mehr daran.«

Meister Thomas lächelte auf sie herab. Er war ein großer Mann, wie Elisabeth wieder einmal feststellen musste. »Fräulein Elisabeth, wenn ich aus Eurem Mund bisher einfältiges Geplapper gehört habe, dann in diesem Moment! Euer Bruder mag auf unserer Reise zu einem gewitzten Kaufmann geworden sein, vom Handwerk eines Apothekers versteht er nichts, denn im Gegensatz zu Euch interessiert er sich nicht dafür und ist nicht bereit, aufmerksam zuzuhören. Ich würde jede Wette eingehen, dass Ihr noch jedes Wort wisst, das ich Euch in meiner Alchemistenküche erzählt habe.«

Elisabeth spürte, wie ihr Röte ins Gesicht stieg. Sie senkte den Blick. »Ja, das ist gut möglich. Es ist für mich ganz wunderbar, wenn Männer die Mühe auf sich nehmen, ernsthaft mit mir zu sprechen. Ich will wissen, was um mich herum vor sich geht, und es erstaunt mich immer wieder, welch interessante Dinge es auf Gottes weiter Welt gibt. Früher habe ich mich mit Albrecht stets vortrefflich über die große Politik gestritten.« Sie seufzte. »Im Augenblick hat er dafür keine Zeit. Er muss seinem Bruder zur Verfügung stehen und so manchen Auftrag für ihn erledigen. Vielleicht wird es wieder anders, wenn Pfleger Johann sich eingelebt hat und alles im Bistum wieder in ruhigeres Fahrwasser gerät.«

»Ja, vielleicht«, sagte Meister Thomas vage und kam dann wieder auf den Ursprung seines Anliegens zurück. »Und? Sollen wir fahren? Ich würde vorschlagen, Ihr nehmt Euer Kammermädchen mit, falls es die Sorge um Euren guten Ruf ist, die Euch zögern lässt. Ich denke, dann kann niemand Anstoß daran nehmen.«

»Wenn Ihr meint. Dann nehme ich das Angebot an. Ich muss mich nur rasch umkleiden. Ich bin sogleich zurück.«

Mit gerafften Röcken eilte sie in ihre vertrauten Gemächer, die sie noch immer nicht geräumt hatte. Wie viele Tage blieben ihr noch?

»Jeanne, beeile dich!«, rief sie ungeduldig. »Ich möchte Meister Thomas nicht warten lassen. Was machst du für ein Gesicht? Du kommst doch mit. Dann kann keiner Anstoß daran nehmen.«

Jeannes Miene blieb angespannt, während sie Elisabeth in ein ebenfalls edles, doch robusteres Gewand von dunkler Farbe half. »Ich weiß, dass es mir nicht zusteht, was meine Herrin tut, zu rügen, und dennoch muss ich dich fragen, ob du das für klug hältst.«

»Er ist ein Freund meines Bruders, und ich lasse mich von einer Kammerfrau begleiten. Wir sind nur wenige Stunden unterwegs...«

»Das meine ich nicht!«, fiel ihr Jeanne ganz ungewohnt ins Wort. »Wir fahren nach Würzburg, in die Stadt hinein, und sind dort zu Fuß unterwegs. Fürchtest du nicht, wir könnten erkannt werden? Selbst wenn keiner auf den Gedanken kommt, mit der Tochter des Bischofs diese Vergangenheit zu verbinden. Wenn mich jemand wiedererkennt, wäre das ebenfalls nicht gut. Weder für mich noch für dich!«

Elisabeth zuckte zurück. Betroffen starrte sie die Freundin an. »Daran habe ich nicht gedacht. Nein, wie gedankenlos von mir! Es war nur die Freude, endlich mal aus der Festung herauszukommen und vielleicht mehr über Meister Thomas' Reisen und die faszinierende Welt der Heilmittel zu erfahren. Doch wenn wir jetzt nicht gehen, wann dann? Wie lange muss man warten, bis die Welt ein paar unwichtige Dirnen vergessen hat?« Jeanne hob die Schultern.

»Siehst du! Auch du weißt darauf keine Antwort. Soll ich mich nun mein Leben lang auf dem Marienberg verstecken? Wobei dies nicht einmal möglich wäre, selbst wenn ich es wollte. Unsere Tage hier in diesen bequemen Gemächern sind gezählt. Der Pfleger kann und will uns hier nicht dulden. Haben wir nicht beschlossen, unser Leben in die eigenen Hände zu nehmen? Nun, dann müssen wir ab und zu auch etwas wagen. Und nun gib mir die Haube mit dem langen Schleiertuch, und lass uns gehen.« Sie reckte sich selbstbewusst, während Jeanne ihr den Schleier so steckte, dass er ihr Gesicht ein wenig verbarg. Niemand würde sich darüber Gedanken machen. Heute war ein schöner Tag, doch die Luft trotz der Sonne herbstlich kühl.

Meister Thomas erwartete sie bei der Kutsche und half ihr beim Einsteigen. Auf dem Dach hatte er einige Bündel verschnürt, die er vermutlich dem Würzburger Apothekenmeister anbieten wollte.

Die beiden kräftigen Pferde zogen an, und der Wagen rumpelte durch das äußere Tor und dann den steilen Weg hinunter der Vorstadt zu. Sie passierten das Zeller Tor und folgten der Straße, die auf die Mainbrücke zuführte. Links erhob sich das Deutschordenshaus in seiner seltsamen Bauweise. Neben dem Westturm der Kirche im unteren Teil des Langhauses wölbte sich ein Torbogen, durch den man unter dem Langhaus passieren und auf die Gasse hinter dem Ordenshaus gelangen konnte. Dessen Erbauern war nichts anderes übrig geblieben, als dieser seltsamen Bauweise zuzustimmen, verlegte das Ordenshaus mit der Kirche doch den seit Jahrhunderten üblichen Prozessionsweg hinaus zum Schottenkloster. In Zukunft auf dem großen Umgang mit dem Allerheiligsten einen anderen Weg zu wählen, kam für die Würzburger Geistlichkeit nicht infrage. Und so mussten sich die Deutschordensritter etwas ausdenken, wie sie diesen Forderungen gerecht werden konnten, ohne die Baupläne für ihr Ordenshaus aufgeben zu müssen.

Der Wagen passierte die steinerne Brücke mit ihren weit geschwungenen Bögen über den Main. Noch hatten die Herbststürme mit ihren reichhaltigen Regenfällen nicht eingesetzt, und so führte der Fluss nur wenig Wasser. Elisabeth sah aus dem Fenster. Ein langer, flacher Kahn mit Bauholz machte gerade am Ufer fest. Dann entschwand er ihren Blicken, als der Wagen das Brückentor passierte und in die Domstraße einfuhr, die – breit und prächtig – in gerader Linie auf den Dom zuführte. Links ragte der Turm des Grafeneckart, der Stolz der Ratsherren der Stadt, in den Himmel. Am Platz auf der rechten Seite stand die Münze.

Der Kutscher ließ die Pferde in langsamem Schritt laufen. Schneller wäre es eh nicht gegangen, denn an jenen Tagen, an denen in der Domstraße und den angrenzenden Gassen Markt gehalten wurde, war kaum ein Durchkommen, so viele Menschen waren unterwegs, mit ihren Waren und dem ein oder anderen Stück Vieh. Erinnerungen stiegen in Elisabeth auf, wie sie mit den anderen Dirnen des Frauenhauses hier entlanggeschlendert war, ein Stück Süßigkeit in den Händen, das sie an einem der Bäckerstände erworben hatten, einen Korb am Arm für die Einkäufe, die sie für die Eselswirtin erledigen sollten. Es war ihr, als könne sie die anderen scherzen hören. Ihre Gestalten tauchten in ihrem Geist auf: die zierliche Mara mit dem kastanienbraunen Haar, die jüngste unter ihnen, Anna, korpulent mit dem mausbraunen Haar und den schlechten Zähnen, Ester, die gute Seele, groß und knochig mit den Narben im Gesicht, die ein bösartiger Kunde mit seinem Messer hinterlassen hatte. Und dann Marthe. Die schöne Marthe mit dem Blondhaar. Sie würde allerdings nicht lächeln. Nein, das sparte sie sich für ihre Kunden auf. Für die Frauen hatte sie stets nur eine verkniffene Miene übrig. Die anderen dagegen waren zumeist erstaunlich fröhlich, wenn man bedachte, welch hartes Los sie getroffen hatte.

Waren sie wirklich irgendwo dort draußen unter den vielen Menschen? Elisabeth beugte sich ein wenig vor und ließ den Blick schweifen in der Erwartung, einen Rock mit dem verräterischen gelben Saum zu erhaschen. Sie spürte Jeannes Finger um ihren Arm. Dachte sie das Gleiche? Vielleicht. Jedenfalls hielt sie es offensichtlich nicht für ratsam, sich hinauszulehnen und zu riskieren, erkannt zu werden. Was, wenn eine der Frauen ihr unbedacht zuwinkte oder gar ihren Namen rief?

Jeanne schien ihre Gedanken zu lesen, denn sie wisperte ihr zu: »Ich würde sie auch gerne wiedersehen, aber das wäre nicht klug. Gar nicht klug! Es ist ein Teil aus einem anderen Leben, das hinter uns liegt. Vergiss das nicht.«

Der Wagen hielt an. Meister Thomas öffnete den Schlag und half Elisabeth beim Aussteigen.

»Würzburg ist eine lebhafte Stadt, das muss ich sagen«, sagte er und ließ den Blick schweifen.

»Ja, Ihr habt recht«, stimmte ihm Elisabeth zu und trat neben ihn, die Stirn in Falten gelegt. »Und doch scheint mir das nicht normal. Solch eine Stimmung herrscht sonst nur an hohen Prozessionstagen oder wenn Jahrmarkt ist. Auch wenn hier in der Domgasse und auf den Stufen vor dem Dom stets Gedränge herrscht, kommt mir das doch ungewöhnlich vor. Was meinst du, Jeanne?«

Das Kammermädchen nickte. »Ja, hier geht etwas vor sich.

Es scheint vom Grafeneckart her zu kommen. Hört ihr die Rufe?«

Sie reckte sich und stellte sich auf die Zehenspitzen, konnte aber nichts erkennen.

»Ich werde es herausfinden«, sagte sie und war auch schon zwischen den wogenden Leibern verschwunden, ehe Elisabeth etwas erwidern konnte. Meister Thomas führte sie die Stufen hoch, sodass sie nicht mehr zu sehr im Gedränge standen, dafür aber einen besseren Ausblick über die Domstraße hatten und über das, was dort vor sich ging.

Jeanne schien recht zu behalten. Der wogende Wirbel zog sich um das Rathaus, schien für einige Momente innezuhalten und begann dann einen Zug zu formen. Zuerst konnte Elisabeth die Spitzen der Hellebarden einiger Bewaffneter sehen, dann teilte sich der Strom der Menge, und ein bekanntes rotes Gewand blitzte auf. Ein Trommelwirbel erklang, und nun erkannte Elisabeth die hochgewachsene Gestalt in Wams und Mantel und mit dem roten Hut auf dem ergrauten Haar. Es schien ihr, als schreite Meister Thürner direkt auf sie zu. Der Anblick des Henkers jagte ihr einen Schauder über den Rücken, wie vermutlich vielen Passanten, ganz sicher jedoch aus einem anderen Grund. Elisabeth schätzte diesen ruhigen, klugen und weitsichtigen Mann gar, doch sein Anblick ließ Erinnerungen an Begebenheiten auf sie einstürmen, von denen sie viele gerne vergessen hätte.

Der Henker ließ seinen Blick schweifen, bis er bei Elisabeth verweilte. Er zögerte gar kurz in seinem Schritt. Die blauen Augen weiteten sich ein wenig, und die Stirn legte sich in Falten. Dann huschte ein Lächeln über seine Lippen, und er formte lautlos einen Namen. Kein Zweifel, er hatte sie erkannt.

Elisabeth machte einen Schritt rückwärts, ohne die Gestalt mit den breiten Schultern und dem kantigen Gesicht aus den Augen zu lassen. Ohne darüber nachzudenken griff sie nach Meister Thomas' Hand. Er drückte beruhigend die ihre.

»Fürchtet Ihr Euch, Fräulein Elisabeth? Das müsst Ihr nicht. Der Henker und der Delinquent werden Euch hier nicht zu nahe kommen. Sie werden dort abbiegen und den Weg am Neumünster vorbei wählen, so wie es aussieht.«

»Ihr habt recht, verzeiht«, sagte sie schnell und nahm ihre Hand errötend wieder zu sich. Doch Meister Thomas schien sich weiter nichts dabei zu denken.

Nun erst wurde Elisabeth bewusst, dass sie es hier mit dem Zug eines Verurteilten zum Richtplatz vor der Stadt zu tun hatten. Deshalb waren so viele Menschen unterwegs. Sie hatten der Verlesung des Urteils vor dem Grafeneckart beigewohnt und folgten nun dem Karren zum Crambuhel – dem Hügel, um den die Krähen fliegen –, um die Vollstreckung zu sehen. Der Richtplatz mit der Hauptstatt und dem Galgen erhob sich auf dem kahlen Hügel und war bereits von Weitem als mahnendes Ensemble zu sehen, wenn man die Stadt durch das Hauger Tor verließ. Das erklärte auch die seltsam aufgekratzte Stimmung der Menge, die sich bereits an dem Blut berauschte, das schon bald unter dem Henkersschwert fließen würde. Oder würden sie den Mann auf dem Karren am Galgen aufziehen? Elisabeth betrachtete den vierschrötigen Mann mit den gefesselten Händen und Beinen, der sich stolz bemühte, seine Angst zu verbergen und den Spott der Menge an sich abprallen zu lassen. Kannte sie ihn? Hatte sie ihn nicht schon einmal gesehen?

Jeanne drängte sich zwischen die um den Karren wogenden Menschen und tauchte dann wieder an Elisabeths Seite auf.

»Eine Hinrichtung auf dem Crambuhel draußen«, keuchte sie. »Aber das hast du dir sicher bereits gedacht.« Sie stutzte. Anscheinend fiel ihr jetzt erst ein, dass sie nicht alleine waren, und so rückte sie ein kleines Stückchen von ihrer Herrin ab.

»Hans Bausback ist sein Name. Sie führen ihn zum Richtplatz, um ihn zu vierteilen und die vier Rumpfteile anschließend an den Haupttoren aufzuhängen.«

Elisabeth schauderte es. »Vierteilen?«, wiederholte sie tonlos und warf Meister Thomas einen Blick zu, der dem Bericht des Kammermädchens offensichtlich ebenfalls gelauscht hatte.

»Das ist keine übliche Strafe«, meinte der Apotheker. »Zumindest kenne ich es so aus meiner Heimatstadt. Dieser Mann muss etwas wirklich Übles verbrochen haben.« Beide blickten Jeanne an.

»Weißt du, wofür er dieses Urteil erhalten hat?«

Jeanne wand sich. Zuerst dachte Elisabeth, sie wisse die Antwort nicht, doch dann druckste sie: »Er ist ein treuer Gefolgsmann Bischof Johanns.«

Richtig, deshalb kam er Elisabeth bekannt vor. Hans Bausback hatte schon früher kleinere Dienste für ihren Vater übernommen, um die man nicht unbedingt einen Ritter von Ehre bitten würde. Es wurde ihr ein wenig flau im Magen.

»Und was hat er nun gemacht, dass er diese schwere Strafe verdient?«

»Ob er sie verdient, kann ich nicht sagen«, wehrte Jeanne ab. »Verurteilt wurde er jedenfalls, weil er unter anderem Briefe des Bischofs in den Vierteln verteilt hat. Und er soll auch welche unter dem Namen anderer geschrieben haben, um zwischen dem Domkapitel und der Bürgerschaft Unfrieden zu stiften und die Bürger gegen den Pfleger von Wertheim aufzubringen.« Sie sah Elisabeth nicht in die Augen.

»Er hat also getan, was mein Vater ihm aufgetragen hat, wurde dabei ertappt und muss nun auf eine scheußliche Weise mit dem Leben bezahlen«, fasste Elisabeth zusammen. Das Entsetzen war in ihrer Stimme zu hören. »Vierteilen, wegen ein paar Briefen!«, flüsterte sie fassungslos.

»Nun, da Bischof von Brunn der Regierungsgewalt enthoben wurde und sich von allem zurückziehen musste, ist das so zu sehen, als habe sich der Verurteilte mit einem fremden Feind eingelassen und versucht, dessen Interessen hier in der Stadt zu festigen. Das ist Hochverrat, und dafür verhängt man die höchsten Strafen«, erklärte Meister Thomas in sanftem Ton.

Elisabeth schluckte, dann schüttelte sie sich, als wolle sie die Umklammerung lösen, die ihre Glieder zu lähmen schien. »Ihr habt wohl recht, Meister Thomas, doch nun lasst uns tun, wozu wir nach Würzburg gekommen sind. Ich habe nicht vor, den Zug zum Richtplatz zu begleiten, und Ihr hoffentlich auch nicht.« Meister Thomas schüttelte energisch den Kopf.

»Gut, dann lasst uns zu Meister Heinrich gehen. Ich werde ganz still sein und Euren Gesprächen lauschen. Ich kann es kaum erwarten zu erfahren, was es für mich noch alles Interessantes über Heilmittel zu lernen gibt.«

Meister Thomas verbeugte sich vor ihr und reichte ihr mit einem warmen Lächeln seinen Arm.

»Ja, lasst uns gehen, und ich verspreche, dass ich mich bemühen werde, Euch nicht zu langweilen. Sollte dies passieren, dann rügt mich sofort! Und fragt, wenn Euch etwas nicht verständlich ist. Ich werde mir jede Mühe geben, es Euch zu erklären.«

Und so wandten sie dem Hinrichtungszug den Rücken und schritten gemeinsam zur Offizin, die Meister Heinrich in seinen Räumlichkeiten unter der Oberratsstube betrieb.

Kapitel 5

»Was? Ich soll nach Kitzingen ins Frauenkloster gehen?« Friedlein schlug sich die Hand auf die Brust. In seinem Gesicht stand Entsetzen. »Euer Exzellenz, auch wenn ich der holden Weiblichkeit nicht abgeneigt bin, ein Frauenkloster ist ganz sicher nicht der rechte Platz für mich.«

»Hör auf mit deinen Scherzen. Es ist mir durchaus ernst damit«, polterte Bischof von Brunn.

»Mir auch, verehrter Herr«, gab der Narr zurück.

»Dann pack dich, und lass dir ein Pferd satteln.«

»Nicht so hastig, Exzellenz. Solch eine Sache will nicht überstürzt sein. Ich bin ein Narr mit einem kurzen Bein, und alt, oh ja, schon alt. Das Reißen hat in diesen kalten, feuchten Tagen wieder Einzug in meine Glieder gehalten und schmerzt mich, dass ich keinen Gaul erklimmen könnte. Und sagt nun nicht, ich solle eine Kutsche nehmen, denn das Geschüttel wäre nicht minder schmerzhaft.«

»Dann wirst du für deinen Herrn eben ein wenig leiden müssen«, entgegnete der Bischof mitleidslos. »Wir alle müssen Opfer bringen, und Gott im Himmel wird es dir einst vergüten.«

»Dieses Vorhaben? Ja, indem er den Erzengel mit flammendem Schwert an die Himmelspforte stellt, der mir den direkten Weg zur Hölle weist!«

Der Bischof machte eine wegwerfende Handbewegung. »Ach was, du wirst deine Taten vor deinem Tod beichten und bereuen. Dann kostet dich das höchstens ein wenig mehr Zeit im Fegefeuer.«

»Wie beruhigend«, murrte der Narr, der nicht bereit war nachzugeben. »Nein, haltet ein, mein Fürst, und überlegt Euch die Sache noch einmal. Es wäre doch nicht in Eurem Sinn, wenn man Euch sofort mit dieser Sache in Verbindung brächte. Dann könntet Ihr auch offen einen Eurer Ritter mit blankem Schwert schicken. Im Gegenteil, entscheidend ist es, unauffällig zu bleiben, und da wäre es der Sache nicht dienlich, wenn Ihr die auffälligste Person schicktet, die Euer Gefolge zu bieten hat.« Der Narr breitete die Arme aus. »Wer würde sich nachher nicht an den kleinen, hinkenden Mann mit dem schiefen Gesicht erinnern, der stets im Schatten von Johann von Brunn zu finden ist?«

Der Bischof machte ein nachdenkliches Gesicht. »Ja, du hast recht. Das wäre nicht von Vorteil. Vielleicht ist es besser, jemand anderen mit diesem Auftrag zu bedenken.«

Erleichterung breitete sich im Gesicht des Hofnarren aus. »Ihr seid wie immer die Weisheit in Person, Exzellenz.«

Elisabeth betrat hinter Meister Thomas die Offizin, deren Name sich aus dem lateinischen *officina* – Werkstatt – herleitete. Diese Bezeichnung traf sicher nur für den hinteren Teil zu. Mehr als die Hälfte diente dem Apotheker als Verkaufsraum. Zu beiden Seiten reckten sich hölzerne Regale bis an die Decke, gefüllt mit den verschiedenen Arten von Behältnissen, die Meister Thomas Elisabeth bereits in seinem Laboratorium gezeigt und erklärt hatte.

Ja, hier schien alles vorhanden: fein bemalte Dosen und Schachteln aus den unterschiedlichsten Materialien, alle fein säuberlich aufgereiht, der Größe nach sortiert. Obwohl Meister Thomas betont hatte, wie wichtig das rechte Gefäß für jede Zutat sei, um das Ausdampfen seiner heilenden Stoffe zu verhindern, roch es in der Offizin nach den verschiedensten Kräutern und anderen Materialien. Elisabeth versuchte die Duftnoten zuzuordnen. Da waren angenehme Gerüche nach

Minze und Lavendel und weniger angenehme wie nach Baldrian und vielleicht auch Kampfer. Dann hing da noch etwas Stechendes in der Luft und der saure Geruch von Essigwasser.

Elisabeth ließ den Blick weiter schweifen. Die Mitte des Raumes nahm ein mächtiger Eichentisch ein, über dem ein ausgestopftes Krokodil mit blitzend roten Augen hing. Auch in einem der Regale im hinteren Bereich reihte sich eine Sammlung von seltsamen Kreaturen und Naturerscheinungen, manche getrocknet, andere in klarer Flüssigkeit in einem Glasbehälter. Elisabeth konnte schlangenartige Wesen, riesige geflügelte Insekten, Eier und ungewöhnlich geformte Wurzeln erkennen. Auf dem Tisch daneben, dessen Platte im Gegensatz zu dem stattlichen Eichenmöbel roh und voller Flecken war, wurde offensichtlich gearbeitet. Es standen Schalen mit verschieden grobem Inhalt neben einem Mörser aus Stein und einem aus Bronze. Auf der anderen Seite unterschiedlich große Waagen und Schachteln mit Gewichten.

Elisabeths Aufmerksamkeit glitt zur Mitte und dem prächtigen Eichentisch zurück, hinter dem der Meister stand, ein Stück Pergament in der Hand, das ihm der Mann auf der anderen Seite – offensichtlich ein Kunde – gereicht hatte. Der Meister runzelte die Stirn, entzifferte die Anweisungen, die vermutlich der Arzt dem Patienten notiert hatte, und zog dann einen ledergefassten Folianten zu sich, um das ein oder andere nachzuschlagen, derweil der Kunde unruhig von einem Fuß auf den anderen trat. Die Haut seines Gesichts war von unnatürlich roter Farbe, und immer wieder lösten sich Schweißperlen von Stirn und Schläfe, um hinab bis in den Kragen zu rinnen. Er zog ein Tuch aus seinem Rock und wischte sich mit einem Stöhnen über Gesicht und Hals. Der Mann wankte und musste sich an der massigen Eichenplatte des Tisches festhalten, um das Gleichgewicht wiederzuerlangen.

»Wie lange wird das dauern?«, drängte der sichtlich Leidende.

»Geduld, Meister Gerlach, Geduld. Ich muss erst nachsehen, ob ich all die Zutaten hierhabe, die das Rezept unseres verehrten Doktors nennt. Schafgarbe und Salbei sind natürlich kein Problem, auch Silberweidenrinde ist vorhanden und Eisenhut, mit dem man sehr sorgfältig zugange sein sollte.«

»Jaja«, wehrte der Kranke mürrisch ab. »Es reicht, wenn Ihr wisst, was zu tun ist. Kocht mir nur schnell meine Medizin, denn wie soll ich meiner Arbeit nachgehen, wenn ich – so schwach wie ein Hänfling – mich kaum auf den Beinen halten kann.«

»Gute Medizin dauert ihre Zeit. Sie verliert ihre Wirksamkeit, wenn man sich nicht ganz genau an die Zubereitung hält, die uns die Erfahrung und die Großen der Heilkunde gelehrt haben. Wie schnell ist durch Hast eine Rezeptur verdorben! Aber Ihr müsst nicht hier warten, Meister Gerlach. Ich schicke Euch den Lehrjungen, wenn der Fiebertrank und die Paste gegen den Schmerz in den Ohren fertig sind. Ihr müsstet mir die Rezepturen nur sogleich bezahlen. Und wenn Ihr möchtet, kann ich Euch auch noch einen Taler *Terra sigillata* mitgeben. Seht nur den Abdruck des Siegels. Es stammt tatsächlich von Lemnos, vom sagenumwobenen Hügel Moschylos und ist damit eines der sichersten Mittel gegen allerlei Pestilenzen. Ihr müsst nur Euren Wein damit versetzen. Am besten legt ihr den Taler stets in Euer Trinkgefäß, sodass seine segensreiche Wirkung sich bei jedem Schluck, den Ihr zu Euch nehmt, entfalten kann.«

Als der Kunde den Preis hörte, zögerte er zwar, doch ein erneuter Schwächeanfall ließ ihn den Geldbeutel zücken und einige Münzen auf den Tisch werfen. Die wertvolle Siegelerde fest in der Hand, wankte er aus der Offizin. Der Apotheker warf noch einen Blick auf die Rezeptschrift, dann nahm er sich ein zweites Buch, das offen auf dem Tisch gelegen hatte, schlug die Seite um und begann zu schreiben.

»Das ist das Arzneimittelbuch«, raunte Meister Thomas

Elisabeth zu. »Das darf in keiner Apotheke fehlen. Der Meister ist verpflichtet, alle Rezepturen fein säuberlich einzutragen, sodass man jede bei Bedarf leicht wieder nachschlagen kann.«

Endlich legte Meister Heinrich die Feder nieder und hob den Blick, um abwechselnd Elisabeth und Meister Thomas anzublicken. Jeanne, die sich ebenfalls staunend umsah, beachtete er nicht. Er hatte sofort erkannt, welche der Besucher einen gefüllten Beutel am Gürtel trugen.

»Edle Dame, werter Herr, womit kann ich dienen?«

Meister Thomas begrüßte den Apotheker und stellte sich vor. Dessen Miene begann zu strahlen. »Ah, ein Meister vom rechten Fach und gar mit seltenen Ingredienzien aus fernen Ländern?«

»Aber ja!«, rief Meister Thomas, trat vor und wickelte das kleine Päckchen aus, das er aus der Kutsche mitgebracht hatte. Es enthielt verschiedene Proben, die Meister Heinrich zu Ausrufen des Entzückens veranlassten.

Elisabeth beugte sich ein wenig vor, konnte aber nichts erkennen, das diese Reaktion in ihren Augen rechtfertigte.

»Habt Ihr noch andere Substanzen aus dem heißen Bauch der Mutter Erde gesammelt?«

»Ich habe Bittersalze und Schwefel, Zinnober und grünes Kupfersalz, aber auch sauberes Alaun und reines Quecksilber!«

»Das ist ja ganz vortrefflich. Darf ich Euch bitten, mir in mein Laboratorium zu folgen?« Eifrig ging er voran. Er hatte einen seltsam watschelnden Gang, was von seinen ungewöhnlich auswärts gedrehten Füßen zu kommen schien. Ansonsten war der Apotheker ein dürrer, hochgewachsener Mann, dessen grauer Haarkranz ein wenig aussah, als hätten bei Nacht die Mäuse an ihm genagt. Das war aber auch das Einzige an ihm, das ein wenig unordentlich wirkte. Abgesehen davon war der Mann wie aus dem Ei gepellt und konnte es durchaus mit den Ratsherren und anderen Honoratioren der Stadt aufnehmen.

So ging er ihnen voran in einen schmalen Flur, dessen linke Seite von einem übermächtigen Schrank eingenommen wurde. Eine der Türen stand ein wenig offen und zeigte zahlreiche Fächer mit noch mehr Dosen, Krügen und Schachteln. Das unterste Fach jedoch enthielt einen dünnen Strohsack, ein Kissen und eine Decke und war vermutlich die Schlafstatt des Lehrjungen.

Einige Schritte weiter stand eine Tür auf der rechten Seite offen. Elisabeths Blick schweifte durch ein Kontor mit einem prächtigen Sekretär, aber auch einer schmalen Bettstatt und einer Kleidertruhe im hinteren Bereich des Zimmers, das dem Apotheker offenbar auch als Schlafkammer diente. Die Tür am hinteren Ende des Flurs führte in einen kleinen Hof hinaus, der zur Hälfte überdacht war. Hier stand ein riesenhafter Mörserbecher, dessen Keule am oberen Ende einen Ring aufwies, durch den ein Seil führte, das mit einem Schwibbalken verbunden war. Trotz dieser Erleichterung war das Zerstoßen von Zutaten in diesem Steinmörser noch immer Schwerstarbeit, und so wunderte es Elisabeth nicht, dass dem Jüngling, der dort bei der Arbeit war, der Schweiß in Strömen herablief, sein Hemd nass und sein Gesicht tief rot waren.

Meister Heinrich beachtete ihn nicht. Er durchquerte mit seinen Gästen das Sonnengesessene und trat auf der anderen Hofseite in einen kühlen, steinernen Raum mit gewölbter Decke, der seine Alchimistenküche enthielt, wie er sie mit Stolz bezeichnete.

»Oben unter dem Dach nenne ich noch einen der Böden mein, um die Waren zu lagern, die ich neben den Arzneien noch vertreibe. Mein Sortiment ist nicht zu verachten«, sagte er und reckte sich ein wenig, als er mit der Aufzählung begann. »Balsam und Duftharz, Pestkugeln, Schluckbildchen und heilende Steine, Kerzen, Fackeln und Talg, Schlafschwämme, aber auch

Zucker und süßer Sirup, Honigpastillen und Würzwein und vieles mehr.«

Meister Thomas nickte anerkennend. »Ihr seid gut sortiert. Ich denke, es findet sich einiges unter meinen Waren, das für Euch von Interesse sein könnte. Doch ich habe nicht nur Dinge mitgebracht, die Ihr für Eure Tränke, Pastillen und Pflaster gebrauchen könnt.« Er trat an den Tisch, auf dem eine einfache Apparatur zur Destillation aufgebaut war. »Ich habe wertvolle Gläser, fein und klar in schönen Formen mitgebracht, die Euch nicht nur die Herstellung von *Aqua arden*, dem gebrannten Wasser erleichtern.«

Die bislang strahlende Miene des Apothekenmeisters wurde zurückhaltend. »Ich habe von solch feinem Glas gehört. Auch einige meiner Kolben stammen aus Venezien, doch ich fürchte, sie haben auch einen feinen Preis?«

Meister Thomas lächelte noch immer. »Wir werden uns einig werden. Ich zeige Euch meine Waren, Ihr prüft sie, und dann werden wir sehen, wie viele Gulden Ihr aufbringen wollt und was ich Euch im Gegenzug dafür geben kann.«

Meister Heinrich nickte. »Ja, wir werden sehen.«

»Welche Ehre, dass Ihr uns besucht.« Die Mutter Oberin sank vor dem Pfleger des Bistums in die Knie und küsste seinen Ring.

»Erhebt Euch, Mutter, und sagt mir, wie es um Euer Haus steht«, antwortete Johann von Wertheim freundlich. »Ich weiß, dass so vieles im Bistum im Argen liegt, und so muss ich zusehen, mir selbst ein genaues Bild der Lage zu verschaffen, um den schlimmsten Missständen sofort Abhilfe schaffen zu können.«

»Ach, Exzellenz, Ihr seid zu gütig«, hauchte die alte Frau. »Der Herr im Himmel hat uns viele Jahre geprüft, doch nun schickt er uns einen rettenden Engel!«

»Ich will nicht zu viel versprechen. Es scheint überall am

Nötigsten zu fehlen, und ich brauche ein göttliches Wunder, um auch nur einem Teil gerecht werden zu können, gar nicht zu sprechen von den erdrückenden Schulden und den Gläubigern, die Zins und Zahlung verlangen, oder von den Städten und Dörfern, die eiligst aus der Verpfändung gelöst werden müssen, sollen sie dem Bistum nicht auf ewig verloren gehen.«

»Dann beginnen wir Euren Besuch am besten mit einer kleinen Andacht, in der wir Gottes Hilfe erflehen, und mit einem einfachen gemeinsamen Mahl mit den Schwestern.«

Der Pfleger neigte das Haupt. »Gerne, Mutter Oberin. Wenn Ihr vorangehen wollt?«

Die Oberin schob ihre Hände in die Ärmel und ging lautlos über die unebenen Steinplatten neben dem Gast her. Sie schwieg, bis sich ihnen die Schwestern im Kreuzgang anschlossen, dann stimmte sie den Lobgesang an, unter dem sie in die Kirche einzogen.

Das adelige Frauenkloster mit seiner Kirche war ein Teil der Stadt Kitzingen. Vor allem ihre steinerne Brücke über den Main machte sie zu einem für den Handel in Franken wichtigen Ort. Mit ihren siebzehn gewölbten Schwibbögen und den beiden hohen Türmen war die Brücke ein beeindruckendes Bauwerk und so auch das Wahrzeichen der Stadt. Die Bürger waren sich ihrer Wertigkeit im Land durchaus bewusst, und ebenso klar war ihnen, wie wichtig es war, die Hoheit über die Brücke sicherzustellen. So war die Gemarkung rechts des Mains mit aufgeworfenen Gräben und steinernen Landwehrtürmen, Zwinger und Schranken versehen. Die Stadt selbst wurde von zwei Mauerringen und tiefen Gräben bis zum Mainufer umschlossen. Stolze achtundzwanzig Türme konnte sie zählen. Sechs Tore, von denen allerdings meist nur drei geöffnet waren, stellten eine reibungslose Durchfahrt für Händler mit ihren Waren sicher. Im inneren Stadtring erhob sich die Pfarrkirche St. Johannes mit dem Pfarrhof. Das Kloster mit der Kirche und seinem Spital lag außerhalb im Vorstadtring. Neben dem Klostertor ragte der imposante runde Marktturm auf. Seit jeher war das Kloster recht gut ausgestattet gewesen. Schon in alten Zeiten hatten die Schwestern ein Kaufhaus besessen, in dem die Bürger sich einmieteten, um es auch als Rathaus zu nutzen. Und auch das neue Kauf- und Rathaus am Markt in der inneren Stadt war mit seinen Brot- und Fleischbänken und dem Gewandhaus dem Kloster zu eigen. Der Rat hatte hier eine Ratsstube und die Gemeinde den bürgerlichen Tanzboden. Und dennoch waren die fetten Jahre des Klosters längst vorbei. Auch die Schwestern spürten seit Jahren, wie sich die Bischöfe auf dem Marienberg an den fränkischen Landen gütlich taten. Die Erträge gingen Jahr für Jahr zurück, und so setzte die Mutter Oberin große Hoffnungen in den Besuch des Pflegers von Wertheim.

Nach der Andacht trafen sich die Schwestern im Refektorium, wo ihnen und dem hohen Gast mit seinem Gefolge Mus, Brot und Käse und ein Trunk von saurem Wein gereicht wurde. Während eine der Schwestern erbauliche Worte aus einem Buch gesammelter Viten heiliger Männer las, versuchte die Mutter Oberin dem Gast zu entlocken, mit welchen Mitteln zur Rettung des Klosters sie konkret rechnen durfte, doch der Pfleger wand sich und ließ sich kein Versprechen abringen. Nur, dass er sie alle in seine Gebete einschließen würde, versprach er. Die Mutter Oberin ließ sich ihre Enttäuschung nicht anmerken.

Schwester Marthe beendete die Lesung, klappte das Buch behutsam zu und ging zu ihrem Platz zurück, wo sie rasch einen Bissen Brot in den Mund schob, ehe sich die Mutter Oberin erhob und das Mahl damit beendete. Rasch erhoben sich auch die Schwestern und stimmten ein Dankgebet für Speis und Trank an. Ihre hellen Stimmen klangen vom Gewölbe wider. Auch die Gäste hatten sich erhoben und warteten geduldig, bis die Schwestern ihren Gesang beendeten und sich dann lautlos im Gänsemarsch entfernten.

Aus den Augenwinkeln sah die Oberin, wie sich der Pfleger wieder auf seinen Stuhl fallen ließ. Überrascht wandte sie sich um. Der junge Vikar, der bisher stets an seiner Seite geblieben war, beugte sich über ihn.

»Hochwürden, was ist mit Euch? Wollen wir nicht aufbrechen? Wir kommen sonst in die Dunkelheit, ehe wir den Schutz des Marienberges erreichen. Und das ist in diesen unsicheren Zeiten nicht ratsam. Nicht einmal für Euch. Das Bistum liegt noch mit zu vielen Rittergeschlechtern des Umlandes in Fehde. Und so manche Bande von Strauchdieben macht die Wege unsicher.«

Der Pfleger antwortete nicht. Stattdessen sackte er noch ein wenig tiefer in sich zusammen und gab ein röchelndes Geräusch von sich.

»Bitte? Was sagtet Ihr?« Der Vikar blickte verwirrt in die Runde; dann wagte er, seinem Herrn an die Schulter zu fassen.

»Fehlt Euch etwas? Ist Euch nicht gut?«

Johann von Wertheim hustete krampfhaft. Er schwankte zur Seite. Vergeblich versuchte der Vikar, ihn zu stützen, doch der Körper bäumte sich auf und rutschte vom Stuhl. Der Mutter Oberin entschlüpfte ein Aufschrei. Sie warf sich auf die Knie und versuchte den Körper des Pflegers aufzurichten, der sich nun in Krämpfen wand. Ihr Schrei drang bis zu den Schwestern, die sich ob des ungewohnten Lauts aus dem Mund ihrer Äbtissin umwandten. Der Zug kam ins Stocken, und bald umringten alle Schwestern den zuckenden Körper des Mannes, der doch ihr geistlicher Vater und Landesherr werden sollte. Sie vergaßen sich gar so weit, dass sie die Stille brachen und aufgeregt miteinander tuschelten.

Der Vikar sank ebenfalls auf die Knie und sah die Mutter Oberin flehend an. »Was ist nur mit ihm? Was kann ich tun?«

Endlich gelang es der Ordensfrau, ihn umzudrehen. Sein

Gesicht war rot und begann sich nun bläulich zu verfärben. Der Brustkorb hob und senkte sich krampfhaft. Schaum trat ihm vor den Mund.

»Schnell, holt Wein«, herrschte sie die beiden Schwestern an, die sich am weitesten vorgewagt hatten. »Und Salz, viel Salz!«

»Salz?« Der Vikar sah sie verständnislos an. »Ach, warum hat er nicht wie Bischof von Brunn stets einen Leibarzt an seiner Seite? Der wüsste jetzt, was zu tun ist.«

»Der könnte im Moment auch nichts anderes tun«, erwiderte die Mutter Oberin barsch und nahm den Weinbecher entgegen, den die junge Novizin ihr reichte. »Wir müssen ihn dazu bringen, sich zu erbrechen, um seinen Körper rasch von dem Gift zu befreien.«

Der Vikar senkte die Stimme. »Gift? Wie kommt Ihr dazu, von Gift zu reden? Er hat einen Anfall.«

Auch die Ordensfrau sprach nun sehr leise. »Weil alle Anzeichen dafür sprechen. Pfleger von Wertheim ist ein junger, gesunder Mann von nicht zu mächtiger Körperfülle. Nichts spricht dafür, dass er eine schwere Krankheit in sich trägt oder einen plötzlichen Schlagfluss erleiden könnte. Außerdem habe ich schon Menschen den Schlag treffen sehen. Die Symptome waren andere. Seht nur diesen Schaum und die verfärbten Lippen. Nein, auch wenn es mir mehr als nur unrecht ist, dass so etwas in meinem Haus geschehen muss. Ich fürchte, jemandem ist es gelungen, ihm hier unter meinen Augen etwas Giftiges einzugeben. Und nun fasst endlich mit zu, und helft mir! Seht Ihr nicht, dass ich mich hier vergeblich mühe, ihm den Wein einzuflößen?«

Sichtlich widerwillig hob der Vikar den Kopf des unkontrolliert Zuckenden, während die Oberin mit Gewalt seinen Mund öffnete und den mit Salz versetzten Wein hineingoss.

Pfleger Johann von Wertheim hustete, rollte mit den Augen und würgte dann. Er bäumte sich auf. Ein warmer Schwall ergoss sich über das Ordenskleid der Äbtissin, dann versteifte sich sein Körper, der Blick wanderte zur Decke und erstarb.

Der Glanz des Lebens in seinen Augen erlosch in dem Moment, da seine Seele sich vom Körper löste. Dann erschlaffte er. Die leere, menschliche Hülle glitt der Oberin aus den Händen und blieb auf dem kalten Steinboden liegen, die Augen noch immer starr nach oben gerichtet.

Wie seltsam und doch auch wunderbar ist der Augenblick, da das irdische Band gelöst wird, dachte die Ordensfrau und bekreuzigte sich. Dann beugte sie sich vor, um dem hohen Kirchenmann die Augen zu schließen, dem es nur vier Wochen und sechs Tage vergönnt gewesen war, das Schicksal des Bistums Würzburg und des Fürstentums Franken zu leiten. Traurig sah sie auf ihn hinab und betete für seine Seele. Doch auch für all die Menschen des Landes, deren weiteres Schicksal nun wieder im Ungewissen lag. Wie würde es weitergehen? Wer würde nun ihr Herr und Hirte auf Erden sein?

Erst nach einer Weile bemerkte die Oberin die Unruhe um sich, und sie wandte ihren Blick von dem Toten. Eine junge Schwester half ihr auf.

»Was soll denn nun geschehen?«, wagte die Bursnerin die Frage auszusprechen, die alle Schwestern und auch die vor Schreck noch immer sprachlosen Besucher bewegte.

»Wir werden den Körper seiner Exzellenz in der Kirche aufbahren und so lange mit unseren Gesängen und Gebeten über ihn wachen, bis die Abordnung aus Würzburg eintrifft, um ihn zu seinem Begräbnis dorthin zurückzubringen.«

Sie nannte die Namen der Schwestern, die ein Brett holen und den Toten darauf in die Kirche tragen sollten, und führte dann die Reisebegleiter zum Tor. Mit wenigen Worten verabschiedeten sie sich und stiegen dann stumm in ihre Kutschen. Nein, keiner von ihnen hätte auch nur ahnen können, dass diese Reise so enden würde.

Kapitel 6

Es war der Tag vor dem feierlichen Begräbnis. Der Leichnam des Pflegers Johann von Wertheim, der gerade einmal wenige Wochen das Schicksal des Landes gelenkt hatte, lag aufgebahrt im Dom, wo die Menschen von ihm Abschied nehmen konnten oder auch nur ihre Neugier befriedigen. Er war so jung gewesen, und noch vor ein paar Tagen schien ihm eine glänzende Zukunft sicher. Nein, niemand hätte ahnen können, dass sich das Schicksal so schnell wenden und seine hässliche Fratze zeigen würde.

Wirklich keiner? Wenigstens einen musste es geben, der es nicht nur gewusst, sondern auch geplant und ausgeführt hatte.

Wer hatte die Möglichkeit gehabt, den Wein, das Mus oder den Käse des Pflegers zu vergiften? Denn dass es beim Mahl mit den Schwestern geschehen sein musste, daran bestand kein Zweifel. Wer von ihnen gab nur vor, ein Anhänger und Vertrauensmann des Johann von Wertheim gewesen zu sein? Misstrauische Blicke schweiften unter den Gefolgsleuten umher.

Und noch eine Frage bewegte so manches Gemüt: Wer stand hinter dem Anschlag? Denn dass der Tod die Folge eines persönlichen Racheakts eines der Begleiter gewesen sein sollte, wollte niemand glauben. Nein, hinter diesem Anschlag stand mehr. Und obwohl man noch immer rätselte, wer der gedungene Mörder sein mochte, dauerte es nicht lange, bis man für den Drahtzieher des Ganzen vor allem einen Namen hinter vorgehaltener Hand flüsterte: Bischof Johann II. von Brunn.

Ein paar wenige waren gar so mutig, dies laut auszusprechen, wie Pfarrer Reinhart von Emskirchen. Doch auch ohne solch vereinzelte Ausrufe der Empörung waren sich die meisten in ihrem Stillschweigen einig. Vielleicht war Elisabeth eine der wenigen, die anders über die Sache dachte. Nicht nur, weil Bischof von Brunn ihr Vater war. Nein, es gab da durchaus noch eine andere Person, die sich vom Tod des Pflegers einen Nutzen versprechen konnte.

Was hatte sich der Herr im Himmel nur dabei gedacht, diesen feigen Anschlag zuzulassen?

Elisabeth stand am Fuß der hohen Warte im Hof der Festung und sah sich um. Aufgeregt liefen Mägde, Knechte und Wächter durcheinander. Ritter, Vikare und Kapläne standen in Gruppen beisammen und sprachen in gedämpftem Ton miteinander. Elisabeth konnte die ratlosen Gesichter der Männer sehen, die vor der Basilika standen. Es kam ihr vor, als würde sich die Geschichte wiederholen. Waren in den vergangenen Wochen unter Pfleger von Wertheim endlich ein wenig Ruhe und Alltag auf der Festung und im Land eingekehrt, so musste sich nun jeder wieder fragen, wie es weitergehen und was die Zukunft für ihn bringen würde.

Doch auch die andere Frage schwebte fast wie ein greifbarer Schleier über der Festung: Wer war für diesen feigen Mordanschlag verantwortlich, und was bezweckte der Drahtzieher damit?

Elisabeth hörte sehr wohl den Namen ihres Vaters im Getuschel, doch steckte er wirklich hinter der Tat? Hatte er ihr nicht noch vor wenigen Wochen gesagt, er sei mit seinem beschaulichen Leben auf Burg Zabelstein ganz zufrieden? Würde er auf diese Weise versuchen, nach Würzburg und auf die Festung zurückzukehren?

Eine Stimme ließ sie zusammenfahren. Bildete sie sich das nur ein? Sie hörte die Worte, verstand sie aber nicht, denn ihr Geist war zu sehr vom Klang der tiefen, so verführerisch angenehmen Stimme erfüllt. Es war ihr, als müsse sich ihr Magen umdrehen. Da schnurrte er und wiegte die Menschen in falscher Sicherheit, lullte ihre Wachsamkeit ein, um dann wie eine Viper zuzuschlagen. Elisabeth erstarrte. So war es! Ganz bestimmt. Hatte er es ihr nicht selbst gesagt? Oder zumindest angedeutet? Er war kein Mann, der sich geschlagen gab. Er würde weiterkämpfen. Und warum sollte jemand, der schon einmal zum Mittel des Mordens gegriffen hatte, bei einer zweiten Gelegenheit davor zurückschrecken? Elisabeth spürte, wie Zorn in ihr kochte, der zu Hass aufloderte. Sie reckte sich und trat aus dem Schatten des Turmes, um dem Kirchenmann den Weg zu verstellen.

»Ja, wen haben wir denn da? Dompropst von Grumbach! Nein, ich dürfte nicht überrascht sein, Euch an diesem Tag hier anzutreffen.« Ihre Augen verengten sich in tiefer Abneigung, doch der Propst lächelte sie spöttisch an. Wenn sie nicht bereits zur Genüge die Schwärze seiner Seele kennengelernt hätte, wäre sie vielleicht von seinem Äußeren angetan gewesen. Er war wie stets eine prachtvolle Erscheinung, das Haar dunkel und voll, nur von wenigen Silberfäden durchzogen, die Haut glatt, das Gesicht männlich, doch nicht zu markant, um seine natürliche Harmonie zu verlieren. Und all das zusammen mit dieser warmen, vollen Stimme – es war schwer, seinem Charme nicht zu erliegen. Er verbarg den Abgrund seiner Finsternis noch immer meisterlich, und nur der durchdringende Blick, der ein Frösteln auf der Haut zurückließ, konnte die Ahnung aufkeimen lassen, dass der Dompropst nicht der warmherzige Mann war, für den man ihn leicht halten konnte.

Hans von Grumbach betrachtete sie mit erhobenen Augenbrauen vom Kopf bis zu den Füßen. »Ah, unsere liebe Jungfrau Elisabeth, wenn es mir erlaubt ist, sie so zu nennen – ich werde später für diese Lüge beichten. Nun, was verschafft mir die Ehre, dass Ihr meine Gesellschaft sucht?«

»Eure Gesellschaft suche ich ganz sicher nicht«, zischte sie. »Ihr seid es, der sich frech auf dem Marienberg zeigt. Nun, habt Ihr Euren Hoffnungen nachgeholfen? Seid Ihr gekommen, um in Eurem Triumph zu baden?«

»Mein Triumph?«, gab er ein wenig irritiert zurück, dann lächelte er noch breiter. »Ah, ich verstehe, Ihr versucht mich mit fremden Federn zu schmücken. Das müsst Ihr nicht.«

»Wollt Ihr die Tat leugnen? Und nun tut nicht entsetzt oder behauptet gar, dass Ihr zu so etwas nicht fähig seid. Ihr seid zu allem fähig, um Euer ehrgeiziges Ziel zu erreichen!«

Dompropst von Grumbach lachte. »Ach, ich habe Euch fast ein wenig vermisst, Jungfrau Elisabeth. Ihr seid so feurig, wenn Ihr Euch ereifert, doch auch stets ein wenig blind, das muss ich Euch sagen.«

»Wollt Ihr so dreist sein, Eure Schuld zu leugnen? Ich spreche ja nicht davon, dass Ihr selbst Hand an ihn gelegt habt. Dafür habt Ihr Eure Handlanger.« Sie ließ ihren Blick zu Fritz Hase mit seinem rattengleichen Gesicht wandern, der in einiger Entfernung herumlungerte.

Der Dompropst sah sich kurz um, ob auch niemand ihr Gespräch mithören konnte, ehe er mit gesenkter Stimme fortfuhr: »Ich sage nicht, dass ich nicht einen solchen Auftrag erteilen könnte, wenn ich die Notwendigkeit erkenne.«

»Notwendigkeit!«, fauchte Elisabeth.

»Ja, so könnte man sagen. Und ich will auch nicht leugnen, dass ich diese Möglichkeit durchaus erwogen habe. Doch zu meiner Schande war ich bislang zu unentschlossen. Was den Grund darin haben mag – das gestehe ich jetzt nur ungern vor Euch –, dass ich mir der Mehrheit der Domherren nicht sicher sein kann. Noch nicht! Diese Tat mag in Euren Augen wohl meine Handschrift tragen, und dennoch irrt Ihr Euch. Nein, ich fürchte, Ihr müsst der Wahrheit ins Auge sehen und Euren Blick auf den Zabelstein wenden. Was, offen gesagt, kein Geheimnis ist. Es ist bereits in aller Munde.«

»Auch was in aller Munde ist, kann falsch sein«, entgegnete Elisabeth mit belegter Stimme.

»Ach, fast möchte man Euch Eure Unschuld glauben, würde man es nicht besser wissen, Jungfrau! Seid Ihr so leichtgläubig, so vernarrt oder so dumm, dass Ihr die Wahrheit nicht seht?« Er beugte sich vor, dass sie seinen Atem auf der Wange spüren konnte. »Oder wisst Ihr es im tiefen Innern Eures Herzens, habt aber beschlossen, Euren Hass auf mich allein zu konzentrieren? Das wäre überaus praktisch, denn wohin wollt Ihr gehen, wenn ich hier erst der Herr bin? Da wäre es um ein ruhiges Gewissen schlecht bestellt, wenn Ihr Tag für Tag das Los des dahinsiechenden Bischofs teilen müsst, wo Ihr doch so strenge moralische Grundsätze hegt«, flötete er vergnügt.

»Meine Moral tut hier nichts zur Sache«, verteidigte sich Elisabeth. »Ihr müsst um Euer Seelenheil fürchten. Ihr habt versucht, meinem Vater und mir das Leben zu nehmen, nur um Eure Machtgier zu befriedigen.«

»Ja, und dennoch hat Euer Vater nun etwas getan, was mir sehr zu Streich kommt – wenn auch ein wenig zu früh, doch ich will nicht ungerecht sein.« Der Dompropst zog ein nachdenkliches Gesicht. »Ob ihm das überhaupt bewusst war? Nein, bestimmt nicht. Er mag mich nicht besonders – zu Recht, werdet Ihr sagen.« Elisabeth sog nur scharf die Luft ein. Was konnte man zu so viel Dreistigkeit sagen?

»Ja, er denkt sicher nur an seinen Vorteil und bildet sich vielleicht in der senilen Schwäche seines alternden Geistes ein, nun, da der unliebsame Pfleger aus dem Weg ist, würden Rat und Kapitel ihn wieder in Gnaden als ihren rechtmäßigen Herrscher empfangen.« Dompropst von Grumbach schüttelte den Kopf. »Nein, diese Rechnung wird nicht aufgehen. Aber wisst Ihr, mir kommt da gerade eine Idee, die mir vortrefflich gefällt. Seht Euch nur diese kopflose Herde an.« Er ließ den Blick über den Hof schweifen und machte eine abfällige Handbewegung.

»Womöglich wird es Tage dauern, bis sie den Schock überwunden haben und wieder fähig sind, ihren Geist zu gebrauchen. So lange kann man nichts tun, und ich glaube, ich nutze die Zeit, einen kleinen Besuch abzustatten. Ihr ahnt, wohin es gehen wird? Darf ich Euch einen Platz in meiner Kutsche anbieten und Euch zu einem Besuch bei Eurem Vater mitnehmen? Wie wäre das schön, wenn Ihr ihn ein wenig sanftmütig stimmen und ihm zuraten würdet, meinen Vorschlag anzunehmen, den ich ihm unterbreiten werde.«

Elisabeth schnappte nach Luft und war eine ganze Weile nicht in der Lage, ihm eine Antwort entgegenzuschleudern, so empört war sie über diese Frechheit.

»Ich würde mich eher vom Turm stürzen, als mit Euch auf Reisen zu gehen, und ganz sicher werde ich meinem Vater auch niemals raten, einem von Euren Vorschlägen zuzustimmen, ganz gleich, wie er lautet!«

Seine Augen blitzten belustigt. »Nun, dann kann ich vermutlich nur froh sein, dass Ihr nicht mitkommt und so Euren Vater auch nicht warnen oder gegen mich beeinflussen könnt, nicht wahr?«

Und mit diesen Worten ließ er sie einfach stehen. Erhobenen Hauptes schritt er davon. Sein Diener Fritz Hase folgte ihm. Elisabeth blieb nur, ihm hinterherzustarren und sich zu fragen, ob sie in diesem Duell auch nur einen einzigen Treffer gelandet hatte. Nein, gut sah die Bilanz nicht für sie aus, und sie hatte das ungute Gefühl, als habe man ihr auch den letzten Faden aus der Hand genommen.

Sie sah Albrecht an diesen traurigen Tagen ab und zu aus der Ferne, doch Elisabeth bekam kaum die Möglichkeit, ihm ihr tiefes Bedauern und ihr Mitgefühl wegen des plötzlichen Todes seines Bruders aussprechen zu können. Dabei drängte es sie, ihn in die Arme zu nehmen und zum Trost an ihre Brust zu ziehen, doch nie waren sie unbeobachtet, und so wagte sie es nicht. Er sah so verloren aus, wie er auf der Festung auf und ab ging und sich dann auf sein Pferd schwang, um zu der Versammlung des Kapitels nach Würzburg hinunterzureiten. Noch war er offiziell einer von ihnen, auch wenn er meist bereits wieder in Wams, Beinlingen und Stiefeln gekleidet umherging, statt das lange Gewand eines Domherrn zu tragen. Aber erst das Siegel des päpstlichen Legaten oder eines anderen hohen Würdenträgers in Vertretung des Papstes würde ihn gänzlich aus dem Domkapitel lösen können. So war es nur natürlich und richtig, dass er in diesen Tagen der Trauer sein prächtiges langes Gewand wieder anlegte und sich unter die anderen Domherren mischte, die rasch eine Lösung für das nun führerlose Land finden mussten. Graf Hans von Wertheim, der Vater des ermordeten Pflegers, und sein Bruder Graf Michael reisten mit einigen Gefolgsleuten an und nahmen Quartier auf der Marienfestung.

Der Tag des Begräbnisses kam und verstrich. Noch einige Stunden gönnte sich das Kapitel Zeit für Trauer, dann aber war es Zeit, die Dinge in die Hand zu nehmen. Genauer gesagt, den Mann zu finden, der das Schicksal des Landes in seine Hände nehmen würde.

Dass sie Bischof von Brunn nicht wieder an die Regierung lassen wollten, darüber waren sich alle Domherren einig. Es hatte sie viel Mühe gekostet, ihm die Zügel aus der Hand zu nehmen und ihn mit einer nicht zu großen Abfindung auf den Zabelstein abzuschieben. Sie würden nun nicht zulassen, dass sich die Laus wieder in ihrem Pelz einnistete, um sich an ihnen gütlich zu tun. Nein, wie das laufen würde, hatten sie bereits viele Jahre lang miterlebt. Das bedeutete auf der anderen Seite, sie würden sich auf einen Kandidaten einigen müssen, der die Nachfolge als Pfleger und vielleicht auch als Bischof antreten sollte.

Bis dahin waren sich die Herren des Domkapitels einig, aber genau hier endete diese Eintracht. Die Wogen türmten sich auf. Jeder hatte seine eigenen Vorstellungen und versuchte nun, Anhänger für seinen Plan zu gewinnen. Wobei natürlich keiner von ihnen mit offenen Karten spielte. Es war nie klug, das Blatt zu früh auf den Tisch zu legen. Und so hub ein Schachern und Feilschen an, dem nur zwei der Domherren mit ungewöhnlicher Distanz begegneten und sich still im Hintergrund hielten: Albrecht von Wertheim und Dompropst Hans von Grumbach. Doch während der Propst das Gezänk aufmerksam verfolgte, hing Albrecht seinen Gedanken nach. Das Ganze interessierte ihn nicht, obwohl es das durchaus sollte. Schließlich war auch sein Schicksal untrennbar mit dem des Landes verwoben. Wie sollte es für ihn weitergehen, nun, da er keinen mächtigen Bruder mehr vorweisen konnte, der schützend seine Hand über ihn und seine Braut hielt? Er würde den Segen seines Vaters erlangen müssen, doch das schien ihm ähnlich unmöglich, wie seinen Bruder aus dem Reich des Todes zurückzuholen. Gleich nach dieser Zusammenkunft würde er mit dem Grafen sprechen. Hans von Wertheim hatte seinen Sohn zu sich beordert. Albrecht zog eine Grimasse. Nein, auf diese Unterredung freute er sich nicht gerade. Obwohl er sich nicht vorstellen konnte, was sein Vater mit ihm besprechen wollte. Das jedenfalls, was *er* dem Vater zu sagen hatte, würde diesem überhaupt nicht schmecken!

»Ihr habt mich rufen lassen, Vater?«

Albrecht hörte selbst, wie steif und unnatürlich die Worte klangen, aber genau so fühlte er sich, wie er so in der Tür stand, die Kappe mit der langen Feder in den Händen. Sein Vater saß aufrecht in einem gepolsterten Scherenstuhl am Feuer, das nun, da der Herbsttag sich neigte, in jeder der besseren Gästestuben des Bischofspalastes entzündet worden war.

Hans von Wertheim sah auf. »Ja, komm herein und setz dich. Nimm dir den Stuhl dort, und schieb ihn ans Feuer. Es ist heute unangenehm feucht, und der Wind dringt kalt durch jede Ritze.«

Albrecht gehorchte, auch wenn er lieber stehen geblieben wäre. »Was gibt es?«, fragte er, als er sich gesetzt hatte, doch statt zur Sache zu kommen, sah sein Vater ihn lange aufmerksam an.

»Du siehst nicht gut aus. Blass bist du und abgehärmt wie diese Asketen in den Einsiedeleien. Ich dachte stets, ein Domherr führe ein annehmliches Leben.«

»Es ist nicht unangenehm«, wich Albrecht aus.

Der Vater nickte langsam. »Ich weiß, der Tod deines Bruders geht dir nahe.«

»Ja, so ist es«, gab Albrecht ein wenig steif zurück.

»Mir auch«, sagte der Vater mit einem Seufzer. »Und ihn dann auch noch auf diese Weise zu verlieren. Bei einem Ritter muss man jederzeit mit seinem Tod rechnen. Es gehört mit zu seinem Handwerk, und jeder Kriegszug, ja, jede Fehde bringt ihn in Gefahr. Bei einem Kirchenmann dagegen sollte man meinen, er könnte zu Ruhm und zu hohem Alter gelangen. Wie wurden wir getäuscht! Dein Bruder ist tot und mit ihm unsere großen Pläne.«

Albrecht machte eine ungeduldige Handbewegung. »Das Zweite ist nicht so wichtig. Die Grafen von Wertheim kamen stets gut zurecht, auch ohne einen Bischof in der Familie.«

Sein Vater runzelte unwillig die Stirn. »Was ist das für ein unsinniges Gerede? Es geht nicht darum, ob wir überleben. Es geht darum, die Familie voranzubringen, und dabei war dein Bruder auf dem besten Weg. Noch war er nur Pfleger, doch schon bald wäre er Bischof und Landesfürst geworden!«

Albrecht hob die Schultern. »Es ist nicht mehr zu ändern. Das Schicksal hat gegen uns entschieden.«

»Nein, ganz so ist es nicht. Wir können zwar am Tod deines Bruders nichts mehr ändern, doch noch müssen wir uns mit unseren hohen Plänen nicht geschlagen geben.«

Albrecht wich ein Stück in seinem Stuhl zurück, bis die hölzerne Lehne ihm in den Rücken drückte. »Wie meint Ihr das, Vater?«, fragte er, obwohl er die Antwort ahnte.

»Du willst es aus meinem Mund hören? Gut! Das Kapitel hat sich schon einmal darauf geeinigt, einen Domherrn von Wertheim zum Pfleger zu ernennen. Dein Bruder hat sein Amt gewissenhaft ausgefüllt und bereits viel auf den Weg gebracht. Ist es da nicht recht und gut, wenn du als sein Bruder das Werk fortführst, das er begonnen hat?«

Albrecht sprang auf. »Nein, das geht nicht!«

»Setz dich hin! Was soll dieser Aufschrei, als habe ich ein schreckliches Opfer von dir verlangt?«

Kraftlos ließ sich Albrecht wieder auf seinen Stuhl sinken. Ihm war es vor dem Feuer plötzlich viel zu heiß, doch er blieb, wo er war, obgleich sich auf seiner Stirn Schweißperlen bildeten. Vermutlich waren sie jedoch nicht auf die Flammen im Kamin zurückzuführen. Sein Ansinnen war plötzlich noch unmöglicher, als es ihm bereits zuvor erschienen war.

»Vater, sie werden mich nicht wählen«, widersprach er schwach. »Ich bin zu jung, gerade erst zu ihnen gestoßen, und außerdem habe ich bereits entschieden, in den Ritterstand zurückzukehren.«

Der Vater wischte den Einwand beiseite. »Diese Entscheidung wurde in einer anderen Situation getroffen, als dein Bruder noch lebte, und außerdem bist du noch nicht wieder aus dem geistlichen Stand entbunden. Das wird nicht schwer zu regeln sein. Bleibt also nur noch zu überlegen, wie wir die anderen Domherren überzeugen, dich zu Johanns Nachfolger zu erklären. Lass mich nur machen. Wir haben das bei Johann hinbekommen, das schaffen wir auch bei dir.«

Albrecht sprang auf. »Nein! Ihr könnt Euch die Mühe sparen. Ich werde weder Pfleger noch Bischof. Ich werde in den Ritterstand zurückkehren und eine Familie gründen, die den stolzen Namen von Wertheim fortführen wird.«

Sein Vater sah ihn verblüfft an. »Darüber haben wir einmal gesprochen, ja, aber die Situation hat sich geändert. Wir haben für deinen Bruder Georg bereits eine Braut ausgewählt, die uns die Erben unseres Namens gebären wird. Es ist für uns alle das Beste, wenn du dich um das Amt des Bischofs bemühst.«

»Für Euch vielleicht, aber nicht für mich«, widersprach Albrecht leise. »Und nicht für meine Braut, der ich mich versprochen habe. Ihr könnt nicht verlangen, dass ich den Schwur breche!«

Noch wirkte der Vater mehr irritiert denn erzürnt. »Von wem redest du? Wir haben dich keiner versprochen.«

»Nein, Ihr nicht. Ich selbst habe Elisabeth, der Tochter Bischof Johanns von Brunn, meinen Schwur geleistet. Sie hat ihr Leben in meine Hände gelegt, und ich werde ihr Vertrauen nicht enttäuschen.«

»Elisabeth, ach ja«, wiederholte der Vater. »Ich weiß, dass er sie in deine Obhut gab, als sie noch ein Kind war und du ein Jüngling, doch daraus erwachsen keine weiteren Verpflichtungen! Vergiss es, mein Sohn.«

»Es war mehr als das, und das wisst Ihr auch«, rief Albrecht erregt aus. »Ich erinnere mich genau, mit Euch darüber gesprochen zu haben, und Ihr habt es mit Wohlwollen betrachtet; leugnet das nicht!«

Nun erhob auch der Vater die Stimme. »Ja, das war zu einer Zeit, da ihr Vater hier als Bischof noch das Sagen hatte und nicht sparsam mit Gold und Pfründen in seiner Verwandtschaft umging. Das kannst du nicht vergleichen, und das weißt du genau, denn ich habe keinen Dummkopf großgezogen. Heute ist sie nur noch der Bankert eines alten, machtlosen Kirchenmannes, und selbst wenn ich dich nicht auf dem großen Weg des Pflegers und des Fürstbischofs sehen würde, wäre Elisabeth ganz sicher nicht die Braut, die du heimführen würdest.«

Albrecht trat vor den Grafen. Er versuchte seiner Stimme einen ruhigen, festen Klang zu geben. »Bei allem Respekt, der Euch gebührt, Vater: Ich bin kein Kind mehr, dem Ihr befehlen könnt. Ich bin ein Mann, ein ehrenhafter Ritter, und ich werde meine eigenen Entscheidungen treffen, die Ihr annehmen müsst. Ich hoffe, wir werden uns nicht darüber entzweien; dennoch sage ich Euch, mein Entschluss steht fest: Ich werde Elisabeth heiraten. Es tut mir leid, doch ich stehe für Eure hohen Pläne nicht zur Verfügung.«

Er nutzte das Schweigen des Vaters, der sich erst von seiner Verblüffung erholen musste, ehe er seinem Zorn freien Lauf lassen würde, um das Gemach zu verlassen und die Treppe hinunterzufliehen.

Kapitel 7

»Ihr?« Bischof von Brunn blinzelte überrascht, als er den Besucher erkannte.

»Ja, mich habt Ihr nicht erwartet, Exzellenz, das kann ich mir denken.«

Er sprach in dem überheblichen Ton, der ihm zu eigen war und der Johann von Brunn schon immer verärgert hatte.

»Da bin ich bis zum Zabelstein gezogen und habe vor Euch noch immer keine Ruhe«, brummte er missmutig.

»Gezogen? Ich würde eher sagen, verbannt worden, doch halten wir uns nicht mit Haarspaltereien auf. Ich bin gekommen, um Euch meine Hochachtung auszusprechen.« Hans von Grumbach legte die Hand an die Brust und verbeugte sich, doch das spöttische Lächeln strafte die ehrerbietige Geste Lügen.

»Dafür den weiten Weg? Nun hört endlich mit dem Geplänkel auf, und sagt mir, was Ihr hier wollt, damit wir das Ganze rasch beenden und ich Euch auf den Heimweg schicken kann.«

Hans von Grumbach lächelte breit. »Ich glaubte mich zu erinnern, Ihr wärt für Eure Gastfreundschaft im ganzen Land berühmt, aber da muss ich mich wohl geirrt haben. Eine Verwechslung, ohne Zweifel.«

Der Bischof schnaubte durch die Nase. »Ja, ich war stets ein guter Gastgeber, aber Ihr Domleute habt mir ja alles genommen. Also beschwert Euch nicht. Es ist Eure eigene Schuld!«

»Dass ich da nicht selber draufgekommen bin«, säuselte der Propst.

»Was seid Ihr für ein penetranter Geselle«, schimpfte der Bischof, rief aber nach einem Diener und befahl ihm, Wein zu bringen und ein Mahl zu richten.

»So, und nun rückt endlich heraus mit der Sprache, warum Ihr den weiten Weg in die Berge auf Euch genommen habt, um mich hier auf dem Zabelstein aufzusuchen«, forderte er den Besucher auf, als sie endlich zu Tisch saßen und die Diener den Raum verlassen hatten. Nicht einmal Friedlein war mit von der Partie.

Hans von Grumbach ließ ihn zappeln. Er nahm erst vom Wildbret, nagte eine Entenkeule ab und sprach dem Wein zu, ehe er bereit war, der nun offensichtlichen Neugier des Bischofs nachzugeben.

»Ihr habt Euch weit vorgewagt, Exzellenz. Auch wenn nur wenige wagen, es laut auszusprechen, so sind sich die meisten darin einig, dass nur Ihr hinter dieser verwegenen Tat stecken könnt.«

»Ich weiß nicht, wovon Ihr sprecht.« Der Bischof sah seinen Gast nicht an und schenkte sich lieber den mit Edelsteinen besetzten Becher wieder voll.

»Beleidigt mich nicht, indem Ihr den Einfältigen spielt«, gab Hans von Grumbach zurück. »Aber gut, wenn Ihr so eitel seid, dass Ihr es ausgesprochen hören wollt, bitte: Ich gratuliere Euch zur erfolgreichen Ausführung Eures Mordauftrags an Eurem Nachfolger, dem Pfleger Johann von Wertheim. Und bitte, fangt nun nicht an zu leugnen oder irgendwelche Ausflüchte vorzubringen. Das wäre nur Verschwendung unserer kostbaren Zeit. Niemand hört, was wir hier besprechen, also können wir offen und ehrlich miteinander sein.«

»Ihr? Offen und ehrlich? Das wäre ja mal etwas ganz Neues. Das seid Ihr ja nicht einmal bei Eurer Beichte«, ätzte der abgesetzte Bischof.

»Nichtsdestoweniger möchte ich etwas Wichtiges mit Euch besprechen, mit dem es mir sehr ernst ist. Doch betrachten wir zuerst die Tatsachen, um zu wissen, wo wir stehen. Ihr habt den Pfleger erfolgreich beseitigt. So weit, so gut. Über Eure Motive müssen wir nicht rätseln. Ihr habt zwar eingewilligt, von der Regierung Eures Bistums zurückzutreten, Euch hier auf den Zabelstein zurückzuziehen und dem gewählten Pfleger von Wertheim alles zu überlassen, doch diesen Entschluss habt Ihr schnell bereut, nicht wahr?«

»Wie soll man mit den paar Gulden über die Runden kommen?«, murmelte der Bischof. Hans von Grumbach lachte hell auf.

»Außerdem langweilt Ihr Euch fürchterlich und vermisst das Leben auf dem Marienberg.«

Johann von Brunn erwiderte nichts, doch er wunderte sich, dass sein erklärter Feind unter dem Kapitel ihn so gut verstand.

»Kommen wir also zu Eurem zweiten Anliegen, der Rückkehr in Euer altes Leben, und da muss ich Euch leider sagen: Dieser Teil des Plans wird nicht aufgehen!«

»Warum nicht?«, rief der Bischof.

»Weil Ihr Eure Rechnung mal wieder ohne das Kapitel und die anderen Kräfte im Land gemacht habt, wie beispielsweise den Rat der Stadt Würzburg.«

Der Bischof machte eine wegwerfende Handbewegung. »Ach, der bürgerliche Pöbel, um den muss man sich kein allzu großes Kopfzerbrechen machen.«

Hans von Grumbach überhörte den Einwand und fuhr fort: »Jedenfalls ist keiner, der im Herzogtum Franken etwas zu sagen hat, dafür, Euch wieder in Amt und Würden zu setzen, am allerwenigsten die Domherren des Kapitels. Nein, da werden sie sich eher auf einen neuen Kandidaten einigen, der den Auftrag des Pflegers übernehmen wird, um nach Eurem Ableben mit der Bischofswürde belohnt zu werden.«

»So seht *Ihr* das«, widersprach Johann von Brunn. »Ich aber sage Euch, es gibt nicht wenige unter den Domherren, die sich auf meine Seite schlagen werden, sobald ich nur mit dem kleinen Finger winke. Unterschätzt meine Macht nicht!«

Hans von Grumbach schüttelte mit bedauernder Miene den Kopf. »Vielleicht ist es das Alter, das Euch Euren Blick trübt. Ich jedenfalls sehe noch klar und die anderen Herren des Kapitels ebenso, und so entgeht ihnen auch nicht, dass der kleine Finger, oder besser gesagt die Hand, die da winkt, vollkommen leer ist. Verzeiht, für so senil halte ich Euch dann doch nicht, dass ich annehme, Ihr könntet glauben, irgendjemand wäre allein Eurer Person so in Liebe verbunden, dass er dieser leeren Hand erneut Treue schwören würde.«

»Was erdreistet Ihr Euch?«, rief der Bischof erzürnt, doch dann ließ er sich gegen die hohe Lehne zurückfallen. Eine Weile schwieg er und bewegte die unterschiedlichsten Gedanken, ehe er fragte:

»Sind wir nun beim Kern Eures Besuchs angelangt?«

Hans von Grumbach nickte. »Ja, das habt Ihr richtig bemerkt. Nun kommen wir zu dem Vorschlag, den ich Euch unterbreiten möchte. Nachdem wir bereits festgestellt haben, dass Ihr nicht an Euer eigentliches Ziel gelangen werdet, müssen wir uns fragen, was wäre das Zweitbeste für Euch? Die Antwort ist einfach: ein Pfleger, der in Eurem Sinne handelt und Euch zukommen lässt, was Ihr verdient.«

»Ach, und der sollt wohl Ihr sein?«, giftete der Bischof und stürzte einen weiteren Becher Wein herunter. »Ausgerechnet ich soll Euch zu Amt und Würden verhelfen? Das ist dreist! Ihr meint wohl, ich weiß nichts von Euren Intrigen gegen mich?«

Hans von Grumbach hob die Schultern. »Ich nehme an, Eure Tochter hat Euch alles erzählt. Es ist schon eine Last mit der Neugier der Frauen. So muss ich eben einen anderen Weg einschlagen, um ans Ziel zu gelangen.«

»Und der wäre, das einstige Opfer Eures Mordplans zum Helfer zu wandeln?«, ergänzte der Bischof ein wenig fassungslos.

»Genau! Ihr habt es mit Eurem messerscharfen Verstand sofort erfasst.«

»Ha!« Bischof von Brunn sprang auf, das Messer, mit dem er sich gerade ein wenig vom Kapaun hatte abschneiden wollen, wie ein Schwert in der Hand. Die Spitze auf den Besucher gerichtet rief er leidenschaftlich aus:

»Niemals! Das wird niemals geschehen!«

Der Dompropst ließ sich nicht aus der Ruhe bringen. »Spart Euch Eure Worte. Mir ist klar, dass Ihr Euch erst beruhigen und dann bei Verstand über meinen Vorschlag nachdenken müsst. Ihr sollet erwägen, welch Vorteile es für Euch bedeuten würde. Daher schlage ich vor, wir widmen uns von nun an nur noch diesen köstlichen Speisen und dem nicht minder guten Wein, und Ihr gebt mir Eure Antwort, wenn Ihr begriffen habt, dass Euch gar nichts Besseres passieren kann, als einen Pfleger auf dem Marienberg zu wissen, der Euch gewogen ist!«

Auf der Festung Unser Frauenberg herrschte immer noch Ratlosigkeit. Nicht nur das Domkapitel tagte, auch die Kapitularen von Neumünster und der bürgerliche Rat. Ein Ausschuss des führenden fränkischen Adels war in Würzburg eingetroffen, um sich zu beraten. Dass ein neuer Pfleger gewählt werden musste, darüber war man sich schnell einig. Dass es möglich sein sollte, das Land von einem Ausschuss von Vertrauten zu regieren, daran glaubten sie nicht wirklich, dennoch traten die adeligen Schiedsrichter noch einmal zusammen, die bereits bei der Wahl des ersten Pflegers dem Kapitel beratend zur Seite gestanden hatten. Unter ihnen Georg von Henneberg, Wilhelm von Castell, Konrad von Weinsberg, der Truchseß Fritz von Baldersheim und Ditz von Herbilstat. Statt des Verstorbenen wählte man seinen Bruder Albrecht von Wertheim zu ihnen, der dem Ruf nur ungern folgte, sich der Aufgabe aber nicht entziehen konnte. Immerhin würde er so nicht nur bei den Beratungen des Kapitels anwesend sein, sondern auch stets sogleich erfahren, was die Ritterschaft plante. Sein Vater gab sich mehr als zufrieden, obwohl Albrecht in seiner Entscheidung hart blieb. Er würde für dieses Amt nicht zur Verfügung stehen! Er hatte Elisabeth sein Versprechen gegeben, und er würde diesen Schwur niemals brechen! Nicht für den Posten als Pfleger und nicht für das Bistum Würzburg und das gesamte Herzogtum Franken!

»Ich habe es meinem Vater gesagt, so wie du es wolltest.«

Albrecht nahm Elisabeth in die Arme. Endlich waren sie alleine. Jeanne trieb sich draußen im Gang und auf der Treppe herum, um sie vor unliebsamen Überraschungen zu bewahren.

Elisabeth wusste nicht, ob sie sich darüber freuen oder um ihn fürchten sollte. »Und wie hat dein Vater reagiert?«

»Reden wir nicht darüber. Er war nicht erfreut, doch er wird sich an den Gedanken gewöhnen. Ich fürchte nicht, dass sich die Familie deswegen entzweien wird, also mach dir keine Sorgen, mein Herz. Für uns wird alles gut.«

Elisabeth seufzte. »Ich kann nur hoffen, dass du recht hast. Welch schwere Schicksalsschläge brechen über dich herein. Und nun muss ich dein Los noch weiter erschweren.«

»Deine Beichte, die dir auf der Seele brennt? Nein, Elisabeth, lass es. Es gibt im Augenblick Wichtigeres. Das ganze Land ist in Aufruhr und ohne eine feste Hand, es zu führen.«

»Ich weiß, und dennoch hörst du mir jetzt zu! Es gibt keine Ausflüchte mehr. Ich will deinen Schmerz bestimmt nicht vergrößern, aber er wird ganz sicher nicht kleiner sein, wenn du es irgendwann einmal durch Zufall erfährst. Nein, dreh dich nicht weg, und versuche auch nicht, mich durch diese bittende Miene davon abzuhalten. Du musst wissen, was in diesem Jahr geschehen ist!«

»Warum? Warum willst du mich quälen? Es hat mit einem anderen Mann zu tun, nicht wahr? Du hast an unserer Liebe gezweifelt, während ich fort war, doch er hat dich enttäuscht. Deshalb hast du dich entschlossen, in dieses Kloster zu gehen. Doch warum in den alten Abfällen wühlen? Du bist zur Besinnung gekommen, und nun ist zwischen uns alles wieder gut.«

Elisabeth sah ihn verblüfft an. »Wie kommst du auf solch einen Gedanken?«

Er ging nicht darauf ein und sagte stattdessen: »Ich habe recht, und nun ist es gesagt und vergessen.«

Elisabeth atmete tief durch, schloss kurz die Augen, um sich zu sammeln, und sah ihn dann fest an.

»Nein, du hast nicht recht. Du hast nie meine Liebe und mein Herz verloren, doch ich hatte alles verloren, meine Erinnerungen, meine Familie, meine Vergangenheit und meine Zukunft. Nein, sei jetzt still, und höre mir zu, denn ich muss es dir in der richtigen Reihenfolge berichten, damit du verstehst, dass ich nicht anders handeln konnte und dass mich zumindest keine Schuld trifft, in solch eine Situation geraten zu sein. Es fing damit an, dass ich ein Gespräch belauschte, das nicht für meine Ohren bestimmt war, und erwischt wurde. Die Ritter Seitz von Kere und Bernhard von Seckendorf sprachen über einen Mordanschlag, den sie im Auftrag des Domherrn von Grumbach ausführen wollten.« Sie ignorierte seinen Ausruf und sprach rasch weiter. »Das Opfer sollte mein Vater sein, und Domherr von Grumbach wollte dessen Nachfolge antreten. Eigentlich war mein Leben zu Ende, als sie mich ertappten. Ich bekam einen Schlag auf den Kopf und versank in Schwärze und Vergessenheit. Diese dauerte ein Jahr. Mein Körper erwachte zwar wieder, doch die Erinnerungen kehrten erst nach einem Jahr wieder.«

»Und deshalb warst du im Kloster, mein armer Liebling?«

Elisabeth schüttelte den Kopf. Es bereitete ihr körperlichen Schmerz, ihm seine Hoffnung zu rauben.

»Nein, als ich erwachte, fand ich mich in einem anderen

Haus wieder. Es war das Frauenhaus der Eselswirtin in Würzburg.«

Sie erwartete einen Ausruf, doch der Schmerz ließ ihn nur stumm zusammenzucken. Dennoch sprach sie weiter. Sie quälte ihn nicht mit Einzelheiten, doch sie schonte ihn auch nicht. Ihr Körper war anderen Männern zu Diensten gewesen! Viele Male. Und auch wenn sie ihre Liebe nicht verraten hatte – welcher Mann konnte zu solch einer Großmut fähig sein, damit zu leben?

Als Elisabeth geendet hatte, schwieg auch Albrecht. Sie ließ ihm Zeit. Sie saß nur reglos da und sah zu ihm hinüber; er aber hielt den Blick gesenkt. Alles Leben schien aus ihm gewichen zu sein und eine leblose Hülle zurückgelassen zu haben. Elisabeth wusste nicht, wie sie den Schmerz dieses Anblicks ertragen sollte, doch konnte sie ihn trösten? Sie wagte nicht, ihn zu berühren. Konnten Worte wie eine scharfe Klinge ins Herz dringen und töten? In diesem Moment war sie überzeugt, dass sie genau das getan hatten.

Endlich hob Albrecht den Blick und richtete ihn auf Elisabeth. Er war der eines Fremden. Schwerfällig erhob er sich. Er schien in diesen Momenten gealtert. Als er zu sprechen anfing, klang seine Stimme rau und leblos.

»Ich habe deine Beichte gefürchtet, obwohl ich nicht ahnen konnte, wie schlimm sie ausfallen würde. Vielleicht hättest du auf mich hören und schweigen sollen. Andererseits, jetzt, da ich es weiß, wie könnte ich mir da noch wünschen, unwissend an deiner Seite zu leben? Nein, sag jetzt nichts mehr. Ich muss erst darüber nachdenken. Und ich glaube auch ein wenig beten. Ja, das ist es. Ich muss in die Kirche gehen. Vielleicht finde ich dort eine Antwort.«

Steifbeinig ging er hinaus. Erst als sich die Tür hinter ihm schloss, brach Elisabeth zusammen und weinte, bis Jeanne nach einer ihr angemessen erscheinenden Zeit zu ihr trat und sie in ihr Gemach geleitete.

Inzwischen ging das Schachern weiter; jeder suchte seine Pläne zu verfolgen und Anhänger zu gewinnen. Zu diesem Zweck gab es mehrere Möglichkeiten, die meisten hatten allerdings in irgendeiner Weise mit Geld oder Privilegien zu tun.

Es war einige Tage später, als Graf Hans von Wertheim seinen Sohn wieder zu sich rufen ließ. Albrechts Oheim, Graf Michael, war ebenfalls anwesend. Albrecht sah von einem zum anderen und fühlte sich mehr als unwohl. Die Mienen der beiden Brüder strahlten etwas aus, das ihm nicht gefiel. So viel Stolz und Zuversicht, als sei ihre Sache bereits gewonnen.

»So einfach wird das nicht«, murmelte Albrecht vor sich hin, während er sich höflich vor dem Vater und dem Oheim verbeugte. »Auch ich habe den berühmten Sturschädel der Familie geerbt, also freut euch nicht zu früh!«

Laut dagegen begrüßte er die Familienoberhäupter, wie es sich gehörte, und fragte, weshalb sie ihn hatten rufen lassen.

»Unsere Sache steht nicht schlecht«, begann der Vater mit einem breiten Lächeln, und Albrecht musste sich zurückhalten, ihm nicht sogleich ins Wort zu fallen.

»Wir haben unsere Fühler ausgestreckt und Gespräche geführt...«

...und Bestechungsgelder in Aussicht gestellt, ergänzte Albrecht im Stillen.

»Doch dann ergab sich eine für uns unerwartete Wendung«, fuhr der Oheim fort, und Albrecht konnte in seinem Gesicht ablesen, dass es für die beiden Brüder eine durchaus willkommene Wendung darstellte. Unbehaglich fragte er sich, was das sein könnte, doch er musste nicht lange warten, um eine Antwort zu erhalten. Sein Vater zog ein Pergament mit einem gebrochenen Siegel hervor und reichte es seinem Sohn. Lies das! Es hat uns vor einer Stunde durch einen Boten erreicht.«

Albrecht nahm das Schreiben mit spitzen Fingern, als

könnte eine Viper darin verborgen sein, und so kam es ihm irgendwie auch vor. Es gab durchaus Worte, die ebenso tödlich waren wie das Schlangengetier mit seinen Giftzähnen. Zuerst betrachtete er das Siegel und stieß überrascht einen Laut aus, als er das Wappen der Edlen von Brunn erkannte.

»Von Bischof Johann?«, rief er. Die beiden älteren Männer nickten.

»Ja, von Johann II. von Brunn persönlich.«

»Und er schreibt an mich?«, versicherte sich Albrecht, in höchstem Maße erstaunt.

»An die Familie von Wertheim, aber auch an dich, mein Sohn«, bestätigte Hans von Wertheim. »Und nun lies!«

Albrecht trat näher an die Lampe an der Wand und ließ den Blick über die Zeilen schweifen. Dann las er das Schreiben noch einmal Wort für Wort, um sicherzugehen, dass er nichts missverstanden hatte. Endlich ließ er das Blatt sinken und sah zu seinem Vater und dem Oheim, die sichtlich prächtiger Laune waren.

»Was schaust du so, Sohn? Gibt es etwas, das du in diesem Brief nicht verstanden hast?«

Albrecht nickte. »Ja, allerdings: das Warum! Was für einen Vorteil kann er sich davon versprechen? Falls er wirklich für den Tod meines Bruders verantwortlich ist, dann doch sicher nur, um die Macht zurückzuerlangen.«

Michael von Wertheim hob die Schultern. »Das ist eben nicht so einfach, wie er sich das gedacht hat. Und nun muss er andere Pläne schmieden.«

Albrecht sah die beiden Männer forschend an. »Ihr glaubt also beide daran, dass er den Auftrag zu Johanns Ermordung gegeben hat? Und dennoch nehmt Ihr nicht nur dieses Schreiben von ihm entgegen, sondern denkt auch noch ernsthaft darüber nach, seinen Vorschlägen Folge zu leisten?« Albrechts Stimme klang ungewöhnlich schrill.

Der Vater schien etwas verlegen. »Nun ja, wir wissen es

ja nicht sicher. Er sagt nichts dergleichen. Vermutlich werden wir es nie erfahren. Jedenfalls ist das eine gute Chance, die die Familie nutzen sollte.«

»Ach ja? Mit ihm gemeinsame Sache zu machen? Und wenn er es sich dann wieder einmal anders überlegt, bin ich der Nächste, der mit Schaum vor dem Mund tot zusammenbricht. Nein, ich denke, ich verzichte auf diese Art von Unterstützung.«

»Nun rede nicht solch einen Unsinn!«, brauste der Vater auf. »Habe ich einen Feigling großgezogen, der sich fürchtet, einen Schritt nach vorne zu tun, und sich stattdessen lieber versteckt? Ich kann ihn auch nicht ausstehen, das musst du glauben, und ich verabscheue seine zahlreichen charakterlichen Schwächen. Dennoch kann ich eine Chance erkennen, wenn sie sich bietet, und ich weiß, wann es sich lohnt, sie zu ergreifen. Und deshalb wirst du dieser Einladung folgen und morgen in aller Frühe zum Zabelstein reiten. Hör dir an, was er zu sagen hat, und entscheide klug, mein Sohn.«

Albrecht überlegte, ob er dieses Ansinnen von sich weisen sollte, doch vielleicht war es gar nicht so schlecht, den Bischof zu treffen und ihm direkt zu sagen, dass er nicht interessiert sei und der abgesetzte Johann sich ein anderes Opfer für seine Machtspiele suchen solle. Ja, wenn der Vater und der Oheim nicht dabei waren, konnten sie seine Entscheidung auch nicht verhindern.

Den dicken Umhang eng um sich geschlungen schritt Elisabeth zwischen welken Unkräutern in der Schütt zu Füßen des Palas auf und ab. In ihrem Kopf schwirrten die Gedanken und wollten zu keiner Ordnung finden. Was sollte das bedeuten?

Der kalte Herbstwind zerrte an ihren Röcken, und es wurde bereits dunkel, doch sie bemerkte es nicht. Die ersten Lampen wurden drunten in der Stadt entzündet und erhellten die pergamentbespannten Fenster mit einem warmen Schein. Elisabeth war so in sich gekehrt, dass sie die beiden Frauen erst bemerkte, als sich ein Arm vertrauensvoll um ihre Schulter legte.

»Sie ist schon den ganzen Tag von dieser Unruhe befallen«, sagte Jeanne zu Gret, die sich vor Elisabeth aufbaute, die Hände in die Hüften gestützt, den Blick forschend auf ihr Gesicht gerichtet.

»Was ist los? Erzähl es uns!«

Elisabeth hielt inne und hob die Schultern. »Nichts Besonderes. Albrecht ist heute in aller Früh wieder einmal davongeritten.«

»Zum Zabelstein, ja, das wissen wir«, bestätigte Gret.

»Was? Er reitet zu meinem Vater? Wieso wisst Ihr davon, und ich habe keine Ahnung?«

Gret zog eine Grimasse. »Mach dir nichts draus. Es ist völlig normal, dass die Dienerschaft stets mehr weiß als Herrschaften. Er wurde von seinem Vater und seinem Oheim geschickt, nachdem ein Bote vom Zabelstein ein Schreiben mit dem Siegel des Bischofs von Brunn an die Grafen von Wertheim überbracht hatte.«

Elisabeth schüttelte fassungslos den Kopf. »Ich weiß nicht, ob es den Grafen recht ist, dass anscheinend jeder darüber Bescheid weiß. Zumindest jeder außer mir.«

»Egal, ob es den Herren recht ist oder nicht. Verhindern werden sie es nicht können, solange sie Dienstboten um sich scharen, die Augen und Ohren im Kopf haben.«

»Da magst du recht haben, doch das ist nicht das Entscheidende!«, erwiderte Elisabeth mit einem Seufzer.

Gret nickte wissend. »Das Entscheidende ist, dass Albrecht es dir nicht gesagt und sich nicht von dir verabschiedet hat, nicht wahr?«

Elisabeth nickte und sah zu Boden. »Ich fürchte, ich habe ihn verloren.«

»Sie hat es ihm gesagt«, fügte Jeanne hinzu, obwohl Gret das sicher ebenfalls bereits wusste. »Und er ist davongestürmt, um darüber nachzudenken. Er war lange in der Kirche, hat mit sich gehadert und gebetet.«

»Ach, und du kannst mir nun sicher auch berichten, welche Worte seine Gebete enthielten«, rief Elisabeth in sarkastischem Ton, der bei Jeanne aber nicht anzukommen schien, denn sie antwortete ernst:

»Nein, das kann ich dir nicht sagen, und auch nicht, zu welchem Entschluss er kam, denn seine Worte waren so leise, dass nicht einmal der Küster, der zu dieser Zeit im Chor weilte, sie verstehen konnte.«

Elisabeth schnaubte durch die Nase. »Wie beruhigend, dass es anscheinend doch noch etwas gibt, das nicht die ganze Burg weiß.«

Jeanne ließ sich nicht beirren. »Auch wenn wir nicht sicher wissen, wie seine Entscheidung ausgefallen ist und ob die Muttergottes ihm den rechten Rat gegeben hat, so bin ich dennoch zuversichtlich, dass er zu seinem Wort stehen wird, denn er liebt dich von Herzen.« Gret schnaubte vernehmlich, doch Jeanne sprach weiter. »Es ist für einen Mann nur schwer, solch eine Vergangenheit anzunehmen. Gib ihm die Zeit, die er dafür braucht, und freue dich, denn danach wird nichts mehr zwischen euch stehen. Keine Lüge wird eure Liebe trüben«, sagte sie feierlich.

»Wenn ich nur dieselbe Zuversicht empfinden könnte wie du«, sagte Elisabeth mit Sehnsucht in der Stimme.

»Dann wärst du genauso einfältig wie Jeanne«, meinte Gret.

»Nimm ihr nicht die Hoffnung«, schnaubte die kleine Französin. »Wie soll es denn mit ihr weitergehen, wenn Albrecht sich von ihr abwendet?«

»Das weiß Gott allein. Warten wir ab, was geschieht, wenn Albrecht zurückkommt.« Gret zog eine Grimasse.

»Uns bleibt bis dahin unsere Arbeit zu tun, was mich daran erinnert, dass mich in der Küche noch ein Berg an schmutzigem Geschirr erwartet und eine Tracht Prügel, wenn ich noch länger hier draussen bei euch bleibe. Daher empfehle ich mich für heute Nacht. Elisabeth, lass den Kopf nicht hängen, das Leben wird irgendwie weitergehen. Und Jeanne, setz ihr nicht noch mehr deiner Flausen in den Kopf!« Mit diesen Worten schritt sie in stolzer Haltung durch die Bastion davon.

»Manchmal wünschte ich, ich könnte mit Gret tauschen«, murmelte Elisabeth.

»Was?«, ereiferte sich Jeanne. »Um sich dem Zorn dieses Küchenmeisters auszusetzen, Stunde um Stunde Gemüse zu putzen und bis in die Nacht Töpfe zu schrubben?«

»Oh, ich weiss, dass sie schwer arbeiten muss, das habe ich nie bezweifelt, und dennoch weiss sie, wo ihr Platz ist, und wird ihr Leben dort noch viele Jahre fortführen können. Eine tüchtige Küchenmagd wird auf dieser Burg immer gebraucht, mögen die Herrscher auch kommen und gehen. Für Gret wird sich nichts ändern. Was interessiert es sie, wer im Saal ihr Brot und ihr Gemüse verzehrt?«

»Und was ist, wenn sie sich unabsichtlich etwas zuschulden kommen lässt? Wenn ein Mann sein Auge auf sie wirft und sie ihn ablehnt? Oder sie lässt es zu und bekommt ein Kind? Sie wird krank oder gerät mit jemandem in Streit, der mehr zu sagen hat als sie? Was dann? Dann steht sie schneller wieder auf der Strasse, als du dich einmal umdrehen kannst, und ihr Leidensweg beginnt von vorn. Vielleicht führt er sie wieder zur Eselswirtin oder direkt auf die Landstrasse. Nein, schau mich nicht so entsetzt an. Es ist die Wahrheit. Unser aller Schicksal liegt im Nebel der Zukunft verborgen, und es kann uns alle jederzeit aus unserer Bahn werfen. Nicht nur dich, Elisabeth!«

Was gab es daraufhin noch zu sagen? Fast ein wenig beschämt, nur an sich selbst und ihre eigenen Ängste gedacht zu haben, schritt Elisabeth neben Jeanne in den Palasflügel zurück.

Kapitel 8

»Seine Exzellenz lässt den Herrn von Wertheim bitten«, sagte der Diener höflich und verbeugte sich vor Albrecht. »Wenn Ihr mir bitte folgen wollt.«

Der junge Domherr trat hinter ihm in einen kleinen Speisesaal, in dem ein mächtiges Feuer brannte. Der Tisch war für mehrere Personen gedeckt; es waren aber nur zwei Männer anwesend: der entmachtete Bischof von Brunn und sein Narr Friedlein. Albrecht grüßte und versuchte sich seine Unsicherheit nicht anmerken zu lassen. Doch er hatte das Gefühl, die listigen Augen des Narren würden ihn durchschauen. Das verschobene Gesicht wirkte noch schiefer, als Friedlein grinsend seine Zähne sehen ließ. Er sagte allerdings nichts, sondern überließ das Reden seinem Herrn. Der begrüßte den Gast mit den Worten: »Ihr habt Euch Zeit gelassen. Ich dachte schon vor Stunden, mit Euch rechnen zu können. Aber gut, jetzt seid Ihr hier, und wir können zur Sache kommen. Setzt Euch, greift zu und hört Euch an, was ich beschlossen habe.«

Es widerstrebte Albrecht, den Anweisungen des Hausherrn zu folgen; dennoch ließ er sich auf einen Stuhl sinken. Es ärgerte ihn, dass er so mit ihm sprach, als sei er immer noch der herrschende Landesherr und Bischof von Franken. Der von Brunn saß hier in der Verbannung. Was hatte er noch zu bieten? Sein Stolz war fehl am Platz.

Friedlein reichte Albrecht einen Korb mit frischem Gebäck und sagte leise: »Der Herr ist wie eh und je mit ungebrochenem Mut und voller Zuversicht für die Zukunft. Ist das nicht ganz erstaunlich?«

»Ja, ganz erstaunlich«, gab Albrecht barsch zurück. »Doch können wir zur Sache kommen? Ihr habt Pläne, Exzellenz, die – wenn ich das sagen darf – gegen die Abmachungen sind, die Ihr mit dem Kapitel getroffen habt, als der Vertrag Eurer Abdankung gesiegelt wurde. Was versprecht Ihr Euch davon? Glaubt Ihr wirklich, es gäbe für Euch noch einmal einen Weg zurück? Vergesst es, Eure Zeit ist um. Genießt die Tage, die Gott Euch noch auf dieser Erde schenkt.«

Der Bischof starrte ihn mit offenem Mund an. Er musste sich erst sammeln, ehe er darauf eine Antwort wusste. Albrecht war selbst über den barschen Ton und die rüde Wahl seiner Worte erstaunt. Andererseits, wer war Johann von Brunn heute noch? Nur dem Titel nach ein Bischof. Und dennoch war er auch Elisabeths Vater, dem Respekt gebührte.

Nun jedenfalls war es zu spät. Die Worte konnten nicht zurückgenommen werden. Und er würde sich ganz bestimmt nicht dafür entschuldigen! Trotzig sah er den Gastgeber an.

Endlich war Johann von Brunn bereit, ihm zu antworten. Zu Albrechts Erstaunen sprach er ganz ruhig, beinahe sanft. »Ja, ich sitze hier auf dem Zabelstein und werde vielleicht auch mein Leben hier beenden, und dennoch ist es mir nicht gleichgültig, was mit den Menschen meines Landes passiert. Sie waren mir von Gott anvertraut, und mir liegt es durchaus am Herzen, das Schicksal des Landes zum Guten zu wenden, ehe ich für immer die Augen schließe. Gerade deshalb kann es mir nicht gleichgültig sein, in wessen Hände mein Land übergeht. Ich halte viel von Eurer Familie, die stolzen Wertheimer, die seit vielen Generationen mit dem Land verbunden sind. Ich war erfreut und erleichtert, als die Wahl auf Euren Bruder fiel, der nun leider nach nur wenigen Wochen von uns gegangen ist.«

Für einen Moment zweifelte Albrecht an seiner Überzeugung, der Bischof selbst habe seinen Bruder beseitigen lassen. Irrte er sich etwa, wie so viele andere? Hatte Elisabeth mit ihrer Vermutung recht? Er wusste, dass sie Dompropst von Grumbach verdächtigte. Ganz von der Hand zu weisen war dieser Verdacht nicht, sollte von Grumbach noch immer nach der Bischofswürde streben. Skrupellos genug für so eine Tat war er ganz sicherlich.

»Der Dompropst war übrigens kurz nach dem tragischen Dahinscheiden Eures Bruders bei mir«, fuhr der Bischof fort, als habe er Albrechts Gedanken gelesen.

»Er buhlte um meine Gunst, denn er weiß wohl, dass nicht wenige der Domherren und Kapitulare von Neumünster im tiefsten Innern ihres Herzens auf meiner Seite stehen. Er wollte um meine Bereitschaft werben, seine Kandidatur zu unterstützen, doch ich schickte ihn mit deutlichen Worten fort. Ein Gutes hatte der Besuch des von Grumbach allerdings. Er brachte mich dazu, mir Gedanken darüber zu machen, wer für das Land und die Menschen der beste Pfleger wäre, und so stieß ich auf Euch, Albrecht von Wertheim. Ihr seid jung, gerade einmal dreißig Jahre alt, und voller Tatendrang. Ihr habt ein offenes und edles Herz, dem das Schicksal des Landes nicht gleichgültig ist. Es würde mich ruhig schlafen lassen, wenn ich Euch an dieser Stelle wüsste.«

Wie schön diese Worte klangen, wie sanft und aufrichtig die Stimme. Fast hätte Albrecht ihm glauben können, hätte er Bischof Johann nicht schon so viele Jahre gekannt. Es ging diesem Mann nicht um das Land und noch weniger um die Menschen. Es war ihm schon immer nur um sich selbst gegangen, um seinen Genuss und seine Macht, und das bedeutete, dass er sich einen Vorteil davon versprach, wenn er Albrecht zu dem Posten des Pflegers verhalf. Was sich der Bischof alles erhoffte, interessierte Albrecht nicht, denn wenn er Pfleger werden wollte, musste er Mitglied des Domkapitels bleiben und konnte der geistlichen Laufbahn nicht entsagen. Albrecht erhob sich.

»Eure schönen Worte in Ehren, Exzellenz. Mögen sie nun so der Wahrheit entsprechen oder nicht, das ist für mich bedeutungslos. Die Familie Wertheim dankt für das Angebot Eurer Unterstützung, doch ich stehe als Kandidat nicht zur Verfügung.«

Der Bischof starrte ihn irritiert an. »Ich dachte, Eurem Vater und Eurem Oheim wäre im Augenblick kein Ziel dringlicher? Ich weiß, sie haben bereits versucht, manch Mitglied des Kapitels auf ihre Seite zu ziehen.«

»Eure Kundschafter haben Euch nichts Falsches berichtet, dennoch bleibt es bei meiner Entscheidung: Ich stehe nicht zur Verfügung, denn ich werde in den Ritterstand zurückkehren und Eure Tochter Elisabeth ehelichen, so wie ich es bereits vor Jahren geschworen habe.«

»Das ist Euer letztes Wort?«

Albrecht nickte. »Ja, diese Entscheidung ist endgültig. Und nun darf ich mich empfehlen.«

Der Bischof betrachtete ihn nachdenklich. Es konnte ihm nicht schmecken, seine Pläne durchkreuzt zu sehen. Aber er war kein Mann, der leicht aufzugeben bereit war.

»Friedlein, du hast es gehört, der Ritter von Wertheim möchte sich auf den Heimweg machen. Geh in den Hof, und gib Anweisung, sein Pferd zu satteln und vorzuführen.«

Der Narr erhob sich schwerfällig und hinkte zur Tür. »Ich vermute, Ihr seid nicht damit einverstanden, dass ich Euren Befehl zum Fenster hinausrufe? Nein? Das dachte ich mir. Zu schade. Dabei sind die Worte, die nicht für meine Ohren bestimmt sind, stets die interessantesten.«

Er humpelte hinaus und schloss die Tür hinter sich. Der Bischof wartete noch einige Augenblicke, ehe er mit barscher Stimme den Gast aufforderte, sich noch einmal zu setzen.

»Ihr dürft sogleich aufbrechen und den Zabelstein noch in dieser Stunde hinter Euch lassen, doch zuerst hört Ihr mir genau zu. Ihr seid also noch immer entschlossen, meine Tochter

Elisabeth zu heiraten, obwohl sie ein Jahr lang auf so – sagen wir – ungewöhnliche Weise verschwunden ist?«

»Ja, und nichts, was Ihr sagt, kann mich daran hindern«, gab Albrecht leidenschaftlich zurück. »Ihr braucht nun nicht solch ein Gesicht zu ziehen, Exzellenz, und mir unangenehme Nachrichten ankündigen, von denen Ihr meint, sie würden mich derart entsetzen, dass ich mich von diesem Versprechen entbinde und Euren Plänen zur Verfügung stehe. Ich weiß alles! Elisabeth hat es mir erzählt.«

Der Bischof kaute nachdenklich auf seiner Unterlippe. »Wirklich alles? Und Ihr schreckt dennoch nicht vor einer Eheschließung zurück? Erstaunlich. Ganz erstaunlich. Dann muss es doch so etwas wie selbstlose Liebe zu einem Weib geben, was ich stets bezweifelt habe. Oder ist es nur der Gedanke an das überkommene Ideal der Ehre eines Ritters, die Ihr nicht verletzen wollt? Egal, das interessiert mich nicht wirklich. Ich möchte, dass Ihr Pfleger werdet.«

»Vergesst diesen Plan. Ich stehe nicht zur Verfügung. Ich werde heiraten!«, widersprach Albrecht bockig.

»Jaja, das habt Ihr mir ja nun deutlich gesagt. Nun haltet aber mal den Mund, bis ich mit meinen Ausführungen zu Ende bin. Ausgerechnet der von Grumbach war es, der mich davon überzeugte, wie wichtig es sei, einen Pfleger auf den Posten zu berufen, der mir gewogen oder zumindest verpflichtet ist.«

»Ich bin weder das eine noch das andere«, fiel ihm Albrecht ins Wort. Der Bischof seufzte.

»Abwarten, ich bin mit meiner Ausführung noch nicht zu Ende. Ich dachte ja zuerst, ich könnte Euch die Augen öffnen und Euch somit überzeugen, im Schoß der Kirche zu verbleiben, aber ich muss sagen, das, was sich mir jetzt bietet, ist noch viel besser, und ich wäre ein Narr, wenn ich nicht annehmen würde, was mir soeben in den Schoß fällt.« Johann von Brunn fixierte den jungen Domherrn mit einem Blick, dass

Albrecht ein Stück zurückwich. Was für eine Teufelei hatte sich der Bischof nun ausgedacht?

»Dann wollen wir einmal sehen, wie weit es mit Eurer Liebe und Eurer Ehre bestellt ist«, fuhr er fort. Albrecht spürte, wie sich seine Nackenhaare aufrichteten.

»Er kommt mir ein wenig verschlossen vor«, wagte Jeanne zu bemerken, als sie Elisabeth in deren Gemach beim Umziehen half. Die beiden vom Kapitel und dem fränkischen Adel bestimmten Hauptleute der Festung, Georg von Henneberg und Konrad von Weinsberg, die die Verwaltung vorübergehend übernommen hatten, bis ein neuer Pfleger ernannt sein würde, richteten heute ein Mahl aus, zu dem nicht nur das gesamte Kapitel erscheinen würde, sondern auch ein großer Teil der Ritterschaft, die sich augenblicklich in und um Würzburg aufhielt. Es war der Graf von Wertheim, der Elisabeth aufgefordert hatte, an diesem Mahl teilzunehmen, nicht sein Sohn Albrecht, der seit seiner Rückkehr eine ernste, in sich gekehrte Miene zur Schau trug. Elisabeth nickte.

»Ja, es kommt mir so vor, als würde er mir ausweichen. Obwohl er mir versichert hat, ich müsse mir keine Sorgen machen. Doch ich sage dir ehrlich, was mich noch mehr besorgt, ist das offensichtliche Strahlen seines Vaters und seines Oheims, die ihren Triumph nicht verbergen können. Es drängen sich mir schlimme Vermutungen auf.«

Jeanne versuchte wie immer, sie zu trösten. »Vielleicht denken sie, es würde alles so laufen, wie sie es wünschen, und Albrecht fürchtet noch die letzte Auseinandersetzung mit Vater und Onkel. Wie kann er sein Wort brechen? Er ist ein Ritter, der weder dich noch seine Ehre verraten würde.«

»Wollen wir es hoffen, Jeanne«, erwiderte Elisabeth kläglich und erhob sich, um zum Mahl hinunterzugehen.

Sie wusste, dass sie nicht darauf hätte hoffen dürfen, und dennoch fühlte sie sich ein wenig enttäuscht, dass sie ihren

Platz nicht bei Albrecht fand. Er saß zwischen dem Weinsberger und Dompropst von Grumbach! Ob das etwas zu bedeuten hatte? Zaghaft ließ Elisabeth den Blick über den Tisch wandern, um vielleicht irgendetwas in seiner Miene oder seinen Augen lesen zu können, doch er hielt den Blick beharrlich gesenkt. Der von Grumbach neben ihm dagegen war sichtlich verstimmt, während Konrad von Weinsberg eher erleichtert wirkte. Ein mulmiges Gefühl breitete sich in ihr aus, das sich zu Furcht ausweitete, als die Brüder Hans und Michael von Wertheim mit kaum übersehbarem Strahlen in den Gesichtern den großen Saal betraten und bei den wichtigen Männern des fränkischen Adels Platz nahmen. Nein, da ging etwas vor sich, das ihr ganz und gar nicht gefallen konnte.

Elisabeth musste nicht lange warten, bis sie Antwort auf ihre brennende Frage erhielt. Es war der Dompropst von Grumbach, der sich erhob und mit deutlichem Widerwillen verkündete, dass dies ein guter Tag für Franken und das Bistum Würzburg sei, denn das Land würde nicht länger wie eine Herde ohne Schäfer sein.

»Die Nachfolge des Pflegers Johann von Wertheim, den Gott der Herr nach so kurzer Zeit unerwartet zu sich genommen hat, wird sein Bruder Albrecht von Wertheim antreten. Darauf haben sich das Kapitel der Herren des Doms und von Neumünster mit den edelsten Vertretern des fränkischen Adels verständigt. Sie entsprechen somit auch dem Vorschlag und dem Wunsch unseres aus der Regierung ausgeschiedenen Bischofs Johann II. von Brunn, der noch auf dem Zabelstein weilt und sich entschuldigen lässt.«

Zum Glück standen nun alle geräuschvoll von ihren Plätzen auf, hoben die Becher und sagten einen feierlichen Trinkspruch. So ging Elisabeths Ruf in der allgemeinen Unruhe unter. Auch sie war aufgesprungen und sah zu Albrecht hinüber, aber nicht, um ihm für die große Aufgabe, die vor ihm lag, Glück, Erfolg und Gottes Segen zu wünschen. Sie starrte nur entsetzt zu ihm hinüber. Er würde den Weg der Kirche nicht verlassen. Im Gegenteil, er würde in der katholischen Hierarchie aufsteigen, würde zuerst als Pfleger die Verwaltung Frankens übernehmen und dann gar als ihr Fürstbischof. Albrecht würde ihren Vater beerben und ein mächtiger, reicher Mann werden – und er würde sein Eheversprechen brechen und sie nicht heiraten.

»Was ist denn los? Ihr seht nicht gut aus. Setzt Euch, Jungfrau Elisabeth«, riet der Kaplan an ihrer Seite, und erst jetzt bemerkte sie, dass sie die Einzige war, die noch immer stand. Immer mehr der Männer starrten neugierig zu ihr herüber. Nur Albrecht mied ihren Blick.

»Ihr habt recht, mir geht es nicht gut«, bestätigte sie die Vermutung des Kaplans, doch statt sich zu setzen, raffte sie ihre Gewänder und schritt so langsam und stolz hinaus, wie es ihr möglich war. Erst draußen auf dem Treppenabsatz begann sie zu laufen, rannte in den dunklen Hof hinunter und blieb erst stehen, als sie glaubte, keine Luft mehr zu bekommen. Langsam schritt Elisabeth zum inneren Hof zurück. In ihrem Kopf summte es, doch ihr Geist war noch nicht bereit, darüber nachzudenken, was die heutige Entscheidung für sie und ihre Zukunft bedeutete.

Als sie sich der Basilika näherte, trat ein Mann aus dem Dunkeln an ihre Seite. Sie erkannte ihn erst, als er sie ansprach.

»Ihr seid überrascht? Habt Ihr geglaubt, Albrecht würde sich gegen seine Familie stellen? Er wäre kein Ritter von Ehre, würde er so etwas tun.«

Elisabeth sah zu Hans von Wertheim auf, doch es war zu dunkel, als dass sie seine Miene hätte erkennen können.

»Ein Ritter von Ehre bricht aber auch keinen Schwur, den er geleistet hat!«

»Ihr meint, er hat Euch die Ehe versprochen?« Der Junker machte eine wegwerfende Handbewegung. »Es war einfältig von Euch zu erwarten, er würde Euch in allen Ehren heiraten. Ich will Euch nicht beleidigen, doch wer seid Ihr? Nicht einmal von ehelicher Geburt, und er ist ein Ritter aus dem Grafengeschlecht von Wertheim!«

»Und dennoch hattet Ihr früher nichts gegen diese Verbindung einzuwenden«, zischte Elisabeth. »Auch damals war Euch der Makel meiner Geburt durchaus bekannt.«

Hans von Wertheim lachte trocken. »Ich habe Euch stets für ein Weib erachtet, das mit mehr Geist als üblich gesegnet ist, also stellt Euch nicht dumm. Ihr wisst, dass man unter manchen Umständen über so etwas hinwegsehen kann.«

»Ihr meint, wenn der Bankert einen reichen und mächtigen Vater aufweisen kann?«, fragte Elisabeth in ätzendem Ton, doch der entging dem Ritter entweder oder er war nicht bereit, darauf einzugehen.

»Ja, genau so ist es. Und da Euer Vater zwischenzeitlich weder reich noch mächtig ist, muss Albrecht nun eben den Weg einschlagen, der für ihn der vielversprechendste ist.« War seine Stimme eben noch distanziert und hart gewesen, schwang nun Verständnis in ihr.

»Ich weiß, Ihr fürchtet um Eure Zukunft, und Ihr müsstet das mit Recht, wenn Albrecht sich nun von Euch abwenden würde. Doch das verlangt ja keiner von ihm. Ich weiß, er ist Euch ernsthaft zugetan.«

»Wie sollte das gehen? Er wird Pfleger und später Bischof. Die Ehe ist ihm versagt.«

»Ja, das schon, doch er könnte Euch dennoch bei sich behalten und für Euch sorgen. Gut für Euch sorgen, sodass Ihr nichts vermissen müsstet.«

Elisabeth wich ein wenig zurück. »Schlagt Ihr mir vor, seine Mätresse zu werden?«

Sie sah gegen den Nachthimmel, wie er die Schultern hob. »Nennt es, wie Ihr wollt. Eine Art Ehe zur Linken, wenn es Euch besser gefällt. Denkt nach, ehe Ihr dieses Angebot mit

Abscheu von Euch weist. Was habt Ihr Besseres zu erwarten?«

Und mit diesen Worten ließ er Elisabeth sprachlos im finsteren Burghof zurück.

»Elisabeth, bitte, bleib stehen und hör mir zu.«

Sie drängte sich an ihm vorbei und ging mit gerafften Röcken weiter.

»Bitte, lass es mich erklären.« Er überholte sie und trat ihr dann in dem nicht allzu breiten Korridor so in den Weg, dass sie innehalten musste, wollte sie sich nicht mit Ellenbogen den Weg mit Gewalt freimachen, was sie in ihrer Verzweiflung und ihrem Zorn durchaus erwog.

»Was gibt es da zu erklären? Du hast deine Entscheidung getroffen und sie vor dem ganzen Land verkünden lassen. Das ist dein gutes Recht. Es wäre mir nur lieber gewesen, du hättest es mir zuvor gesagt und mir die Peinlichkeit erspart, vor dem gesamten Kapitel und der Ritterschaft in meinem Erschrecken dazustehen, sodass sie sich an meiner Einfältigkeit ergötzten.«

»Es tut mir leid. Ich weiß, dafür gibt es keine Entschuldigung. Ich wusste nur nicht, wie ich es dir sagen sollte.«

Elisabeth hatte sich gerade an ihm vorbeigedrängt, als seine Worte den Zorn noch höher auflodern ließen.

»Ach, du meinst, nur dafür, dass du zu feige warst, es mir zu sagen, gibt es keine Entschuldigung?« Sie stemmte die Hände in die Hüften und funkelte ihn an.

Zwei Tage waren seit der abendlichen Tafel vergangen, bei der die Verkündung des Dompropstes von Grumbach ihr den Boden unter den Füßen weggezogen und sie in ungeahnte Verzweiflung gestürzt hatte. Seitdem wechselten ihre Stimmungen von Wut in Verzweiflung und dann wieder in Verständnis, dass er nach dieser Beichte nicht mehr bereit war, sein Eheversprechen einzulösen. Welcher Mann würde über so etwas hinwegsehen können? Nein, selbst ein Ritter von Ehre durfte nach diesen Verfehlungen seinen Schwur brechen. Das konnte sie ihm nicht zum Vorwurf machen. Auch wenn sie ganz und gar unschuldig in diese Misere geraten war. Das tat nichts zur Sache. Sie hatte nicht nur ihre Jungfräulichkeit verloren, sie war durch und durch beschmutzt.

Und dennoch, argumentierte ein Teil ihrer selbst dagegen, wenn wieder einmal der Zorn die Oberhand gewann. Hatte er nicht stets gesagt, er könne ihr alles verzeihen? Er würde zu ihr stehen, ganz gleich, welche Prüfungen Gott der Herr ihm bereiten würde? Elisabeth hatte sich nichts vorzuwerfen. Ihr Herz und ihre Seele waren ihm treu geblieben. In diesem Moment übernahm dann meist die Angst. Egal, ob sie seine Entscheidung nun verstehen und ihm verzeihen konnte oder nicht, was sollte nun aus ihr werden? Schreckliche Szenen zuckten durch ihre Träume. Sie sah sich hungrig und in Lumpen gehüllt an der Eselswirtin Tür klopfen. War sie nicht eine Dirne? Hatte Else ihr nicht gesagt, dass man dieses Schicksal nicht wie ein Gewand wieder abstreifen und gegen ein besseres tauschen konnte? Nein, diese Schmach wurde zur eigenen Haut, die von nun an Teil des Körpers blieb und der man nicht mehr entfliehen konnte.

Der Strudel geriet in Bewegung, umkreiste sie immer schneller und riss sie mit sich. Er würde sie mit hinunterziehen, kein Zweifel, und mit ihr auch Jeanne und Gret, denen sie so leichtfertig ein besseres Leben versprochen hatte.

So tief sie die Verzweiflung auch erfasst hatte, in diesem Augenblick, als sie Albrecht in die Augen sah, empfand sie nur Wut.

»Nein, so meinte ich das nicht. Es ist nicht so, wie es dir im Augenblick erscheint«, erwiderte er hilflos.

»Ach ja?« Elisabeth hob die Brauen. »Was könnte ich denn an dieser Ankündigung missverstanden haben? Du wirst in Vertretung meines in die Verbannung geschickten Vaters

Pfleger, und wenn er denn endlich von Gott abberufen wird, zum Fürst und Bischof von Franken. Ein stolzer Weg, den du da eingeschlagen hast, ja, das muss ich sagen. Und das in so jungen Jahren. Vielleicht sollte ich nicht selbstsüchtig sein und sehen, dass es nahezu unmöglich war, dieser Versuchung zu widerstehen, wo doch auch der Oheim und dein Vater dich so drängten. Ja, es ist gut, dass wir uns hier noch einmal begegnen und ich dir gratulieren kann. Mehr hat wohl kein einfacher fränkischer Ritter in so jungen Jahren erreicht.«

»Der Ton wandelt deine Worte in giftige Pfeile, die mein Herz durchbohren«, entgegnete Albrecht traurig. »Vielleicht hast du recht, mir zu zürnen, doch es entspricht nicht der Wahrheit, wenn du mir unterstellst, ich würde auch nur einen Gedanken an Macht und Reichtum verschwenden. Ich sehe es in deinem Blick, dass du zweifelst, aber es ist die Wahrheit. Und es waren auch weder die Bitte noch der Befehl der Grafen von Wertheim, die mich schweren Herzens – wie ich betonen möchte – dazu brachten, diesen Weg einzuschlagen, der mir genauso wenig willkommen ist wie dir.«

»Erwartest du, dass ich nun dein schweres Schicksal beweine?«, zischte Elisabeth.

»Nein, nur dass du mir zuhörst. Ich war fest in meinem Entschluss und wollte nicht weichen noch wanken, als dein Vater mich zu sich rief. Es war sein Vorschlag und sein Wille, den er zu jedem Preis durchzusetzen bereit war. Mehr kann und will ich dazu nicht sagen.«

Elisabeth fiel ihm ins Wort. Wenn das überhaupt möglich war, fühlte sie sich noch zorniger als zuvor. »Dann ist das alles die Schuld meines Vaters, willst du mir das sagen? Er hat entschieden? Ich dachte, er sei abgesetzt und dämmere machtlos auf dem Zabelstein seinen letzten Tagen auf Gottes Erde entgegen. Und nun trägt plötzlich er die Schuld, dass du dein Wort brichst? Was willst du mir noch von ihm berichten?

Er scheint sich ja für jede Schandtat zu eignen. Warum nicht auch zum Totengräber meiner Zukunft?«

Albrecht seufzte resignierend und hob die Arme, nur um sie kraftlos wieder fallen zu lassen. »Sprechen wir nicht über deinen Vater. Sprechen wir über uns.«

»Es gibt kein ›uns‹ mehr!«, rief sie verbittert. »Hast du das nicht schon vor Tagen entschieden?«

»Nein, ja – ach, ich weiß, ich kann dir im Moment die Ehe nicht mehr antragen, das stimmt, aber mir blieb keine andere Wahl. Glaube mir, ich habe mir die Entscheidung nicht leicht gemacht. Vielleicht ist das der bessere Weg – gerade auch für dich! So wird sich an den gewohnten Pfaden deines Lebens nichts ändern. Du bleibst hier, auf dem Marienberg, in deinen eigenen Gemächern, in deiner angestammten Heimat. Ist es nicht das, was du dir gewünscht hast? Du musst nicht in eine unbekannte Zukunft fliehen, nicht gegen Widerstände kämpfen und um die Bequemlichkeit deines täglichen Lebens fürchten.«

»Aha, so hast du dir das also gedacht.« Ihre Stimme klang trügerisch sanft, wäre da nicht dieses kriegerische Funkeln in den Augen gewesen, das jeden warnen sollte, der sie kannte. »Du würdest also deine schützende Hand über mich halten?«

»Ja, wie der Bischof früher, und dir soll es an nichts fehlen.«

Elisabeth nickte langsam. »Diese Rolle hast du mir also zugedacht. Es sollte mich nicht wundern, nicht wahr? Was hätte ich Besseres zu fordern? Der Graf von Wertheim hat es mir ja bereits gesagt. Mit dem Makel meiner Geburt und so ganz ohne Geld und Macht. Und dabei weiß er noch nicht einmal um meine Schande. Wie viel mehr – musst du denken – hast du das gute Recht, zum Dank Gefälligkeiten zu fordern. Ja, eine feine Lösung für dich, bei der du auf gar nichts verzichten müsstest.«

Albrecht starrte sie entsetzt an. »Ich würde niemals etwas

fordern, das du nicht möchtest, und ich spreche hier ganz sicher nicht davon, dich zu meiner Geliebten zu machen, dafür, dass du hier weiterhin den Schutz des Marienbergs geniesst. Wie kannst du nur so etwas denken?«, rief er sichtlich gekränkt. Elisabeth hob die Schultern.

»Dein Vater jedenfalls hatte nicht nur keine Schwierigkeiten, so etwas zu denken, sondern ebenfalls keine damit, mir dies vorzuschlagen.«

»Ich würde dich niemals auch nur berühren, geschweige denn zu so etwas drängen!«

»Ach so? Ja, verstehe, dir graut es vor dem Fleisch, das nicht mehr frisch ist und das andere bereits vor dir besessen haben.«

»Das habe ich nicht gesagt, und es ist auch nicht so! Elisabeth, was ist nur in dich gefahren, dass du mich derart verteufelst und mit einem Hass betrachtest, den du für den von Grumbach reserviert zu haben schienst?«

Elisabeth besann sich. »Ja, so war es. Doch wenn ich recht darüber nachdenke, dann ist das hier schlimmer als alles, was der von Grumbach je getan hat. Er hat wenigstens keinen Hehl aus seiner Machtgier und seiner Skrupellosigkeit gemacht. Eigentlich müsste ich ihn für seine Geradlinigkeit, mit der er seine Ziele verfolgt, würdigen. Mehr will ich dazu nicht sagen, und nun geh mir aus dem Weg. Ich habe heute noch viel zu tun, wenn ich den Marienberg nicht erst bei Einbruch der Dunkelheit verlassen möchte.« Sie schob sich vollends an ihm vorbei und setzte hoch erhobenen Hauptes ihren Weg fort.

»Du willst fortgehen? Ja, aber wohin denn?«, rief er ihr nach. »Wie soll das gehen? Du hast nichts, wovon du leben könntest.«

Elisabeth drehte sich noch einmal um und bedachte ihn mit einem langen Blick. »Ja, das ist wahr, aber das ist jetzt nicht mehr dein Belang. Deine Fürsorge gilt nun dem Land, dem du ein guter Landesherr und geistlicher Vater sein musst.«

Und mit diesen Worten ließ sie ihn alleine in dem Gang zurück, der fast so düster war wie der Gesichtsausdruck des neuen Pflegers.

Lange stand er noch da, den Blick auf die Stelle gerichtet, an der Elisabeth um die Ecke verschwunden war. Dann drehte er sich mit einem Ruck um und ging in die andere Richtung davon. Es gab so viel zu tun. Mit den Vertretern des fränkischen Adels und den Herren vom Kapitel so viele Gespräche zu führen. Es gab Meinungen zu hören und abzuwägen und schwierige Entscheidungen zu treffen. Eines war ihm jetzt schon bewusst: Ganz egal, was er sagen und tun würde, jede Entscheidung würde eifrig belauert und von mehr Seiten kritisiert als gutgeheißen werden.

Mal sehen, wie viele Feinde ich mir bereits in meiner ersten Woche schaffe, dachte er, und er fragte sich, ob man ihn – wenn es denn zu viele werden würden – bald schon wie seinen Bruder aus dem Weg räumen würde.

Albrecht fühlte die Last, die auf seinen Schultern drückte, noch ehe er das erste Wort als Pfleger des Landes gesprochen hatte.

Kapitel 9

»Lass alles hier. Ich brauche nichts als die Kleider, die ich am Leib trage, und den warmen Umhang.«

Jeanne, die gerade ein prächtiges rotes Gewand in eine Reisetruhe packte, hielt in der Bewegung inne und starrte Elisabeth nur ungläubig an. Gret war weniger zurückhaltend.

»Sei nicht solch eine Närrin. Wenn du schon davonlaufen willst – was ich für den dümmsten Einfall halte, den du jemals hattest –, dann nimm wenigstens so viel mit, wie in die Kutsche passt. Du wirst schon bald froh darüber sein, glaube mir.«

Elisabeth setzte eine abweisende Miene auf. »Ich möchte nichts an mich nehmen, was mir nicht zusteht«, widersprach sie steif.

Gret verdrehte die Augen. »Herr im Himmel, schenke mir Geduld! Meinst du, Albrecht möchte deine Kleider verkaufen, um das Land vor dem Ruin zu retten? Ich glaube, weit wird er dabei nicht kommen, also pack den Rock wieder ein, Jeanne, und die Tücher und Hemden auch.« Die kleine Französin tat wie ihr geheißen.

»Was fällt dir ein?«, rief Elisabeth.

»Dass ich es wage, deinen Anweisungen zu widersprechen, Herrin?« In Grets Stimme schwang eine ungewohnte Schärfe. Elisabeth sackte auf dem Bett zusammen.

»Nein, so wollte ich es nicht sagen. Ich bin keine Herrin mehr, nicht deine und auch nicht Jeannes. Ich habe euch nichts zu sagen. Ihr könnt tun und lassen, was ihr wollt.«

»Und gerade deshalb bleiben wir bei dir«, rief Jeanne.

»Du wirst stets meine Herrin und Freundin sein, ganz egal, was das Schicksal noch bereithält.« Sie streckte Elisabeth die Hände entgegen, die sie sichtlich ergriffen umfasste.

Gret betrachtete die beiden kopfschüttelnd. »Welch bewegende Schwüre! Nein, schaut mich nicht so an. Ich bin durchaus eine Verfechterin von Treue und Freundschaft, und auch ich werde dich sicher nicht im Stich lassen. Dennoch werde ich gegen deine unsinnigen Entscheidungen aufbegehren und dagegen kämpfen, dass du dich selbst zerstörst. Denn das verstehe ich unter Freundschaft! Und deshalb sage ich dir auch ganz offen, dass du ein schrecklicher Narr bist und – wenn du jetzt wegläufst – einen Fehler begehst, den du dein Leben lang wirst bereuen müssen.«

»Was soll sie denn tun? Er hat sie von sich gewiesen!«, sprang Jeanne in die Bresche.

»Halt den Mund, du dummes Ding«, fuhr sie Gret an. »Gar nichts hat er. Er hat eine Entscheidung getroffen, sich mehr Macht zu sichern, als er je hätte erhoffen können, statt zu riskieren, von seinem Vater in Ungnade aus der heimatlichen Burg gewiesen zu werden. Er ist nach wie vor bereit, Elisabeth ein wohliges Leben zu bieten.«

»Ja, aber nicht als ihr Ehemann!«, warf Jeanne ein. »Er kann sie sich nehmen und wieder fallen lassen, ganz wie es ihm beliebt. Und dann? Dann steht sie alleine und ohne Geld und Schutz auf der Straße.«

Gret nickte. »Ja, diese Gefahr besteht«, musste sie zugeben. »Dennoch begegnet Elisabeth diesem Risiko nicht, indem sie Albrecht jetzt davonläuft. Sie sollte sich ihm stattdessen unentbehrlich machen. Er ist ihr herzlich zugetan. Welch bessere Voraussetzungen gibt es, einen Mann an sich zu fesseln?«

»Ich werde nicht Albrechts Mätresse!«, rief Elisabeth störrisch.

»Warum nicht? Würde er dich zum Altar führen, wärst du

nur zu gern bereit, dich ihm hinzugeben. Also nur, weil es in den Augen der Kirche eine Sünde wäre?«

»Du verstehst das nicht«, wehrte Elisabeth ab.

»Nein, das verstehe ich nicht«, entgegnete Gret genauso harsch. »Du riskierst es, zurück auf die Straße geworfen zu werden, wo du dich für ein paar Pfennige der Willkür jedes Kerls hingeben musst, statt ein wenig von deinem Stolz Abstand zu nehmen und mit dem Mann zusammenzuleben, den du liebst und der dich gut versorgen würde. Darüber hinaus ist er sicher keiner dieser Ehrlosen, die eine Geliebte, wenn sie ihrer müde sind, ohne sich um ihr weiteres Schicksal zu kümmern, in die Gosse stoßen!«

»Ganz unrecht hat Gret nicht«, wagte Jeanne ihr leise beizupflichten und sah ein wenig ängstlich zu Elisabeth auf, die mit verschränkten Armen mitten in ihrem Gemach stand.

»Seid Ihr nun fertig?«, fragte sie nur. Die beiden nickten stumm. Während Grets Miene ebenso abweisend war, sah Jeanne sie bittend an.

»Gut, dann kann Jeanne ja mit dem Packen fortfahren. Ich habe mir eure Meinung angehört; dennoch bleibe ich bei meinem Entschluss. Mag es vernünftig sein oder nicht, ich werde nicht hierbleiben und mich Albrechts Launen auf Gedeih und Verderben ausliefern – weder als seine Mätresse noch sonst irgendwie. Und nun entschuldigt mich, ich muss noch einige Dinge regeln, bevor wir aufbrechen.«

»Wohin fahren wir denn?«, rief Jeanne, doch Elisabeth hatte das Gemach bereits verlassen und gab ihr keine Antwort.

»Wohin wohl«, antwortete Gret an ihrer Stelle. »Zum einzigen Ort, an dem sie noch Unterstützung finden wird – hoffe ich jedenfalls.«

So sicher sich Elisabeth vor den beiden Freundinnen gegeben hatte, so unsicher fühlte sie sich nun, als sie über den Hof auf die Gebäude des Südflügels zuschritt. War sie im Begriff, einen entscheidenden Fehler zu begehen? Sie hatte Grets Worte barsch von sich gewiesen, und dennoch konnte sie sich der Lebensweisheit in ihnen nicht gänzlich verschließen. Nein, wenn sie ehrlich zu sich selbst war, konnte sie ihr Handeln nicht als klug bezeichnen. Elisabeth war jedoch zu zornig und fühlte sich von Albrecht derart tief verletzt, dass sie nicht anders konnte. Entschlossen betrat sie das Gebäude, in dem ihr weitgereister Bruder mit seinen von weither mitgebrachten Kostbarkeiten untergebracht war. Sie stieg die Treppe hinauf und klopfte an die verschlossene Tür. Nichts regte sich. Elisabeth klopfte noch einmal energischer. Konnte es sein, dass er zu dieser Zeit noch schlief? Beim Morgenmahl im Saal und bei ihrem Gang über den Hof hatte sie ihn auch noch nicht gesehen.

Unverrichteter Dinge stieg sie die Treppe wieder hinunter. Da öffnete sich eine Tür in dem düsteren Gang des unteren Geschosses. Ein Sonnenstrahl, der durch das Fenster der Kammer fiel, umhüllte Meister Thomas' großgewachsene Gestalt.

»Fräulein Elisabeth, sucht Ihr Euren Bruder? Er ist bereits vor Stunden aufgebrochen.«

»Aufgebrochen?«, echote Elisabeth entsetzt.

»Es war noch vor dem ersten Grau des Morgens. Ihr habt noch geschlafen, sonst hätte er sich von Euch verabschiedet«, ergänzte Meister Thomas entschuldigend. »Ein Kaufmann muss früh auf den Beinen sein, um das Licht des Tages zu nutzen, gerade wenn die Tage des Herbstes immer kürzer werden und wir jederzeit fürchten müssen, dass Sturm und Regen die Straßen aufweichen und für unsere Karren unpassierbar machen.«

»Ja, sicher«, stimmte ihm Elisabeth zu. »Aber wo ist er denn hin? Und wie lange wird er fortbleiben?« Sie hörte die wachsende Verzweiflung in ihrer Stimme und konnte nur hoffen, dass Meister Thomas nichts davon bemerkte. Zumindest ließ sein Tonfall nichts Derartiges vermuten, als er ihr antwortete.

»Genau kann ich es Euch nicht sagen. Ein paar Tage ganz sicher, vielleicht auch Wochen. Das kommt darauf an, wie er auf den Straßen vorankommt und wie sich die Geschäfte entwickeln. Jedenfalls ist sein erstes Ziel Bamberg, das hat er mir versichert, als er einige meiner Kisten mitnahm, um sie meinem Vater zu überbringen.« Entschuldigend hob er die Achseln. »Ihr werdet Euch also ein wenig gedulden müssen, bis Ihr ihn wiederseht.«

Elisabeth nickte langsam. »Tage, vielleicht Wochen«, wiederholte sie. »So lange kann ich nicht warten.« Fragend sah Meister Thomas sie an.

»Bis ich den Marienberg verlasse«, fügte sie hinzu, obwohl ihn das nichts anging.

Meister Thomas schien sich des Dramas hinter diesen Worten nicht bewusst. Er nickte nur und lächelte freundlich. »Ach, Ihr werdet auch reisen? Doch nicht etwa zu Bischof von Brunn auf den Zabelstein? Ich bin nämlich bereits dabei, meine Reisetruhen zu packen, um mich noch heute dorthin zu begeben.«

»Auf den Zabelstein? Zu meinem Vater?«, wiederholte Elisabeth, die dachte, sie müsse ihn falsch verstanden haben.

»Aber ja, er hat nach mir geschickt und möchte sich die Arzneien zeigen lassen, die ich aus China und Indien und von den wilden Stämmen der Berber mitgebracht habe. Ob ich allerdings länger bleibe und für ihn tätig werde, kann ich jetzt noch nicht sagen. Das muss ich erst mit seiner Exzellenz besprechen. Haben wir etwa denselben Weg?«

Elisabeths Lippen teilten sich. »Es sieht ganz so aus«, sagte sie, und plötzlich fühlte es sich an, als sei ihr ein Fels von der Seele genommen.

»Dann sollten wir uns zusammentun«, schlug Meister Thomas vor. »Es ist stets sicherer, wenn man in Begleitung reist.«

Elisabeths Lächeln wurde breiter. »Ich werde mir die größte Mühe geben, Euch und Eure wertvollen Waren zu beschützen.«

Der Apotheker verbeugte sich und erwiderte das Lächeln. »Ich danke Euch für dieses selbstlose Angebot. Es ist mir eine große Ehre. Wann wünscht Ihr aufzubrechen?«

Elisabeth überlegte kurz. »In einer Stunde, wenn Euch das recht ist?«

Meister Thomas nickte. »Gut, dann treffen wir uns in einer Stunde am äußeren Tor. Ich vermute, Ihr nehmt eine der Reisekutschen?«

»Ja, und ich werde noch zwei Reitpferde mit mir führen«, entschied Elisabeth spontan. »Meinen Schimmel und meine Fuchsstute.«

Sie hatte vor Jeanne und Gret zwar behauptet, sie wolle nichts mitnehmen, das ihr nicht zustehe, doch sie konnte sich nun nicht dazu durchringen, ihre beiden Lieblingspferde zurückzulassen. Ihr Vater hatte sie ihr geschenkt – so wie all ihre Kleider, die Umhänge und Pelze und das wertvolle Geschmeide, das mehrere kleine Truhen in ihrem Gemach füllte. Alles vom Gold des Landes, das dieses so dringend brauchte, um die drückende Schuldenlast zu erleichtern.

Was also stand ihr zu und was nicht? Nein, sie würde ihre beiden Pferde nicht zurücklassen, damit sie verkauft oder auf den nächsten Kriegszug geschickt würden. Zumindest nicht diese beiden.

Ihre Entrüstung in der Kammer vorhin kam ihr plötzlich heuchlerisch vor, doch sie beruhigte sich mit dem Gedanken, sie folge ja nur Grets Rat, die sie für verrückt erklärt hatte, alles zurückzulassen. Ihre anderen Rösser jedoch, beschloss sie schweren Herzens, sollten auf dem Marienberg bleiben. Das war eine großzügige Regelung. Und sie konnte ihre beiden Lieblinge ja zurückbringen lassen, sollte Albrecht sie für das Land einfordern, sagte sie sich, obgleich sie wusste, dass er dies nicht tun würde.

Es war bereits Mittag, als sich der Zug in Bewegung setzte und den Berghang hinunterzockelte, auf dem sich die Festung Unser Frauenberg erhob. Elisabeth saß auf ihrer Fuchsstute, Meister Thomas auf einem kräftigen Braunen an ihrer Seite. Dahinter kam die nun doch recht ansehnlich mit Elisabeths Habseligkeiten beladene Kutsche, in der Gret und Jeanne saßen. Den Schimmel hatte Elisabeth hinten angebunden. Mit einem Stück Abstand folgte der Karren, der Meister Thomas' Apothekerwaren geladen hatte. Während ein altgedienter Fuhrmann des Bischofs auf dem ersten Kutschbock saß, trieb Meister Thomas' langjähriger Reisebegleiter und Leibdiener Gottbert die vier Maultiere des zweiten an. Die Nachhut bildeten vier Bewaffnete auf ihren Rössern, die sie zum Zabelstein begleiten und dann nach Würzburg zurückkehren würden.

Die erste Zeit war Elisabeth schweigsam und hing ihren Gedanken nach. Meister Thomas sah sie zwar einige Male prüfend von der Seite an, sagte aber nichts, während Würzburg am Ufer des Mains hinter ihnen zurückblieb und ihren Blicken entschwand. Erst als sie die weite Ebene erreichten, brach sie die Stille. Elisabeth ließ den Blick von ihrem zerfurchten Weg in die Ferne schweifen. Das Land, das sich vor ihnen ausbreitete, war von kleinen Weilern durchsetzt, umgeben von Feldern im dürren Gelb der abgeschnittenen Getreidehalme, wechselnd mit den braunen Furchen, die die Pflugscharen aufgeworfen hatten, oder dem welken Grün herbstlicher Brache. Weiter im Osten erhoben sich die düster bewaldeten Berge, die sich den Steigerwald entlangzogen, der auf einem Ausläufer seiner Höhenrücken die Mauern von Burg Zabelstein trug.

Elisabeth versuchte die düsteren Gedanken abzuschütteln und mit ihnen das Gefühl von Trauer und Verlust, das sie umklammerte. Mit einem noch etwas gezwungenen Lächeln wandte sie sich an ihren Begleiter.

»Meister Thomas, warum habt Ihr Maultiere vor Euren Karren gespannt? Würden wir mit einem Paar kräftiger Pferde nicht schneller vorankommen?«

»Hier in der Ebene vermutlich schon. Da habt Ihr recht, Fräulein Elisabeth. Doch auf unserem Weg über die Pässe der Alpen waren sie mir von unschätzbarem Wert. Diese Maultiere sind unheimlich stark und zäh; lasst Euch von ihrer Größe nicht täuschen. Sie kommen mit weniger Futter aus und verlieren auch in kargem Gelände, das ihnen kaum ein wenig trockenes Gras und Gestrüpp bietet, nicht so schnell an Kraft. Und was mir auf diesen Reisen stets das Wichtigste war: Sie sind sehr geschickt und unheimlich trittsicher! Wie viele Pferde habe ich in schwierigem Gelände ausrutschen und stürzen sehen. Bergab hat mancher Wagen sie einfach den Berg hinunter ins Verderben geschoben, wenn sich die Treiber nicht recht aufs Bremsen verstanden. Voller Zuversicht habe ich diesen Maultieren stets meine wertvollsten Güter anvertraut, ohne zu fürchten, es könnte etwas verloren oder zu Bruch gehen. Wenn wir mit den Karren nicht mehr weiterkamen, haben wir alles den Maultieren auf den Rücken geladen, und ich sage Euch, sie klettern die steilsten Saumpfade hinauf und hinunter und ohne zu zögern über Felsen, dass es jedem normalen Menschen schwindlig wird. Diese Tiere sind zu Unrecht als störrisch und undankbar verschrien. Ich schätze sie ebenso hoch wie mein treues Ross hier, das ich schon manches Mal vor einer zu unwegsamen Passage zurücklassen musste.«

»Und wie habt Ihr dann Euer Pferd wiederbekommen?«, wollte Elisabeth wissen, die über seine Worte ihre Sorgen ganz vergessen hatte. Meister Thomas lächelte ihr zu.

»Das war manches Mal nicht leicht und bedurfte einige Male ganz unerhörter Zufälle. Eine lange Geschichte des Glücks und der Treue also.«

»Wenn Ihr möchtet, dann erzählt sie mir.« Elisabeth deutete über die Ebene zu den fernen Waldhöhen. »Wir haben genügend Zeit für lange Geschichten.«

Meister Thomas nickte. »Wenn Ihr es wünscht. Also, wo fange ich an? Ach ja, ich weiß. Es ist fast drei Jahre her, als ich das erste Mal dies treue Tier zurücklassen musste. Es war in einer dieser unglaublichen Schluchten des Balkans. Ein karges, raues Land, in dem viele kriegerische Völker hausen.«

So begann Meister Thomas' Bericht, der nicht nur von einem treuen Ross handelte. Er entführte Elisabeth in ferne Länder und zu deren Bewohnern, die so fremdartig und seltsam schienen, dass sie ihm atemlos lauschte, obwohl ihr manches Mal der Verdacht kam, er übertreibe oder schwindle ab und zu des Effektes wegen gar, doch Meister Thomas schüttelte ernst den Kopf.

»Jedes Wort, das ich Euch sage, ist wahr, und ich schwöre, alles hat sich so zugetragen.«

Es wurde bereits Abend, als er mit seiner Erzählung zu Ende kam und schwieg. Elisabeth seufzte leise. »Wie wunderbar. Wie aufregend und kaum zu glauben, was Gottes weite Welt für den Mutigen bereithält. Ich beneide Euch und wünschte, auch ich wäre mutig. Ich wünschte, auch ich wäre ein Mann und könnte einfach zu einem neuen Leben aufbrechen und in ferne Länder ziehen.« Sie lachte ein wenig bitter. »Oh ja, ich kann auch zu einem neuen Leben aufbrechen, doch weiter als zum Zabelstein wird mich mein Weg nicht führen.«

Meister Thomas bedachte sie mit einem langen Blick, sagte aber nichts, und sie war ihm dankbar, dass er es ihr ersparte, sich Beteuerungen von Mitleid und Bedauern anhören zu müssen.

Die erste Woche auf Burg Zabelstein verging wie im Flug, und nur am Abend, wenn die Schatten enger heranzurücken schienen, kam die Verzweiflung zurück, und eine tiefe Wehmut drückte sie nieder. Warum nur hatte Gott ihr ihr Leben zurückgegeben, nur um es ihr erneut zu rauben? Warum diese Ungerechtigkeit? Hatte sie es verdient, so gestraft zu werden?

Mit Jeanne und Gret konnte sie über diese Gedanken nicht sprechen. Ihre Freundinnen schüttelten nur verständnislos die Köpfe. Während Jeanne vielleicht noch die Trauer um ihre verlorene Liebe nachvollziehen konnte, wusch Gret ihr unbarmherzig den Kopf.

»Hör auf, über dein Schicksal zu jammern! Nun gut, du bekommst im Augenblick keinen Ehemann ab, aber auch das ist nicht nur ein Grund zu klagen. Glaube mir, Ehemänner sind zuweilen eine rechte Plage. Und wage es nicht, auch nur einmal deine jetzige Lage mit dem Leben unter Else Eberlins Fuchtel zu vergleichen! Dein Leben wurde dir erneut geraubt? Du lebst hier in feinem Müßiggang, ohne etwas zu vermissen, statt Nacht für Nacht stinkenden, besoffenen Männern zu Diensten sein zu müssen.«

Sie ereiferte sich so, dass Elisabeth kleine Spucketröpfchen ins Gesicht flogen. Jeanne umfasste Grets Arm und zog sie mit sich fort. Elisabeth blieb in ihrem kleinen Gemach zurück und fühlte sich wider Willen beschämt.

Also sprach sie nicht mehr darüber, wenn die Dämonen sie umtanzten, sondern versuchte sie durch heitere Gedanken zu vertreiben. Und das fiel ihr gar nicht so schwer. Sie musste sich nur ihre gemeinsame Arbeit mit Meister Thomas ins Gedächtnis rufen. Es waren die schönsten Stunden des Tages, wenn er sich in seine Alchemistenküche zurückzog, die er sich in einem kleinen Raum neben der Küche auf dem Zabelstein eingerichtet hatte, um einige Heilmittel für den Bischof herzustellen oder um Experimente zu neuen Rezepten durchzuführen.

Beim ersten Mal hatte ihn Elisabeth darum gebeten, zusehen zu dürfen, und versprochen, ihm nicht im Weg zu stehen oder seine Konzentration durch Geplapper zu stören. Meister

Thomas hatte nichts dagegen. Als er ihr Interesse bemerkte, begann er, ihr jeden Arbeitsschritt zu erklären. Dann bat er sie ab und zu um einen einfachen Handgriff. Schnell wurde daraus eine unentbehrliche helfende Hand, und da Elisabeth mit einem wachen Geist gesegnet war, wollte Meister Thomas nicht mehr auf seine Assistentin verzichten. So wurde jede Stunde zwischen den seltsamen Geräten im Dampf der Kräuter und anderen Zutaten ihr zur Lehrstunde und zum Genuss. Bald merkte sie, dass er es mochte, wenn sie ihm Fragen stellte, und er sich stets bemühte, ihr eine ausführliche Antwort zu geben und ihre Wissbegier zu befriedigen.

»Was sind das für Steine dort in der Schachtel?«, wollte Elisabeth wissen und nahm ein kaum faustgroßes Stück von blässlich grüner Farbe heraus.

Meister Thomas hob kurz den Blick. »Man nennt sie Jaspis.«

»Und die anderen? Es sind rötliche und grüne dabei und welche, die weiß oder fast klar sind.«

»Auch sie nennt man Jaspis, trotz ihres unterschiedlichen Auftritts. Die Farbe ist nicht entscheidend. Seht Ihr, es gibt grundsätzlich zwei unterschiedliche Auftritte: Die einen sind feinkörnig, die anderen von fasriger Struktur.«

»Und wozu verwendet Ihr diese Steine? Sie sind sehr schön. Dienen sie der Heilung oder nur, um eine Dame zu schmücken?«

»Sie sollen gegen Gicht helfen. Deshalb habe ich für Euren Vater die schönsten Stücke mitgebracht.«

Elisabeth drehte den Stein in ihren Händen. »Und wie wird er verabreicht? Er scheint mir recht hart. Das wird eine mühselige Arbeit, ihn zu verreiben. Ich finde es fast zu schade, ihn zu zerstören.«

Meister Thomas lächelte. »Das wäre auch wirklich nicht einfach. Der Jaspis gehört zu den härtesten Steinen, den kein üblicher Mörser klein kriegen würde. Nein, schon Hildegard von Bingen empfiehlt, den Jaspis auf die schmerzende Stelle zu drücken, bis er warm wird und die Gicht zu weichen beginnt.«

»Und das hilft?«

Meister Thomas hob die Schultern. »Viele Leidende sagen dies. Sie glauben fest an die heilende Kraft der Steine. Und nicht nur an die des Jaspis. Bischof Marbodus von Rennes hat in seinem *Liber lapidum seu de gemmis* eine große Anzahl edler Steine und deren Heilwirkung beschrieben. Mag er recht haben oder nicht. Ich vertraue mehr unseren bewährten Heilkräutern wie Eisenkraut und Bockshornklee, Thymian und Koriander, Bilsenkraut und Silberweidenrinde. Wobei ich im fernen Arabien Heilmittel kennengelernt habe, deren Wirkung mich ebenfalls überzeugt hat. Seht dort drüben in den Dosen Aloe und Muskat, dann Kampfer und Ambra, außerdem Tamarinde und Sandelholz.«

Elisabeth drängte ihn, ihr die verschiedenen Wirkungsweisen der genannten Stoffe zu nennen und ihr zu erklären, in welcher Form sie bei welcher Krankheit verabreicht wurden.

Meister Thomas lachte. »Wollt Ihr das wirklich alles hören? Der Tag wird zu Ende sein, ehe ich mit meinem Vortrag fertig bin.«

Elisabeth strahlte ihn an. »Dann machen wir morgen eben weiter.«

Und so begann Meister Thomas zu erzählen, während sie weiter gemeinsam Kräuter zu Pulver zerstampften und Salben anrührten.

Leider wurden sie viel zu häufig von Friedlein oder ihrem Vater unterbrochen, der Elisabeth stets hinausschickte. Er hatte zahlreiche Aufträge für seinen neuen Apotheker und Alchemisten, und er war der irrigen, aber auch unumstößlichen Meinung, die Anwesenheit eines Weibes könne eine empfindliche Rezeptur verderben.

Elisabeth zürnte ihrem Vater deswegen. Sie teilte ihm dies

auch mit, doch das rührte den abgesetzten Fürstbischof nicht. Überhaupt hatte er wenig Begeisterung darüber gezeigt, dass seine Tochter zu ihm auf den Zabelstein kam und ankündigte, dort auch bleiben zu wollen, obwohl er ja zu Anfang behauptet hatte, dass dies durchaus seinem Wunsch entspreche. Nun fürchtete er wohl, dass sie seine eh schon knappen Guldenstapel weiter schmälern würde. Denn was für einen Grund könnte es sonst für ihn geben, seine Tochter nicht bei sich haben zu wollen?

»Weiber sind ein teures Vergnügen«, sagte der Bischof eines Abends zu seinem Narren Friedlein, was dieser zu Elisabeths Ärger voller Überzeugung bestätigte, bevor er dann auch noch das ›Vergnügen‹ infrage stellte.

»Sollte es nicht eher heißen: eine teure Mühsal? Ich will nun nicht gerade sagen: ein teures Ärgernis«, fügte er hinzu, den Blick feixend auf Elisabeth gerichtet. Diese hielt es für unter ihrer Würde, darauf einzugehen, und rauschte wortlos hinaus. Friedleins fröhliches Lachen schallte hinter ihr her.

Doch das war in diesen stillen Tagen in der Festung auf dem Berggrat des Steigerwaldes ein unbedeutender Missklang im Vergleich zu dem, was in der Woche darauf auf sie zukommen sollte. Es kündigte sich ganz harmlos mit einer Kutsche und ein paar Reitern in der Ebene an. Elisabeth schenkte ihnen keine Beachtung, da sie auf diese Entfernung das Wappen nicht erkennen konnte und nicht einmal ahnte, dass der Zabelstein ihr Ziel sein würde. Dann jedoch, einige Stunden später, hörte sie den Ruf des Wächters, das Knarren der Fallbrücke und das Quietschen der Ketten, die das Fallgitter emporzogen. Als Hufschlag und Räder auf den Bohlen der Brücke erklangen, trat Elisabeth ans Fenster und sah neugierig in den Hof hinab.

»Was um alles in der Welt will der denn hier?«, fragte sie mit so viel Abscheu in der Stimme, dass Jeanne von ihrer Arbeit aufsah. Sie ließ das Kleid, dessen Saum sie gerade gebürstet hatte, auf das Bett fallen und eilte zu Elisabeth, deren Gesichtsausdruck nichts Gutes verhieß.

»Wer ist es denn?«

Elisabeth deutete auf den Mann im Hof, der gerade aus seiner Kutsche stieg und den Blick schweifen ließ.

»Dompropst von Grumbach gibt sich die Ehre, und ich sage dir, das kann nur Ärger bedeuten.«

Auch Jeanne schüttelte verwundert den Kopf. »Seltsam, dass er sich die Mühe macht, bis zum Zabelstein zu reisen, wo es für ihn hier doch nichts mehr zu gewinnen gibt.«

Elisabeth nickte. »Ja, und genau das macht mich stutzig. Ein Höflichkeitsbesuch bei meinem Vater ist das ganz sicher nicht. Der von Grumbach tut rein gar nichts ohne Hintergedanken und den Versuch, einen Vorteil für sich herauszuschlagen.«

Elisabeth raffte ihre Röcke und schritt zur Tür. »Mal sehen, ob ich herausfinden kann, was er dieses Mal im Schilde führt.«

»Ah, Jungfrau Elisabeth, welch unerhörtes Vergnügen, Euch wieder zu begegnen.« Der Propst verbeugte sich übertrieben vor ihr und betonte das Wort »Jungfrau« wieder auf diese Weise, dass es ihr die Röte in die Wangen steigen lassen sollte, doch Elisabeth ließ sich von ihm nicht mehr in die Enge treiben. Sie erwiderte kühl seinen Blick und neigte nur leicht das Haupt.

»Dompropst von Grumbach, diese Worte kann ich leider nicht zurückgeben. Als Vergnügen würde ich es wirklich nicht bezeichnen, Euch zu begegnen. Eine Prüfung Gottes, die wir geduldig und mit Demut über uns ergehen lassen müssen, trifft die Situation schon eher.«

Für einen Augenblick sah der Dompropst sie verdutzt an, dann legte er den Kopf ein wenig in den Nacken und lachte. Es war ein offenes, herzliches Lachen und hätte ihn zusammen mit seiner hochgewachsenen, schönen Gestalt sympathisch erscheinen lassen, hätte Elisabeth ihn nicht so gut gekannt. Dennoch fiel es ihr schwer, sich seiner Anziehungskraft völlig zu entziehen. Und was noch schlimmer war, er schien sich dessen bewusst zu sein und in ihrem Gemüt wie in einem offenen Buch zu lesen.

Der Dompropst hörte auf zu lachen und beugte sich ein wenig zu ihr vor. Er senkte die Stimme, dass der Narr Friedlein, der schon wieder neugierig im Hof herumschlich, seine Worte nicht hören konnte.

»Fast fordert Ihr mein Mitgefühl heraus. Vor Wochen noch so siegessicher und stolz – und nun? Kamen die unaussprechbaren Sünden ans Tageslicht, dass der Ritter Eures Herzens sich lieber in die schützenden Arme der Kirche flüchtet? Oder war die Versuchung der Macht einfach zu groß? Was sind schon die Arme eines Weibes, wenn man stattdessen ein ganzes Land haben kann? Und genau genommen das Weib noch dazu? Gott der Herr hat es mit der Einrichtung der Ehe zwar sicher gut mit der Menschheit gemeint, doch wer wird das so streng sehen? Kann man überhaupt gegen eine Sünderin sündigen? Eine interessante Frage, nicht wahr?«

Und wieder gelang es ihm fast, sie in die Enge zu treiben. Doch Elisabeth reckte sich stolz und entgegnete: »Bedarf es nicht des freien Willens, um zu sündigen? Ich würde würgende Hände um meinen Hals und eine Keule über den Schädel nicht als freiwillige Entscheidung werten.«

Wieder lachte der Propst. »Ein gutes Argument, doch ob es ein Jahr in schlimmster Sünde ungeschehen machen kann? – Ihr habt es ihm doch nicht etwa freiwillig gebeichtet und auf sein Verzeihen gehofft? Oh nein, ich sehe es in Eurer Miene. Ihr habt nichts in der harten Welt dort draußen gelernt. Ihr seid noch immer das einfältige Kind. Wie erstaunlich.«

»Ich habe sehr wohl etwas gelernt«, gab sie scharf zurück. »Dass Ihr der Teufel in Menschengestalt seid, dessen Seele schwärzer und verdorbener ist als alles, was ich mir je vorstellen konnte. Ihr seid selbstsüchtig und skrupellos. Das Einzige, was Euch interessiert, ist, mehr Macht zu erlangen, egal auf welche Weise.«

Der Dompropst nickte nachdenklich. »Ja, das könnte man so sagen. Doch Ihr habt eine Eigenschaft vergessen: Ich bin gefährlich!«

»Wehe dem, der sich in Euren Weg stellt.« Elisabeth konnte nicht verhindern, dass es sie schauderte. »Und wer ist es dieses Mal, der es wagt, Euch im Weg zu sein?«, fügte sie kaum hörbar hinzu.

Der von Grumbach lächelte grimmig. »Ist das nicht offensichtlich? Ja, meine Liebe, auch wenn Ihr stets an jedem guten Gedanken in mir zweifelt: Ich hätte es durchaus gern gesehen, wenn Ihr zu Eurem Eheglück gefunden hättet.«

Elisabeth wollte eine ätzende Erwiderung von sich geben, als ihr aufging, dass er dies durchaus ernst meinen musste – wobei es ihm natürlich nicht um ihr Eheglück oder das des Ritters von Wertheim ging. Albrecht dagegen als neuen Pfleger und Nachfolger des Bischofs zu sehen, musste ihm sauer aufstoßen. Ja, Elisabeth war klar, wer dem von Grumbach nun im Wege stand und auf wen sich seine hinterhältigen Pläne richten mussten. Elisabeth konnte nicht verhindern, dass alle Farbe aus ihrem Antlitz wich, und obwohl sie sich um eine feste Stimme bemühte, hörte sie selbst das Zittern in ihr: »Und nun? Wollt Ihr nun auch Albrecht ermorden lassen, wie seinen Bruder?«

Der Dompropst schüttelte in gespieltem Bedauern den Kopf. »Ich habe ja eigentlich nichts dagegen, den Bösewicht für Euch zu geben, andererseits widerstrebt es mir, mich mit fremden Federn zu schmücken. Nein, ich muss noch einmal betonen, mit dem plötzlichen Dahinscheiden des Pflegers Johann habe ich nichts zu tun. Da müsst Ihr Euch schon an unseren Gastgeber hier wenden.«

Elisabeth erwog zu protestieren, als das Geräusch von Hufschlag auf der Zugbrücke ihre Aufmerksamkeit in Richtung Tor lenkte.

»Ah, der nächste Teilnehmer der heutigen Posse – oder des Dramas, das wird sich zeigen. So ganz steht der Verlauf der Handlung noch nicht fest.«

Elisabeth starrte die Reiter an, die unter dem Tor erschienen und ihre Rösser zügelten. Den ersten kannte Elisabeth nur vom Sehen. Er war einer der jüngeren Vikare, den sie in letzter Zeit häufig auf dem Marienberg angetroffen hatte. Der zweite war Gunter, der ihren Vater und den Wertheimer schon vor Jahren bis nach Prag begleitet hatte. Ein Diener kam angelaufen, um dem dritten Reiter das Pferd zu halten. Er verbeugte sich tief vor dem Pfleger des Landes, ehe er nach den Zügeln griff. Albrecht von Wertheim schwang sich aus dem Sattel, dankte dem Diener und begrüßte dann den Dompropst, wie es sich gehörte. Elisabeth konnte ihn nur wortlos anstarren. Albrecht hier so unangekündigt zu begegnen, damit hatte sie nicht gerechnet, was auch dem von Grumbach nicht entging. Er feixte.

»Ein Tag voller Überraschungen, nicht wahr, Jungfrau Elisabeth?«

Ihr fiel keine angemessene Erwiderung ein. Sie sah nur Albrecht an und versuchte nicht zu bemerken, wie stattlich er aussah und wie begehrenswert. Wenn es nur nicht das Gewand des Kirchenmannes gewesen wäre. Was hätte sie für Stiefel, Beinlinge und den kurzen Rock eines Ritters gegeben!

Nein, das war vorbei. Elisabeth senkte den Blick und knickste.

»Pfleger von Wertheim, was für eine Überraschung«, murmelte sie.

Doch Albrecht war nicht bereit, die distanzierte Höflichkeit aufzunehmen. Obgleich der spöttische Blick des Propstes auf ihnen ruhte, trat er mit zwei schnellen Schritten auf Elisabeth zu und umfasste hart ihre Oberarme.

»Hier versteckst du dich also. Ich hätte es mir denken sollen. Warum bist du, ohne ein Wort zu sagen, einfach weggelaufen?«

Elisabeth bedachte ihn, wie sie hoffte, mit einem kühlen Blick. »Ich bin abgereist«, korrigierte sie. »Und ich verstecke mich nicht, sondern leiste meinem Vater in seiner Verbannung Gesellschaft. Außerdem bin ich dir keine Rechenschaft darüber schuldig, was ich tue und wo ich mich aufhalte.«

Albrecht wollte etwas erwidern, doch der Dompropst fiel ihm mit vor Langeweile schleppender Stimme ins Wort. »Ich würde vorschlagen, Ihr vertagt Eure kleinen Dramen auf einen anderen Zeitpunkt, und wir wenden uns jetzt wichtigeren Dingen zu. Deswegen seid Ihr doch von Würzburg hergeritten.«

»Nicht mit Euch wollte ich sprechen«, entgegnete Albrecht abweisend. »Ich wusste nicht einmal, dass Ihr ebenfalls auf dem Zabelstein anzutreffen seid.«

»Ach, hättet Ihr gern einen Platz in meiner Kutsche eingenommen? Verzeiht. Das nächste Mal werde ich Euch Bescheid geben.«

Albrecht winkte ab, ohne auf das Geplänkel einzugehen. »Ich bin hier, weil Bischof von Brunn mich um ein Gespräch gebeten hat«, sagte er stattdessen.

»Eine schöne Formulierung«, spottete der Propst. »Ja, Jungfrau Elisabeth, er hat den Herrn Pfleger herbefohlen, und ich schließe mich diesem Gespräch an. Nicht nur, um meine Neugier zu befriedigen.«

»Nein, es könnte ja sein, dass Ihr einen Vorteil für Euch selbst dabei herausschlagt«, ätzte Elisabeth.

Der Propst deutete eine Verbeugung an. »Ihr seid wieder einmal die Weisheit in Person, Jungfrau. Doch nun müssen wir Euch verlassen und uns den wichtigen Geschäften des

Landes zuwenden. Seht, Friedlein schleicht mit zunehmend schlechter Laune um uns herum, da wir seinen Herrn warten lassen oder weil er nichts davon mitbekommt, was wir sprechen oder beides, so genau weiß ich es nicht zu sagen.«

Der Narr des Bischofs schien zu merken, dass von ihm die Rede war, oder er beschloss einfach, dass es nun Zeit wurde, die Ankömmlinge in den Saal zu führen. Er näherte sich, vollführte eine Referenz und bat die Herren, ihm zu folgen. Kurz entschlossen ging Elisabeth ihnen nach. Die Männer warfen ihr zwar Blicke zu, sagten aber nichts. Es war ihr Vater, der ihr deutlich zu verstehen gab, dass er mit dem Dompropst von Grumbach und dem Pfleger von Wertheim etwas zu besprechen habe, das die große Politik des Landes beträfe und daher nichts für die Ohren eines Weibes sei.

»Es interessiert mich durchaus«, wagte Elisabeth zu widersprechen. Die Miene des Bischofs verfinsterte sich kurz, doch dann lächelte er und tätschelte ihr die Wange.

»Ach, mein Kind, du würdest es nicht verstehen und dich nur langweilen. Geh hinaus und widme dich deiner Handarbeit oder was du sonst so tust. Ich lasse dich rufen, wenn das Mahl aufgetragen wird. Dann magst du uns gerne Gesellschaft leisten.«

Vielleicht bemerkte er den Widerstand in ihrem Blick, denn er nahm sie beim Arm und schob sie energisch zur Tür. Was blieb ihr anderes übrig, als unter den Blicken der Herren nachzugeben? Leise vor sich hinschimpfend kehrte Elisabeth in ihr Gemach zurück.

Kapitel 10

Stunden vergingen, ohne dass eine Nachricht aus dem Saal drang, dessen Tür fest verschlossen blieb. Elisabeth ging unruhig in ihrer Kammer auf und ab und schickte Jeanne drei Mal, um zu erkunden, ob sich nicht endlich etwas tat.

»Sie müssen doch wenigstens etwas essen«, rief Elisabeth erbost aus. Die Weinkrüge waren zuvor bis zum Rand gefüllt worden und hielten offensichtlich noch vor.

Endlich gab sie das unruhige Herumlaufen auf und setzte sich aufs Bett. Sich zur Ruhe zu begeben kam nicht infrage. Dazu war sie viel zu aufgewühlt. Sie ahnte, dass sich hinter der Tür wichtige Dinge abspielten, die nicht nur die Beteiligten im Saal betrafen, sondern auch ihr zukünftiges Leben nachhaltig beeinflussen würden.

»Wissen die Herren nicht, wie spät es bereits ist?«, rief sie erbost. »Wollen sie das Nachtmahl heute ausfallen lassen?«

»Ich kann dir gerne in der Küche etwas zu essen richten lassen und in dein Gemach hochbringen«, erbot Jeanne.

»Ich habe keinen Hunger!«, lehnte Elisabeth barsch ab.

»Aber du sagtest doch gerade...« Sie verstummte und wandte sich zu Gret um.

Gret verdrehte die Augen. »Manches Mal bist du ein einfältiges Schaf, Jeanne. Es geht ihr nicht ums Essen! Sie will endlich erfahren, was los ist. Und ich wüsste, ehrlich gesagt, auch gern, ob wir die Truhen wieder packen müssen.«

»Warum sollten wir?« Jeanne sah sie erstaunt an. »Ich dachte, wir bleiben von nun an bei Elisabeths Vater, solange es Gott dem Herrn gefällt, ihn auf dieser Erde zu lassen.«

Gret warf die Lippen auf. »Ja, schon möglich.« Sie fixierte Elisabeth, die den Blick erwiderte. Ehe sie jedoch etwas sagen konnte, hörten sie die Schritte eines Dieners, der die so heiß ersehnte Nachricht brachte, das Mahl werde serviert und der Bischof fordere seine Tochter auf, in den Saal zu kommen. Elisabeth riss Jeanne ihr Tuch aus den Händen, warf es über die Schulter und stürmte recht undamenhaft davon. Sie nahm zwischen ihrem Vater und Dompropst von Grumbach Platz. Ihr gegenüber saßen Albrecht und sein junger Sekretär – oder als was der Vikar ihm diente. Gunter war natürlich nicht an die Tafel geladen. Er würde mit den Wachleuten der Burg in deren Hofstube speisen.

Immer wieder sah Albrecht zu Elisabeth herüber, aber sie mied seinen Blick. Außer den Männern, die bei der geheimen Besprechung dabei gewesen waren, saßen nun noch Kaplan Berthold, Vikar Weigand, des Bischofs Fiscal Eckhart und einige seiner Ritter mit am Tisch. Neben ihrem Vater flegelte sich Friedlein in seinem Stuhl und ließ den Blick aufmerksam über die Anwesenden wandern, ein breites Grinsen auf den Lippen. Doch zu Elisabeths Ärger ließ nicht einmal der Narr sich dazu hinreißen, irgendetwas von dem zu verlautbaren, was zwischen den Männern über Stunden besprochen worden war. Die Unterhaltung kreiste um Belangloses. Elisabeth hätte schreien mögen vor Wut. Ihr war klar, dass auch eine direkte Frage sie in diesem Fall nicht weiterbringen würde. Nicht in dieser Runde. Vielleicht, wenn sie den Vater später alleine abpasste und sich nicht zu ungeschickt anstellte?

Sie musste einsehen, dass sie im Augenblick nichts erfahren würde – zumindest würde niemand ihr absichtlich eine Information zukommen lassen. Daher verlegte sie sich darauf, die Mienen der Beteiligten zu studieren. Vielleicht verrieten sie genug, um ihr zumindest zu ermöglichen, Schlüsse in der richtigen Richtung zu ziehen.

Mit Friedlein gab sie sich erst gar nicht ab. Er erwiderte ihren forschenden Blick mit so viel Mutwillen, dass sie sicher sein konnte, er würde sie absichtlich auf eine falsche Fährte locken. Der junge Vikar des Pflegers schied auch aus. Er wirkte allenfalls erschöpft und dachte vermutlich an sein weiches Lager. Verstohlen betrachtete sie Albrecht, sodass er ihren Blick nicht bemerkte. Sein Gesichtsausdruck wechselte im Spiegel seiner Gedanken. Erst runzelte er sorgenvoll die Stirn, dann wieder schien er erleichtert. Doch der rasche Blick, den er dem Bischof zuwarf, wirkte verstimmt. Elisabeth wandte sich kurz ihrem Vater zu. Er war wie ein offenes Buch und schien keinen Grund zu sehen, seine gute Laune zu verbergen. Er aß, trank und scherzte und schien sich recht wohl in seiner Haut zu fühlen. Da Elisabeth ihn sich zwar als Intriganten, nicht aber als Komödianten vorstellen konnte, war sie geneigt anzunehmen, dass das Ergebnis im Sinne des abgesetzten Bischofs ausgefallen war. Zögerlich wandte sie sich auf die andere Seite und begegnete Dompropst von Grumbachs Blick. Er musste sie bereits eine Weile beobachtet haben, denn nun zeigte er wieder dieses irritierende Lächeln und neigte sich ein wenig zu ihr, sodass sie seine leisen Worte verstehen konnte.

»Und, zu welchem Schluss seid Ihr gekommen, Jungfrau Elisabeth? Lasst mich hören, wie gut Eure Beobachtungsgabe ist, die Wahrheit aus dem zu schließen, was *nicht* gesagt wurde.«

»Ich denke nicht, dass Euch das etwas angeht. Wenn Ihr mir etwas darüber sagen wollt, was beschlossen wurde, dann bitte; ich höre.«

»Wie gnädig«, spottete er.

»Und wenn nicht«, fuhr sie ungerührt fort, »dann kann ich meine Überlegungen genauso gut für mich behalten wie Ihr.«

»Warum nur steigt in mir der Verdacht auf, Ihr seid erzürnt?«

Elisabeth konnte ein Schnauben nicht unterdrücken. »Vielleicht weil es auch mich betreffen könnte und ich ein Recht habe, ebenfalls Bescheid zu wissen?«

Der Dompropst wiegte den Kopf. »Das Erstere könnte durchaus stimmen, doch beim Zweiten bin ich der altmodischen Ansicht, dass es nur schadet, wenn Weiber zu viel wissen. Bevor Ihr mich aber mit dem spitzen Messer in Eurer Rechten ermordet, sage ich Euch zumindest, dass noch nichts entschieden ist. Euer Albrecht ist eine härtere Nuss, als es sich der Bischof wohl vorgestellt hat. Es braucht noch eine Weile, seine Schale zu knacken. Dennoch ist Euer Herr Vater zuversichtlich und durchaus guter Dinge, wie Euch nicht entgangen sein kann.«

»Aber auch Ihr seht mir zufrieden aus.«

»Ja, es bahnt sich da etwas an, das mir durchaus zusagt. Und wisst Ihr, was das Amüsante ist? Dass Ihr mir dabei in die Hände spielt, auch wenn Euch das nicht bewusst ist und Ihr es sicher nicht begrüßt.«

Das Mahl ging zu Ende, und Bischof von Brunn schickte seine Tochter ebenso energisch wieder hinaus wie am frühen Abend. Eine Weile hielt sich Elisabeth noch wach und lauschte auf den Gang hinaus, ob die Männer nun endlich zu einer Einigung gekommen seien, doch nichts drang durch die dicken Türen des Saals. Wobei sich die Frage stellte, worüber sie sich eigentlich einigen mussten. War nicht alles klar geregelt? Waren nicht unzählige Urkunden aufgesetzt und gesiegelt worden? Was gab es nun schon wieder zu entscheiden? Warum sprach Albrecht überhaupt mit ihrem Vater und nahm gar den langen Weg bis zum Zabelstein auf sich? Dass er sich mit dem Dompropst in vielen Dingen besprechen musste, war klar, doch ihr Vater? Hatten sie ihn nicht bewusst von allen Entscheidungen, die das Land betrafen, ausgeschlossen? Das war natürlich nicht im Sinne des Bischofs. Er wollte nach wie vor mitreden und Einfluss nehmen, das konnte sie nicht verwundern, aber warum sollte Albrecht dem nachgeben? Die Gedanken drehten sich im Kreis und wurden immer wirrer. Irgendwann schlief sie ein.

Als Elisabeth erwachte, war es still auf der Burg. Draußen vor den verhängten Fenstern erhellte sich der Himmel erst zögerlich. Rasch ließ sie sich ankleiden und eilte den Gang entlang. Der Saal war leer, die Spuren des gestrigen Mahls von den Dienern bereits getilgt. Schliefen die Herren noch? Verständlich, nachdem es in der Nacht so spät geworden war.

Elisabeth holte sich ihren warmen Umhang, stieg die Treppe hinunter und trat in den Hof. Zu ihrer Überraschung kam ihr Friedlein entgegengehinkt. Man merkte ihm die kurze Nachtruhe nicht an. Zumindest sah er nicht schlimmer aus als sonst. Er verzog sein schiefes Gesicht noch mehr und grinste sie an.

»Einen wunderschönen guten Morgen, Fräulein Elisabeth. So früh schon aus den Federn? Ich muss Euch mit Bedauern mitteilen, dass Ihr Euch ganz umsonst aus Eurem warmen Bett gequält habt. Erstaunlich, was für eine starke Kraft die Neugier doch ist.«

Weshalb sollte sie ihm widersprechen? Er lag mit seiner Bemerkung ja nicht falsch. Elisabeth seufzte. »Dann sind die Herren also noch nicht auf? Kein Wunder – nach der langen Nacht. Es ist hart zugegangen, nicht wahr? So lange, wie sie tagten. Sind sie gar in ihre Gemächer, ohne eine Einigung erzielt zu haben?«

Friedlein schüttelte sichtlich amüsiert den Kopf. »So viele Fragen auf einmal. Also zu Nummer eins: Ja und nein, der Bischof geruht noch zu ruhen, die anderen Herren sind bereits abgereist.«

»Abgereist?«, echote Elisabeth entsetzt. »So früh?« Der Narr ließ sich nicht unterbrechen.

»Nummer zwei: Ja, es fielen harte Worte, und es wurde schwer gerungen, und Nummer drei: Sie haben eine Einigung erzielt. Zumindest denkt das Euer Vater.«

Elisabeth stutzte. »Und Ihr? Denkt Ihr das nicht?«

Friedlein wiegte den Kopf. »Nennt mich den ungläubigen Thomas, doch ich habe schon viele Beschlüsse gehört, die in den verbrieften Urkunden nicht mehr wiederzuerkennen waren und noch weniger in die Tat umgesetzt wurden. Es heißt zuerst einmal abwarten.«

»Und wie lauten die Worte des Beschlusses, an deren Umsetzung Ihr nicht glaubt?«

Friedlein lachte. »Nein, Fräulein Elisabeth, so geht das nicht. Ihr müsst Euch schon ein wenig mehr anstrengen, wenn Ihr mir eine unbedachte Äußerung entlocken wollt. Das war dann doch zu direkt und plump. So etwas kann ich nicht belohnen.«

Fröhlich vor sich hinkichernd hinkte er davon und ließ eine ziemlich verstimmte Elisabeth zurück, die unruhig im Hof auf und ab ging, bis ihr Vater sich endlich von seinem Lager erhob und sie die Gelegenheit nutzte, ihn während des Frühmahls gleichfalls zu bestürmen. Allerdings mit ebenso wenig Erfolg.

Das Einzige, das sie sicher zu sagen wusste, war, dass der Bischof glänzender Laune war und ihn eine steigende Unruhe erfasste, die Elisabeth wie freudige Erwartung erschien. Diese Stimmung hielt einige Tage an, bis ein berittener Bote auf dem Zabelstein anlangte, der ein Schreiben vom Marienberg brachte – so viel gelang es Gret in Erfahrung zu bringen.

Nachdem der Bischof das Siegel gebrochen und das Schreiben während des Mittagsmahls gelesen hatte, trübte sich seine Stimmung ein. Mehr noch. Sie schlug in blanken Zorn um. Elisabeth sah, wie sich seine Wangen rot färbten, während er das Schreiben ein zweites Mal las, so, als müsse er sich versichern, dass ihn seine Augen nicht trogen.

Er sprang so ungestüm von seinem Stuhl auf, dass dieser umkippte und zu Boden polterte.

Elisabeth verschluckte sich an ihrem Bissen Brot und musste husten. Friedlein klopfte ihr auf den Rücken.

»Er wagt es!«, brüllte der Bischof in höchstem Zorn, sodass die beiden Diener, die gerade den nächsten Gang auftrugen, erschreckt zur Tür zurückwichen.

»Er wagt es, mir das zu schreiben!«

Elisabeth öffnete den Mund, um zu fragen, hielt dann aber angesichts seiner wutverzerrten Miene inne. Vielleicht war es nicht ratsam, in diesem Augenblick seine Aufmerksamkeit auf sich zu lenken. Friedlein schien zu einer ähnlichen Entscheidung zu kommen. Er hörte mit dem Klopfen auf ihren Rücken auf und lehnte sich mit vor der Brust verschränkten Armen in seinem Scherenstuhl zurück, sichtlich gespannt darauf, was nun folgen würde.

Bischof von Brunn stampfte erbost mit dem Fuß auf. »Diese unbedeutende Laus eines kläglichen Rittergeschlechts, die mein Einfluss ins Licht der Welt gehoben hat, wagt es, sich mir zu widersetzen!«

Elisabeth fing Friedleins Blick auf, der zu sagen schien: Habe ich es nicht prophezeit? Beiden war klar, dass der Bischof nur den Pfleger Albrecht meinen konnte. Der hatte sich vermutlich nach einer längeren Beratung mit dem Kapitel entschlossen, von den auf dem Zabelstein besprochenen Vereinbarungen Abstand zu nehmen.

Bischof von Brunn tobte, er zerriss das Schreiben in kleine Fetzen und warf sie in die Luft. »Das wird er mir büßen!«, schrie er und stürmte zur Tür. »Damit wird er nicht davonkommen. Er wird sehen, dass ich noch ganz andere Geschütze auffahren kann. Oh ja, er sollte zittern vor meinem Zorn, den er so leichtfertig auf sich gezogen hat!«

»Was kann er Albrecht antun wollen?«, fragte Elisabeth bang, als sie später Jeanne und Gret in ihrem Gemach von dem Vorfall berichtete. Natürlich hatte es sich bereits bis in den letzten Winkel der Burg herumgesprochen, und jeder, von der Küchenmagd bis zum Turmwächter, wusste, dass der Pfleger des Bistums sich den Zorn des Bischofs auf sein Haupt geladen hatte.

»Der von Wertheim sollte in nächster Zeit aufpassen, was er isst und trinkt«, meinte Gret. Jeanne fiel sofort über sie her.

»Er ist immerhin Lisas Vater. Wie kannst du ihm solch böse Dinge unterstellen?«, protestierte sie und legte schützend den Arm um die Freundin.

Gret jedoch blieb bei ihrer Meinung. »Was hat das eine mit dem anderen zu tun? Bischof von Brunn ist bei der Wahl seiner Mittel noch nie zimperlich gewesen. Das wissen wir alle. Ob er nun Lisas Vater ist oder nicht, tut dabei nichts zur Sache. Oder wollt ihr euch lieber etwas vorlügen?«

Elisabeth konnte sich der Wahrheit in Grets Worten nicht entziehen. Ihr wurde plötzlich kalt. War es möglich, dass doch ihr Vater für den Tod des Pflegers Johann verantwortlich war und nun auch einen Mord an Albrecht beauftragen würde? Sosehr er sie gekränkt hatte und sie ihm zürnte, konnte sie doch nicht wünschen, dass er einem Anschlag zum Opfer fiel. Aber was konnte sie tun, das zu verhindern? Ihren Vater anflehen, Albrecht zu verschonen? Würde er ihr diesen Gefallen tun? Plante er überhaupt solch eine Ungeheuerlichkeit? Und was würde er dazu sagen, wenn er gar nicht an solch eine Tat dachte, seine eigene Tochter es ihm aber unterstellte?

Vielleicht war es besser, zuerst ein ernstes Gespräch mit Friedlein zu führen. Er kannte seinen Herrn besser als sie.

»Ihr wollt ernsthaft mit einem Narren reden? Fräulein Elisabeth, das ist ein Widerspruch in sich. Ist Euch das nicht bewusst?« Er zog eine alberne Grimasse.

»Friedlein, nun macht hier nicht den Possenreißer!«, rief sie empört. »Ich weiß, dass Ihr mehr klaren Verstand habt als viele andere, die sich Berater nennen, und dass mein Vater Eure Meinung hoch in Ehren hält.«

Der Narr lachte ein wenig bitter. »Ja, ich würde meinem Kopf durchaus Verstand unterstellen, kann jedoch nicht behaupten, dass der Herr Fürstbischof sich meine Ratschläge stets zu Herzen nimmt. Ich bin sein Narr, vergesst das nicht, und keiner der Großen hat es gern, wenn die Eitelkeit zu sehr angekratzt und die Klugheit zu oft infrage gestellt wird.«

»Aber wir können es nicht zulassen, dass er solch eine Sünde auf sein Gewissen lädt!«

Friedlein winkte ab. »Sein Gewissen hält so einiges aus und ist Kummer gewöhnt, das kann ich Euch versichern. Aber ich will Euch beruhigen. Zumindest im Moment trachtet der Herr Vater nicht danach, des Pflegers Kopf auf einem silbernen Tablett serviert zu bekommen. Er hat sich einen anderen Plan ausgedacht.« Der Narr seufzte, und Elisabeth war klar, dass auch dieser nicht Friedleins Zustimmung fand.

»Was hat er vor?«

Doch wieder einmal war der Narr nicht bereit, das Vertrauen, das sein Herr in sein Stillschweigen setzte, zu enttäuschen.

»Ich kann Euch nur so viel sagen, dass Euer Vater seinen Diener und Rat Michel von Schwarzenberg mit einigen Männern gen Schweinfurt geschickt hat«, antwortete er rätselhaft.

»Nach Schweinfurt? Was sollen sie denn da? Ich verstehe das nicht!«

Doch mehr war aus Friedlein nicht herauszuholen, und so musste Elisabeth drei Tage warten, bis die Antwort in Person auf dem Zabelstein anlangte.

Es war am späten Nachmittag, als der Wächter auf dem Turm die Ankunft einiger Reiter verkündete und dann, als die Männer so nah herangekommen waren, dass man die Wappen auf den Schabracken erkennen konnte, die Rückkehr des Ritters von Schwarzenberg bekannt gab.

»Er ist mit allen Männern zurück. Zwei scheinen verwundet, doch sie führen einen Gefangenen mit sich.«

»Ah, dann war ihre Mission erfolgreich!« Der Bischof rieb sich vergnügt die Hände. Elisabeth, die hinter ihrem Vater in den Hof trat, sah ihn fragend an.

»Ein Gefangener?«

»Aber ja! Einer, der dir nicht unbekannt sein dürfte«, frohlockte Bischof von Brunn. Und da bereits das Fallgitter knarrte und Hufschlag auf der Brücke erklang, unterließ es Elisabeth, ihn nach dem Namen zu fragen, und drängte sich stattdessen nach vorn, um den Mann in Augenschein zu nehmen.

Die Ritter und Edelknechte preschten in den Hof. Ritter von Schwarzenberg sprang von seinem Ross und verbeugte sich vor seinem Lehensherrn.

»Auftrag wie befohlen ausgeführt, Exzellenz«, sagte er knapp. »Wir trafen nur auf geringe Schwierigkeiten. Er war in Gesellschaft einiger Chorherren, doch da Ihr sagtet, Ihr hättet nur an ihm Interesse, haben wir sie laufen lassen.«

Elisabeth betrachtete den Gefangenen, der mit gefesselten Händen auf seinem Pferd saß. Auch die Füße hatten sie ihm unter dem Bauch des Pferdes zusammengeschnürt. Vermutlich hatte er sich seiner Gefangennahme widersetzt, denn sie entdeckte einige Blessuren. Der Ärmel seines Wamses war zerschnitten und voll getrocknetem Blut, und auch sein Gesicht wies Spuren eines Kampfes auf. Starr saß er auf seinem Pferd, den Rücken stolz durchgedrückt, den Blick starr geradeaus gerichtet. Unverhohlener Zorn blitzte in seinen Augen.

Elisabeth schlug sich die Hand vor den Mund, um sich nicht zu einer unbedachten Bemerkung hinreißen zu lassen. Ja, diesen Mann kannte sie allerdings. Es war der Graf Hans von Wertheim, Albrechts Vater, den sie auf dem Rückweg von Schweinfurt abgefangen hatten. Verwirrt und entsetzt zog sich Elisabeth in ihr Gemach zurück. Nein, es war sicher nicht klug, ihrem Vater vor der versammelten Mannschaft das zu sagen, was ihr auf den Lippen brannte.

Elisabeth musste bis zum späten Abend warten, bis sie ihn alleine in seinem Gemach antraf. Seine Mätresse war nicht zu sehen. Überhaupt fiel Elisabeth auf, dass sie nicht mehr so oft an seinem Hals hing. Der Bischof war der einfältigen Frau wohl langsam überdrüssig, und sie nahm es ihm vielleicht übel, dass er sie nicht mehr mit solch üppigen Geschenken bedachte wie zu Zeiten, da er noch der mächtigste Mann Frankens gewesen war. Es war nur eine Frage der Zeit, bis sie den Zabelstein verlassen und sich einen anderen Gönner suchen würde. Nun, Elisabeth würde ihr keine Träne nachweinen und ihr Vater vermutlich ebenso wenig.

Elisabeth trat vor ihn. Seine Laune war merklich gestiegen, seit der Gefangene auf der Burg angelangt war, der nun vermutlich in dem kalten, feuchten Verlies unter dem Bergfried saß.

»Meine Tochter, was kann ich für dich tun?«, fragte er freundlich, als sie nach dem Klopfen eintrat.

»Du hast Hans von Wertheim gefangen nehmen lassen«, begann sie vorsichtig.

Er strahlte über das ganze Gesicht. »Ein kluger Schachzug, nicht wahr? Ja, du darfst mich zu diesem Einfall beglückwünschen. Nun werden wir ja sehen, ob dieses Nichts von einem Pfleger sich noch einmal weigern wird, meinen Wünschen Folge zu leisten.« Für einige Momente war Elisabeth einfach nur sprachlos.

»Aber Ihr könnt ihn doch nicht einfach widerrechtlich in ein Verlies sperren, nur damit Ihr ein Druckmittel habt.«

»Warum nicht?« Er war über ihren Einwand ernsthaft erstaunt. Elisabeth konnte es nicht fassen.

»Weil Ihr Euch ins Unrecht setzt. Ihr handelt wie die Raubritter, die Ihr früher verfolgt und bekämpft habt. Ihr habt den von Wertheims ja nicht einmal die Fehde erklärt und Euch angekündigt!«

Der Bischof machte eine wegwerfende Handbewegung. »Dafür war nicht die Zeit. Ich musste schnell handeln und die Gelegenheit nutzen. Wer weiß, wann ich wieder so leicht an ihn herangekommen wäre. Mach dir keine Gedanken, mein Kind. Diese Räuberbande von einem Domkapitel und das Geschmeiß der bürgerlichen Ratsherren haben mich um mein von Gott verliehenes Recht gebracht. Da darf ich mich ja wohl aller Mittel bedienen, um diesen Fehler zu korrigieren!«

»Aber Ihr habt einen Vertrag geschlossen, dass Ihr auf die Regierung verzichtet und Euch auf den Zabelstein zurückzieht«, warf Elisabeth ein.

»Sie haben mir dieses Siegel in einem schwachen Moment abgepresst. Nein, ich bin hier von Gottes Gnaden Landesfürst, und nichts und niemand darf mir dieses Recht nehmen, bis der Herr mich zu sich in sein himmlisches Reich ruft.«

»Dann sprich mit ihnen und entführe nicht den Vater des rechtmäßig eingesetzten Pflegers!«, versuchte es Elisabeth noch einmal.

»Wenn das aber der einfachere und vielversprechendere Weg ist, Einfluss zu gewinnen?«, erklang Friedleins Stimme von der offenen Tür. Ohne Aufforderung hinkte der Narr ins Zimmer.

»Fräulein Elisabeth, Ihr werdet doch nicht auf des Bischofs alte Tage seine stets bewährten Methoden infrage stellen?«

Elisabeth schluckte, wandte sich um und ging ohne ein weiteres Wort hinaus. Ja, der Narr hatte recht. Dies war oft das Mittel der Wahl gewesen, das ihr Vater angewandt hatte, wenn er mit Verhandlungen nicht ans Ziel gekommen war. Nur hatte sie früher die Augen vor der Ungeheuerlichkeit verschlossen und ihrem Vater blind vertraut. Für sie war er ebenso unfehlbar gewesen wie der Heilige Vater in Rom. Warum sollte er heute und hier anders handeln als in seinen unzähligen Regierungsjahren zuvor?

Gret hatte recht. Wenn es um ihren Vater ging, stellte sie sich blind und taub und war nicht bereit, die Wahrheit zu erkennen. Die Erkenntnis schmerzte sie, und doch zwang sie sich, die Worte immer wieder durch ihren Geist gleiten zu lassen. Ihr Vater war nicht nur ein schlechter Fürst und Bischof gewesen, den Kapitel und Land berechtigt seines Amts enthoben hatten. Er war ein skrupelloser Mann, der ebenso wie der Dompropst von Grumbach über Leichen ging, wenn es das Erreichen seiner Ziele verlangte. Und seine vordersten Ziele waren Macht und Reichtum, in der irrigen Annahme, ihm würde noch immer ein fürstlich verschwenderisches Leben zustehen. Gequält schloss Elisabeth die Augen. Warum nur war sie hierher zurückgekehrt? Wie würde sie weiter mit ihm leben können?

Ruhelos schritt sie im dunklen Hof auf und ab. Ihr Blick fing sich immer wieder an dem mächtigen Turm, der in der Ecke der Burg schräg gegenüber dem Palas aufragte und unter dessen mächtigen Mauern der Graf von Wertheim in seinem Verlies schmachtete. Immer wieder trieben sie ihre Schritte bis zum Zustieg des Turmes, sie hielt kurz inne und sah die hölzerne Außenstiege hinauf. Dann setzte sie ihre Wanderung fort.

Als Elisabeth den Aufgang das nächste Mal erreichte, ergriff ihre Hand das Geländer, und ihr Fuß erklomm die erste Stufe. Noch einmal hielt sie inne, dann raffte sie die Röcke und stieg die enge, steile Holztreppe hinauf. Sie schob die Tür auf und betrat die untere Plattform des Bergfrieds. Der Treppenschacht wurde nur von wenigen Fackeln erhellt. Von oben hörte sie gedämpft die Stimmen der beiden Turmwächter, die oben auf der Plattform ihren nächtlichen Dienst leisteten und nach Feuer oder anrückenden Feinden Ausschau hielten. Sie hausten mit einigen anderen Männern, die für den Zabelstein als Wächter angeheuert worden waren, auf den beiden Wohnebenen unterhalb der Plattform, zu der die gewendelte Treppe links von Elisabeth hinaufführte. Zu ihrer Rechten öffnete sich der Treppenschacht hinunter zur unteren Ebene. Hier gab es zwei steinerne Kammern mit eisernen Türen, aber auch das Angstloch im Boden, den Zugang zu dem türlosen Verlies im Fundament des Turmes, das in kaum einem Bergfried oder einem städtischen Gefängnisturm fehlte. Ein wenig zaghaft stieg Elisabeth die Stufen hinunter.

Vor den beiden verschlossenen Eisentüren saß ein junger Mann auf einem Schemel, den Rücken an die grobe Steinwand gelehnt, und döste vor sich hin. Er bemerkte Elisabeth erst, als sie schon so nah war, dass sie ihn hätte berühren können. Erschreckt sprang er auf und griff nach seinem Spieß. Elisabeth wich zurück.

»Stefan, halte ein. Du willst mich doch nicht etwa aufspießen?«

Der junge Mann blinzelte. »Ach, Ihr seid es.« Er ließ den Spieß sinken, sah sie aber misstrauisch an. »Was wollt Ihr hier? Dies ist kein Platz für ein Fräulein.«

»Was, wenn mein Vater mich geschickt hätte, mit dem Gefangenen zu sprechen?«

Stefan überlegte. »Das wäre ungewöhnlich, aber wer bin ich, dass ich die Anweisungen des Bischofs infrage stelle?«

Elisabeth nickte zustimmend. »So sehe ich das auch. Wo habt ihr den Grafen denn untergebracht?« Sie trat an das Angstloch und warf einen Blick hinunter. Drunten war nur undurchdringliche Schwärze. Feuchte, modrige Schwaden stiegen aus der Tiefe auf, aber es war kein Laut zu hören.

Stefan schüttelte den Kopf. »Der Graf ist nicht dort unten. Er sitzt hinter dieser Tür.« Er deutete mit dem Daumen auf die rechte der Eisentüren, die mit einem schweren Riegel verschlossen wurde. Im oberen Drittel war ein kleines Rechteck ausgespart, das man mit einem hölzernen Schieber öffnen und schließen konnte. So blieb die Tür verschlossen, wenn der Gefangene Wasser oder die übliche dünne Suppe bekam.

»Unser Gespräch könnte eine Weile dauern und ist nicht für deine Ohren bestimmt«, sagte Elisabeth. »Du kannst dich derweil zurückziehen. Vielleicht gehst du zu den anderen auf die Plattform hinauf? Deine Ablösung wird bald auftauchen, sodass du nicht mehr herunterkommen musst.«

Stefan zögerte. Er senkte den Blick. »Ich weiß nicht, Fräulein Elisabeth... Hat das der Bischof wirklich so gesagt?«

»Du zweifelst an meinen Worten?« Sie reckte sich und versuchte sich an einem Respekt einflößenden Blick.

»Nein, das nicht...«

»Aber? Kommt der Bischof sonst etwa stets persönlich zu dir, um dir deine Anweisungen zu erteilen?«

»Nein, natürlich nicht. Das ist nicht Aufgabe des hohen Herrn. Er spricht mit Ritter Baierdorfer oder dem von Schwarzenberg oder mit Friedlein, und sie geben dann die Befehle an uns einfache Männer weiter.«

»Gut, und heute komme eben ich, um dir zu sagen, dass du deinen Spieß nehmen und zu deinem Lager oder zu den anderen auf die Plattform hinaufsteigen sollst.«

Stefan zögerte noch einen Moment, dann ging er mit einem Seufzen davon. »Dass ich das nur nicht bereuen muss«, hörte sie ihn murmeln.

Elisabeth wartete noch, bis seine Schritte die nächste Treppenwindung erreicht hatten, dann packte sie den Riegel mit beiden Händen und schob ihn auf. Zögernd blieb sie im Türspalt stehen und sah in die düstere Zelle.

Graf Hans von Wertheim erhob sich von seinem Strohsack, der die einzige Annehmlichkeit in dem kargen, steinernen Raum war. Er legte die Hand an die Brust und neigte das Haupt.

»Das war eine nette Vorstellung, Fräulein Elisabeth. Ein wenig Abwechslung nach diesem ereignislosen Tag voller Langeweile. Nun, was verschafft mir die Ehre?«

»Ich möchte mit Euch sprechen, doch schwört mir zuerst, dass Ihr nichts tun werdet, was ich Euch nicht gestatte!«

Der Graf grinste schief und trat einen Schritt näher. »Ihr meint so etwas wie mich Eurer Person zu bemächtigen und Euch als Geisel zu nehmen, um mir den Weg aus der Burg zu erzwingen?«

Elisabeth kaute nachdenklich auf ihrer Lippe. »Ja, so in der Art, wobei der Einfall nicht der schlechteste ist, denn ich fragte mich noch immer vergeblich, wie ein Gefangener, dem es gelungen ist, seinem Verlies zu entwischen, sicher und ohne Schaden aus den Mauern der Burg entkommen könnte. Vorläufig möchte ich jedoch nur mit Euch reden.«

Graf von Wertheim schnitt eine Grimasse. »Weshalb? Was sollten wir beide zu besprechen haben?«

»Ich war Euretwegen sehr zornig, als wir das letzte Mal voneinander schieden«, sagte Elisabeth.

Der Graf hob die Augenbrauen. »Dann habt Ihr diese Farce aufgezogen, nur um Euch an meiner Schmach hier zu weiden?«

Elisabeth wehrte ab. »Aber nein! Ich wollte nur sagen, obgleich ich Euch für Euren Widerstand und diesen für mich nicht annehmbaren Vorschlag zürne, möchte ich mich von diesem Überfall distanzieren. Es ist nicht recht, was der Bischof tut, und nichts kann die Wahl seiner Mittel rechtfertigen, mit denen er versucht, Einfluss zurückzugewinnen.«

»Mir das zu sagen war Euch ein inneres Bedürfnis? Und dazu habt Ihr den Wächter weggeschickt?« Er seufzte. »Ihr seid ein seltsames Fräulein. Es ist mir völlig gleich, wie Ihr zu dieser Sache steht, und ich hege durchaus keine schlechten Gedanken Euch gegenüber, jetzt, da Ihr dem Fortkommen meines Sohnes nicht mehr im Weg steht. Albrecht ist Pfleger. Das alleine zählt. Was Ihr nun tut oder nicht tut, kann mir gleichgültig sein. Dass der Bischof von Brunn sich nicht scheut, zu solchen Mitteln zu greifen, um meinen Sohn zu erpressen, das wundert mich nicht. Warum sollte er sich geändert haben? Er war in der Wahl der Werkzeuge nie zimperlich.«

»Wie viele andere Ritter und Grafen und noch höhere Herren auch«, gab Elisabeth scharf zurück.

Graf von Wertheim zuckte mit den Achseln. »Ja, wie viele andere auch, denen Ehre und Rittertum verloren gingen. Ich habe also vernommen, dass Ihr nicht mit der ehrlosen Handlung Eures Vaters einverstanden seid. Gibt es noch etwas? Sonst würde ich Euch nun bitten, mich zu entschuldigen. Ich möchte mich nach diesem ereignisreichen Tag auf mein gemütliches Lager zurückziehen.« Seine Stimme klang sarkastisch, während seine Hand auf den Strohsack wies.

Elisabeth rührte sich nicht von der Stelle. »Ich möchte nicht, dass mein Vater Euch gefangen hält, um Albrecht zu erpressen!«

Graf von Wertheim sah sie aufmerksam an. »Dann sollten wir die Variante, dass ich Euch als Geisel nehme, um aus der Festung zu entkommen, noch einmal ins Auge fassen.« Langsam kam er näher. Elisabeth hielt seinem Blick stand und wich nicht zurück.

Plötzlich fühlte sie eine Hand in ihrem Rücken. Sie schrie vor Schreck auf. Eine zweite umfasste eisenhart ihren Oberarm und zog sie durch den Türspalt zurück. Die Eisentür schlug tönend zu, der Riegel rastete ein. Der Griff um ihren Arm lockerte sich. Elisabeth fuhr herum und starrte in Friedleins schiefes Gesicht.

»Was fällt Euch ein?«, herrschte sie den Narren ihres Vaters an.

»Mich überkam so eine Ahnung, dass ich Euch vor Euch selbst schützen müsste. Jungfrauen können so töricht sein, wie wir schon aus der Bibel wissen. Nein, das war kein guter Einfall, doch vermutlich wisst Ihr das selber, daher will ich kein weiteres Wort mehr darüber verlieren. Ich schlage vor, wir rufen den Wächter zurück, und Ihr begleitet mich hinüber in den Palas. Es ist spät und Zeit, dass Ihr Euer Gemach aufsucht!«

Was hätte sie erwidern können, ohne die Lage noch schlimmer zu machen? Immerhin ließen Friedleins Worte darauf schließen, dass er nicht vorhatte, diesen Vorfall ihrem Vater gegenüber zu erwähnen. So folgte ihm Elisabeth unverrichteter Dinge bis zur Tür ihres Gemachs. Erst dort verabschiedete sich der Narr und wünschte eine gute Nacht. Elisabeth sah ihm nach, wie er den Gang entlang davonhinkte.

Kapitel 11

*E*s klopfte stürmisch an der Tür. Albrecht seufzte. Hatte er nicht gesagt, er wolle ungestört bleiben, um sich durch die Berge von Verträgen, Briefen und Abmachungen des Bischofs von Brunn und seinen Vorgängern zu arbeiten? Es war ein nahezu unmögliches Unterfangen! Der junge Pfleger ließ frustriert den Blick über die mit Pergamenten und Büchern vollgestopften Regale wandern. Wie sollte er es schaffen, auch nur einen Überblick zu erhalten, welche Rechte an wen unter welchen Bedingungen verpfändet worden waren? Und wenn er ein Jahr in diesem Raum zubringen und Tag und Nacht nur lesen würde, könnte er es vermutlich dennoch nicht schaffen.

Wieder klopfte es.

»Komm lieber herein, ehe du die Tür einschlägst«, rief Albrecht, und ein Teil in ihm begrüßte die Störung, die ihm vielleicht eine Entschuldigung bot, dem Archiv im Turmzimmer zu entfliehen.

»Hochwürden, ich meine Exzellenz!«, rief Gunter atemlos.

Albrecht winkte seinen Waffenknecht herein. »Nenn mich nicht so. Weder habe ich die Priesterweihe erhalten, noch bin ich Bischof. Du brauchst mich nicht anders anzusprechen als früher.«

Der Waffenknecht hob die Schulter. »Herr, dieses Schreiben kommt vom Zabelstein, und das hier hat ein Bote aus Schweinfurt gebracht.«

Albrecht zögerte. »Dann gib mir zuerst den Brief aus

Schweinfurt. Er muss von meinem Vater sein. Das Schreiben des Bischofs hebe ich mir für später auf. Es steht sicher nichts darin, was mich erfreuen wird!« Albrecht zog eine Grimasse und griff nach dem versiegelten Brief, den Gunter ihm reichte, doch er öffnete ihn nicht sofort.

»Was ist? Warum starrst du mich so an? Weißt du etwa schon wieder vor mir, was ich in diesen Zeilen lesen werde?«

Gunter nickte ein wenig verlegen. »Im Hof drunten wird bereits über nichts anderes geredet. Deshalb habe ich die Briefe auch sofort zu Euch gebracht.«

Albrecht wog das gefaltete Blatt in der Hand.

»Und? Wie lautet die Hiobsbotschaft, von der außer dem Pfleger bereits die gesamte Marienfestung erfahren hat?«

»Bischof von Brunn hat den von Schwarzenberg nach Schweinfurt geschickt.«

Albrecht hob die Brauen. »Ja, und?«

»Er hat mit seinen Männern Eurem Vater aufgelauert, als er sich von dort mit den Edlen und den Domherren auf den Heimweg machte.« Wieder stockte der Waffenknecht.

»Weiter! Was ist geschehen?«

»Sie haben Graf von Wertheim gefangen genommen und auf den Zabelstein geführt, wo er jetzt wohl im Kerker sitzt, bis Ihr den Forderungen des Bischofs nachkommt.«

Albrecht ließ sich mit einem Stöhnen auf einen Hocker sinken und starrte auf die beiden Briefe in seiner Hand. Er brach die Siegel, entfaltete die Pergamentblätter und las dort mit schwungvollem Federstrich geschrieben, was sein Diener ihm bereits verkündet hatte.

»Was befehlt Ihr?«, drängte Gunter, als Albrecht sich nicht rührte und nur auf die Schreiben herabstarrte.

»Soll ich die Männer zusammenrufen, dass sie sich zum Aufbruch rüsten? Wollt Ihr Boten an die Edlen der Umgebung senden?«

Albrecht sah langsam zu ihm auf. »Der Bischof schreibt,

ich solle alleine mit nicht mehr als drei Mann Begleitung zu ihm kommen.«

»Aber das werdet Ihr doch nicht etwa tun?«, rief Gunter entsetzt.

Albrecht fühlte sich so hilflos. »Er hat nun auch noch meinen Vater in der Hand!«

»Und deshalb wollt Ihr ihm nun demütig gehorchen?« Der Ausdruck im Gesicht des Waffenknechts sprach Bände. Albrecht erhob sich und straffte die Schultern.

»Nein, das will ich nicht. Wir müssen zusehen, dass wir den Grafen so schnell wie möglich befreien. Ruf die Männer zusammen, und schick Boten aus, wer von unseren Verbündeten mit wie vielen Geharnischten rasch zur Stelle sein kann!«

Gunter grinste. »Jawohl, Herr, wird sofort erledigt. Wir lassen uns von diesem Bischof doch nicht ans Gängelband legen!«

Er stürmte hinaus. Sobald er außer Sicht war, fiel Albrecht wieder kraftlos auf den Stuhl.

»Wir werden uns nicht ans Gängelband legen lassen?« Er schnaubte. »Häng ich denn nicht schon straff an der Leine, die der von Brunn in seiner Faust hält?«

Es ärgerte Elisabeth, dass Friedlein ihre Pläne durchkreuzt hatte und dass er sie nun anscheinend überwachte, denn jedes Mal, wenn sie in die Nähe der Treppe zum Bergfried kam, tauchte er wie zufällig auf und signalisierte ihr, dass er sie gesehen hatte. Vielleicht war es gerade dieser Umstand, der die Entschlossenheit in ihr bestärkte, etwas zu unternehmen.

Wenigstens schien Friedlein nicht mit ihrem Vater gesprochen zu haben, denn der war nach wie vor aufgeräumter Laune und wartete auf eine Reaktion auf diesen Streich.

»Albrecht wird sich mächtig ereifern, aber er wird vor mir zu Kreuze kriechen«, frohlockte der Bischof seinem Narren gegenüber. Elisabeth dachte, ihr müsse übel werden. Wenn es noch etwas bedurft hätte, ihren Entschluss zu stärken, dann waren es diese Worte. Allerdings musste sie noch einen Tag und eine Nacht warten, ehe sich die Gelegenheit bot.

Friedlein hatte mit einem Auftrag des Bischofs die Burg verlassen und würde einige Stunden fernbleiben. Kaum war der Narr fort, begab sich der Bischof mit einigen Männern zu einem kurzen Jagdausflug. Obwohl der November sich dem Ende näherte und es seit Tagen winterlich kalt war, ließ es sich der Bischof nicht nehmen, eines seiner Jagdrösser zu besteigen und die Armbrust zu schultern.

Eine bessere Gelegenheit würde sich nicht bieten. Elisabeth eilte in ihre Kammer und nahm ein kurzes, aber scharfes Messer aus der Truhe, verbarg es in ihrem warmen Umhang und lief dann über den Hof. Sie eilte die Holzstiege hoch, stieß die Tür auf und rannte die Treppe hinunter. Der Wächter, der in diesen Stunden Dienst tat, sah sie überrascht an.

»Du sollst sofort zum Tor kommen, befiehlt Hauptmann von Schwarzenberg«, rief sie ihm in alarmierendem Tonfall zu.

Der Wächter griff nach seinem Spieß und lief zur Treppe, zögerte dann aber, hielt inne und drehte sich zu der verriegelten Tür um, hinter der der wertvolle Gefangene saß.

»Was will der Hauptmann? Ich kann den Grafen doch nicht alleine lassen.«

Elisabeth hob die Schultern. »Woher soll ich das denn wissen? Er sagte nur, es sei dringend und du sollst sofort zu ihm zum Tor kommen. Hier wird in den wenigen Augenblicken schon nichts passieren. Die Tür ist doch fest verriegelt. Also lauf!«

Es gelang ihr tatsächlich zum zweiten Mal, einen Wächter von seinem Posten fortzulocken. Ihr Vater täte gut daran, sich seine Männer sorgfältiger auszuwählen, dachte sie, als sie den Riegel aufstemmte.

Der Graf stand wie zum Sprung geduckt nur einen Schritt

vor ihr. Natürlich hatte er das Gespräch mit angehört. Doch er wartete und sah sie fragend an.

»Kommt schnell!«

Nein, eine zweite Aufforderung brauchte er nicht. Schon hatte er sich mit ihr durch die Tür gedrängt. Sein Arm umfasste Elisabeth und schob sie die Treppe hoch. Oben auf dem ersten Absatz zögerte er plötzlich. Er tastete nach etwas Hartem an ihrer Hüfte.

»Ah, Ihr habt an alles gedacht!« Zu ihrem Entsetzen zog er ihren Dolch zwischen den Gewandfalten hervor.

»Eine Messerschneide an Eurem Hals ist natürlich ein sehr überzeugendes Argument!« Hastig schob er die Tür auf und zog Elisabeth weiter über die hölzerne Stiege in den Hof hinab.

So hatte sich Elisabeth das eigentlich nicht gedacht. Was hatte sie sich überhaupt dabei gedacht, ein Messer mitzunehmen? Närrin!

Der Graf wusste wohl mit einer Klinge umzugehen und hielt ihr nun ihren eigenen Dolch an die Kehle. Zwar hatte er sie bisher noch nicht verletzt, doch Elisabeth betete, dass sie nicht strauchelte oder über ihren Rocksaum stolpern möge, so ungestüm, wie sie der Graf auf das Tor zuzerrte. Was nützte es ihr, wenn er zwar nicht beabsichtigte, sie zu verletzen, ihr aber infolge einer unbedachten Bewegung die Kehle durchschnitt?

Inzwischen waren sie von einigen Mägden und den Wächtern am Tor entdeckt worden. Die Mädchen am Brunnen schrien auf. Die Wächter brüllten sich einige Worte zu, die Elisabeth nicht verstand. Sie sah nur Gilg, den sie von seinem Wachposten weggelockt hatte, mit offenem Mund dastehen. Er starrte sie entsetzt an. Andere griffen nach ihren Waffen. Die Wächter hoben ihre Spieße, einige Edelknechte zogen Schwerter. Sie kreisten den Grafen von Wertheim ein, bis dieser stehen blieb.

»Wertheim, lasst das Fräulein los«, forderte der Ritter von Schwarzenberg.

»Ich stelle hier die Forderungen«, berichtigte der Graf. »Ihr werdet mir nun augenblicklich meine Waffen und mein Pferd zurückgeben, wenn ihr nicht wollt, dass ich dem Fräulein die Kehle durchschneide.«

Der Hauptmann zögerte. Graf von Wertheim drückte die Klinge, die sie bisher noch nicht berührt hatte, an Elisabeths Hals. Seine ganze Haltung sprach von seiner Entschlossenheit. Plötzlich durchzuckte Elisabeth Angst wie ein Blitzstrahl. Meinte er seine Drohung ernst? Würde er sie verletzen oder gar töten, um alle Hindernisse aus dem Weg zu schaffen? War dies gar kein Spiel, das sie den Wächtern boten, sondern bittere Wirklichkeit? Wie hatte sie sich nur auf so etwas einlassen können? Elisabeth versuchte einen Blick auf die Miene des Grafen zu erhaschen, doch sie konnte sein Gesicht nicht einmal aus den Augenwinkeln sehen. Den Kopf zu drehen, solange sie die Schneide an ihrem Hals spürte, wagte sie schon gar nicht.

Elisabeth sah Meister Thomas aus seinem Laboratorium neben der Küche auftauchen. Er lief auf sie zu, zögerte dann aber, sich den Wächtern weiter zu nähern, die einen Kreis um den Grafen mit seiner Geisel gezogen hatten. Wie bleich er plötzlich wurde. Sein Blick suchte den von Elisabeth. Seine Lippen formten ihren Namen. Auch er fürchtete um ihr Leben. Ein Ausdruck von Entschlossenheit trat in seine Miene, und er machte Anstalten, den Ring der Bewaffneten zu durchbrechen. Elisabeth deutete ein Kopfschütteln an.

»Nein!«, formten ihre Lippen.

Meister Thomas hielt mitten im Schritt inne. Sie sah, wie es hinter seiner Stirn arbeitete, während seine tiefblauen Augen nicht von ihr ließen.

»Nun bewegt euch schon!«, rief der von Wertheim. »Meint ihr, das ist eine leere Drohung? Prüft es nicht nach. Der Bischof wäre nicht erfreut, seine Tochter in ihrem Blut vorzufinden.«

Das wird er nicht tun, dachte Elisabeth in verzweifelter Hoffnung. Das *kann* er nicht tun. Was für ein Druckmittel bliebe ihm, wenn er mich tötete? Sie würden über ihn herfallen und ihn in Stücke reißen, und das weiß er auch.

Der Griff seiner linken Hand, mit der er ihren Arm umspannte, schloss sich unvermittelt mit solcher Härte, dass Elisabeth vor Schmerz aufschrie. Noch einmal griff er zu, als wolle er ihr den Arm brechen. Sie verzog das Gesicht und stöhnte, presste aber die Zähne aufeinander.

»Nun macht schon, was er sagt«, keuchte sie. Meister Thomas eilte auf den von Schwarzenberg zu und drängte ihn, nichts zu riskieren. Mürrisch gab der Hauptmann den Befehl. Stefan führte das Pferd heran und übergab dem Grafen von Wertheim seinen Schwertgurt, Dolch und Mantel.

»Ihr führt das Pferd bis über die Brücke hinaus, Fräulein Elisabeth, aber schön langsam. Wir wollen ja nicht, dass Euch etwas zustößt!«

Nein, das wollte sie nicht, doch sie musste sich zwingen, nicht loszulaufen. Auch wenn sie ihre Lage selbst herbeigeführt hatte, fühlte sie sich alles andere als wohl und sehnte den Moment herbei, da die Schneide sich von ihrem Hals lösen würde.

»So, und nun lasst ihr das Fallgitter wieder herunter und zieht die Brücke hinauf«, wies der von Wertheim den Hauptmann an, als sie draußen vor der Burg standen.

Der Hauptmann schäumte, aber es blieb ihm nichts anderes übrig, als ihm zu gehorchen. Er stieß noch ein paar Drohungen aus, was er mit dem Grafen machen würde, sollte er ihn wieder in die Finger bekommen, doch das störte den Wertheimer nicht. Er wartete, bis sie seinen Forderungen Folge geleistet hatten, dann erst nahm er die Klinge von Elisabeths Hals. Er drückte ihr den Griff des Messers in die Hand.

»Mit Dank zurück, Fräulein. Ihr habt etwas gut bei mir«, sagte er leise. »Ich werde es nicht vergessen!« Er schwang sich in den Sattel, dann gab er seinem Pferd die Sporen und jagte den Pfad über den Höhenrücken entlang davon.

Als die Wächter die Brücke wieder herabgelassen und das Gitter aufgezogen hatten, war er bereits im Schutz der Bäume verschwunden. Dennoch schickte der Hauptmann ihm einige Männer hinterher. Bis zum Einbruch der Nacht musste Elisabeth bangen, ob ihr Plan aufgegangen war, dann endlich kehrten die Männer des Bischofs unverrichteter Dinge zum Zabelstein zurück.

Wie nicht anders zu erwarten, tobte ihr Vater, als er von seinem Jagdausflug zurückkehrte und von den unerfreulichen Neuigkeiten erfuhr. Elisabeth hatte ihn noch nie so gotteslästerlich fluchen hören. Er ging im Saal auf und ab und konnte sich gar nicht beruhigen. Er schimpfte den Hauptmann einen Narren und belegte ihn mit allerlei Drohungen, was er ihm anzutun gedachte. Ritter von Schwarzenberg nahm die Vorwürfe schweigend hin.

Ob seine Tochter bei dem Vorfall Schaden genommen hatte, fragte der Bischof nicht. Und Elisabeth hütete sich, sich ihm ins Gedächtnis zu rufen. Es könnte unangenehme Fragen nach sich ziehen, wenn der Bischof erst einmal in Ruhe über den Vorfall nachdachte.

Erstaunlich schweigsam gab sich Friedlein, der inzwischen von seinem Botengang zurückgekehrt war. Er saß nur in seinem Polsterstuhl in der Ecke und musterte Elisabeth mit scharfem Blick, sodass es ihr unangenehm auf der Haut prickelte. Er hatte die Farce sofort durchschaut, hielt sich aber dankenswerterweise noch immer mit jedem Kommentar zurück.

Endlich gingen dem Bischof die Flüche aus, und er ließ sich erschöpft in seinen Stuhl sinken. Er schlug auf den Tisch und rief nach mehr Wein. Die Diener beeilten sich, seiner Forderung nachzukommen. Die ersten beiden Becher stürzte er in einem Zug hinunter.

»Los, schenk nach, und nicht so knapp!«

Das würde eine schlimme Nacht werden. Elisabeth nutzte die Gelegenheit, als der Diener mit zwei großen Krügen eintrat, sich in ihr Gemach zurückzuziehen.

Ihre beiden Mägde begrüßten sie mit Vorwürfen. Jeanne, weil sie sich überhaupt in Gefahr begeben hatte, Gret, weil sie so dumm gewesen war, ein Messer mitzunehmen.

»Was hast du dir da nur gedacht? Du begibst dich nicht nur freiwillig in die Hände eines Feindes, nein, du lieferst dem Henker auch noch die Klinge. Ich kann es nicht fassen!«

»Sie hat es ja nur gut gemeint«, wechselte nun Jeanne die Seiten. »Das war eine edle und mutige Tat.«

»Außerdem sind die von Wertheim nicht meine Feinde«, ergänzte Elisabeth.

Gret verdrehte die Augen. »Was dein Vater sich da geleistet hat, reicht aus, den Zorn der Wertheimer auf die gesamte Familie zu lenken. Ich wäre mir da nicht so sicher, dass sie zwischen seinen und deinen Absichten differenzieren.«

»Jetzt bestimmt«, widersprach Jeanne.

Elisabeth nickte. »Ja, er hat mir versprochen, diese Tat niemals zu vergessen.«

Gret legte ihr den Arm um die Schultern. »Dann können wir nur hoffen, dass dein Vater sie bald vergisst und sich nicht fragt, wie es denn kam, dass die Tür des Verlieses geöffnet wurde, und wie es dem Graf gelang, Hand an dich zu legen. Es könnte ja sein, dass er in seiner Wut die nahen Familienbande vergisst, die euch verbinden, und er dich plötzlich auf der Seite seiner Widersacher einordnet. Sei in Zukunft etwas vorsichtiger, und hüte dich vor seinem Zorn!«

»Du hast keine sehr hohe Meinung von meinem Vater«, murmelte Elisabeth. »Und ich kann dir nicht einmal einen

Vorwurf machen. Es fällt mir im Moment selbst schwer, mich zu seiner Verteidigung aufzuschwingen.« Mit einem Seufzer ließ sie sich aufs Bett fallen.

»Hattest du denn keine Angst?«, wollte Jeanne wissen.

»Doch, sogar schreckliche Angst, als er mir die Klinge an den Hals legte«, musste Elisabeth zugeben. »Und dennoch bin ich froh, dass ich es getan habe und der Graf wieder in Freiheit ist, statt ein Druckmittel in meines Vaters Kerker zu sein!«

»Na ja, ganz unrecht hast du damit nicht«, gab Gret brummend zu.

Es gab auf der Burg sogar einen, der sie zu dieser Tat beglückwünschte, ohne ihr Vorwürfe zu machen: Meister Thomas.

»Das war sehr mutig von Euch, auch wenn ich nicht wenig um Eure Sicherheit gebangt habe.«

Sie half ihm wieder einmal beim Zubereiten einer neuen Arznei. Dieses Mal einer Salbe, die man auch warm als Umschlag gegen allerlei Ausschläge anwenden konnte und der er – neben diversen Kräutern – auch gelben Schwefel von den Vulkanhängen des Vesuvs in Italien beimischte.

»Spricht es von Mut, sich als Geisel nehmen zu lassen?«, widersprach Elisabeth, die nicht vorhatte, jeden auf Burg Zabelstein einzuweihen, was sie getan hatte und warum.

Meister Thomas sah von seinem Mörser auf und lächelte sie an. »Wir sind hier unter uns, und ich glaube, in diesem steinernen Gelass mit dem Lärmen des Stößels im Mörser brauchen wir keine Lauscher zu fürchten.«

»Was wollt Ihr damit andeuten?«, erwiderte Elisabeth spitz, obwohl sie genau wusste, worauf er anspielte.

Ein Zug von Traurigkeit huschte über seine Miene. »Ihr habt kein Vertrauen zu mir. Wie schade. Ich dachte, wir seien während dieser Tage unter unserer gemeinsamer Hände fruchtbarer Arbeit Freunde geworden.«

»Natürlich sind wir Freunde!«, rief Elisabeth. »Daran dürft Ihr nicht zweifeln, Meister Thomas.«

Er wandte seinen Blick wieder auf die trockenen Blätter in seinem Mörser. »Gehört es sich nicht unter Freunden, dass man sich die Wahrheit sagt?«

»Was ist die Wahrheit?«, konterte Elisabeth. »Graf von Wertheim hat mich zur Geisel gemacht, um sich seinen Weg in die Freiheit zu erkämpfen. Er hat mir kein Haar gekrümmt, und obwohl ich den ein oder anderen Augenblick zweifelte und mich fürchtete, das gebe ich zu, bin ich dennoch der Überzeugung, er hatte niemals vor, mir etwas anzutun.«

Meister Thomas nickte bedächtig. »Ja, das ist sicher ein Teil der Wahrheit. Der andere ist, dass Ihr einen mutigen Schritt gewagt habt, um Unrecht in Recht zu wandeln, und Euch dabei nicht gescheut habt, den Zorn Eures Vaters auf Euer Haupt zu laden und gar Euer eigenes Leben aufs Spiel zu setzen. Das war sehr edel von Euch«, wiederholte er seine Worte, und dieses Mal widersprach Elisabeth nicht.

»Es haben sich noch nicht alle auf dem Zabelstein Gedanken darüber gemacht, wie es überhaupt zu dieser Situation kommen konnte. Ich werde behaupten, dem Gefangenen lediglich etwas zu Essen gebracht zu haben. Es ist nicht nötig, dass man meinen Vater direkt darauf stößt. Zumindest nicht, solange sein Zorn derart heiß lodert!«

Meister Thomas stimmte ihr zu. »Ja, aber wird nicht der Wächter, den Ihr auf irgendeine Weise losgeworden seid, eine andere Geschichte berichten?«

»Ich nehme nicht an, dass der Mann direkt mit dem Bischof spricht, und hoffe, es ist dem von Schwarzenberg zu heikel, vor meinem Vater zu behaupten, es wäre Absicht statt Leichtsinn hinter meiner Handlung zu vermuten.«

Meister Thomas dachte eine Weile darüber nach, dann nickte er. »Ja, es ist gut möglich, dass diese Überlegung aufgeht. Wenn einer dem Bischof reinen Wein einschenken könnte, dann ist es der Narr. Es drängt sich mir der Eindruck auf, er habe nicht nur ein scharfes Auge, dem nichts auf der Burg entgeht. Ich behaupte, er besitzt einen ebenso scharfen Verstand.«

Elisabeth unterdrückte einen Seufzer. »Da habt Ihr recht. Er hat mich bereits bei meinem ersten Versuch aufgehalten und mich seitdem im Auge behalten. Nur der glückliche Umstand, dass er die Burg verlassen musste, gab mir überhaupt die Möglichkeit. Allerdings hätte er schon damals zu meinem Vater sprechen können, wenn er gewollt hätte. Bislang hat Friedlein dies unterlassen. Daher hoffe ich, dass er bei seinem Schweigen bleibt.«

»Das wäre von Vorteil«, meinte auch Meister Thomas. Er prüfte die zerstoßenen Blätter, nickte zufrieden und füllte sie dann sorgsam in eine Holzschachtel. Er trat damit zu seiner Waage, legte das benötigte Gewicht in die eine Schale und füllte dann die andere mit dem zerstoßenen Pulver, bis der Balken in die Waagerechte schwang. Elisabeth reichte ihm die fetthaltige Grundmasse der Salbe, die sie währenddessen geschmeidig gerührt hatte, sodass der Apotheker zuerst die zerstoßenen Heilkräuter und dann den ebenso sorgsam abgewogenen Schwefel hinzugeben konnte.

»Hoffentlich hilft es«, meinte Elisabeth mit einem Blick auf die graugelbe Masse.

»Das hoffe ich auch«, stimmte ihr der Apotheker zu. »Euer Vater hat schon so viel versucht, um die offenen Stellen an seinen Beinen, die immer wieder jucken und nässen, ausheilen zu lassen, doch die Salben der Ärzte waren nicht von großer Wirkung. Ich glaube, dass diese hier ihm helfen wird, aber streng genommen dürfte ich sie ihm nicht verabreichen.«

»Warum denn nicht? Wenn Ihr doch davon überzeugt seid, dass sie ihm guttut?« Elisabeth sah ihn verständnislos an.

»So einfach ist es nicht. In den Städten ist die Teilung der Aufgaben ganz genau geregelt. Dies hier ist keine Mischung, die sein Arzt auf einem Rezept notiert hat, aber nur nach diesen Anweisungen dürfen wir Apotheker die Heilmittel herstellen. Es ist nicht an uns, dem Patienten ein Mittel unserer Wahl zu verabreichen. Wären wir hier in Würzburg, dann könnte ich mir damit viel Ärger einhandeln, ja, meinen Apothekerbrief der Stadt gar verlieren, falls ich einen hätte.«

»Das verstehe ich nicht.«

Meister Thomas lächelte ein wenig schief. »Ach, eigentlich ist das gar nicht so schwer zu begreifen. In früheren Zeiten, als noch der alte Medicus über die Heilung geheimnisvoller Leiden herrschte, war er auch dafür verantwortlich, die Medizin zuzubereiten und die Ingredienzien aufzutreiben. Irgendwann wurde dieser Teil abgetrennt, und der Beruf des Apothekers bildete sich heraus. Um die genaue Grenze zwischen den beiden Berufen wird jedoch seit jeher hart gerungen, denn keiner will dem anderen zu viel Einfluss und Geld zubilligen. Und so sind die Reichsstädte und Landesfürsten gezwungen, strenge Regeln für beide Berufsstände zu erlassen, um die Händel um die Befugnisse zwischen Ärzten und Apothekern zumindest einzudämmen.«

»Und deshalb ist es Euch nur erlaubt, dem Patienten nach einem Rezept des Arztes eine Medizin zu verabreichen?«

Meister Thomas nickte. »Genau. Ihr habt ja das große Buch in der Offizin von Meister Heinrich gesehen. Dort trägt er alle Rezepturen ein, die er aufgrund der ärztlichen Anordnungen zubereitet. So ist alles dokumentiert und kann bei Bedarf nachgeschlagen werden.«

Sie arbeiteten noch eine Weile in stillem Einverständnis an zwei weiteren Rezepturen, die Meister Thomas in ein wenig abgewandelter Form ausprobieren wollte. Dann zeigte er Elisabeth, wie man die bei vermögenden Kunden so heiß begehrten goldenen oder silbernen Pillen herstellte.

»Sie bestehen aus dreierlei«, erklärte er ihr, während er den zähen Teig geschickt zu Rohpillen ausformte. »Zuerst brauchen wir die Ingredienzien in fein vermahlener Form, die die Heilung bringen sollen. Da diese meist von unangenehmem Geschmack sind, mische ich Honig oder süßen Sirup unter und etwas, das als klebriges Bindemittel dient. Dann, wenn ich die Rohpillen geformt habe – er deutete auf ein Dutzend der graubraunen, ovalen Gebilde –, erhalten sie ihren wertvollen Überzug.« Er nahm eine kleine Dose, die in etwa wie eine übergroße Nuss aussah und die man in der Mitte aufklappen konnte, streute mit einem kleinen Löffel ein wenig Goldpuder hinein und gab die Pillen hinzu. Dann schloss er den Deckel und bewegte das Behältnis behutsam auf und ab, drehte es um seine Achse und wiegte es dann wieder sanft.

»Ein wenig Gefühl gehört schon dazu, dass die Pillen weder zerbrechen noch verkleben und am Ende mit einer gleichmäßigen Goldschicht schimmern.«

Er klappte den Deckel auf und zeigte Elisabeth das Ergebnis.

»Oh, sie sind wunderschön. Zu schade, um sie einfach zu schlucken. Und gegen welche Beschwerden helfen sie?«

Meister Thomas zog eine Grimasse. »Gegen Magengrimmen und schwere Beine, gegen das Reißen der Gicht und saures Aufstoßen nach einem üppigen Mahl.«

Elisabeth hob die Augenbrauen. »Ach ja? Das kann ich kaum glauben.«

»So sagt es zumindest der Arzt, nach dessen Anweisung ich sie hergestellt habe«, verteidigte sich der Apotheker. »Meine Meinung dazu ist nicht gefragt.«

»Und wie würde Eure Meinung lauten?« Elisabeth zwinkerte ihm zu.

Er erwiderte den Blick mit einem Lächeln. »In diesem Fall würde ich Anweisungen erlassen, die dem Leidenden gar nicht gefielen.«

»Und die lauten?«

»Mäßigung beim Genuss von Bier und Wein und Verzicht

auf fettes Fleisch statt teurer Pillen. Heiße und kalte Bäder, Bewegung und frische Luft, wie ich es von den Ärzten der Sarazenen gelernt habe.«

Elisabeth feixte. »Diese Therapie würde Euch nicht viel Geld einbringen. Ja, man könnte sagen, der Apotheker wäre ganz und gar überflüssig.«

»Da stimme ich Euch zu, aber die Frage stellt sich ja gar nicht, da es mir untersagt ist, die Anweisungen der gelehrten Ärzte infrage zu stellen«, entgegnete Meister Thomas mit einem verschmitzten Lächeln.

Elisabeth wollte etwas erwidern, als ungewöhnlicher Lärm beide aufhorchen ließ. Was war das für ein Geschrei im Hof draußen?

Meister Thomas schloss die Dose mit den wertvollen Pillen und legte sie behutsam auf den Tisch.

»Kommt Ihr? Das hört sich so an, als wollten wir es nicht versäumen. Man muss schließlich seine Neugier befriedigen.«

Elisabeth warf ihm einen misstrauischen Blick zu. Ob er sich etwa über sie lustig machte? Aber Meister Thomas schien ebenso darauf zu brennen, in Erfahrung zu bringen, was der Lärm zu bedeuten hatte. Er reichte ihr den Arm. Gemeinsam verließen sie das Alchemistenlabor des Apothekers und traten in den bereits von düsteren Schatten des Abends dämmrigen Hof von Burg Zabelstein hinaus.

Kapitel 12

»Was ist denn los?«

Elisabeth und Meister Thomas sahen sich um und versuchten, aus dem Stimmengewirr etwas herauszuhören. Die Wächter und Edelknechte liefen durcheinander, legten Waffen und Rüstungen an. Das Tor war bereits geschlossen und gesichert, die Brücke hochgezogen, das Fallgitter herabgelassen. Der Mann auf der Plattform des Bergfrieds rief den Hauptmann und nannte ihm stetig steigende Zahlen.

»Ein Dutzend, nein, mehr, alle beritten. Es sind mindestens zwei Dutzend oder noch mehr. Ich kann es noch nicht genau erkennen.«

Ritter von Schwarzenberg hatte genug gehört und ließ die Trommeln schlagen, um die Mauern zu besetzen.

»Was hat das zu bedeuten?«, fragte Elisabeth bang, obwohl sie ahnte, was ihnen bevorstand.

»Offensichtlich werden wir von einer stetig wachsenden Gruppe Berittener angegriffen«, stellte Meister Thomas trocken fest. »Und es gibt durchaus ein paar Fahnen, bei denen ich mich nicht wundern würde, sie dort draußen zu sehen.«

Elisabeth fühlte, wie ihr Mund trocken wurde. »Die von Wertheim?«

Meister Thomas nickte. »Ganz abwegig wäre das nicht.«

»Aber so schnell?«

Der Apotheker wiegte den Kopf. »Das ist in der Tat höchst erstaunlich«, gab er zu.

Gret und Jeanne kamen, von dem Lärm angelockt, in den

Hof und gesellten sich zu ihnen. »Sollen wir auf die Brustwehr steigen?«, schlug Gret vor. Die anderen nickten.

»Aber sehen wir zu, dass wir unsere Köpfe in Deckung halten«, mahnte Meister Thomas. »Bei einem Armbrustbolzen im Schädel ist selbst der beste Arzt mit seinem Latein am Ende, und keine noch so teure Goldpille kann mehr helfen.«

Die Frauen nickten und kletterten eine der schmalen Stiegen zum Wehrgang hinauf, ohne sich um den Protest des Wächters zu kümmern, der ihnen nachrief, sie sollten in den Palas zurückkehren. Hier hätten sie nichts zu suchen. Ein eisiger Wind pfiff über die Mauerkrone und zerrte an ihren Wollumhängen. Der Himmel war düster verhangen. Vielleicht würde es bald Schnee geben.

»Die Grafen von Wertheim«, sagte Elisabeth sofort, als sie den ersten Blick auf eine der Fahnen erhaschte, die über den Köpfen der auf ihren Pferden heranpreschenden Männer flatterten.

»Was für eine Überraschung«, kommentierte Gret sarkastisch.

Auf den Rüstungen und Schabracken waren neben denen der Wertheimer noch weitere Farben zu sehen.

»Aber wer sind die anderen?«, wollte Jeanne wissen. »Es sind so viele, und ich kenne mich mit den Wappen der Ritterhäuser nicht aus.«

»Ich ebenso wenig«, musste Meister Thomas zugeben. Alle Augen richteten sich auf Elisabeth.

»Es ist schon sehr dunkel, aber ich würde sagen, der Weinsberger ist dabei und die Herren von der Tann, Graf Götz von Epstein und einige andere. Es müssen mehr als vier Dutzend Männer sein! Alle wohl gerüstet.«

»Und recht entschlossen, will mir scheinen. Doch sind das auf der Fahne dort hinten nicht der fränkische Rechen und der goldene Schlüssel auf blauem Grund?«

Elisabeth warf Meister Thomas einen Blick zu. »Ja, das ist

die Fahne der Bischöfe von Würzburg, und der Reiter ganz vorn ist der Pfleger des Bistums Franken: Albrecht von Wertheim.«

Sie hörte selbst, wie belegt ihre Stimme klang, wie sie ihn dort unten in voller Rüstung eines Ritters auf die Mauern zueilen sah, das Schwert bereits aus der Scheide und drohend gegen die Festung erhoben. Ach, da wurden verschüttete Erinnerungen wach. Der Kriegszug nach Böhmen gegen die Hussiten. Sie war noch ein kleines Mädchen gewesen und konnte heute nicht mehr sagen, warum ihr Vater sie damals mit auf die Reise genommen hatte. Sie war eben schon immer der Liebling unter den Folgen seiner zahlreichen Fehltritte gewesen. Also zogen sie nach Böhmen. Der Bischof hatte sich diesen Heereszug sicher anders gedacht: eine kleine Reise, bei dem seine Ritter den Hussiten eine Lehre erteilen würden, dann der Einzug in Prag mit üppigen Festen und Turnieren und später ein Johann von Brunn, der als strahlender Held mit reicher Kriegsbeute nach Würzburg zurückkehren würde.

Doch es war anders gekommen. Das riesige christliche Heer war langsam und träge und langweilte sich, während sich die Fürsten nicht über einen Kommandanten und die richtige Strategie einig werden konnten. Während sich das eigene Heer zu zerstreuen begann, erwiesen sich die Hussiten als gefährlicher und zäher denn gedacht. Sie hielten sich nicht an die Regeln, wie Kriegszüge seit Jahrhunderten gehandhabt wurden! Sie kämpften in kleinen, disziplinierten Gruppen, die wie Speerspitzen unvermittelt zustießen und verlustreiche Lücken in die Flanken der Heeraufstellung stießen. Sie bauten Wagenburgen, in denen sie sich verschanzten und an die die Ritter und ihr Fußvolk nur schwer herankamen. Und wenn es eng wurde, dann verschwanden sie in den Wäldern oder in ihren exzellent befestigten Stadtburgen, schneller noch, als sie aufgetaucht waren. Nein, so einfach war ihnen nicht beizukommen, vor allem, da ein großer Teil der Bevölkerung mit ihnen sympathisierte.

Und dann passierte die Katastrophe. Das christliche Heer war aufgebrochen, die Hussiten auf dem Feld zu stellen. Ein Teil des Trosses – unter ihnen auch Elisabeth – war auf der Prager Burg zurückgeblieben, wo sie später ihren Sieg feiern wollten. Doch die Hussiten dachten gar nicht daran, sich diesem Kampf in einer Weise zu stellen, die dem Ritterheer von Vorteil gewesen wäre. Zusammen mit den Prager Bürgern, denen der König des heiligen römischen Reiches und seine Fürsten schon lange verhasst waren, schlossen sie die Burg Hradschin ein, selbst eine kleine Stadt auf dem Hügel über Prag, die – voll von Flüchtlingen und Anhängern des Königs – aus den Nähten zu platzen drohte. Wie sollten sie einer Belagerung standhalten?

Elisabeth sah sich wieder auf der Mauer stehen, den Blick über die Belagerer in die Ferne schweifend, wo irgendwo ihr Ritter war, der sie retten würde. Ja, das kleine Mädchen hatte keinen Moment daran gezweifelt, dass er kommen und ihr Schicksal sich erfüllen würde.

Sehnsucht wallte in ihr auf, die ihre Kehle eng werden ließ. Elisabeth musste ein Schluchzen unterdrücken. Ach, wenn dies doch die Mauern des Prager Hradschin wären und Albrecht dort auf seinem Ross mit den Männern herangeritten käme, um sie zu befreien. Er würde siegen, sie auf sein Pferd heben und dann mit ihr davonreiten, um immer an ihrer Seite zu bleiben, so wie er es ihr in Prag versprochen hatte.

Damals hatte er sein Versprechen eingelöst, doch heute zählte es nicht mehr. Sie war hinter diesen Mauern auch keine Gefangene, die er zu befreien trachtete. Sie hatte sich freiwillig auf die Seite ihres Vaters geschlagen und gehörte nun zu Albrechts Gegnern, die er zu strafen gekommen war.

Heilige Jungfrau, dachte sie, *wie konnte es so weit kommen?*

Die Männer hatten inzwischen den Graben vor der Burg fast erreicht. Albrecht von Wertheim hob die Hand, zügelte sein Ross und brachte sein Pferd zum Stehen. Die anderen hielten ein Stück hinter ihm, so weit weg, dass sie im trüben Licht zumindest kein allzu leichtes Ziel für die Armbrustschützen auf der Mauer und den Türmen boten.

»Ah, welch unerwartete Ehre«, hörte Elisabeth die Stimme ihres Vaters. Er stand auf dem Turm über dem Haupttor. Neben ihm, wie nicht anders zu erwarten, sein Narr Friedlein.

Albrecht klappte das Visier hoch. Nein, wie der Pfleger von Würzburg sah er in diesem Moment nicht aus. In letzter Zeit hatte sie ihn nur in den langen Gewändern eines Chorherrn zu Gesicht bekommen und schon fast vergessen, wie gut er sich in der Rüstung eines Ritters machte. Ihr Herzschlag verlor seinen gleichmäßigen Rhythmus.

»Unerwartet wohl kaum«, rief Albrecht zurück. »War es nicht Eure Absicht, mich vor Euer Tor zu zwingen, als Ihr gegen jedes geltende Recht meinen Vater ergreifen und in Euer Verlies werfen ließet?«

Der Bischof hob die Schultern. »Meinem höflichen Schreiben seid Ihr ja nicht nachgekommen.«

»Weil ich nichts mehr mit Euch zu besprechen habe! Das Schicksal des Landes geht Euch nichts mehr an. Ihr dürft Euch zwar noch bis zu Eurem Tod Bischof nennen, aber sonst habt Ihr mit dem Bistum nichts mehr zu schaffen. Eure eigene Hand hat den Vertrag unterzeichnet und gesiegelt.«

Der Bischof machte eine wegwerfende Handbewegung. »Ja-ja, ich weiß, aber nun habe ich mich eben anders entschieden, und da Ihr Euch weigertet, die Urkunden so aufzusetzen, wie wir es vor nur wenigen Wochen hier im Saal besprochen haben, war ich gezwungen, zu anderen Mitteln zu greifen.«

»Meinen Vater ohne Ankündigung einer Fehde auf diese Weise zu ergreifen ist schändlich und gegen jedes hergekommene Recht! Aber damit werdet Ihr nicht durchkommen. Dieses Mal nicht. Habt Ihr noch immer nicht begriffen, dass die Zeit um ist, da Ihr Euch solch himmelschreiendes Unrecht ungestraft erlauben konntet? Ich habe bereits ein Schreiben an Kaiser Sigmund gesandt und eines an Pfalzgraf Ludwig, denen ich Eure Tat anzeigte. Sie werden mir Beistand leisten, wenn Ihr nicht zur Vernunft kommt.« Elisabeth tauschte mit den anderen einen fragenden Blick.

»Und wie sähe diese Vernunft Eurer Meinung nach aus?«, wollte der Bischof in ausgesucht liebenswürdigem Ton wissen.

»Als Erstes zieht Ihr Eure Wächter mit den Armbrüsten von der Mauer zurück, lasst die Zugbrücke herab und das Tor öffnen, damit meine Männer ungefährdet einreiten können. Und dann befreit Ihr meinen Vater aus seinem Verlies! Vielleicht werde ich davon absehen, beim Kaiser und den Landesfürsten eine empfindliche Bestrafung für Euch zu fordern!«

Der Bischof lachte hell auf. »Ich sehe das ein wenig anders. Ihr kommt hier mit Euren Männern an – eine beeindruckende Zahl, ja, doch gegen meine Mauern völlig wirkungslos. Oder wollt Ihr mitten im Winter den Zabelstein belagern? Eine spaßige Vorstellung. Ohne Pleiden oder Mauerbrecher könnt Ihr gar nichts ausrichten. Und falls Ihr uns aushungern wollt, dann macht Euch auf eine lange Belagerung gefasst. Ich vermute aber, dass Ihr Euch vorher den Hintern und noch so einiges mehr abfrieren werdet!« Wieder lachte er fröhlich. »Ich auf der anderen Seite sitze hier bequem in meiner Burg. Welches Druckmittel ich in meiner Hand habe und was ich damit tun könnte, wenn es mir beliebte, brauche ich Euch ja nicht zu sagen, oder?«

»Er weiß nicht, dass der Graf nicht mehr hier auf der Burg ist.« Elisabeth sah Meister Thomas an.

»Und wie geschickt der Bischof eine Lüge umschifft, ohne den Wertheimer ahnen zu lassen, dass er seinen Trumpf längst verspielt hat.« Der Apotheker nickte anerkennend.

»Wir müssen es ihm sagen! Ehe er sich von meinem Vater zu irgendwelchen Zugeständnissen zwingen lässt.«

Während Jeanne nickte, griffen Meister Thomas und Gret gleichzeitig nach Elisabeths Armen.

»Nein! Nicht hier und nicht jetzt!«, drängte Gret. Der Apotheker stimmte ihr zu.

»Es wäre nicht klug, ihn vor der versammelten Mannschaft bloßzustellen und ihm auf diese Weise seine Pläne zu vereiteln.«

»Warum nicht? Albrecht muss es wissen!«, widersprach Elisabeth störrisch. Sie öffnete den Mund. Gret riss sie grob zurück, sodass sie empört einen Schmerzensruf ausstieß.

»Was erlaubst du dir?«, keuchte sie und rieb sich den schmerzenden Arm.

»Überschätze nicht die väterlichen Gefühle, die der Bischof für dich hegt. Wenn du so etwas tust, wäre es gut möglich, dass er in seinem Zorn vergisst, dass du sein Fleisch und Blut bist. Sei jetzt still, und fordere es nicht heraus.«

Meister Thomas sah die Magd erstaunt an. Gret schien sich für den rüden Übergriff nicht entschuldigen zu wollen.

Elisabeth rieb sich noch immer den schmerzenden Arm. »Du kennst meinen Vater nicht.«

Gret hielt dem Blick ihrer Herrin trotzig stand. »Nein? Ich habe eher den Eindruck, du willst ihn noch immer nicht im vollen Licht der Wahrheit sehen. Das ist durchaus dein Recht, solange du dich damit nicht in ernsthafte Schwierigkeiten bringst.« Ihr Ton wurde weicher. »Dann ist es an deinen Freunden, dich vor deiner Verblendung zu schützen.«

Elisabeth sah das wachsende Erstaunen in Meister Thomas' Miene. Auch sie wunderte sich, dass Gret vor ihm so mit ihr sprach. Bislang hatten die Freundinnen im Beisein von Fremden stets die höfliche Distanz gewahrt, wie es sich für ihre Magd und ihr Kammermädchen gehörte. Doch entweder war dies Gret in dieser Situation einfach entfallen, oder sie hatte beschlossen, dem Apotheker ihr Vertrauen zu schenken, was durchaus ungewöhnlich war. Gret vertraute nicht vielen Menschen auf dieser Welt.

Im Gegenzug schien auch der Apotheker die energische Magd mit neuen Augen zu sehen. Er nickte ihr anerkennend zu, offensichtlich bereit, das seine beizutragen, um Elisabeth an diesem Schritt zu hindern.

»Wir können Albrecht doch nicht einfach in diese Falle laufen lassen!«, eiferte sich Elisabeth. »Wozu habe ich dann die Gefahr auf mich genommen, um das Unrecht, das mein Vater begangen hat, zu korrigieren?« Unwillkürlich fuhr die Hand an ihre Kehle, wo die Messerschneide ihre Haut berührt hatte.

»Natürlich muss man etwas unternehmen«, stimmte ihr Gret zu, »aber nicht auf diese Weise. Wir sollten die Sache beobachten und dann eine günstige Gelegenheit abwarten, den Pfleger von Wertheim über den wahren Stand aufzuklären.«

Meister Thomas nickte. »Genau. Und daher schlage ich vor, dass wir nun in den Hof zurückkehren.« Offensichtlich hatte er die neue Rolle, die Gret in diesem ungewöhnlichen Quartett spielte, akzeptiert.

Elisabeth sah in die Runde und unterdrückte ein Seufzen. »Nun gut, wenn sich meine Berater alle einig sind, dann bleibt mir ja nichts anderes übrig, als ihnen zu folgen. Auch wenn ich fürchte, es könnte für Albrecht bereits zu spät sein, sobald er sich von meinem Vater verleiten lässt, die Burg zu betreten.«

Meister Thomas bot ihr mit einer Verbeugung seinen Arm. »Unterschätzt den jungen von Wertheim nicht. Er weiß nun, was der Bischof für ein Spieler ist, und wird sich vorsehen. Auf gar keinen Fall wird er sich ohne Rückendeckung in dessen Hände begeben.«

Und richtig. Noch während sie den Wehrgang entlangschritten und die steile Stiege hinunterkletterten, diktierte der

Wertheimer dem abgesetzten Bischof die Bedingungen, unter denen er sich bereit erklären würde, die Burg zu betreten und sich mit ihm im Saal zusammenzusetzen.

Eine Weile ging es noch hin und her, bis der Bischof einsehen musste, dass er seinen Gegner nicht würde übertölpeln können. Er zog seine Männer zurück, ließ die Brücke herunter und Fallgitter und Tor öffnen. Je vier Männer des Bischofs und des Pflegers wurden am Tor postiert. Ein Dutzend Bewaffnete folgten dem Pfleger in den Hof, der Rest seiner Männer wartete draußen am Fuß der Zugbrücke mit des Bischofs Hauptmann von Schwarzenberg und seinem Kaplan Berthold in ihrer Gewalt, um zu verhindern, dass der Bischof auf unschöne Gedanken kam, sollten die Verhandlungen nicht nach seinem Willen laufen.

Ursprünglich hatte Albrecht Friedlein als Geisel an der Brücke gefordert, doch der Narr lehnte ab. Es gelang ihm, den Pfleger davon zu überzeugen, dass es durchaus in seinem Sinne wäre, den Narren mit am Verhandlungstisch zu wissen, um mit seiner Vernunft und seinem politischen Weitblick das aufbrausende Temperament seines Herrn zu kühlen. Der Wertheimer stimmte nach einigem Zögern zu.

Elisabeth fragte sich, ob dies wirklich Friedleins Absicht war oder ob er sich einfach aus der Schusslinie heraushalten wollte. Jedenfalls zogen sich Pfleger Albrecht und der Bischof in den Speisesaal zurück und setzten sich nahe dem kräftig eingeheizten Kamin ans Kopfende der Tafel. Der Wertheimer brachte den jungen Sekretär mit, der ihn bereits das erste Mal begleitet hatte. Friedlein nahm an des Bischofs Seite Platz. Nachdem genug Wein und ein wenig kalter Braten und Brot auf dem Tisch standen, schlossen sie die Türen.

Die vier Verschwörer, die ihnen in einigem Abstand gefolgt waren, blieben unschlüssig auf dem Gang stehen.

»Und jetzt?«, wollte Elisabeth wissen. »Was machen wir

jetzt? Nun ist die Gelegenheit verstrichen, und das Unglück nimmt seinen Lauf.«

Meister Thomas schüttelte den Kopf. »Nein, wir müssen uns etwas ausdenken, wie wir dem Pfleger die wichtige Information zukommen lassen können.«

»Ich gehe hinein und sage es ihm einfach!«

Wieder griffen Hände nach Elisabeths Armen, um sie zurückzuhalten.

»Politik erfordert Diplomatie«, mahnte der Apotheker. »Wir wollen nicht zu viele Scherben zurücklassen, an denen wir uns selbst schneiden.«

»Ich könnte Wein hineinbringen und ihm eine Botschaft zustecken, die Elisabeth ihm schreibt«, schlug Gret vor.

»Das ist kein schlechter Vorschlag«, lobte Meister Thomas.

»Und wenn sie dich dabei erwischen oder der Pfleger dich verrät, dann lässt dich der Bischof in seinem Zorn in Stücke schneiden«, rief Jeanne ängstlich.

»Rede keinen Unsinn!«, ermahnte Elisabeth sie, pflichtete ihr aber bei, dass dies für Gret unangenehme Folgen haben könnte. »Nein, das will ich nicht riskieren. Ich mache es lieber selbst. Mein Vater wird mir nichts tun, von dem ich mich nicht rasch erholen könnte. Nichts, was ich nicht schon erlebt hätte«, fügte sie leise hinzu, in dem Wissen, dass die Freundinnen genau wussten, wovon sie sprach.

»Elisabeth, Ihr könnt nicht plötzlich mit einem Krug Wein dort drin auftauchen«, widersprach Meister Thomas.

»Aber ich könnte mich zufällig in der Nähe der Tür laut mit jemandem unterhalten, während Wein nachgeschenkt wird und die Tür nicht ganz geschlossen ist!« Elisabeth sah in die Runde. Die anderen nickten. Sie wollten Gret gerade losschicken, um den Wein zu holen, als Friedlein die Tür öffnete und genau diese Forderung den Gang hinunter zur Küche erschallen ließ.

Gret raffte ihre Röcke. »Sofort, Herr Friedlein, ich eile

mich!« Sie hastete davon. Der Narr schloss die Tür hinter sich.

Als Gret kurz darauf mit den beiden vollen Weinkrügen zurückkehrte, verstummte das Gespräch im Saal, sobald sie die Tür geöffnet hatte. Es war so still, dass man das Knistern der Flammen im Kamin hören konnte.

Das war der Augenblick. Elisabeth warf Meister Thomas einen Blick zu und räusperte sich nervös. Der Apotheker hob die Stimme.

»Ah, Fräulein Elisabeth, wie schön Euch zu treffen. Seid Ihr auf dem Weg in den Saal? Ist das Mahl schon aufgetragen?«

»Aber nein, das wird sicher noch dauern. Seine Exzellenz tagt mit Pfleger von Wertheim. Ich fürchte, die Verhandlungen werden sich hinziehen, wobei ich mir nicht denken kann, worum es geht, wo doch Graf von Wertheim wohlbehalten vom Zabelstein davongeritten ist. Der Schreck, den er mir bei seiner Flucht versetzte, wird mich wohl noch manche Nacht aus einem Albtraum aufschrecken lassen.«

Sie hörten rasche Schritte. Gret drückte sich mit zwei leeren Krügen in der Hand durch den Spalt. Hinter ihr schlug die Tür mit einem Krachen zu. Während das Dröhnen in dem steinernen Gang verhallte, sahen sich die vier stumm an.

»Er hat es gehört«, wisperte Gret, »war aber so geistesgegenwärtig, seine Fassung zu wahren. Nun ist es an ihm, den Trumpf klug einzusetzen.«

»Und der Bischof? Und Friedlein?«, fragte Meister Thomas leise.

»Die haben es natürlich auch gehört. Die Miene des Bischofs stand auf Sturm, doch Friedlein hielt ihn im Zaum.«

»Dann ist der Plan geglückt, und uns bleibt nichts weiter zu tun. Ich schlage vor, ihr zieht Euch mit Euren Mägden in Euer Gemach zurück. Ich werde noch ein wenig an meinen Pillen und Tränken arbeiten.«

Meister Thomas drückte Elisabeth die Hand und eilte davon. Und obwohl Elisabeth vor Neugier und Anspannung fast verging, blieb ihr nichts anderes übrig, als seinem Rat zu folgen und sich ebenfalls zurückzuziehen.

»Und? Was gibt es Neues?«

Elisabeth fand wieder einmal keine Ruhe und schickte Gret und Jeanne in immer kürzeren Abständen durch die Burg, um sich anschließend alle Neuigkeiten berichten zu lassen. Doch viel gab es nicht. Die Geharnischten beider Seiten verharrten geduldig auf den ihnen zugewiesenen Posten. Die einzige Abwechslung war, dass sie zuerst einige Krüge Wein und später Mus und Brot bekamen. In der Halle war es verdächtig still. Zuerst schickte Albrecht seinen Sekretär und dann der Bischof seinen Narren hinaus. Auf ihn traf Elisabeth, als sie beschloss, selbst einmal nachzusehen, ob sich nicht doch endlich etwas tat. Lange war es schon dunkel, und sie konnte sich nicht denken, dass Albrecht mit seinen Männern auf dem Zabelstein übernachten wollte.

»Ah, sieh an, das Fräulein Elisabeth begibt sich auf Erkundung!«

Die Stimme des Narren drang unvermittelt aus der Dunkelheit. Erschreckt schlug sich Elisabeth die Hand vor die Brust.

»Friedlein, was treibt Euch hier heraus? Gibt es in der Halle drin nichts mehr für Euch zu tun?«

Der Narr trat so nah an sie heran, dass sie seinen Atem in ihrem Gesicht spüren konnte. »Nein, und das dürfte Euch nicht sonderlich wundern, nicht wahr? Ihr spielt ein gefährliches Spiel, Fräulein Elisabeth. Ich kann Euch zu Eurem zweiten Schachzug nur gratulieren; dennoch will ich nicht versäumen, Euch zu warnen. Ich habe den Eindruck, Ihr wisst gar nicht, wie nah Ihr am Abgrund wandelt und wie tief Ihr in die bodenlose Schwärze stürzen könntet.« Seine grünen Augen waren fast auf der Höhe der ihren und funkelten in der Dunkelheit.

»Wollt Ihr mir etwa drohen?«, gab sie genauso leise zurück. Sie konnte sich eines Schauders nicht erwehren, war aber nicht bereit, vor Friedlein zurückzuweichen.

»Ich Euch drohen? Nein, ich bin nur ein einfacher Narr, der mit seinem Possenspiel seinen Herrn erfreut – und nebenbei ein wenig über Politik und Machtspielereien plaudert. Ich mache Euch nur darauf aufmerksam, dass mein Herr fest entschlossen ist, sich das zu holen, was ihm seiner Meinung nach zusteht, und dass er dabei jedes Hindernis beiseiteräumen wird – ganz gleich, wer oder was es auch sein sollte. Und ich sage Euch: Frauen gehörten schon immer zu den Hindernissen, gegenüber denen er die wenigsten Skrupel hegte, falls ihm so etwas überhaupt bekannt sein sollte.«

»Ich habe die Botschaft vernommen. Ich danke Euch für die offenen Worte«, sagte Elisabeth steif.

»Dann nehmt sie Euch zu Herzen oder geht dorthin, wo sich dasselbe noch immer befindet. Nicht dass ich die Position von Spionen und Verrätern hinter feindlichen Linien nicht anerkennen würde, aber Ihr seid nicht die Richtige für so etwas, falls Ihr nicht vorhabt, Euch unter die Märtyrerinnen einzureihen.«

»Ich bin weder eine Spionin noch eine Verräterin. Ich bin durchaus bereit, meinem Vater die Treue zu halten, solange er sich ehrenhaft verhält.«

»Ist das Eure Hoffnung?« Der Narr lachte bitter. »Ach Elisabeth, manches Mal seid Ihr so klug, dass ich fast zweifle, mit einer Frau zu sprechen, und dann wiederum denke ich, es wäre besser, Euch zu Euren Puppen zu schicken. Wacht auf! Ihr seid kein Kind mehr. Stellt Euch der Wirklichkeit und entscheidet. Denn auch Ihr müsst zu den Taten stehen, die Ihr begeht, und Ihr werdet nicht immer ein weiches Herz finden, das bereit ist, Euch zu decken. Mit mir dürft Ihr jedenfalls nicht mehr rechnen.«

»Warum?«

»Warum? Ihr seid spaßig. Weil mir meine eigene Haut lieb und teuer ist und ich nicht gerne als Verräter gevierteilt werden möchte.«

»Und dafür seid Ihr bereit, jedes Unrecht zu verteidigen? Nur weil Euer Herr es so befiehlt?«

Friedlein wich zurück und hob abwehrend die Hände. »Elisabeth, lasst das bleiben. Versucht nicht, einen Heiligen aus mir zu machen, denn deren Geschichten lehren, dass ihr Leben meist mit einem grausamen Tod endet. Ich bevorzuge es, hier auf Erden noch eine Weile ein gutes Auskommen zu finden. Was auch immer Ihr mir vorwerfen könnt, Verrat an meinem Herrn wird nicht darunter sein, und deshalb trage ich seine Entscheidungen mit, wenn er sie gefällt hat und ich keinen Einfluss mehr auf den Gang der Dinge nehmen kann.«

Elisabeth nickte ihm zu. »Danke, dass Ihr so offen mit mir gesprochen habt. Ich werde es mir zu Herzen nehmen.« Tief in Gedanken kehrte sie in ihr Gemach zurück.

Kapitel 13

Als Elisabeth erwachte, blieb sie noch einige Augenblicke unter ihrer Daunendecke liegen. Nicht, weil es in ihrem Gemach so kalt gewesen wäre. Jeanne legte bereits Holz in der Feuerstelle nach, und die Kohlen in dem eisernen Becken zu Füßen ihres Bettes glühten noch immer. Nein, die Ereignisse des Abends brachen über sie herein, und sie fragte sich bang, was sich in dieser Nacht noch ereignet hatte, wie die Männer auseinandergegangen waren und, vor allem, in welcher Stimmung sich ihr Vater gerade befand. Ja, das war die entscheidende Frage, die sie zögern ließ, ihr Bett zu verlassen. Wie wütend war ihr Vater auf sie? Und was für Folgen würde dies für sie mit sich bringen?

Jeanne hantierte so leise wie möglich mit dem Feuerholz, um Elisabeth nicht zu stören. Sie dachte wohl, ihre Herrin schlafe noch. Es klopfte leise an der Tür, dann schlüpfte Gret ins Zimmer.

»Leise! Du willst sie doch nicht wecken!«, zischte Jeanne.

»Das wird sie aber interessieren, und außerdem ist sie bereits wach«, gab Gret ungerührt zurück, als sich Elisabeth mit einem Ruck aufsetzte.

»Was gibt es?«

»Pfleger Albrecht ist unversehrt aus dieser Verhandlung hervorgegangen. Zumindest was seine körperliche Verfassung angeht. Er muss das Tor eine Stunde nach Mitternacht passiert haben. So sagen es unsere Wächter. Die Männer des Wertheimers haben in Sichtweite über Nacht ihr Lager aufgeschlagen und sind nun dabei, sich zum Aufbruch zu rüsten. Hier auf der Burg scheint alles ruhig.«

»Und mein Vater? Ist der Bischof schon auf?«

»Erstaunlicherweise ja. Ich habe ihn im Hof gesehen.«

»Und wie ist seine Stimmung? Konntest du etwas erkennen? Ist er noch sehr zornig?« Elisabeth zog sich die Decke bis über die Brust, als könne sie ihr ein schützendes Schild sein.

Gret legte den Kopf schief und kaute ein wenig auf ihrer Unterlippe, ehe sie antwortete. »Ich muss zugeben, die Stimmung des Bischofs gibt mir ein Rätsel auf. Auch ich habe erwartet, ihn zornig oder gar außer sich vorzufinden. Aber nein, er wirkt ganz ruhig, fast möchte ich sagen heiter.«

Elisabeth runzelte die Stirn. »Dann sind die Verhandlungen zu seiner Zufriedenheit verlaufen. Aber warum? Er hat nichts mehr in der Hand, mit dem er drohen kann. Albrecht hat unsere Worte doch vernommen, nicht wahr? Er wusste, dass sein Vater nicht mehr in der Gewalt des Bischofs ist.«

Sie sah die beiden Frauen fragend an. Gret und Jeanne nickten.

»Ich kann es mir auch nicht erklären«, fügte Gret hinzu. »Aber es ist ganz sicher nicht an mir, den Bischof zu fragen, woher seine gute Laune rührt.«

Elisabeth ließ die Decke sinken und schlüpfte aus dem Bett. »Nein, das werde wohl ich tun müssen. Und du bist dir sicher, dass er mir gegenüber keinen Zorn mehr hegt?«

Gret hob die Schultern. »Mir schien er aufgeräumter Stimmung. Ob sich das ändert, wenn er dich zu Gesicht bekommt, kann ich nicht sagen.«

Elisabeth schnitt eine Grimasse. »Ich werde es herausfinden.«

Sie schlüpfte aus dem langen Hemd, das sie im Winter nachts trug, und ließ sich von Jeanne ankleiden. Dann machte sie sich mit einem mulmigen Gefühl im Bauch zum Saal auf, wo das Morgenmahl bereits aufgetragen war. Zaghaft trat sie durch die weit geöffnete Tür.

»Einen schönen Morgen wünsche ich«, grüßte sie mit ein wenig unnatürlich hoher Stimme. Die Blicke ihres Vater und des Narren richteten sich auf sie. Ansonsten saßen noch Kaplan Berthold, Meister Thomas, der Fiscal und vier der Ritter, die ihrem Vater dienten, am Tisch.

»Ah, da bist du ja, mein Kind. So früh schon munter?«, begrüßte sie der Bischof. »Mich hielt es an diesem Morgen auch nicht in den Federn. Setz dich und greif zu.«

Ja, er schien aufgekratzter Stimmung, und nichts ließ vermuten, dass er seiner Tochter zürnte. Der Narr dagegen sah sie ernst an und ließ das schiefe Lächeln vermissen, das er sonst für sie übrig hatte. Sie suchte seinen Blick, während sie sich süße Milchsuppe mit Rosinen in ihre Schale füllte, doch er schüttelte leicht den Kopf. Sollte das heißen, dass sie ihn nicht fragen oder den Bischof nicht auf die Ereignisse des Vortags ansprechen sollte? Es war Johann von Brunn selbst, der das Thema anschnitt.

»Der Wertheimer ist mit seinen Männern bereits abgezogen«, sagte er und sah in die Runde. »Ich vermute einmal, der Vertrag, den er gesiegelt hat, wiegt ihm schwer in der Tasche, doch ich habe größtes Zutrauen zu ihm, dass er ihn dieses Mal dem Kapitel gegenüber behaupten wird.« Der Bischof lächelte in sich hinein und prostete den anderen am Tisch zu. Die Ritter und der Kaplan erwiderten die Geste.

»Verzeiht, aber wie könnt Ihr Euch da sicher sein? Hat der Wertheimer das letzte Mal nicht auch alle Vereinbarungen vergessen, sobald er auf dem Marienberg eintraf?«, wagte der Fiscal Peter Eckhart einzuwerfen.

Der Bischof lächelte noch breiter. »Dieses Mal wird er nichts davon vergessen und auch nicht wagen, nur einen Buchstaben weit von unserer Abmachung abzuweichen.« Elisabeth sah wieder den Narren an, doch der hob kaum merklich die Schultern.

»Ja, meine Freunde, hebt die Becher, und seid guter Dinge. Ich wage zu behaupten, dass wir in nicht allzu langer Zeit unsere Reisekisten packen und zur Festung Unser Frauenberg zurückkehren werden.«

Die Männer riefen aufgeregt durcheinander, dann hoben sie die Becher und ließen den Bischof hochleben. Auch Elisabeth griff nach dem mit Wasser verdünnten Wein, trank aber nicht. Ihre Gedanken schwirrten. Wie konnte das sein? Was um alles in der Welt war in der Nacht zuvor in dieser Halle geschehen?

Diese Frage stellte sie kurz darauf Friedlein, den sie im Hof auf seinem Weg zum Bergfried abpasste. Der Narr zuckte mit den Achseln.

»Ich kann es Euch nicht sagen.«

»Warum nicht? Wenn es solch große Veränderungen mit sich bringt, die auch mich betreffen, dann habe ich das Recht, es zu erfahren.«

Friedlein fiel ihr ins Wort. »Ehe Ihr mit Eurer Rechtfertigung noch weiter ausholt oder mich als Geisel nehmt und mit Eurem Messer bedroht, um mir etwas abzupressen: Ich kann es Euch nicht sagen, weil ich es selber nicht weiß. Ich bin mindestens ebenso erstaunt wie Ihr, welche Wendung dieser Abend genommen hat. Als Ihr so virtuos die Katze aus dem Sack gelassen habt und der Wertheimer erfuhr, dass der Bischof seinen Vater nicht mehr in der Hand hat, da dachte ich, er steht einfach auf und verlässt mit seinen Männern den Zabelstein. Was gäbe es auch noch zu verhandeln? Doch wie ich immer wieder feststellen musste, darf man Johann von Brunn nicht unterschätzen. Er schickte mich und den Sekretär des Wertheimers hinaus und blieb mit ihm alleine zurück. Und das Ergebnis ist ein Vertrag, der mir die Kinnlade herabfallen lässt.«

»Könnt Ihr mir den Kern des Schreibens sagen?«

Friedlein nickte. »Aber ja, und nun haltet Euch fest, Fräulein, damit Ihr nicht stolpert. Der Vertrag sagt, dass Bischof Johann von Brunn wieder an der Regierung des Landes und des Stifts Anteil nehmen wird – sonderlich an der Anlegung der allgemeinen Landsteuer!«

Nun klappte Elisabeth ebenfalls der Mund auf. »Das hat Albrecht gesiegelt? Ja, um Himmels willen, warum denn das? Haben das Kapitel und der bürgerliche Rat nicht Jahre darum gerungen, meinen Vater mit seinem verderblichen Einfluss auf das Land aus den Geschäften der Regierung zu entfernen?«

»Ja, das war das große Ziel, das bei Erreichen mit Jubel gefeiert wurde. Der Pfleger schien die Rettung, bis ein neuer Bischof auf seinem Thron Platz nimmt und alles zum Guten wendet.«

Elisabeth konnte es nicht fassen. »Ich verstehe das nicht. Könnt Ihr mir das erklären?«

Der Narr hob beide Arme und ließ sie dann wieder fallen. »Nein! Mir fällt dazu nichts ein. Ich kann nur vermuten, dass es zwischen dem Bischof und dem Wertheimer etwas gibt, das so schwer wiegt, dass der Wertheimer diesen unglaublichen Forderungen nachgibt. Jedenfalls geht es zurück auf den Marienberg. Freut Euch, Fräulein, Ihr dürft diesen trostlosen Ort verlassen und Euer gewohntes Leben wiederaufnehmen.«

Ja, eigentlich hätte sie sich darüber freuen müssen. Und dennoch wollte nicht so recht die passende Stimmung in ihr aufkommen. Grübelnd kehrte sie in ihr Gemach zurück.

»Ist es wahr, dass wir die Reisekisten packen können?«, begrüßte Jeanne sie mit einem Strahlen. »Alles wird wie früher!«

Elisabeth konnte sich nicht erklären, wie die Mägde es schafften, selbst geheime Dinge so schnell in Erfahrung zu bringen. Doch im Moment beschäftigte der Vertrag ihren

Geist. Wie war dies zu erklären? Sie fragte ihren Vater, aber der war nicht bereit, sich in die Karten sehen zu lassen.

»Das ist etwas zwischen dem Wertheimer und mir, über das du dir dein hübsches Köpfchen nicht zerbrechen solltest.«

Alleine für diese Antwort wollte sie zornig aufstampfen. Nein, so schnell würde sie nicht lockerlassen.

»Habt Ihr ihn mit irgendetwas erpresst?«

»Du meinst mit etwas anderem, nachdem du ausposaunt hast, dass der Graf nicht mehr auf dem Zabelstein weilt?«

Elisabeth senkte den Blick. »Verzeiht, Vater, das war sehr unbedacht von mir.«

»Ja, das war es, und im ersten Moment habe ich dir mächtig gezürnt, meine Tochter, das kannst du mir glauben. Aber dann kam es mir, dass es sich so viel besser fügt. Ich hätte den Grafen ja ewig einkerkern müssen, um den Druck aufrechtzuerhalten, und ich fürchte, irgendwann hätten der Kaiser oder die anderen Landesfürsten ihre Macht ausgespielt, ihn freizukaufen. Und dann? Dann wäre Albrecht wieder rückfällig geworden und hätte den Vertrag gebrochen. Nein, nein, so fügt es sich besser, und ich fürchte nicht, dass seine Erinnerungen ihn im Stich lassen und er vergessen könnte, was er versprochen hat.«

»Aber warum? Woher kommt dieser plötzliche Sinneswandel?« Elisabeth ließ nicht locker. Der Bischof hob die Schultern.

»Du vermutest ein großes Geheimnis, wo es keines gibt. Albrecht ist einfach zu der Einsicht gekommen, dass er zu jung und unerfahren ist, um dieser Sache gewachsen zu sein. So ist er ganz froh, die Verantwortung zumindest zum Teil wieder auf meine erfahrenen Schultern laden zu können. Er sieht inzwischen, dass die Aufgaben eines Fürstbischofs weit größer sind, als sonntags seine Schäfchen zu segnen. Man kann sagen, diese Wochen, die er als Pfleger verbracht hat, haben ihn in die Wirklichkeit zurückgeholt.« Elisabeth sah ihren Vater zweifelnd an.

»Weißt du, es erfordert eine starke Persönlichkeit, diese drückende Regierungsbürde zu tragen. Die endlosen Beschwerden der Stiftsgläubiger, die sich über die Nichtbeachtung ihrer rechtlichen Ansprüche beklagen.« Er verdrehte die Augen zum Zeichen, was er von diesen Rechten hielt. »Die herzzerreißenden Klagen der Untertanen über ihre Beraubung, Schätzung und Misshandlung durch die Adeligen und die Unsicherheit im Handel.«

»Und deshalb hat er Euch sozusagen freiwillig Eure Regierungsgewalt zurückgegeben?«

Elisabeth glaubte ihrem Vater kein Wort. Sie konnte sich gut vorstellen, dass sich Albrecht von der ungewohnten Last bedrückt fühlte und oft nicht wusste, welchen Missstand abzustellen das Dringlichste sei – und das bei diesen verheerten Finanzen des Landes. Dennoch hatte er diese Aufgabe übernommen, um das Land voranzubringen, und wie sie von manchem Boten vernommen hatte, stellte er sich nicht schlecht dabei an. Ja, sie hatte einen Vikar gar sagen hören, der junge Pfleger habe in einem Monat mehr Gutes erreicht als der Bischof über Jahre. Was ihrem Vater natürlich gar nicht schmeckte.

Nein, sie glaubte ihm nicht, konnte aber nichts weiter in Erfahrung bringen.

So schnell wie gedacht durften die Bewohner von Burg Zabelstein ihre Reisekisten nicht packen. Zwar schaffte es der Pfleger von Wertheim tatsächlich, genug Mitglieder des Domkapitels zu überzeugen, den Vertrag anzunehmen, dennoch zogen die Tage dahin, ohne dass sich für die Bewohner des Zabelsteins etwas änderte. Außer vielleicht, dass im Dezember Elisabeths Bruder Georg mit einigen Männern und einem Berg erlesener Waren auf dem Zabelstein eintraf. Elisabeth eilte ihm entgegen und ließ sich von ihm in die Arme schließen. Auch Meister Thomas freute sich sichtlich, den Freund zu sehen, und schüttelte ihm die Hand.

»Du warst lange fort.«

Georg nickte. »Ja, es haben sich ein paar interessante Möglichkeiten ergeben. Ich kam mit einem Kaufmann aus Lübeck ins Gespräch, der viel für die Messe in Frankfurt zu tun hat. Aber das erzähle ich dir später in Ruhe. Jedenfalls hat es meinem und deinem Beutel nicht geschadet, dass ich mich ihm für eine kleine Reise angeschlossen habe.« Georg strahlte.

»Und für dich habe ich auch etwas, liebes Schwesterlein. Ihr Frauen könnt ja von Tand und schönen Stoffen nie genug bekommen.« Er drückte ihr ein Päckchen in die Arme, betonte aber, dass dies nicht alles sei.

»Wobei ich zugeben muss, dass es sich hier auf dem Zabelstein ein wenig seltsam ausnehmen wird«, fügte er hinzu, als er den Blick durch die Festung schweifen ließ.

»Nicht aber in Würzburg und auf dem Marienberg«, widersprach seine Schwester. Georg stutzte.

»Du kommst nach Würzburg zurück? Wie das? Ich habe gehört, du hättest Albrechts Hand zurückgewiesen.«

»Ich kehre auch nicht zu Albrecht zurück«, stellte sie richtig. »Ich bleibe an der Seite unseres Vaters.«

Georg zwinkerte überrascht. »Habe ich recht gehört?«

Meister Thomas nickte. »Ja, so wie es aussieht, wird Bischof von Brunn auf den Marienberg zurückkehren und sich wieder an der Regierung beteiligen.«

»Und der Wertheimer?«

»Bleibt weiterhin Pfleger.«

»Vielleicht auf dem Pergament und als Prügelknabe, den man bei unangenehmen Verhandlungen vorschicken kann. Denn so wie ich unseren Vater kenne, wird er seine Macht nicht teilen, wenn er es irgendwie verhindern kann.«

Elisabeth nickte. »Ja, so in der Art könnte ich es mir auch vorstellen, aber weiß Albrecht, was er sich da angetan hat?«

»Wenn er es nicht weiß, dann war er eh nicht der rechte Mann für diesen Posten. Doch das soll uns nicht kümmern.

Für mich ist es von Vorteil, wieder einen Vater auf dem Marienberg zu wissen, der Einfluss besitzt, und für dich, liebe Schwester, ist es sicher auch kein Schaden.« Elisabeth nickte ein wenig zurückhaltend.

»Und nun lasst uns hineingehen und uns wärmen. Lasst uns essen und trinken und fröhlich feiern. Ich habe die Absicht, die heiligen Tage über hierzubleiben, ehe ich mich mit Thomas wieder auf Fahrt begebe.«

Elisabeths Blick sprang erschrocken zu dem Apotheker. »Ihr wollt abreisen? Ich dachte, Ihr arbeitet nun für meinen Vater.«

Meister Thomas blickte sie entschuldigend an. »Hier auf dem Zabelstein kann ich nicht bleiben. Das ist keine Arbeit für mich. Nur für den Bischof Medizin anrühren und ein paar Hustenmittel für seine Knechte? Nein, ich muss auf Reisen gehen und lernen oder in einer Stadt einen Apothekenbrief erwerben, eine Offizin eröffnen und meine Künste der Bürgerschaft zur Verfügung stellen.«

»Ihr sagtet aber, Ihr würdet eine Hofapotheke für meinen Vater einrichten«, entgegnete Elisabeth ein wenig empört.

»Ja, das sagte ich. Es ist allerdings etwas anderes, so etwas auf dem Marienberg zu Häupten einer großen Stadt zu tun, als hier weitab in den Wäldern auf einer abgelegenen Burg. Das hier wäre keine Hofapotheke! Dies wäre etwas für einen Eremiten, einen eigenbrötlerischen Alchemisten, der am liebsten keinen fremden Menschen sieht und den Tag beim Wurzelngraben und Mistelnschneiden in den Wäldern zubringt.«

»Und das ist nichts für Euch«, gab Elisabeth zu. »Ja, ich kann Euch verstehen, aber es wird mir schwerfallen, auf Euch zu verzichten. Ich habe mich schon so sehr daran gewöhnt, dass Eure Gesellschaft meine Tage erfüllt. Ich lerne so viel Neues und habe das Gefühl, etwas Wichtiges zu tun, wenn ich Euch bei Euren Rezepturen zur Hand gehe. Ohne Euch werde ich vor Langeweile vergehen!«, prophezeite sie.

Ihr Bruder lachte, doch Meister Thomas sah sie ernst an und nickte verständnisvoll.

»Da hast du dir eine willige Helferin herangezogen. Gratuliere! Stellt sie sich wenigstens geschickt an?«

»Aber ja, sie ist wissbegierig und vergisst nie etwas, das ich ihr einmal erklärt habe. Ganz erstaunlich. Eure helfende Hand wird mit fehlen. Und nicht nur sie…«

Der Blick aus seinen dunkelblauen Augen irritierte Elisabeth, sodass sie den ihren rasch abwandte. Georg brach die Anspannung mit einem Lachen.

»Es wird sich eh bald alles ändern. Es geht nach Würzburg zurück, und vielleicht wird es doch noch etwas mit der großen Hofapotheke auf dem Marienberg. Warten wir es ab.«

»Ja, warten wir es ab, und genießen wir die heiligen Tage«, wiederholte Meister Thomas, ohne seine Augen von Elisabeth zu wenden.

»Und jetzt rasch zur Feuerstelle in den Saal!« Georg zog die Schultern hoch und rieb sich die eisigen Hände. Gemeinsam machten sie sich zum Palas auf, wo sie eine prasselnde Feuerstelle und der Geruch des gerade aufgetragenen Mahls erwarteten.

Während die Feiertage kamen und gingen, trübte sich nicht nur das Wetter ein. Es fiel Schnee, und der Sturmwind tobte um die Mauern des Zabelsteins. Doch auch die Stimmung des Bischofs wurde immer eisiger, und bald schon versuchte jeder eine Begegnung mit dem Hausherrn zu meiden. Georg kündigte an, sobald es milder würde, werde er abreisen.

Obgleich der Bischof zum Abwarten verdammt war, was ihm sichtlich nicht schmeckte, blieb er in diesen Wochen durchaus nicht untätig. Er diktierte unzählige Briefe und setzte Urkunden auf, sandte trotz des Winterwetters Boten zu Vasallen und ehemaligen Verbündeten und empfing, als der strenge Frost einige Tage nachließ, Vertreter diverser Adelshäuser, um sich bis tief in die Nacht mit ihnen zu besprechen.

Elisabeth konnte nur vage ahnen, was der Bischof da trieb. Und wenn sie ehrlich war, wollte sie es im Detail gar nicht so genau wissen. Aus Würzburg und vom Marienberg kamen nur wenige Nachrichten, und wenn, dann meist solche, die den Bischof in noch schlimmere Laune stürzten. Die einzig gute Botschaft – aus seiner Sicht – war, dass sich eine gute Mehrheit der Domherren auf seine Seite geschlagen hatte und den Vertrag annahm, den der Wertheimer auf dem Zabelstein gesiegelt hatte.

Die Bürger Würzburgs dagegen erwiesen sich als nachtragend und wollten seine Taten gegen ihre Rechte und ihre Freiheiten nicht vergessen. Sie weigerten sich schlichtweg, dem Bischof noch einmal zu huldigen. Sie hatten dem Pfleger Albrecht Treue und Gehorsam geschworen, und dabei würden sie bleiben.

»Das verstehe ich nicht«, meinte Elisabeth mit einem Kopfschütteln. Sie hatte sich ihren pelzgefütterten Umhang übergeworfen und war auf die Plattform des Bergfrieds hinaufgestiegen. Dort stieß sie auf Friedlein. Nun standen sie nebeneinander an der Wehr und sahen über die Weite des winterlich verschneiten Landes. Heute war der eisige Wind eingeschlafen, und die Sonne sandte eine Ahnung von Wärme mit ihren Strahlen herab.

»Was versteht Ihr nicht, Fräulein? Darf ich Euch mein unendliches Wissen zur Verfügung stellen und Euch mit meiner Erfahrung behilflich sein?« Der Narr feixte.

Elisabeth lächelte ihn an. »Ihr dürft. Hat Euch schon einmal jemand gesagt, dass Ihr nicht an Bescheidenheit leidet? Aber das ist nicht das Thema. Ich frage mich, wie es meinem Vater gelingen konnte, mehr als die Hälfte der Domherren wieder auf seine Seite zu ziehen. Ich habe gehört, nicht nur der von Grumbach hat sich umbesonnen, auch die Domherren von der Kehre, Voit, von Thunfeld und Schot.«

Friedlein ergänzte: »Domherr Truchsess, die beiden von

Siech, Hiltmar, von Hain, Uebel und von Seldeneck – habe ich jemand vergessen? Ach ja, Anton Dienstmann.«

»So viele?« Elisabeth schüttelte den Kopf. »Sind das nicht dieselben Männer, die ihn zwangen, der Politik zu entsagen?« Der Narr nickte.

»Woher also dieser Sinneswandel? An der schlechten Politik des Pflegers kann es nicht liegen. Natürlich ist es ihm nicht möglich, Wunder zu vollbringen in einem Land, das über und über verschuldet und verpfändet ist und mit beinahe jedem Nachbarn in Fehde liegt. Aber ich habe gehört, er habe in der kurzen Zeit schon viel erreicht.«

»Was den kleinen Mann vielleicht freut, obwohl der noch dringender darauf wartet, dass seine drückende Steuerlast kleiner wird und die Fehden beendet werden. Die Straßen müssen für die Kaufleute sicher sein. All das kann auch ein Albrecht von Wertheim nicht über Nacht.«

»Nein, aber der Bischof war es, der es ihnen erst eingebrockt hat!«, warf Elisabeth ein.

Friedlein nickte. »Ja, und daran erinnern sich die Bürger noch sehr genau. Bei ihnen steht der Pfleger hoch im Kurs. Bei den Domherren jedoch ist Pfleger Albrecht ein entscheidendes Versäumnis unterlaufen, das sie ein wenig wankelmütig werden ließ.«

»Und das wäre?«

»Nun, sie waren unter Bischof von Brunn gewohnt, dass jedes Zugeständnis, das er von ihnen verlangte, auf der anderen Seite entsprechend versüßt wurde. Der Wertheimer lässt es da offensichtlich an Großzügigkeit fehlen, und so sehnt sich manch ein Herr aus dem Kapitel nach den alten Zeiten. Denn wenn man es genau betrachtet: Was kümmert ihn, dass das Land verpfändet wird und andere Herren sich in Franken breitmachen? Was stört es ihn, dass die Untertanen mehr und mehr Abgaben zu zahlen haben? Solange der eigene Beutel nicht zu mager wird!«

»Aber mein Vater hat kein Geld, um das Kapitel zu bestechen«, wunderte sich Elisabeth.

»Wozu gibt es die Hoffnung und Versprechungen? Er hat sich stets als großzügig im Umgang mit fremdem Geld gezeigt. Das wird auch in Zukunft von ihm erwartet.«

Elisabeth zog ein angewidertes Gesicht. »Das ist alles? Das ist das Geheimnis? Mag das Land in Stücke gehen, Hauptsache, der eigene Beutel spannt? Ich will es nicht glauben.«

Friedlein hob die Schultern. »Dann glaubt es nicht, und bewahrt Euch Eure kindliche Märchenwelt, in der stets edel und tapfer gehandelt wird.«

Elisabeth schwieg. Was gab es darauf noch zu sagen? Eine Weile reckten sie ihre Gesichter der sich rötlich verfärbenden Sonne zu, die nach und nach an Kraft verlor.

»Gehen wir. Die Sonne versinkt, und die Dämmerung wird uns in die eisigen Vorboten der Nacht hüllen.«

Der Narr bot ihr den Arm und hinkte neben ihr her die unzähligen Stufen bis in den Hof hinunter.

Kapitel 14

»Sind die Domherren schon angekommen?« Albrecht drehte sich zu seinem Diener um und leckte sich nervös über die Lippen.

Gunter trat mit einer Verbeugung näher. »Nein, nur der Propst von Grumbach ist bereits hier und wünscht Euch zu sprechen, bevor die anderen Domherren eintreffen. Soll ich ihm sagen, dass er hereinkommen darf?«

Er hätte am liebsten Nein gesagt. Ausgerechnet der von Grumbach, dem es immer wieder gelang, ihn mit seinem kalten, forschenden Blick aus der Fassung zu bringen. Es hätte Albrecht nicht gewundert, wenn ihm jemand gesagt hätte, der Propst verfüge über magische Kräfte und sei in der Lage, Gedanken zu lesen.

So ein Blödsinn!, rief er sich selbst zurecht und sprach dann mit fester Stimme:

»Ja, du kannst Dompropst von Grumbach eintreten lassen.«

»Wie überaus freundlich, mich jetzt schon zu empfangen«, begrüßte ihn der Propst mit so viel Spott in der Stimme, dass Albrecht zornig die Fäuste ballte. Doch er ließ sich nicht provozieren. Stattdessen begrüßte er den Propst mit einem hoheitsvollen Nicken. Für den Diener des Propstes hatte er nur ein Stirnrunzeln übrig. Fritz Hase verbeugte sich, verließ die Stube nach einem strengen Blick seines Herrn jedoch wieder.

»Nehmt Platz. Was kann ich für Euch tun?«

»Ihr könnt mich diesen Vertrag schon einmal vorab lesen lassen, den der alte von Brunn Euch aufgezwungen hat.«

»Ich lasse mir nichts aufzwingen«, widersprach Albrecht, was dem von Grumbach ein Lachen entlockte.

»Sei es, wie es will. Wo ist dieses Machwerk, zu dem Ihr die Zustimmung des Kapitels benötigt? Habt Ihr Euch schon überlegt, wie Ihr eine Mehrheit dafür zusammenbringen wollt?«

Albrecht murmelte ein paar undeutliche Worte und reichte dem von Grumbach die beiden Bögen Pergament, die von Friedleins sauberer Schrift bedeckt waren.

Hans von Grumbach nahm in einem bequemen Sessel Platz und las sie aufmerksam durch. Er pfiff leise durch die Zähne, ehe er seinen Blick wieder auf Albrecht richtete, der sich bemühen musste, nicht nervös in seinem Stuhl herumzurutschen.

»Das habt Ihr unterschrieben?« Die Frage brauchte keine Antwort. Der Propst konnte den Namenszug ja deutlich unten auf dem Pergament sehen.

»Hat der frühe Tod Eures Bruders Euch dazu bewogen, auch Euch selbst so früh schon ein Grab auszuheben?«

»Ach, ich dachte, mein Bruder musste sterben, weil er sich widersetzte und nicht zu Zugeständnissen bereit war«, gab Albrecht scharf zurück.

»Auch wieder wahr«, sagte der Propst lässig und las den Vertrag noch einmal aufmerksam durch. Schließlich ließ er ihn sinken und sah den jungen Pfleger so intensiv an, dass der dem Blick schließlich auswich.

»Ich werde Euch helfen.«

»Was?« Albrecht glaubte sich verhört zu haben.

»Ja, das hört sich verrückt an, und dennoch sage ich Euch meine Unterstützung zu, eine Mehrheit im Kapitel für diesen Vertrag zu bekommen.«

Albrecht wusste nicht, was er sagen sollte. »Danke«, presste er hervor.

Der von Grumbach winkte ab. »Ihr müsst mir nicht danken. Wisst Ihr nicht, dass ich grundsätzlich nur etwas tue, von dem ich mir einen eigenen Vorteil verspreche?«

Albrecht nickte. »Doch, das weiß ich. Und nun lasst uns hinuntergehen. Ich denke, die anderen Domherren dürften inzwischen eingetroffen sein.«

Während er Dompropst von Grumbach die Treppe hinunterbegleitete, fragte er sich ein wenig bang, welche Hintergedanken der Propst bei dem ganzen Spiel hegte.

Nein, so leicht wie die Domherren und die Kapitularen von Neumünster waren die Bürger der Frankenstädte nicht zu überzeugen – oder sollte man besser übertölpeln sagen, wie Gret es bezeichnete? Jeanne murmelte etwas davon, dass sich das Volk nicht bestechen lassen würde, doch Gret wies sie darauf hin, dass es ja keiner versucht habe. Die Mühe würde sich der von Brunn nur bei den Männern der Kirche und des Adels machen.

»Merke dir eines: Das Volk ist durchaus bereit, bestechlich zu sein, aber dafür hat der Bischof kein Geld. Ganz im Gegenteil, das Volk ist die Quelle der Münzen, die er für die Bestechung anderer braucht, und er wird den einfachen Mann wieder gnadenlos bis zum letzten Blutstropfen auspressen, wenn er die Gelegenheit dazu erhält. Das wissen die Bürger genau. Nicht umsonst weigern sie sich so hartnäckig, ihn zurückzunehmen.«

Nein, das Volk wollte seinen alten Bischof nicht zurück. Er sollte – machtlos und still – sein Leben auf dem Zabelstein beenden, während der junge Pfleger das Land aus der Finsternis führen würde.

Ob Grets offener Rede warf Jeanne Elisabeth einen Blick zu, doch sie widersprach nicht. Sie hatte erst am vergangenen Tag ein ähnliches Gespräch mit Friedlein geführt.

Der Tag der Heiligen Drei Könige war bereits vergangen. Der Winter zog sich auf Burg Zabelstein hin. Georg blieb noch einige Wochen, bis es zu tauen begann, und reiste dann zu Elisabeths Bedauern zusammen mit Meister Thomas ab.

Elisabeth hatte sich recht gut auf der abgelegenen Festung am Rand des Steigerwaldes eingelebt, aber nun erfasste sie eine Unruhe, die sie immer öfter nach draußen trieb. Sie ergriff jede Gelegenheit, ihre Gemächer zu verlassen, ihre Fuchsstute oder den Schimmel zu satteln und in Begleitung von Ritter Heinrich Baiserdorfer oder dem jungen Junker von Hain ein wenig durch den Wald zu reiten. Dass außer Jeanne niemand etwas dagegen sagte, zeigte ihr, wie weit ihr Vater gedanklich weg war. Genauer gesagt auf dem Marienberg und in den Städten Würzburg und Ochsenfurt, die sich als die hartnäckigsten unter den fränkischen Städten zeigten. Nein, sie würden dem Bischof nicht huldigen!

Dass es auch im Kapitel letzte Nester von Widerstand gab, berichtete ihr Friedlein. Der Domdechant Reichard von Masbach war nicht nur ein erbitterter Gegner des Bischofs, er ließ auch keine Gelegenheit aus, gegen ihn vorzugehen und dafür andere auf seine Seite zu ziehen.

»Er hat keinen guten Einfluss auf unseren Pfleger von Wertheim. Ja, ich würde ihn gar als gefährlich bezeichnen. Der Wertheimer scheint den Versuch zu unternehmen, sich still und heimlich wieder von den Abmachungen zu entfernen, die er mit seiner Exzellenz getroffen hat. Er will unseren Herrn kleinhalten und selbst die wichtigen Entscheidungen treffen. Doch wie das manches Mal so ist, er selbst hat den Damm beschädigt und dem Wasser einen Weg gewiesen. Nun bricht es sich seine Bahn und ist nicht so leicht wieder einzufangen. Jetzt steht er also da, mit dem Dechanten von Masbach und ein paar wenigen anderen Domherren, während der größere Teil unter der Führung des Propstes von Grumbach sich wieder auf Bischof von Brunn eingeschworen hat.«

»Und wie wird das nun weitergehen?«, fragte Elisabeth bang. »Ich habe gehört, die Lage im Land sei nach wie vor finster. Ritter Hans von Hirschhorn hat einige Geistliche gefangen genommen und sie mit einem hohen Lösegeld geschätzt.«

Friedlein nickte und wies auf ein Schreiben, das am Rand des Sekretärs lag. »Ja, man bestürmt den Bischof, er möge dafür aufkommen, schließlich sei der Grund für diesen Übergriff darin zu suchen, dass er sich bereits zu Beginn seiner Amtszeit fünfzehntausend Gulden geliehen und – trotz vielfältiger Mahnung seitens des Ritters von Hirschhorn – niemals Zins oder gar Tilgung geleistet habe.«

»Und? Wie hat mein Vater beschieden?«, wollte Elisabeth wissen.

Friedlein hob die Schultern. »Er hat kein Geld für so etwas. Er muss zusehen, dass er sich selbst und seine Domherren bei Laune hält. Natürlich wird er nichts bezahlen. Die Priester müssen schon zusehen, dass sie sich mit ihrem eigenen Vermögen auslösen.« Elisabeth fühlte einen Kloß im Hals.

»Doch wir waren bei den Domherren«, führte Friedlein das Gespräch auf den ursprünglichen Punkt zurück. »Sie sind inzwischen so verfeindet, dass einige der Herren gar um ihre Sicherheit fürchten. Dabei haben sie weniger Angst vor ihresgleichen als vor den Würzburger Bürgern, die ihnen diesen Verrat – wie sie es nennen – übelnehmen. So hat die Partei von Brunn den Dom samt ihrer prächtigen Höfe in Würzburg verlassen und ist nach Ochsenfurt gezogen, in der Hoffnung, die Bürger dort noch so wohlerzogen vorzufinden, wie man es von einem Untertanen erwarten darf.« Er zeigte wieder das schiefe Lächeln, das den Spott geradezu sprühen ließ. »Außerdem haben die von-Brunn-Anhänger in ihrem Exil beschlossen, den unbequemen Dechanten abzuwählen und einen neuen zu bestimmen. Domherr Martin Truchseß. Ich muss wohl nicht erwähnen, dass der von Masbach sich weiterhin als der rechtmäßige Dechant sieht und von Pfleger von Wertheim darin unterstützt wird.« Friedlein zuckte mit den Achseln. »Wir hatten Päpste und Gegenpäpste. Warum in Würzburg nicht auch einen Dechanten und einen Gegendechanten? Ist das nicht die Würze der Politik?«

»Würze zum Schaden aller im Land, das so dringend der Einigkeit bedarf, um aus der schweren Lage herauszufinden«, entgegnete Elisabeth ärgerlich. Sie war an den Sekretär getreten und warf nun einen Blick auf das Schreiben, das Friedlein offensichtlich gerade beenden wollte, als sie ihn durch ihren Besuch gestört hatte. Elisabeth stutzte, beugte sich herab und las noch einmal, was ihr eben aufgestoßen war.

»Das ist nicht für Eure Augen bestimmt, Fräulein! So etwas tut man nicht«, sagte der Narr in tadelndem Ton, unternahm aber nichts, das Schreiben ihrem Blick zu entreißen.

»Was soll denn das bedeuten?«, rief Elisabeth empört und sah ihn anklagend an.

»Habe ich mich nicht klar ausgedrückt? Bischof von Brunn untersagt es dem Landvolk unter Androhung des Kirchenbanns und einhundert Gulden Strafe, der Stadt Würzburg und ihren Bürgern die fälligen Zinsen, Zehnten und Gülten zu bezahlen.«

»Das habe ich wohl verstanden, doch wie kommt mein Vater dazu, so ein Schreiben aufsetzen zu lassen?«

»Ganz einfach. Irgendwie muss er seine störrische Stadt doch dazu zwingen, ihm wieder zu huldigen, statt zäh und bösartig darauf zu beharren, nur dem Pfleger im Eid zu stehen.« Er grinste. Elisabeth dagegen schüttelte fassungslos den Kopf.

»Ich glaube es einfach nicht. Wie kann er so etwas machen? Das Unrecht schreit aus jedem dieser Worte!«

Friedlein schüttelte den Kopf. »Ihr werdet Magenschmerzen bekommen, wenn Ihr Euch die Politik zu sehr zu Herzen nehmt, lasst es Euch gesagt sein, Fräulein. Ich habe mich früher in meiner Jugend auch ereifert, und es ist mir nicht bekommen. Nehmt es leicht, und seht das Lächerliche in dem Ganzen.«

»Ich kann nichts Lächerliches daran finden, wenn Unschuldige gefangen genommen und geschätzt werden oder wenn Bürger unter der Last der Steuern und Abgaben zusammenbrechen und nicht mehr wissen, wie sie ihre Kinder satt bekommen sollen.«

Der Narr seufzte und sah sie ernst an. »Ja, und dennoch werden weder ich noch Ihr etwas daran ändern können. Entscheidet selbst, ob Ihr Euch quälen wollt – ohne einen Nutzen für die, die leiden – oder ob Ihr Eure Augen verschließt zum Nutzen Eurer eigenen Seelenruhe.«

»Ihr macht es Euch zu einfach, Friedlein. Ihr könntet Einfluss auf den Bischof nehmen. Ihr seid sein Berater, auf den er hört! Dann würde es sich zum Guten wenden.«

Der Narr blinzelte sie überrascht an. »Glaubt Ihr gar den Unsinn, der aus Eurem Mund herauskommt? Ich und Einfluss? Ich bin nur sein Possenreißer. Der Bischof hat von jeher seinen eigenen Kopf gehabt. Nein, ladet das nicht auf mir ab. Wenn Ihr so wild entschlossen seid, die Welt zu verbessern, dann versucht es selbst. Ich wünsche Euch alles Glück der Erde und lasse mich gerne überraschen.«

Als es im Frühling wärmer wurde, hielt es Elisabeth auf dem Zabelstein nicht mehr aus. Ihr Bruder Georg hatte ihr geschrieben, er sei wieder in Würzburg, habe aber nicht auf dem Marienberg Quartier genommen, da er nicht wisse, ob er bei dem Wertheimer so recht willkommen sei, nachdem der sich nun doch wieder distanziere und sich der Streit zwischen den beiden Parteien wohl hinziehen werde. So habe er sich entschieden, ein Haus in der Franziskanergasse anzumieten, um seine Waren sicher zu lagern und für sich eine angemessene Wohnstatt zu haben. Meister Thomas habe ebenfalls bei ihm Quartier bezogen und brüte in seiner Küche über neuen Rezepten, schrieb er.

Wenn es Dir auf dem Zabelstein also zu langweilig wird, dann bist Du herzlich willkommen. Ich würde Dir allerdings raten, Deine Mägde zu Deiner eigenen Bequemlichkeit mitzubringen, denn wir verfügen hier vorläufig nur über eine alte Wirtschafterin, die das Nötigste im Haushalt versieht, sich allerdings weigert, für uns zu kochen, solange Thomas dort seine Teufelskünste betreibt.

»Wir fahren nach Würzburg!«, rief Elisabeth aus. »Sobald die Landstraße trocken genug ist, dass wir nicht fürchten müssen, im Schlamm stecken zu bleiben!«

Jeanne sah von ihrer Näharbeit auf. »Oh, dann wird der Bischof also doch noch zum Marienberg zurückkehren?«

»Ich habe nichts dergleichen gehört«, widersprach Gret, die gerade ins Zimmer trat. Sie hatte in der Küche ausgeholfen und die Süßspeise für den Abend zubereitet. Nun sah sie sehr mit sich zufrieden aus.

Es war zu Weihnachten gewesen, als der Koch sich beim Herrn der Burg beschwert hatte, mit so wenigen Händen könne er auf keinen Fall ein angemessenes Festmahl bereiten. Sofort hatte Elisabeth Gret gefragt, ob sie aushelfen wolle. Die Magd hatte Gefallen daran gefunden, wieder in der Küche zu arbeiten.

»Es war mir eh schon langweilig«, sagte sie zu Jeanne. »Du hast mit den Gemächern und Elisabeths Gewändern genug zu tun, aber ich? Und mit Nadel und Faden werde ich nie umzugehen lernen!«

Nun trat sie also ins Zimmer und reichte Elisabeth wie jeden Tag ein besonderes Stück Konfekt, das sie sich ausgedacht hatte. Jeanne steckte sie auch eines zu, und Elisabeth tat wie immer, als würde sie das nicht bemerken.

»Also, wie ist es? Was haben wir nicht mitbekommen?« Die beiden Mägde sahen Elisabeth an. Diese schüttelte den Kopf.

»Nein, es ist noch immer so wie zu Weihnachten. Vielleicht sogar schlimmer. Die Fronten der Parteien verhärten sich. Albrecht und seine Anhänger beschließen Dinge und geben Anweisungen, und der Bischof und seine Parteigänger widersprechen und befehlen Gegenteiliges. Das Volk ist verwirrt und spaltet sich auf. Keiner weiß, wie es weitergehen wird. Solange sie sich nicht einig werden, kann der Bischof nicht zum Marienberg zurückkehren.«

Gret runzelte die Stirn. »Aber hat Jeanne nicht gerade gesagt…«

»Ja, wir reisen nach Würzburg!« Elisabeth strahlte. »Du, Jeanne und ich, zu meinem Bruder Georg, der nun ein Haus in der Stadt hat.«

Über Grets Gesicht breitete sich ein Strahlen aus. »Soll ich beim Packen helfen?«

Jeanne lächelte zurück. »Auf keinen Fall. Du zerknüllst Elisabeths schöne Gewänder so, dass sie danach ruiniert sind oder ich Stunden brauche, sie wieder glatt zu bekommen. Also fass nichts an, das von Wert ist!«

Gret grinste. »Zu Befehl. Dann gehe ich in die Küche und sehe zu, dass wir einen Korb mit ordentlichem Reiseproviant in der Kutsche haben werden.«

»Halt, halt, so schnell geht es nicht. Die Wege sind noch zu schlammig, und wir brauchen ein paar Männer meines Vaters als Eskorte zu unserem Schutz. Die Straßen in Franken sind über den Winter nicht sicherer geworden. Ganz im Gegenteil!«

Die beiden Freundinnen zogen lange Gesichter. »Na, dann werden wir uns wohl in Geduld üben müssen.«

Es gingen tatsächlich noch fast zwei Wochen ins Land, bis der Ritter von Schwarzenberg Elisabeth den gewünschten Zustand der Landstraße melden konnte. Doch auch der Bischof machte es ihr nicht leicht. Er hielt ganz und gar nichts davon, dass Elisabeth in die abtrünnige Stadt reisen wollte. Nein, so etwas konnte er nicht unterstützen und ihr auch noch seine Männer für dieses Vorhaben zur Verfügung stellen.

Elisabeth glaubte nicht die Hälfte von dem, was er alles über die Bürger der Stadt sagte. Heimtückisch und hinterhältig nannte er sie. Oder auch pflichtvergessene Verräter, die man an den nächsten Baum knüpfen sollte.

Die gesamte Würzburger Einwohnerschaft? Nein, aber sie blieb lieber stumm, wenn sich ihr Vater wieder einmal einer seiner Schimpftiraden hingab. Daher staunte Elisabeth, als er ihr kurze Zeit später eröffnete, er würde einen Boten nach Würzburg schicken und die Frauen dürften im Schutz der Bewaffneten mitfahren. Elisabeth konnte ihr Glück kaum fassen. Sie hatte schon befürchtet, Georg würde wieder abreisen, ehe es ihr gelungen wäre, vom Zabelstein fortzukommen. Sie eilte in ihr Gemach zurück, um Jeanne und Gret die frohe Botschaft zu bringen.

Jeanne machte sich sofort daran, die Reisekisten zu packen, und bereits am nächsten Tag ratterte die Kutsche in aller Frühe über die Landstraße dahin. Vor ihnen ritt der Baiersdorfer mit zweien seiner Edelknechte, hinter der Kutsche folgten drei weitere Geharnischte.

Elisabeth konnte nicht stillsitzen und sah immer wieder aus dem Fenster, ob sie die weite Ebene immer noch nicht hinter sich hatten. Die Sonne wanderte über den Frühlingshimmel, und es wurde bereits dunkel, als sich der Pfad endlich absenkte, um ins Maintal hinunterzuführen. Am Zeller Tor fuhren sie in die Stadt ein. Als die Räder über die Mainbrücke rumpelten, hielt es Elisabeth nicht mehr auf ihrem Sitz. Sie lehnte sich aus dem Fenster, um einen Blick auf die Türme des Doms und das noch rege Treiben in der Domstraße zu erhaschen.

»Gleich sind wir da. Gleich ist es so weit!«, jubelte sie.

Gret schmunzelte und tauschte mit Jeanne einen Blick, aber auch die beiden Mägde konnten ihre Freude nicht verbergen, nach dem langen, einsamen Winter in den Trubel der Stadt zurückzukehren.

»Wie schön, dich zu sehen, Schwesterherz«, begrüßte sie Georg und umarmte Elisabeth. »Ich habe gar nicht mehr mit dir gerechnet. Dachte schon, der Bischof würde dich nicht gehen lassen.«

»Ja, fast schien es mir so«, gab sie zu. »Er wollte mir keinen seiner Männer zum Schutz mitgeben. Und außerdem mussten wir warten, bis die Wege trocken wurden. Im Schlamm hätten wir die Strecke niemals an einem Tag zurücklegen können und hätten dazu noch riskiert, festzustecken oder mit einer gebrochenen Achse liegen zu bleiben.«

»So war das natürlich vernünftiger«, gab Georg zu. »Aber was hat den alten Herrn schließlich dazu bewogen, sich zu besinnen? Hast du ihm die Spitze deines Dolches auf die Brust gesetzt oder so etwas?«

Elisabeth lächelte. »Nein, es war nicht nötig, zu solch dramatischen Mitteln zu greifen. Er sandte einen Boten nach Würzburg, und da gab er gnädig die Erlaubnis, die Eskorte könne auch mein Schutz sein.«

»Ein Bote?« Ihr Bruder horchte auf. »Was hat er überbracht? Ein neues Schreiben an den Rest des Kapitels, das sich noch in der Stadt aufhält?«

Elisabeth schüttelte den Kopf. »Nein, es war ein Schreiben an den Rat der Stadt. Ich weiß nicht, worum es geht. Wir werden es vermutlich bald erfahren. Sobald die Ratssitzung abgehalten wurde, wird es der Bürgermeister sicher verlesen lassen.« Georg nickte.

»Dann haben mich meine Ohren also nicht getäuscht«, hörte Elisabeth plötzlich eine vertraute Stimme aus der Düsternis des schmalen Flures. Dann trat Meister Thomas in den trüben Schein der Pechschale, die am Eingang hing. Elisabeth spürte, wie es ihr erst kurz kalt und dann sehr warm wurde. Sie streckte ihm beide Hände entgegen.

»Meister Thomas, wie schön, Euch wiederzusehen. Es war fürchterlich trostlos ohne Euch auf dem Zabelstein.«

»Und ich habe nicht nur Eure geschickten Hände beim Zubereiten meiner Arzneien vermisst«, gab der Apotheker zurück. »Doch was steht Ihr hier im dunklen Flur? Mein Freund Georg scheint vergessen zu haben, wie man seinen Pflichten als Gastgeber nachkommt.«

»Ach ja, kommt herein. Im ersten Stock ist eine Kammer mit einem leidlich bequemen Bett, die kannst du mit deinem Mädchen teilen. Deine Magd mit dem Feuerschopf wird sicher hier unten ein Plätzchen finden.«

»Ich heiße Gret, Herr.«

Georg feixte. »Ich weiß. Ich habe es nicht vergessen, Gret Feuerschopf.«

Er führte seine Gäste in die kleine Stube, in der ein Kachelofen im Winter Wärme verbreitete. Heute brannte kein Feuer, obwohl die Abende noch recht kühl waren.

»Und was wollen wir den Gästen zu essen anbieten?«, wagte Meister Thomas zu fragen. Georg sah ihn bestürzt an.

»Ich habe keine Ahnung. Wir hatten heute Mittag etwas am Stand eines Flecksieders und essen abends meist nur ein Stück Brot, etwas Käse oder Speck. Meine Wirtschafterin weigert sich, für uns zu kochen. Außerdem hat Thomas die Küche in Beschlag genommen.«

»Wir könnten nachsehen, was die Garküchen in der Domstraße noch zu bieten haben«, schlug Thomas vor.

»Habt Ihr denn gar nichts Essbares im Haus?«, erkundigte sich Gret.

»Doch, schon«, meinte Georg.

»Gut, dann werde ich mir mal ansehen, ob ich etwas damit anfangen kann, wenn es dem gnädigen Herrn recht ist.« Sie sah ihn mit einem herausfordernden Blick an.

Georg schaute erst verdutzt drein, dann grinste er. »Feuerschopf, du gefällst mir immer besser. Ja, lass dir von Thomas die Küche zeigen, und sieh nach, ob du uns etwas auf den Tisch bringen kannst. Und ich gehe rasch zur Domstraße und sehe zu, dass ich noch ein gutes Stück warmes Fleisch bekomme.«

Eine Stunde später saßen sie zusammen um den Tisch in der kleinen Stube. Jeanne hatte eingeheizt, Thomas unter Grets strengem Blick wenigstens die Hälfte der Küche geräumt, sodass sie genug Platz zum Kochen hatte, ohne befürchten zu müssen, »dass irgendein Giftfläschchen in meinen Teig fällt oder mir bittere Kräuter die Suppe verderben«, wie sie streng sagte. Meister Thomas andererseits blieb eine ganze Weile in der Küche und beobachtete sie scharf, ob sie auch seinen wertvollen Gerätschaften und Tinkturen nicht zu nahe kam oder gar etwas Unersetzliches umstieß und verdarb. Doch als er sah, wie umsichtig Gret in der Küche hantierte, zog er sich beruhigt in die Stube zurück und wartete auf Elisabeth, die sich vom Reiseschmutz befreite und bald schon in einem einfachen, aber frischen Kleid in die Stube zurückkehrte. Georg ergatterte ein schönes Stück gebratenes Fleisch und einige Wecken, und Gret gelang es in der kurzen Zeit, eine würzige Zwiebelsuppe mit viel Speck zu kochen und einige Küchlein mit Honig und Äpfeln in heißem Schmalz auszubacken. Im Schein einer Lampe saßen sie um den Tisch. Georg forderte die beiden Mägde auf, sich zu ihnen zu setzen, und schon bald verloren Jeanne und Gret ihre Scheu, zusammen mit der Herrschaft zu speisen.

»Bei uns essen normalerweise auch Thomas' Leibdiener Gottbert und mein treuer Sebastian mit uns, wenn sie im Haus sind. Wir sind eine Familie«, argumentierte er.

Vor allem Gret schien dies nicht schlecht zu gefallen, und sie war Georg gegenüber um keine Antwort verlegen. Elisabeth beobachtete dies mit Freude, aber auch ein wenig mit Sorge. Sie wollte nicht, dass die Freundin in ihrem Bruder Begehrlichkeiten weckte, die sie nachher nicht erfüllen mochte.

Sie würde es ihrem Bruder später deutlich sagen müssen. Sie würde es nicht dulden, dass er sich ihrer Magd mit unzüchtigem Anliegen näherte! Elisabeth beobachtete ihn aufmerksam. Bisher schien er lediglich Vergnügen an Grets Schlagfertigkeit zu empfinden.

Auch Jeanne taute langsam auf, als Georg nach dem Essen die Becher mit Wein füllte. Vielleicht, weil sie es nicht gewohnt war, so viel Wein zu trinken, oder auch weil ihre kleine Runde etwas bäuerlich Familiäres hatte, ganz anders als die Gastmähler in der Halle von Burg Zabelstein oder gar auf der Marienfestung. Später, als Gret das Geschirr abgeräumt hatte und Jeanne noch einmal den Ofen nachfeuerte, kam Meister Thomas plötzlich mit einer Laute in die Stube und sang einige Balladen. Die drei Frauen lauschten verzückt. Georg lachte vergnügt und hob den Becher.

»Unser Herr Apotheker macht sich gut als fahrender Sänger. Also, wenn es mal mit der Giftmischerei nicht mehr geht, solltest du auf diese Weise versuchen, dein Geld zu verdienen.«

Auch Elisabeth lobte seine Gesangskunst. »Ihr habt eine schöne, volle Stimme. Es macht Freude, Euch zu lauschen!« Meister Thomas verneigte sich.

Georg dagegen warf in gespielter Eifersucht ein: »Ich kann das nicht ertragen, dass du das gesamte Lob der Frauen in deinen Beutel steckst. Komm, lass uns die Ballade vom schlauen Hussit singen. Ich übernehme den ersten Part.«

Meister Thomas schlug in die Saiten. Als er nickte, sprang Georg von seinem Stuhl auf, breitete die Arme aus und begann mit dramatischer Geste zu singen. Die zweite Strophe übernahm Thomas.

Es war ein freches Bänkellied, das hart mit dem deutschen König und seinem Heer ins Gericht ging – nicht so sehr, weil sie sich gen Böhmen aufgemacht hatten, den wahren Glauben zu verteidigen und die Hussiten zu bekämpfen, umso mehr jedoch, weil sie sich dabei so dumm angestellt hatten und sich von einem Häufchen Glaubenskämpfer immer wieder den Hosenboden hatten versohlen lassen, wie es in dem Lied hieß.

Gret lachte Tränen, und Jeanne kicherte ohne Unterlass. Auch Elisabeth konnte sich an manchen Stellen ein Lachen nicht verkneifen, obwohl ihr bewusst war, dass ihr Vater und manch anderer Fürst gar nicht erfreut gewesen wären, dieses Schmähstück zu hören. Nein, in der Halle auf dem Zabelstein hätten die beiden dieses Lied sicher nicht zum Besten geben können. Obwohl sich Elisabeth sicher war, dass Friedlein seinen Spaß daran gehabt hätte.

Kapitel 15

Elisabeth wurde früh wach. Es war kalt in der kleinen Kammer. Sie lag in einem schmalen Bett, und die Decke war weder so warm noch so weich, wie sie es von ihrem Gemach auf der Burg gewohnt war. Jeanne schlief auf einer Strohmatratze zu ihren Füßen. Als es zögerlich heller wurde, konnte Elisabeth die wenigen Möbelstücke ausmachen. Eine Truhe, ein schmaler Tisch mit zwei Hockern, ein Waschtisch mit Kanne, Schüssel und frischen Tüchern. Mehr gab es nicht zu sehen. Eine einfache, bürgerliche Kammer. Und dennoch fühlte sie sich seltsam leicht und glücklich.

Jeanne regte sich, sprang auf und sah sich hektisch um, dann schien ihr einzufallen, wo sie sich befanden. Sie entspannte sich und wandte sich zu Elisabeth um.

»Guten Morgen, du bist ja schon wach. Konntest du in diesem einfachen, harten Bett nicht schlafen?«

Elisabeth setzte sich auf. »Ich habe wunderbar geschlafen. Du weißt, ich musste mich einst an Schlechteres gewöhnen.«

Jeanne nickte, sagte aber nichts weiter dazu.

Elisabeth schwang die Beine über die Kante. »Weißt du, das Seltsame ist, dass ich mich mit so viel Abstand vor allem an die Wärme erinnere – die menschliche Wärme zwischen uns Frauen, denen die Gesellschaft nur Verachtung entgegenbringt, obwohl sie sie nicht entbehren kann.«

»Ich weiß, was du meinst. Wir haben viel gezankt und uns dennoch gebraucht und immer zusammengehalten, wenn es schwierig wurde. Manches Mal träume ich von den anderen.

Dann habe ich ein schlechtes Gewissen, denn jetzt geht es mir ja so viel besser.«

Elisabeth sprang aus dem Bett und umarmte die kleine Französin. »Du brauchst kein schlechtes Gewissen zu haben. Jeder Teil unseres Lebens hat uns gute und schlechte Erinnerungen mitgegeben. Warum nicht die guten festhalten?«

Elisabeth ließ Jeanne los und schlang sich stattdessen die Arme um den Leib. »Die äußerliche Kälte allerdings gehört zu den weniger guten.«

Jeanne nickte mit grimmiger Miene. »Wir müssen zusehen, dass wir zumindest eine Kohlepfanne für dich auftreiben, wenn diese Kammer schon nicht zu heizen ist.«

Elisabeth lächelte schief. »Ja, das müssen wir, unbedingt. Schließlich bin ich nun wieder ein empfindliches Fräulein.«

»Ja, das bist du. Die Tochter des Bischofs von Brunn.«

»Na, ob das so eine Ehre ist«, murmelte Elisabeth, während sie sich von Jeanne in ihre Gewänder helfen und sie an den Seiten zuschnüren ließ.

In der Stube erwartete sie nicht nur wohlige Wärme. Gret hatte auf dem Markt bereits alles besorgt, was bei einem üppigen Frühmahl nicht fehlen durfte. Georg und Meister Thomas saßen am Tisch und ließen es sich schmecken.

Georg seufzte zufrieden. »Es ist lange her, dass ich bereits am Morgen so gut getafelt habe. Du bist ein Goldstück, Feuerschopf.«

»Ich heiße Gret, Meister Georg.«

»Nein, du bist mein Feuerschopf, und ich würde dich am liebsten behalten.«

»Ich bin leider nicht zu haben«, gab Gret freundlich, aber bestimmt zurück. »Ich gehöre Eurer Schwester.«

Georg machte eine wegwerfende Handbewegung. »Das ist ein Hindernis, das mich nicht schreckt. Wir werden uns schon einig werden, nicht wahr, Schwesterherz? Was willst du für deine Magd?«

Doch Elisabeth ließ sich nicht darauf ein. »Ich kann Gret nicht entbehren. Es tut mir leid, Bruder, du musst dir selbst eine Magd suchen.«

Er brummelte vor sich hin, schien aber nicht zu glauben, dass dies eine endgültige Absage gewesen sei. Gierig schaufelte er sich süßes Mus auf den Teller und reichte dann die Schüssel an seine Schwester weiter.

»Was habt Ihr heute vor?«, erkundigte sich Meister Thomas.

»Ich möchte ein paar Dinge besorgen, die ich auf dem Zabelstein vermisse«, gab Elisabeth Auskunft. Der Apotheker lächelte.

»Ja, das Vergnügen des Weibes, die Gulden der Männer unter den Händlern zu verteilen.«

»Es ist nicht eilig«, versicherte Elisabeth, »wenn Ihr also meine Hilfe in der Alchemistenküche benötigt...«

Meister Thomas lehnte ab. »Nicht heute. Ihr seid ja gerade erst angekommen. Heute wird ein herrlicher Tag, den Ihr im Trubel der Stadt genießen solltet, statt Euch in der düsteren Küche zu verstecken. Ich werde heute übrigens die Feuerstellen ebenfalls kalt lassen, da ich Meister Heinrich aufsuchen und ihm einige neue Rezepturen vorstellen möchte. Ich hoffe, er zeigt Interesse und kauft mir nicht nur meine rohen Ingredienzien ab.«

»Ich dachte, Ihr dürft nur auf Anweisung eines Arztes Eure Medizin kochen?«, wunderte sich Elisabeth. Der Apotheker wand sich.

»Ja, das ist schon richtig. Es ist uns verboten, einen Kranken zu untersuchen und ihm dann ein Heilmittel gegen sein Leiden zu verabreichen. Es ist uns aber durchaus erlaubt, fertig zubereitete Arzneien zu vertreiben. Ob der Kunde sie dann kauft und einnimmt, ist seine eigene Entscheidung. Und da gibt es heutzutage weit mehr Möglichkeiten als das von alters her berühmte Theriak, das gegen alle Leiden und auch gegen Gifte helfen soll – natürlich nur, wenn es unter anderem das

Pulver eines echten Einhorns enthält und nicht, wie so oft, eine Fälschung ist.«

»Ich werde ebenfalls ein paar Krämer und Händler aufsuchen, die sich hoffentlich als Käufer erweisen werden«, ergänzte Georg und erhob sich. »Entschuldigt mich, ich muss nach Sebastian sehen, ob er mit den Waren zurechtkommt.« Er ging davon, um sich zu seinem Diener und stetigen Reisebegleiter zu gesellen, mit dem er fast ein freundschaftliches Verhältnis pflegte. Die Jahre, die sie in gefährlichen Gegenden und kargen Landschaften zusammen verbracht hatten, hatten aus ihnen mehr als Herr und Knecht gemacht. Auch Meister Thomas verabschiedete sich.

Elisabeth wartete noch, bis Gret das Geschirr in die Küche geräumt und in einem Wasserbottich eingeweicht hatte, dann verließen die drei Frauen ebenfalls das schmale Bürgerhaus in der Franziskanergasse. Gret trug einen Korb unter dem Arm und kündigte an, sie würde noch so einiges für die Küche benötigen, wenn sie am Abend ein ordentliches Mahl bereiten solle. Georg hatte ihr genug Münzen gegeben und die Entscheidung, was besorgt werden musste, ganz alleine ihr überlassen. So schritt Gret stolz einher, war sie doch von der Küchenmagd plötzlich zur Köchin erhoben worden.

Auch Jeanne zählte einige Dinge auf, die sie für Elisabeths Bequemlichkeit nicht missen wollte, und Elisabeth selbst wollte sich Stoffe und Bänder ansehen und ein paar neue Schuhe anfertigen lassen.

So schlenderten die drei Frauen in bester Laune durch die Gassen, ließen sich im dichter werdenden Strom zu den Stufen des Doms treiben und genossen an einem der Bäckerstände die süßen Gebäckstücke, bis sie einfach nicht mehr konnten. Jeanne ließ sich auf die Stufen sinken und hielt sich den Bauch.

»Ich platze gleich!«

»Das wäre ein schöner Skandal«, lästerte Gret und piekte sie in den Leib. Jeanne quietschte.

»Lass das! Sieh lieber zu, dass du das Fleisch und die Eier nach Hause bekommst, ehe sie zu warm werden.«

Elisabeth nickte. »Ja, das ist ein vernünftiger Vorschlag. Dann musst du nicht die ganze Zeit alles mit dir herumschleppen. Wir warten hier ganz faul auf dich.«

Gret zog eine Grimasse und verbeugte sich spöttisch. »Wie die edlen Jungfrauen befehlen. Ich bin sofort wieder da.«

Elisabeth und Jeanne saßen derweil müßig in der Sonne und genossen den Trubel um sich herum.

»Siehst du dort diese unmögliche Haube? Soll das nun der große Schrei werden? Das sieht doch einfach nur lächerlich aus!«

Jeanne kicherte und machte Elisabeth auf einen Mann aufmerksam, der seine engen roten Hosen mit einer übermächtigen Schamkapsel bestückt hatte. Als er sich umwandte, konnten sie sehen, dass sein Wams so kurz geschnitten war, dass sie nicht umhinkamen zu bemerken, wie eng sich der knallrote Stoff über seine straffen Hinterbacken spannte.

»Wäre ich eine unschuldige Jungfrau, müsste ich vor Scham erröten«, murmelte Elisabeth. Dann entdeckte sie noch einen Mann, der vornehmlich in Rot gekleidet war: Meister Thürner, der sich seinen Weg auf das Rathaus zu bahnte. Wie gewohnt wichen die Menschen vor dem Henker zurück, sodass sich wie durch Geisterhand eine breite Gasse auftat, ganz gleich, in welche Richtung er schritt.

Da kam Gret zurück. Sie eilte auf die Freundinnen zu und winkte ihnen schon von Weitem.

»Kommt schnell, wir wollen zum Grafeneckart!«

»Was ist denn los?«

»So genau weiß ich es nicht, aber es muss etwas Ungewöhnliches vor sich gehen. Es strömen immer mehr Bürger zum Rathaus hin. Kommt ihr nun oder sollen wir es verpassen?«

Jeanne und Elisabeth waren schon aufgesprungen und ließen sich von der Menge zum Rathausplatz schieben. Es waren viele der wohl angesehenen Bürger auf der Straße, aber auch Häcker und Bauern, Mägde und Knechte und die armen Hintersassen der Stadt, die kein Bürgerrecht besaßen.

Es wunderte die drei Frauen nicht, dass einige der Häcker Spieße oder Äxte bei sich trugen. Sie waren stets bereit, sich zu bewaffnen, wenn etwas auch nur entfernt nach Ärger roch. Ein wenig besorgt beobachtete Elisabeth, wie sich die Weinbergarbeiter zu größeren Gruppen zusammenrotteten und sich ihnen manch anderer Knecht oder Geselle anschloss.

Gret schob sich energisch durch die Menge und bahnte den anderen beiden Frauen einen Weg, sodass sie gerade in einer der vorderen Reihen anlangten, als der Würzburger Bürgermeister Johann Bernheim und sein Schreiber Heinrich Keller auf die Stufen traten. Hinter ihnen reihten sich einige der Ratsherren auf. Elisabeth erkannte Hans Maintaler, den sie den Tuchscherer nannten. Ihm hatte ihr Vater einst übel mitgespielt und ihn grundlos über Monate im Turmverlies auf der Marienfestung gefangen gehalten, nur weil der Bischof einer Geisel und eines Druckmittels gegen die Stadt bedurfte!

Die körperlichen Spuren seiner Haft waren längst getilgt, und er trug auch wieder einen prächtigen Bauch vor sich her, der sein Wams spannte und damit den Wohlstand der Familie dokumentierte, doch wie es in seinem Innern aussah, konnte Elisabeth nicht sehen. Sie ahnte jedoch, dass er dem Bischof diese Tat niemals verzeihen würde und daher der Partei anhing, die sich vehement gegen dessen erneute Einmischung in die Belange der Stadt einsetzte. Was Elisabeth auffiel, war, dass der Schultheiß nicht bei den Männern des Rats stand. Die Stadt- und Hofschultheißen sowie die der Vorstädte Pleichach und Sand waren stets Männer des Bischofs gewesen, ihm mehr verpflichtet als dem Rat der Stadt und daher bei den Sitzungen nicht gern gelitten. Zwar hatten die Bürger den ungeliebten Vorgänger von Hans Heylessen erfolgreich aus der Stadt vertrieben und durchgesetzt, dass sie ihre Sitzungen ohne Beisein des Schultheißen abhalten durften, doch so ganz schienen sie Albrechts neuem Mann nicht zu trauen. Er stand eben doch einen Schritt zu nah bei der Obrigkeit.

Endlich hatte es sich auch bis in die hinteren Reihen herumgesprochen, dass der Bürgermeister etwas verkünden wollte. Die Gespräche verstummten. Eine erwartungsvolle Stille senkte sich über den Platz. Bürgermeister Bernheim räusperte sich, stieg noch eine Stufe höher, sodass die Menschen ihn sehen konnten, und begann dann mit lauter, klarer Stimme zu sprechen, die auch noch bis zu den hintersten Zuhörern drang.

»Bürger und Bewohner von Würzburg. Wie sich gestern Abend bereits herumgesprochen hat, ist ein Bote mit einem Sendschreiben zu uns gekommen – geschickt von Bischof Johann II. von Brunn.« Einzelne Rufe unterbrachen den Bürgermeister. Es waren keine freundlichen Einwürfe.

»Was will der Hund schon wieder?«

»Er soll uns in Ruhe lassen!«

»Der hat uns nichts zu sagen.«

Elisabeth zuckte zusammen. Ihre beiden Begleiterinnen rückten ein wenig näher zu ihr und sahen sich aufmerksam um, ob nicht etwa jemand erkannte, wer da unter ihnen weilte. Doch niemand schenkte den Frauen Beachtung. Elisabeth beglückwünschte sich zu ihrer Entscheidung, sich so unauffällig zu kleiden. Die Tochter des Bischofs war früher stets in verschwenderischer Zier aufgetreten.

Die Leute zischten und brachten die Zwischenrufer zum Schweigen, sodass der Bürgermeister fortfahren konnte.

»Bischof Johann von Brunn ist nicht bereit, unsere Entscheidung anzunehmen, ihm nicht wieder zu huldigen. Wir haben dem Pfleger Albrecht von Wertheim unseren Eid geleistet, und dabei soll es auch bleiben. Bischof Johann hat jahrelang nur Leid über uns gebracht, uns mit immer mehr Steuern und Abgaben erdrückt, unsere Männer und Söhne auf unsinnige Kriegszüge gegen die Hussiten nach Böhmen geschleppt und uns gar ein Kriegsvolk vor die Stadt geschickt, um uns zu zwingen, seine Schulden zu bezahlen. Das Maß ist voll! Wir werden diesem Bischof keine Gefolgschaft mehr leisten! So lautet unser aller Entschluss im Rat und in den Versammlungen der Viertel.« Der Bürgermeister machte eine kunstvolle Pause und sah noch einmal auf das Schreiben herab, das er in der Hand hielt. Aus dieser Entfernung konnte Elisabeth das Siegel nicht erkennen, vermutete aber, dass es das der Edlen von Brunn war und das Schreiben aus der Feder ihres Vaters stammte oder, genauer gesagt, aus Friedleins Feder.

»Heute also halte ich wieder ein Schreiben des Bischofs in Händen, das sein Bote mir überbracht hat.« Er nickte in die Richtung, in der Elisabeth Heinrich Baiersdorfer und seine Begleiter entdeckte. Obwohl der Bürgermeister noch immer nicht verraten hatte, wie die Botschaft des Bischofs lautete, konnte Elisabeth spüren, wie den Überbringern Feindschaft entgegenbrandete. Die Leute, die in der Nähe standen, zischten Schmähungen in ihre Richtung. Der Bürgermeister erhob noch einmal die Stimme. Lauter noch als zuvor.

»Da uns der Bischof mit keiner Schmeichelei oder Drohung überzeugen konnte, will er nun die Stadt mit dem kirchlichen Bann belegen, sollten wir nicht einsichtig werden. Außerdem ruft er uns nach Ochsenfurt vor das geistliche Gericht, wo wir uns verantworten sollen.«

Für einen Moment waren die Menschen auf dem Platz sprachlos. Die Ungeheuerlichkeit der Botschaft musste erst in die vielen Köpfe sickern, doch dann schäumte Entrüstung auf.

Bischof von Brunn wollte sie mit einer Kirchenstrafe belegen? Die Bürger der Stadt exkommunizieren? Ihnen Gottesdienst, Seelenmessen und Beichte verbieten? Die Kinder ungetauft in der Gefahr leben lassen, mit einem frühen Tod dem Teufel anheimzufallen? Die Alten und Todkranken ohne

Sakrament sterben lassen? Und dann wollte er sie auch noch vor Gericht zerren? Oh nein, dieser Bischof hatte ihnen nichts mehr zu sagen! Er war abgesetzt, hatte der Regierung entsagt und war nun nicht mehr ihr Herr. Sie waren nun Untertanen des Pflegers Albrecht, der zwar so manche Hoffnung noch nicht erfüllt hatte, sich aber redlich bemühte, auch die Lage der kleinen Leute zu verbessern.

Gret zog das Genick ein. »Könnt ihr es spüren? Da bricht gleich ein Gewitter über uns herein, wie wir es noch nicht erlebt haben.«

Jeanne sah zum blauen Frühlingshimmel hinauf. »Meinst du? Ich kann keine Wolken sehen.«

»Aber ich bereits den Donner hören«, sagte Elisabeth mit einem Zittern in der Stimme, und wie Gret sprach sie nicht vom Wetter.

Und dann brauste das Unwetter über den Platz hinweg. Es war im Gedränge schwer zu sagen, ob es sich durch eine bestimmte Person entzündete oder an verschiedenen Stellen gleichzeitig losging. Doch es glich einer Explosion, wie wenn sich Pulver in einem Behältnis entzündet. Ehe der Baiersdorfer und seine Männer reagieren konnten, waren sie plötzlich umringt. Sie versuchten noch, nach ihren Waffen zu greifen, doch die Klingen wurden ihnen entwunden, noch ehe sie sie aus der Scheide gezogen hatten. Unzählige Hände hielten sie fest. Faustschläge trommelten auf sie nieder. Einer der jüngeren Ratsherren riss dem Bürgermeister das Sendschreiben aus der Hand und zerriss es in kleine Fetzen.

»Das ist unsere Antwort auf diese Drohung!«, brüllte er mit hochrotem Kopf. Die Menge geriet in Bewegung. Sie wusste noch nicht, was sie nun tun sollte, aber klar war, der Zorn brauchte eine Abkühlung. Irgendetwas, an dem man seine Wut auslassen konnte. Am Rand der Menge standen einige Stiftsherren und Mönche der umliegenden Klöster.

»Da seht sie euch an, die Blutsauger und Verräter unserer

Stadt«, grölte einer der Häcker, und schon stürzten sich die Menschen auf die Vertreter der Kirche, die viel zu verdutzt waren, um sich rechtzeitig in Sicherheit zu bringen. Auch sie bezogen üble Schläge. Elisabeth sah, dass selbst einige Frauen auf die Mönche eindroschen.

Gret griff hart nach ihrem Arm. »Wir müssen versuchen, aus diesem Hexenkessel zu entkommen.«

Jeanne nickte mit kläglicher Miene. »Ja, ich finde das ganz schauderhaft und möchte mich keinesfalls an diesen Gewalttaten beteiligen.«

»Vor allem möchte ich verhindern, dass wir plötzlich zum Mittelpunkt eines dieser Ausbrüche werden – oder, genauer gesagt, unsere liebe Freundin, wenn sie jemand erkennt!«

Jeanne riss entsetzt die Augen auf. Dieser Gedanke war ihr offensichtlich noch nicht gekommen. »Heilige Jungfrau, ja, wir müssen Elisabeth beschützen. Aber wohin? Es ist kein Durchkommen.«

Nach allen Richtungen wogten die Leiber, und zur Franziskanergasse hin gab es schon gar kein Entkommen, da von Süden immer mehr Menschen auf den Platz drängten.

Elisabeth erhaschte einen Blick auf die rot gekleidete Gestalt des Henkers, der nun die Rathaustreppe herunterkam, gefolgt vom Schultheiß und einigen Bewaffneten. Was sonst keinem Menschen von noch so großer und kräftiger Gestalt gelungen wäre, war ihm ein Leichtes. Er pflügte durch die aufgebrachte Menge bis zu dem bischöflichen Boten, der, wie seine Männer, schon arg zugerichtet war. Der Henker legte dem Baiersdorfer die Hand auf die Schulter. Seine Angreifer ließen von ihm ab und wichen ein Stück zurück. Es war das erste Mal, dass Elisabeth in der Miene eines Mannes Erleichterung lesen konnte, als der Henker ihn in Gewahrsam nahm. Er gab ihn an den Schultheiß weiter, während die Bewaffneten die anderen ins Rathaus führten. Sie jedenfalls würden nicht zu Tode geprügelt werden, und Elisabeth hoffte inständig, dass dies auch keinem der Gottesmänner geschah.

Plötzlich kam wieder Bewegung in die Menge. Sie floss wie ein Strom vom Platz die Domstraße entlang und dann nach Norden am Neumünster vorbei. Die Frauen wurden mitgetragen. Was war nur los? Was hatten die Menschen vor?

Irgendwie wäre es ihnen sicherlich gelungen, sich in eine der Seitengassen zu retten, doch die vibrierend aufgepeitschte Stimmung hielt sie in ihrem Bann und zog sie mit sich. Es war klar, dass der Mob noch immer der Abkühlung bedurfte, und da kam ihnen eine junge Nonne gerade recht. Sie blieb stolz mitten auf dem Weg stehen und beschimpfte die Menge ihrer ungezügelten Wut wegen.

Elisabeth schlug die Hand vor die Augen. Nein, was war dieses Kind naiv. Sah es denn nicht, dass jede Vernunft aus den Köpfen der Menschen gewichen war und es nun einer wogenden Masse aus Zorn und Gewalt gegenüberstand?

Da wurde die Nonne auch schon rüde von zwei Männern gepackt. Sie kreischte auf, nun plötzlich die Angst verspürend, die sie zuvor nicht vor der Gefahr hatte warnen wollen. Doch die Würzburger waren bereits jenseits von Mitleid und Menschlichkeit.

»Bringen wir sie nach Hause!«, schrie einer.

»Ja, auf nach St. Afra«, fielen einige ein, die Spieße und Äxte bei sich trugen.

»Das wird nicht lustig«, meinte Gret mit umwölkter Stirn. »Das solltest du dir nicht ansehen!«

»Aber was werden sie den armen Schwestern antun?«

»Nichts, das du verhindern könntest«, gab Gret zurück. Sie packte Elisabeth und zog sie in eine Seitengasse. Jeanne kämpfte sich hinter ihnen her. Dort drückten sie sich in die Nische eines Hauseingangs und beobachteten den aufgewühlten Mob, der wie eine reißende Woge unter dem Spitaltor aus der Stadt hinausspülte und die Semmelgasse hinunterbrandete.

Dem Mob gelang es tatsächlich, in das Kloster St. Afra einzudringen. Das Haus der Benediktinerinnen vor der Stadt nahm nur ledige Töchter adeliger Familien auf, vornehmlich aus der fränkischen Ritterschaft. Und im Gegensatz zu den Mönchen und Schwestern der Bettelorden, die ein bescheidenes Leben in Arbeit, Gebet und im Dienst an ihrem Nächsten führten, genossen die Klosterjungfrauen von St. Afra die Bequemlichkeiten einer aristokratischen Lebensweise. Nichtadelige Brüder und Schwestern erledigten nicht nur die harte Arbeit, die Laienschwestern hatten auch für das Wohl der Nonnen zu sorgen. Die Bürger wussten, ihre Äbtissin Cäcilie stammte aus dem Haus von Grumbach und war eine Cousine des Dompropstes, der mit den anderen Domherren Verrat an Würzburg begangen und sich wieder auf die Seite dieses elenden Bischofs geschlagen hatte. Da der Propst und seine Anhänger Würzburg vorsorglich verlassen und sich in Ochsenfurt verschanzt hatten, entlud sich nun der Zorn des Mobs über den Häuptern der Klosterfrauen von St. Afra.

»Wie schlimm war es?«, fragte Elisabeth bang, als Meister Thomas am Abend von seinem Erkundungsgang zurückkehrte.

»Ein großer Haufen ist in St. Afra eingefallen. Sie haben Kirche und Kloster geplündert, ja, sind selbst in die Schlafkammern der Schwestern eingedrungen und – nun ja, sie haben die Klosterfrauen und Laienschwestern misshandelt.«

Elisabeth konnte sich nur allzu gut ausmalen, wie diese Misshandlungen ausgefallen sein mochten. Sie spürte, wie die Übelkeit sich in ihrem Magen zusammenballte. »Und keiner hat ihnen geholfen«, hauchte sie. »Was ist nur aus der wohlanständigen Bürgerschaft geworden?«

»Ich nehme nicht an, dass sich die Herren des Rats daran beteiligt haben. Jedenfalls wurden die Laienbrüder, die den Schwestern helfen wollten, von der aufgebrachten Menge zusammengeschlagen. Ich weiß nicht, ob es Tote gegeben hat. Zumindest habe ich nichts davon gehört.«

Elisabeth barg den Kopf in den Händen. »Schon wieder so viel Gewalt.«

Meister Thomas nickte und sah betreten zu Boden. Offensichtlich wusste er nicht, was er nun tun oder sagen sollte, oder er fürchtete, sie würde sich gleich in einer Tränenflut auflösen.

»Ungerechtigkeit löst sich von Zeit zu Zeit in Gewalt«, sagte er leise. »Die adeligen Klosterfrauen haben stets ein bequemes Leben geführt und müssen sich an keinen Abgaben und Steuern beteiligen, während der Bürger unter der Last in die Knie sinkt. Da wundert es nicht, dass sich die angestaute Wut irgendwann Luft macht.«

»Versucht Ihr gerade die Gewalt gegen diese Frauen zu rechtfertigen?«

Meister Thomas wich unter ihrem wilden Blick zurück. »Nicht zu rechtfertigen. Nur zu erklären. Es trifft selten die, die es verdient hätten. Es war schon von jeher so, dass die Schwächsten ausbaden, was die Großen verbrochen haben. Das ist die Ungerechtigkeit dieser Welt, die wir ertragen müssen.«

Am nächsten Tag beruhigte sich die Lage. Der Rat beschloss, den Boten und seine Begleiter vorerst in einen der Gefängnistürme zu sperren. Die Frauen von St. Afra begannen mit den Aufräumarbeiten und versuchten mit Hilfe ihrer Ordensbrüder zum Alltag zurückzukehren. Bürgermeister Johann Bernheim verkündete, der Rat habe beschlossen, Ritter Jobst von Riedern, Kaspar von Masbach und Heinz von Imertingen mit siebenundzwanzig Reitern für ein Jahr zum Schutz der Stadt zu verpflichten.

»Sie sind nervös«, kommentierte Georg die Entscheidung.

Elisabeth nickte. »Ja, sie haben bereits erfahren, dass der

Bischof nicht dazu neigt, über solche Ausbrüche wohlwollend hinwegzusehen.« Sie brachte es wieder einmal nicht über sich, ihn »unser Vater« zu nennen.

Und so wartete die Stadt gespannt, wie der Bischof reagieren würde, obgleich sich die Bürger natürlich im Recht fühlten.

Es vergingen nur wenige Tage, da erreichte ein Schreiben den Rat, in dem der Bischof ihnen mitteilte, er habe sich bei der Kirchenversammlung über die Stadt beschwert und eine Untersuchung des Vorfalls verlangt. Domherr Dr. Thomas Strampinus würde der Sache nachgehen. Der Bote, der das Schreiben überbrachte, hatte sich wohlweislich nach der Übergabe schnell in Sicherheit gebracht, doch im Augenblick lag Ruhe über der Stadt. Die Übermütigen und Zornigen hatten sich ausgetobt. Vorläufig jedenfalls.

»Eine Beschwerde vor der Kirchenversammlung und eine Untersuchung?«, wiederholte Meister Thomas. »Das ist eine harmlose Reaktion. Habt Ihr den Bischof vielleicht falsch eingeschätzt?«

Elisabeth zögerte. »Er wird älter. Ihr wisst, wie viele Leiden ihn plagen. Die Gicht, die offenen Beine, das Reißen in allen Gliedern, und ich glaube, er findet oft nur wenig Schlaf.«

»Und du meinst, das hat ihn gezähmt?«, warf ihr Bruder Georg ein.

»Blödsinn«, murmelte Gret, die gerade einen herrlich duftenden Speckkuchen auf den Tisch stellte. »Er streut den Bürgern wieder einmal nur Sand in die Augen. Das glaube ich jedenfalls«, verteidigte sie sich, als die anderen verstummten und alle Blicke sich auf die Magd richteten.

Doch statt sie zu rügen und ihr mit barscher Stimme zu verbieten, sich in die Gespräche der Herrschaft einzumischen, nickte Georg nur nachdenklich.

»Feuerschopf, du könntest recht haben.«

Elisabeth schwieg. Sie wollte ihrem Bruder und Gret nicht

zustimmen, konnte aber auch nicht aus überzeugtem Herzen dagegen sprechen. Ihr blieb nur zu hoffen, dass ihr Vater sich wirklich geändert hatte, dass das Alter ihn milde stimmte oder ihm die Kraft nahm, weiterhin gegen alle Widerstände anzukämpfen.

Wieder verstrichen einige Tage, die Elisabeth in trauter Harmonie im Haus ihres Bruders erlebte. Sie liebte die Mahlzeiten, wenn sie sich alle in der Stube um den Tisch herum versammelten. Meist saß nun auch Georgs Diener Sebastian mit in der Runde. Wobei er nur selten etwas sagte. Er war ein großer, kräftiger Mann mit einem groben Gesicht – aber einem sanften Gemüt, wie Elisabeth schnell herausfand –, der mehr als zwanzig Jahre älter war als ihr Bruder. Den Rest des Tages verbrachte Elisabeth meist mit Besorgungen oder bei Meister Thomas in der Küche, wo sie ihm geschickt zur Hand ging, was er nicht müde wurde lobend zu erwähnen. Sie begleitete ihn auch noch zweimal zu Meister Heinrich und hörte aufmerksam zu, was die beiden Apotheker über die Wirkungsweise einiger Kräuter in Reinform und in verschiedenen anderen Darreichungsarten besprachen.

Zwei Wochen vergingen so in friedlicher Vertrautheit, dann ließ eine kurze Nachricht vom Zabelstein Elisabeths Hoffnungen in sich zusammensinken.

»Was schreibt der Bischof?«, erkundigte sich Jeanne.

Elisabeth ließ das Pergament sinken. »Er befiehlt mir, sofort auf den Zabelstein zurückzukehren.«

Gret hob die Schultern. »Was der alte Herr wieder für Launen hat. Vielleicht zwickt ihn nach einer langen Nacht wieder einmal der Leib.«

Elisabeth schüttelte den Kopf. »Nein, das glaube ich nicht. Friedlein hat hinzugesetzt, wir sollten uns eilen, dem Befehl Folge zu leisten.«

Gret richtete sich auf und sah Elisabeth ernst an. »So ist das also. Der Bischof schlägt zurück.«

»Was?« Jeanne sah ängstlich von einer zur anderen. »Was hat der Bischof vor?«

»Das wissen wir noch nicht«, gab Elisabeth zu, »aber es liegt nahe, dass dies eine Warnung an uns sein soll, nicht in etwas hineinzugeraten, das böse für uns enden könnte.«

»Und was ist mit Meister Georg und Meister Thomas? Wenn der Bischof irgendetwas gegen die Stadt im Schilde führen würde, dann ließe er doch nicht seinen eigenen Sohn und seinen Apotheker ohne eine Warnung hier zurück.«

Elisabeth überlegte. »Da hast du nicht unrecht.« Sie sah noch einmal auf das Schreiben hinab. »Vielleicht habe ich mich geirrt.«

»Ja, vielleicht vermisst er dich und möchte dich in seiner Nähe haben, aber es fehlen ihm die Worte, dies auszudrücken«, sagte Jeanne eifrig.

»Mag sein«, gab Elisabeth zu, auch wenn sie es nicht recht glauben konnte. Hatte ihr Vater einfach vergessen, dass sich auch Georg und Meister Thomas in der Stadt aufhielten? Oder fühlte er sich für die Männer nicht so verantwortlich? Sie wusste es nicht, scheute sich aber, die sofortige Abreise anzuordnen. Hätte der Vater ihr nicht eine Kutsche gesandt, wenn es so eilig gewesen wäre? Außerdem hatte sie Meister Thomas versprochen, die neuen Salben für ihn anzurühren. Kam es denn auf einen Tag an?

So schob Elisabeth die Entscheidung vor sich her. Der dritte Tag allerdings nahm ihr die Sache aus der Hand. Noch ehe sie recht wach war, drängte sich ein ungewohntes Geräusch in ihre Träume. Als sie unsanft geschüttelt wurde, fuhr sie hoch.

»Was ist denn los?«, murmelte sie schlaftrunken. Jeanne stand nur mit ihrem Hemd bekleidet und mit einem Binsenlicht in der Hand vor ihrem Bett, die Augen weit aufgerissen.

»Hörst du es denn nicht? In der ganzen Stadt werden die Sturmglocken geläutet. Steh auf und lass dich ankleiden.«

Elisabeth war so plötzlich hellwach, als habe man einen Eimer mit Eiswasser über ihr ausgeschüttet.

»Was ist geschehen? Brennt es?«

Jeanne hob die Schultern. »Wir wissen es nicht. Meister Georg ist mit Gret losgezogen, um es in Erfahrung zu bringen.«

»Wollen wir hoffen, dass es nur ein kleines, harmloses Feuer ist«, murmelte Elisabeth.

Kapitel 16

*F*riedlein, das muss ich mir nicht gefallen lassen!«, polterte der Bischof. »Ich werde ihnen eine Lehre erteilen, die sie nicht so schnell vergessen werden.«

Der Narr seufzte und nickte. »Warum nur erscheint es mir, als hätte ich das alles schon einmal erlebt?«

»Weil diese Bürger störrischer als Esel sind, doch ich werde ihnen ihren Hochmut austreiben!«

»Aber habt Ihr nicht bereits ein Beschwerdeschreiben an die Kirchenversammlung nach Basel gesandt? Sie werden den Fall untersuchen und Eure störrischen Bürger auffordern, Euch zu huldigen. Und schon ist alles in bester Ordnung.«

Johann von Brunn betrachtete seinen Narren misstrauisch. »Du treibst schon wieder deine Späße mit mir! Glaubst du, das merke ich nicht?«

»Ist ein Narr nicht dazu da?«, erwiderte Friedlein.

»Meinst du ernsthaft, ich solle meine Vergeltung in die Hände eines vertrockneten Doktors der Kirchenversammlung legen?«

»War ja nur ein Vorschlag«, sagte der Narr und hob resignierend die Schultern. »Aber wenn Euch ein Kriegsvolk lieber ist, das jedem Bürger der Stadt einzeln Respekt vor seinem Bischof einbläut, dann müsst Ihr prüfen, ob es genügend Männer gibt, die aus reiner Liebe zu Euch Eure Stadt belagern, denn – wenn ich das bemerken darf – Sold geben Eure leeren Truhen nicht her. Was natürlich nicht heißt, dass Ihr ihn nicht dennoch versprechen könnt. Ein gefährliches Spiel zwar, aber sicher nicht ohne Reiz.«

Friedlein spürte, dass der Bischof schwankte, ob er ihm eine Ohrfeige verpassen oder ihm für diese dreiste Bemerkung Respekt zollen sollte. Schließlich seufzte er und ließ sich mit einem Stöhnen in seinen gepolsterten Scherenstuhl fallen.

»Friedlein, Friedlein, irgendwann werde ich dich mit meinen eigenen Händen erwürgen.«

Der Narr nickte und zeigte sein schiefes Lächeln. »Ja, Exzellenz, aber zuvor gibt es noch einen Kriegszug zu planen. An wen wollt Ihr Euch wenden?«

Die Wahl fiel auf Ritter Erkinger von Schwarzenberg, der eine Schar böhmisches Kriegsvolk gen Würzburg führen sollte. Es lungerten genug ausgediente Kämpfer herum, die bereit waren, sich um ein paar Pfennige für jeden Herrn zu verdingen.

»Was ist? Du scheinst nicht überzeugt«, polterte Johann von Brunn.

Friedlein schnitt eine Grimasse. »Nichts gegen den Ritter von Schwarzenberg, doch glaubt Ihr, er ist dieser Aufgabe gewachsen?«

»Er wird nicht alleine sein. Kraft von Hohenlohe und Graf von Henneberg werden mit ihren Männern auf meiner Seite stehen. Und der neue Bischof zu Bamberg hat mir ebenfalls seine Unterstützung zugesagt.«

»Anthoni von Rotenhan, der frühere Domherr von Würzburg? Ah, das hört sich doch gar nicht schlecht an.«

Der Bischof nickte. »Ja, sie werden in wenigen Tagen marschbereit sein.«

»Und die so kleine, aber nicht weniger wichtige Frage nach dem Sold?« Friedlein ließ nicht locker, konnte den Bischof damit aber nicht aus dem Konzept bringen.

»Das regelt sich von alleine. Sie sollen die Stadt erst einmal einnehmen, dann können sie sich ihren Sold selbst besorgen.«

Friedlein riss die Augen auf. »Aha, Ihr habt vor, die Stadt zum Plündern freizugeben. Dass mir dieser Einfall nicht selbst gekommen ist! So einfach lassen sich manchmal große Probleme lösen.« Der Narr schnitt einige Grimassen, um keine Betroffenheit zu zeigen. »Zu strafen wisst Ihr, das muss man Euch lassen.«

»Ja, dir fehlt es manches Mal eben an Fantasie«, konterte Johann von Brunn den kaum zu überhörenden Spott des Narren.

»Äh, da wäre noch eines, auf das ich Eure geschätzte Aufmerksamkeit lenken möchte.«

Der Bischof, der bereits auf dem Weg zur Tür war, hielt inne und drehte sich noch einmal zu seinem Narren um. Seine Stirn war umwölkt, und in seiner Stimme schwang Ungeduld. »Was noch?«

»Vielleicht ist es Euch entfallen, dass Euer hochgeschätztes Fräulein Tochter noch in Würzburg weilt. Gehe ich recht in der Annahme, dass Ihr sie bei der Ausführung Eures Planes lieber nicht in der Stadt wisst?«

Johann von Brunn starrte ihn an. »Was hat sie dort auch so lange verloren? Schreib ihr, dass sie sich sofort hier einzufinden hat! Das ist ein Befehl, und ich dulde keine Widerrede!«

»Natürlich, mein Herr und Meister. Wer hätte je gewagt, Euch zu widersprechen oder gar ernsthaften Widerstand zu leisten? – Außer vielleicht Eure widerspenstigen Bürger zu Würzburg«, fügte Friedlein so leise hinzu, dass es der Bischof nicht hören konnte.

»Was ist los?«, drängte Elisabeth, als ihr Bruder und Gret endlich zurückkehrten. Es wurde eben erst hell, doch überall kamen die Leute aus ihren Häusern gestürzt und schlossen sich auf den Straßen und Plätzen zu kleinen Gruppen zusammen, manche ratlos oder ängstlich, andere mit Waffen in den Händen und angetan mit Kettenhemden oder lederbeschlagenen Wämsern.

»Willst du uns nicht endlich sagen, was hier vor sich geht?

Ich kann kein Signal für ein Feuer sehen. Dann bedeuten die Sturmglocken, wir sind im Krieg?«

Georg nickte. »Ja, so könnte man sagen. Da draussen ist eine Menge Kriegsvolk, das die Stadt zu gern einnehmen würde.«

»Wie schlimm ist es? Hat schon jemand herausbekommen, wer sie sind und wie viele? Haben sie schweres Gerät bei sich? Wollen sie sich auf eine Belagerung einlassen?«

Georg lächelte und legte seiner Schwester den Arm um die Schulter. »Liebes, nun beruhige dich doch. Es ist sicher alles halb so schlimm.«

Elisabeth befreite sich aus der brüderlichen Umarmung. »Willst du mir nun antworten oder nicht?«

Nun mischte sich auch Meister Thomas ein. »Ihre Fragen sind durchaus berechtigt, und ich staune, wie klar deine Schwester die Situation einschätzt und die entscheidenden Fragen stellt.«

Georg machte ein mürrisches Gesicht. »Mag ja sein, aber ich kann sie dennoch nicht beantworten. Es war noch zu dunkel, um irgendwelche Fahnen zu erkennen, und jeder verbreitet ein anderes Gerücht, sodass man gar nichts glauben kann. Sicher ist nur, dass es viele sind und der Rat die Mauern und Türme hat besetzen lassen. Sie bringen gerade die grossen Büchsen in Stellung. So, und jetzt will ich etwas essen.«

Er wandte sich zu Gret um, und seine Miene wurde schlagartig freundlicher. »Feuerschopf, ab mit dir in die Küche, dass wir heute noch ein Frühmahl auf den Tisch bekommen, ehe die Glocke Mittag schlägt.«

Er klatschte ihr auf den Hintern. Elisabeth hielt die Luft an. Sie kannte Gret gut genug, um zu wissen, dass sie eine drastische Reaktion nicht scheute, wenn ihr etwas nicht passte. Doch zu ihrer Überraschung grinste Gret nur, salutierte spöttisch und ging davon.

Elisabeth nahm sich vor, ihren Bruder noch einmal ins Gebet zu nehmen. Später. Im Moment gab es wichtigere Dinge. So setzten sie sich zu einem schnellen Mahl in der Stube zusammen und brachen dann auf, um die Lage zu peilen. Es kam zu einem kurzen Disput zwischen Elisabeth und ihrem Bruder, da er meinte, sie solle daheim bleiben und auf Nachricht warten, während die Männer zum Grafeneckart gehen wollten.

»Ach, und aus welchem Grund soll ich hierbleiben?«

»Du bist eine Frau. Es ist sicherer für dich.« Er sah sie ein wenig verständnislos an. In Elisabeths Augen flackerte es kriegerisch.

»Aber du hast Gret heute Morgen beim Klang der Sturmglocken mitgenommen, obwohl du überhaupt nicht wusstest, was euch erwartet!«

Georg hob die Schultern. »Sie ist einfach mitgekommen. Ich bin nicht für deine Magd verantwortlich.«

»Aber für mich bist du verantwortlich?« Nun war ihre Stimme trügerisch ruhig.

»Sicher, du bist ja meine Schwester.«

»Auf die du die vergangenen Jahre so gut aufgepasst hast, dass ihr nichts Böses widerfahren konnte«, flötete Elisabeth. *So gut, dass sie ein Jahr lang spurlos hat verschwinden können, ohne dass du überhaupt davon erfahren hast!*

»Wie sollte ich? Ich war auf Reisen. Du warst ja bei unserem Vater in guter Obhut.«

Elisabeth ließ dies unkommentiert und fragte stattdessen: »Und in Zukunft? Wirst du da an meiner Seite bleiben und mein Beschützer sein?«

Georg wand sich. »Du weißt, ich bin Kaufmann, und meine Spezialität sind die fernen Länder und ihre exotischen Spezereien, die hier so heiß begehrt sind und gut bezahlt werden. Ich werde bald schon wieder fortmüssen und lange unterwegs sein. Wie sollte ich mich da um dich kümmern?«

»Eben«, konterte Elisabeth. »Und wie kommst du dann

auf den Einfall, mir jetzt etwas sagen zu wollen?« Sie wandte sich abrupt ab und warf sich ein einfaches braunes Tuch um die Schultern.

»Kommt, lasst uns gehen«, forderte sie Jeanne und Gret auf und stolzierte hinaus. Ihr Bruder sah ihr nur stumm hinterher, folgte den Frauen dann aber in Gesellschaft des Apothekers in einigem Abstand.

Natürlich waren vor dem Rathaus und in der Domstraße bereits unzählige Menschen aus der inneren Stadt und den Vorstädten versammelt. Manche – vor allem jüngere Burschen – sprühten geradezu vor Zorn und führten bedrohliche Reden. Die meisten Bürger dagegen wirkten verunsichert oder gar ängstlich. Noch war nichts Offizielles verlautbart worden, doch einige hatten die Wappen der Belagerer erkannt, die sich nun frech in größeren Gruppen vor den Mauern zeigten, allerdings nicht so nah herankamen, dass ein Schuss aus einer Armbrust sie hätte gefährden können. Anthoni von Rotenhan, der neue Bischof von Bamberg, hatte also seine Finger mit im Spiel, wobei Elisabeth nicht glaubte, dass er sich persönlich dort draußen befand. Und die Herren von Hohenlohe, von Henneberg und von Schwarzenberg. Nein, das wunderte sie nicht wirklich. Allerdings mussten sie einen großen Haufen fremder Männer angeworben haben, wenn sie glaubten, mit einer Stadt wie Würzburg fertig werden zu können.

Söldner, dachte Elisabeth mit einem Schauder. Kriegsknechte, die seit dem letzten Böhmenzug ohne Arbeit und ohne Sold waren und nur darauf brannten, sich in einen Händel zu stürzen. Wehe denen, die in ihre Hände fielen!

Während Gerüchte und Vermutungen von der einen Seite der Stadt zur anderen und wieder zurück schwappten, wuchs die Unruhe.

Elisabeth stellte sich auf die Zehenspitzen und sah sich um. Ihr Bruder und Meister Thomas waren in einiger Entfernung bei zwei anderen Kaufleuten stehen geblieben, die vor allem

Wein den Main hinunterführten und im Gegenzug Stoffe aus Flandern in die Bischofsstadt brachten. Die Männer sprachen zwar aufgeregt miteinander, doch Elisabeth war sich sicher, dass sie auch nicht mehr wussten.

Ihr Blick wanderte weiter, bis er an einem Mann hängen blieb. Nachdenklich betrachtete sie die großgewachsene Gestalt im roten Wams. Wenn sich der Bürgermeister und seine Ratsherren schon nicht blicken ließen und auch die wenigen Domherren, die noch in Würzburg lebten, durch Abwesenheit glänzten, so war der Henker sicher der Mann der Stadt, der am meisten wusste. Doch konnte sie es riskieren, ausgerechnet ihn anzusprechen?

So etwas tat man nicht! So viel Respekt die Menschen auch vor ihm hatten und so sehr seine Meinung auch zählte – sein Beruf, der ihn mit menschlichem Blut befleckte, machte ihn zu einem unehrlichen Mann, den alle Ehrlichen meiden mussten, wollten sie nicht ihre Ehre beflecken. Jede zufällige Berührung konnte einen Bürger zu einem Ausgestoßenen werden lassen. Mit dem Henker und seiner Familie pflegten nur andere Unehrliche wie die Abdecker, die Schäfer oder auch die Bader engeren Umgang, ohne selbst Schaden zu nehmen. Und natürlich die Dirnen des Frauenhauses und ihre Wirtin, über die er die Aufsicht zu führen hatte. Dennoch drängte es Elisabeth, sich zu ihm zu gesellen und ihn zu fragen.

Sie mochte Meister Thürner und hielt viel von ihm. Sie war überzeugt, dass er – trotz des Makels seines Berufs – ein ehrenhafter Mann war, auf dessen Aufrichtigkeit und auf dessen Sinn für Gerechtigkeit man sich verlassen konnte. In den düsteren Monaten ohne Gedächtnis hatte sie ihn als solchen kennen und schätzen gelernt.

Aber konnte sie nun als Tochter des Bischofs zu ihm gehen, wo er sie doch noch als die Dirne Lisa in Erinnerung hatte? Würde er seine Überraschung zeigen und sie gar verraten?

Nein! Elisabeth war sich sicher, Meister Thürner würde

sich weder beabsichtigt noch unbeabsichtigt zu einer Bemerkung hinreißen lassen, die ihr hätte schaden können. Da war allerdings noch immer das Risiko seiner Unehrlichkeit. Sie konnte es sich nicht leisten, Aufmerksamkeit zu erregen. Sie wollte in diesen Tagen in Würzburg weder als Dirne noch als Bischofstochter erkannt werden. Und dennoch wollte und konnte sie nicht länger in dieser Ungewissheit ausharren.

»Wo willst du hin?«, fragte Gret, als Elisabeth begann, sich zwischen den Menschen hindurchzuschieben, langsam und ohne Hast, aber zielstrebig, ohne sich aufhalten zu lassen.

»Ich muss mit jemandem sprechen, der weiß, was los ist.«

»Ach ja? Und mit wem? Willst du ins Rathaus eindringen und die Herren dort fragen? Was glaubst du, was passiert, wenn sie dich erkennen? So oder so?«

»Ich habe nicht vor, den Grafeneckart aufzusuchen«, entgegnete Elisabeth, ohne sich aufhalten zu lassen.

Gret und Jeanne warfen einander fragende Blicke zu, folgten ihr aber durch die Menge. Jeanne durchschaute als Erste ihr Vorhaben. Sie sog scharf die Luft ein.

»Sie will zu Meister Thürner!«

»Blödsinn«, war Grets erste Reaktion, doch dann wurde sie unsicher. »Sag, dass du nichts so Dummes machen würdest!«

»Ich mache nichts Dummes«, erwiderte Elisabeth kühl, »dennoch habe ich durchaus vor, mit dem Meister zu sprechen.«

»Ausgerechnet mit dem Henker!«, stöhnte Gret. »Er vergisst nie ein Gesicht, und er lässt sich auch garantiert nicht von einem Schleier oder einem anderen Gewand täuschen.«

»Ich habe auch nicht vor, ihn zu täuschen. Ich möchte mich nur unauffällig mit ihm unterhalten und aus direkter Quelle etwas erfahren. Daher bitte ich euch beide, mich ein wenig abzuschirmen. Die Bürger müssen nicht sehen, dass wir miteinander sprechen.«

Gret verdrehte gequält die Augen. »Ich gebe es auf. Aber

sage nachher nicht, wenn die Katastrophe über dich hereinbricht, ich hätte dich nicht gewarnt.«

Elisabeth erwiderte nichts. Sie schob sich nun seitlich näher an den Henker heran, ohne ihn dabei anzusehen. Meister Thürner blieb das Manöver nicht verborgen. Er hob ein wenig erstaunt die dichten, grauen Brauen.

»Nun, Fräulein, kann ich etwas für Euch tun?« Seine Stimme ließ nicht erahnen, ob er sie erkannte.

»Ja, Meister Thürner, deshalb komme ich zu Euch. Könnt Ihr mir sagen, was sich in der Nacht und in den frühen Morgenstunden hier in und um Würzburg zugetragen hat?«

»Wir werden belagert.«

Elisabeth warf ihm einen empörten Blick zu und traf auf seine klaren Augen, aus denen der Schalk sprühte.

»Seid Ihr mit meiner Antwort nicht zufrieden, Fräulein Elisabeth?«

»Nein, ganz und gar nicht!«, gab sie so aufgebracht zurück, dass er auflachte.

»Ihr wolltet schon immer alles ganz genau wissen. Wollt Ihr wieder mit mir auf die Mauern steigen wie bei der letzten großen Belagerung, Lisa?«

Elisabeth hielt den Atem an. War das eine Drohung? Wollte er ihre Identitäten preisgeben? Nein, er erlaubte sich einfach, sie zu necken, und machte sich einen Spaß daraus, ihr zu zeigen, dass er ganz genau Bescheid wusste.

»Es freut mich, auch Gret und Jeanne in so prächtiger Verfassung wiederzusehen. Das Leben an Eurer Seite scheint ihnen zu bekommen. Was für ein ungewöhnlicher Weg. Wie oft führt das Schicksal bergab, und wie selten kann man einen Aufstieg auf dem Lebensweg erkennen. Die Eselswirtin wird es freuen, das von ihren Schützlingen zu hören.«

Elisabeth zog eine Grimasse. »Das glaube ich nicht. Vielleicht ist es besser, Gret und Jeanne dort nicht mehr zu erwähnen.«

Der Henker ließ den Blick über die beiden ehemaligen Dirnen des städtischen Frauenhauses schweifen. »Warum nicht? Meint Ihr, Else gönnt ihnen ihr Glück nicht, das so unerwartet ihr Schicksal gewandelt hat? Dann tut Ihr der Wirtin unrecht. Das Leben hat ihr eine harte Schale und eine noch härtere Hand gegeben, doch sie hat sich ein gutes Herz bewahrt.«

Elisabeth wiegte zweifelnd den Kopf. »Dennoch steht Else stets ihr eigenes Wohl an erster Stelle.«

»Wollt Ihr es ihr verdenken? Je tiefer man fällt, desto härter ist der Kampf ums Überleben. Da ist nicht viel Platz für Wohltaten. Und viele verlieren gar ihre Wohlanständigkeit.«

»Mag sein, doch sagt mir lieber: Wie geht es den anderen?«

Der Henker hob die Schultern. »Wie sagt man so schön? Entsprechend ihrer Lebensumstände. Sie können nicht groß klagen, haben aber auch keinen Anlass, Freudensprünge zu wagen. Die Tage und Nächte gehen stets in gleicher Weise ihren Gang, während die Frauen älter werden und ein wenig müde. Sie haben übrigens Zuwachs bekommen. Zwei Schwestern, die ein langer steiniger Weg über die Landstraße trieb, bis sie vor Elses Tür strandeten…«

»…wo die Eselswirtin sich gerne ihrer annahm und wo sie nun ihre Schulden bei ihr abarbeiten dürfen«, ergänzte Elisabeth.

»Urteilt nicht zu hart. Wir alle sind an unseren Platz gestellt und müssen ihn, solange wir auf der Erde weilen, so gut ausfüllen wie nur möglich.«

»Es kommt mir vor, als hätte ich so etwas Ähnliches schon einmal zu hören bekommen«, sagte Elisabeth und konnte nicht verhindern, dass ihre Stimme bitter klang. Es war der Henker, der das Thema wechselte.

»Aber Ihr seid nicht gekommen, um über alte Zeiten zu plaudern. Ihr wolltet hören, was sich heute Nacht zugetragen hat.« Nun rückten auch Gret und Jeanne näher, ohne jedoch ihre Aufmerksamkeit zu offensichtlich auf den Henker zu richten.

»Den Scharwächtern, die heute Nacht ihre Runden durch Würzburg drehten, fielen ein paar Männer auf, die sich weit nach Mitternacht in der Nähe der Holzpforte aufhielten. Es war vermutlich unser aller Glück, dass heute in diesem Abschnitt zwei langgediente Männer unterwegs waren, die den größten Teil der Bewohner des Cresserviertels kennen. Diese nächtlichen Gestalten waren ihnen allerdings unbekannt, und so beschlossen sie, ihnen zu folgen und zu sehen, was sie im Schilde führten. Dass es nichts Gutes sein konnte, war ihnen sofort klar.«

Elisabeth verstand. »Das heranziehende Heer hatte Komplizen in der Stadt. So dachten sie, ohne schweres Gerät oder eine zermürbende Belagerung nach Würzburg gelangen zu können. Sie wollten also die Holzpforte öffnen, da diese nicht wie die Tore bewacht wird, um die Bewaffneten in die Stadt zu lassen.«

Der Henker nickte. »Ja, so war wohl der Plan. Wobei sie sicher nicht das gesamte Heer über diesen Weg herangeführt hätten. Es wäre wohl selbst in der Nacht nicht verborgen geblieben, wenn sie dort Hunderte Männer in Rüstung und Waffen und womöglich mit ihren Rössern auf dem schmalen Uferstreifen am Fuß der Stadtmauer entlanggeführt hätten, um dann durch die Pforte zu dringen. Nein, was ich bei einer ersten Befragung herausbekommen habe: Es sollte nur eine Gruppe von zwei Dutzend Männern, die gelernt haben, schnell und lautlos zu töten, in die Stadt gelassen werden, um dann an zwei Stellen gleichzeitig die Wächter der Tore zu überwältigen und das Haupttheer durch diese Tore in der Sandervorstadt und am Bürgerspital einzulassen. Die äußere Mauer zu überwinden und auf den Rennweg zu gelangen ist schließlich ein Kinderspiel. Die Mauer ist seit Langem baufällig und wird nicht mehr bewacht.«

»Ja, sie ist einfach zu lang, um sie jederzeit mit Bürgern zu besetzen«, pflichtete ihm Elisabeth bei.

»Jedenfalls warteten die Scharwächter, bis sie sahen, was die Männer im Sinn hatten, und fassten sie, eben als sie die Holzpforte zu entriegeln versuchten. Sie riefen einige Wächter zusammen, als sie merkten, dass auf der anderen Seite etwas vor sich ging, doch die fremden Männer draußen entkamen, ehe der Hauptmann der Stadtwache Befehl gab, sie zu ergreifen. Nein, verdreht nun nicht die Augen und denkt schlecht über ihn. Er musste sich erst versichern, dass seine Männer dort draußen nicht in eine Falle laufen würden. Und was noch viel schwerer wog: Er musste sicherstellen, dass nicht *er* ungewollt zum Erfüllungsgehilfen wurde, indem er nachts leichtsinnig eine Pforte öffnete und einen unbekannten Feind in die Stadt einließ.«

Elisabeth sah den Henker betroffen an. »Daran hätte ich gar nicht gedacht. Mein erster Gedanke tat ihm unrecht. Wie klug der Hauptmann gehandelt hat.«

Der Henker nickte bedächtig. »Ja, das hat er. Vielleicht hat er damit viele Menschenleben gerettet und die Stadt vor großem Schaden bewahrt.«

Elisabeth fiel ein, dass sie ja so tun wollte, als würde sie den Henker gar nicht beachten. Niemand sollte sehen, dass sie sich mit ihm unterhielt. Rasch wandte sie den Blick wieder ab.

»Und nun? Wenn nun die Absicht der Angreifer, durch Hinterlist in die Stadt zu gelangen, gescheitert ist, was wird nun geschehen?«

Der Henker hob die Schultern. »Sie haben sich noch nicht erklärt oder irgendwelche Forderungen gestellt. Ich nehme aber an, dass es – anders als beim letzten Mal – nicht um die Begleichung von Schulden geht, die der Bischof wieder einmal zu bezahlen unterlassen hat. Dies ist eine Strafaktion! Es geht darum, den widerspenstigen Bürgern einen Denkzettel zu verpassen und andere fränkische Städte zu warnen, was passiert, wenn sie sich Bischof von Brunn widersetzen und ihm ihre bedingungslose Gefolgschaft verweigern.«

Elisabeth fühlte, wie es ihr kalt den Rücken hinunterlief. »Ich darf gar nicht daran denken, was geschehen wäre, wenn der Plan aufgegangen wäre.«

»Dann hätte sich ein Strom ausgehungerter Raubritter und Söldner über die Stadt ergossen, blind brennend und mordend mit dem Ziel, möglichst viel Beute an sich zu reißen«, malte der Henker das Szenario mit beinahe heiterer Stimme aus. Elisabeth schloss gequält die Augen. Nicht, dass es so etwas nicht überall und immer wieder gab. Dies jedoch wäre im Auftrag ihres Vaters geschehen, nur um die Bürger dafür zu strafen, dass sie dem offiziell eingesetzten Pfleger treu blieben, statt zu einem Bischof überzulaufen, der durch einen Vertrag zurück an die Regierung zu kommen strebte, den man in seinem Entstehen nur als zwielichtig bezeichnen konnte.

Elisabeth holte tief Luft. »Werden sie nun unsere Mauern belagern und versuchen, die Stadt auszuhungern? Oder haben sie gar daran gedacht, Mauerbrecher mit sich zu führen, falls ihr erster Plan fehlschlägt?«

»Wir haben Boten geschickt, die die Lage erkunden sollen. Bisher hat keiner von solchem Gerät oder großen Büchsen gesprochen.«

Erleichterung ließ Elisabeth aufatmen. »Dann werden sie Würzburg nicht in die Knie zwingen.«

Der Henker war anderer Meinung. »Ich weiß nicht. Sicher werden sie nicht so einfach über unsere Mauern kommen, und es braucht schon Ausdauer, uns auszuhungern. Aber bedenkt, sie wollen uns nicht schätzen. Sie wollen uns strafen! Warum also nicht Würzburg einfach niederbrennen? Wie lange würden wir durchhalten, wenn sie an verschiedenen Stellen Brandpfeile herabregnen ließen?«

Elisabeth wurde blass. Sie schwankte bei der Vorstellung

gar. Nein, das unermessliche Leid wollte sie sich nicht ausmalen. Feuer war der größte Feind aller Städte, deren Häuser dicht an dicht gebaut waren und von denen die meisten zu viel Holz und Dächer aus Schindeln oder gar Stroh besaßen.

»Nein, das werden sie nicht tun!«

»Ihr glaubt, sie haben Mitleid mit uns? Sie denken gar an unschuldige Frauen und Kinder?« Der Henker lachte bitter.

»Nein, das glaube ich nicht, aber die Schatullen des Bischofs sind leer. Er hat nichts, um solch ein Heer zu bezahlen. Sie können nur auf reiche Beute bei der Plünderung der Stadt hoffen. Was gäbe es noch zu plündern, wenn alles in den Flammen zu Asche verbrennt?«

»Dann wollen wir hoffen, dass unsere Belagerer vor der Stadt auch so vernünftig denken wie Ihr, Fräulein Elisabeth, und dass sie darauf verzichten, uns den roten Hahn aufs Dach zu setzen.«

Auf den Stufen des Rathauses tat sich etwas. Der Schreiber tauchte auf und zwei der Ratsherren. Der Henker nickte Elisabeth kaum merklich zu.

»Ich hoffe, Eure Wissbegier so weit befriedigt zu haben. Ihr entschuldigt mich? Die Herren im Saal warten auf meinen Rat. Ist es nicht erstaunlich, wie sehr die Meinung des Henkers in Kriegszeiten plötzlich gefragt ist?«

Und mit diesen Worten ließ er die drei Frauen stehen und schritt auf das Rathaus zu. Die Menge teilte sich vor ihm, sodass er bequem ausschreiten konnte, und verschmolz hinter ihm wieder zu einer wogenden Masse.

Kapitel 17

Während das Kriegsvolk vor der Stadt sein Lager aufschlug und die Männer so um die Stadt verteilte, dass die Würzburger keinen Ausfall aus den Toren wagten, begann in der Stadt das zermürbende Warten. Die normale Arbeit ruhte. Die Plattner und Waffenschmiede dagegen arbeiteten mit verstärktem Eifer. Die Viertelmeister verpflichteten einige Dutzend Männer, die beim Füllen von Pulverfläschchen helfen mussten und die schweren Steinkugeln zu den Männern auf die Türme hinaufbringen sollten. Auch wenn sie noch immer hofften, dass es nicht so weit kommen würde, wurden Kugeln für die kleineren Büchsen gegossen. Jeder Bürger wurde aufgefordert, Rüstung und Waffen bereitzuhalten. Die Mauerposten wurden doppelt besetzt. Wichtig war es nun, wachsam zu sein und dem Feind keine Blöße zu geben. War er erst einmal in der Stadt, hatte Würzburg seinen größten Vorteil eingebüßt: die starken Mauern, die seine Bürger vor dem aufgezogenen Kriegsvolk schützten.

Gegen Mittag trafen sie sich wieder im Haus in der Franziskanergasse. Georg kletterte über eine schmale Leiter nach oben und durchsuchte fluchend den Dachboden, auf dem ein großer Teil seiner Waren lagerte. Elisabeth trat unten an die Leiter und legte den Kopf in den Nacken.

»Was suchst du denn?«, rief sie zu ihrem Bruder hinauf.

»Irgendetwas, das man als Rüstung oder Waffe bezeichnen könnte«, rief er mit Verzweiflung in der Stimme zurück. Sein hochroter Kopf erschien an der Luke. »Ich habe mich bisher noch nicht darum gekümmert, mich entsprechend der Verordnung der Stadt auszustatten.«

»Aber du hast hier doch keinen Bürgereid geleistet«, widersprach Elisabeth.

Georg hob die Schultern. »Dennoch bin ich nun ein hier niedergelassener Kaufmann. Ich habe ein Haus gemietet und verkaufe meine Waren, daher werde ich auch zu Pflichten in der Stadt herangezogen. Ich bin schließlich kein Pfaffe oder Klosterbruder, der sich sowohl vor den Steuern als auch vor dem Wachdienst auf der Mauer drücken kann. Jedenfalls hat der Viertelmeister vom Gängheimer Viertel mich angewiesen, mich bei Sonnenuntergang vor dem Tor des Augustinerklosters einzufinden. In Rüstung und mit Waffe! Aber ich kann ja kaum mit so etwas zu meinem Dienst erscheinen!«

Er hielt eine verrostete Sense und einen abgebrochenen Sauspieß ins Licht. Seine Miene war so verzweifelt, dass Elisabeth trotz des Ernstes der Lage lachen musste.

»Das ist nicht lustig!«, eiferte sich ihr Bruder.

»Nein, ist es nicht«, entschuldigte sie sich. »Ich kann dir nur raten, lieber Bruder, wenn deine Bestände nichts Besseres hergeben, dich an den Viertelmeister zu wenden und ihn um Hilfe zu bitten. Im Rathaus und in einigen der Stadttürme werden für Kriegszeiten immer Waffen und Rüstungen gelagert. Doch was mich wundert, Georg: Bist du denn stets ungerüstet und ohne Waffen durch die gefährlichen fernen Länder gezogen?«

Ihr Bruder legte die unbrauchbaren Geräte beiseite und kletterte die Leiter wieder herunter. Er wischte sich seine staubigen Hände an der Hose ab.

»Nein, wo denkst du hin. Natürlich nicht. Ich bin zwar nur ein Kaufmann und kein Ritter; dennoch habe ich stets ein lederbeschlagenes Wams unter meinem Gewand getragen, das zumindest einen verirrten türkischen Pfeil hätte abhalten können. Außerdem waren ein gutes Messer und ein kurzes

Schwert meine steten Begleiter, auch wenn ich zugeben muss, dass ich nicht sehr gut damit umgehen kann. Da konnte ich froh sein, Sebastian an meiner Seite zu wissen. Er hat mehr Erfahrung in solchen Dingen.«

»Und wo sind dieses Wams und dein Schwert im Augenblick?«, hakte Elisabeth weiter nach. Ihr Bruder sah verlegen drein.

»Noch oben in meiner Kammer auf dem Marienberg. Wie sollte ich ahnen, dass ich sie hier in Würzburg brauchen würde?«

Elisabeth verdrehte die Augen. »Man muss stets auf alles gefasst sein. Jedenfalls nützen uns diese Dinge im Augenblick nichts, denn es ist unmöglich, einen Boten auf die Festung hinaufzuschicken, um sie für dich zu holen. Bleibt dir also nur die Bitte, dir aus den Beständen der Stadt etwas zu geben, damit du nicht mit leeren Händen auf der Mauer stehst.«

Georg nickte widerstrebend. »So ist es. Ich werde mich gleich nach der Mittagssuppe auf den Weg machen. Und du, Sebastian, gehst mit mir. Du kannst dir auch gleich ein Lederwams aushändigen lassen und mich bei meiner Wacht heute Nacht begleiten.«

Sebastian nickte bedächtig mit dem Kopf. »Das wird nicht nötig sein, Herr, aber einen Spieß könnte ich mir geben lassen. So etwas nenne ich nicht mein Eigen. Es ist viel zu unhandlich auf unseren Reisen. Mehr brauche ich nicht. Mein Schwert, den Knüppel mit den eisernen Spitzen und mein Kettenhemd habe ich stets bei mir. Ich kann es sofort holen.«

»Ja, tu das«, entschied Georg und sah ein wenig beschämt drein. Um den peinlichen Moment zu überspielen, fragte er seinen Freund, den Apotheker, ob nicht auch er zum Wachdienst berufen worden sei. Meister Thomas verneinte.

»Ich bin nur ein Durchreisender in dieser Stadt, der in deinem Haus Quartier genommen hat. Aber einer der Ratsherren hat mich angesprochen, ob ich nicht mit Meister Heinrich zusammen einen Vorrat an schmerzstillenden Mitteln und Salben gegen Wundbrand herstellen könnte. Der Rat schlägt vor, dass in diesen Kriegszeiten die Bader und Chirurgen sich mit den Ärzten und Apothekern abstimmen und zusammenarbeiten. Ein ungewöhnlicher Vorschlag, gewiss, doch ich halte ihn für sinnvoll und gut. Ob sich die Ärzte der Stadt allerdings herablassen, sich mit einfachen Badern abzugeben, wage ich zu bezweifeln. Außerdem geht wohl in dieser Stunde einer der Ratsherren von einem Ordenshaus zum anderen und fordert die Klosterbrüder und -schwestern auf, Krankenkammern bereitzuhalten und sich darauf vorzubereiten, Verletzte bei sich aufzunehmen und zu versorgen.«

Elisabeth nickte anerkennend. »Unser Bürgermeister Bernheim scheint ein fähiger Mann zu sein. Wie gut, in solchen Zeiten einen Mann mit Weitblick an der Spitze des Rats zu wissen.«

Thomas grinste schief. »Nun ja, er soll ein fähiger Mann sein. Der Vorschlag mit den Ärzten und Klöstern stammt jedoch – wie ich gehört habe – aus dem Mund des Henkers.«

Elisabeth nickte. Ja, das konnte sie sich von Meister Thürner gut vorstellen.

Und so zogen Georg und Sebastian am Abend los, um die Nacht über auf einem Mauerabschnitt am Mainufer zu patrouillieren und den anderen Bürgern und Bewohnern Würzburgs das Gefühl zu geben, sicher schlafen zu können.

Die nächsten beiden Tage ereignete sich nicht viel. Außer dass sich Elisabeth darüber wunderte, wie schnell sich die Menschen in außergewöhnliche Umstände fügten. Zwar schwebte über der Stadt nach wie vor eine Anspannung, die normalerweise nicht zu spüren war, doch bereits am zweiten Tag der Belagerung begannen die Handwerker und Krämer wieder ihrer Arbeit nachzugehen – die Wirte hatten ihre Gaststuben und Weinschänken bereits am Mittag zuvor wieder geöffnet. Um die Mittagszeit und am Abend versammelten sich die Menschen vor dem Rathaus und auf dem Domplatz, um zu hören, ob der Bürgermeister oder der Dechant etwas zu sagen hatten. Seit Dompropst von Grumbach mit seinen Anhängern nach Ochsenfurt gegangen war, konnte man Reichard von Masbach als den ersten Mann des Kapitels ansehen, obwohl die abtrünnigen Domherren ihn von Ochsenfurt aus abgewählt hatten. In *ihren* Augen waren die Domherren, die in Würzburg zurückgeblieben waren und an ihrem Pfleger von Wertheim festhielten, die störrischen Abweichler. Jedenfalls standen die Würzburger hinter ihrem rechtmäßig gewählten Dechanten von Masbach.

Viel Neues gab es nicht zu berichten. Das Heer lagerte vor der Stadt, die Tore blieben geschlossen, und die Mauern und Türme wurden stets doppelt besetzt. Die Bewohner der spärlich zwischen den Gärten verteilten Häuser zu beiden Seiten des Rennwegs waren schon beim ersten Läuten in die Stadt geflüchtet. Sie wussten, dass die baufällige äußere Mauer nicht viel Schutz bot und im Falle eines Angriffs nicht zu halten sein würde. Der Zwingerausbau, der seit einigen Jahren im Gang war, hatte diesen Abschnitt noch nicht erreicht. Und der Entschluss des Rats, eine Mittelmauer zu ziehen, die die dichter besiedelte Vorstadt Haug nach Südosten abschloss, zeigte den Leuten vom Rennweg deutlich, dass die Stadt nicht vorhatte, diesen weitläufigen Bereich zu verteidigen. Obwohl der Rat alle Gefangenen der Stadt, die körperlich kräftig genug waren, zu den Mauerarbeiten eingesetzt hatte, war die Mittelmauer mit dem Beckentor – dort, wo sie an die Mauer der inneren Stadt stieß –, dem Handturm in der Mitte und dem Teufelstor am Ende der Semmelstraße noch lange nicht fertiggestellt. Das war der Schwachpunkt der Stadt, erläuterte Elisabeth Meister Thomas, als sie am Abend beim schwachen Schein einer Lampe in der Stube beisammensaßen. Sie fuhr mit dem Finger die Umrisse der Stadt auf dem blank geputzten Tisch nach.

»Die Vorstadt Sand ist inzwischen gut befestigt: neue Türme und der vorgelagerte Zwinger mit einer zweiten Mauer. Aber hier im Südosten kann das Heer die noch immer baufällige Rennwegmauer überwinden und dann nach Nordwesten zur Mittelmauer vorstoßen. Ich denke nicht, dass man sie lange halten könnte, sodass dann erst die Vorstadt Haug und dann die Pleichach in ihre Hände fielen.« Bei Erwähnung der Letzteren zitterte ihre Stimme. Sie sah plötzlich das Frauenhaus ganz deutlich vor sich, das in der Vorstadt Pleichach am alten Judenfriedhof stand. Und seine Bewohnerinnen, die ihr ans Herz gewachsen waren. Elisabeth fürchtete um sie.

»Doch hier wäre dann auch Schluss«, behauptete Meister Thomas überzeugt. »Die Mauer zur inneren Stadt ist ebenfalls mit einem Zwinger befestigt, und das innere Pleichacher Tor scheint mir unüberwindlich.«

Elisabeth nickte. »Ja, die wohlhabenden Bürger der inneren Stadt können sich sicher fühlen. Vorläufig jedenfalls.«

Mit einem mulmigen Gefühl legte sich Elisabeth zur Ruhe. In ihren Albträumen sah sie das Heer, das mit Kriegsgeschrei die Vorstadt überflutete. Männer mit Schwertern und Spießen in den Händen, die Mordlust in den Augen. Die Beute gehörte den Siegern. Gold und Weiber, darauf waren sie aus! An Münzen und Gütern würden sie in der Vorstadt nicht viel finden. Hier lebten vor allem Gerber, ein paar Metzger, Färber und andere kleine Handwerker. Die Dominikanerinnen vom Kloster St. Marx gehörten zwar zu den Wohlhabenden der Bettelorden, doch ob ihre Schatulle die Gier des Heeres stillen konnte? So würde sich das Kriegsvolk an die Frauen halten und sich an ihnen gütlich tun.

Mit einem Schrei fuhr Elisabeth aus dem Schlaf. Jeanne war sofort an ihrer Seite. Sie entzündete ein Binsenlicht und trat ans Bett.

»Ist etwas geschehen?«, fragte sie besorgt.

»Nein, ich habe nur schlecht geträumt.«

»Kein Wunder«, knurrte das Kammermädchen. »In was für Zeiten leben wir? Doch nun leg dich wieder zur Ruhe. Es ist kaum das erste Grau des Morgens auszumachen. Meister Georg und Sebastian sind noch nicht zurück von ihrer Wacht.«

Elisabeth folgte Jeannes Worten und legte sich wieder hin, obwohl sie sich nicht vorstellen konnte, wie sie mit diesem ängstlich klopfenden Herzen Ruhe finden und noch einmal würde einschlafen können.

Elisabeth hatte sich gerade die Decke bis zum Kinn gezogen, als die Glocken zu läuten begannen. Die beiden Frauen fuhren hoch und starrten einander entsetzt an.

»Es ist die Feuerglocke, nicht wahr? Sie wollen uns niederbrennen und versuchen die Stadt zu stürmen!« Jeanne stürzte ans Fenster und stieß den Laden auf.

»Ich kann nichts sehen«, verkündete sie, »aber die ersten Leute laufen aus ihren Häusern.«

Mit einem Satz war Elisabeth aus dem Bett. Da kamen bereits Gret und Meister Thomas gelaufen.

»Rasch, zieht euch an.« Elisabeth griff schon nach einem einfachen Kleid aus grobem Leinen. »Wir wollen sehen, was los ist. Wenn sie die Häuser in Brand schießen, müssen wir beim Löschen helfen. Vorn in der Kammer stehen die Ledereimer. Jeder nimmt sich zwei davon.«

Die anderen gehorchten. Meister Thomas hastete davon, um Beinlinge und Wams überzuziehen. Gret war bereits angekleidet. Gerade als sie das Haus verließen, kamen ihnen Georg und Sebastian entgegen. Sie trugen noch die Spieße in den Händen, die der Viertelmeister ihnen für den Mauerdienst gegeben hatte.

»Was tut sich dort draußen? Greifen sie an? Ist das die Feuerglocke? Ich kann keinen Rauch aufsteigen sehen. Brennt es irgendwo in der Stadt?«

»Nein, noch nicht, aber irgendetwas geht dort draußen vor.

Wir müssen auch gleich wieder auf unseren Posten. Wir wurden nur geschickt, Verstärkung zu holen.«

Elisabeth umarmte ihren Bruder. »Pass auf dich auf. Ich könnte es nicht ertragen, dich zu verlieren.«

Er wand sich verlegen aus der Umklammerung. »Mir passiert schon nichts. An der Mainseite ist alles ruhig. Nein, sie werden vom Rennweg her kommen. Dort an den Hängen über der Stadt regt sich was. Es war bisher nur zu dunkel, etwas zu erkennen.«

»Wie ich es gesagt habe«, murmelte Elisabeth. Der Albtraum schien wieder von ihr Besitz ergreifen zu wollen. Nein, das konnte und das würde sie nicht zulassen!

»Ich muss etwas erledigen. Bleibt ihr hier«, sagte sie und stürmte los. Die anderen dachten gar nicht daran, ihr zu gehorchen. Meister Thomas und Gret hatten keine Schwierigkeiten, mit ihr Schritt zu halten.

»He, ich bleibe auch nicht zurück!« Jeanne raffte ihre Röcke und rannte ihnen hinterher.

»Darf man erfahren, was Ihr vorhabt?«, erkundigte sich Meister Thomas im Plauderton, während er scheinbar lässig neben der mit grimmiger Miene voranstürmenden Elisabeth herging. Sie schob die ihr entgegenkommenden Menschen energisch beiseite.

»Nein, das dürft Ihr nicht, und es wäre mir auch lieber, wenn Ihr hierbleiben würdet.«

»Und Euch alleine irgendeine wahnwitzige Tat begehen lassen? Nie und nimmer. Ich werde mitkommen. Also könnt Ihr mir auch gleich verraten, was Ihr vorhabt.«

Elisabeth funkelte ihn zornig an, was Meister Thomas jedoch nicht zu beeindrucken schien. Sie querte die Domgasse, ohne langsamer zu werden, und stürmte dann weiter über den Platz vor der Marienkapelle, wo sich einst die Judensiedlung mit ihrer Synagoge erhoben hatte. Die Kirche der Bürger, deren Bezeichnung Kapelle nicht ganz zu dem mächtigen Gebäude passte, war auf der Stelle des abgebrochenen jüdischen Gotteshauses errichtet worden, um den Platz von aller Sünde zu reinigen.

Als sie sich dem inneren Pleichacher Tor näherten, stieß Gret einen Pfiff aus. »Ich weiß ja nicht, was du vorhast, aber mir ist klar, wie dein Ziel aussieht. Hast du wirklich genau über die Folgen deines Tuns nachgedacht?«

Elisabeth blieb abrupt stehen und starrte Gret mit unbewegter Miene an. Gret erwiderte den Blick.

»Was? Was hat sie vor? Ich weiß gar nichts«, beschwerte sich Jeanne, die schon ganz außer Atem war. »Würde mir mal jemand was erklären?«

»Ja, das wäre nicht unschön«, murmelte Meister Thomas.

»Ich habe vor allem darüber nachgedacht, was für Folgen es hat, wenn ich nichts tue! Du weißt genau, wo die schwächste Flanke unserer Stadt zu suchen ist, und ich vermute, dass unsere Belagerer nicht dumm sind. Sie werden über den Rennweg kommen und dann in die Vorstadt Haug und in die Pleichach eindringen. Daher werde ich nicht abwarten und zusehen, bis es passiert ist.«

Gret nickte. »Ja, so ist es. Willst du alle beschützen, die in Gefahr sind, oder nur die, die dir am Herzen liegen? Wer hat es verdient, gerettet zu werden, und wer muss selbst sehen, wie er klarkommt?«

Elisabeth spürte die bedrückend schwere Wahrheit hinter Grets Worten. Tränen stiegen ihr in die Augen. Sie dachte nicht mehr daran, dass Meister Thomas neben ihr stand und den Wortwechsel in zunehmender Verwirrung verfolgte.

»Du hast mit ihnen zusammengelebt. Sie waren deine Freundinnen, deine Familie! Kannst du sie so einfach aufgeben?«

Jeanne stöhnte. Offensichtlich hatte nun auch sie begriffen, was Elisabeth vorhatte, während der Apotheker natürlich noch immer im Dunkeln tappte.

Gret ergriff Elisabeths Arm. »Ich habe mit ihnen gelebt, doch sie waren weder meine Freundinnen noch meine Familie. Wir haben dies alles hinter uns gelassen und sollten uns jetzt nicht einmischen. Ja, es wird nicht leicht für die Menschen der Vorstädte, wenn es dem Kriegsvolk gelingt, bis zu ihnen vorzudringen. Es wird Verletzte und es wird Tote geben. Doch sie werden nicht die ganze Bevölkerung massakrieren.«

»Sie werden die Frauen schänden«, hauchte Elisabeth kaum hörbar, und auch Gret senkte ihre Stimme so weit, dass nur die Freundin sie hören konnte.

»Ja, das werden sie. Doch wenn das deine schlimmste Befürchtung ist, dann sollten deine Sorge und dein Mitgefühl den Klosterfrauen und den jungen Mädchen der Handwerkerfamilien gelten. Die Frauen der Eselswirtin erleben das jede Nacht, und ich sage dir, sie haben die größten Chancen, diesen Tag unversehrt an Leib und Seele zu überstehen.«

Elisabeth wehrte sich gegen die Vernunft in Grets Worten. Sie ging weiter auf das Tor zu, doch ihre Entschlossenheit geriet ins Wanken. Gret holte sie wieder ein. Mit einem schweren Seufzer hielt sie Elisabeth zurück.

»Gut, ich helfe dir bei deinem wahnwitzigen Plan. Aber du musst tun, was ich sage. Du bleibst hier in der Stadt – nein, keine Widerrede. Du hast den wichtigeren Teil zu erledigen. Es ist sicher nicht so schwer, von den Torwächtern in die Vorstadt entlassen zu werden. Entscheidend dagegen ist, ob wir und die, die du retten willst, nachher in die Stadt eingelassen werden. Du musst dafür sorgen, dass uns die Wächter öffnen! Meister Thomas wird dir helfen.«

»Was? Ich? Was soll ich tun?«, rief der Apotheker verwirrt.

Gret zwinkerte ihm zu. »Elisabeth wird Euch in Eure Aufgabe einweihen. Ich werde nun meinen Charme spielen lassen – und ein paar Münzen wären sicher auch nicht schlecht, um meinem Anliegen Nachdruck zu verleihen!«

Hastig kramte Elisabeth in ihrem Beutel unter dem Umhang und drückte Gret einige Münzen in die Hand, ohne sie genauer anzusehen.

»Ein Goldgulden?«

»Wenn er Menschenleben rettet, ist es das wert«, gab Elisabeth zurück, aber Gret schüttelte den Kopf. »Nein, das ist zu viel. Die Schillinge reichen. Du kannst es auch verderben, wenn du zu viel Gier erweckst und Fragen aufwirfst, die du nicht beantworten willst. Du – wir alle machen nicht den Eindruck, als würden wir Goldgulden in der Tasche tragen, und so sollte es auch bleiben.«

Gret ging energischen Schrittes auf die beiden Wächter zu, die ihre Hellebarden vor ihrer Brust kreuzten. Sofort begann sie auf die Männer einzureden, und sie hörten ihr zu. Elisabeth zögerte.

»Vielleicht ist es im Augenblick besser, sich nicht einzumischen«, schlug Meister Thomas vor. »So wie es aussieht, scheint ihr Plan aufzugehen – wie immer er auch aussehen mag.«

Elisabeth beobachtete die beiden Wächter, die aufmerksam an Grets Lippen hingen. Wie machte sie das nur? Sie war sicher nicht besonders hübsch zu nennen. Sie war zu robust gebaut, um als weiblich zu gelten, ihr feuerrotes Haar stieß bei vielen eher auf Misstrauen oder gar Ablehnung, und ihr Gesicht war über und über von Sommersprossen bedeckt. Nein, sie war nicht der Typ wie beispielsweise Marthe, auf den Männer flogen und von dem sie sich nur allzu gern einwickeln ließen. Dennoch war Grets Überzeugungskraft nicht von der Hand zu weisen. Sie schaffte es mit klugen Worten und einem eindringlichen Blick, dem nur wenige widerstehen konnten.

Elisabeth sah, wie die beiden nickten und die Münzen entgegennahmen, die sie ihnen reichte. Dann setzten sie sich in Bewegung. Elisabeth hielt die Luft an. Ja, sie ließen Gret tatsächlich durch das Törlein schlüpfen, das sie erst zum Vortor und dann über den Graben in die Pleichach führen würde.

»Sie hat es geschafft.« Meister Thomas nickte anerkennend.

»Ja, und wir müssen dafür sorgen, dass die Wächter sie auch wieder einlassen. Kommt, lasst uns auf die Mauer steigen, dann können wir sie sehen, wenn sie zurückkommt. Und vielleicht auch, wie viel Zeit uns noch bleibt. Hat der Sturm bereits begonnen?«

Sie stiegen die Treppe zur Mauer hinauf, die zusammen mit dem Graben der Pleichach die Vorstadt von der inneren Stadt trennte. Die beiden Wächter auf dem Wehrgang wollten sie davonschicken, doch nun versuchte Meister Thomas sein Glück. Offensichtlich hatte auch er diplomatisches Talent, denn die Wächter zogen sich brummend ein Stück zurück, mahnten aber, dass die Bürger nicht die Wehrgänge verstopfen dürften, sollte es ernst werden. Meister Thomas versicherte, dass dies nicht in ihrer Absicht läge.

Elisabeth trat an die Mauerkrone und sah über die Vorstadt hinaus. Es war inzwischen hell geworden, auch wenn die Sonne sich noch nicht zeigte. Sie konnte einige Menschen erkennen, die sich auf dem Kirchplatz eng zusammendrängten. Noch immer dröhnte das Läuten der Sturmglocken über der Stadt, doch der Angriff ließ auf sich warten. Elisabeth konnte überhaupt kein Heer ausmachen, so weit ihr Blick an der Mauer entlang auch reichte. Was hatte die Türmer veranlasst, die Glocken läuten zu lassen? Irgendetwas mussten sie doch entdeckt haben, das sie beunruhigte und auf einen bevorstehenden Angriff schließen ließ.

Meister Thomas trat neben sie. »Seltsam. Was die dort oben wohl machen? Ich kann es nicht erkennen, doch es wird nichts Gutes sein, fürchte ich.«

Elisabeth folgte mit ihrem Blick der ihr angezeigten Richtung. In der zunehmenden Helligkeit des Morgens erkannte sie eine Gruppe Männer in den Weinbergen, die sich dort mit Äxten zu schaffen machten. Als sie den Blick weiter schweifen ließ, erkannte sie, dass überall auf den Feldern und Weinbergen Gruppen von ein oder zwei Dutzend Bewaffneten umherstreiften. Und dann begann fast gleichzeitig an mehreren Stellen Rauch aufzusteigen. Auch auf einer Obstwiese, auf der Reihen von alten Kirsch- und Zwetschgenbäumen standen, machten sie sich mit ihren Äxten zu schaffen. Der erste Baum fiel ächzend zur Seite.

Elisabeth fühlte den Schmerz, obwohl es nicht ihre Weingärten und Obstbäume waren, die dort vernichtet wurden. Sie sah eine Gruppe Reiter, die ihre schweren Rösser durch die prächtig im Halm stehenden Felder trieben. Was für eine Verschwendung!

»Wenn sie Würzburg seine Trauben und sein Korn schon nicht wegführen können, dann wollen sie sie wenigstens vernichten«, kommentierte Meister Thomas, was sie hilflos mit ansehen mussten.

Da entdeckte Jeanne eine Gruppe von Frauen, die auf das Tor zustrebten, vornweg eine hochgewachsene Gestalt, der einige rote Strähnen unter ihrer Haube hervorlugten.

»Gret kommt zurück, und schaut nur, wen sie alles mit sich führt.«

Elisabeth blinzelte. Ja, sie konnte die Frauenhauswirtin sehen, die mit energischem Schritt ein Stück hinter Gret ging, und auch Ester und Marthe erkannte sie sowie Mara und Anna. Die beiden blonden jungen Frauen hinter ihnen mussten die neuen Dirnen sein, von denen Meister Thürner gesprochen hatte. Doch was sie erstaunt ausrufen ließ, waren nicht die Dirnen um die Eselswirtin, die sie erwartet hatte. Der Gruppe folgte ein ganzer Pulk junger Mädchen und Frauen. Einige trugen Säuglinge auf den Armen, andere zerrten größere Kinder hinter sich her. Ein paar alte Frauen mit gebeugtem Rücken humpelten hinterher.

»Schnell zum Tor«, rief Meister Thomas. »Ehe es sich die Wächter anders überlegen und den Frauen und Kindern den

Zutritt in die Stadt verwehren. Mit so vielen haben sie sicher nicht gerechnet, und ich weiß nicht, ob der Rat ihnen für solch einen Fall Anweisungen gegeben hat.«

Elisabeth raffte ihre Röcke und eilte hinter dem Apotheker die Treppe vom Wehrgang herab. Sie erreichten das Tor von innen zur gleichen Zeit, als Gret mit ihrer Schar an das äußere Tor klopfte.

Wie befürchtet, zeigten sich die Wächter störrisch. »Das war so nicht abgemacht.«

»Oh doch! Ihr beiden habt versprochen, sie wieder einzulassen«, erinnerte sie Elisabeth, obwohl sie das Gespräch nicht hatte verfolgen können.

»Ja, aber es war nicht von einem ganzen Heer von Flüchtlingen die Rede. Sollen wir die ganze Pleichach einladen und Haug noch dazu?«

Elisabeth lag auf der Zunge, dass sie genau das befürworten würde, doch sie sagte es nicht, um den Wächter nicht noch mehr aufzubringen.

»Wir spielen dem Feind in die Hände, wenn wir die Stadt so überfüllen, dass wir sie schon in wenigen Tagen nicht mehr ernähren können. Glaub mir, Mädchen, ich habe schon viel auf dieser Welt gesehen, und ich weiß, wie schnell Pest und Fieber in einer belagerten Stadt ausbrechen können und wie elendig sie daran zugrunde geht!«

Es bedurfte doch noch des Goldguldens, um die Bedenken des Wächters zu zerstreuen. Ein Gulden war ein Gulden, daran gab es nichts zu rütteln. Und so viele Frauen waren es nun auch wieder nicht, die Einlass begehrten.

Als der schwere Riegel fiel und das Türlein neben dem großen Tor aufschwang, weinte Elisabeth fast vor Erleichterung. Sie umarmte Gret, die als Erste die Stadt betrat. Hinter ihr folgten die Bewohnerinnen des Frauenhauses und dann die Frauen und Kinder, die von ihren Männern in die Sicherheit des doppelten Mauerrings geschickt worden waren.

»Schneller, los, kommt schon, geht weiter und verstopft nicht den Platz vor dem Tor«, drängte der Wächter, der erleichtert aufatmete, als er die Pforte wieder verschlossen und fest verriegelt hatte. Die meisten Flüchtlinge zerstreuten sich rasch. Sie suchten Freunde oder Verwandte auf, soweit sie diese in der Stadt hatten. Andere beschlossen, an die Türen der Klöster zu klopfen oder sich vorerst in der Marienkapelle einzurichten. Die Frauen der Eselswirtin waren die letzten, die noch auf dem Platz standen. Wohin sollten sie auch gehen? Wer würde ihnen ein Dach über dem Kopf anbieten? Elisabeth sagte nichts. Sie wusste, dass dieser Schritt zu weit gehen und ihr Bruder ihn nicht nur nicht billigen würde; er konnte ihn seinen guten Ruf als Kaufmann kosten. Nein, das war nicht möglich. Ihr fiel nur Meister Thürner ein, der die Frauen zumindest in seine Scheune lassen konnte, bis die Belagerung vorüber war. Allerdings wollte sie sich nicht vorstellen, was dessen zanksüchtiges Weib dazu sagen würde. Es blieb nur zu hoffen, dass es dem Henker gelang, sich gegen sein Eheweib durchzusetzen. Elisabeth spürte den Blick der Eselswirtin auf sich ruhen und erwiderte ihn zögernd.

»Das hätte ich mir ja denken können, dass nur du in der Lage bist, einen solch verrückten Einfall in die Tat umzusetzen. Gret wollte mir nichts verraten.« Sie kam einen Schritt näher, schien es sich dann aber anders zu überlegen und blieb abrupt stehen.

»Du warst schon immer anders als alle Mädchen, die ich gekannt habe. Ich hätte wissen müssen, dass du etwas ganz Besonderes bist.« Ein Lächeln erhellte ihr faltiges, ausgezehrtes Gesicht. »Die Dirnen der Stadt vor dem Kriegsmob schützen! Nein, wo hat man so etwas schon gehört? Du bist und bleibst ein verrücktes Ding. Wir haben dir zu danken.« Sie deutete eine Verbeugung an. »Und nun mach, dass du fortkommst, und bleib, wo du hingehörst. Und nimm die beiden feinen Mägde mit dir. Wir kommen hier schon zurecht.

Um uns musst du dir keine Sorgen machen. Nein, fast denke ich, wir müssten uns um dich sorgen. Dein Leichtsinn und dein gutes Herz sind deine größten Feinde. Merke dir meine Worte, Kind.«

Nun neigte Elisabeth das Haupt und lächelte. »Ich werde es nicht vergessen, Eselswirtin, und wünsche euch allen Gottes Segen.«

Sie wandte sich ab und ging davon. Gret, Jeanne und Meister Thomas folgten ihr. Sie schwiegen, bis sie die Domstraße überquert hatten. Dann räusperte sich Meister Thomas.

»Fräulein Elisabeth, ich werde Euch heute keine Fragen stellen, denn ich spüre wohl, dass Ihr nicht bereit seid, mir eine Antwort zu geben. Doch darf ich darauf hoffen, dass Ihr mir irgendwann erklärt, was heute hier geschehen ist?«

Elisabeth spürte das Lächeln in sich aufsteigen und konnte nicht verhindern, dass es ihre Miene erhellte.

»Vielleicht, Meister Thomas. Ich weiß es selbst noch nicht, doch Ihr wisst ja: Man soll die Hoffnung niemals aufgeben.«

Den ganzen Tag und die halbe Nacht über wütete das Heer der Belagerer draußen in den Weinbergen und auf den Feldern und vernichtete in nur wenigen Stunden, was Hunderte Hände von Bauern und Häckern über Jahre hinweg gezogen und gepflegt hatten. Die Kornfelder konnten im Herbst oder Frühling wieder gepflügt und eingesät werden, doch vom Verlust der alten Weinstöcke und Bäume würde sich die Stadt nur langsam erholen. Ein seltsames Schweigen hing über Würzburg. Die Bürger bewegten sich durch die Gassen, als folgten sie einem Leichenzug.

Kapitel 18

Albrecht kniete in der Basilika vor dem Bild des Gekreuzigten und versuchte seine Gedanken auf den Erlöser zu richten. Er musste sich fallen lassen und vertrauensvoll in dessen Hände geben, denn der Herr im Himmel war allmächtig, und nichts geschah ohne seinen Willen.

Und warum ließ er es dann zu, dass der Bischof wieder Kriegsvolk um sich scharte und seine Stadt Würzburg belagerte?

Statt Frieden und Ergebenheit spürte Albrecht nur Zorn. Es gelang ihm nicht, Gottes Willen in Demut hinzunehmen. Der Wunsch, seine Rüstung anzulegen und mit dem Schwert in der Hand gegen den Bischof vorzugehen, war beinahe übermächtig. Nein, er war kein Kirchenmann, der Trost im Gebet fand.

Albrecht sprang auf und begann ruhelos auf und ab zu gehen.

»Warum nur? Ich verstehe das nicht! Der von Brunn schickt sein Kriegsvolk nach Würzburg, lässt die Felder verwüsten und die Weinstöcke niederbrennen. Selbst wenn es ihm nicht gelingt, die Stadt zu erobern, werden die Menschen im Winter Hunger leiden. Herr, warum lässt Du das zu?« Mit anklagendem Blick blieb er vor dem Bild des Gekreuzigten stehen. Der aber blieb stumm, und so setzte Albrecht seine Wanderung und sein Selbstgespräch fort.

»Ich verstehe ja, wenn du mich strafen willst. Ja, ich habe vieles falsch gemacht, aber mit den besten Absichten. Das weißt Du, Herr, denn Du bist allwissend. Aber wie kannst Du die Menschen in Franken weiter belasten? Haben sie nicht lange genug unter diesem Bischof gelitten? Warum gebietest Du ihm nicht Einhalt?«

Wieder hielt er vor dem Bild inne. »Es wäre meine Aufgabe gewesen, nicht wahr? Ich hätte es verhindern müssen. Doch wie konnte ich? Warum hast Du mich vor diese schwere Wahl gestellt? Ja, ich habe gefehlt und die Untertanen Frankens geopfert. Wie hätte ich anders entscheiden können, ohne meine Ehre zu verlieren und meinen Schwur zu brechen? Sage mir das, oh Herr!«

Albrecht warf die Arme in die Luft. »Ich weiß nicht, was ich tun soll. Deine Strafe komme über mich. Wie aber kannst Du die armen Bürger und Bauern, die schon so viel gelitten haben, noch weiter beschweren? Ist das die göttliche Gerechtigkeit?«

»Wer sagt denn, dass es göttliche Gerechtigkeit bereits auf Erden gibt?«

Die Worte ließen Albrecht herumfahren. Für einen Augenblick dachte er hoffnungsvoll, der Allmächtige würde ihm endlich antworten, doch er erkannte sehr rasch, dass diese Stimme ganz und gar nicht göttlich klang. Albrecht schritt auf den Mann zu, der unbemerkt die Basilika betreten hatte.

»Dompropst von Grumbach, welch Überraschung! Was wünscht Ihr?«

Hans von Grumbach neigte kurz das Haupt und schickte dann seinen Diener Fritz Hase, der hinter ihm eingetreten war, wieder hinaus.

»Lasst uns ein wenig hier unter dem Antlitz des Herrn Platz nehmen.«

»Seid Ihr gekommen, um mit mir zu beten?«, fragte Albrecht ungläubig.

Der Propst lachte kurz auf. »Nein, danke, und ich habe auch nicht das Bedürfnis, Euch zu beichten. Die Nöte der

Stadt Würzburg führen meinen Schritt auf den Marienberg. Und wie ich höre, beschäftigt ihre Lage auch Eure Gedanken.«

Albrecht spürte, wie er errötete. Es war ihm peinlich, dass der Propst Zeuge seiner Verzweiflung geworden war. Er konnte nur hoffen, dass es in der Basilika zu düster war, als dass der von Grumbach seine Verlegenheit bemerkte. So erwiderte er mit fester Stimme.

»Ja, das ist ein guter Einfall. Lasst uns über Würzburg sprechen und darüber, wie wir diese leidige Belagerung zu einem schnellen Ende führen.«

Als der nächste Morgen anbrach und sich die Sonne erhob, war das Heer verschwunden. In der Ferne konnte man noch die Rüstungen und Speerspitzen aufblitzen sehen. Doch es gab keinen Zweifel: Sie zogen ab und ließen eine äußerlich heile, doch in der Seele verwundete Stadt zurück.

In der Natur draußen wurde es Sommer, doch die Bewohner Würzburgs litten unter einer Starre, die sie sonst nur in trüben Novemberwochen befiel. Die Folgen der Belagerung waren noch nicht überwunden. Zum einen saß der Schock tief. Man hatte ihnen wieder einmal vor Augen geführt, wie verletzlich sie trotz ihrer hohen Mauern doch waren. Zum anderen hatten die Belagerer mit der Verwüstung der Ernte – und, noch schlimmer, mit der Vernichtung der Weinstöcke und Obstbäume – viele Familien ihrer Existenz beraubt. Zahlreiche Kleinbauern waren ruiniert. Wovon sollten sie ihre Pacht aufbringen? Wie ihre Familien ernähren? Die Häcker, Mägde und Knechte, die nicht auf eigenen Feldern und Weinbergen arbeiteten, waren nicht ganz so schlimm dran, denn der Verlust traf vor allem die großen Güter der Domherren und Klöster der Stadt. Dennoch wussten sie nicht, wie schnell die Kirchenherren die Weinberge wieder zu bestellen gedachten und wann es wie viel bezahlte Arbeit für sie geben würde.

Die große Lese im Herbst würde jedenfalls ausfallen, und das bedeutete für alle armen Bewohner der Stadt ein Loch in ihrem Beutel, von dem sie nicht wussten, wie sie es stopfen sollten. Es würden ihnen die entscheidenden Münzen fehlen, die den Unterschied zwischen einem erträglichen Winter und Wochen in Kälte und Hunger ausmachten.

»Wir werden es alle spüren«, prophezeite Georg düster. »Oder zumindest die, die den Winter in der Stadt verbringen werden.«

Elisabeth horchte auf. Sie saßen nach dem Spätmahl noch gemeinsam in der Stube. Die Nächte waren jetzt so warm, dass man den Ofen nicht mehr einheizen musste. Wochen waren vergangen, seit sich Elisabeth bei ihrem Bruder in der Franziskanergasse einquartiert hatte. Eigentlich hatte sie nicht vorgehabt, so lange zu bleiben, doch nun schob sie die Abreise immer wieder hinaus. Sie fühlte sich in ihrer kärglichen Kammer in dem schmalen Kaufmannshaus wohl, was nicht nur daran lag, dass sie nun wieder die Freiheiten genoss, die sie sich als Kind auf dem Marienberg herausgenommen hatte. Ihr Bruder war meist beschäftigt und fragte nicht, wie sie ihre Tage verbrachte. Zusammen mit Gret und Jeanne, die nebenbei das kleine Haus in Ordnung hielten und sich um die Mahlzeiten kümmerten, streifte sie durch die Stadt. Oder sie half Meister Thomas bei seiner Arbeit, was nicht wenig zu ihrem Wohlbefinden in Würzburg beitrug. Vielleicht war das gar der echte Grund dafür, dass sie keinen einzigen Tag Langeweile litt. Zweimal kam ein kurz gehaltenes Schreiben aus Friedleins Feder, der sie wissen ließ, sie solle zum Zabelstein zurückkehren, doch Elisabeth legte sie beiseite und vergaß sie. Nichts trieb sie zurück auf die Burg zu einem Vater, der den Würzburger Bürgern ein Kriegsheer geschickt hatte, um sie zu strafen. Wobei das Wort strafen dafür viel zu harmlos war. Er hatte versucht, die Stadt einem brennenden und plündernden Mob ausgehungerter Söldner auszuliefern, die ganz sicher nicht davor zurückgeschreckt hätten, sich an Leib und Leben der Bewohner zu vergreifen.

Wie sollte sie dem Bischof begegnen, ohne ihn mit Vorwürfen zu überschütten?

So verdrängte sie die Gedanken an eine Rückkehr und genoss das Leben in der Franziskanergasse.

Bei den Worten ihres Bruders horchte sie auf. »Was? Was willst du damit sagen? Die Leute, die den Winter hier verbringen?«

Georg hob die Schultern. »Ich jedenfalls werde nicht in Würzburg sein. Die Vorbereitungen zu meiner nächsten Reise in den Süden gedeihen. Wir müssen von Genua aus rechtzeitig mit dem Schiff übersetzen, ehe Herbststürme die Reise gefährden.«

Elisabeth erstarrte. Natürlich wusste sie, dass Georg vom Fernhandel lebte und nun schon ungewöhnlich lange im Land war, aber sie hatte nicht daran denken wollen, dass seine Wochen in Würzburg gezählt waren. Ihr Blick wanderte zu dem Apotheker.

»Und Ihr, Meister Thomas? Werdet auch Ihr wieder auf Reisen gehen?«, fragte sie und hörte, wie ihre Stimme zitterte.

Er sah sie mit einem entschuldigenden Lächeln an. »Ich kann es Euch noch nicht sagen, Fräulein Elisabeth. Noch ist die Lage in Franken ungeklärt. Wird Euer Vater auf den Marienberg zurückkehren? Und wenn ja, hält er dann an seinem Vorhaben fest, eine Hofapotheke zu gründen? Wenn nicht, dann werde ich wieder mit Eurem Bruder auf Reisen gehen. Meister Heinrich hat mir viele der seltenen Zutaten aus Indien und den Ländern der Sarazenen abgekauft. Und auch Georg hat bei seinen Verhandlungen mit den hiesigen Kaufleuten einige meiner Waren erfolgreich angeboten. So wäre es durchaus an der Zeit, sich wieder auf Reisen zu begeben und die fernen Länder nach den begehrten Stoffen abzusuchen, die auch bei schwerer und seltener Krankheit Heilung versprechen.«

Elisabeth fühlte sich, als habe man ihr den Boden unter den Füßen weggezogen. Ihr wurde übel, und ein Schwindel überfiel sie. Selbst überrascht über ihre heftige Reaktion, bemerkte sie, wie sie im Stillen betete und die heilige Jungfrau anflehte, ihn nicht von hier fortzuführen. Was würde ihr dann noch bleiben? Ein Leben in Langeweile auf dem Zabelstein? Fast geriet sie in Versuchung, sich zu wünschen, ihrem Vater würde es gelingen, auf den Marienberg zurückzukehren.

»Ganz gleich, ob Thomas nun in Würzburg bleibt oder mit mir auf Reisen geht – du wirst zum Zabelstein fahren!«, unterbrach Georg ihre Überlegungen.

»Was? Fängst du nun wieder an, mir Vorschriften machen zu wollen?«, begehrte Elisabeth auf.

»Das hat mit Vorschriften nichts zu tun. Willst du etwa mit Thomas alleine hier im Haus leben?«

»Ich wäre ja nicht alleine. Gret und Jeanne sind bei mir«, maulte Elisabeth, sah aber in der Miene ihres Bruders, was er von diesem Argument hielt. Sie wusste ja selbst, dass ein Kammermädchen und eine Magd nicht ausreichen würden, den Anstand zu wahren, wenn sie mit einem fremden Mann das Haus teilte. Unter der Obhut ihres Bruders war das etwas anderes.

»Die Würzburger würden dich mit Steinen bewerfen«, prophezeite Georg. »Oder sie würden dir den gelb gesäumten Hurenrock überziehen, ganz gleich, wie ehrenhaft Thomas' Absichten oder sein Benehmen dir gegenüber wären.«

Elisabeth erstarrte. Sie riss die Augen weit auf. Gret stieß ihr unter dem Tisch gegen das Schienbein und fixierte sie mit einer solchen Kraft, dass Elisabeth ihr den Blick zuwandte. Die Magd, die das Schicksal als Dirne mit ihr geteilt hatte, ahnte vermutlich, was in ihr vorging. Wie sie sich in den Rock der Schande gehüllt durch die Stadt gehen sah unter den Blicken der Bürger: die der Frauen voller Verachtung und Abscheu, die der Männer neugierig und begehrlich. Dies war keine neblige Vorstellung. Dies war die Erinnerung, die sie in sich trug!

Gret wechselte rasch das Thema, sagte etwas, mit dem sie Georg zum Lachen brachte, und verteilte den süssen Mandelreis, den sie für später warmgestellt hatte. Elisabeth entspannte sich wieder, blieb aber den Abend über einsilbig und verabschiedete sich früh, um sich in ihre Kammer zurückzuziehen.

Es war tiefe Nacht. Elisabeth wusste nicht, was sie geweckt hatte. Es war ruhig im Haus, und sicher schliefen alle. Sie lauschte auf Jeannes regelmässige Atemzüge. Elisabeth hatte Durst. Sie hätte Jeanne wecken und sie bitten können, ihr einen Becher Milch aus der Küche zu bringen. Früher, daheim auf dem Marienberg, hätte sie das vermutlich getan. Doch hier in diesem kleinen Bürgerhaus kam ihr das fast lächerlich vor. Sie schlug die Decke zurück und tastete nach einem Schultertuch. Sie warf es sich über das Hemd, das sie sich angewöhnt hatte nachts zu tragen, obwohl die Nächte nun nicht mehr kalt waren.

Elisabeth tastete sich zur Tür und durch den Gang. Von unten drang ein schwacher Lichtschein über die Stufen die schmale Stiege hinauf. Hatte Gret vergessen, die Lampen zu löschen? Oder war sie noch wach?

Elisabeth tappte barfuss die Stufen hinab. Unten angekommen hielt sie inne. Die Tür zur Küche war nur angelehnt. Durch den Spalt floss das warme Licht. Und es drangen leise Geräusche heraus, die Elisabeth zuerst nicht einordnen konnte. Es waren zwei Stimmen. Eine männliche und eine weibliche, die miteinander sprachen. Nein, flüsterten. Und doch war es auch kein Gespräch. Eher einzelne Worte, ein leises Kichern, ein Seufzen, das kratzende Geräusch von Stroh in einer Matratze. Elisabeth erstarrte, als sich ein Bild vor ihrem inneren Auge zu formen begann. Nein, das war nicht möglich. Ein Geruch stieg ihr in die Nase, der ihr Übelkeit bereitete, obgleich sie nicht mit Sicherheit hätte sagen können, ob sie es wirklich roch oder ob ihre Erinnerung ihr einen Streich spielte. Sie wollte wieder in ihr Bett zurück, schlafen und vergessen. Den Durst hatte sie vergessen. Und dennoch streckte sie die Hand aus und schob die Tür Stück für Stück weiter auf, bis die Küche im Schein der Lampe vor ihr lag.

Links von ihr war der gemauerte Herd mit der Feuerstelle und dem vorkragenden Kamin, um den Gret Kräuter, Specksaiten und einige Würste zum Trocknen aufgehängt hatte. Daneben ein Regal mit Töpfen und Pfannen und irdenem Geschirr, das sie zum Kochen verwendete. In der Mitte ein großer, grober Tisch mit einigen Hockern, der zur Hälfte von Gret, zur anderen Hälfte von Meister Thomas verwendet wurde. Ein zweiter, schmalerer Tisch stand an der rückwärtigen Wand. Dieser und das Regal darüber gehörten zum Revier des Apothekers, wo Elisabeth ihm so viele Tage hilfreich zur Hand gegangen war. Zu seinem Bereich gehörte auch eine Truhe, in der er nach getaner Arbeit seine wertvollen Glaskolben verschloss, aber auch die fertigen Mischungen oder die Fläschchen und Dosen mit Kräutern, von denen nicht wenige so giftig waren, dass sie schnell zum Tod führen konnten. »Es ist stets die Frage der Dosierung«, wie er immer wieder betonte. In kleinen Mengen waren diese Pulver und Auszüge wertvolle Heilmittel.

Auf dem Hocker neben der Truhe in der Ecke erkannte Elisabeth Grets Rock und einige andere Kleidungsstücke, die nicht ihrer Magd gehörten. Ihr Blick verharrte kurz auf dem Wams und den Beinlingen, ehe er zu der Strohmatratze an der rechten Wand gezogen wurde und auf die beiden Körper, die das flackernde Licht umschmeichelte. Das flammend rote Haar, das über den nackten Rücken herabfiel, war unverkennbar. Im Takt des sich wiegenden Körpers schwang es sacht hin und her, und der Widerschein der Flamme stob wie glühende Funken an den langen Locken entlang.

Elisabeths Blick blieb wie hypnotisch auf die beiden Männerhände gerichtet, die von den Schultern herab über den Rücken wanderten, bis sie auf den Rundungen der beiden Pobacken innehielten. Dann begannen die Fingerspitzen zu beiden Seiten des Rückgrats wieder anzusteigen. Sorgsam und ohne Hast arbeiteten sie sich Zoll um Zoll hinauf, so, als gelte es eine Felswand zu bezwingen. Gret gab leise Geräusche von sich. Es war kein Stöhnen, nein, es klang eher wie ein Summen.

Nun schlangen sich die männlichen Arme um den Frauenkörper und zogen ihn auf die nackte Brust. Der Mann, dessen Gesicht die Schatten noch immer verbargen, küsste Gret so stürmisch, als wolle er sie verschlingen, während sich die Hände in die weiche Haut gruben.

Elisabeth fürchtete, keine Luft mehr zu bekommen. Das konnte nicht wahr sein. Diese Szenen gehörten zu einem Leben, das sie hinter sich gelassen hatte und zu vergessen suchte. Nun hob er Gret ein Stückchen an und schob ihren Oberkörper von sich weg. Für einen Moment konnte Elisabeth sein steif aufgerichtetes Geschlecht sehen. Dann senkten sich die Hinterbacken in einer wiegenden Bewegung herab und verschlangen es. Gret stöhnte leise, und Elisabeth entschlüpfte ein Aufschrei. Der Mann setzte sich mit einem Ruck auf, Gret noch immer umfangen.

Das war nicht Meister Thomas. Das war ihr Bruder Georg, der sie entsetzt aus großen Augen anstarrte. Sie empfand gleichzeitig Erleichterung und Wut. Wie konnte er es wagen, sich an ihrer Magd zu vergreifen! Hatte sie ihm nicht deutlich gesagt, dass Gret nicht zu haben sei und sie es nicht dulden würde, wenn er ihre Wünsche nicht respektierte?

»Elisabeth!«, stieß Georg aus. »Was hast du hier um diese Zeit zu suchen? Spionierst du mir nach? Geh in deine Kammer!«

Hatte sie bis dahin gedacht, das Entsetzen habe sie sprachlos gemacht, fühlte sie nun, wie zornige Worte in ihr aufstiegen, die sie ihm ins Gesicht schleudern wollte.

»Du hast mir nichts zu befehlen! Ich hatte nur Durst und kam in dem unschuldigen Gedanken, einen Becher Milch zu trinken, hier herunter in die Küche – aber was muss ich hier vorfinden? Vor Entsetzen und Zorn weiß ich nicht einmal, wie ich es nennen soll. Schande, mein Bruder!«

»Was? Bist du verrückt? Verschwinde von hier, aber schnell!«

»Damit du dich weiter an meiner Magd – an meiner Freundin vergehen kannst, die ich zu schützen versprochen habe? Nein! Auch nicht, wenn du dich mein Bruder nennst. Gib sie sofort frei, und schwöre, dass du niemals wieder auch nur einen Blick auf sie werfen wirst!«

Ihr Bruder schwankte zwischen fassungslos und zornig. »Was geht dich das an? Bist du zur Betschwester geworden, die mir meine Sünde vorwerfen will?«

Elisabeth keuchte. »Du fragst, was es mich angeht? Es geht jeden an, der einen Funken Anstand in sich spürt. Durch alle Welt sollte ein Aufschrei gehen, dass niemals wieder einer Frau Gewalt angetan wird. Wenn du nicht einmal verstehst, was ich dir vorwerfe, dann bist du nicht besser als all der Abschaum, der sich durch unser Land wälzt. Als abgerissene Söldner und stinkende Handwerker, als versoffene Taugenichtse und brutale Schläger, die alle eines mit wohlanständigen Bürgern und gar Kirchenmännern gemein haben: Es gibt etwas, das unter ihnen steht, das Weib, dem sie jederzeit ungestraft Gewalt antun dürfen und das sich stumm zu fügen hat. Ob sie nun ein paar Münzen für dieses Vergnügen bezahlen oder nicht, das tut nichts zur Sache.«

Nun war ihr Bruder völlig verwirrt, sodass er gar seinen Zorn vergaß. »Jetzt ist sie übergeschnappt«, sagte er leise und wollte Gret von seinem Schoß schieben, aber die Magd legte ihre Beine um ihn und wandte sich nur halb zu Elisabeth um.

»Es ist genug«, sagte sie leise, aber fest. »Du irrst dich. Hier geschieht nichts, das dein Eingreifen erfordern würde. Gehe jetzt und schließe die Tür!«

Elisabeth schnappte nach Luft. »Wie redest du denn mit mir?«

Gret blieb ruhig, sah sie jedoch durchdringend an. »So, wie es angemessen ist, wenn jemand ungefragt hereinplatzt und zwei sich Liebende stört.«

»Zwei sich Liebende?«, wiederholte Elisabeth stotternd. Was für eine seltsame Formulierung für diesen Akt der Erniedrigung, bei dem dem Körper und der Seele der Frau Gewalt angetan wird.

»Ja, zwei Liebende, und nun lass uns alleine. Wir können morgen darüber sprechen, wenn du es wünschst.«

Elisabeth taumelte zurück und zog die Küchentür ins Schloss. Sie schwankte und musste sich an der Wand abstützen, als sie die Stiege hochkletterte. Ihre Welt war wieder einmal aus ihren fest gefügten Fugen geraten. Hatte ihre Magd, die sie vor der Gewalt ihres Bruders retten wollte, sie gerade des Zimmers verwiesen und sich eine Störung verbeten? Wie konnte das sein? Den Gedanken, ihr Bruder habe Gret so bedroht und eingeschüchtert, dass sie diese Worte benutzt hatte, verwarf sie. Nein, so hatte die Magd nicht auf sie gewirkt. Außerdem war sie nicht der Typ, der sich leicht einschüchtern ließ. Nein, Elisabeth hatte sie in verschiedenen gefährlichen Situationen stets mutig erlebt. Mutig und bereit, für sich selbst, aber auch für Recht und Wahrheit einzutreten.

Elisabeth ließ sich in ihr Bett sinken und zog rasch die Decke über sich, wie um sich zu schützen. Ihre Gedanken kreisten wild und peitschten in stürmischen Wellen durch ihren Geist. Sie verstand das alles nicht und fühlte nur den Schmerz der vielen schrecklichen Erinnerungen, von denen sie gehofft hatte, sie erfolgreich in einen finstern Winkel verdrängt zu haben. Erst in den frühen Morgenstunden fand sie Schlaf, und als sie wieder erwachte, fühlte sie sich elend und wie zerschlagen.

»Was soll das heißen, du willst nicht aufstehen und auch nicht zum Frühmahl mitkommen?«, erkundigte sich Jeanne und beugte sich besorgt über Elisabeth, die sich in ihrem schmalen Bett verkroch, die Decke bis über das Kinn gezogen.

Jeanne öffnete die Fensterläden und betrachtete ihre Herrin im Schein der Morgensonne kritisch.

»Es ist nichts Schlimmes. Ich will heute nur kein Frühmahl, das ist alles«, widersprach Elisabeth.

»Du bist aber blass und siehst nicht besonders gut aus«, sagte Jeanne mit Besorgnis in der Stimme. Sie legte ihr die Hand auf die Stirn. »Heiß fühlst du dich allerdings nicht an. Vielleicht sollte Meister Thomas mal nach dir sehen?«

»Auf keinen Fall!« Elisabeth sprang so schnell aus dem Bett, dass sie fast gestürzt wäre. Jeanne fing sie auf. Der Gedanke, dass Meister Thomas seinen forschenden Blick auf sie richtete und die furchtbare Geschichte der Nacht aus ihr herauszuholen versuchte, war entsetzlich. Wobei sich die Frage stellte, ob ihr Bruder gar von sich aus mit ihm darüber gesprochen hatte. Taten Männer so etwas? Sie waren Freunde und teilten viele Gedanken miteinander.

Die Vorstellung ließ Übelkeit in ihr aufsteigen, sodass sie sich fragte, ob es nicht wirklich besser war, auf das Frühmahl zu verzichten. Sie wollte ihren Bruder nicht sehen und Gret auch nicht! Da aber Jeanne nun laut zu überlegen begann, ob sie den Bader oder einen richtigen Arzt holen sollte, damit er sich Elisabeth ansähe, befahl sie barsch, ihr beim Ankleiden zu helfen, und stieg dann forschen Schrittes zur Stube hinunter. Die anderen waren schon da; also grüßte sie mit gesenktem Blick und rutschte auf ihren Platz. Schweigend löffelte sie etwas Mus. Auch Gret und Georg sagten nicht viel. Meister Thomas sah von einem zum anderen.

»Ist etwas geschehen?«

Jeanne, die hinter Elisabeth eingetreten war, hob die Schultern. »Elisabeth fühlt sich nicht wohl, und ich fürchte, sie ist nicht die Einzige. Wir werden uns doch nicht zu den ersten kühlen Tagen ein Fieber ins Haus geholt haben? Noch höre ich allerdings niemanden husten, und keiner klagt über Schmerzen im Hals.«

»Dann warten wir es ab«, meinte der Apotheker, schlug aber vor, er würde einen Kräutersud ansetzen, von dem jeder einen Becher trinken sollte.

»Solange er heiß ist«, fügte er hinzu. »Dann ist die Wirkung am besten.«

Die anderen nickten. Anscheinend wollte keiner widersprechen oder ihn darauf hinweisen, dass keinesfalls eine heraufziehende Erkältung die Stimmung trübte.

Später, als sich die anderen zurückgezogen hatten und nur noch Gret zurückblieb, um die Schalen einzusammeln und den Tisch abzuwischen, stellte Elisabeth sie zur Rede. Sie schloss die Tür und lehnte sich mit vor der Brust verschränkten Armen gegen das Holz.

»Hast du mir gar nichts zu sagen? Ich kann ja verstehen, wie es dazu gekommen ist. Georg hat schon eine Weile ein Auge auf dich geworfen; allerdings dachte ich, er würde sich mehr um meine Worte kümmern, und du kannst mir glauben, dass ich ihm sehr deutlich gesagt habe, er solle es nicht wagen, Hand an eine meiner Mägde zu legen. Aber sage mir, warum hast du ihn verteidigt? Du warst nie leicht einzuschüchtern. Erkläre mir das! Ich verstehe das einfach nicht. Wie kamst du dazu, so etwas zu sagen?«

Gret nahm den Lappen vom Tisch und richtete sich auf. Sie sah Elisabeth in die Augen. »Weil es die Wahrheit ist, die du nicht erkennen willst.«

»Dir wurde Gewalt angetan! Dachtest du, weil er mein Bruder ist, könnte ich dich nicht vor ihm schützen?«

Gret stiess einen ärgerlichen Laut aus. »Mir wurde keine Gewalt angetan! Sah dies etwa so für dich aus? Mach die Augen auf, und sieh hin, statt dir die Welt aus deinen getrübten Erinnerungen zusammenzubauen. Georg wollte es, und ich wollte es auch, das ist das ganze Geheimnis. Es geht nur ihn und mich etwas an, und deshalb habe ich dich hinausgeschickt.«

Elisabeth starrte ihre Magd ungläubig an. »Du hast es freiwillig getan? Du, die mir einmal sagte, kein Mann werde jemals wieder Hand an dich legen? Das kann und will ich nicht glauben.«

Gret hob die Schultern. »Man darf seine Meinung ändern. Ich will nur niemals wieder zulassen, dass andere bestimmen, wer Hand an mich legen darf und was dies kostet.«

Elisabeth keuchte. »Ach, so ist das. Du willst selber bestimmen, wer dich besteigt, den Preis dafür kassieren und mit niemandem mehr teilen müssen!«

Grets Augen verengten sich. »Das denkst du von mir? Ja? Tut es dir nun leid, dass du mich von der Eselswirtin freigekauft hast?«

»Ja, vielleicht war es ein Fehler, dass ich so naiv war zu glauben, Menschen könnten sich ändern«, zischte sie.

»Du meinst also, einmal eine dreckige Hure, immer eine Hure?«, gab Gret genauso kalt zurück.

»Wie gut, dass du es selbst aussprichst! Mich würgt es, wenn ich das Wort nur in den Mund nehme.«

»Das kann ich mir denken. Du warst schon immer zart besaitet, und deine Vorstellung vom Leben ist so vertrocknet wie der Körper einer alten Betschwester.«

»Ich verbiete dir, in diesem Ton mit mir zu sprechen!«, schrie Elisabeth. »Noch bist du meine Magd! Was sich allerdings schnell ändern könnte.«

»Ach ja? Hast du vor, mich zu Else zurückzuschicken? Bitte, tu dir keinen Zwang an. Sprich es aus, wenn es dir auf deiner so reinen Seele der Unschuld brennt.«

»Warum nicht? Ich habe den Eindruck, dass du dort eher hingehörst als in ein anständiges Bürgerhaus.« Elisabeth riss die Tür auf und stürmte mit Tränen des Zorns in den Augen hinaus.

Kapitel 19

Es war schon beinahe Mitternacht, doch Elisabeth fand keine Ruhe. Sie wartete, bis sie sicher war, dass Jeanne tief schlief, dann erhob sie sich und stieg zur Küche hinunter. Sie lauschte erst, ob sie nicht etwa wieder Stimmen und diese Geräusche hören würde, ehe sie die Tür zaghaft aufschob. Wie in der vorigen Nacht brannte eine Lampe, in deren Schein Gret vor dem Herd saß und einen Kupferkessel schrubbte. Die Magd sah nicht von ihrer Arbeit auf, obwohl sie das Öffnen der Tür sicher vernommen hatte. Mit kraftvollen, ja zornigen Bewegungen ließ sie die Bürste an der Kesselwand auf- und abfahren. Elisabeth fühlte sich so mutlos, dass sie sich am liebsten wortlos wieder zurückgezogen hätte. Wie feige! Sie zwang sich, in den Flammenschein vorzutreten. Je früher sie diese Sache aus der Welt schaffte, desto besser für alle Beteiligten.

Sie machte zwei Schritte vor und räusperte sich. Gret reagierte nicht. Noch immer war ihr Blick in den Kessel und auf die nun emsig kreisende Bürste gerichtet. Sie wollte es ihr also schwer machen. Elisabeth unterdrückte den aufkeimenden Unmut. Gret war im Recht, ob sie nun Magd war oder nicht. Elisabeth hatte sich ins Unrecht gesetzt und die Beherrschung verloren. Wie hatte ihr das nur passieren können? Und was für Worte hatte sie Gret ins Gesicht geschleudert! Sie spürte, wie die Erinnerung ihr Schamesröte ins Gesicht trieb.

»Es tut mir leid!«, rief sie aus.

Gret hob noch immer nicht den Blick. Ihre Bewegungen wurden eher noch zorniger. »Was tut dir leid? Dass du mich aus dem Frauenhaus in dein Heim geholt hast? Dass du mich überhaupt kennenlernen musstest?«

»Nein! Dass ich dich mit bösen und ungerechten Worten angegriffen habe! Ich wollte dich nicht kränken und dir gegenüber nicht ungerecht sein. Ich weiß nicht, woher die Worte kamen, die mich einfach so überfluteten und aus mir herausdrängten, ohne dass ich ihnen Einhalt gebieten konnte. Ich schwöre dir, sie sind nicht wahr. Ich habe niemals bereut, dich und Jeanne freigekauft zu haben, und das werde ich auch nie, egal wohin das Leben uns noch führt. Ihr seid meine Freundinnen, die mir lieb und teuer sind. Und ich wollte es auch nicht missen, dich als einen wunderbaren Menschen kennengelernt zu haben. Natürlich wäre es mir lieber, wenn dies auf andere Weise möglich gewesen wäre, als euer schändliches Leben ein Jahr lang teilen zu müssen. Doch die Vergangenheit lässt sich nicht ändern. Die Schläge, die das Schicksal austeilt, müssen wir annehmen und an ihnen wachsen.«

Nun endlich hielt Gret inne und hob den Blick. »Bist du denn daran gewachsen?«

Diese Frage überraschte Elisabeth. »Ich weiß nicht. Ich denke schon.«

»Ich merke nicht viel davon. Vielleicht hat dich diese Erfahrung ja nur verbittert und blind gemacht«, widersprach Gret.

»Wie sollte es mich nicht verbittern, durch üble Machenschaften beinahe meines Lebens beraubt worden zu sein?«, ereiferte sich die Herrin.

»Wie du es sagst, beinahe! Du hast nicht nur deinen Körper und deine Seele behalten, du hast sogar eine zweite Chance bekommen, in dein Leben zurückzukehren. Ist das nicht ein Grund, dankbar zu sein, statt so viel Abscheu in dir anzuhäufen?«

»Es ist so ungerecht! Warum hat es mich überhaupt getroffen? Warum musste ich dieses Leid erfahren und die Härte dieses Lebens ganz unten im Schmutz der Gesellschaft? Was habe ich getan, um das zu verdienen?«

Gret schob den Kessel von sich, legte die Scheuerbürste beiseite und wischte sich die Hände an ihrer Schürze ab.

»Es gibt im Leben nicht nur falsche Antworten. Es gibt auch falsche Fragen. Und darüber hinaus so viele, die gar nicht erst gestellt werden. Wenn du fragst, warum es dich getroffen und in ein Frauenhaus verschlagen hat, dann könntest du dich auch fragen, warum es mich oder Jeanne und die anderen getroffen hat. Haben wir dieses Schicksal im Gegensatz zu dir verdient? Nur weil wir nicht das Glück hatten, unter einem mächtigen Vater geboren worden zu sein? Weil wir Sünderinnen sind, schon von klein an? Weil wir es verdient haben, bereits im Elend geboren worden zu sein?«

»Nein! So meine ich es nicht«, wehrte Elisabeth ab. »Niemand wird sündig geboren oder hat so ein schlimmes Los verdient.«

»Und doch gibt es mehr Mädchen und Frauen auf dieser Welt, die dies Tag um Tag erdulden müssen, als andere, die sich unter der schützenden Hand der Mächtigen eines satten, warmen Daseins erfreuen können. Ohne Angst und Sorge um ihre Zukunft.«

»Du hast wie immer recht, Gret. Heißt das, ich darf nicht mit dem Schicksal hadern? Ich muss stets alles demütig annehmen und mir sagen, ich habe es verdient, weil es so viele gibt, denen es noch schlechter geht? Hat Gott das so gewollt?«

Gret spielte mit der Bürste, die sie auf den Tisch gelegt hatte. »Was Gott sich bei seinem Plan denkt, weiß ich nicht. Ich bin kein Pfaffe, und die, die sich Kirchenmänner nennen, denen kann man meist kein Wort glauben. Ich jedenfalls habe schon zu viele lügen und in meinen Armen stöhnen gehört. Doch wenn du meine geringe Meinung hören willst, so sage ich: Ja, du musst dein Schicksal annehmen – ob demütig oder nicht –, aber du darfst dagegen ankämpfen, wenn der Platz, an den du gestellt wurdest, dir nicht gefällt.«

»Das habe ich getan!«

Gret nickte. »Ja, und deshalb hast du die Wahrheit gefunden und solltest dich nun darüber freuen, dass du die Prüfung bestanden hast.«

»Tue ich das denn nicht?«

Gret wiegte den Kopf. »Nur du alleine kennst deine innersten Gefühle. Mir kommt es so vor, als würdest du häufiger mit dem, was vergangen ist, hadern. Es hat dich klein und hart statt groß und stolz werden lassen.«

»Kann ich etwas für meine bösen Träume? In manchen Nächten drückt mir der Alb auf meine Brust und nimmt mir den Atem. Dann bin ich wieder zurück im Frauenhaus und rieche diese Mischung aus ungewaschenen Körpern und geiler Lust, die mich so oft würgen ließ.«

»Wir alle haben schlechte Träume, doch du lässt es zu, dass sie deine Sinne trüben und alles, was schön ist, in den Schmutz werfen. Lass das nicht zu! Sei wach und lass deine Sinne nicht von schlechten Erfahrungen trüben. Das meine ich, wenn ich sage, du kannst an deinem Schicksal wachsen.«

Elisabeth sah die Magd verwirrt an. »Ich verstehe nicht, was du meinst.«

»Deine unschönen Erfahrungen flüstern dir ein, dass es zwischen Männern und Frauen nur Zwang und Unterwerfung geben kann. Sie sagen dir, Berührungen sind unangenehm, und die Vereinigung erzeugt für den Mann Erleichterung, für die Frau aber nur Schmerz und Ekel. Aber sie muss keine Erniedrigung sein! Du kannst dir nur nicht vorstellen, dass sie von beiden ersehnt und freudig begangen werden kann.« Elisabeth starrte Gret mit zunehmendem Befremden an.

»Ein Kuss, eine Hand auf der Haut, zwei nackte Körper beieinander. Es kann einen die Welt vergessen lassen. Der

Körper kennt noch einen anderen Hunger als den nach Speise und Trank, und diesen stillt die Vereinigung in einem warmen, wilden Strom, wenn es der richtige Mann ist, der diese Gefühle erweckt und dann bereit ist, sie zu stillen. Es gibt nicht nur eine Liebe des Geistes. Die Liebe betrifft auch den Körper.«

Elisabeth schüttelte den Kopf. »Ich höre deine Worte und kann sie dennoch nicht verstehen. Ich weiß nur, dass es Sünde ist, wenn die Körper sich vereinen, ohne dass sie im Bund der Ehe gesegnet wurden.«

Gret schnaubte abfällig. »Dann werde ich es gelegentlich in meiner Beichte erwähnen. Mag die Kirche so denken oder zumindest die Pfaffen es dem einfachen Volk so predigen – für mich ist die fleischliche Lust mit der Vereinigung von Mann und Frau nur Sünde, wenn sie unter Zwang und mit Gewalt geschieht. In Liebe kann sie nicht verderbt sein. Nein, das schließt sich aus. Es ist ein Teil der Natur, des Werdens und Vergehens, das die Welt erfüllt.«

»Dann wolltest du das? Ich meine, dann hast du meinem Bruder dein Einverständnis gegeben?«

Gret lächelte milde. »Mehr noch! Ich habe ihn begehrt, und ich habe ihn mir genommen, da er sich zu sehr dem Anstand und deinen Worten verpflichtet fühlte.«

»Er wird dich nicht heiraten können, selbst wenn er es wollte«, fügte Elisabeth behutsam an, die noch immer nicht recht verstand. Zumindest konnte ihr Gefühl diese Regungen nicht nachempfinden.

Gret schnaubte abfällig. »Natürlich kann er mich nicht heiraten. Hältst du mich für so einfältig, von so etwas zu träumen? Nein, das liegt nicht in meinem Sinn. Ich bin gern in seiner Nähe, ich schätze ihn, und ich werde mit Freude in seinen Armen liegen, solange es dauert. Keine Angst, ich werde darauf achten, weder ihn noch mich in Schwierigkeiten zu bringen.«

»Und wenn er fortgeht?«

Gret überlegte. »Dann bin ich traurig und vermisse ihn. Das ist das Wesen der Liebe. Hast du das nicht gespürt? Du sagtest, deine Liebe gehöre für immer Albrecht von Wertheim.«

»Ja, ich habe ihn geliebt. Ich liebe ihn noch immer, und der Schmerz seines Verrats hat mir das Herz entzweigerissen«, entgegnete Elisabeth heftig.

»Und du hast dennoch nie das Verlangen gefühlt, mehr als einen flüchtigen Kuss auf der Wange zu spüren? Dieses Begehren, das den Körper in heißen Wellen durchläuft? Kennst du das nicht?«

»Meine Liebe war rein und von Gott gesegnet!«

Gret seufzte. »Sie war eher unreif. Die eines Kindes, das einen Beschützer sucht, statt die einer Frau, die den Mann begehrt.«

Elisabeth straffte den Rücken. »Ich möchte nicht weiter über Albrecht von Wertheim sprechen. Ich bin nun müde und werde in mein Bett zurückkehren. Mach auch du für heute Schluss. Der Kessel kann bis morgen warten.«

Gret nickte. »Ja, das kann er, obgleich es eine wundervolle Arbeit ist, wenn der ganze Körper vor Zorn nur so bebt!«

Elisabeth legte der Freundin die Hand auf die Schulter. »Bist du noch zornig auf mich?«

Gret bedeckte die weißen, weichen Finger mit den ihren, die rot und rau waren. »Nein, bin ich nicht. Ich wünschte nur, du würdest erfahren, wovon ich spreche. Dein Leben wäre um vieles reicher, denn egal, was die Kirchenleute predigen – die Liebe ist in jeder Erscheinung ein göttliches Wunder. Auch wenn sie als Lust zu uns kommt.«

Darauf wollte Elisabeth nichts erwidern. Sie strich noch einmal über Grets Arm, dann verließ sie die Küche und kehrte in ihr Bett zurück. Zum Glück schlief Jeanne und löcherte sie nicht mit Fragen. Denn von diesen gab es in ihrem Innern bereits genug, auf die sie keine Antwort wusste. Zuerst wollte sie die Gedanken verdrängen. Warum sollte ihre Magd in diesen Dingen Weisheit besitzen, die ihr selbst bisher verborgen geblieben war? Albrechts Bild stieg vor ihrem inneren Auge auf, und sie versuchte sich mehr vorzustellen als eine ritterliche Umarmung und einen keuschen Kuss. Sie sah Gret vor sich, nackt in den Armen ihres Bruders. Beide strahlten sie in ihrer Lust Harmonie aus, und Elisabeth fragte sich, wie sie auch nur einen Moment hatte annehmen können, solch eine Vereinigung könne unter Zwang entstehen. Sprang einem der Unterschied zu den Nächten im Frauenhaus nicht geradezu ins Auge? Wieder und wieder lief die Szene in ihrem Kopf ab, und plötzlich bemerkte sie, dass sie keinesfalls Abscheu dabei empfand, sondern eine geradezu unheimliche Sehnsucht. War es wirklich möglich, dass auch sie eines Tages die fleischliche Vereinigung mit einem Mann in Lust und mit Freude würde erleben können?

Wieder dachte sie an Albrecht. Ihm hätte sie sich freudig ergeben, wenn er sie nach der Hochzeit in ihr Brautgemach geführt hätte.

Ergeben? Nein, nein, nein, das war das falsche Wort und passte nicht zu dem Bild von Gret und ihrem Bruder. Ergeben lag so nah an unterwerfen und sich aufgeben. Es fehlte die eigene Lust und das Feuer, das zwischen den beiden Körpern knisterte.

Nein, so etwas konnte sich Elisabeth nicht vorstellen. Sie ließ es zu, dass Albrechts Bild verschwamm und sich auflöste. Doch während sie bereits in ihre Träume glitt, stieg ein anderes Gesicht vor ihr auf, das mit einem ganz und gar männlichen Körper einherging. Er streckte seine Hand nach ihr aus, und Elisabeth bemerkte entsetzt, dass sie nur ein dünnes Hemd trug, das kaum ihre Knie verhüllte. Entschlossen trat der Mann auf sie zu und zog ihr das Hemd über den Kopf. Sein Blick wanderte über ihren nackten Körper und ließ sie schaudern. Dann hob er die Hand und legte sie auf ihren Bauch. Langsam strich er über ihre Haut, die zu brennen schien, wo er sie berührte. Als er ihre Brust umschloss, stöhnte Elisabeth im Schlaf. Meister Thomas lächelte sie an und öffnete die Lippen. Dann küsste er sie, dass Elisabeth dachte, ihr Herz müsse stehen bleiben.

»Ich wünsche einen guten Morgen.« Elisabeth trat mit gesenktem Blick ein und setzte sich schnell auf ihren Hocker, ohne den Apotheker anzusehen, der wie immer auf dem Platz gegenüber saß. Gret erhob sich bereits, und auch ihr Bruder verschwand nach einigen Augenblicken mit einer gemurmelten Entschuldigung. Jeanne war noch in Elisabeths Gemach beschäftigt, und auch Sebastian hatte sie heute noch nicht gesehen. Sie war mit Meister Thomas alleine in der Stube. Hastig zog sie sich eine Schale heran und begann ihre Milchsuppe zu löffeln.

Der Apotheker schwieg, doch sie konnte seinen Blick auf sich spüren. »Ist etwas nicht in Ordnung?«, brach er die Stille, als sie ihre Schale schon beinahe geleert hatte.

Elisabeth sah ihn noch immer nicht an. »Nein, ich hatte nur eine kleine Auseinandersetzung mit Gret, aber ich habe die Missverständnisse heute Nacht ausgeräumt.«

»Und Euer Bruder? Ich weiß, es geht mich nichts an, aber mir scheint, auch mit ihm wäre ein klärendes Gespräch fällig. Er kommt mir recht verstimmt vor.«

»Ich habe gehofft, es würde sich von alleine richten.«

»Das tut es selten. Es wird nur begraben, und man glaubt es vergessen, doch dann kommt es unverhofft wieder empor und ist größer als zuvor. In der Dunkelheit des Verdrängens hat es sich an Unstimmigkeiten und Missverständnissen genährt und macht uns nun noch mehr Angst als zu Beginn.«

Elisabeth seufzte. »Ich habe verstanden. Ja, ich werde mit ihm reden und, wenn es nötig ist, mich entschuldigen, wobei ich finde, er hat eigentlich kein Recht, mir zu zürnen.«

Entwaffnend hob Meister Thomas die Hände. »Sprecht mit ihm, das ist der Rat, den ich Euch geben möchte. Nichts ist so schlimm wie das Monstrum der Missverständnisse. Und wenn wir schon bei Missverständnissen sind und wie man sie unter Freunden ausräumt: Was ist zwischen uns vorgefallen, dass Ihr meinen Blick meidet?«

Elisabeth zwang sich, ihn anzusehen, obwohl sie spürte, wie sich ihre Wangen röteten. »Es ist nichts, ich schwöre es Euch, Meister Thomas. Es ist gar nichts zwischen uns vorgefallen«, bekräftigte sie und fühlte bei den Worten eine seltsame Traurigkeit.

Er betrachtete sie noch einige Augenblicke prüfend, dann lächelte er, wie er es schon so oft getan hatte. Dieses Mal jedoch fühlte Elisabeth ein seltsames Glimmen in ihrem Leib und war froh, dass sie saß, denn sonst wären ihr die Knie weich geworden.

»Dann will ich Euch nicht weiter drängen, aber nur, wenn Ihr mir nach dem Mahl in meine Alchemistenküche folgt!«

Die Küche. Die Strohmatratze in der Ecke. Die nackten Leiber im Lampenschein in Lust vereint. Elisabeth fühlte, dass sie schon wieder die Farbe wechselte. Wie aber sollte sie seinen Wunsch abschlagen, ohne Fragen hervorzurufen, die sie ganz sicher nicht beantworten wollte? Allein der Gedanke, über diesen Vorfall mit Meister Thomas zu sprechen, ließ sie die quälende Peinlichkeit spüren. Also musste sie nicken und lächeln und ihm versichern, dass sie ihm gern zur Hand ging. Mit ihm zusammenzuarbeiten, ab und zu seine Hand versehentlich zu berühren, wenn er ihr etwas reichte, seinen warmen Atem in ihrem Nacken zu spüren, wenn er sich vorbeugte, um zu sehen, ob sie seinen Anweisungen genau folgte.

Nein, nein, nein – wie sollte sie es aushalten, so nah bei ihm zu sein, ohne zu schwanken? Was, wenn er ihre Gedanken erriet? Die Scham würde sie im Boden versinken lassen. Und doch begehrte sie nichts mehr, als ganz nah bei ihm zu sein, allein in einem Zimmer. Nein, falsch: Wenn sie ehrlich zu sich wäre, müsste sie sich gestehen, dass sie noch mehr begehrte. Viel mehr!

Sie rang um ein Lächeln. »Ich bin so weit. Dann lasst uns anfangen. Was werden wir heute zubereiten?« Sie erhob sich und verbarg die zitternden Hände hinter dem Rücken. Zum Glück schien Meister Thomas nichts zu bemerken. Er sprach bereits von den Zutaten, die sie benötigten, und davon, wie sie vorbereitet werden mussten, dass sich die Komponenten der komplizierten Pillen später gut verkneten lassen würden.

Elisabeth hörte aufmerksam zu, um sich die Anweisungen genau zu merken. Sie durfte keinen Fehler machen. Er sollte sie loben und stolz auf ihre Fingerfertigkeit und ihren scharfen Verstand sein.

Nach und nach legte sich ihre Nervosität, und gegen Mittag konnte sie die Arbeit wieder genießen. Allerdings war sie eifrig darauf bedacht, ihm nicht zu nahe zu kommen und jede Berührung zu meiden, so, als könne sie sonst für alles Weitere, was daraufhin geschehen würde, nicht mehr garantieren.

Später am Nachmittag traf sie Gret alleine an, die gerade die Treppe schrubbte. Elisabeth vergewisserte sich, dass wirklich niemand sonst in der Nähe war, dann ließ sie sich auf die oberste Stufe sinken und stützte den Kopf in ihre Hände. Gret sah von ihrer Arbeit auf.

»Was gibt es?«

»Die reine, geistige Liebe ist die bessere!«, stieß sie hervor. »Sie bringt das Beste der Menschen an die Oberfläche und führt sie zusammen. Dieses körperliche Verlangen kann uns nur der Teufel schicken!«

Gret zog eine Grimasse. »Ach ja? Zu dem Ergebnis hat dich dein Grübeln geführt?«

Elisabeth nickte ruckartig. »Ja, diese Lust verwirrt einem den Verstand und lässt sündige Gedanken aufsteigen, die sich nicht mehr verdrängen lassen. Sie beherrschen uns so sehr, dass wir uns nicht einmal mehr normal verhalten können. Wir sind nur noch dumm und sprachlos und denken an Dinge, die einem die Schamesröte ins Gesicht steigen lassen. Nein, das kann keine Liebe sein, die von Gott gesandt wird. – Was? Was grinst du so unverschämt?« Elisabeth sprang auf und stampfte mit dem Fuß.

Gret kicherte. »Ich finde es nur komisch, dass du, die auf eine solch schwarze Vergangenheit blicken muss, vor Scham noch erröten kannst.«

»Du machst dich über mich lustig!«

Gret nickte und wischte sich die Augenwinkel. »Ja, und wenn du ein wenig Abstand zu der Sache hast, dann wirst du die Lächerlichkeit ebenfalls erkennen. Eigentlich würde ich dir gerne gratulieren, denn deine Worte verraten mir, dass du plötzlich weißt, wovon ich spreche. Ich will auch nicht neugierig fragen, wer es ist und woher diese Gefühle so unvermittelt aufgetaucht sind. Ja, vielleicht bist du endlich wachgerüttelt worden. Nun müssen wir dich nur noch von dieser blödsinnigen Sünden- und Teufelsvorstellung befreien. Denn wie sollst du jemals dein Verlangen ausleben und deine Lust genießen, wenn du weiterhin meinst, der Teufel würde sie dir eingeben?«

»Spare dir deinen Spott!«

Gret seufzte, stieg die Treppe hinauf und legte Elisabeth den Arm um die Schulter. »Es ist kein Spott. Dies ist mein völlig ernster Wunsch, dich von den Schranken zu befreien, die deinen Geist und dein Gefühl gefangen halten.«

»Du meinst also, wenn man ein Verlangen spürt, soll man ihm nachgeben? Einfach so, ohne auf die Gesellschaft, die Stellung und den Rang Rücksicht zu nehmen? Einfach dem Ruf der Natur folgen und sich um nichts kümmern, als wären wir nur Tiere?«

Gret stöhnte. »Du kannst ganz schön anstrengend sein, weißt du das? Wenn du irgendwann lernst, nicht mehr nur schwarz oder weiss zu sehen, dann erkennst du, dass zwischen den brünstigen Tieren und den Regeln der Gesellschaft noch Luft für ein eigenes Leben ist. Möge die Heilige Jungfrau dir beistehen, dass du diese findest, und zwar bald!«

Elisabeth lachte freudlos. »Ich glaube nicht, dass sich die Heilige Jungfrau Maria für Verlangen und körperliche Lust zuständig fühlt.«

Gret schien zu überlegen. »Nein? Warum nicht? Ich stelle sie mir durchaus als Frau von Lebensfreude vor. Und zur Freude am Leben gehört auch die Lust.«

»Wie seltsam, dass ich so etwas noch in keiner Predigt gehört habe!«

Gret grinste schelmisch. »Was vermutlich daran liegt, dass irgendwann einmal von oberster Stelle beschlossen wurde, den Pfaffen die Fleischeslust zu verbieten. Wer will schon den Weibern etwas zubilligen, was einem selbst untersagt ist?«

Elisabeth schüttelte den Kopf. »Ach, Gret. Du bist ganz und gar unmöglich! Manches Mal denke ich, du lebst in einer ganz anderen Welt, die nur du sehen kannst.«

Gret betrachtete sie nachdenklich. »Ja, das ist die Frage. Welche Welt ist die wahre? Die, die du siehst, oder die, welche ich sehe? Warten wir es ab. Vielleicht werden wir es irgendwann erfahren. Bis dahin habe ich aber noch eine Treppe und einen Flur zu wischen.« Sie griff nach der Scheuerbürste und begann wieder zu arbeiten. Elisabeth sah ihr noch einige Augenblicke zu, dann ging sie in ihr Gemach zurück, um bei einer Stickarbeit dem quälenden Strom ihrer Gedanken zu lauschen.

Kapitel 20

»Du musst zum Zabelstein zurückfahren.« Mit diesen Worten begrüßte Georg seine Schwester ein paar Tage später, noch ehe ihr Morgengruß verklungen war.

»Was? Warum?« Sie ließ sich auf ihren Sitz fallen. »Ist etwas geschehen?«

Georg schaufelte sich seinen Teller voll. »Nein, geschehen ist nichts, aber ich muss für einige Tage nach Ochsenfurt. Ich schiebe es nun schon eine Woche hinaus, weil ich dich hier nicht alleine lassen kann, aber nun muss es sein, will ich das Geschäft nicht verderben. Außerdem rückt die nächste große Reise näher, und dann musst du so oder so zurück.«

Elisabeth sah zu Meister Thomas hinüber. Wie nahm er die Nachricht auf? Würde er sie vermissen, oder war es ihm einerlei? Natürlich, ihre geschickten Hände würden ihm fehlen, doch das sollte nicht das Einzige sein, was er an ihr schätzte. Warum sagte er nichts? Warum protestierte er nicht, statt sie nur mit diesem seltsamen Blick anzusehen?

»Ich will aber noch nicht zurück«, protestierte Elisabeth. »Das reicht immer noch, wenn du zu deiner großen Reise aufbrichst. Wegen der paar Tage in Ochsenfurt müssen wir doch nicht abreisen.«

»Du weißt, dass du nicht hierbleiben kannst, wenn ich nicht da bin. Darüber haben wir bereits gesprochen. Da spielt es keine Rolle, ob ich nur ein paar Tage in Ochsenfurt weile oder ein Jahr in China. Es schickt sich nicht, und das weißt du so gut wie ich«, gab Georg ärgerlich zurück.

»Kommt Meister Thomas denn nicht mit?«

»Doch, das tut er, und das heißt, du wärst mit deinen beiden Mägden hier alleine. Außerdem hat der Bischof bereits dreimal nach dir geschickt.«

Elisabeth fand es bemerkenswert, dass auch Georg sich scheute, ihn Vater zu nennen. Außerdem fragte sie sich, woher er von den Schreiben wusste. Hatte sie sie nicht alle ins Feuer geworfen?

Trotzig verschränkte sie die Arme. »Wenn ich nicht hierbleiben kann, dann werde ich euch eben nach Ochsenfurt begleiten. Wir haben August, das Wetter ist warm, die Straßen sind trocken, und Ochsenfurt liegt nicht am Ende der Welt. Was also könntest du dagegen einwenden?«

»Dass es für Euch auf der Landstraße gefährlich werden könnte, wohl kaum«, mischte sich Meister Thomas ein. »Wir werden in Begleitung einer Bürgerwehr von dreihundert Mann reisen.«

Georg warf ihm einen sauren Blick zu. »Fällst du mir in den Rücken, Thomas?«

Der Apotheker schüttelte den Kopf. »Aber nein. Warum sollte deine Schwester nicht eine kleine Reise unter deinem Schutz unternehmen, wenn die Umstände keine Widrigkeiten aufzuweisen haben, die dagegen sprechen?«

Elisabeth sah, dass Georg zu Widerspruch ansetzte, doch dann blieb sein Blick an Gret hängen. Er lächelte kaum merklich, ehe er wieder seine Schwester fixierte.

»Nun gut«, gab er nach und suchte vergeblich nach einem mürrischen Tonfall. »Aber trödelt morgen nicht herum. Wir brechen beim ersten Licht des Tages auf. Wir können keine Rücksicht auf die Empfindlichkeiten von euch Frauen nehmen.«

Elisabeth war viel zu erleichtert, um ihrem Bruder seiner letzten Worte wegen zu sehr zu zürnen. Immerhin hatte sie jetzt noch eine Gnadenfrist erhalten, ehe sie sich für lange

Zeit zumindest von ihm würde verabschieden müssen. Sie sprang auf, obwohl sie ihre Schale noch nicht geleert hatte, und lief in ihr Gemach, um Jeanne Bescheid zu geben.

»Wie lange werden wir dort bleiben? Welche Gewänder wirst du brauchen? Gibt es offizielle Feiern, auf die du deinen Bruder und Meister Thomas begleiten wirst?«

Elisabeth zuckte die Achseln. »Ich weiß es nicht. Das habe ich Georg nicht gefragt.«

Jeannes Finger wies zur Tür. »Dann geh und frag ihn. Wie soll ich sonst die richtigen Dinge für dich einpacken?«, befahl das sonst so sanfte Kammermädchen energisch.

Elisabeth lächelte. »Ich folge deinem Befehl! Und ich werde ihn auch gleich fragen, welche Schätze er in seinen Kisten mit sich führt, dass wir eine Eskorte von dreihundert Bewaffneten benötigen!«

Noch ehe es richtig hell wurde, versammelten sich die Reiter aus Würzburg, um nach Ochsenfurt aufzubrechen. Georg hatte das Missverständnis aufgeklärt und seiner Schwester lachend gestanden, dass er leider keine Reichtümer besitze, die es rechtfertigen würden, dreihundert Reiter auf seine Kosten zum Schutz der Waren anzuheuern. Er nutze nur die Gunst der Stunde, sich dieser Abordnung anzuschließen. Ihr Schutz galt also in erster Linie dem Domdechanten Reichard von Masbach und seinem Kapitular Friedrich Schoder und erst in zweiter Linie den beiden vollgeladenen Karren. Der Maultierwagen wurde von Gottbert geführt, der zweite Karren von Sebastian, während der Kärrner, dem dieser Wagen gehörte, neben ihm saß. Außerdem hatte Georg eine einfache Kutsche für seine Schwester besorgt. Er und Meister Thomas würden reiten. Auch die beiden Domherren reisten in einer Kutsche, die allerdings größer und viel prächtiger war als das alte Gefährt, das sich Elisabeth mit den beiden Mägden teilte.

Die dreihundert Begleiter des Zugs waren alle beritten und

bestanden aus einigen Dutzend Männern von Adel, unter anderem die siebenundzwanzig, die der Rat zum Schutz der Stadt für ein Jahr in Sold genommen hatte, außerdem einige Herren des Rats. Die meisten jedoch gehörten zu den Schützen der Bürgerwehr. In einem geradezu feierlichen Zug verließen sie die Stadt durch das Sandertor, querten die von zwei Wehrgängen gesicherte Brücke über den Graben und passierten das Turmtor des Vorwerks, das sie auf die Landstraße am Main führte. Die Räder der Kutsche, die eher einem Karren verwandt war, ratterten und holperten über den zerfurchten Weg.

»Es ist doch immer wieder eine Freude, über Land zu reisen«, spottete Gret, die nach einem besseren Halt suchte, um nicht bei jeder Unebenheit von einer Seite auf die andere geschleudert zu werden.

Elisabeth stützte sich an der einen Wand ab und klammerte sich mit der anderen Hand an die Kante der kaum gepolsterten Sitzfläche. Sie schien Gret nicht gehört zu haben. Nachdenklich starrte sie aus dem Fenster, durch das der Hufschlag der vielen Pferde zu ihnen hereinschallte.

»Ich frage mich, warum zwei Domherren mit so vielen Bewaffneten als Eskorte reisen, wenn sie nicht einmal das Land verlassen. Nach Ochsenfurt ist es von Würzburg aus nicht einmal eine Tagesreise!«

Jeanne hob die Schultern. »Das Land wird immer unsicherer. So viele Raubritter, bei denen der Bischof Schulden gemacht hat und die nun selbst sehen, wie sie das Geld bei den Bewohnern des Landes eintreiben. Dabei ist es ihnen gleichgültig, wen sie schätzen. Hauptsache, die Geisel ist wertvoll. Wie viel wären wohl ein Dechant und ein Domherr von Würzburg wert? Ich könnte mir schon vorstellen, dass es den ein oder anderen Ritter in Versuchung führen könnte, wüsste er von dieser Reise.«

Gret schüttelte den Kopf. »Nein, Elisabeth hat recht, das

erklärt nicht solch eine Reiterschar. Sie sind nur Domherren und keine Kaiser oder Könige, die stets mit großem Gefolge reisen.«

Elisabeth kaute auf ihrer Unterlippe. »Ja, mit großem Gefolge zu ihrem Schutz, aber auch um zu zeigen, dass sie der rechtmäßige Herr sind, dass sie Macht besitzen und notfalls auch mit Gewalt ihre Ansprüche durchsetzen können. Das könnte die Sache erklären.«

Nun sahen Gret und Jeanne sie fragend an. »Willst du uns das nicht genauer auseinandersetzen?«

»Es geht um das Domkapitel, das sich in zwei Parteien gespalten hat. Eigentlich hatten sie sich ja auf Albrecht als Pfleger geeinigt und darauf, dass er die Nachfolge seines Bruders übernehmen sollte, aber als der Bischof sich dann wieder einmischte, kam es zur Spaltung. Obwohl sich Albrecht ja von ihm drängen ließ, einen Vertrag zu siegeln, der ihm zumindest einen Teil seiner Regierungsgewalt zurückgibt, gehört er nun zu der Partei, die gegen den Bischof agiert. Ich vermute, dass es der Bischof wieder einmal übertreibt und Entscheidungen an sich reißt, die nicht die seinen sind, ohne den Pfleger und das Kapitel zu fragen. Ich habe gehört, er hat Neustadt an der Saale verpfändet, um seine Kosten zu begleichen. Es geht das Gerücht, er habe seine eigene Hofküche nicht mehr bezahlen können, aber unter den Ausgaben sind auch ganz sicher Gelder zu finden, die an diverse Domherren geflossen sind.«

»Bestechungsgelder!«, murmelte Gret. Elisabeth nickte mit ernster Miene.

»Ja, Bestechungsgelder. Nur so ist es wohl zu erklären, dass sich wieder mehr als die Hälfte aller Domherren auf seine Seite schlagen. Da die Würzburger fest zu Pfleger Albrecht halten und auf keinen Fall ihren Bischof zurückhaben wollen, haben seine Anhänger aus Angst vor Übergriffen die Stadt verlassen.«

»Sicher nicht ganz zu Unrecht«, vermutete Gret.

»Vielleicht. Jedenfalls sind sie nach Ochsenfurt gegangen, das von jeher zu großen Teilen dem Kapitel gehörte. Die anderen Domherren, die in Würzburg blieben und sich als das wahre Kapitel ansehen, versuchen seitdem, sich wieder mit ihnen zu vereinen, doch jeder Versuch scheiterte bislang.«

»Sie trauen sich wohl nicht nach Würzburg zurück.«

Elisabeth hob die Schultern. »Das ist gut möglich. Jedenfalls vermute ich, dass der Dechant mit Domherr Schoder aus diesem Grund nach Ochsenfurt reist, um sie zum Einlenken zu bringen.«

Gret pfiff durch die Zähne. »Und um zu unterstreichen, dass sie das rechtmäßige Kapitel sind und Anrecht auf die Macht haben, werden sie von dreihundert bis an die Zähne bewaffneten Reitern begleitet. Ja, das verleiht so mancher Forderung den nötigen Nachdruck!«

»So lauten meine Vermutungen«, bestätigte Elisabeth.

Später, als sie in Ochsenfurt angelangt waren und ihr Quartier in einem der Gasthäuser am Markt bezogen hatten, bestätigte Meister Thomas ihre Vermutung.

»Noch heute soll im Rathaus eine Versammlung stattfinden, aus der die Domherren hoffentlich wieder vereint hervorgehen werden.«

»Die Frage ist, wer wen auf seine Seite zieht.«

Jeanne runzelte die Stirn. »Wie meinst du das, Lisa?«

»Na, ob am Ende alle auf der Seite des Pflegers Albrecht stehen, wie sich dies Dechant von Masbach vorstellt, oder ob er und die restlichen Würzburger sich der Schar um den Propst anschließen. Immerhin haben der von Grumbach und damit auch Bischof von Brunn die Mehrheit auf ihrer Seite.«

»Dafür hat der Dechant aber seine Schar von Bewaffneten als schlagkräftiges Argument«, rief Gret ins Gedächtnis.

Meister Thomas nickte. »Das ist wahr. Allerdings hat der Dechant damit, dass er sie vor der Stadt lagern lässt und nur eine kleine Eskorte mit hereingenommen hat, demonstriert, dass er an einer friedlichen Lösung interessiert ist.«

»Kann er wirklich daran glauben? Ich halte das für einfältig«, mischte sich Georg ein, der sich bis dahin mit seinen Warenlisten beschäftigt hatte. »Und es ist dumm, dass er damit die Schlagkraft seiner Männer mehr oder weniger aufgegeben hat. Was nützen sie ihm, wenn die Ochsenfurter beschließen, ihre Tore zuzumachen? Dann sind die Domherren und ihre paar Männer Eskorte hier drin und die Bogenschützen draußen vor der Stadt. Sollen sie dann Ochsenfurt belagern und die Herausgabe der Geiseln fordern, oder wie stellen sie sich das vor?«

»Da hast du schon recht, doch wie hätten sie mit dreihundert Bewaffneten vor das Rathaus ziehen können und behaupten, sie seien an friedlichen Verhandlungen interessiert?«, wandte Elisabeth ein.

»Ich fürchte, es wird so oder so bei dieser Verhandlung nicht viel herauskommen. Sie werden auf ihren Standpunkten beharren und weiterhin gespalten bleiben«, prophezeite Meister Thomas. »Wie lange tagen sie schon? Zwei Stunden? Ich vermute, sie werden die ganze Nacht hin und her reden, ohne auch nur einen Zoll weit zu kommen.«

»Und dann? Was wird dann geschehen?«, wollte Elisabeth wissen. »Mit dem Land muss es doch irgendwie weitergehen. Es kann nicht sein, dass der Bischof das eine beschließt und der Pfleger was anderes und die Bürger von beiden Seiten zu Treue und zu Steuerzahlungen aufgefordert werden.«

Ihr Bruder setzte gerade zu einer Antwort an, als sich draußen auf dem Marktplatz Stimmen erhoben.

»Ah, es tut sich was!«, meinte Gret.

»Ja, lasst uns hören, was sie beschlossen haben«, rief Elisabeth.

Sie sprangen auf und eilten vor die Tür. Ein Stück weiter vor dem Rathaus sahen sie eine dicht gedrängte Menge von Bürgern. Georg griff nach der Hand seiner Schwester.

»Bleib dicht bei mir. Wir wollen zusehen, dass wir etwas erfahren, doch wenn die Sache brenzlig wird, folgst du mir sofort zurück ins Gasthaus. Hörst du? So etwas kann ganz schnell umschlagen und gefährlich werden.«

Elisabeth verdrehte die Augen und tauschte einen Blick mit Gret, die recht belustigt dreinsah. Vermutlich dachte auch sie daran, dass die drei Frauen in Würzburg durchaus Erfahrungen mit Belagerungen und Aufständen gemacht hatten. Dies war allerdings nicht die Zeit und nicht der Ort, Elisabeths Bruder darauf hinzuweisen. Ja, vermutlich war es besser, wenn er weiterhin dachte, Elisabeth habe ein Jahr im Kloster verbracht.

Sie drängten sich in die Menge und reckten die Hälse, um zu sehen, was vor dem Rathaus vor sich ging.

»Ist das dort vorn auf den Stufen nicht unser Domdechant von Masbach?«, fragte Georg.

Elisabeth nickte. »Was sagt er? Ich kann ihn nicht verstehen.«

Ein ihr fremder Bürger drehte sich zu Elisabeth um. »Es geht um die Würzburger Bürger, die der Bischof aus verschiedenen Gründen hat gefangen nehmen lassen und deren Freilassung der Dechant nun fordert. Er betont, die Würzburger seien mit gutem Beispiel vorangegangen und hätten des Bischofs Boten Baiersdorfer und seine Begleiter bereits aus dem Turm entlassen. Nun seien der Bischof und der Propst von Grumbach am Zug.«

»Gefangene? Was für Gefangene?«, hakte der Apotheker nach.

Der Bürger hob die Schultern. »Ich weiß nicht so genau. Manche sind schon länger in Haft. Einige wurden, als der Bischof den Marienberg verlassen musste, hierher nach Ochsenfurt gebracht, andere erst später in seinem Auftrag von seinen Getreuen gefangen gesetzt und in unsere Verliese gesteckt.«

Ihr Vater hatte noch immer Gefangene? Elisabeth konnte

es nicht fassen. Ob Albrecht überhaupt davon gewusst hatte, als er den Posten als Pfleger antrat? Nun jedenfalls war es selbst den Domherren bekannt. Sie fragte sich, wie ein abgesetzter und verbannter Bischof noch immer die Macht haben konnte, ehrbare Menschen willkürlich festzusetzen, denn dass es sich bei diesen Männern nicht um Strauchdiebe oder Totschläger handelte, lag auf der Hand. Es waren vermutlich Junker, Bürger oder Kaufleute, die ihm in irgendeiner Weise lästig geworden waren, in einem ungünstigen Moment seinen Weg gekreuzt hatten oder einfach als ein geeignetes Druckmittel erschienen.

Elisabeth schämte sich für ihren Vater.

Die Stimmen vor dem Rathaus wurden lauter und hitziger. Elisabeth konzentrierte sich darauf, die Worte zu verstehen, die hin- und herflogen. Wer war das, der gerade die Stimmen der Bürger zu übertönen versuchte und ihnen zurief, sie sollten den Worten des Domherrn von Masbach keinen Glauben schenken? Elisabeth fiel auf, dass er ihn nicht Dechant nannte. Die abgespaltene Partei in Ochsenfurt hielt also offensichtlich an ihrem neu gewählten Dechanten Martin Truchseß fest. Der Name Anthoni Dienstmann wurde geraunt. Ja, nun erkannte Elisabeth den Domherrn, der sich auf die Seite des Bischofs geschlagen hatte. Mit lauter Stimme rief er über die Menge:

»Glaubt ihnen nicht, denn ihre Worte sind voller Lüge und ihre Anträge trügerisch. Schickt die Herren von Masbach und Schoder mit ihren Männern, die sie so drohend vor unserer Stadt zusammengezogen haben, dahin zurück, wo sie hergekommen sind!«

Eine rüde Männerstimme erhob sich und übertönte den Domherrn Dienstmann. Elisabeth reckte sich auf die Zehenspitzen und sah gerade noch, wie ein kräftiger Mann mit rotem Gesicht die Faust in die Höhe reckte.

»Nicht! Schell, lass das«, rief ein anderer. »Du kannst doch nicht einen Kirchenmann schlagen!«

»Wenn der sein Maul so aufreißt und uns mit solch einem Lügengeschwätz überschüttet, kann ich das wohl.«

Der erzürnte Bürger schlug zu, doch der Domkapitular war gewarnt und duckte sich rechtzeitig zur Seite weg, sodass der Fausthieb den Mann traf, der hinter ihm gestanden hatte. Elisabeth hörte das Krachen, als die geballte Hand auf den Wangenknochen traf.

»Oho, das ist nicht gut«, hörte sie Georg neben sich ausstoßen. Ihr Bruder war etwas größer und hatte das unfreiwillige Opfer des Schlages erkannt.

»Wer ist das?«, wollte nicht nur Meister Thomas wissen.

»Der Stadtvogt Stephan von Grumbach«, gab Georg Auskunft.

Von Grumbach! Allein der Name rann ihr wir Eiswasser den Rücken herunter und ließ sie schaudern. Nun wurde Elisabeth auch klar, warum die abtrünnigen Domherren unter der Führung des Propstes Hans von Grumbach ausgerechnet nach Ochsenfurt gegangen waren.

»Und der Vogt lässt sich so etwas nicht gefallen«, fuhr ihr Bruder fort. »Gewollt oder ungewollt!«

Noch während er die Worte aussprach, holte der Geschlagene aus und gab den Hieb zurück. Wieder musste der Domherr in Deckung gehen. Der Getroffene schrie vor Wut und Schmerz auf.

Es war, als habe die Menge nur auf dieses Zeichen gewartet. Ehe es sich die Zuschauer weiter hinten versahen, war vor den Stufen des Rathauses eine blutige Schlägerei im Gange, in die sich immer mehr der umstehenden Männer einmischten. Elisabeth vermutete, dass so manch einer gar nicht wusste, für welche Partei er sich stritt. Das war vermutlich auch gar nicht so wichtig. Die aufgepeitschte Stimmung suchte sich einfach einen Weg, sich zu entladen, und vielleicht hatte der ein oder andere Bürger schon lange auf die Gelegenheit gewartet, seinem Nachbarn oder Konkurrenten einen Faustschlag zu verpassen.

Georg packte seine Schwester bei der Schulter. »Los, komm! Das ist nichts für dich. Lass uns zusehen, dass wir in den Gasthof zurückkommen, ehe wir unter einem Knäuel um sich schlagender Tobsüchtiger begraben werden.«

Doch Elisabeth reagierte nicht. Sie starrte mit weit aufgerissenen Augen auf ein geöffnetes Fenster im Rathaus, aus dem sich eine Armbrust schob. Herr im Himmel! Auf wen hatte es der Schütze abgesehen? Sie sah Dechant von Masbach und den Domherrn Schoder vor dem sich prügelnden Haufen zurückweichen. Die Armbrust schien ihnen zu folgen. Elisabeth schrie auf und begann wild zu gestikulieren, doch ihre Warnung musste in dem Aufruhr untergehen. Die Sehne schnellte nach vorn und trieb das Geschoss auf die Kapitulare und ihren Dechanten zu.

Sie hatten Glück. Der Bolzen verfehlte den Kopf des Dechanten von Masbach nur um eine Handbreit und bohrte sich in einen Balken am Eck des Hauses. Die Männer gingen in Deckung. Sie versuchten zum Eingang des Rathauses zu gelangen, um sich in Sicherheit zu bringen oder den Schützen zu überwältigen, der erneut schoss und einen unbeteiligten Bürger am Arm streifte.

Die Rathaustür fiel krachend ins Schloss, noch ehe die Kapitulare der Würzburger Partei sie erreichten. Man konnte hören, wie sie von innen verbarrikadiert wurde, denn nun versuchten nicht nur die Domherren dort hineinzukommen.

Vom Stadttor her waren aufgebrachte Stimmen zu hören. Offensichtlich hatten die vor der Stadt lagernden Männer mitbekommen, dass die Beratung im Rathaus nicht so friedlich ablief, wie man es bei einem Treffen von Domherren hätte erwarten können. Sie entschieden, dass es nun an der Zeit wäre, in die Stadt zu ziehen und einzugreifen. Vermutlich erkannten die Wächter die Gefahr zu spät, um das Tor vor den anrückenden Würzburgern zu schließen. Mit Kriegsgeschrei strömten sie auf den Ochsenfurter Marktplatz.

Der Griff ihres Bruders verstärkte sich. »Komm jetzt. Das wird gefährlich.«

Widerstrebend ließ sich Elisabeth mitziehen. Auch Meister Thomas und die beiden Mägde folgten ihnen ins Gasthaus zurück. Der Wirt stand schon in der Tür und trieb sie an, sich zu beeilen. Kaum waren sie eingetreten, warf er auch schon die Tür zu und verbarrikadierte sie. Nein, er hatte keine Lust, in diesen Streit mit hineingezogen zu werden, und wollte nicht riskieren, dass Geschirr und Mobiliar unter den Fäusten der sich Prügelnden zu Bruch gingen.

»Nachher dringen die mir in meinen Keller ein und saufen mir den ganzen Wein aus!« Diese entsetzliche Vorstellung trieb ihm den Angstschweiß auf die Stirn.

Elisabeth kümmerten weder der Wein noch die Einrichtung des Wirts. Sie raffte die Röcke und eilte in ihre Kammer hinauf, um vom Fenster aus den Fortgang des Geschehens zu beobachten.

Die Würzburger Schützen hatten inzwischen den Marktplatz umringt und brachten die Prügelei schnell zu einem Ende. Die geschlagenen Kämpfer trollten sich, mit Schnittwunden und Prellungen. Mancher hinkte vom Platz. Viele trugen blutige Nasen davon. Die Würzburger kümmerte es nicht. Als der Hauptmann sich vergewissert hatte, das der Dechant und der Kapitular wohlauf waren, wandte er seine Aufmerksamkeit dem schweren Rathaustor zu, hinter dem sich die Abtrünnigen verschanzt hatten. Seine Geste war unmissverständlich.

»Aufbrechen!«

Ganz so einfach ging das allerdings nicht. Der Hauptmann ließ das Rathaus umstellen – soweit das möglich war, denn viele Häuser um den Markt waren Wange an Wange gebaut, sodass die Dächer ineinander übergingen.

Bald schon mussten die Männer einsehen, dass sie der Tür mit ihren Äxten nicht beikommen würden. Elisabeth sah den

Hauptmann mit einigen Männern sprechen, die sich eilig davonmachten. Eine Weile geschah nichts.

»Was tut sich?«, fragte Gret und drängte sich neben Elisabeth an das schmale Fenster.

»Im Moment nichts, doch halt, hörst du das?« Ein Rumpeln hallte über das Pflaster, und dann hörten sie Pferde wiehern. Ein von zwei kräftigen Braunen gezogener Karren kam in Sicht, auf den eine Büchse geladen war. Sicher kein Kaliber, mit dem man Stadtmauern durchbrechen konnte, doch für die Rathaustür sollte es reichen.

Gret pfiff durch die Zähne. »Die Würzburger sind ja wirklich wild entschlossen. Jetzt geht es den Verrätern an den Kragen.«

Die Frauen beobachteten, wie die Männer die Büchse in Position schoben, das Pulver feststopften und die eiserne Kugel in den Lauf luden. Das dauerte! Endlich schien der Büchsenmeister zufrieden. Er überprüfte noch einmal die Ausrichtung des Laufs, dann gab er den Feuerbefehl, und die brennende Lunte senkte sich herab. Elisabeth sah die Männer, die sich im Rathaus verschanzt hatten, panisch von den Fenstern zurückweichen. Ihre Schreie gingen im Donner der Kanone unter. Elisabeth presste sich die Hände auf die Ohren, doch der Geschützdonner war nicht nur zu hören. Das dumpfe Rollen pflanzte sich über den Boden fort und ließ den Körper erzittern.

Der Schuss traf die Tür fast genau in der Mitte, was aus dieser Entfernung nun auch keine allzu große Kunst war; dennoch benötigte der Büchsenmeister noch einen weiteren Schuss, bis die Barrikade im Innern zusammenbrach, sodass die Würzburger ins Rathaus stürmen konnten.

Den abtrünnigen Domherren und ihren Verbündeten war vermutlich bereits, als die Büchse in Sicht kam, klar gewesen, dass sie das Rathaus nicht würden halten können. Gret stieß Elisabeth in die Rippen.

»Sieh mal, da versuchen sich ein paar aus dem Staub zu machen.«

Als sich der Pulverdampf des ersten Schusses ein wenig verzog, sah auch sie, was Gret entdeckt hatte. Drei Männer in langen Roben krochen aus einem schmalen Fenster und dann über die steile Dachfläche zum angrenzenden Haus des Bürgers Hagen.

»Wir müssen es der Würzburger Mannschaft sagen. Sie entkommen sonst noch!«

Elisabeth hielt sie zurück. »Du wirst nicht dort hinausgehen, solange sie aus der Büchse schießen. Es sind dort draußen dreihundert Männer. Sie werden die paar Domherren schon erwischen, auch ohne dass du dich in Gefahr begibst.«

Gret funkelte sie an, gehorchte aber. »Du bist ja nur neidisch, dass dich dein Bruder nicht mit hinausgehen lassen würde.«

Elisabeth lächelte schwach. »Vielleicht. Vielleicht will ich aber auch nicht die Schuld auf mich laden, dass sie die Flucht der Chorherren durch unsere Hilfe bemerken und sie in ihrem Zorn in Stücke reißen.«

»Du würdest ihnen helfen zu entkommen?«, empörte sich Gret.

Elisabeth schüttelte den Kopf. »Nein, das nicht. Ich stehe nicht auf der Seite der Abtrünnigen. Aber ich will auch nicht Schicksal spielen.«

»Du willst dich also nur aus allem heraushalten und an nichts die Schuld tragen. Weißt du, wie ich das nenne?«

Elisabeth stöhnte. »Feige? Ach Gret, urteile doch nicht so hart. Gibt es denn nur Gut und Böse? Nur Schwarz oder Weiß? Hast nicht du mir genau dies vorgeworfen? Rührt es nicht aus dieser Haltung her, dass sie nun – statt sich durch Verhandlungen und Kompromisse wieder zu vertragen – mit Kanonen aufeinander schießen?«

Gret überlegte. »Du kannst nur auf der Seite des Pflegers

Albrecht oder auf der des Bischofs stehen. Beides geht nicht. Solange sie sich nicht einigen können, ist dies auch für ihre Anhänger unmöglich. Und mir geht es da wie den meisten Würzburger Bürgern: Ich kann keinen Vorteil für uns erkennen, wenn der Bischof wieder an die Macht kommt. Ganz im Gegenteil, ich sehe für diesen Fall viel Leid auf uns zukommen.«

Elisabeth seufzte. »Ich kann dir leider nicht widersprechen. Was ich allerdings nicht verstehe, ist, wie Albrecht sich in diese Lage hineinmanövrieren konnte. Hätte er nicht diesen unglückseligen Vertrag gesiegelt, wäre dies alles nicht so weit gekommen. Es passt so gar nicht zu seinen Überzeugungen, und mein Vater hatte doch kein Druckmittel mehr gegen ihn in der Hand!«

Gret nickte. »Ja, das ist wirklich seltsam. Wie wäre es, wenn du zum Marienberg reist und ihn danach fragst?«

»Das ist nicht dein Ernst!«

Gret hob die Schultern. »Warum nicht?«

Kapitel 21

Als am Abend die Tore geschlossen waren und ganz Ochsenfurt noch einmal gründlich durchsucht wurde, stand fest: Vier der abtrünnigen Domherren waren ihnen entwischt. Der Dechant ließ Reiter aussenden und Erkundigungen einziehen. Vielleicht glaubte er auch, die Entflohenen einholen zu können, doch wenn dies seine Hoffnung gewesen war, wurde sie enttäuscht. Demetrius von Siech, Hans von Thunfeld, Rudolph von Scherenberg und Anthoni Dienstmann entkamen nach Karlstadt, wo sie freundliche Aufnahme fanden, denn die Stadt stand auf der Seite des Bischofs.

Dennoch konnten die Würzburger mit dem Verlauf der Ereignisse an diesem Tag zufrieden sein: Es war ihnen gelungen, den anderen Domherren Werner von Hain, Eitel Hiltmar und Wilhelm Uebel, Hans von Siech und Wolfram von Seldeneck bei deren Versuch zu fliehen habhaft zu werden. Ja, zwei wirkten gar erleichtert, dass man sie aus einer misslichen Lage auf einem steilen Dach befreite. Im Gegenzug dazu wurden die von Bischof Johann von Brunn in Ochsenfurt festgehaltenen Würzburger Bürger befreit. Angesichts der dreihundert Bewaffneten in ihrer Stadt verhielten sich die Ochsenfurter ruhig. Manche von ihnen mochten vielleicht mit dem alten Bischof sympathisieren oder sich von seiner Rückkehr einen Vorteil versprechen – in dieser Situation jedoch offen für ihn einzutreten, derart verrückt war keiner. Und so kehrte am Abend Ruhe in der Stadt ein.

Drei Tage lagerte die Truppe in Ochsenfurt, dann befahl

Dechant von Masbach die Rückkehr nach Würzburg. Allerdings liess er Domherr Schoder mit einer ordentlichen Besatzungsmannschaft zurück. Vielleicht, weil er den Ochsenfurtern nicht so recht traute, vielleicht auch als Mahnung und Strafe. Hatten sie doch immerhin über Wochen und Monate unschuldige Würzburger Bürger in ihren Verliesen gefangen gehalten, auch wenn sie diese nicht selbst ergriffen hatten.

Da in diesen aufregenden Tagen niemand in Ochsenfurt an Handelsgeschäfte hatte denken wollen, beschlossen Georg und Meister Thomas, noch einige Tage in der Stadt zu bleiben und abzuwarten, bis der Alltag wieder einkehrte.

»Ich sage dir, sie werden zu anständigen Preisen kaufen, aber nicht jetzt, solange kriegerische Truppen durch ihren Geist spuken«, prophezeite Georg zuversichtlich und verlängerte beim Wirt die Mietdauer der beiden Kammern. Elisabeth hatte nichts dagegen einzuwenden. Zwar war es hier in der Enge des Gasthauses nicht so bequem wie in ihrem Häuschen in Würzburg, und ihr fehlten die arbeitsamen Stunden an Meister Thomas' Seite, dafür nahmen sich die beiden Männer abwechselnd Zeit, um mit ihr und ihren Mägden bei angenehmer Plauderei durch die Gassen zu spazieren. Ab und zu gingen sie vor der Stadt am Main entlang oder überquerten die Brücke, um bis zur hohen Warte hinaufzusteigen, die die Stadt vom anderen Ufer her vor Unerwartetem schützte. Elisabeth sah über die aus der Ferne so friedlich wirkende Stadt, die auf den Höhenzügen von spätsommerlichen Wäldern umschlossen wurde. Ein erster Hauch gelb verfärbter Blätter war bereits zu erahnen. Eine seltsame Traurigkeit überfiel sie, und es war ihr, als ginge mit dem Sommer auch ihr sorgloses Leben zu Ende. Sie spürte Meister Thomas, der hinter sie trat, und musste das Verlangen unterdrücken, nach seiner Hand zu greifen. Vergeblich versuchte sie den Gedanken an seine baldige Abreise zu verdrängen. Der Schmerz machte es schwer zu atmen.

»Sorgt Euch nicht«, sagte er leise, als habe er ihre Stimmung aufgefangen. »Genießt diesen schönen Tag, und vertraut auf Gott, dass er Euch auch durch den nächsten und den darauffolgenden führen wird.«

Elisabeth dachte über seine Worte nach. Konnte sie das noch? Einfach so Gottes Allmacht vertrauen und sich dem Strom des Lebens hingeben? Sie zweifelte nicht an der Macht des Herrn im Himmel. Sie zweifelte nur daran, dass in seinem Plan etwas davon stand, das Schicksal der kleinen Menschenfrau Elisabeth dort unten auf der Erde zum Guten zu wenden.

»Friedlein? Friedlein! Verdammt in alle Ewigkeit, wo steckst du?« Johann von Brunn eilte den Gang entlang und dann die Treppe hinunter, so schnell es ihm mit seiner inzwischen bedenklich zu nennenden Körperfülle möglich war. Wenn diese verfluchten Beine nur nicht so schmerzen würden! Die Wunden brachen immer wieder auf, nässten und juckten ganz fürchterlich, und sein pflichtvergessener Apotheker hatte sich nach Würzburg abgesetzt! Er überlegte sich, ob er ihn einfangen und zur Strafe in seinen Kerker werfen lassen sollte. Doch nicht jetzt. Im Moment gab es Wichtigeres.

»Friedlein!«

»Stets zu Euren Diensten, Exzellenz. Es tut also weder not, so unanständig zu fluchen und Euer Seelenheil aufs Spiel zu setzen, noch einen Schlagfluss zu riskieren, indem Ihr so durch die Burg hetzt. Die Männer sind bereit, und ich habe die feste Zusage des dortigen Hauptmanns, dass sich eine Hilfstruppe aus Volkach noch in dieser Stunde auf den Weg macht.«

Der Bischof ließ sich stöhnend auf den Rand der Pferdetränke fallen und rieb sich verstohlen den Rücken.

»Wie viele Männer sind es?«

Friedlein hob die Schultern. »Es müssen um die fünfhundert Reiter sein und eine ganze Menge Fußvolk.«

Der Bischof stemmte sich wieder hoch. »Das ist zu wenig! Viel zu wenig.«

»Es soll ein schnell geführter Überraschungsangriff werden«, erinnerte der Narr. »Die Würzburger zählten ganze dreihundert, wenn man den Berichten Glauben schenken kann.«

»Ja, und das Tor war ihnen offen, was du wüsstest, wenn du recht zugehört hättest«, gab der Bischof unwirsch zurück. »Und versuche mir nun nicht weiszumachen, dass das ein unwichtiger Umstand war.«

»So etwas würde ich ganz sicher nicht tun, es sei denn, ich wäre daran interessiert, eine neue Stelle als schwachsinniger Spaßmacher ohne Geist und Verstand anzutreten. Wobei ich mich manches Mal frage, ob dies nicht für Leib und Seele gesünder wäre.«

»Hör mit dem Unsinn auf, oder ich sorge dafür, dass du dich sehr bald schon zu den schwachsinnigen Geistern zählen kannst!« Der Bischof hob drohend seine Faust, was angesichts seines Alters und seines körperlichen Zustands eine fast lächerliche Geste war. Aber sowohl der Bischof als auch sein Narr wussten, dass diese Faust nur ein Symbol für seine ausführenden Getreuen war, die er noch immer oder wieder an der Hand hatte. Und damit kehrten sie zum ursprünglichen Thema zurück.

»Zu wenige!«, schimpfte der Bischof.

»Wollt Ihr warten, bis Ihr mehr Männer zusammenhabt? Oder doch erst angreifen, wenn das gesamte Heer beisammen ist?«, fragte der Narr.

Bischof von Brunn überlegte, dann schüttelte er den Kopf.

»Nein, es ist zu spät. Dann vergeben wir uns die Möglichkeit der Überraschung. Wir können den Hilfstruppen aus Volkach nicht mehr rechtzeitig Nachricht geben. Wenn wir sie erst auf dem Marsch einholen und warten lassen, sickert es auf alle Fälle bis Ochsenfurt durch, und sie werden dort auf der Hut sein. Eine Schwachstelle genügt! Sind wir erst einmal in der Stadt, ist die Sache gewonnen, und wir werden ihnen zeigen, was wir davon halten, dass sie einfach unsere Geiseln freilassen und sich von diesem von Masbach gängeln lassen.«

Friedlein nickte. »Gut, dann brechen wir jetzt auf.«

Der Bischof reckte sich. »Ja, es wird Zeit. Gehen wir!«

Der Narr starrte ihn erstaunt an. »Ihr wollt doch nicht etwa mitreiten? Exzellenz, der Weg, den wir mit den Reitern nehmen, erlaubt es nicht, eine Kutsche mit uns zu führen. Da hättet Ihr Euch dem Tross mit den Kanonenwagen anschliessen müssen.«

»Hältst du mich für so alt und gebrechlich, dass du mir keinen Kriegszug zu Pferd mehr zutraust?«

Friedlein schwieg. Seine Meinung zu dieser Frage wollte er offensichtlich nicht kundtun, und er scheute sich auch vor der Lüge, was ein wenig seltsam war. War das nicht sein Geschäft?

Nein, das Geschäft des Narren war es, seinem Herrn stets die Wahrheit zu sagen, ihm aber auch die Möglichkeit zu geben, über das Unangenehme zu lachen, bis er die Unausweichlichkeit des Übels ertragen und akzeptieren konnte, dachte Friedlein.

Der Bischof starrte ihn an, entschied dann aber, dass es Wichtigeres gab, als sich mit seinem Narren auseinanderzusetzen. »Also gut. Wenn du meinst. Mach, dass du fortkommst. Ich werde prüfen, ob ich nicht doch noch das ein oder andere Eisen im Feuer habe, falls euch die Überraschung misslingt.«

Friedlein salutierte, was allerdings eher komisch als respektvoll wirkte, und hinkte davon. Sobald man ihm in den Sattel geholfen hatte, machte er allerdings eine durchaus gute Figur. Der Narr wurde neben dem Bebenburger zum Hauptmann, gab ein paar Befehle und ritt dann mit Ritter Georg von Bebenburg voran durch das Tor. Die Männer im Hof und der Hauptteil der Truppe, der die Nacht vor der Burg gelagert hatte, folgten ihm in geordneten Reihen.

Es verbreitete sich wie ein Lauffeuer durch die Stadt. Ein Ochsenfurter Bürger, der mit seinem Pferd von Kitzingen her auf dem Heimweg in die Stadt gewesen war, hatte sie gesehen und erkannt, was da auf seine Heimat zumarschierte. Glücklicherweise hatte ihn keiner entdeckt, denn sonst wären ihm die besten Reiter nachgeschickt worden. So aber gelang es ihm, sich unbemerkt zurückzuziehen und dann im gestreckten Galopp nach Hause zu eilen, wo er und sein Ross zitternd vor Erschöpfung auf dem Marktplatz eintrafen. Der Mann rutschte aus dem Sattel, und man musste ihm erst einmal einen Becher Wein geben, ehe er hervorstieß, dass ein Haufen von Reitern und Fußvolk rechts des Mains von Norden heranziehe.

»Der Bischof?«

Natürlich! Wer sonst hätte ein Ansinnen, gegen Ochsenfurt vorzugehen?

Friedrich Schoder und die Ochsenfurter Ratsherren drängten auf genauere Auskünfte, während der Hauptmann der Bürgerwehr bereits alle tauglichen Männer und die Büchsenmeister herbeirufen ließ. Eilig wurden die Tore geschlossen, die Steinbüchsen in Stellung gebracht und die bewaffneten Bürger auf ihre Stellungen verteilt, verstärkt durch die zweihundert Mann starke Würzburger Besatzung, die der Dechant zurückgelassen hatte.

»Es sollen fünfhundert Reiter und noch einmal so viele zu Fuß sein«, berichtete Meister Thomas, der sich bis zu den Ratsherren vorgedrängt hatte, um die schlechten Neuigkeiten aus erster Hand zu erfahren.

Georg entfuhr ein Fluch. »Das darf ja wohl nicht wahr sein!«

Er hatte gerade selbst noch einmal die Riemen der Gespanne überprüft, wie er es sich auf seinen Reisen angewöhnt hatte. Nun war alles zum Aufbruch bereit. Das Gepäck auf dem Dach der Kutsche verstaut, die wenigen Waren, die sie wieder mit nach Würzburg nehmen wollten, auf dem Karren verschnürt, die Reitpferde gesattelt. Die vier Bewaffneten, die sie für ihren Schutz angeheuert hatten, warteten bereits.

»Noch haben sie die Stadt nicht erreicht. Sie haben viel Fußvolk dabei. So schnell können sie also nicht unterwegs sein. Rasch! Sehen wir zu, dass wir noch aus der Stadt schlüpfen. Das Ganze geht uns nichts an, und ich habe keine Lust, wieder in einer belagerten Stadt festzusitzen.«

Elisabeth trat zu den Männern. »Was ist eigentlich los?« Doch keiner war im Augenblick bereit, ihr zu antworten.

»Du willst jetzt noch die Stadt verlassen und riskieren, dass wir dem Heer in die Hände fallen?« Meister Thomas war entsetzt. »Weißt du, was das bedeuten könnte? Denk an die Frauen! Außerdem wurden die Tore bereits geschlossen.«

»Für ein paar Münzen würden sie uns sicher noch hinauslassen. Außerdem ist das ein Heer unseres Vaters. Du glaubst doch nicht, dass man Elisabeth und mir etwas antun würde! Und ihr gehört zu uns und steht damit unter unserem Schutz.«

»Georg, ich will niemanden beleidigen, aber an die Kraft der Blutsbande kann ich bei Bischof von Brunn nicht so recht glauben. Außerdem kann ich mir nicht vorstellen, dass er selbst dort draußen bei seiner Truppe ist. Wer wird dir zuhören und wer dir glauben, wenn sie dich fangen und ausrauben?«

Elisabeth sah von einem zum anderen. Langsam konnte sie aus ihren Worten schließen, was da gerade auf sie und die Stadt zumarschierte. Zudem begannen sich die bewaffneten und gerüsteten Bürger auf dem Marktplatz zu sammeln und in kleinen Gruppen ihre Posten auf der Stadtmauer und den Türmen einzunehmen.

Friedrich Schoder schickte einen größeren Trupp eilig auf

die andere Mainseite, um die Steinwarte bei Kleinochsenfurt zu besetzen, und einen weiteren auf den Galgenhügel im Süden der Stadt, um das anrückende Heer bereits vor den Mauern abzufangen. Entscheidend war, ob es ihnen rechtzeitig gelingen würde, die Büchsen in Stellung zu bringen. Elisabeth stöhnte auf. Nicht schon wieder! Ihr Vater schien sie mit seinen angeheuerten Kriegsknechten geradezu zu verfolgen.

Georg stemmte die Hände in die Hüften. »Ach, und du glaubst, es wird besser für uns, wenn wir hierbleiben und sie die Stadt einnehmen?«

»Ochsenfurt ist zwar nicht Würzburg, doch seine Mauern und Türme sind nicht zu verachten. Vielleicht ist es gerade von Vorteil, dass die Stadt nicht so groß ist und seine zu verteidigende Mauer damit nicht so unglaublich lang wie in Würzburg«, gab der Apotheker zu bedenken.

»Äh, entschuldigt, die Herren, aber wir sollten uns nun unserer Mannschaft anschließen«, unterbrach einer der angeheuerten Begleiter das Streitgespräch.

»Ihr werdet die Stadt jetzt nicht mehr verlassen können; daher rate ich, dass Ihr die Tiere ausspannen lasst und in den Gasthof zurückkehrt.«

Was blieb Meister Georg anderes übrig, als die vier zu entlassen? Sebastian begann gerade die Pferde auszuspannen, als Domherr Schoder gestiefelt und in Rüstung auf sie zutrat.

»Meister Georg, Meister Thomas, dürfte ich Euch bitten, mir zu folgen? In Zeiten der Not wird jede Hand gebraucht. Seid Ihr gute Schützen? Dann könnten wir Euch eine Armbrust beschaffen.«

Georg machte aus seiner mangelnden Begeisterung keinen Hehl, wollte sich aber auch nicht verweigern. Er sah zu Elisabeth, die neben Meister Thomas stand. Sie nickte, wenn auch mit gequälter Miene.

»Jetzt zählt nur noch, dass es ihnen nicht gelingt, die Stadt einzunehmen.« Sie trat vor und ergriff die Hand ihres Bruders.

»Passt gut auf euch auf. Ich schicke euch Sebastian und Gottbert nach, wenn wir die Tiere untergebracht und alles wieder verstaut haben.«

»Jeanne und ich können das übernehmen«, mischte sich Gret ein. Georg legte ihr kurz die Hand auf die Schulter und schenkte ihr einen warmen Blick. »Ja, tut das. Und passt mir gut auf Elisabeth auf. Sie neigt zu unüberlegten Handlungen!«

Gret grinste. »Ja, das kann man so sagen. Aber ich werde jeden Augenblick über sie wachen!«

Die Männer eilten mit Friedrich Schoder davon, während die Frauen Pferde und Maultiere in den Stall führten. Sie hatten die Riemen und Sättel noch nicht verstaut, als im Osten die große Steinbüchse zu sprechen begann. Für einen Moment blieben die drei Frauen stehen und sahen auf die Rauchwolke, die über der Mauer aufstieg. Der Kanonendonner schien sich unter der ganzen Stadt auszubreiten. Der Boden erzitterte.

Zwei rasch ausgesandte Boten kehrten in die Stadt zurück und meldeten Schoder und dem Hauptmann der Stadt, dass das Heer, wie erwartet, über Frickenhausen anrücken würde. Die Dorfbewohner flohen in die Wälder. Vielleicht hatten die Männer des Bischofs Beobachter ausgesandt und wussten bereits, dass der alte Berg und die Warte gut besetzt waren. Womit sie aber vermutlich nicht rechneten, war die große Steinbüchse, die am Goldäcker jenseits des Mains in Position gebracht worden war. Der Büchsenmeister feuerte. Dunkle Rauchschwaden stiegen von der Aue her auf und breiteten sich zu beiden Seiten des Stroms aus. Der Geruch von Schwefel und verbranntem Pulver legte sich über die Stadt. Der Zug geriet ins Stocken. Die Beobachter auf der Stadtmauer und den Türmen sahen, wie die Linien in Unordnung gerieten. Sie wichen vor der Gewalt des Geschosses zurück.

»Sie ziehen ab!«, jubelte ein junger Bursche von kaum vierzehn Jahren, der zwischen Georg und Meister Thomas an der Brustwehr stand.

Der Apotheker wiegte den Kopf. »Ich fürchte, es ist noch zu früh, ein Freudenfest zu beginnen. Sie haben gemerkt, dass sie auf diesem Weg zu viele Verluste erleiden könnten. Nun werden sie einen anderen suchen, um an die Stadt heranzukommen. Ich kenne mich nicht so gut aus, als dass ich sagen könnte, welchen sie wählen, allerdings bin ich mir ziemlich sicher, dass sie nicht schon nach einem Versuch unverrichteter Dinge wieder abziehen werden.«

Georg nickte zustimmend. »Wenn ich der Hauptmann wäre, dann würde ich versuchen, den alten Berg oder die Steinwarte in die Hände zu bekommen.« Georg war früher oft in Ochsenfurt gewesen und kannte sich daher in der Umgebung leidlich gut aus.

»Unsere Männer halten den Berg und die Warte besetzt. Da ist für die Bischöflichen nichts zu machen«, meinte ihr junger Begleiter voller Zuversicht.

Leider täuschte er sich.

Die Truppen des Bischofs wichen nach Norden zurück und teilten sich dann auf. Hofmeister Georg von Bebenburg übernahm die eine Hälfte. Er führte seine Männer in einem weiten Bogen um die Stadt herum und griff dann die Verteidiger an, die sich auf dem Galgenberg im Süden vor Ochsenfurt verschanzt hatten. Friedlein führte die andere Hälfte der Steinwarte entgegen. Obwohl die Ochsenfurter tapfer kämpften, blieb ihnen in beiden Fällen nichts anderes übrig, als vor der Übermacht den Berg hinunter in die Stadt zurückzuweichen. Friedrich Schoder ließ die Männer sammeln und brachte sie in der Aue am Fluss wieder in Stellung. Voller Zuversicht zogen sie dem Haufen entgegen, der vom Galgenberg auf sie einstürmte. Sie schlugen sich gut, bis Friedlein seinen Trupp von der Warte herab über den Main führte und den Ochsenfurtern mit seiner Reiterei in die Seite fiel. Er traf zuerst auf die Würzburger Schützen, die sich verbissen wehrten und dennoch zusehen mussten, wie einer nach dem anderen von ihnen fiel. Zwei Stunden tobte das Gefecht, ehe Friedrich Schoder den Rückzug befahl, doch nicht allen gelang es, sich in die Stadt zu flüchten. Von den Mauern herab mussten sie ohnmächtig zusehen, wie die Truppen des Bischofs den Männern den Weg abschnitten und sie gefangen nahmen. Als die Angreifer sich gegen Abend mit ihren Gefangenen über den Main zurückzogen, war die Aue von Toten und Verletzten übersät. Schweigend zogen die Ochsenfurter zum Tor hinaus, um ihre Kämpfer in die Stadt zu bringen und zu sehen, ob dem ein oder anderen noch geholfen werden konnte.

Man legte die Männer vorerst auf dem Marktplatz auf rasch herbeigeschaffte Strohsäcke – zumindest die Lebenden; den Toten machte es nichts mehr aus, auf den kalten Pflastersteinen zu liegen. Frauen eilten herbei, um nach ihren Lieben zu sehen, brachten Wasser und Leinen, um Wunden auszuwaschen und zu verbinden. Auch Elisabeth, Gret und Jeanne kamen herbei, um ihre Hilfe anzubieten.

Was für entsetzliche Wunden! Da hatten Pfeile und Armbrustbolzen Arme und Beine durchschlagen oder Augen zerfetzt. Da waren Spieße in Leiber eingedrungen, hatten Schwerter Ohren und Nasen abgetrennt, aber auch ganze Gliedmaßen, aus deren Stümpfen das Blut in Strömen schoss. Elisabeth schlug die Hände vors Gesicht. Wie sollte sie hier helfen können? Was musste man in solchen Fällen tun? Wie sollte es ihr überhaupt möglich sein, sich angesichts dieses Entsetzens zu rühren?

Ein Mann zu ihren Füßen, mit einer klaffenden Wunde in der Brust, wand sich und schrie wie ein wildes Tier. Er rollte mit den Augen und warf sich dann auf die Seite, dass sich sein blutiger Körper in ihrem Rock verfing. Elisabeth sprang entsetzt zurück. Das Schreien brach ab, wurde zu einem leisen Gurgeln. Der Körper zuckte noch einmal, dann war es zu Ende. Der Blutstrom versiegte. Geschockt starrte Elisabeth auf den Toten zu ihren Füßen. Wieder einmal war es Gret, die einen klaren Kopf behielt.

»Komm mit! Diesem hier kann keiner mehr helfen. Aber dem dort drüben muss man schnellstens seine Wunden verbinden, damit er nicht noch mehr Blut verliert. Entferne nur den gröbsten Schmutz. Alles andere kann man später machen.«

Jeanne war bereits eifrig dabei, Leinentücher in Streifen zu schneiden. Gret drückte Elisabeth einige Verbände in die Hand.

»Los! Du musst es so fest schnüren, dass der Blutfluss stoppt. Beeile dich! Wenn du fertig bist, sage ich dir, wer als Nächstes versorgt werden muss.«

Sie selbst kniete sich neben einen Würzburger Schützen, aus dessen Beinwunde hellrotes Blut in pulsierenden Stößen schoss. Wie ruhig sie blieb, obwohl der Mann wie irre schrie und sich an ihr festklammerte. Energisch und geschickt ging sie zu Werke. Dann rief sie den Bader zu einem Mann, der offensichtlich ebenfalls schnelle Hilfe nötig hatte, sah sich um und strebte auf den nächsten Verwundeten zu.

Elisabeth riss sich zusammen und eilte zu dem Verletzten, auf den Gret gezeigt hatte. Es war ein junger Handwerksgeselle aus Ochsenfurt, der nun auf dem Boden kauerte, wimmernd den Oberkörper vor- und zurückwiegte und mit der Linken den Rest der rechten Hand umklammerte, den ein Schwertstreich ihm noch gelassen hatte. Mit sanfter Gewalt zog Elisabeth die verletzte Hand zu sich heran. Die Finger fehlten völlig und auch ein Teil der Handfläche. Wie Gret gesagt hatte, wusch sie die Ränder der Wunde kurz aus und wickelte dann die Leinenstreifen straff über den Stumpf. Dann wandte sie sich dem nächsten Verwundeten zu. Nach drei oder vier hörte sie auf zu zählen. Sie achtete nicht mehr darauf, was ihr Magen zum Anblick des vielen Blutes sagte. Die

Schreie ließen sie nicht mehr zusammenzucken. Sie hörte nur noch auf Grets Anweisungen und achtete auf ihre Hände, damit sie mit ruhiger Sicherheit das taten, was von ihnen verlangt wurde.

Irgendwann, als sie aufsah, stand Meister Thomas neben ihr. Unversehrt! Tränen der Erleichterung schossen ihr in die Augen, und sie vergaß sich für einen Augenblick so sehr, dass sie ihn umarmte. Gottbert stand hinter ihm. Offensichtlich ebenfalls unverletzt.

»Der Jungfrau im Himmel sei gedankt! Wo sind Georg und Sebastian? Geht es ihnen gut?«

Meister Thomas legte seine Arme kurz um ihren Rücken und löste sich dann behutsam aus ihrem Griff. »Ja, Ihr könnt ganz beruhigt sein, Elisabeth. Sie sind beide gesund und wohlauf.«

Elisabeth sah an seinem Wams und den Beinkleidern herab, die mit frischem Blut beschmiert waren. Erst jetzt fiel ihr auf, wie sie selbst aussah.

»Oh nein, das tut mir leid. Jetzt habe ich Euch mit Blut beschmutzt.« Sie sah auf ihre Hände herab und ahnte, dass selbst ihr Gesicht nicht besser aussah. »Was müsst Ihr von mir denken, mich in solch einer Verfassung zu sehen?«

Meister Thomas legte ihr die Hand auf die schmutzige Wange. »Dass Ihr eine bemerkenswert tapfere und umsichtige Frau seid.«

Elisabeth fühlte, wie sie errötete. »Danke, das habt Ihr sehr nett gesagt, doch eigentlich gebührt Gret das Lob. Sie ist hier unser Fels im aufgewühlten Strom und den beiden Badern eine unentbehrliche Stütze.«

»Mag sein. Dennoch müsst Ihr Euer verdientes Lob nicht kleinreden.« Er trat noch ein Stückchen näher. Seine Hand lag noch immer an ihrer Wange. Die Wärme, die so viel Zärtlichkeit verströmte, ließ Elisabeth erbeben. Und auch in seiner Stimme schwang mehr als nur Freundschaft.

»Ich bewundere Euch, wie Ihr kühl die Nerven bewahrt und das tut, was notwendig ist, auch wenn Ihr das noch niemals vorher habt tun müssen und es ganz sicher nicht zu Eurem gewohnten Leben gehört.«

Elisabeth erhob ihre Hand, um die seine abzustreifen, verharrte aber in der Bewegung und presste sie fast beschwörend noch fester an ihre Wange. Falls sie etwas hatte sagen wollen, so lösten sich die Worte nun in nichts auf. Der Platz um sie verlor seine Konturen. Blut und Leid versanken gnädig in dem aufsteigenden Nebel, der sie umgab. Seine Lippen näherten sich den ihren und berührten sie flüchtig. Der Apotheker Meister Thomas hatte offensichtlich vergessen, wer sie waren und wo sie sich befanden! Ihre Blicke tauchten ineinander und klammerten sich aneinander fest. Für einen Augenblick war Elisabeth versucht, dem Drängen in ihr nachzugeben und sich an seine Brust zu lehnen. Ja, sollte er sie in seine Arme nehmen, herzen und küssen, bis ihr Geist die quälenden Bilder gnädig vergaß.

Vielleicht zögerte sie zu lange. Unvermittelt nahm Meister Thomas seine Hand zu sich und trat einen Schritt zurück. Ihre Blicke lösten sich ein wenig verlegen voneinander und schweiften unstet über den Platz. Nun, da die meisten Verletzten beider Seiten versorgt waren und die Familien ihre Angehörigen nach und nach wegbrachten, um sie in ihren Bürgerhäusern oder Dachkammern weiter zu versorgen, kehrte Ruhe auf dem Platz ein. Nur noch die blutigen Strohsäcke und Reste von Leinentüchern sprachen von der Tragödie, die der Platz heute gesehen hatte.

Die Ochsenfurter Gefallenen wurden feierlich in der Kirche aufgebahrt. Erstaunlicherweise hatte es nur drei Bürger der Stadt getroffen. Sechzehn waren den Männern des Bischofs in die Hände gefallen und als Geiseln fortgeführt worden. Dagegen hatten die Würzburger Schützen hohe Verluste zu beklagen. Sie wickelten ihre Kameraden in Leinentücher und brachten sie in die Spitalkapelle, wo sie sie niederlegten, bis sie sie nach Würzburg zurückbringen und begraben lassen konnten.

Meister Thomas räusperte sich und bot ihr den Arm. »Lasst uns ins Gasthaus zurückkehren. Hier gibt es für uns nichts mehr zu tun.«

Schweigend hakte sich Elisabeth bei ihm unter. Gret und Jeanne schlossen sich ihnen an.

Es war lange schon dunkel, als sie das Gasthaus erreichten, wo sich Elisabeth aus den blutigen Kleidern befreite und sich von Jeanne beim Waschen helfen ließ. Die Badestube beim Spital war heute den erfolgreichen Kämpfern vorbehalten. Als alle sich gesäubert und ein frisches Gewand angelegt hatten, trafen sie sich bei einem einfachen Mahl in der Gaststube. Viel Auswahl hatte der Wirt nach diesem aufregenden Tag nicht zu bieten, doch der kräftige Eintopf aus Gemüse und Speck mit einigen Kanten Brot reichte, um satt zu werden. Der Wein tat sein Übriges, um die flatternden Nerven zu beruhigen.

»Weiß man schon, wie viele Männer der Bischof verloren hat?«, fragte Meister Thomas, der nach der Schlacht den beiden Badern und Barbieren zur Hand gegangen war und sie, soweit es seine Vorräte hergaben, mit schmerzstillenden Mitteln und Kräutern versorgt hatte, die Wundbrand verhindern sollten.

»Wie ich von Domherrn Schoder erfahren habe, spricht man von zwei Dutzend Junkern und mehr als sechzig gefallenen Reitern. Die Zahl der Verwundeten ist um ein Vielfaches höher. Die meisten haben sie mitgenommen. Nur ein paar von ihnen haben die Ochsenfurter noch vom Schlachtfeld geholt. Übrigens ist auch ihr Hauptmann Georg von Bebenburg nicht ungeschoren davongekommen. Man hat ihn durch die Achseln geschossen. Sie haben ihn und auch die Ritter von Stetten, von Bibra und von Herbilstat schwer verwundet mitgenommen. Vermutlich wird keiner der Junker überleben.«

Nachdenklich kaute Elisabeth auf ihrem Kanten Brot. Drei der Männer hatte sie gekannt; Georg von Bebenburg bereits seit ihrer Kindheit. Er war auf dem Marienberg ein und aus gegangen und hatte freundschaftlichen Kontakt zum Haus des Bischofs gepflegt. Auch an Konz von Stetten hatte sie freundliche Erinnerungen. Einst hatte er sie seine Fuchsstute im Hof reiten lassen. Neben Wilhelm von Bibra hatte sie einige Male zu Tisch gesessen und seinen interessanten Geschichten gelauscht. Nun waren die Männer schwer verletzt und würden vermutlich ihr Leben verlieren. Elisabeth sah wieder die zerfetzten Leiber vor sich, die sie am Nachmittag verbunden hatte, und sie ahnte, wie schwer das Sterben werden würde, wenn der Wundbrand begann, den Körper zu zerfressen, und das Fieber ihn aufzehrte, bis der Verstand es nicht mehr aushielt und in Irrsinn verfiel. Schwitzend und zuckend lagen sie in ihren Betten, von hilflosen Pflegern umgeben. Ihre Körper wurden weniger und zerfielen bei lebendigem Leib, bis Gott ein Einsehen mit ihnen hatte und ihre Seele von ihrem bereits seit Tagen verlorenen Körper befreite.

Früher waren sie Freunde und Verbündete gewesen, für deren Seele sie gebetet und deren Tod sie mit all den anderen Bewohnern des Marienbergs beweint hätte. Doch heute zählten sie zu den Feinden, deren Tod als Gewinn gezählt werden sollte, da sie nun dem Gegner abgingen und ihn schwächten.

Elisabeth schüttelte den Kopf. Was für ein Irrsinn!

Dort draußen hatte sie schwer verwundete Männer verbunden. Aus Ochsenfurt, aus Würzburg, aus Volkach und von anderen Orten, wo die Junker des Bischofs sie eben für ihren Zug zusammengezogen hatten. Elisabeth hatte sie nicht gefragt, auf welcher Seite sie gestanden und welche Männer sie mit ihren Waffen so grausam zugerichtet hatten. Sie war nur niedergekniet und hatte versucht, den Blutfluss zu stillen, um ein menschliches Leben um das andere zu retten. Sie gesund zu pflegen. Wozu? Dass sie zu ihren Familien zurückkehren und ihre Kinder ernähren konnten? Oder dass man ihnen erneut eine Waffe in die Hand drücken und sie in einen weiteren sinnlosen Kriegszug schicken konnte? Ganz gleich auf welcher Seite.

»Was für ein Irrsinn«, wiederholte sie und merkte erst, als die anderen sie anstarrten, dass sie es dieses Mal laut ausgesprochen hatte.

Meister Thomas fragte nicht. Er nickte nur, und in seinen Augen stand Verstehen.

»Ja, das ist es, und es wird immer irgendwo weitergehen. Für uns jedoch ist es zu Ende. Wir kehren morgen nach Würzburg zurück.«

Elisabeth behielt ihre Zweifel für sich. Nicht, dass sie nicht an ihre Rückkehr nach Würzburg geglaubt hätte. Doch war es wirklich zu Ende? Konnte es jemals zu Ende sein, solange der Mensch nach Einfluss, Macht und Geld strebte?

Kapitel 22

Es war noch nicht einmal hell, da drängte Georg bereits zum Aufbruch. Die Frauen kletterten in die Kutsche, die Männer schwangen sich auf die Pferde. Gottbert übernahm den Maultierkarren mit dem Rest der Waren. Sebastian setzte sich neben ihn. Die Wächter am Tor wirkten noch recht verschlafen, als sie den schweren Balken anhoben und die Torflügel aufzogen. Über ihnen ragte der Thürmerturm in den sich nur zögerlich aufhellenden Himmel. Die Hufe klapperten über die Brücke. Die Räder der Kutsche und des Karrens knarrten, während sie den träge dahinfließenden Strom überquerten. Zwei der Begleiter, die sie verpflichtet hatten, ritten vorneweg, zwei bildeten den Schluss. Als sie die Brücke passiert hatten und in die Landstraße einbogen, lehnte sich Elisabeth zurück und schloss die Augen, doch bei dem Geschaukel konnte sie keine Ruhe finden. So leicht ließen sich die schrecklichen Bilder des vergangenen Tages auch nicht verdrängen. Und dann mischte sich immer wieder noch etwas anderes unter die Erinnerungen an die Schrecken des Krieges. Ein Gesicht, das ihr so vertraut geworden war, die Wärme einer Hand und die Verheißung eines flüchtigen Kusses. Wie würde es weitergehen? Würde es überhaupt weitergehen? Sie versuchte sich einzureden, dass dies nur eine flüchtige Verirrung sei, die aus dem Schrecken der Situation geboren worden war. Der Gedanke stimmte sie traurig. Ja, er schmeckte gar nach Verzweiflung.

Unwillig schüttelte Elisabeth den Kopf. So ein Unsinn! Ihre Sinne waren noch immer überreizt, und ihr Körper sprach noch von der Unbill der vergangenen Tage. Nun musste sie erst einmal heimkehren und zur Ruhe kommen, dann würde sich alles finden. Sie grübelte eine Weile darüber nach, was *daheim* für sie war. Früher war es die Festung auf dem Marienberg mit ihrem bunten Leben, den Turnieren und den üppigen Festen gewesen. Und dann? War das Frauenhaus, in das es sie verschlagen hatte, nicht auch eine Zeit lang ihr Zuhause gewesen? Sie schob den Gedanken beiseite. Darauf wollte sie sich keine Antwort geben.

Und der Zabelstein? Immerhin war sie zu ihrem Vater zurückgekehrt. Doch hatte sie diese Burg jemals als ihr Zuhause empfunden? Nein, nur Meister Thomas hatte ihr das Leben dort für einige Zeit angenehm gemacht. Daheim war nun das Haus in Würzburg. Dahin zog es sie. Dort fühlte sie sich wohl. Es war nicht das bequeme Leben von früher, doch es fühlte sich echt an, als würde es zu ihr gehören.

Die Kutsche hielt plötzlich an. Und auch die Reiter zügelten ihre Pferde. Ein paar hastige Worte wurden gewechselt, dann verstummten die Männer draußen. Elisabeth schob den Vorhang beiseite und beugte sich ein wenig hinaus. Sie konnte nichts Ungewöhnliches sehen. Dennoch verharrten alle wie erstarrt.

»Was ist denn los?«

»Schsch!«, zischte ihr Bruder. »Hörst du das?«

Sie lauschte. Als Erstes fiel ihr auf, dass nicht ein einziger Vogel zwitscherte. Auch sie waren wie die Reisenden verstummt, um atemlos zu lauschen. Aber worauf? Elisabeth öffnete den Wagenschlag und stieg aus. Gret folgte ihr. Mit geschlossenen Augen standen sie da und konzentrierten sich. Was sie vernahmen, waren nicht die Geräusche des Waldes. Etwas schwebte über dem Rauschen der Bäume. Etwas, das größer und mächtiger schien als die Natur. Erst war es wie ein Summen. Dann teilte es sich in verschiedene Geräusche auf. Fußtritte. Unzählige Fußtritte, der Hufschlag vieler Pferde, die langsam im Schritt gingen, ein paar Karrenräder, unterdrückte Stimmen und immer wieder der Klang von Metall, das sacht gegen Metall schlägt.

Elisabeth riss die Augen auf. »Heilige Jungfrau, sie kehren zurück!«

»Wer kehrt zurück?«, wollte Jeanne wissen.

»Die Männer. Das Heer, das abgezogen ist!«

Gret schüttelte den Kopf. »Nein, ich glaube nicht, dass sie zurückkommen. Oder besser gesagt, nicht nur sie. Das hier ist größer. Gewaltiger! Und sie führen schwere Karren mit sich.«

»Kanonen?«, hauchte Elisabeth entsetzt.

Die Männer schienen zu derselben Erkenntnis gekommen zu sein. Meister Thomas wurde ein wenig blass und sah sich hektisch um.

»Da kommt eine Armee auf uns zu, die nichts dem Zufall überlassen will. Wir dürfen ihnen nicht in die Arme laufen.«

»Wohin? Der Wald ist zu dicht, um die Wagen zu verstecken«, rief Georg, der ebenfalls nach einem Ausweg suchte.

»Dann lassen wir die Wagen hier. Schnell, spannen wir die Tiere aus«, schlug Meister Thomas vor.

»Nein, sie werden uns suchen und finden. In dem Dickicht kommen wir nicht voran. Elisabeth, Gret, rasch zurück in den Wagen. Wir kehren um. Schnell, wir müssen nach Ochsenfurt zurück!« Die Frauen sprangen in die Kutsche und schlugen die Tür zu.

»Auf dem Rücken eines Pferdes würde ich mich jetzt wohler fühlen«, meinte Elisabeth. Gret stimmte ihr zu.

»Wie schnell können wir mit der Kutsche fahren? Und erst der Maultierkarren! Wir sollten ihn zurücklassen.«

Doch die Männer hatten entschieden, und ihr Kutscher war schon dabei, auf dem zerfurchten Weg zu wenden. Er hatte es beinahe geschafft, als einer der Männer, die sie eskortierten, einen warnenden Ruf ausstieß. Elisabeth beugte sich aus dem Fenster. Sie fühlte, wie Eiseskälte sie erstarren ließ.

Dort hinten an der Biegung schieden sich ein Dutzend Reiter vom Grün des Waldes. Auf schweren Rössern, mit Schwertern und Schilden, in Waffenröcken und mit glänzenden Brustpanzern und Helmen.

Der Kutscher schlug mit der Peitsche auf die Pferde ein, während die vier Bewaffneten bereits Hals über Kopf auf ihren Rössern das Weite suchten. Nur Georg und Meister Thomas blieben an der Seite der Kutsche, während der Maultierkarren mit Gottbert und Sebastian hinter ihnen zurückblieb.

Natürlich war es ein sinnloses Unterfangen. Vermutlich wären ihre Aussichten besser gewesen, wären sie freundlich grüßend auf die Vorhut zugeritten. Vielleicht hätten sie die harmlosen Händler und ihre Frauen ziehen lassen. Unwahrscheinlich, aber möglich. Sie mit ihrem Fluchtversuch davonkommen zu lassen, war allerdings unmöglich.

Die Geharnischten mussten sich nicht besonders anstrengen. Nach nur wenigen hundert Schritten hatten sie die Fliehenden umstellt. Armbrustschützen holten mit gut gezielten Schüssen ihre vier Ochsenfurter Begleiter aus den Sätteln. Georg und Meister Thomas waren vernünftig genug, ihre Pferde anzuhalten und nicht nach den Waffen zu greifen. Sie zogen den Kreis enger. Um die gefallenen Ochsenfurter, die tot oder zumindest schwer verletzt sein mussten, kümmerte sich keiner. Nur ihre Rösser fingen sie ein. Einige Männer stiegen ab. Sie zogen den Kutscher von seinem Bock herunter und rissen dann den Schlag auf. Grobe Hände zerrten die Frauen auf die Straße. Gret führte sich wie eine Furie auf. Jeanne versuchte vergeblich, Elisabeth vor dem Zugriff der Männer zu schützen.

Elisabeth funkelte die beiden Bewaffneten an. »Ihr könnt mich loslassen. Ich komme mit, auch ohne dass ihr mich so herumzerrt«, sagte sie kalt und wunderte sich, dass ihr Zorn so groß war, dass es für Furcht offensichtlich keinen Raum mehr gab. Die Männer sahen sie erstaunt an und lachten dann, ließen sie aber nicht los.

Einer der Reiter wandte sich an Meister Thomas und fragte ihn barsch, woher sie kämen und was ihr Ziel sei. »Warum habt ihr versucht zu fliehen?«

Georg lachte bitter. »Weil wir genau das hier befürchtet haben! Dass Ihr nichts Besseres zu tun haben würdet, als einen friedlichen Kaufmann einzufangen!«

Der Mann, der das Wort ergriffen hatte, sah zu Georg und kniff die Augen zusammen. »Wie ist Euer Name?«

Auch Elisabeth blinzelte. Der Helm und die Halskrause ließen nicht viel vom Gesicht des Mannes erkennen. Doch die Stimme…

»Ritter Wernher von Hain«, sagte sie laut, dass er sich ihr überrascht zuwandte.

»Jungfrau Elisabeth? Kann das sein? Was habt Ihr hier zu suchen?«

»Es ist eine lange, wenn auch einfache Geschichte. Ihr kennt doch meinen Bruder Meister Georg, den seine Handelsgeschäfte über Land führen.«

»Also doch«, nickte der Anführer des Spähtrupps. »Dennoch muss ich mich wundern. Ich dachte, der Bischof hätte bereits vor Wochen nach Euch geschickt, damit Ihr auf den Zabelstein zurückkehrt. Vielleicht um so etwas zu verhindern? Es sind unruhige Zeiten, in denen das Reisen gefährlich ist.«

Elisabeth unterdrückte ihre Gedanken dazu, wer dafür wohl die Verantwortung trug, und schwieg, was in dieser Situation vermutlich von Vorteil war.

»Steigt wieder in die Kutsche«, forderte Ritter von Hain sie auf. »Wir bringen Euch zu Eurem Vater.«

Überrascht starrte Elisabeth ihn an. »Was? Ihr wollt mich bis zum Zabelstein begleiten?«

Der Ritter lachte. »Aber nein, nur bis zum Hauptheer hinter uns, das Bischof von Brunn dieses Mal persönlich gegen Ochsenfurt führt.«

Elisabeth tauschte mit ihrem Bruder einen entsetzten Blick. Dann fügte sie sich und kletterte in die Kutsche zurück.

Nein, ihr Vater freute sich nicht besonders über den Fang, den Junker von Hain gemacht hatte. Da saß er in einer goldglänzenden Rüstung, die seinen mächtigen Leib umspannte, auf einem riesenhaften schwarzen Streitross. Ein Schwert hing an seiner Seite, und er trug einen kostbaren Helm auf dem bald kahlen Schädel. Sie konnte es nicht leugnen: Der Anblick war beeindruckend. Dagegen wirkte Friedlein an seiner Seite fast winzig. Nicht nur, dass das Pferd kleiner und zierlicher ausfiel. Es lag auch an seiner Haltung, dem gebeugten Rücken und vielleicht auch an der verdrießlichen Miene. Elisabeth konnte nur vermuten, was den Narr so verstimmte. Dass er, kaum auf dem Rückzug, nun kehrtmachen und erneut gegen die Stadt vorgehen sollte? Dass er für den Stolz und den Machthunger ihres Vaters überhaupt den Kopf hinhalten musste? Ihr unerwartetes Auftauchen war es vermutlich nicht, das ihm die Laune verdorben hatte. Dennoch rang er sich nicht einmal das kleinste Lächeln ab, obwohl sie stets den Eindruck gehabt hatte, er könne sie recht gut leiden und habe gar Freude an ihren geistreichen Disputen. Im Augenblick jedenfalls stand ihm der Sinn nicht nach einem Streitgespräch mit der Tochter seines Herrn.

Der Bischof sah Elisabeth grimmig an und schickte sie und ihre Begleiter zum Tross, der dem Hauptheer folgte. Seinem Sohn und dem Apotheker gönnte er nicht einmal einen Blick.

»Ich werde mich später mit euch befassen«, sagte der Bischof und bestimmte vier Männer, die über sie wachen sollten. Während sie sie zum Ende des Zuges geleiteten, fragte sich Elisabeth, ob sie zu ihrem Schutz bestimmt worden waren oder eher dazu, sie zu bewachen und eine Flucht zu verhindern.

»Vermutlich ein wenig von beidem«, meinte Georg, als sie ihre Gedanken laut aussprach. »Er ist nicht darüber erfreut, dass du seine Aufforderungen zurückzukehren einfach ignoriert hast und stattdessen in der widerspenstigen Stadt Würzburg geblieben bist.«

»Du hast dich ja auch dort niedergelassen!«, empörte sich Elisabeth.

Georg nickte. »Ja, aber das ist etwas anderes. Ich war viele Jahre unterwegs auf Reisen und hatte nie so eine enge Bindung an unseren Vater wie du. Er war stets in dich vernarrt, so sehr, dass er dich sogar bis nach Prag mitschleppte, während ich nur eines seiner Bälger war.« Es klang ein wenig bitter. »Ich weiß nicht einmal, wie viele Halbgeschwister wir haben – und der Bischof vermutlich auch nicht. Jedenfalls ist es ihm herzlich egal, was ich tue und wo ich mich aufhalte. Ja, es hat ihn mehr erzürnt, dass Thomas nicht bei ihm auf dem Zabelstein geblieben ist. Sein Apotheker scheint ihm wichtig.«

So sprachen sie miteinander und vermieden es, an das Ziel zu denken, auf das das Heer unerbittlich vorrückte. Doch so ganz verdrängen ließen sich die Gedanken nicht. Das Bild des riesigen wogenden Heeres vor ihnen war zu eindrucksvoll. Zwei schwere Steinbüchsen wurden auf Wagen mitgeführt, und zwischen dem Hauptheer und der Nachhut rollte der Tross mit seinen Karren, auf denen sie Zelte, Essen, Fässer mit Wein und allerlei Gerätschaften mitführten, die für einen länger andauernden Kriegszug unentbehrlich waren. Auch zwei Bader reisten auf ihren Wagen mit. Die Frauen der Landstraße, die sich so häufig den Kriegszügen anschlossen, konnte Elisabeth allerdings nicht ausmachen. Bis auf eine Alte, die vermutlich nicht zur Erbauung der Männer dabei war. Vielleicht konnte sie Karten legen oder so etwas. Oder es war eines der Kräuterweiblein, die sich besser als jeder Bader auf die Versorgung von Wunden verstanden.

Elisabeth ließ den Blick bang die wogenden Leiber vor

sich entlangwandern. Wie viele Männer! Wo kamen sie nur alle her? Und wie hatte der Bischof sie so schnell zusammenbekommen? Auch die Reiterschar, die sie passiert hatten, war beeindruckend.

»Sie hatten sich aufgeteilt«, erklärte Georg. »Die schnelle Vorhut hat den Versuch eines Überraschungsangriffs unternommen, während das langsame Haupteer mit den Karren gezwungen war, sich an die befestigte Straße zu halten.«

Gret nickte. »Deshalb sind sie so schnell hier. Ich hatte mich schon gefragt, ob der Bischof über die Hilfe satanischer Dämonen verfügt, dass er nach dem gescheiterten Angriff so schnell ein weiteres Heer heranführen kann.«

Keinem war danach, die Magd für diese Vermutung zu rügen.

»Müssen wir um Ochsenfurt fürchten?«, murmelte Elisabeth.

Meister Thomas bewegten ähnliche Gedanken. »Ich habe einen unserer Bewacher gefragt. Es sollen eintausendfünfhundert Mann zu Fuß sein, und dazu noch die Reiterschar, die kaum kleiner ist.«

»Das könnte eine längere Belagerung werden«, vermutete Elisabeth. Sie ließ den Blick über die Wagen schweifen, die mit Zelten und Decken beladen waren. Das Herz wurde ihr schwer. Doch sie konnte nichts tun, um den Menschen in der Stadt zu helfen. Nein, sie bildete sich nicht ein, derart großen Einfluss auf den Bischof zu besitzen, dass sie ihn von diesem Vorhaben hätte abbringen können. Ganz im Gegenteil. Der Bischof zürnte ihr, weil sie dem väterlichen Befehl nicht gefolgt war. Die Frage war also, was hatte er mit ihr vor? Vermutlich würde er sie zur Strafe mit einem Bewacher auf den Zabelstein zurückbringen lassen, wo sie in tödlicher Langeweile auf ihn würde warten müssen, bis er von seinem Kriegszug zurückkehrte. Irgendwann würde ihn die Kälte des Winters schon zu seiner Burg zurücktreiben. Und dann? Dann stand ihr noch ein elender Winter zwischen den einsamen Mauern bevor. Gefolgt von einem Frühling voller unerfüllter Sehnsüchte. Gequält schloss Elisabeth die Augen. Sie wollte nicht weiterdenken.

Der Zug kam ins Stocken. War das auf dem Berg vor ihnen bereits die Steinwarte? Elisabeth konnte nur hoffen, dass die Ochsenfurter gewarnt waren und wussten, was sich an diesem Tag auf sie zuwälzte.

Der Tross, der der Straße am Main gefolgt war, schwenkte nun nach links und folgte einem steilen Waldweg. Die Karren ächzten. Peitschen sirrten durch die Luft. Für eine Weile verlor Elisabeth zwischen den hohen Bäumen die Orientierung. Auf einer weitläufigen Wiese und einigen Feldern in einer flachen Talmulde, die von allen Seiten von Wald begrenzt wurde, hielt der Zug an. Den Rufen konnte sie entnehmen, dass hier das Lager errichtet werden sollte. Die Wagen wurden in einem weitläufigen Kreis aufgestellt, die Zelte abgeladen, die Pferde ausgeschirrt und zusammengetrieben. Nur die schweren Karren mit den Steinbüchsen, mit Kugeln und Pulver blieben angespannt. Ein Trupp Männer brachte sie unter der Führung von Heinrich Schetzlein auf die südlich gelegene Anhöhe hinauf. Da sich niemand um sie kümmerte, folgte Elisabeth neugierig. Gret schloss sich ihr an. Jeanne dagegen war damit beschäftigt, für Elisabeth eine Unterkunft für die Nacht zu besorgen. Wenn es um das Wohl ihrer Herrin ging, konnte sie sehr energisch werden.

»Wo wollt ihr denn hin?« Georg und Meister Thomas kamen den Frauen hinterher.

Elisabeth drehte sich zu den Männern um. »Nachsehen, was vor sich geht! Es wird nicht vielen vergönnt sein, den Angriff auf eine Stadt so rasch hintereinander von beiden Seiten betrachten zu dürfen«, fügte sie bitter hinzu.

»Wo sind wir eigentlich?«, wollte Gret wissen.

Die Antwort erhielten sie, als sie den Kamm des Hügels

erreichten und sich unvermittelt unter ihnen der Main entlangzog, von einer Brücke gequert, die hinüber zu der befestigten Stadt Ochsenfurt führte.

»Wir sind auf dem alten Berg«, stellte Georg fest. »Und die Stadt präsentiert sich in ihrer ganzen Pracht zu unseren Füßen.«

»Wie wird dieser Tag für die Bürger dort unten enden?«, fragte Meister Thomas und sprach damit aus, was sie alle in diesem Moment dachten.

Mit einer Mischung aus Faszination und Abscheu betrachtete Elisabeth, wie die Männer die Steinbüchsen geschickt in Stellung brachten. Sie begannen mit dem aufwendigen Laden der Kanonen. Das Pulver wurde vermessen und in die hintere Kammer gestopft. Dann musste sie abgedichtet werden. Je sorgfältiger dies geschah, desto weiter konnte das schwere Geschoss fliegen. Zwei Männer wuchteten die steinernen Kugeln in den Lauf der langen Rohre. Nun kam die entscheidende Arbeit, die nicht exakt runde Kugel zu verschoppen, damit der Schub des entzündeten Pulvers nicht seitlich entweichen und wirkungslos verpuffen konnte. Die schwere Kugel benötigte den ganzen Schub, der durch die Explosion entstand. Anders als bei den kleineren und gleichmäßigeren Eisenkugeln war dies bei den Steingeschossen eine langwierige Prozedur, die Stunden in Anspruch nehmen konnte. Der Büchsenmeister trat immer wieder hinzu und gab Anweisungen.

Lange schon hatten sich Elisabeth und die anderen auf ihren Umhängen im Gras niedergelassen. Georg döste vor sich hin. Elisabeth sprach leise mit Meister Thomas, während Gret die Männer an den Büchsen nicht aus den Augen ließ.

Endlich traten die Männer zurück und meldeten, dass die Kanonen geladen und fertig zum Schuss seien. Elisabeth begann zu begreifen, warum aus diesen Büchsen oftmals nicht mehr als ein oder zwei Schuss am Tag abgegeben werden konnten. Allerdings gab es monströse Steinbüchsen, deren Kugeln einen Schritt im Durchmesser maßen und von denen ein exakt gezielter Schuss ausreichen konnte, um bei einer Belagerung die Entscheidung herbeizuführen. Solch einer Gewalt hielt kein Turm und keine Stadtmauer stand!

Die Büchsen des Bischofs fassten Kugeln, die gerade einmal die Hälfte maßen, deren Durchschlagskraft jedoch nicht zu verachten war. Eine größere Büchse hierherzuschaffen war wegen ihres Gewichts nicht möglich gewesen. Schließlich hatte man sie recht schnell über eine größere Stecke transportieren müssen. Und jeder zu steile Anstieg, jeder Regenguss, der den Boden aufweichte, konnte das Ende für die Reise einer Büchse bedeuten. Schon allein daran scheiterte meist die Verwendung größerer Geschütze.

Da tauchte der Bischof hoch zu Ross auf, von seinen Beratern, Hauptleuten und einigen Fahnenträgern begleitet. Natürlich war auch Friedlein an seiner Seite. Eine Fahne mit dem Wappen derer von Brunn und eine bischöfliche, geviertelt mit dem fränkischen Rechen in zweien der Felder, flatterte über ihren Köpfen. Johann von Brunn sprach ein paar Worte, dann gab er dem Büchsenmeister den Feuerbefehl. Der verbeugte sich. Er trat zu den beiden Mannschaften und ließ die Lunten entzünden. Die Schnur begann zu brennen und versprühte kleine Funken. Der Mann mit der Lunte wartete, bis sie in sattem Rot glühte. Erwartungsvoll sah er den Büchsenmeister an. Der blickte noch einmal zum Bischof und den Hauptleuten hinüber, die sich in sichere Entfernung zurückzogen, ehe er den Angriff eröffnete.

»Erste Büchse, Feuer!«

Der Kanonendonner in der Stadt war schon gewaltig gewesen, doch als das Schwarzpulver zündete und die Steinkugel aus dem Lauf trieb, hatte Elisabeth das Gefühl, der Boden würde unter ihren Füßen bersten. Beißender Qualm hüllte sie ein und ließ sie husten. In ihren Ohren rauschte und klingelte es. Sie verfolgte den Flug der Kugel über den Fluss und die Brücke hinweg und sah, wie sie am Fuß der Mauer einen Krater schlug. Steinsplitter, Gras und Erde stoben nach allen Seiten, doch die Mauer schien keinen ernsthaften Schaden genommen zu haben.

Der Büchsenmeister unterbrach den Angriff und ließ den Mann mit der Lunte zurücktreten, ehe der zweite Schuss abgefeuert wurde. Der kleine, dicke Mann, der offensichtlich etwas von seinem Handwerk verstand, ging um die Kanone herum, peilte die Laufrichtung noch einmal aus und ließ dann den Aufbau so verändern, dass das Rohr nun ein klein wenig weiter nach rechts und in die Höhe zeigte. Dann nickte er.

Elisabeth presste sich die Hände auf beide Ohren, doch der Knall schüttelte ihren ganzen Leib. Durch den wirbelnden Qualm sah sie das Geschoss in einem weiten Bogen davonfliegen. Es überwand die Stadtmauer und ging im Klingenviertel zwischen dem Taubenturm und dem Thürmerturm an der Brücke im Meer der Häuser nieder. Wie viel Schaden der Einschlag der Kugel anrichtete, konnten sie von ihrem Standpunkt aus nicht erkennen. Dennoch war der Bischof fürs Erste zufrieden. Er gab dem Büchsenmeister die Anweisung, die Rohre genauer auf die Mauer und das Brückentor auszurichten, um die Stadt an ihrer empfindlichen Stelle zu treffen, was dem altgedienten Mann an der Kanone sicher selbst klar sein musste. Nur – so einfach war das eben nicht. Jetzt jedenfalls standen ihm erst einmal harte Stunden bevor, in denen die Rohre gereinigt und dann für den nächsten Schuss wieder befüllt werden mussten. Vielleicht würden sie vor der Nacht noch einmal auf die Stadt feuern können.

Der Bischof nickte ihm hoheitsvoll zu und wandte sich dann ab. Dabei entdeckte er – nun, da sich die Pulverschwaden langsam verzogen – Elisabeth und ihre Begleiter, die sich etwas abseits in ein Gebüsch zurückgezogen hatten. Die Miene des Bischofs verfinsterte sich. Sein kurzer dicker Zeigefinger winkte sie heran. Sie sah sich nach Georg um, doch nach seinem Sohn schien der Bischof keine Sehnsucht zu haben, und freiwillig setzte sich Georg nicht der väterlichen Gewalt aus. Missmutig trat Elisabeth näher und deutete eine Verbeugung an.

»Ihr wünscht, Exzellenz?«

»Was hast du hier zu suchen?« Seine Stimme klang barsch.

»Wenn ich schon so unerwartet dazu komme, Euch bei Eurem Kriegszug zu begleiten, dann will ich auch sehen, was geschieht und wie Ihr Euch gegen die Ochsenfurter schlagt«, antwortete sie zu scharf, als dass es als höflich hätte gelten können. Die Männer seines Gefolges tauschten Blicke. Vielleicht gerade weil sie so dreist war, vor seinen Junkern und Hauptleuten solch einen Ton anzuschlagen, lief er vor Zorn rot an und schickte sie ins Lager zurück. Sie und die anderen sollten das Zelt, das man ihnen zuweisen würde, nicht mehr verlassen, bis er es ihnen gestattete. Zwei Wächter würden dafür sorgen, dass sie sich an seinen Befehl hielt. Über alles andere würde er später mit ihr sprechen.

»Ich lasse dich holen, wenn ich Zeit dafür habe. Jetzt muss ich erst einmal einen Krieg führen und gewinnen!«

So blieb den Geschwistern und ihren Begleitern nichts anderes übrig, als zu gehorchen. Hier oben auf dem Hügel über der Stadt würde in den nächsten Stunden eh nichts Aufregendes passieren.

Es war schon lange dunkel, als der Bischof sie holen ließ. Überall im Lager hatten die Männer Feuer entzündet. Vor dem Karren der alten Frau und auch bei den Badern drüben hingen riesige Eisenkessel über den Flammen, in denen Eintopf gekocht wurde. Auf einem Rübenfeld weiter hinten, das inzwischen allerdings eher einer Wüstung glich, wurden zwei Rinder und mehrere Schweine geschlachtet, die eine kleine Gruppe Männer noch am Mittag aus einem Dorf getrieben hatten. Weinkrüge kreisten in den Runden. Natürlich hauste der Bischof im prächtigsten der Zelte. Dennoch wunderte sich Elisabeth, dass er überhaupt noch die Strapazen eines Feldlagers auf sich nahm. Selbst wenn sein ruheloser Geist in seiner Machtgier es nicht wahrhaben wollte, so war es dennoch eine unumstößliche Tatsache, dass er in einem alternden Körper wohnte, der ihm bereits fast achtzig Jahre gedient hatte und nun zunehmend dem Zerfall anheimfiel.

Davon war allerdings nicht viel zu merken, als sie ihm in seinem Zelt gegenübertrat und er sie in stolzer Haltung empfing. Vielleicht lag dies an dem Funkeln in seinen noch so klaren Augen, das von einer Lebensgier sprach, die nicht bereit war, sich den Gesetzen der Natur zu ergeben.

»Setz dich, meine Tochter«, forderte er sie auf und deutete auf einen der mit Fellen belegten Feldstühle, die um einen niederen Tisch standen. »Friedlein wird uns Wein bringen.«

Elisabeth nahm Platz und warf verstohlen einen Blick auf das schmale Lager an der Seite, das nicht so recht zu dem massigen Körper des Bischofs passen wollte.

Der Narr folgte der Aufforderung seines Herrn und setzte sich dann zu ihnen. Die anderen Männer hatte der Bischof fortgeschickt. Abwartend nippte Elisabeth an ihrem Becher. Es war an ihm, das Gespräch zu eröffnen, wobei ihr klar war, welche Richtung es nehmen würde.

Ihr Vater ließ sich Zeit. Er trank zuerst zwei Becher leer und betrachtete sie ausgiebig, wie sie da im Lampenschein in seinem Kriegszelt saß.

Erinnerungen aus ihrer Kindheit hüllten sie ein. Der Zug nach Böhmen gegen die Hussiten. Der Ritter, in dessen Obhut ihr Vater das wilde Mädchen gegeben hatte. Sie hörte noch die Worte, die er zu dem jungen Ritter sprach, der kaum achtzehn Jahre zählte.

Das Kind sei sein eigen Fleisch und Blut und ihm lieb und teuer. Der Ritter solle auf Elisabeth achten und sie behüten, mit seinem Schwert und seinem Leben für sie einstehen. Sie sah den jungen Mann auf sich zukommen und vor ihr niederknien. Wie schön er war. Wie prächtig er in seiner Rüstung aussah. Das Schwert glänzte im Kerzenschein, als er ihr Treue schwor. Er, Ritter Albrecht von Wertheim, wolle ihr Beschützer sein, solange er lebe. Die Sehnsucht und der glühende Schmerz in ihrem Herzen überfielen sie so unvermittelt, dass ihr Tränen in die Augen stiegen. Sie blinzelte heftig.

Und wo war ihr Ritter nun, auf dessen Schwur sie ihr Leben gebaut und in dessen Armen sie sich sicher gewähnt hatte? Es saß im Kirchengewand auf dem Marienberg und zog den Kopf ein, während sie von ihrem Vater gezwungen wurde, einem Kriegszug gegen sein eigenes Volk beizuwohnen.

Endlich begann der Bischof zu sprechen. »Du weißt, dass ich dir zürne?« Elisabeth nickte stumm.

»Ich habe dich mehrmals aufgefordert, zum Zabelstein zurückzukehren, und du bist meinen Befehlen nicht gefolgt. Dein Starrsinn hat dich in Gefahr gebracht!«

Sie verzichtete darauf zu entgegnen, dass es eher sein Heer gewesen war, das er gegen Würzburg geschickt hatte, als ihre Widersetzlichkeit an sich.

»Ich handle stets wohlüberlegt, das kannst du mir zubilligen, meine Tochter, und daher ist es von größter Wichtigkeit, dass jeder meiner Befehle umgehend befolgt wird. Nicht nur von meinen Rittern, den Hauptleuten und ihren Männern, sondern auch von dir!« Er machte eine Pause.

Sollte sie ihm sagen, dass sie nicht zu der Schar seiner Anhänger gehörte, die er aus unerfindlichen Gründen wieder so zahlreich um sich scharte? Lag es wirklich nur am Geld? Nein, da musste es noch etwas anderes in seiner Rede und in seinem Wesen geben, das die Menschen anzog und sie immer wieder dazu brachte, seinen leeren Versprechungen zu trauen.

»Und nun hast du dich wieder in Gefahr gebracht, indem

du mit Georg und dem Apotheker nach Ochsenfurt gefahren bist. Ich habe erfahren, dass ihr gar während des Aufruhrs in der Stadt wart!«

»Uns ist nichts geschehen, weder bei dem Aufruhr noch beim Angriff der bischöflichen Reiterei«, gab sie mürrisch zurück und fügte dann ein wenig gehässig hinzu: »Die Stadt war nie in Gefahr, eingenommen zu werden. Die Ochsenfurter waren zu wachsam, und die Angreifer hatten nicht die nötige Stärke und nicht das Gerät für eine Belagerung.«

»Ja, aber nun haben wir beides«, sagte der Bischof in scharfem Ton. »Und ich werde dafür sorgen, dass du bei diesem Händel nicht wieder auf die falsche Seite gerätst.«

Wer sagte, welche Seite die richtige war? Für wen sprachen Recht und Gerechtigkeit? Oder ging es immer nur um Stärke und um Macht?

»Ich werde dich von nun an im Auge behalten und deine Schritte genau bestimmen. Dein Platz ist an meiner Seite und nirgendwo sonst!«

»Und Georg?«

»Georg?« Der Bischof zog die Stirn kraus. Wusste er etwa nicht, dass sie von seinem Sohn sprach, der mit ihr hier im Lager war? Oder wollte er sie nur verärgern? Wenn ja, das gelang ihm!

»Ja, Georg! Euer Sohn, der ein erfolgreicher Kaufmann im Handel mit fernen Ländern geworden ist und Euch so manche Spezerei aus China und Indien mitgebracht hat!«

»Was sollte mit ihm sein? Er kann gehen, wohin er will. Allerdings würde ich ihm im Augenblick nicht raten, seine Schritte nach Ochsenfurt zu lenken. Ich könnte für seine Sicherheit nicht garantieren.«

»Und Meister Thomas?«

Die Stirn des Bischofs umwölkte sich. »Ich weiß nicht, ob ich länger Verwendung für ihn habe, wenn er sich als derart unzuverlässig erweist. Du kannst ihn aber nachher zu mir schicken. Vielleicht hat er etwas in seiner Reiseapotheke, das meinen schlimmen Beinen Linderung verschafft. Wenn nicht, habe ich im Augenblick an ihm keinen Bedarf. Das wird sich allerdings ändern, sobald ich in meine Festung auf dem Marienberg einziehe. Du wirst es erleben, meine Tochter, bald schon ist alles wieder wie früher.«

Er beugte sich vor, um ihr die Wange zu tätscheln, doch Elisabeth war so wütend, dass sie vor seiner Hand zurückwich.

»Also können alle ihrer Wege ziehen, nur ich muss hier unter Bewachung zurückbleiben? Ist es das, was Ihr Euch vorstellt?«

Der Bischof ließ sich von ihrem zornigen Tonfall nicht beeindrucken. »Ja, genauso ist es, meine Tochter, denn du bist ein wichtiger Teil in diesem Spiel, und ich kann es mir nicht leisten, dich zu verlieren. Und nun geh in dein Zelt zurück und schlafe. Ich muss mich mit meinen Hauptleuten besprechen. Morgen wird ein wichtiger Tag.«

Verwirrt ließ sich Elisabeth zu den anderen zurückbringen. Was hatte er mit diesen seltsamen Worten gemeint? Dass er nicht von seiner Vaterliebe sprach, war ihr klar, aber wovon dann? Es war ein Rätsel, dem sie auf den Grund gehen würde.

Kapitel 23

»Der Bischof belagert Ochsenfurt!«
Der Ritter polterte in schlammbespritzten Stiefeln in den kleinen Saal des fürstbischöflichen Palas, wo Pfleger Albrecht von Wertheim alleine vor einer Schale einfacher Milchsuppe saß. Er hob den Blick und musterte Graf Michael von Wertheim.

»Setzt Euch, Oheim. Darf ich Euch etwas anbieten?«

Der Graf warf einen Blick in die Schale und zog angewidert die Nase kraus. »Du darfst, allerdings nicht diesen Bauernfraß. Wie kannst du nur so etwas essen?«

Albrecht hob die Schultern. »Es sättigt und wärmt. Ich habe im Moment andere Sorgen als das, was auf den Tisch kommt.«

»Dann hast du also davon gehört?« Der Graf warf sich in einen gepolsterten Scherenstuhl und streckte die Beine aus. Albrecht wartete mit seiner Antwort, bis er einen Diener gerufen und ihm aufgetragen hatte, Wein und einen Imbiss für den Grafen zu bringen. Dann erst sagte er ruhig:

»Ja, ich weiß, dass der von Brunn gen Ochsenfurt gezogen ist.«

»Und da sitzt du noch so ruhig hier in deiner Festung und löffelst Milchsuppe?«

Albrecht versuchte dem anklagenden Blick seines Onkels standzuhalten. »Was kann ich dagegen tun? Soll auch ich ein Heer sammeln und mir eine Feldschlacht mit ihm liefern? Sollen wir Franken gegen Franken hetzen?«

Der Diener kam mit Wein, Pastete und kaltem Kapaun und

stellte noch einen Korb mit frischem, weißem Brot auf den Tisch. Der Graf bediente sich großzügig.

»Immer noch besser, als hier untätig herumzusitzen«, gab er kauend zurück. »Hast du wirklich vor, ihm das durchgehen zu lassen?«

Albrecht schüttelte den Kopf. »Nein, denn dazu hat er kein Recht. Ich habe bereits ein Schreiben an das Konzil in Basel geschickt. Sie werden einen Kommissär schicken, der den Fall prüft. Er wird den Streit den Kirchenvätern schildern, damit sie zu einem Urteil finden können.«

»Ach, und du glaubst, dass sich der von Brunn dann an eine Entscheidung des Konzils hält?«

Albrecht seufzte und schüttelte den Kopf. »Nein, das wage ich kaum zu hoffen.«

»Und dennoch sitzt du hier herum und tust nichts?« Der Tonfall drückte die Enttäuschung des Grafen aus. »Ich hätte mehr von dir erwartet. Du bist ein Ritter aus dem Haus von Wertheim!«

»Nicht mehr.«

»Das sehe ich! Hast du mit Schwert und Rüstung auch deinen Mumm abgelegt?«

Albrechts Augen blitzten. »Nein, das habe ich nicht! Aber hier gibt es so vieles abzuwägen. So einfach ist das nicht.«

Der Graf stopfte sich noch ein großes Stück Pastete in den Mund, kaute, schluckte und lehnte sich in seinem Stuhl zurück. »Gut, dann erkläre es mir, sodass auch ich es verstehe, denn bisher kann ich deinen Entscheidungen nicht folgen. Und erkläre mir vor allem, wie du so wahnwitzig oder auch nur einfältig sein konntest, dir einen Vertrag aufdrängen zu lassen, der den Bischof wieder an der Regierung des Landes teilhaben lässt.«

Albrecht begann zu stottern. Wie sollte er sich rechtfertigen? Den wahren Grund konnte er niemandem anvertrauen. So versuchte er sich an halbherzigen Erklärungen, doch er sah es seinem Oheim an, dass er ihn nicht überzeugte. Die abfällige Miene schmerzte Albrecht bis ins Mark. Sein Oheim und sein Vater hielten ihn für schwach und feige, für unfähig, das Land zu führen. Er hatte sie zutiefst enttäuscht, und er konnte nichts tun, um seinen Ruf wiederherzustellen.

Und dabei wussten sie das Schlimmste ja noch gar nicht. Offensichtlich hatten sie noch nichts von der anderen Klausel erfahren, die Vater und Oheim entweder in Verzweiflung oder in blinde Wut stürzen würden, sollten sie davon erfahren. Und sie würden es erfahren. Irgendwann. Spätestens, wenn Bischof von Brunn endlich zu seinem Schöpfer gerufen wurde.

Es sollte ein wichtiger Tag werden, hatte der Bischof gesagt. Elisabeth schreckte beim Krachen der großen Büchsen aus dem Schlaf. Bis in die frühen Morgenstunden war sie wach gelegen. Einerseits natürlich aufgrund des ungewohnten Feldbettes und der Unruhe des Heerlagers, das kaum zur Ruhe kommen wollte. Aber auch ihre kreisenden Gedanken hielten sie wach. Endlich, als der Morgen bereits graute, schlummerte sie ein. Der erste Schuss aus einer der Steinbüchsen ließ sie jedoch kurz darauf mit einem Schrei aufspringen. Jeanne war sofort an ihrer Seite.

»Es ist nichts, Lisa, sie beginnen nur mit dem Schießen. Wir sind hier im Lager in Sicherheit.«

Elisabeth ließ sich wieder auf ihr Feldbett sinken. Ja, sie war in Sicherheit, soweit man das mit zweitausend bewaffneten Männern um einen herum sein konnte. Aber was war mit den Menschen des Landes? Was würde ihnen dieser Tag bringen? Und wer legte auf welche Weise fest, wen es treffen und wer verschont bleiben würde?

Wie die Entscheidung gefällt wurde, das erfuhr Elisabeth nicht, doch als sich ein Teil der Männer zum Aufbruch rüstete, erwischte sie Friedlein und fragte ihn, was der Bischof vorhabe.

»Da es unserem Büchsenmeister noch nicht gelungen ist, die Mauer sturmreif zu schiessen, müssen wir die Männer anders beschäftigen. Merkt Euch eines, Fräulein Elisabeth – dies ist eine wichtige Regel jedes Kriegszuges: Haltet die Männer beschäftigt. Lasst niemals Langeweile aufkommen. Denn sie ist gefährlicher als so mancher Gegner. Sie zermürbt und reibt die Kämpfer auf, bis sie gegenseitig im Streit übereinander herfallen oder einfach heimlich das Lager verlassen. Über Nacht kann ein Feldherr auf diese Weise seine halbe Armee einbüssen!«

Ja, das hatte Elisabeth beim ersten Zug gegen die Hussiten selbst miterlebt. Und der unrühmliche zweite Zug wurde unter anderem für den König und das christliche Heer zu einem solchen Desaster, weil die Herren der vier Kontingente sich nicht auf einen gemeinsamen Heerführer einigen konnten und über Wochen keine Entscheidung gefällt wurde. So zog das riesige Heer aus allen Teilen des Reiches nach Böhmen und lagerte dann dort, ohne in eine Schlacht geführt zu werden. Schnell war es mit der Moral der Männer dahin. Da half es auch nicht, dass der König davon sprach, dass dies ein heiliger Krieg sei, und Frauen im Tross verbot. Auch das Spielen und Fluchen untersagte er bei Strafe des Prangers oder gar des Spiessrutenlaufs und sparte noch dazu an Wein. Ja, vermutlich trug dieser Umstand massgeblich dazu bei, dass die Männer des Nichtstuns so schnell überdrüssig wurden. Einige begannen auf eigene Faust die Höfe der Umgebung zu plündern und zu verheeren, andere verliessen nachts einfach das Lager und machten sich verdrossen auf den Weg in die Heimat, bis sich die Reihen empfindlich gelichtet hatten. Elisabeth konnte sich noch lebhaft an die Erzählungen einiger Rückkehrer erinnern, die diesen Feldzug mitgemacht und ihm rechtzeitig vor der grossen Schlacht den Rücken gekehrt hatten!

Diesen Fehler hatte der Bischof also nicht vor zu wiederholen. Doch was war der Preis dafür? Sie scheute sich fast, Friedlein die Frage zu stellen.

Der Narr verzog sein schiefes Gesicht. »Das Los trifft heute Gosmannsdorf!«, verkündete er. »Der Bischof hat beschlossen, dass wir ein Stück mainabwärts bei der Furt den Strom queren und den Männern das Vergnügen überlassen, Gosmannsdorf zu verheeren und zu plündern – was dann vermutlich auch die Versorgung des Heeres für ein oder zwei Tage sicherstellen wird. Und nun entschuldigt mich, Fräulein Elisabeth. Wie Ihr hört, habe ich heute Wichtiges zu erledigen. Wie könnte ich mir diesen ruhmreichen Tag des bischöflichen Heeres entgehen lassen? Ich kann Euch leider nicht anbieten, mit mir zu kommen und an meiner Seite dem Treiben der Männer zuzusehen. Euer Vater besteht darauf, dass Ihr hier im Lager in Sicherheit bleibt. Ja, wer weiß, vielleicht würdet Ihr ja von einem gereizten Stier angegriffen oder anderen gefährlichen Elementen, die in Gosmannsdorf zu finden sind.«

Der Narr tippte sich an den Helm und hinkte dann zu seinem Pferd, das einer der Männer herbeiführte. Elisabeth sah ihm nach, wie er neben den beiden adeligen Hauptmännern an der Spitze der Truppe das Lager verließ. Ihr Magen schmerzte, und sie fror so sehr, dass sie sich ihr dickes Tuch umlegte, obwohl der späte Sommer noch immer warm war und die Sonne die ersten verfärbten Blätter golden leuchten ließ.

Die nächsten Tage brachten nicht viel Neues. Es wechselten nur die Namen der Dörfer, die die Männer des Bischofs überfielen und zerstörten. Nach Gosmannsdorf kam Stefft und dann das Dorf Hopferstadt an die Reihe. Der Bischof ließ verschiedene Gruppen seiner Männer die umliegenden Höfe durchsuchen. Was dazu dienen konnte, die Männer zu versorgen, wurde mitgenommen, alles andere zerschlagen oder angezündet. Es war eben nicht einfach, ein solch großes Kriegsheer Tag für Tag zu versorgen. Währenddessen arbeitete die Mannschaft des Büchsenmeisters daran, der Stadtmauer den entscheidenden Schlag zu verpassen. Vierzehn schwere Steinkugeln flogen über die Mauer hinweg und fielen in den Gassen der Stadt nieder, ohne dass sie einen sichtbaren Schaden anrichteten. Der Büchsenmeister raufte sich das spärliche Haar. Es war eben eine große Kunst, auf diese große Entfernung sein Ziel zu treffen. Und nicht nur das. Jeder Schuss bedeutete zuvor stundenlange Schwerstarbeit und war für die Büchsenmannschaft lebensgefährlich. Die Qualität einer Steinbüchse bemaß sich nicht nur an der Genauigkeit, mit der man das Rohr auf ein Ziel richten konnte. Die Güte des Eisengusses war noch viel wichtiger, denn niemand konnte vorhersagen, wann die Rohre der in ihrem Bauch gezündeten Explosionen müde wurden und das Material seine Festigkeit aufgab. Dann zerbarst die riesige Büchse beim nächsten Schuss und riss meist einige Männer in den Tod. Wie viele Büchsenmeister hatten schon Arme oder Beine oder auch das Augenlicht verloren! Nein, das Risiko, das sie tragen mussten, war nicht minder groß als das der Männer, die mit dem blanken Schwert in die Schlacht zogen.

Elisabeth stand viele Stunden am Tag auf der kahlen Kuppe des alten Berges in der Nähe der Büchsen und sah über die belagerte Stadt hinab. Man konnte die von den umherziehenden Truppen zunehmend verheerten Weinberge und Felder erkennen. Irgendwo stieg immer Rauch auf und zeigte, welches Dorf an diesem Tag das Ziel der raubenden und brennenden Truppe war. Elisabeth dachte mit Schmerz an die armen Menschen in den Dörfern. Sie fragte sich, wie vielen von ihnen es gelingen mochte, sich rechtzeitig in den Wäldern zu verstecken, und wie groß die Zahl der Opfer sein würde, die ihr Leben lassen mussten, um den Übermut der zur Untätigkeit verdammten Männer zu kühlen. Wie viele Frauen und Mädchen würden in ihre Hände fallen und von ihnen gequält und geschändet werden? Wie konnten die Überlebenden den Winter überstehen, wenn ihnen Haus und Scheune, das Vieh und die Frucht ihrer Felder genommen wurden?

Oft stiegen Elisabeth Tränen in die Augen. Tränen der Trauer und Tränen des Zorns darüber, dass sie nichts dagegen tun konnte und dazu verdammt war, auf diesem Hügel zu stehen, die Fähnlein davonziehen und zurückkommen zu sehen und auf die grausamen Nachrichten zu warten.

Der Mut der Bürger von Ochsenfurt schien allerdings ungebrochen. Das sollte der Bischof mit seinem Heer nur allzu bald zu spüren bekommen. Die Ochsenfurter sahen sich die Verwüstung ihrer Dörfer und Felder einige Tage an, dann rüsteten sie sich und wagten einen überraschenden Ausfall. Die Hälfte der Bürgermiliz verwickelte den umherziehenden Trupp des Bischofs in ein Scharmützel, während die zweite ihn ungesehen umging und ihm dann in den Rücken fiel. Einem Teil der Bischöflichen gelang die Flucht, doch viele der Männer gerieten den Ochsenfurtern in die Hände. Unter ihnen auch der Fiskal des Bischofs, Peter Eckhart, Wernher von Hain und Heinrich Schetzlein. Was für ein Fang! Auch Bischof von Brunns Vikar Weigand und der Junker Heinrich von Baiersdorfer waren zuerst unter den Gefangenen, doch den beiden glückte die Flucht, noch ehe die Bürger ihre wertvolle Beute in die Stadt schaffen konnten. Der Junker war es auch, der Elisabeth von dem schmählichen Vorfall erzählte.

Der Bischof tobte und schwor den Ochsenfurtern schlimmste Rache mit noch mehr Blut und Verheerung.

»Noch mehr feige Überfälle und unschuldige Tote«, nannte es Elisabeth. Sie ging in großen Schritten vor ihrem Zelt auf und ab und konnte sich nicht beruhigen. Jeanne hatte sich mit ein paar von Georgs Beinlingen zum Flicken im Schneidersitz niedergelassen, und Gret kochte in einem kleinen Kessel über offenem Feuer eine Fleischsuppe.

»Und was macht *er*, um das zu verhindern? Nichts! Er

verkriecht sich auf seiner Burg und schließt sich vermutlich in seinem Schreibzimmer ein, wo er in den Verträgen wühlt, statt im Land wirklich etwas zu verändern und beispielsweise dieses sinnlose Blutvergießen zu beenden.«

»Wer?«, wollte Jeanne wissen. »Von wem spricht sie?«

»Pfleger Albrecht von Wertheim«, klärte sie Gret auf, der es offensichtlich keine Schwierigkeiten bereitete, den Gedankensprüngen zu folgen.

»Er nannte sich Ritter! Wo sind seine Tugenden geblieben? Hat er sie mit seinem Wams und seiner Rüstung abgestreift, als er sie gegen das Kirchengewand eintauschte?«

Gret und Jeanne schwiegen. Selbst Jeanne war klar, dass Elisabeth keine Antwort auf diese Fragen erwartete.

»Hat er mich *dafür* verraten? Hat er seinen Schwur gebrochen, um dem Land ein Pfleger zu sein, der sich in seiner Festung verkriecht?« Sie stampfte mit dem Fuß auf.

»Ich verstehe das nicht! Erst schwört er mir ewige Treue und versichert, dass er sich niemals den Wünschen seines Vaters beugen werde, und nur Tage später lässt er sich als Pfleger ausrufen. Nun gut, ich kann verstehen, dass das Land wichtiger ist als eine Frau, aber wenn er seine Berufung darin gesehen hat, das Land aus der Misere zu führen, in die mein Vater es getrieben hat, warum zum Teufel reist er dann zum Zabelstein und lässt sich vom Bischof an der Nase herumführen? Ich habe seinen Vater eigenhändig aus dem Verlies befreit. Und er wusste, dass der Bischof nichts mehr gegen ihn in der Hand hält!« Sie atmete schwer und schritt noch immer auf und ab. Sie war zu erregt, um sich zu den beiden Mägden zu setzen.

»Er lässt es zu, dass der Bischof seine Macht zurückerhält, und will doch nicht mit ihm zusammenarbeiten. Aber offen gegen ihn anzutreten, das traut er sich auch nicht! Wie kann er dem Land das antun? Wie kann er die, die ihre Hoffnung in ihn setzen, so enttäuschen?«

Wieder schritt sie hin und her, ehe sie ihren Monolog fortsetzte – nun in einem ruhigeren Tonfall.

»Der Dechant dagegen scheint mir ein echter Streiter. Diese Abtrünnigen, die Propst von Grumbach um sich geschart hat, haben ihn für abgesetzt erklärt, aber Dechant von Masbach beharrt auf seinen Rechten und setzt sich für das Land und für diesen Pfleger ein, der keinen Finger rührt!«

»Oder nur gegen den Bischof?«, meinte Gret leise, ohne von ihrem Topf aufzusehen.

Elisabeth ignorierte den Einwurf. »Er und das wahre Kapitel haben versucht zu verhindern, dass Karlstadt den Abtrünnigen Aufenthalt gewährt.«

Nun konnte Gret doch nicht an sich halten. »Was hat er getan? Ein Schreiben an den Rat gesandt! Und wie lautete die Antwort? Hat er damit irgendetwas erreicht?«

Elisabeth sah betrübt drein. »Nein, ganz im Gegenteil. Der Rat hat sich nicht nur geweigert, der Forderung Folge zu leisten, sie haben auch noch den rechtmäßigen Amtmann von Karlstadt, Sebastian von der Tann, vertrieben und stattdessen das Amt dem Feind des wahren Stifts, Dietz von Thüngen, übertragen.«

»Dann hat es ja viel gebracht«, spottete Gret.

»Nein, aber der Dechant ist nicht der Mann, der sich das gefallen lässt.«

»Und was wird er tun? Einen Haufen Kriegsvolk zusammenrufen und gegen Karlstadt schicken? Die Stadt belagern und beschießen?«

Elisabeth blieb stehen und starrte Gret an. Ihre Worte wandelten sich zu Bildern, die ihr leider nur zu vertraut waren. Sie schluckte.

»Du meinst, es wird auch nicht anders werden als hier? Ein sinnloses Rauben, Verheeren und Töten?«

Gret nickte. »Das ist das Gesicht des Krieges. Es mag das Wappen des Bischofs auf seinen Fahnen tragen oder das des

Pflegers und des Domdechanten, die hässliche Fratze bleibt jedoch immer dieselbe.«

Mit hängenden Schultern ließ sich Elisabeth neben Jeanne auf den Boden sinken.

»Ich fürchte, du hast recht. Wird dieser Wahnsinn denn niemals enden?«

»Und sich alle lieben und vertragen und gemeinsam fleißig für ihr Heim und ihr Land arbeiten?« Gret schüttelte den Kopf. »Nein, vielleicht im Himmelreich, doch hier auf Erden oder, genauer gesagt, hier in Franken glaube ich nicht, dass ich das jemals erleben werde.«

Am zehnten Tag ließ Bischof von Brunn seine Tochter noch einmal zu sich rufen. »Wenn wir nicht bald einen Durchbruch erzielen, überlege ich mir, die Belagerung vorläufig abzubrechen.«

Sie sah ihn fragend an. »Werdet Ihr die Männer entlassen und auf den Zabelstein zurückkehren?«

Der Bischof starrte sie an, als habe sie ihm einen unanständigen Vorschlag unterbreitet.

»Aber nein, noch ist der Winter weit, und ich kann noch viel erreichen. Ich denke, ich werde mich wieder Würzburg zuwenden. Vielleicht gelingt mir dieses Mal der Streich. Fällt die Stadt, fällt mir auch das Land in den Schoß, und dieser lausige Wertheimer muss mir endlich den Marienberg überlassen, wie er es in unserem Vertrag zugesichert hat.«

»Und was wird mit mir geschehen? Soll ich nun von einem Feldlager zum anderen mit Euch ziehen?«

»Willst du das denn?«

Die Miene des Bischofs änderte sich in seltsamer Weise. Es trat ein Ausdruck in seine Augen, den Elisabeth als verschlagen bezeichnet hätte. Ihr Blick huschte zu Friedlein, der wieder einmal still in der Ecke saß, dessen kluge Augen jedoch fest auf sie gerichtet waren. Auch er schien unter einer ungewöhnlichen Anspannung zu stehen. Irgendetwas bahnte sich an, doch Elisabeth konnte sich nicht vorstellen, was das sein sollte.

»Nein«, sagte sie langsam. »So ein Feldlager ist auf Dauer wohl nicht der rechte Platz für mich.«

Der Bischof nickte, dass sein Doppelkinn flatterte. Das war also die Antwort, die er hatte hören wollen.

»Aber auf den Zabelstein möchtest du auch nicht so alleine zurückkehren, nicht wahr?«

Das war nun eine Bemerkung, die sie überhaupt nicht erwartet hatte. Seit wann interessierte sich der Bischof für ihre Wünsche? Hatte er ihr bei ihrem letzten Gespräch nicht unmissverständlich klargemacht, dass sie ihm zu gehorchen hatte und dass er sie unter seiner Aufsicht wissen wollte? Wenn er sie also nicht von einem Feldlager zum nächsten schleppen wollte, dann war das Nächstliegende, sie auf dem Zabelstein unter Bewachung zu stellen. Was sollte dann diese Frage?

»Nein, auf den Zabelstein möchte ich nicht so gerne zurückkehren«, gab sie vorsichtig zu und erklärte dann mutig: »Viel lieber wäre es mir, bei Georg zu bleiben, zumindest solange er hier im Land weilt und nicht wieder zu einer seiner großen Reisen aufbricht.«

»Auf keinen Fall!«, rief der Bischof und zerschlug ihren Traum mit einer Handbewegung. »Würzburg ist nicht der rechte Ort für dich. Hast du nicht zugehört? Ich muss diese störrische Stadt in die Knie zwingen. Wenn Georg es für richtig hält, dort zu wohnen, dann ist das seine Sache.«

Elisabeth sah den Bischof verwirrt an. »Aber wenn weder auf den Zabelstein noch nach Würzburg, wohin soll ich denn gehen, wenn ich nicht mit Euch reisen werde?«

Der Bischof strahlte sie an, und seine prallen Wangen leuchteten rot, während Friedlein die Luft anhielt. Offensichtlich waren sie zum Kern der Intrige vorgedrungen, über die der Narr wieder einmal vollständig im Bilde war. Und dass es sich um eine Intrige handeln musste, dafür sprach schon das falsche Lächeln des Bischofs, das wohl väterliche Wärme symbolisieren sollte.

»Ich dachte mir, dass ich meine geliebte Tochter gern an einem wirklich sicheren Ort wissen möchte, während ich dort draußen ins Feld ziehe und für Franken mit meinem Schwert kämpfe.«

Wie pathetisch! Er trug wirklich ein wenig dick auf. Der Bischof steckte zwar in einer Rüstung und trug ein Schwert an seiner Seite, aber Elisabeth bezweifelte, dass der übergewichtige Kirchenmann dieses noch einmal in seinem Leben gegen einen Angreifer ziehen würde.

»Und wo wäre dieser sichere Ort?«, hakte sie nach.

Der Bischof holte tief Luft, strahlte sie an und verkündete: »Wo anders als auf dem Marienberg?«

Elisabeth starrte ihn entsetzt an. Nun war er völlig übergeschnappt. Das musste das Alter sein. Es hatte nicht nur seinen Körper aufgeschwemmt und die Haut an seinen Beinen wund und brüchig gemacht, es hatte nun auch seinen Geist verwirrt.

»Ich dachte, du hättest dich dort stets wohlgefühlt?«, beharrte der Bischof, der ihren Gesichtsausdruck missdeutete. »Es ist dein Heim, in dem du aufgewachsen bist. Freust du dich denn nicht, wenn du dorthin zurückkehren kannst?«

»Ist mir irgendetwas entgangen, oder ist der Marienberg nicht noch immer in der Hand des Pflegers von Wertheim?«

»Aber ja«, antwortete der Bischof fröhlich. Elisabeth schloss für einen Moment gequält die Augen. Herr im Himmel, der Bischof wurde tatsächlich schwachsinnig. Und dort draußen standen zweitausend Männer unter seinem Befehl. Was für eine Tragödie! Da fand sie es auch nicht gerade hilfreich, dass Friedlein sie breit angrinste. Er wusste sicher vom Zustand seines Herrn, hatte es ihr aber wohlweislich verschwiegen. Gut, sie würde es dem Bischof schon begreiflich machen.

»Und ist es nicht so, dass Ihr hier zu Felde liegt, um gegen die zu kämpfen, die ihre Treue dem Pfleger von Wertheim geschworen haben, sich aber weigern, Euch wieder zu huldigen?«

Johann von Brunn nickte zustimmend, ohne sein Lächeln zu verlieren.

»Gut, dann liege ich ja richtig. Ihr werdet mich ja wohl kaum in das Haus Eures Feindes schicken! Natürlich weiß ich, dass Ihr danach strebt, selbst so schnell wie möglich wieder in die Marienburg einzuziehen, doch bis es so weit ist, müssen wir diese Pläne wohl oder übel zurückstellen.«

»Du hast in fast allen Punkten recht, meine schöne und kluge Tochter, dennoch siehst du alles zu sehr in Schwarz oder Weiß. Ja, ich gehe gegen den Wertheimer vor, weil er sich weigert, sich an die zugesagten Punkte zu halten, und nicht einmal den Versuch unternimmt, die widerspenstigen Würzburger und Ochsenfurter dazu zu bewegen, mir erneut zu huldigen. Auch dass er an diesem Reichard von Masbach als Dechant festhält, obwohl die Mehrheit des Kapitels ihn längst durch einen fähigeren Domherrn ersetzt hat, erzürnt mich. Dennoch halte ich den Wertheimer nach wie vor für einen Mann ritterlicher Grundsätze und würde nicht zögern, ihm meine Tochter in solch kriegerischen Zeiten zu ihrem eigenen Schutz anzuvertrauen.«

Elisabeth verschränkte die Arme vor der Brust und überlegte, wie viele seiner Worte sie glauben sollte.

»Fürchtet Ihr nicht, dass er mich als Geisel behalten, ja, mich als Druckmittel gegen Euch verwenden könnte?«

Aus der Ecke erklang ein amüsiertes Kichern. Der Bischof jedoch sah sie ernst an. Vielleicht glaubte er, sie mit dieser Miene besser überzeugen zu können.

»Aber nein, das würde Albrecht von Wertheim niemals tun!«

Sie sah von Friedlein zu ihrem Vater und wusste nicht, wessen Miene sie mehr irritierte. Die beiden wussten etwas, das ihr bislang entgangen war. Aber was? Dies galt es herauszufinden! Zuerst musste sie sich aber um das seltsame Ansinnen des Bischofs kümmern. Er wollte sie ins Haus seines Widersachers schicken? Was versprach er sich von diesem Manöver? Sie kniff die Augen zusammen und sah ihren Vater prüfend an.

»Und was soll meine Aufgabe dort auf dem Marienberg sein? Denkt Ihr, ich würde Pfleger von Wertheim für Euch ausspionieren und Euch die Schritte verraten, die er plant? Vergesst es! Ich glaube kaum, dass er mich jetzt noch in die Nähe seiner geheimen Dokumente lassen würde. Und selbst wenn, würde ich keinen solchen Verrat begehen!«

Johann von Brunn hob abwehrend die Hände. »Nein, nein, was denkst du von mir? Ich würde meine Tochter doch nicht für eine solch unehrenhafte Tat missbrauchen!«

Elisabeth verschluckte sich der dreisten Lüge wegen und musste husten. Als ob ihr Vater solche Skrupel gekannt hätte!

»Nein, ich möchte einfach, dass du in Sicherheit bist und dorthin zurückkehrst, wo du dich stets am wohlsten gefühlt hast.«

»Dann soll ich mich lieber von Albrecht fernhalten?« Sie sah ihn aufmerksam an.

»Nein!«, rief er fast zu schnell. »Ich befürworte es durchaus, wenn du euren vertrauten Umgang wiederherstellst. Du bist ihm doch noch immer herzlich zugetan? Warum also Missverständnisse und Groll zwischen euch bestehen lassen?«

»Und sonst verlangt Ihr nichts von mir?«, hakte Elisabeth nach. Da musste doch noch eine Ungeheuerlichkeit folgen. So gut glaubte sie den Bischof zu kennen. Seine Bedürfnisse standen stets im Vordergrund. Er tat nichts, um anderen einen Gefallen zu tun, solange nichts für ihn dabei heraussprang.

»Das ist alles. Ich möchte nur, dass ihr freundschaftlich verbunden bleibt. Mehr nicht. Natürlich würde ich dir nicht im Wege stehen, wenn sich eine – sagen wir – nähere Beziehung daraus ergeben würde, aber das ist ganz deine Sache«, fügte er schnell hinzu, als Elisabeth zu einer heftigen Erwiderung ansetzte. Sie liess die Luft wieder entweichen, ohne etwas zu sagen. Es fühlte sich noch immer falsch an, aber sie wusste nicht, wo sie ansetzen sollte, um dem wahren Grund näherzukommen. Vielleicht musste sie erst einmal darüber schlafen.

Der Bischof rieb sich die Hände. »Gut, wenn das dann geklärt ist, können wir das Mahl auftragen lassen. Möchtest du dich zu uns setzen, meine Tochter?«

Elisabeth schüttelte den Kopf. »Nein, danke, verzeiht, dass ich die Einladung ausschlage. Ich wünsche eine gesegnete Nacht und sehe Euch morgen früh, bevor ich reise.«

Der Bischof schien sich über die Ablehnung nicht zu ärgern. Ganz im Gegenteil, sie hatte eher den Eindruck, er wäre erleichtert. Gern hätte sie Friedlein unter vier Augen gesprochen, doch der Narr schien ihre Absicht zu ahnen und dachte gar nicht daran, ihrer Aufforderung, sie zu ihrem Zelt zurückzubegleiten, Folge zu leisten. Er konnte sich wohl denken, dass ihn so manch bohrende Frage erwartete. Offensichtlich hatte er keine Lust, sich diesen zu stellen. So musste sie mit einem herbeigerufenen jungen Ritter vorliebnehmen, der auf ihrem Weg kein einziges Wort an sie richtete. Auch gut. Ihr war eh nicht nach seichter Plauderei. Nein, dazu ging ihr zu viel Ungeklärtes im Kopf herum. Mit vielen wirren Gedanken kehrte Elisabeth zu ihrem Zelt zurück und begab sich sofort zu ihrem spartanischen Lager. Das Einzige, was Jeanne auf ihre besorgte Frage nach ihrem Befinden zu hören bekam, war: »Du kannst unsere Kiste reisefertig machen. Morgen in aller Frühe brechen wir zum Marienberg auf.«

Dann drehte Elisabeth ihren beiden Mägden den Rücken zu und zog die Decke bis über die Schulter. Mit ihren verwunderten Fragen mussten die beiden alleine fertig werden.

Elisabeth lag auf ihrem Feldbett und starrte auf den groben Stoff der Zeltwand. Lange schon hatten sich die beiden Mägde auf ihr Lager zurückgezogen, doch der Schlaf wollte nicht kommen. Leise erhob sie sich, wickelte sich in ihren Umhang und schlüpfte aus dem Zelt. Im Lager war es ruhiger geworden. Dennoch kam diese wogende Masse des Heeres niemals ganz zur Ruhe. Nicht nur die Wachen drehten unablässig ihre Runden. Hier wurde an einem Feuer noch gewürfelt, dort saßen welche nur mit ihren Bechern in den Händen zusammen, unterhielten sich oder starrten einfach vor sich hin. Von weiter hinten am Waldrand erhob sich vielstimmiges Gelächter, dann einige Flüche.

Bedächtig schritt Elisabeth unter den Zweigen einer Baumgruppe, wobei sie die Gruppen mied, die noch keinen Schlaf gefunden hatten. Ihre Schritte fanden den Weg, den sie in den vergangenen Tagen so oft gegangen waren, bis die Silhouette der Stadt unter ihr auftauchte. Jetzt in der Nacht wirkte sie friedlich. Als ob die Bürger dort unten in ihren Häusern ohne Angst vor dem Morgen schlafen könnten.

Ein Zweig knackte hinter ihr. Elisabeths Herzschlag beschleunigte sich. Da war jemand. Schritte, die nicht einmal versuchten, sich zu verbergen. Hastig drehte sie sich um und suchte den Schatten der sich nähernden Gestalt in der Dunkelheit. Die Angst verwehte so schnell, wie sie aufgeflammt war. Ihre Sinne erkannten ihn, noch ehe ihre Augen die Schatten voneinander trennen konnten.

»Meister Thomas! Was schleicht Ihr hier um diese Stunde herum?«

»Ich folge einem unvernünftigen Fräulein, dem es nicht bewusst zu sein scheint, wie gefährlich es für sie mitten in einem Heereslager werden kann.«

Elisabeth hob die Schultern. »Ja, es ist unvernünftig, ich weiß, doch es trieb mich aus meinem Zelt. Ich konnte keine Ruhe finden.«

Meister Thomas trat näher. Gemeinsam sahen sie über die belagerte Stadt, doch nun weilten Elisabeths Gedanken nicht mehr bei den Bewohnern und ihren Ängsten. Es war ihr, als würde Meister Thomas' Wärme sie streifen. Vielleicht gerade deshalb wurde ihr die Kühle der Nacht bewusst.

»Was ist es, das Euch den Schlaf vertreibt?«, fragte er, nachdem sie einige Zeit so nahe schweigend nebeneinandergestanden hatten, dass sich ihre Schultern beinahe berührten.

»Es ist so dunkel um mich herum, dass ich meinen Weg nicht erkennen kann.«

Sie spürte, wie er nickte. »Ich verstehe. Doch solltet Ihr Euch nicht zu sehr quälen. Es ist der unabänderliche Lauf der Dinge, dass irgendwann die Sonne wieder aufgeht. Sie wird Euch mit ihren Strahlen den Weg weisen.«

Elisabeth stieß einen Seufzer aus. »Auch die Sonne kann mir da nicht helfen. Ich blicke mich um, sehe die weiten Täler und Hügel mit ihren Wiesen und Wäldern, sehe die unzähligen Dörfer und prachtvollen Städte Frankens und habe doch das Gefühl, es gäbe dort keinen Platz für mich.«

Sie spürte seine Hand auf ihrer Schulter, die zögernd ihren Arm herunterglitt. Meister Thomas trat hinter sie. Elisabeth lehnte sich gegen seine Brust und fühlte seine Wärme in ihrem Rücken. Sie konnte seinen Atem an ihrer Wange spüren.

»Vielleicht habt Ihr recht. Vielleicht ist Franken nicht der richtige Ort für Euch. Vielleicht könnt Ihr Euren Weg deshalb nicht sehen, weil er Euch weit weg in die Fremde führt. Mit dem Zug der Kaufleute in ferne Länder.«

Elisabeth versteifte sich und rückte ein wenig von ihm ab. »Ihr seht meine Zukunft auf der Landstraße? Wohl auf dem Karren der Marketenderin?«

Meister Thomas zog sie wieder zu sich. »Nein! In allen Ehren als Eheweib des Kaufmanns oder, besser gesagt, des reisenden Apothekers, wenn Ihr das wollt.«

Sie wandte sich ihm zu, um im schwachen Licht des Mondes in seinem Gesicht zu forschen, ob er sie etwa verspottete. Aus seiner Miene sprach feierlicher Ernst. Ein Gefühl von Glückseligkeit wallte in ihr auf, als er sie wieder sanft in seine Arme nahm. Sie reckte sich ein wenig, doch er kam ihr entgegen, bis sich ihre Lippen fanden. Lange standen sie da und küssten sich, bis sich ihre Knie so weich anfühlten, dass nur seine starken Arme sie aufrecht hielten.

Endlich löste er sich von ihr. »Wirst du darüber nachdenken?«

»Nein, das muss ich nicht«, widersprach Elisabeth, die sich schwindelig und außer Atem und seltsam leicht fühlte.

Thomas schüttelte den Kopf. »Doch, das musst du. Wenn die erste Verwirrung nachlässt, dann solltest du dich mit kühlem Verstand fragen, ob du diesen Weg, der auch Entbehrung und Gefahr mit sich bringt, wirklich gehen willst. Lass dir Zeit.«

Elisabeth öffnete den Mund, doch er verschloss ihn noch einmal mit seinem Kuss. Dann nahm er sie an der Hand und führte sie zu ihrem Zelt zurück.

Kapitel 24

Was für ein Wechselbad der Gefühle! Elisabeth hatte nicht angenommen, dass es einfach werden würde zurückzukehren, doch dass die Gefühle sie derart mitnehmen und ihr Herz mal in Eiseskälte schütteln, dann wieder in Hitze verbrennen würden, hatte sie nicht erwartet. Wie gebannt starrte sie aus dem Kutschenfenster des alten, klapprigen Gefährts. Jede Wegbiegung und jeder Baum, die ihr vertraut vorkamen, lösten ein schmerzhaftes Ziehen aus. Jeanne betrachtete sie besorgt und fragte mehrmals, ob sie sich nicht wohl fühle.

»Elisabeth ist krank!«, behauptete sie schließlich. Gret schüttelte an Elisabeths statt den Kopf.

»Doch, das ist sie«, widersprach Jeanne. »Sieh nur, wie ihre Wangen abwechselnd rot und blass werden. Fass nur ihre Hände an. Ganz heiß und feucht. Wir sollten anhalten und Meister Thomas fragen, ob er etwas in seiner Apotheke hat, das ihr helfen kann, ehe ein wirklich böses Fieber ausbricht.«

Gret verdrehte die Augen. »Wenn es ein Fieber ist, dann keines, das der Herr Apotheker mit seinen Pülverchen heilen könnte!«

»Gret!«, rief Elisabeth mit ungewöhnlich strenger Stimme.

»Jaja, ich sage nichts mehr. Aber im Gegensatz zu gewissen dummen Schafen hier in der Kutsche, deren Namen ich nicht nennen will, habe ich Augen im Kopf und durchaus Verstand. Also, liebste Jeanne, um das körperliche Wohl unserer lieben Freundin musst du dir im Augenblick keine Sorgen machen. Um den Zustand ihrer Seele vielleicht schon eher. Manches

Mal ist es eben nicht leicht zurückzukehren, obgleich du dir einst nichts sehnlicher gewünscht hast!«

Elisabeth nickte mit ernster Miene. »Ja, unter anderen Umständen. Es kommt mir so vor, als sei es ein anderes Leben gewesen.«

»Vielleicht war es das.«

»Ja, ein Leben, das nun hinter mir liegt und in das ich nicht mehr zurückkehren werde. Wenn ich meinen Weg bisher auch nur verschwommen sehe, so verfestigt sich doch die Ahnung, dass er mich schon bald weit von hier weg führen wird. Ich kehre nur zurück, um Abschied zu nehmen.«

»Wenn du meinst«, brummte Gret.

Sie schwiegen, bis sie durch das äußere Tor in den Vorhof einfuhren. Die Kutsche hielt neben der Pferdeschwemme. Elisabeth hörte die Stimme des Kutschers und die barsche Erwiderung eines anderen Mannes, den sie nicht erkannte. Vermutlich der Wächter vor der Zugbrücke zur Barbakane, der sich erst versichern wollte, wer Einlass verlangte, ehe er die Durchfahrt in den inneren Hof freigab. Nun mischte sich ihr Bruder ein. Dann ruckte die Kutsche und rollte über die Zugbrücke und unter den beiden Toren der wie eine kleine Burg gebauten Barbakane hindurch. Die groben Mauern des massigen Wartturms, der aus der Mitte des Hofes ragte, huschten am rechten Fenster vorbei. Dann sah sie durch das linke die Basilika, ehe die Kutsche vor den Stufen zum großen Saal hielt. Der Wagenschlag wurde geöffnet, und Elisabeth ergriff zögerlich die ihr entgegengestreckte Hand, um sich hinaushelfen zu lassen. Als sie sich umwandte, sah sie, dass ihr Bruder und der Apotheker ihren Karren gleich zu ihrem alten Quartier hatten vorfahren lassen. Sie tauschte einen Blick mit Thomas und sah dann rasch zu Boden.

Es war Thomas' Einfall gewesen, sie zur Marienfestung zu begleiten. Georg war nicht so recht begeistert gewesen, doch das Argument, dass eine erneute Belagerung Würzburgs dieses

Mal auch zu Gunsten des Bischofs ausgehen könnte, stimmte ihn um. Er überlegte gar, ob es sinnvoll sei, den Rest seiner Waren aus Würzburg zu holen und auf die Marienfestung zu schaffen. So verließen also alle fünf das Feldlager des Bischofs, von acht seiner Bewaffneten bis zum äußeren Tor begleitet. Dort machten die Männer kehrt, was Elisabeth nicht wunderte. Wer konnte schon sagen, ob sich der Pfleger nicht ebenfalls des bei Johann von Brunn so beliebten Druckmittels, Geiseln zu nehmen, bedienen mochte. Kaum hatten sie ihren Auftrag, die Tochter des Bischofs und ihre Begleiter zur Festung zu bringen, ausgeführt, machten sie sich in flottem Galopp davon.

»Elisabeth!«

Allein das Wort, von dieser Stimme ausgerufen, ließ ihre Knie weich werden. Zögernd sah sie auf. Er kam ihr entgegen die Treppe heruntergelaufen, das lange Gewand, das so gar nicht zu ihm passen wollte, leicht gerafft.

»Elisabeth!«, stieß er noch einmal mit solch einer Wärme aus, dass sie schlucken musste. Dann schloss er sie in seine Arme, ohne sich darum zu kümmern, dass ihre beiden Mägde hinter ihr standen und der Kutscher und wer weiß wie viele andere Männer und Frauen der Burg ihn anstarrten.

Eine Welle der Vertrautheit erfasste sie, und obwohl sie sich dagegen zu wehren versuchte, lehnte sie sich gegen seine Brust und sog seinen vertrauten Geruch in sich ein.

»Wo kommst du plötzlich her? Na, egal, du bist zurückgekehrt; das ist alles, was zählt. Komm erst einmal herein, und erhole dich von den Strapazen der Reise. Es muss die Hölle gewesen sein in diesem Karren.« Er betrachtete die alte Kutsche mit einem Ausdruck von Abscheu.

»Ich hätte dir ein bequemeres Gefährt geschickt.« Er überlegte. »Es ist nicht die Kutsche deines Vaters. Soll ich daraus schließen, dass du ohne sein Wissen und ohne seine Erlaubnis davongelaufen bist? Und behaupte nur nicht, so etwas würdest du als folgsame Tochter nicht tun!«

Elisabeth ließ es zu, dass er ihre Hand durch seine Armbeuge zog und sie die Treppe hinaufgeleitete. Ein rascher Blick über den Hof zeigte ihr, dass Thomas und ihr Bruder bereits hinter der Tür verschwunden waren. Elisabeth lächelte Albrecht schief an.

»Nein, das behaupte ich nicht, dennoch ist das Gegenteil der Fall. Ich bin auf höchstväterlichen Befehl hier!«

Albrecht blieb abrupt auf dem Treppenabsatz stehen. »Du treibst Scherze mit mir! Der Bischof höchstpersönlich hat dich hierhergeschickt?« Elisabeth nickte.

»Dann glaubt er also, demnächst selbst wieder Herr hier oben zu sein?«

»Nein, so altersverwirrt ist er noch nicht, auch wenn er den Marienberg nur allzu gern zurückhätte.«

Albrecht schnaubte durch die Nase. »Das kann ich mir denken. Was aber dann?« Er hielt inne. »Er hat dich hierhergeschickt, um mich zu umgarnen und meine Pläne auszuspionieren!«

Elisabeth seufzte, während sie sich in den Saal geleiten ließ. »Ich kann dir nicht einmal einen Vorwurf machen, dass du so schlecht von ihm denkst, war dies doch auch mein erster Verdacht. Aber er gab mir keinen konkreten Auftrag. Nein, er versicherte mir gar, dass er nichts von mir erwarte. Er wolle mich nur in guten Händen und in Sicherheit wissen. Es hat mich selbst verwundert, aber er schien dir in diesem Moment nicht besonders zu zürnen, dass du dich nicht an den Vertrag halten willst, den du auf dem Zabelstein gesiegelt hast. Er versicherte mir sogar, er habe nichts dagegen, wenn wir unser früher so vertrautes Verhältnis wiederherstellten.« Elisabeth hob die Schultern. Doch Albrecht schien keine weitere Erklärung zu benötigen. Er nickte mit ernster Miene.

»So ist das also.«

Elisabeth ließ es dabei und sah sich neugierig im Saal um, den sie so viele Monate nicht mehr betreten hatte. Er hatte sich verändert. Einige Tische waren an die Wand gerückt und die Tafel verkleinert worden. Sie sah Albrecht fragend an. Der zuckte mit den Achseln.

»Es ist für nichts und niemanden genügend Geld da. Und was mir in die Hände kommt, gebe ich, um das Land aus der Finsternis zu holen und die ärgste Not zu lindern. Ich spare hier auf der Festung, wo ich nur kann, und habe selbst die allabendliche Tafel verkleinert. Es gibt weniger Gerichte, weniger Wein und Festmähler nur noch an hohen Feiertagen. Und dennoch oder vielleicht gerade deshalb will mir nichts so recht gelingen.«

Elisabeth schwieg, doch ihr wurde in diesem Moment einiges klar. Unter anderem, wie es dem verhassten Bischof in so kurzer Zeit hatte gelingen können, wieder so viele Anhänger zu gewinnen. Nun, da er weg war und der spartanische Albrecht seinen Platz eingenommen hatte, erschien ihnen die Verschwendungssucht des Bischofs plötzlich weniger schlimm, seine Großzügigkeit und seine üppige Hofhaltung, an der er stets alle hatte teilhaben lassen, dafür umso erstrebenswerter. Was für einen Rat sollte sie Albrecht geben? Das wenige Geld, das das Land so notwendig brauchte, um aus seiner Verpfändung ausgelöst zu werden, lieber den Gierigen in den Rachen zu werfen, um sich mehr Günstlinge zu sichern?

Albrecht zog einen Stuhl zurück und bot Elisabeth einen Platz an. Dann reichte er ihr einen Becher süßen Met, den sie stets so gern getrunken hatte. Er ließ sich ihr gegenüber nieder und musterte sie, als gelte es, jedes Detail ihres Gesichts für immer festzuhalten. Elisabeth erwiderte den Blick.

War er noch der strahlende junge Ritter, in den sie sich verliebt hatte? Er sah aus wie Albrecht von Wertheim, und dennoch schien er ein anderer geworden zu sein. Von der Zahl der Jahre gerechnet war er noch jung, er strahlte dies jedoch nicht mehr aus. Sein Gesicht war schmaler geworden, beinahe hager, und sie vermisste die gesunde Farbe. Blass sah er aus. Aus seinen Augen war das Leben gewichen. Ja, selbst die Lachfalten um seinen Mund schienen verschwunden und durch Furchen aus Sorge ersetzt worden zu sein.

Er nickte kummervoll, als sie ihre Gedanken aussprach. »So fühle ich mich auch. Ausgezehrt und müde. Die Glieder schmerzen von der Last, die mich niederdrückt, und ich finde oft keinen Schlaf mehr, weil ich nicht weiß, welche Entscheidungen ich am anderen Tag treffen soll. Aber das darf nicht deine Sorge sein. Du musst dein hübsches Köpfchen nicht mit diesen schweren Dingen belasten.« Er mühte sich um ein Lächeln.

»Ganz gleich, weshalb dich dein Vater hergeschickt hat – ich bin froh, dich zu sehen. Du bist mein Sonnenstrahl am düster verhangenen Himmel. Sage mir, was du brauchst. Du bekommst alles, was im Rahmen meiner bescheidenen Mittel steht. Ich kann doch hoffen, dass du dich hier für längere Zeit niederlässt?«

Elisabeth ließ sich nicht zu einem Versprechen verleiten, von dem sie noch nicht wusste, ob sie es einhalten konnte und wollte. Obwohl Albrecht darauf bestand, dass sie ihre gewohnten Gemächer wieder bezog, lehnte Elisabeth ab und blieb halsstarrig, bis er nachgab und ihr mit ihren beiden Mägden die größte Gästekammer gab, die in den Häusern auf der Südseite der Festung zu finden war. Gret begab sich in die Küche und wurde auch gleich vom Koch mit Arbeit eingedeckt, als sei sie nie weg gewesen. Er scheuchte sie herum und schimpfte lautstark mit ihr wie eh und je.

»Du musst dir das nicht gefallen lassen«, protestierte Elisabeth. »Du bist meine Magd und gehörst nicht der Burgküche.«

»Ich möchte es aber«, widersprach Gret. »Irgendwohin muss ich gehören, und jeder muss für sein Essen und sein Lager arbeiten.« Elisabeth zuckte zusammen.

»Ich meine, zumindest jeder normale Mensch, der nicht

von Adel ist. Was soll ich den ganzen Tag anfangen, wenn ich keine Küchenarbeit habe und keine Speisen zubereiten darf? Jeanne kümmert sich um dich und um dein Gemach. Das ist ihre Aufgabe, und so ist es in Ordnung. Aber wozu brauchst du mich?«

»Ich brauche dich als meine Freundin und Beraterin, die mir die Augen öffnet und mir den Kopf zurechtrückt, wenn ich wieder einmal zu blind bin zu sehen!«

Gret lächelte Elisabeth an und legte ihr für einen Augenblick die Hand auf den Arm. »Dafür wird auch neben meiner Küchenarbeit genügend Zeit bleiben. Glaube mir, du entgehst meinem harschen Tadel nicht.«

»Dann ist es ja gut!« Elisabeth umarmte sie. »Und sag mir Bescheid, wenn der Koch zu hart mit dir umspringt. Er soll nicht wagen, die Hand gegen dich zu erheben.«

Gret zog eine grimmige Grimasse. »Ich weiß mich schon zu wehren. Glaube mir!«

Elisabeth machte sich auf die Suche nach Georg. Ja, und auch nach Thomas, wobei sie sich ein wenig scheute, ihn zu sehen. Sie kam sich ihm gegenüber wie eine Verräterin vor, obwohl ihr Vater ihr ja keine Wahl gelassen hatte. Aber entweder sah der Apotheker das nicht so, oder er wusste seine Gefühle sehr viel besser zu verbergen als sie. Er behandelte sie freundlich und aufmerksam wie immer.

»Und was wirst du nun anfangen?«, fragte Elisabeth ihren Bruder, der zusammen mit Sebastian die letzten Bündel von seinem Karren lud und in dem Raum neben seiner Kammer verstaute. »Bist du bereit für deine große Reise?«

»Ja, nein, noch nicht. Ich habe Nachricht vom Kapitän erhalten. Das Schiff wird erst im Oktober ablegen, obwohl das meiner Ansicht nach ein wenig spät ist.« Georg hob die Schultern. »Nun, er kennt das Wetter vor der Küste Griechenlands und Ägyptens besser als ich.«

Elisabeth fragte nicht, ob sich Thomas bereits entschieden hatte, Georg auf dieser Reise zu begleiten. Sie würden monatelang wegbleiben, wenn nicht sogar Jahre. Dachte Thomas wirklich daran, sie als sein Weib mitzunehmen? Der Gedanke ließ ihr Herz vor Aufregung, aber auch vor Furcht heftig schlagen. Würde sie den Mut finden, ihrem Leben eine solch scharfe Wendung zu geben und diesem unbekannten und gefährlichen Weg an Thomas' Seite zu folgen? Oder sollte sie hier auf ihn warten, bis er wieder zurückkehrte? Vielleicht würde er dann nach Bamberg in die Stadt seiner Väter zurückkehren und die Hofapotheke eröffnen, von der er gesprochen hatte. Sie schob die Gedanken beiseite, auf die sie bislang keine Antwort wusste.

»Georg, bleibst du bis zu deiner Abreise auf dem Marienberg?«, fragte sie stattdessen.

»Ja, ich denke schon. Albrecht hat nun doch nichts dagegen. Daher überlege ich mir – angesichts der kriegerischen Pläne, die der Bischof Würzburg gegenüber hegt –, ob wir nicht unseren Speicher dort leeren und die Waren hierher in Sicherheit bringen. Thomas ist auch nicht gerade begeistert, seine wertvollen Instrumente in einer belagerten Stadt zu wissen. Außerdem wird er hier vor Langeweile vergehen, wenn er nicht in seiner Alchemistenküche etwas stampfen, mischen und köcheln kann.« Georg grinste. »Er ist so gar nicht der Mann, der sich dem Müßiggang hingeben und seichte Vergnügungen genießen kann.«

So blieben die Männer nur eine Nacht auf dem Marienberg und machten sich gleich in der Früh mit ihrem Maultierkarren und einem weiteren Wagen, den Pfleger Albrecht ihnen geliehen hatte, in die Stadt hinunter auf, ihre wertvollen Waren und Geräte einzupacken, ehe der Bischof mit seinem Heer heranzog.

»In zwei Tagen sind wir mit allem zurück«, sagte Georg seiner Schwester zum Abschied.

»So lange? Ihr fahrt nur nach Würzburg hinunter! Das ist keine Weltreise.«

Er zuckte mit den Schultern. »Wir müssen die Waren und Thomas' wertvolle Glasinstrumente sorgsam verpacken und die Wagen beladen. Das kann schon ein wenig dauern.«

So sah Elisabeth den Reitern und Wagen hinterher, wie sie durch das Tor fuhren und sich auf den Weg in die Stadt hinunter machten. Gret stand neben ihr.

»Ich muss wieder in die Küche. Ich werde heute noch Honigkuchen mit Zimt und Mandeln backen.«

»Dass du dich lieber in der Küche verkriechst, als mit Georg mitzufahren«, wunderte sich Elisabeth. »Ich hätte es dir nicht untersagt.«

Gret zeigte ihre Zähne. »Und ich hätte es dennoch getan, selbst wenn du es mir untersagt hättest, wenn es mein Wunsch gewesen wäre, ihn zu begleiten.«

Elisabeth wusste nicht, ob die Worte sie amüsieren oder ärgern sollten. »Und warum ist es nicht dein Wunsch? Ich dachte, es wäre Liebe zwischen euch. Hast du das nicht gesagt, oder ist alles bereits wieder vorbei?« Ein schrecklicher Gedanke drängte sich ihr auf. »Hat Georg dich etwa zurückgewiesen, nachdem er deine Gunst genossen hat?«

Gret seufzte. »Nein, hat er nicht. Du musst dich also nicht zum Racheengel aufplustern und dir eine fürchterliche Strafe für den Treulosen ausdenken. Wenn wir zusammentreffen und sich die Gelegenheit ergibt, dann genießen wir die körperliche Lust und haben Freude aneinander. Das heißt aber nicht, dass ich ihm auf Schritt und Tritt folgen und mich zu seiner dauerbereiten Sklavin machen möchte. Ich habe hier meine Küchenarbeit und mein eigenes Leben. Ich will mich nicht von den Launen eines Mannes abhängig machen, der mich, wie es ihm beliebt, jederzeit wegschicken kann. Nein, das würde irgendwann Leid und Schmerz für mich bedeuten, und das werde ich auf keinen Fall zulassen!«

»Du würdest einem Mann, den du liebst, also nicht in die Fremde folgen?«, vergewisserte sich Elisabeth.

Gret sah sie aufmerksam an. »Nicht, um ihm zu Gefallen zu sein und weil er mir ab und zu schöne Stunden beschert«, sagte sie nach einer Weile. »Doch bis zum Ende der Welt, wenn ich den Lauf meines Lebens selbst so bestimmen wollte. Auf Liebe allein will ich nicht bauen. Da wäre der Schmerz schon in Sicht!«

Sie gingen zusammen zurück in die innere Burg. Elisabeth brütete vor sich hin.

»Das verstehst du nicht?«, hakte Gret nach.

Elisabeth schüttelte den Kopf. »Nein. Ich denke nicht, dass Liebe so funktionieren kann. Vielleicht kann die Lust so existieren, aber Liebe kann es ohne die Gefahr von tiefem Leid und Schmerz nicht geben. Wenn man jemanden liebt, dann will man ihn nicht verlieren. Man will immer in seiner Nähe sein, ihn sehen, riechen, fühlen!«

Gret zog eine Grimasse. »Ich sage nicht, dass du unrecht hast. Vielleicht ist es für uns gesünder, wenn wir uns nicht zu sehr in dieser Liebe verlieren, die irgendwann mehr Schmerz als Freude bedeutet. Ich halte sie am kurzen Zügel und denke mehr an meine Kuchen und Suppen als daran, was für Seligkeit die ewige Liebe mir bringen könnte. Weißt du, ewige Liebe gibt es hier auf der Erde nicht, und vielleicht nicht einmal im Himmel.«

Darüber musste Elisabeth den ganzen Tag nachdenken. Lohnte es sich, für die Liebe den Schmerz auf sich zu nehmen? Und hatte man überhaupt die Freiheit der Entscheidung? War es nicht die Liebe selbst, die ganz plötzlich über einen kam oder auch nicht? Wie konnte man sie einfangen und zähmen? Sie gar am kurzen Zügel führen? Nein, die wahre Liebe war eine Gottesmacht, und es war den Menschen nicht gegeben, über sie zu herrschen. Man konnte sie nicht befehlen und nicht erzwingen. Man konnte sie aber auch nicht verhindern.

Elisabeth langweilte sich. Georg und Thomas waren noch immer nicht wieder aufgetaucht. Gret war seit dem frühen Morgen in der Küche, und Jeanne hatte einen großen Waschtag angesetzt. So ging Elisabeth im Hof auf und ab, denn der herrliche Spätsommertag verbot es, dass sie sich in ihrer düsteren Kammer verkroch. Bald merkte sie, wie ihr Blick immer wieder die Fensterfront hinaufhuschte, hinter der Albrecht irgendwo sein musste, als ihr Weg sie bereits zum zehnten Mal an den Stufen zum alten Palas vorbeiführte. Es war doch zu dumm! Kurz entschlossen raffte sie ihre Röcke und machte sich auf die Suche nach ihm.

Elisabeth fand Albrecht von Wertheim schließlich in dem runden Raum im Südostturm gen Randersacker, in dem Verträge und wertvolle Schriften aufbewahrt wurden. Er stand tief über ein Pergament gebeugt, das er auf dem Sekretär ausgebreitet hatte. Als er ihre Schritte hörte, fuhr er herum. Seine Miene war angespannt. Nachdem er sah, wer ihn störte, breitete sich allerdings ein Lächeln in seinem Gesicht aus.

»Elisabeth! Welch unerwarteter Besuch in diesem staubigen Archiv. Was kann ich für dich tun? Fehlt es dir an etwas?«

Sie erwiderte das Lächeln. »Höchstens an Unterhaltung. Ich wollte sehen, was du an diesem prächtigen Tag so treibst, an dem du früher die Falken genommen hättest und auf die Jagd geritten wärst.«

Wehmut trübte sein Lächeln. »Ja, so ist es. Wo sind nur die unbeschwerten Tage geblieben? Stattdessen brüte ich hier über Schreiben und Gegenschreiben, die sich nicht vereinbaren lassen, und zermartere mein Hirn nach einer Lösung, die es vermutlich gar nicht geben kann. Wie soll ich alle Parteien zufriedenstellen?«

Elisabeth trat näher. »Worum geht es, wenn du mir das anvertrauen darfst?«

»Ach, das hier ist ein Vorschlag von Konrad von Weinsberg, den Streit um Ochsenfurt beizulegen. Seine Lösung lautet, die Bürger von Ochsenfurt sollen ihm im Namen des Kapitels huldigen und beiden Parteien ihre Tore öffnen. Alle Feindseligkeiten zwischen Würzburg und Ochsenfurt müssen eingestellt und auf beiden Seiten alle Gefangenen ledig gelassen werden. Und dann sollen sich alle Kapitulare vor dem St. Martinstag zur völligen Aussöhnung in Ochsenfurt einfinden. Können sie sich nicht einigen, ist Bischof Johann der Schiedsrichter, dessen Ausspruch gültig sein soll.«

»Das wird ihm gefallen«, murmelte Elisabeth.

»Ich weiß es nicht, jedenfalls ist keine Seite der Kapitulare bereit, das zu siegeln, und auch ich kann diesen Vertrag nicht gut finden.« Verdrossen legte er den Brief beiseite.

»Und so geht es auch mit all den anderen Schreiben und möglichen Verträgen. Es wird verhandelt, und die Schreiber kritzeln sich die Finger wund, aber am Ende werden die Siegel verweigert. Und selbst wenn die Parteien einen Vertrag unterzeichnen, halten sie sich nachher nicht an das, was vereinbart wurde. Ich will dir gar nicht sagen, was alles zwischen dem Marienberg und dem Konzil in Basel hin- und hergeschickt wird. Der Bischof beschwert sich über mich, ich klage über ihn, und das gespaltene Kapitel mit seinen Domherren hat auch noch jede Menge Beschwerden beizusteuern. Es werden Untersuchungskommissäre gesendet, die sich die Lage in Franken ansehen sollen, die aber genauso unter die Hufe geraten und in dem Tauziehen der Parteien rasch den Überblick verlieren – wenn sie sich nicht gleich aus Gründen, die ich nicht nennen mag, von einer der Parteien einverleiben lassen und nur noch deren Lied posaunen.«

Elisabeth legte ihre Hand auf die seine. »Ja, ich kann es dir nachempfinden, dass du dich zerrissen fühlst. Doch vielleicht lässt du es auch zu, dass dich die anderen zum Spielball ihrer Interessen machen.«

»Und wie soll ich das verhindern? – Nein, sag nichts. Der Tag ist zu schade, um über die leidige Politik zu streiten. Lass uns hinausgehen – nein, lass uns ausreiten. Du sagst, früher wären wir mit unseren Falken auf die Jagd gegangen? Dann lass uns das jetzt tun!« Er nahm sie bei der Hand. Elisabeths Augen leuchteten.

»Ja, lass uns ausreiten. Hast du denn ein Pferd für mich in deinem Stall?«

»Nimm, was du magst. Alle deine Pferde, die du zurückgelassen hast, sind noch hier.«

Sie sah ihn erstaunt an. »Du hast sie nicht verkauft? Aber ich dachte, du musstest alles Unnütze zu Geld machen, um die drückende Schuldenlast zu erleichtern. Und außerdem habe ich ja meine beiden Lieblingspferde bereits mitgenommen, obwohl mir das vermutlich nicht zustand«, gab sie reumütig zu. Er winkte ab.

»Mach dir darüber keine Gedanken. Die meisten Pferde des Bischofs dienen nun anderen Herren des fränkischen Adels. Aber ich habe es nicht übers Herz gebracht, auch deine Tiere zu verkaufen.«

»Wenn ich das gewusst hätte, wäre ich als Erstes in den Stall gelaufen!«, rief Elisabeth. »So aber dachte ich, ich könne den Anblick der leeren Pferdeboxen nicht ertragen, und habe ihn bislang gemieden.« Sie machte sich von ihm los. »Ich beeile mich. Ich muss mich nur rasch umkleiden. Dann können wir die Pferde satteln lassen.« Sie lief so schnell davon, dass sie auf der Treppe fast gestolpert wäre. Ihr Herz schlug ihr in Vorfreude bis zum Hals, und sie hätte jauchzen mögen, als sie mit wehenden Röcken über den Hof zu ihrem Gemach lief.

Kapitel 25

Sie ritten durch das Tor und über den grasigen Hügel auf das nahe Wäldchen zu. Vier Geharnischte folgten ihnen zu ihrem Schutz, doch sie ließen so viel Abstand, dass zumindest die Illusion aufkommen konnte, sie wären ganz allein in Gottes geheimnisvoller Natur unterwegs. Albrecht ritt seinen großen, braunen Hengst mit der weißen Blesse, der bereits stolz an Jahren, doch noch immer von feurigem Temperament war. Nicht wenige seiner Nachkommen hatten einst im Stall des Bischofs gestanden. Elisabeth hatte den schwarzen Wallach gewählt, den sie vor einigen Jahren Albrechts Oheim Michael von Wertheim abgekauft hatte. Schon beim ersten Blick hatte sie sich in das herrliche Ross verliebt. Nun genoss sie es, neben Albrecht über den kahlen Hügel zu galoppieren. Nicht zu schnell, denn Albrecht trug einen Habichtterzel auf dem Arm, den er auf Fasanenjagd schicken wollte.

Als das gerodete Grasland in niederes Buschwerk überging, zügelten sie die Pferde und ließen sie nebeneinander gemächlich im Schritt gehen. Der Habicht, den Albrecht im Gegensatz zu seinen Falken ohne Haube zur Beiz trug, sah sich aufmerksam um. Der Kopf ruckte von einer Seite zur anderen, und Elisabeth war überzeugt, dass den gelben Augen nicht die kleinste Bewegung im dichten Buschwerk entging.

»Lass ihn aufsteigen!«, rief sie voller Freude.

Es war stets von Neuem ein herrliches Bild, wenn die wundervollen Vögel ihre Schwingen ausbreiteten und sich mit einem Stoß ihrer kraftvollen Beine vom Lederhandschuh des

Falkners abstießen, um sich in die Lüfte zu erheben. Albrecht streckte den Arm aus und gab dem Habicht einen auffordernden Schubs. Sofort flog er auf, schoss davon und begann sich dann ein Stück weiter vorn über einer Gruppe von Ebereschen in den blauen Himmel zu schrauben. Allerdings nicht zu hoch. Im Gegensatz zu den Falken war der Habicht ein Greif, der die Beute aus dem niederen Flug zu jagen beliebte.

»Ist es nicht ein majestätischer Anblick?«, schwärmte Elisabeth, die den Vogel nicht aus den Augen ließ.

»Ja! Er ist ein guter Jäger. Ich habe ihn auf Fasane abgerichtet, und ab und zu jagen wir auch Tauben. Aber er ist so mutig und beherzt, dass er es auch mit einem Hasen aufnimmt!«

Das war für einen Terzel, der gut ein Drittel kleiner war als die weiblichen Habichte, schon etwas Besonderes. Elisabeth sah verstohlen zu Albrecht hinüber. Er saß aufrecht auf seinem Pferd, mit stolz gereckter Brust, den Kopf hoch erhoben, und er strahlte offen und frei. Die Last, die seine Schultern gebeugt hatte, schien er unter dem Tor der Marienfestung abgestreift zu haben. Im warmen Schein der Herbstsonne war sein Gesicht nicht mehr so grau, auch wenn die Falten, die sich in nur wenigen Monaten eingegraben haben mussten, nicht so leicht wieder verschwinden würden. Nun war er wieder ihr Albrecht, der junge Ritter von Wertheim, dessen Antlitz sie in Gedanken Tag und Nacht bei sich getragen hatte. Ihr Retter und Beschützer.

Der Habicht scheuchte einen Fasan auf. Der kluge Vogel versuchte sofort ins Unterholz zu fliehen, doch der pfeilschnelle Jäger hatte ihn erspäht und setzte zum Sturzflug an. Albrecht und Elisabeth trieben ihre Pferde an, um die Vögel nicht aus den Augen zu verlieren. Sonst konnte es eine mühsame Suche werden, wenn der Habicht erst einmal seine Beute geschlagen hatte und nahezu reglos mit ausgebreiteten Flügeln am Boden über ihr saß. Wenn man Glück hatte, verriet ein sachtes Klingeln der Glocke an seinem Bein sein Versteck.

Der Habicht stieß in einem Gebüsch nieder. Elisabeth wandte ihren Wallach nach rechts und sprang über den Stamm einer umgestürzten Buche hinweg.

»Da, hinter dem Weißdornbusch ist er niedergegangen!« Sie ritt um den Busch herum und zügelte dann das Ross. Albrecht kam neben ihr zum Halten. Er sprang aus dem Sattel und reichte Elisabeth die Zügel seines Hengstes. Sie würde seine Hilfe brauchen, um wieder in den Sattel zu kommen. Und obwohl Albrecht sie, seit sie ein Mädchen gewesen war, sicher hunderte Male aufs Pferd gehoben hatte, scheute sie sich, ihm jetzt so nahe zu kommen. So blieb Elisabeth mit den Zügelpaaren in der Hand sitzen. Ihr Wallach legte die Ohren an und senkte ein wenig den Kopf. Der Hengst dagegen reckte den Hals und schnaubte stolz. Albrecht blieb neben dem Pferd stehen, sah sich aufmerksam um und lauschte.

»Hast du gesehen? Die langen Gräser dort drüben haben sich bewegt.« Elisabeth deutete nach vorn. Bedächtig schritt Albrecht auf die Stelle zu.

»Du hast ein gutes Auge.« Er nahm ein Stück Fleisch aus seiner Jagdtasche, bückte sich und bot dem Vogel die Atzung an. Er hielt den Leckerbissen so, dass der Habicht ihn gut sehen und riechen konnte, nicht aber so nah, dass er, ohne sich zu bewegen, danach schnappen konnte. Nun musste sich der Greif entscheiden. Das Stück in Albrechts Hand war viel kleiner als die Beute in seinen Fängen, die er geschlagen hatte. Andererseits war der Fasan zu groß, um ihn auf einen Baum hinaufzutragen und dort in Ruhe zu verspeisen. Jede Minute, die er auf dem Boden verbrachte, bedeutete jedoch Gefahr für den Terzel.

Wie üblich entschied sich der Vogel für die kleine, aber sichere Beute. Er gab das geschlagene Wild frei und würgte seine Belohnung herunter. Albrecht nahm ihn wieder auf seinen Handschuh. Er lobte den Greif, während er den Riemen an seinen Beinen befestigte. Den Fasan hängte er an den Sattel.

»Das war doch ein vielversprechender Anfang. Gret soll uns den Fasan heute zubereiten, was meinst du?« Er setzte den Vogel auf dem ledernen Wulst vorn am Sattel ab und schwang sich dann selbst auf sein Pferd. Langsam ritten sie Seite an Seite weiter. Sie genossen die warme Luft, den Geruch nach Sommerwiese und Wald und den Gesang der Waldvögel, der sofort verstummte, als Albrecht den Greif noch einmal fliegen ließ. Dieses Mal hatte er es auf die Waldtauben abgesehen, die in der Baumgruppe meist anzutreffen waren. Und tatsächlich gelang es dem Terzel, eine von ihnen zu schlagen.

»Früher war das mein Leben«, sagte Albrecht beinahe erstaunt, als er wieder an ihrer Seite ritt. »Es scheint so unglaublich weit hinter dichtem Nebel verborgen. Dieser Hauch von Erinnerung fühlt sich fast ein wenig falsch an. Wie etwas, das ich mir genommen habe, obgleich es mir nicht zusteht. Nicht mehr zusteht.«

»Du meinst, weil du nun mit Haut und Haaren oder besser mit deinem Geist und deiner Seele der Kirche gehörst?«

Albrecht schüttelte den Kopf. »Nicht der Kirche; dem Land Franken und seinen Bewohnern«, verbesserte er.

»Erzähle mir von deinen Sorgen. Was ist mit der Kirchenversammlung in Basel und den Gesandten?«

Albrecht wehrte ab. »Ich will dich nicht mit meinen Sorgen und dem leidigen Hin und Her der Politik langweilen.«

Elisabeth schlug wütend die Beine gegen die Flanken ihres Pferdes, sodass der Wallach einen erschrockenen Satz machte. »Es langweilt mich nicht, es interessiert mich! Und ich bin – obwohl eine Frau – auch nicht zu dumm, die Zusammenhänge zu begreifen, wenn man sich die Mühe macht, mir von den Geschehnissen zu berichten.«

»Das habe ich auch nicht so gemeint«, beschwichtigte sie

Albrecht. »Gut, wenn du das ganze Elend hören willst, dann bemühe ich mich, es klar und in der richtigen Reihenfolge zu erzählen. Sollten dir Widersprüche aufstoßen, so liegt dies nicht an meinem Bericht. Die ganze Sache ist widersprüchlich, ja manches Mal gar irrwitzig!« Albrecht überlegte kurz, vermutlich wo er beginnen sollte, dann fing er an, die Ereignisse zusammenzufassen. Er sprach von den wichtigen Männern des Kirchenkonzils, die in Basel zusammengekommen waren, von den Schreiben, die er selbst gegen den Bischof und sein Treiben aufgesetzt hatte, und von dem, was ihr Vater dagegenhielt. »Neben der erneuten Huldigung der Städte Würzburg und Ochsenfurt, die sich ihm nach wie vor verweigern, ist das Hauptanliegen des Bischofs, den Marienberg zurückzuerhalten.«

Elisabeth fragte nicht, warum Albrecht ihrem Vater so vehement seinen gewohnten Palas verweigerte. Es ging hier nicht um die Bequemlichkeit von Gemächern oder um prächtige Hallen, um dort mit Gästen zu tafeln. Die Festung Unser Frauenberg war das Zentrum der Macht in Franken, symbolisch – mit seinen Büchsen, dem Zeughaus und der Mannschaft aber auch ganz konkret. Sie wunderte sich nicht, dass Albrecht in diesem Punkt nicht nachzugeben bereit war, würde dies doch bedeuten, dass der Bischof seine ganze Macht wieder in Händen halten könnte und das Amt des Pflegers allenfalls noch auf einem Papier bestehen würde. Nein, was sie alleine wunderte, war, wie Albrecht so unüberlegt und leichtgläubig einen Vertrag hatte aufsetzen können, in dem er den Bischof überhaupt wieder an der Regierung teilhaben ließ. War das nicht der Anfang allen Übels gewesen? War ihr Vater nicht zuvor friedlich auf dem Zabelstein verblieben, ohne dem Pfleger bei seiner schweren Arbeit Knüppel zwischen die Beine zu werfen?

Albrecht sprach weiter vom Concilium, sodass Elisabeth im Augenblick darauf verzichtete, diese drängende Frage zu stellen.

»Sie haben diverse Vertreter geschickt, mit deren vielen Namen ich dich nicht verwirren will, die sich ein Bild der Lage machen sollten. Nur, wie das so ist, waren sie ganz und gar nicht einer Meinung und, je nachdem, meiner oder der Sichtweise des Bischofs zugeneigt. Wobei erschwerend hinzukommt, dass auch die Domherren sich in verschiedene Gruppen aufteilen, mit dem Bischof oder mit mir sympathisieren oder ganz eigene Pläne verfolgen.«

Wie zum Beispiel der Probst von Grumbach, dachte Elisabeth. So wie sie ihn kennengelernt hatte, würde er sein Streben nach der Bischofswürde niemals aufgeben. Und dass er dafür bereit war, über Leichen zu gehen, hatte sie ja bereits leidvoll erfahren müssen.

»Jedenfalls sind der Bischof und ich nun unter Androhung einer empfindlichen Strafe in drei Wochen nach Basel vor die Kirchenversammlung geladen. Soweit es mir zugetragen wurde, hat der Bischof allerdings nicht vor, dem Aufruf zu folgen, und will stattdessen nur zwei seiner Ritter senden.«

Elisabeth zog die Stirn kraus. »Warum will er nicht gehen? Wäre das nicht die Bühne, die er sich wünscht, seine – wie er glaubt – gerechte Sache vor all den hohen Kirchenmännern mit eigenen Worten zu vertreten? Er ist doch ein mitreißender Redner, und das weiß er auch.«

Albrecht zog eine Grimasse. »Wie ich höre, sind seine Mittel derart erschöpft, dass er es sich nicht leisten kann, mit großem Gefolge nach Basel zu reisen. Sein Kriegszug verschlingt die letzten Kredite, die seine Lehensmänner bereit sind zu geben – und das nur in Hoffnung auf reiche Beute. Seine Truhen sind also offensichtlich leer, obgleich er in diesem Jahr widerrechtlich Neustadt für zwanzigtausend Gulden an Georg von Henneberg verkauft hat und Melrichstat und das Dorf Stockheim um sechstausend Gulden. Außerdem hat er Sulzfeld um fünftausend Gulden beschwert, obgleich es dem Kapitel gehört!«

Elisabeth schüttelte nur den Kopf, obwohl sie die Aussage nicht in Zweifel zog. »So viel Geld? Und das soll er alles verbraucht haben?«

»Krieg ist teuer.«

»Aber ich verstehe nicht, wie er überhaupt Orte und Rechte verpfänden konnte. Bist du nicht genau aus diesem Grund Pfleger des Stifts, um das zu verhindern?«

»Ja, so wollten es das Kapitel und der Rat«, presste Albrecht hervor. »Doch wie du siehst, hält sich der Bischof nicht an die Verträge.« Er wand sich ein wenig und schien sich unwohl in seiner Haut zu fühlen. Fast ein wenig zu rasch begann er wieder von der Kirchenversammlung zu sprechen.

»Glaubst du an eine Lösung durch das Concilium?«, fragte Elisabeth.

Albrecht überlegte und schüttelte dann den Kopf. »Selbst wenn die Kirchenherren dort zu einer Entscheidung gelangen, kann ich mir nicht denken, dass der Bischof bereit ist, sie anzunehmen – es sei denn, sie schließen sich gänzlich seinen Forderungen an. Dann wäre es an mir, mein Bündel zu packen und gesenkten Hauptes das Feld zu räumen, um Franken wieder seinem Schicksal zu überlassen.« Albrecht verzog den Mund zu einem gequälten Grinsen.

»Würdest du das denn tun?«

»Die Entscheidung des Konzils anerkennen? Was bliebe mir anderes übrig? Wie soll es sonst jemals Frieden geben?«

»Und die anderen, die auf deiner Seite stehen? Wie würden die entscheiden?« Elisabeth ließ nicht locker. Albrecht überlegte.

»Der härteste Gegner des Bischofs ist Dechant Reichard von Masbach. Er wird, glaube ich, nicht so leicht klein beigeben. Ganz im Gegenteil. Er drängt mich, genauso hart gegen den Bischof und seine Anhänger vorzugehen, wie dein Vater sich der Städte zu bemächtigen sucht.«

»Und warum tust du das nicht?«

Albrecht zögerte. »Denkst du wirklich, ich sollte offen gegen ihn zu Felde ziehen? Was für unendliches Leid ist so ein Krieg im eigenen Land, gegen die eigenen Bauern und Bürger.«

Elisabeth stand noch deutlich vor Augen, was sie in den vergangenen Tagen hatte miterleben müssen. Und dennoch, waren nicht das Recht und die Hoffnung auf Albrechts Seite? War es nicht seine Pflicht, dafür einzustehen, auch wenn es Opfer kostete, um danach das Schicksal des Landes zum Guten zu wenden?

»Ja, es wird Leid geben. Aber die Menschen werden noch mehr leiden, wenn dieser unsägliche Zwist andauert. Du kannst nur kämpfen und eine Entscheidung erzwingen oder dich wie ein geprügelter Hund davonschleichen und meinem Vater das Land in den Schoß werfen. Doch glaube nicht, dass es dann keine Opfer mehr geben wird! Warum wurde er denn abgesetzt? Hat er sich etwa geändert und würde es nun besser machen? Dir haben sie die Verantwortung gegeben, damit du es zum Guten richten sollst!«

Albrecht sah sie gequält an. »Mir sind die Hände gebunden. Selbst wenn ich es wollte, ich kann den Marienberg nicht verlassen und offen gegen Bischof von Brunn zu Felde ziehen.«

»Warum nicht? Das klingt mir nach einer Ausrede. Du bist zu zögerlich. Hast du etwa Angst vor ihm?«

»Er hat mehr Erfahrung in Sachen Kriegszüge... Aber nein, ich fürchte mich nicht vor ihm. Nicht in diesem Sinne.«

»Dann wende dich an deinen Oheim. Auch er ist ein erfahrener Kriegsmann, der meinem Vater die Stirn bieten kann.«

»Und dann?«

»Zieh gegen Karlstadt, wo sich die abtrünnigen Domherren verstecken. Die Stadt hat nicht nur gegen deine Anweisung die Herren des Kapitels bei sich aufgenommen, sie besitzen die Unverfrorenheit, den rechtmäßigen Amtmann von

Tann zu vertreiben und das Amt an seiner statt an den dem Stift feindlich gesinnten Dietz von Thüngen zu übertragen! Lass dir diese Provokation nicht gefallen. Du musst dich nun in deiner vollen Stärke zeigen! Sagtest du mir nicht, du tust das alles für Franken? Hast du nicht deshalb deinen Schwur gebrochen? Wozu hast du mich geopfert, wenn du nun auf halbem Weg stehen bleibst?«

Sie hatte sich so in Fahrt geredet, dass sie spürte, wie ihre Wangen glühten. Albrecht sah sie noch immer unentschlossen an. Dann seufzte er.

»Gut, ich will es versuchen. Ich bete zu Gott, dass er auf unserer Seite steht und ich diese Entscheidung nicht bereuen muss. Zu viel wurde bereits geopfert.«

Er trieb sein Pferd an und schwieg den Rest des Heimritts, die Stirn in sorgenvolle Falten gelegt. Elisabeth hielt sich zwar neben ihm, ließ ihn jedoch in seinen Gedanken. Sie ahnte, dass es ihm schwerfiel, konnte allerdings nicht so recht nachvollziehen, warum er noch immer zögerte. Hatte er seine schwerste Entscheidung nicht längst getroffen, als er sich entschloss, sie zu verlassen und dem Drängen der Familie von Wertheim und des Kapitels nachzugeben?

Der Apotheker stand im Hof, als Elisabeth und Albrecht von der Jagd zurückkehrten. Er hatte gerade begonnen, seine wertvollen Instrumente aus dem Karren zu laden, als sie durch das Tor ritten. Ihre fröhliche Stimme wehte zu ihm herüber. Sie hielten ihre Pferde dicht beieinander an. Er sah, wie sich Albrecht zu ihr herüberbeugte. Elisabeth warf den Kopf in den Nacken. Ihren Lippen entstieg ein Lachen, freier und unbeschwerter, als er es je von ihr gehört hatte. Ein seltsamer Schmerz wand sich in seinem Innern.

Sie hatte ihn noch nicht entdeckt. Wie auch? Ihr Blick schien sich nicht von ihrem Begleiter trennen zu können, der nun den Greif auf den Sattelkopf setzte und sich vom Pferd schwang. Vertrauensvoll streckte ihm Elisabeth ihre Arme entgegen und liess sich von ihrem Ross heben. Albrecht sagte etwas zu ihr, das Thomas nicht verstand, das Elisabeth jedoch den Kopf schütteln liess. Mutwillig blitzte sie ihn an und kabbelte sich mit dem Pfleger des Bistums, bis er ihrer weiblichen Laune nachgab und ihr den Greif auf den vorgestreckten Arm setzte. Behutsam trug sie ihn vor sich her, während Albrecht die beiden Pferde am Zügel nahm, um sie in den Stall zu führen, obwohl die Knechte nur auf ein Wort von ihm warteten, sich nähern zu dürfen, um ihm die Tiere abzunehmen.

»Seit sie ein Kind ist, ist sie ihm hoffnungslos ergeben, und das wird sich auch niemals ändern.«

Thomas drehte sich nicht zu Georg um, der hinter ihn getreten war und die Szene offensichtlich ebenfalls verfolgt hatte. Er wollte nicht, dass der Freund in seinen Zügen las.

»So sieht das Gesicht der wahren Liebe aus, nicht wahr?«

»Ja, mein Freund. Überlege dir gut, was du tust. Oft tarnt sich das Unglück mit einer lieblichen Maske, der man nur zu gerne erliegt.«

Thomas nickte. »Ja, denn nur zu oft forschen wir nicht gut genug in den Tiefen unseres Herzens, um zu erfahren, was wir wirklich wünschen.«

Bereits am anderen Tag herrschte eine gänzlich andere Stimmung auf der Festung. Die Würzburger waren nur allzu bereit, eine Hilfsmannschaft von fünfhundert Mann unter Graf Heinrich von Leiningen aufzustellen. Sie behaupteten gar, sie könnten es alleine schaffen, doch Albrecht bestand darauf, dass sein Oheim, Graf Michael von Wertheim, als Hauptmann das Heer seiner Ritter und der Würzburger anführen sollte. Die Bürger verluden eine der grossen Büchsen der Stadt auf eines der Mainschiffe, und Albrecht liess eine zweite von der Festung herabschaffen. Elisabeth war froh, dass Georg und Meister Thomas mit ihren voll geladenen Karren aus Würzburg zurückgekehrt waren. Allerdings währte die Freude nicht lange.

»Was? Ihr wollt abreisen? Aber ich dachte, das Schiff läuft erst im Oktober aus?«

»Nun schau nicht so trübsinnig, Schwesterherz«, versuchte Georg sie aufzumuntern. »Wir werden eine Zeit lang brauchen, bis wir die Alpen überquert haben, und wir wollen ja nicht riskieren, unser Schiff zu versäumen. Wir kommen vielleicht bereits im Frühsommer wieder und bringen dir wundervolle Dinge aus den fernen Ländern mit.«

Der Tag der Entscheidung war also gekommen. Schneller, als Elisabeth gedacht hatte. Sie hatte gar keine Zeit gehabt, darüber nachzudenken. Die Zeit auf dem Marienberg war so schnell verflogen, und nun rüstete Albrecht für seinen Kriegszug gegen Karlstadt, auf den sie ihn begleiten musste. Hatte sie ihn nicht zu diesem Schritt überredet?

Nein, das war nun alles nicht mehr so wichtig. Albrecht war nicht mehr ihr Leben. Er würde sie nicht auf dem langen Weg in ihre Zukunft begleiten. Diesen Weg würde sie mit Thomas gehen – wenn sie nun den Mut dazu fand.

Und Gret und Jeanne? Würden sie mitkommen und ihr zur Seite stehen?

Auch das war nicht entscheidend. Sie konnte die Freundinnen bitten, doch es würde deren eigener Wille sein, ob sie Franken verlassen mochten oder nicht.

Elisabeth suchte Thomas in seinem Quartier auf, wo er mit Gottbert seine Kisten reisefertig machte. Elisabeth wartete, bis Gottbert mit einer Kiste in den Armen durch die Tür verschwand, ehe sie zu Thomas trat.

»Nun ist es also so weit, und ich stehe unerwartet plötzlich an der Abzweigung, die mich ins unbekannte Abenteuer führt. Mein Herz klopft mir bis zum Hals, aber ich will es an deiner Seite wagen!« Erwartungsvoll sah sie zu Thomas auf, dessen Miene seltsam ernst wirkte.

»Was ist? Sag mir rasch: Wie viel Zeit bleibt mir? Was soll ich packen? Soll ich Jeanne und Gret bitten, mich zu begleiten?«

Thomas nahm ihre beiden Hände in die seinen und betrachtete ihre Handflächen, als könne er dort eine Antwort auf die Frage finden, die ihn offensichtlich bewegte.

»Wir werden nicht zusammen reisen. Wir werden für eine ganze Weile Abschied voneinander nehmen.«

»Was? Aber warum denn nicht? Bereust du dein Wort, das du mir in dieser Nacht über Ochsenfurt gegeben hast?« Elisabeth sah ihn entsetzt an.

»Nein! Ganz sicher nicht, und ich zweifle auch nicht an meinen Gefühlen, die ich für dich hege. Ganz im Gegenteil, gerade weil ich dich so sehr achte und liebe, will ich, dass du den richtigen Weg einschlägst und keine überhastete Entscheidung triffst, unter der du dann viele Jahre leiden musst.«

»Ich bin nicht so wankelmütig, wie du denkst«, gab sie gekränkt zurück. »Wenn ich dir mein Wort gebe, dann stehe ich dazu, bis an das Ende meiner Tage.«

»Das glaube ich dir, mein Lieb, doch bist du damit auch glücklich? Ich bin zu der Überzeugung gekommen, dein Weg wird ein anderer sein, und deshalb sage ich dir nun Lebewohl.«

Elisabeth spürte Verzweiflung in sich aufwallen. Wieder war sie bereit, ihr Herz und ihr Leben zu geben, und wieder wurde sie zurückgewiesen. »Und wenn du dich irrst?«

»Dann kehre ich im Frühjahr wieder, knie vor dir nieder und bitte dich, mit mir nach Bamberg zu gehen und mir als die gnädige Frau Hofapothekerin helfend zur Hand zu gehen.«

Trotzig verschränkte Elisabeth die Arme vor der Brust. »Gut, wenn du mich auf deiner spannenden Reise nicht mitnehmen willst, dann warte ich hier auf dich, bis du zurückkommst, und nehme dich dann beim Wort.«

Thomas seufzte, trat zu ihr und nahm sie in die Arme. Zärtlich küsste er sie auf die Stirn. »Du wirst deinen Weg erkennen, wenn er sich unvermittelt vor dir auftut. Fühle dich frei, ihn beherzt und voller Freude zu betreten.«

Elisabeth schwieg. Sie half ihm, seine Kisten zu verschnüren und in den Hof zu tragen, wo Gottbert sie auf den Wagen lud.

Georg trat zu ihr und wischte eine Träne von ihrer Wange. »Ach Schwesterlein, nun sei nicht so traurig. Du machst uns den Abschied allzu schwer. Versteh doch, dies ist mein Leben. Ich kann nicht länger warten. Ich habe eben in Würzburg die Nachricht erhalten. Der Zug der Handelskarawane bricht nun auf, um gemeinsam über die Alpen zu ziehen und das Schiff in Genua zu erreichen. Ich kann nicht einfach eine spätere Passage nehmen. Man kann den Herbst schon riechen. Wer weiß, wann das Wetter umschlägt, und es ist nicht ratsam, auf See in einen Sturm zu geraten.«

Elisabeth nickte. »Ja, ich weiß. Dennoch musst auch du mir meine Traurigkeit lassen. Was für ein langer, einsamer Winter liegt vor mir! Wochen, nein, Monate auf dem Zabelstein ohne dich und Thomas? Allein der Gedanke lässt mich vor Kälte und Einsamkeit erstarren.«

Georg umarmte sie. »Die Vorfreude auf den Frühling, der uns zurückbringen wird, soll dich wärmen. Und nun Kopf hoch. Willst du mir helfen, meine letzten Kisten zu packen?«

Elisabeth nickte und folgte ihm in seine Kammer.

Und so reisten sie in den ersten Septembertagen ab. Elisabeth stand frierend am äußeren Tor und sah ihnen nach, bis Reiter und Wagen ihren Blicken entschwunden waren.

Derweil gingen die Vorbereitungen für den Zug gegen Karlstadt weiter. Es dauerte allerdings noch fast vier Wochen, bis die drei Schiffe am Kai bereitlagen. Erschwerend war hinzugekommen, dass der Bischof wieder einmal vergeblich die Stadt belagerte und so der Weg zwischen Festung und

Würzburg abgeschnitten war. Allerdings zog er auch dieses Mal nach einer Woche unverrichteter Dinge wieder ab, um sich einem anderen Ziel zuzuwenden. Es ging das Gerücht, nun wolle er Jagstberg einnehmen. Seitdem das Kapitel das Schloss verpfändet hatte, war es im Besitz von Horneck von Hornbach, der einer Schuldforderung wegen mit dem Herzog von Mosbach in Fehde geraten war. Aber das kümmerte die Würzburger im Moment wenig. Sie setzten eifrig ihre Vorbereitungen für den Kriegszug gegen Karlstadt fort, bis alles bereit war.

Als die Männer sich im Hof zu sammeln begannen, um sich zum Mainufer hinunterzubegeben, machte sich Elisabeth auf, Albrecht zu suchen. Bei seiner Mannschaft fand sie ihn nicht, und auch sonst war er nirgends zu entdecken. Sie scheute sich zunächst, seine Gemächer aufzusuchen, doch war dies nicht eine außergewöhnliche Situation, die solch eine Unschicklichkeit rechtfertigte?

Elisabeth klopfte und trat dann ein. Er kam ihr entgegengeeilt, blieb dann aber unvermittelt stehen, ehe er sie erreichte. Seine Miene wechselte zwischen Trotz und Verlegenheit. Nervös knetete er seine Hände. Erst als Elisabeth gewahrte, dass er ein kostbares, langes Gewand trug, das einem Pfleger des Landes durchaus angemessen war, nicht jedoch für einen Kriegszug taugte, verstand sie.

»Du willst nicht mitkommen?«, rief sie entsetzt. »Du lässt deine Männer im Stich?«

»Nein, das ist nicht wahr«, verteidigte er sich, doch es klang nicht so, als wäre er selbst davon überzeugt. Plötzlich schien ihm aufzufallen, dass Elisabeth – im Gegensatz zu ihm selbst – in robusten Reisekleidern steckte.

»Was hast du vor?«

»Nach Karlstadt ziehen! Was sonst? Ich hatte vor, dich zu begleiten und an deiner Seite zu erleben, wie du den Bischof und seine Anhänger in ihre Schranken weist. Aber wie ich sehe, werde ich mit der Gesellschaft deines Oheims vorliebnehmen müssen. Dann lebe wohl. Wir werden dir hoffentlich in ein paar Tagen die gute Nachricht eines Sieges bringen.«

Elisabeth machte keinen Hehl daraus, wie enttäuscht sie von ihm war. Abrupt machte sie auf dem Absatz kehrt und wollte das Gemach verlassen, als Albrecht nach ihrem Arm griff.

»Du kannst doch nicht einfach auf diesem Zug mitziehen!«

Elisabeth funkelte ihn zornig an. »Ach nein? Und warum nicht?«

»Du bist eine Frau, und dein Vater hat dich hiergeschickt, damit du auf der Festung in Sicherheit bist«, stotterte er.

»Ja, um dich auszuhorchen oder was auch immer, aber garantiert nicht, weil ihm mein Wohlergehen so sehr am Herzen liegt«, widersprach Elisabeth. »Jedenfalls hatte er auch keine Skrupel, mich zehn Tage bei der Belagerung von Ochsenfurt bei sich zu behalten. Ich jedenfalls will mich nicht verstecken und die Decke über den Kopf ziehen. Ich bin nicht wie Justitia, der es gegeben ist, blind abzuwägen, welche Taten gerecht sind und welche verwerflich. Ich muss selbst sehen und hören und dann entscheiden, wer dem Land Gerechtigkeit widerfahren lässt. Ich will wissen, auf welcher Seite Gott der Herr steht«, fügte sie leise hinzu. »Wenn du zu feige bist, auf dem Schlachtfeld zu erscheinen und deine eigenen Männer anzuführen, die ihre Haut für dich riskieren, dann muss ich eben ohne dich gehen.«

Sie versuchte sich loszumachen, aber Albrecht hielt sie fest.

»Das hat mit Feigheit nichts zu tun! Und außerdem kämpfen sie nicht für mich, sondern für ihre eigenen Ziele. Für ihren Wohlstand und die Sicherheit ihrer Familien. Aber gut, wenn du mir keine Wahl lässt, dann komme ich eben mit. Bei allen Konsequenzen, die das vielleicht nach sich ziehen könnte.« Er seufzte schwer.

Elisabeth vermochte sich nicht vorzustellen, woran er dachte. Es hörte sich nicht so an, als habe er Angst um seine eigene Unversehrtheit.

»Wirst du hinuntergehen und meinem Oheim sagen, dass ich in wenigen Minuten reisefertig im Hof erscheine? Er soll mir mein Pferd satteln lassen.«

Elisabeth nickte nur stumm und verließ das bischöfliche Gemach, das ihr Vater so viele Jahre bewohnt hatte. Es wollte so gar nicht zu Albrecht passen, obwohl er es von den meisten wertvollen Gegenständen befreit hatte, die es in geradezu verschwenderischer Pracht hatten erstrahlen lassen. Elisabeth vermutete, dass er die Schätze zum Wohl des Landes verkauft hatte. Doch das allein reichte eben nicht aus, befand sie. Er musste sich ein Herz fassen und der streitbare Engel sein, der mit flammendem Schwert voranging.

Wie seltsam, dass er sich davor scheute. Hatte sie ihn früher nicht stets als tapferen Ritter erlebt, der nicht einen Wimpernschlag lang gezögert hätte, sie selbst gegen eine Übermacht mit seinem Schwert zu verteidigen? Wann waren sein Mut und sein Kampfgeist verloren gegangen? Elisabeth wusste es nicht zu sagen.

Natürlich dauerte es nicht nur ein paar Minuten, bis Albrecht in voller Rüstung und mit dem Schwert an der Seite im Hof erschien, doch zwei Stunden später waren sie tatsächlich zum Aufbruch bereit. Elisabeth wäre gern an Albrechts Seite geritten, doch sie sah ein, dass das ungehörig gewesen wäre, und reihte sich daher mit dem Bader im Tross weiter hinten ein. Gret und Jeanne begleiteten sie, wobei Jeanne ihr Missfallen zumindest in gemurmeltem Protest zum Ausdruck brachte.

»Nun sind wir glücklich heil von einem Schlachtfeld entkommen und stürzen uns freiwillig in ein neues? Und das zu dieser Jahreszeit. Das Wetter wird schon bald umschlagen, das spüre ich.«

»Nun sei nicht so pessimistisch«, widersprach Elisabeth, die hoch aufgerichtet auf dem Rücken ihres Rappwallachs saß. »Noch haben wir einen herrlich sonnigen Herbst, und ich glaube, dass die Karlstädter sich nicht verschließen werden, wenn Pfleger von Wertheim persönlich vor ihre Tore zieht.«

»Mir scheint, du hast noch immer nichts über die Menschen gelernt«, brummte Gret. »Ich verstehe nicht, wie du dir – trotz allem, was du erlebt hast – solch ein kindliches Gemüt bewahren konntest. Oder, anders gesagt: wie du so einfältig sein kannst!«

»Du bist zanksüchtig, seit Georg abgereist ist«, behauptete Elisabeth, ohne auf Grets Worte einzugehen.

Gret wies dies energisch von sich. »Du gehst von dir aus und überträgst deine Gefühle auf mich. Du vermisst Meister Thomas doch seit der ersten Minute!«

Elisabeth nickte mit einem Seufzer. »Ja, das will ich nicht abstreiten. Und es würde mir noch schwerer fallen, müsste ich nun Tag für Tag alleine auf der Burg sitzen und an die schönen und so lehrreichen Stunden mit ihm in seiner Alchemistenküche zurückdenken.«

»Ach, und bevor du dich langweilst, zettelst du lieber einen Kriegszug an!«, ätzte Gret. Elisabeth runzelte die Stirn.

»Wie kannst du so etwas sagen! Es ist nicht meine Entscheidung, gegen Karlstadt zu ziehen. Meinst du, Hauptmann von Wertheim würde auf mein Wort hören?«

Gret schüttelte den Kopf. »Der sicher nicht, aber sein Neffe Albrecht sehr wohl – und sage nicht, dass nicht du es warst, die ihm den Floh ins Ohr gesetzt hat.«

Elisabeth spürte, wie sie rot wurde. »Ich habe ihm meine Meinung gesagt, das ist ja wohl nicht verboten. Ich will nur nicht, dass er sich vom Bischof so vorführen und sich alles, ohne sich auch nur zu wehren, aus der Hand reißen lässt. Wozu wurde der Pfleger dann überhaupt eingesetzt?«

»Ja, das fragt man sich«, gab Gret zu. »Und so nehmen wir

halt die Unbill dieses Kriegszuges auf uns, um alles mit eigenen Augen zu sehen und an eigener Haut mitfühlen zu können.« Elisabeth hätte nicht sagen können, ob sie die Magd überzeugt hatte oder ob sie ihrer spottete.

Leider behielt Jeanne mit ihrer schlechten Wetterprognose recht. Sie waren kaum ein paar Stunden auf dem Fluss unterwegs, als sich der Himmel zuzog. Noch ehe sie Karlstadt erreicht hatten, begann es zu regnen. Entgegen ihrer Rede wunderte es Elisabeth nicht, dass sie die Stadttore verschlossen vorfanden. Graf von Wertheim befahl, die Schiffe anzulanden, ehe sie zwischen die Karlburg hoch oben auf der Steilklippe des Prallhangs und die sich am anderen Ufer recht wehrhaft darbietende Stadt gerieten. Eine feste Mauer und mächtige Türme umschlossen die Bürgerhäuser und zogen sich einige Schritte landeinwärts am gesamten Ufer entlang.

Der Hauptmann empfahl, das Lager in den Dörfern Mühlbach oberhalb der Stadt und Karlburg ein Stück weiter flussabwärts aufzuschlagen. Heute konnten sie eh nichts mehr erreichen. Inzwischen regnete es in Strömen. So wurde schnell Quartier bezogen. Albrecht und die Hauptmänner nahmen sich das Haus des Dorfschultheißen. Elisabeth und ihre beiden Mägde wurden in einer der Mühlen untergebracht. Die Bewohner mussten geflohen sein oder waren bei Ankunft des Heeres verjagt worden. Beschämt senkte sie unter Grets anklagendem Blick die Lider. Gab es denn eine Möglichkeit, ohne Gewalt dem Bischof und seiner Machtgier Einhalt zu gebieten?

Diese Frage stellte sie Albrecht, als sie später bei einem einfachen Mahl und heißem Gewürzwein beisammensaßen.

Er hob die Schultern. »Ja, eigentlich sollte das Konzil die Streitereien schlichten und eine Entscheidung herbeiführen. Doch wenn sich nicht einmal deren Abgesandte einigen können und zumindest eine der Parteien bereit ist, von ihren Forderungen abzurücken, wie soll es dann friedlich zu einer Lösung kommen? Eine, die anders aussieht, als dass Bischof von Brunn alle Macht wieder in die Hände bekommt, bis sein Tod das Land von dieser Bürde befreit.« Erschrocken sah er Elisabeth an. »Es tut mir leid. Das Letzte hätte ich nicht sagen sollen. Er ist immer noch dein Vater.«

Sie wehrte ab. »Ja, das ist er, und dennoch bin ich geneigt, dir recht zu geben. Zumindest mein Verstand kann dem folgen. In meinem Herzen bin ich immer noch ein wenig das kleine Mädchen, das seinen Vater liebt und zu dem starken Mann in den prächtigen Gewändern aufsieht, dem alle mit Respekt und Ehrfurcht begegnen.«

Albrecht nickte nur und starrte schweigend in die Flammen des Feuers, das Gret entfacht hatte. Endlich erhob er sich. »Wir sollten sehen, dass wir ein wenig Schlaf bekommen. Wer weiß, was der nächste Tag uns bringen wird.«

»Na, hoffentlich besseres Wetter«, versuchte Elisabeth zu scherzen, aber Albrecht nickte nur ernst und küsste sie auf die Stirn, ehe er sich zu seinem Lager zurückzog.

Kapitel 26

Johann von Brunn lagerte zum zweiten Mal über Ochsenfurt. Es regnete in Strömen. Der Bischof trat in die Zeltöffnung und starrte hinaus über das, was einmal blühende Wiesen und in Frucht stehende Felder gewesen waren, was nun aber nur noch einer zerfurchten Schlammwüste glich. Soweit es ihnen möglich war, suchten die Männer in Zelten Schutz, unter notdürftig gespannten Bahnen aus gewachstem Tuch oder lediglich unter den herbstlich verfärbten Bäumen am Rand der Senke, deren Blätterdach mit jedem Windstoß lichter wurde. Die meisten waren durchnässt und froren jämmerlich, und auch der Hunger war nun im Heereslager des Bischofs zu Gast. Wie sollten seine Männer sich hier noch versorgen? Die umliegenden Höfe und Dörfer hatten sich in den wenigen Wochen noch nicht von der letzten Belagerung erholen können. Die Überlebenden wussten selbst nicht, wie sie den Winter überstehen sollten. Das Vieh und die Vorräte waren geraubt, viele Häuser und Scheunen niedergebrannt. Mancherorts waren die Bewohner gar nicht zurückgekehrt. Vielleicht hatten sie in Ochsenfurt Zuflucht gesucht. Doch das kümmerte den Bischof im Moment nicht. Ihm machte das Wetter zu schaffen, das geradezu verflucht zu sein schien. Wie sollte er bei diesem Regen eine Stadt erobern? Nach langen Beratungen hatten die Hauptleute in Absprache mit den Büchsenmeistern beschlossen, eine der Kanonen den Berg hinunterzubringen und näher an der Stadt aufstellen zu lassen, um die Mauer endlich zu Fall zu bringen. Doch wieder waren sie gescheitert. Ja, der Bischof hatte gar seine wertvolle Steinbüchse eingebüßt! Sich der Gefahr bewusst, hatten die Ochsenfurter einen heldenhaften Ausfall gewagt und die überraschten Männer des Bischofs vertrieben. Ehe diese mit Verstärkung zurückkehrten, war es den Ochsenfurtern gelungen, die Wagen mit der zerlegten Büchse in die Stadt zu schaffen und die Tore wieder zu schließen.

Friedlein trat neben seinen Herrn. »So trübsinnig, Exzellenz? Wo sind Euer Stolz geblieben, Eure Kraft und die Zuversicht?«

»Vom Regen der göttlichen Sintflut davongespült, die alles Böse und Verderbte von der Erde tilgt.«

Friedlein beugte sich vor, bis der eisige Regen ihm ins Gesicht sprühte, und wich dann mit einem Schauder wieder zurück. »Es regnet, ja, das ist nicht zu bestreiten. Doch ich kann bislang nirgends die steigenden Wasser der Sintflut erkennen, die alles zu verschlingen suchen. Und wenn schon. Würde Euch nicht ein Platz in Noahs Arche zustehen?«

Johann von Brunn sah seinen Narren misstrauisch an. Verspottete er ihn wieder? Das ließ sich bei Friedlein oft nicht so genau sagen. Seine Miene war zumindest ernst, und auch seine Stimme hatte nicht spöttisch geklungen, und dennoch …

»Und selbst wenn uns die Wasser nicht verschlingen: Sie spülen mir mein Heer davon und haben mich meine große Büchse gekostet!«

Dem konnte Friedlein nicht widersprechen. »Ein Rückschlag, ja. Aber seit wann lasst Ihr Euch von einem Rückschlag entmutigen?«

Der Bischof hob die Schultern. »Diese Belagerung ist zu Ende. Ich kann nichts mehr tun. Ja, vermutlich werde ich bis zum Frühling nichts mehr unternehmen können.«

Der Narr nickte. »Dem würde ich zustimmen. Freuen wir uns auf gemütliche Monate vor den flackernden Feuern in den Kaminen des Zabelsteins, ehe wir mit neuer Kraft und himmlischem Eifer wieder zu Felde ziehen, um Eure ungehorsamen Untertanen zur Ordnung zu rufen. Keine Sorge, sie werden Euch bis dahin nicht davonlaufen!«

Der Bischof schnaubte. »Kannst du einmal nur ernst über eine Sache nachdenken?«

Friedlein riss in gespieltem Erstaunen seine grünen Augen auf. »Ich bin Euer Narr, Herr, das werdet Ihr doch nicht vergessen haben?«

Der Bischof ging nicht darauf ein. Er starrte wieder schweigend in den Regen, und Friedlein tat es ihm gleich. Endlich sprach Johann von Brunn weiter.

»Manches Mal frage ich mich, ob Gott der Herr noch auf meiner Seite steht. Es war sein Wille, dass ich zum Bischof und Landesfürsten berufen wurde. Ich habe mein Leben lang gekämpft, getrieben vom Wissen, es ist zu Gottes Ehre.«

»Und zu Eurem Wohl«, murmelte der Narr leise und fügte dann lauter hinzu. »Und nun? Was hat sich verändert?«

Fast hilflos hob der Bischof die massigen Schultern. »Ich weiß es nicht. Ich habe in den vergangenen Jahren zunehmend das Gefühl, ich rudere mit Eifer und Kraft gegen den Strom, doch er treibt mich unbarmherzig zurück. Es ist, als habe Gott seine schützende Hand von mir genommen.«

»Und was werdet Ihr tun?«

Der Bischof wandte sich dem Narren zu. Die Unsicherheit war aus seiner Miene verschwunden. Nun war er wieder der Fürst, der seit vielen Jahren über das Land herrschte. »Wir werden diese Belagerung abbrechen, um unsere Kräfte zu sammeln, und dann bringen wir das hier zu Ende. Zu einem ruhmreichen Ende! Zu Gottes Ehren und zu Ehren von Franken!«

»Und zum Ruhm seines Bischofs Johann II. von Brunn. Amen«, ergänzte der Narr und seufzte.

Der Samstag dämmerte heran, und noch ehe es richtig hell wurde, ließ Hauptmann von Wertheim die Geschütze in Stellung bringen. Natürlich hatten sich die Karlstädter Bürger hinter ihren Mauern verbarrikadiert, und alle Tore blieben geschlossen. Selbst Albrechts Boten, den er mit einem Schreiben an den neuen Amtmann in die Stadt hatte schicken wollen, verweigerten die Karlstädter den Einlass. Stattdessen wurde die Stadt verteidigungsbereit gemacht. Elisabeth konnte die Spitzen ihrer Hellebarden und Spieße ab und zu in den Wehrgängen aufblitzen sehen. Das Wetter hatte sich kaum gebessert. Ein kalter Wind fuhr in Böen über den Main und brachte immer wieder Schauer mit sich. Albrecht riet ihr, im Haus an der warmen Feuerstelle zu bleiben, aber Elisabeth wollte sehen, was draußen vor sich ging. Sie hüllte sich in ihren warmen Umhang. Gret war bereit, sie zu begleiten, während Jeanne lieber in der Mühle blieb und ankündigte, dieses Dreckloch – wie sie es nannte – in eine wohnliche Behausung zu verwandeln.

Albrecht stellte den beiden Frauen zwei seiner Edelknechte zur Seite, obgleich Elisabeth dagegen protestierte.

»Sie dienen eurem Schutz. Bitte, ich hätte sonst keine Ruhe. Wer kann schon voraussagen, was passiert?«

Elisabeth gab nach. Sie dachte an den mutigen Ausfall der Ochsenfurter, der den Bischof einige seiner Männer gekostet hatte. Tote, Verwundete und zahlreiche Gefangene, die er teuer wieder auslösen musste. Sie sah zu den Mauern der Stadt hinüber, die der Main von den Belagerern trennte. Dort saßen ihre Gegner. Die Besatzung der Burg über ihnen stand dagegen noch immer zu ihrem Pfleger und dem alten Dechanten. Von da würde ihnen keiner in den Rücken fallen. Nein, sie glaubte sich nicht in Gefahr. Und wenn etwas Unvorhergesehenes geschehen sollte, was konnten dann zwei Bewaffnete ausrichten? Dennoch ließ Elisabeth Albrecht seinen Willen. Er hatte Wichtigeres zu tun, als sich mit ihr zu streiten. Wenigstens hielten sich die beiden Männer ein wenig im Hintergrund, sodass sie ungestört mit Gret sprechen konnte. Die beiden Frauen folgten dem Büchsenmeister und seiner Mannschaft, die die lange Büchse vom Marienberg in Stellung brachten. Wie die meisten Büchsen konnte man auch diese zum Transport in zwei Teile zerlegen. Der hintere Teil, die Kammer, die die Pulverladung aufnahm, hatte wesentlich dickere Wände aus Schmiedeeisen, um dem Druck der Explosion standzuhalten. Der Flug, wie man den vorderen Teil des Geschützes nannte, der die Kugel aufnahm und sie beim Schuss auf ihr Ziel lenkte, musste nicht ganz so stabil sein, sodass man ein wenig an der Wandung sparen konnte. Dennoch wog so eine Büchse mehrere Tonnen und konnte nur in ihre beiden Teile zerlegt auf Pferdekarren transportiert werden.

Die langwierige Prozedur des Ladens begann. An diesem Regentag war es besonders schwierig, das Pulver in die Kammer zu füllen, ohne dass es zu nass wurde und verklebte. Der andere Teil der Mannschaft machte sich daran, die Kugel im Flug zu verpissen und zu verschoppen, was bedeutete, dass die Zwischenräume zwischen dem Geschoss und der Fluginnenseite abgedichtet wurden. Lange bevor der erste Schuss abgegeben werden konnte, waren Elisabeth und Gret bereits bis auf die Haut durchnässt. Zähneklappernd machten sie sich auf den Rückweg zu ihrem vorläufigen Quartier. Die beiden Edelknechte begleiteten sie bis zur Tür, lehnten es aber ab, mit hineinzukommen und sich bei einem heißen Met vor dem Feuer aufzuwärmen.

»Die sind froh, von uns wegzukommen«, meinte Gret, als sie ihnen nachsah, wie sie durch den Regen davonhasteten. »Es ist für sie sicher nicht besonders reizvoll, Kindermädchen für uns spielen zu müssen.«

»Vermutlich«, gab Elisabeth zu, die sich von Jeanne aus den nassen Sachen helfen ließ. Mit einem Seufzer schlüpfte sie in ein frisches langes Hemd und wickelte sich in einen fellgefütterten Umhang. Sie fragte sich, ob Albrecht früher auch so empfunden hatte, als ihr Vater ihn zu ihrem Beschützer bestellte, der dem neugierigen Mädchen überall hin folgen musste, statt sich mit den anderen jungen Rittern auf dem Schlachtfeld die Sporen zu verdienen. Sie wusste es nicht. Zumindest hatte er ihr nie das Gefühl gegeben, sie sei ihm lästig.

Versonnen starrte Elisabeth in die Flammen, bis ein Donnern und das Beben des Bodens sie aus der Erinnerung riss. Erschreckt fuhr sie herum. »Was war das?«

»Wo bist du denn mit deinen Gedanken?«, spottete Gret gutmütig. »Sie haben es endlich geschafft, die Büchse zu laden!«

Unvermittelt drang blendende Helligkeit durch die kleinen Fenster, und wieder rollte und dröhnte es.

»Das war aber kein Geschütz!«

Die Frauen stürzten zu den Fenstern und schoben die Tücher zur Seite. Der morgendliche Regen hatte sich zu einem Unwetter ausgewachsen. Schlimmer als Kanonenschüsse hallte der Donner an der aufsteigenden Felswand wider, über der sich die Karlburg erhob. Dann feuerte die zweite Büchse, die den Würzburgern gehörte, doch die Gewalt des Unwetters brach ihre Kraft, sodass das Geschoss auf der anderen Seite lediglich den Uferschlamm aufspritzen ließ. Elisabeth sah die Männer mit dem Pulverkarren ins Dorf zurückkehren. Nun galt es nur noch, die Vorräte trocken zu halten.

Der nächste Tag war nicht besser. Wieder zogen Sturmböen über das Land, und Gewitter entluden sich, als wollte das Jüngste Gericht über sie hereinbrechen. Obwohl heute Sonntag war, ließ der Hauptmann die Geschütze laden, doch wieder richteten die Geschosse keinen nennenswerten Schaden an. Als Albrecht bei Einbruch der Dunkelheit zurückkehrte, war er nicht nur schmutzig und völlig durchnässt. Elisabeth versuchte ihn aus seiner trüben Stimmung zu reißen, doch weder die Wärme noch das Mahl, das er gierig herunterschlang, konnten ihn aufheitern. Kurz darauf polterten sein Oheim und die Grafen von Epstein und Leinungen in die Stube. Gret beeilte sich, auch ihnen dicke, warme Suppe und Wein zu bringen.

Die Männer verteilten den Schlamm ihrer Stiefel auf Jeannes frisch gescheuertem Boden und setzten sich auf die roh gezimmerte Bank des Müllers.

»Gottverdammtes Wetter«, fluchte Michael von Wertheim. Sein Neffe ließ es sich nicht nehmen, den Onkel zu rügen und ihm Buße für diesen lästerlichen Fluch zu empfehlen.

»Das Beten überlasse ich dir«, gab der Hauptmann zurück. »Falls du eine Verbindung zu dem Herrn und seinen Heiligen dort oben hast, dann nutze sie und sorge für besseres Wetter, denn wenn das so bleibt, werden wir nicht viel ausrichten.«

Götz von Epstein nickte. »Ja, bei dem Regen sind unsere Geschütze bald nutzlos.«

»Und unsere Männer werden am Fieber krepieren, wenn sie weiterhin Tag und Nacht draußen lagern müssen«, bemerkte Heinrich von Leiningen und streckte Gret seinen leeren Becher entgegen. Die Vorräte des Müllers würden bald zu Ende sein, wenn sich die Männer weiterhin so frei an ihnen bedienten. Elisabeth hatte trotz schlechten Gewissens Gret angewiesen, aus seinem Speck und dem Gemüse, das sie im Keller fand, Suppe zu kochen. Das Brot, das der Bäcker noch vorrätig hatte, ließ Albrecht unter den Männern verteilen. Einige Knechte schleppten die Mehlsäcke aus dem Speicher des Müllers über die Straße, damit weiter Brot gebacken werden konnte. Nichts wäre schlimmer, als wenn die Männer bei Kälte und Nässe auch noch hungern müssten.

Die vier Anführer beratschlagten sich, während draußen der Wind durch die Schwärze der Nacht heulte und den Regen durch die Gassen trieb.

Irgendwann zogen sich die Frauen in die Kammer unter dem Dach zurück. Elisabeth schlief kaum unter der dünnen, kratzigen Decke, die sonst vermutlich die Frau des Müllers wärmen musste. Sie verdrängte den Gedanken, wohin die Familie geflüchtet sein und wie es ihr jetzt wohl gehen mochte. Hoffentlich hatten sie ein Dach über dem Kopf gefunden und waren bei diesem Wetter nicht gezwungen, sich irgendwo im Wald zu verbergen. Die Müllerfamilie musste kleine Kinder bei sich haben. Elisabeth hatte eine Wiege entdeckt und in einem Wäschekorb mehrere Kittel und Beinlinge in verschiedenen Größen.

Als der Morgen graute und die Geräusche der erwachenden Männer von draußen hereindrangen, schlüpfte Elisabeth schnell in ihre schmutzigen, nun aber glücklicherweise wieder trockenen Gewänder und machte sich auf die Suche nach Albrecht. Stattdessen traf sie auf seinen Oheim, der den Männern Befehl gab, das Lager abzubrechen.

»Wohin ziehen wir? Zurück nach Würzburg?«

Hauptmann von Wertheim schüttelte den Kopf. »Nein, hinauf auf die Karlburg. Wir werden die Geschütze dort aufbauen. Mal sehen, ob wir von der Klippe oben mehr ausrichten können. Wenn nur das Pulver nicht bereits zu nass ist.«

Elisabeth richtete den Blick gegen den Himmel, über den noch immer dichte, graue Wolken jagten. »Das Wetter scheint kein Einsehen mit uns zu haben.«

Michael von Wertheim schüttelte den Kopf. »Nein, ich fürchte, wir dürfen nicht auf Besserung hoffen. Es ist wie verhext. Fast könnte man meinen, der dort oben ist mit Bischof von Brunn im Bunde.«

»Glaubt Ihr das? Dass Gott der Herr die Taten meines Vaters gutheißt?«

Der Graf sah sie nachdenklich an. »Ich kann es mir nicht vorstellen, doch wie Ihr wisst, bin nicht ich derjenige der Familie, der sich rühmen könnte, Gottes Willen zu erkennen. Nun, wir werden sehen, wer am Ende den Sieg davonträgt. Und nun entschuldigt mich, ich muss Acht geben, dass die Büchsen unversehrt auf die Festung hinaufkommen.«

Elisabeth ließ den Blick die steile Klippe hinaufwandern,

aus deren Spitze die Mauern der Burg emporzuwachsen schienen. Zu beiden Seiten fielen die bewaldeten Hänge steil ab. Wie sollten die Männer es schaffen, die schweren Kanonen über den aufgeweichten Boden dort hochzubringen?

Der Graf schien ihre Gedanken zu erahnen. Er nickte mit grimmiger Miene. »Ja, das wird ein schönes Stück Arbeit. Selbst wenn wir Kammer und Flug der Büchsen auseinanderbauen, ist jedes Stück noch mächtig schwer. Ich hoffe, bis heute Abend haben wir alle Teile oben.«

Und so zogen die Würzburger und die Ritter des Pflegers von Wertheim auf die Burg hinauf. Der Amtmann des Schlosses, Sebastian von der Than, und seine Männer packten tatkräftig mit an, bis die Geschütze in Stellung gebracht worden waren. Nun hieß es warten. Der Wertheimer ließ einige Tage verstreichen, ohne dass das Wetter nennenswert besser wurde. Die Männer, die kein festes Dach über dem Kopf hatten, begannen zu murren. Die ersten Fieberfälle wurden dem Hauptmann gemeldet.

»Wir müssen etwas unternehmen«, rief Graf von Wertheim und schritt ungeduldig in der großen Halle der Burg auf und ab. »Und zwar schnell! Bevor unsere Männer vom Fieber dahingerafft werden oder sich eines Nachts von sich aus einfach auf den Heimweg machen.«

Elisabeth saß mit ihren Mägden nahe dem Feuer und fror dennoch. Sie war in den vergangenen Tagen zu oft durchnässt worden und fürchtete nun, sie könne sich ebenfalls das Fieber eingefangen haben. Sie spürte Jeannes besorgten Blick auf sich ruhen.

Albrecht nickte. Er konnte nicht umhin, seinem Oheim recht zu geben. »Morgen muss eine Entscheidung fallen, oder wir brechen die Belagerung ab. Bei diesem Wetter können wir nichts ausrichten.«

Obgleich es weiterhin regnete und die Büchsen fast im Schlamm versanken, machten sich die Mannschaften am nächsten Tag noch einmal daran, die Rohre auszurichten, um vielleicht doch noch eine Bresche in die Stadtmauer zu schießen. Vergeblich! Die Geschosse fielen vor der Mauer hernieder, ohne sie auch nur zu beschädigen. Somit war es entschieden. Die Belagerung wurde unverrichteter Dinge abgebrochen, und man rüstete sich, am Morgen gen Würzburg aufzubrechen. Elisabeth wusste nicht, ob sie erleichtert oder enttäuscht sein sollte. Albrecht zumindest war der Verzweiflung nahe.

»Wir sind keinen Schritt weitergekommen. Ganz im Gegenteil, vermutlich hat dieser vergebliche Zug unserer Sache noch geschadet und mich zum Gespött gemacht.«

»Rede keinen Unsinn«, schimpfte Graf von Wertheim, ehe Elisabeth etwas sagen konnte. »Es war gut und richtig, dass du dich gezeigt und den Bürgern klargemacht hast, dass du es nicht duldest, wenn sie sich von dir abwenden, um dem Bischof und den abtrünnigen Domherren zu dienen. Für das Wetter kann niemand etwas. Das Jahr ist für eine Belagerung eben zu weit fortgeschritten, das betrifft auch den Bischof. Wir werden sehen, wie die Karten bis zum Frühjahr verteilt sind! Und nun lasst uns aufbrechen, ehe die Ruhr sich breitmacht. Es muss nicht noch unnötig Tote geben.«

Der alte Dechant von Masbach blieb mit einigen Männern auf der Burg zurück, der Rest trat den Rückweg an.

Selbst wenn sie vorgehabt hätten, als stolzes Heer mit hocherhobenem Haupt davonzuziehen, glich der Aufbruch bei erneuten Wolkenbrüchen und Sturm eher einer Flucht. Albrecht und die Grafen versuchten die Männer wenigstens in Gruppen zusammenzuhalten. An einen geordneten Marsch war nicht zu denken.

Auf Albrechts Drängen hin suchten sich die drei Frauen im Karren des Baders einen leidlich trockenen Platz. Die Pferde trotteten mit gesenkten Köpfen hinterher. In der letzten Gruppe rumpelten die Karren mit den zerlegten Kanonen, deren Räder immer wieder im Schlamm stecken blieben und mühsam von unzähligen Händen wieder angeschoben werden mussten. Die Würzburger, die bis auf ihre Weibel alle zu Fuß unterwegs waren, boten ein erbärmliches Bild. Sicher sehnte sich jeder Einzelne von ihnen nur noch nach dem heimischen Herd. Mit gesenkten Köpfen stolperten sie voran.

So folgten sie der Landstraße am Main entlang nach Süden, durch Himmelstadt und Zellingen, während der trübe Mittag in einen düsteren Abend überging. Am Fuß der Zeller Steige, wo der Weg nach den letzten Höfen des Ortes im dichten Wald verschwand, erlosch bereits das letzte Tageslicht. Dabei war die Strecke bis nach Würzburg sonst an einem Tag leicht zu bewältigen.

Steil wand sich die Straße bergan. Einige Männer versuchten Fackeln zu entzünden, doch der Regen hatte alles durchnässt. Elisabeth hörte den Bader auf dem Kutschbock fluchen. Sie lugte unter der Plane hervor, konnte aber gerade einmal die ersten Männer erkennen, die hinter und neben dem Karren herstapften.

Wo Albecht war? Er ritt vermutlich mit seinem Oheim an der Spitze. Noch immer stolz erhobenen Hauptes, obgleich wie alle anderen Männer durchnässt und durchfroren. Elisabeth lauschte in die Nacht. Noch immer hörte sie den Regen und den Wind in den hohen Bäumen rauschen. Daneben das Schmatzen der vielen Füße im Morast, das unterdrückte Murmeln und Stöhnen der erschöpften Männer. Von vorn drang gedämpfter Hufschlag. Es waren nur wenige Pferde, kaum drei Dutzend, da sie ja auf dem Hinweg mit Schiffen flussabwärts gefahren waren. Der Rest der Männer war zu Fuß unterwegs.

Plötzlich zuckte Elisabeth zusammen. Sie spürte Grets eisige Hand, die sich um die ihre krallte.

»Was ist das?«, stieß Gret aus. Noch nie hatte Elisabeth solch eine Furcht in ihrer Stimme vernommen.

»Pferde! Es ist der rasche Hufschlag von Pferden. Er kommt näher, von vorn.«

Elisabeth lauschte. Nun erklangen Rufe, die Pferde wieherten, und dann traf Stahl auf Stahl. Jeanne stieß einen unterdrückten Schrei aus und klammerte sich an die Freundinnen.

»Was geht da vor sich?«, wimmerte sie. »Werden wir angegriffen?«

»Offensichtlich«, gab Gret zurück, die sich wieder gefasst hatte. Von überall schien nun Waffengeklirr auf sie einzubranden. Männer und Tiere brüllten im Kampf um Leben und Tod. Der Bader griff nach dem langen Messer an seinem Gürtel und sprang mit gezückter Klinge vom Kutschbock.

Elisabeth rutschte zur hinteren Öffnung und spähte hinaus. Sie konnte nur das Wogen der Leiber erkennen, nicht aber, wer Freund und wer Feind war. Alles, was sie begriff, war, dass eine riesige Reiterschar unvermittelt aus der Nacht auftauchte und über den aufgelösten Zug der Würzburger herfiel.

»Los, raus hier, wir müssen uns im Wald verstecken. Das ist unsere einzige Chance zu entkommen«, zischte Elisabeth. Gret nickte mit entschlossener Miene und kletterte geschickt als Erste nach draußen. Jeanne wimmerte, wagte aber nicht, alleine zurückzubleiben. Eng an die hohen Speichenräder des Karrens gedrückt, versuchten sie zu ergründen, in welche Richtung sie fliehen sollten. Da ertönte links von ihnen ein Schrei, der kaum mehr etwas Menschliches hatte. Gret riss Elisabeth auf die Seite. Da taumelte der Bader auf sie zu und fiel vor ihnen auf die Knie. Mit irrem Blick sah er zu den Frauen hoch. Sein rechter Arm war kurz unterhalb der Schulter abgeschlagen. In hellen Fontänen spritzte das Blut auf die Gewänder der Frauen. Elisabeth starrte ihn an und wollte sich zu ihm hinabbeugen, um ihm zu helfen, doch Gret zog sie mit eiserner Hand ins Unterholz.

»Weg hier! Schnell!«

Jeanne raffte die Röcke und folgte. Blindlings rannten die Frauen los. Zweige peitschten ihnen ins Gesicht. Dornen krallten sich in ihre Kleider. Sie stolperten über Wurzeln und totes Gehölz. Elisabeth verlor Grets Hand. Sie wusste nicht, wo Jeanne war. Wie sollten sie sich in dieser Finsternis wiederfinden? Zu rufen wagte sie nicht. So lief sie nur weiter, bis ein heftiger Schlag gegen die Stirn sie aufhielt. Elisabeth gewahrte noch den moosbedeckten Ast, gegen den sie mit dem Kopf gestoßen war, dann wurde ihr schwindelig, und ihre Knie gaben nach.

Sie fiel. Sie kniete im nassen Laub und schüttelte den Kopf, um den Schwindel zu vertreiben.

Was war das? Geräusche. Rascher Atem. Ein Blitzen von Stahl. Die Gestalt kam näher. Nein, der üble Atem gehörte nicht zu Gret oder Jeanne und auch nicht zu Albrecht. Die dunkle Gestalt beugte sich herab. Grobe Hände umfassten ihre Schultern. Elisabeth versuchte sich ihnen zu entwinden, als sie ein weiterer Schlag auf den Kopf traf. Ihre Sinne schwanden.

Die Erinnerung presste ihr die Kehle zu. Nein! Hatte sie dies nicht alles schon einmal erlebt? War sie nicht schon einmal an diesem Abgrund gestanden, von dem es eigentlich kein Zurück gab? Würde das warme Licht dort am Ende dieses Mal siegen und ihre Seele von ihrem irdischen Körper fortführen?

Schmerz pochte hinter ihrer Stirn, und jedes ihrer Glieder fühlte sich an wie zerschlagen. Angst loderte in ihr auf. Fing nun das Leid von vorne an? Würde sie sich wieder monatelang auf die Suche nach sich selbst machen müssen? Sie horchte in sich hinein. Da waren Bilder und Namen und Erinnerungen.

Ich bin Elisabeth, Tochter des Bischofs Johann von Brunn, sagte ihr Geist, und sie fühlte, wie sich der Knoten in ihrem Leib auflöste. Sie sah Meister Thomas' Gesicht. Sie konnte

Georgs Lachen vernehmen und dann Albrechts Stimme, die versprach, immer bei ihr zu bleiben und ihr mit Schwert und Hand zu dienen. Sie wusste noch, wie seine Haut roch und wie sein Kuss schmeckte.

Da fühlte sich Elisabeth emporgehoben und getragen, nein, eher grob geschleift. Ihr Gesicht war nass und kalt. Etwas peitschte gegen ihre Wangen und ihren Hals. Die Geräusche, die am Rande ihres Bewusstseins auf- und abwogten, wurden lauter, bis der Lärm sie von allen Seiten einhüllte. Stimmen und Pferdegewieher, Hufgeklapper und Rufe. Dann ein unterdrücktes Wimmern von jemandem, der große Schmerzen leiden musste. Nun griffen noch mehr Hände nach ihr, und sie fühlte, wie ihre Füße den Boden verließen. Sie fiel bäuchlings auf etwas nieder, das nass und warm war. Es schwankte unter ihr, und der Geruch von Pferden stieg ihr in die Nase.

Ein Befehl schallte durch die Nacht, der von anderen Stimmen weitergetragen wurde. Kannte sie diese Stimmen? Vielleicht. Sie war sich nicht sicher. Noch immer war sie nicht in der Lage, die Augen zu öffnen oder sich auch nur zu rühren. Die Bewegungen, die ihr Körper vollführte, waren nicht die ihren. Der Leib, über dem sie wie ein Sack Getreide hing, zwang ihr die seinen auf. Das Dröhnen in ihrem Kopf wurde stärker, als das Pferd seinen Schritt beschleunigte. Schließlich verlor Elisabeth das Bewusstsein und tauchte in die erlösende Finsternis ein.

Als sie wieder zu sich kam, hing sie noch immer bäuchlings über einem Pferderücken. Eine starke Hand verhinderte, dass sie auf einer Seite hinabrutschte. Nun schmerzte nicht nur ihr Kopf zum Bersten. Ihr ganzer Leib war eine Woge des Leidens. Sie spürte, wie das Pferd seinen Schritt verlangsamte, dann blieb es stehen. Ein rötlicher Schein huschte an ihren geschlossenen Lidern vorbei. Sie hörte ein seltsames Knarren und Quietschen, dann setzte sich das Pferd wieder in Bewegung, zusammen mit den vielen Dutzend anderen, die sie umgaben. Sie konnte die warmen Leiber spüren, die nun nach dem Ritt vor Regen und Hitze dampften.

»Was hast du denn da eingefangen?« Diese Stimme kam ihr bekannt vor.

»Ich schätze mal, eines der Trossweiber, die sie mit sich führten. Sie fuhren mit dem Bader in seinem Wagen und versuchten in den Wald zu entkommen. Ich will sie irgendwo ins Trockene bringen. Sie hat ganz schön was abgekriegt.«

»Lebt sie überhaupt noch?«

»Das will ich hoffen. Sonst hätte ich mir die Mühe umsonst gemacht, sie hierher mitzuschleppen.«

Eine raue Hand legte sich um ihr Kinn und hob es hoch. Elisabeth versuchte die Augen zu öffnen, schaffte es aber nicht. Ihr Kopf dröhnte schrecklich.

Zuerst sagte der Mann nichts. Vielleicht überlegte er, ob es sich überhaupt lohnte, sie vom Pferd zu laden und ein trockenes Plätzchen für sie zu suchen.

Der Mann räusperte sich, dann sprach er mit seltsam belegter Stimme.

»Weißt du wirklich nicht, wen du da aufgesammelt hast?«

Baiersdorfer war sein Name, ja, jetzt erinnerte sich Elisabeth. Der Junker Heinrich von Baiersdorf, der bei der Belagerung von Ochsenfurt in Gefangenschaft geraten war, zusammen mit Vikar Weigand jedoch entkommen konnte.

»Nein? Kennt Ihr das Weib denn?«

»Oh ja, das kann man wohl sagen, und du solltest nicht so respektlos über sie sprechen. Das könnte dir schlecht bekommen!«

»Was?« Der Mann, über dessen Pferderücken sie noch immer hing, schien nun völlig verwirrt.

»Jungfrau Elisabeth von Brunn.«

Die Worte des Baiersdorfer ließen ihren Begleiter einen Pfiff ausstoßen.

»Eitel, du hast ihr doch nicht etwas angetan oder dich ihr

unzüchtig genähert? Das würde dem Herrn Bischof gar nicht gefallen. Du weißt, er ist völlig vernarrt in seine Tochter.«

»Natürlich habe ich das nicht!«, rief der Mann, der offensichtlich Eitel hieß und zu den Geharnischten des Bischofs gehörte. »Sie war schon ohne Bewusstsein, als ich sie fand«, log er, »und die Wunde am Kopf hat sie sich vermutlich bei ihrer Flucht durch den Wald selbst zugefügt.« Dass er mit seinem Knüppel noch etwas nachgeholfen hatte, verschwieg er lieber.

»Aber ich frage dich, was hat die Tochter des Bischofs bei den Männern des Pflegers von Wertheim verloren? Es war seine Truppe, die von der Belagerung Karlstadts zurückkehrte, auf die wir auf der Zeller Steige stießen!«

Elisabeth konnte ahnen, dass Junker von Baiersdorf die Schultern hob.

»Das kann ich dir nicht sagen. Ich habe allerdings gehört, der Bischof selbst habe den Befehl gegeben, sie zur Festung Marienberg zu bringen, während er seinen Kriegszug weiter fortführt.«

»Dennoch hatte sie nichts auf einem Baderkarren im Gefolge der beiden Wertheimer zu suchen. Graf Michael hat das Heer angeführt!«

»Ich weiß, ich habe selbst mit ihm die Klinge gekreuzt, doch dann ist er mir entwischt.«

»Jedenfalls könnte man keinem einen Vorwurf machen, wenn er sie nicht erkannt hätte oder ihr im Handgemenge etwas geschehen wäre«, beharrte Eitel, der wohl um seine Haut fürchtete.

»Nein, natürlich nicht«, beschwichtigte ihn der Baiersdorfer. »Vielleicht hast du dir gar eine Belohnung verdient, weil du sie gerettet und nach Karlstadt gebracht hast.«

Aha, in Karlstadt befand sie sich. Welche Ironie! Hatte sie deshalb Albrecht zu diesem Zug aufgefordert und bei Sturm und Regen der vergeblichen Belagerung beigewohnt, um nun verletzt in die Stadt geführt zu werden?

Der Gedanke an eine Belohnung schien Eitel zu gefallen. »Ja, das habe ich wirklich. Werdet Ihr das erwähnen, falls Ihr mit seiner Exzellenz sprecht?«

»Das kann ich tun, und nun bring sie am besten zum Rathaus. Dort müsstest du den Dompropst, den neuen Amtmann von Thüngen und einige der Domherren antreffen.«

Das Pferd setzte sich mit wiegendem Schritt wieder in Bewegung, und Elisabeth wurde erneut ohnmächtig.

Als sie die Augen aufschlug, sah sie in ein schiefes Gesicht mit durchdringend grünen Augen, die sie aufmerksam musterten.

»Seid Ihr wach, Fräulein Elisabeth?« Sie nickte mühsam.

»Gut, das wurde auch langsam Zeit. Ihr liegt bereits seit Stunden hier. Wollt Ihr etwas trinken?«

Er wartete keine Reaktion ab, sondern schob einen Arm unter ihren Rücken, hob sie ein wenig an und zwang ihr einen Becher auf, dessen Inhalt nach mit Honig gesüßtem Wein schmeckte. Sie schluckte und hustete. Der Narr ihres Vaters ließ sie in die Kissen zurücksinken.

»Nun?«

Elisabeth blinzelte und sah sich um. Sie lag in einem komfortablen Bett mit weichen Decken. Die Kammer war geräumig und wurde von einem wohl extra ihretwegen aufgestellten Kohlebecken ein wenig erwärmt.

»Wo bin ich?«

»In Karlstadt.«

»Ja, ich erinnere mich. Das hat der Mann gesagt, der mich auf seinem Pferd hierhergebracht hat. Und Junker von Baiersdorf hat mich erkannt.«

Friedlein nickte. »Ja, und so wurdet Ihr hierher ins Stadthaus des neuen Amtmanns der Stadt gebracht.«

Elisabeth stemmte sich in ihrem Bett hoch. »Ich liege im Bett des von Thüngen?« Angeekelt sah sie sich um.

»Seiner Tochter Annemarie«, korrigierte Friedlein mit einem Grinsen.

»Das macht die Sache nicht viel besser. Er hat den rechtmäßigen Amtmann der Stadt davongejagt!«

»Nicht direkt. Die Bürger haben sich entschlossen, dem Ansinnen Pfleger von Wertheims nicht nachzukommen und die Domherren, die hier in diesen Mauern Schutz gesucht haben, ihm nicht auszuliefern. Ihr Amtmann wollte diese Entscheidung nicht mittragen, daher hat der Rat ihn durch einen anderen Mann ersetzt, der diesem Vorschlag Beifall schenkte.«

»Das kann ich mir denken«, murrte Elisabeth. »Die von Thüngen haben schon immer versucht, Albrecht einen Knüppel zwischen die Beine zu werfen.«

Der Narr klatschte in die Hände. »Und schon sind wir wieder mitten in einem Disput über Politik und die Geschicke des Landes. Mein Fräulein, mir fällt ein Stein vom Herzen. Euch muss es ja bereits wieder prächtig gehen, wo ich mich doch noch vor Stunden sorgen musste, dass Ihr gar mit dem Tode ringt. Was für ein Schlag wäre das für seine Exzellenz!«

»Das hat der Bischof ja wohl billigend in Kauf genommen, als er den Zug, mit dem ich reise, angreifen ließ«, entgegnete Elisabeth scharf. Friedlein hob abwehrend die Hände.

»Nein, nein, nein, das könnt Ihr Eurem Vater nicht anlasten. Es war nur ein zufälliges Zusammentreffen. Der Propst und seine Domherren waren mit einer Reiterschar von fünfhundert Mann auf dem Rückweg von Würzburg nach Karlstadt, wo sie auf unseren verehrten Bischof mit seinem Gefolge treffen wollten. Das schlechte Wetter ließ es nicht ratsam erscheinen, weiter in der Nähe von Würzburg zu bleiben. Auf der anderen Seite sahen sie eine Möglichkeit zu verhindern, dass Karlstadt in die Hände des Wertheimers fiel. So ritten sie also los und stießen unverhofft auf der Zeller Steige in Finsternis und bei widrigem Wetter auf die Würzburger Schar.«

»Wie ist das Treffen ausgegangen?«, fragte Elisabeth leise. Sie dachte an Gret und Jeanne, doch noch konnte sie es nicht über sich bringen, nach ihrem Verbleib zu fragen. Zu sehr fürchtete sie die Antwort.

»Ich muss die Panierträger des Bischofs nicht übergebührlich loben, wenn ich sage, dass sie den durch das Wetter in Unordnung geratenen und völlig überraschten Zug der Würzburger nach nur kurzer Gegenwehr in die Flucht schlugen.«

Elisabeth atmete erleichtert aus. Wenigstens hatten sie sich retten können. Aber wie viele waren auf der Strecke geblieben?

»Gab es viele Tote und Verletzte?«

»Auf der Seite Eures Vaters? Nein, seine Männer können nicht klagen.«

Elisabeth knurrte unwillig.

»Falls Euch aber interessiert, wie viele Verluste der Feind erleiden musste, so lautet die vorläufige Meldung um die drei Dutzend, wobei wohl auch etliche abgetrennte Arme und Beine auf der Landstraße zurückblieben.«

Elisabeth dachte an den Bader und das Blut, das ihm aus dem abgetrennten Stumpf geschossen war. Hatte er überlebt, oder war er noch an Ort und Stelle verblutet?

»Und?«, fragte sie, da sie den Eindruck hatte, Friedlein sei mit seiner Schreckensmeldung noch nicht zu Ende.

»Oh, wir dürfen uns über nahezu zweihundert Gefangene freuen. Man hat die meisten hierher nach Karlstadt gebracht, wo sie nun auf verschiedene Keller verteilt darauf warten, wie seine Exzellenz über ihr Schicksal entscheiden wird.«

»Ist jemand darunter, den ich kenne? Wurde Albrecht gefangen? Ich meine, ist es den Männern des Bischofs gelungen, des Pflegers habhaft zu werden?«

Friedlein grinste breit. »Nein, keiner der Wertheimer, weder Oheim noch Neffe, ging ihnen ins Netz.«

»Und Frauen? Sind Frauen unter den Gefangenen oder unter den Toten?« Sie schluckte. Friedlein sah sie verdutzt an.

»Frauen? Was für Frauen? Sprecht Ihr von Euren Mägden? Nein, von ihnen habe ich nichts vernommen, aber ich kann mich umhören, wenn Ihr wollt.«

Elisabeth nickte. Sie wusste nicht, ob die Nachricht sie beruhigen oder erschrecken sollte. Waren Gret und Jeanne entkommen, oder hatte sie der Tod in der Finsternis des Waldes ereilt? Die Ungewissheit nagte an ihr und wurde den Tag über immer schlimmer. Friedlein gelang es nicht, etwas über ihren Verbleib herauszubekommen. So blieb ihr nur zu warten. Worauf? Dass sie ihre Kräfte zurückgewann und das Bett verlassen konnte? Dass der Bischof mit seinem Gefolge in Karlstadt eintraf?

Kapitel 27

Am nächsten Tag waren Elisabeths Kopfschmerzen und die Übelkeit so weit abgeklungen, dass sie darauf bestand, das Bett zu verlassen. Eine ihr fremde Magd kam mit einigen Kleidern, die ihr leidlich passten. Ob sie der Tochter des neuen Amtmanns gehörten, in deren Bett sie geschlafen hatte?

Friedlein besuchte sie nach dem Frühmahl und bestand darauf, dass sie in der Kammer blieb.

»Warum sollte ich mich an Eure Anweisungen halten?« Sie reckte trotzig das Kinn.

»Weil es in einer Stadt, die ein Heer beherbergt und gerade von einem anderen belagert wurde, nicht sicher für ein Fräulein ist, das nicht so recht weiß, auf welcher Seite es steht.«

»Ich weiß genau...«

Der Narr unterbrach sie und hob übertrieben die Augenbrauen. »Ihr wisst genau, wem Eure Loyalität gilt, wem Eure Liebe und Eure Pflicht? Kann es gar sein, dass es für diese Fragen ganz unterschiedliche Antworten gibt? Ihr habt Zeit, darüber nachzudenken. Ich vermute, es wird noch eine Weile dauern, bis Euer Vater Euch aufsucht.«

»Der Bischof ist in der Stadt?«

Friedlein nickte. »Ja, er ist mit seinem Gefolge vor kaum einer Stunde angekommen und lässt sich nun die Gefangenen vorführen.«

»Was passiert mit den Männern?«

Der Narr zuckte mit den Achseln. »Hier kann er sie nicht lassen. Die Verliese der Stadttürme sind viel zu klein für so viele Gefangene, und in den Vorratskellern der Häuser kann man sie auch schlecht über Wochen oder Monate aufbewahren. Ich denke, er wird sie aufteilen. Die Einträglichsten aus wohlhabenden oder edlen Familien wird er mit zum Zabelstein nehmen und dort einkerkern, die anderen auf seine ihm ergebenen Städte und Burgen aufteilen. Ich denke, sie gehen nach Schwarzach, Geroldshofen und nach Hasfurt. Aber nun entschuldigt mich, und übt Euch in Geduld, bis Euer Vater herkommt oder nach Euch rufen lässt.«

Er verbeugte sich lässig und strebte bereits zur Tür, als Elisabeth ihn noch einmal zurückrief. »Friedlein, wisst Ihr denn so genau, wem Eure Loyalität gilt, Eure Liebe und Eure Pflicht? Kann es sein, dass es auch bei Euch für diese Fragen unterschiedliche Antworten gibt?«

Der Narr starrte sie an, dann grinste er breit. »Keine schlechte Frage, mein Fräulein. Ich werde bei Gelegenheit darüber nachdenken – wenn mir der Bischof einmal Zeit für Müßiggang zugesteht.«

»Und werdet Ihr mir dann auch die Antwort verraten?«

Der Narr grinste noch breiter. »Und Ihr, Fräulein Elisabeth? Werdet Ihr es mir sagen, wenn Ihr bereit seid, ehrlich zu Euch selbst zu sein?«

Er wartete keine Antwort ab, sondern eilte hinaus und schloss hinter sich die Tür.

Der Bischof ließ sie rufen. Da ihr eigener Mantel voller Schlamm war, nahm sich Elisabeth widerwillig einen Umhang der Dame von Thüngen und ließ sich von Friedlein zum Ratssaal begleiten, wo die Herren der Stadt dem Bischof und seinem Gefolge ein Mahl ausrichteten. Johann von Brunn winkte seine Tochter zu einem freien Platz in seiner Nähe, nicht jedoch so nah, dass man ein intimes Gespräch ohne fremde Zuhörer hätte führen können. Diese Gelegenheit ergab sich erst am späten Abend, als der Bischof mit seinem Wein etwas abseits saß und Elisabeth zu sich rief.

»Da bist du also wieder, meine Tochter«, sagte er und musterte sie mit unbewegter Miene. Was sollte sie darauf sagen? So schwieg sie und wartete.

»Ich dachte, ich hätte dich auf den Marienberg geschickt, um dich weitab von Belagerungen in Sicherheit zu wissen.« Elisabeth sagte noch immer nichts. Sie spürte, wie sich die Stimmung des Bischofs verschlechterte.

»Wie kommt es, dass Albrecht plötzlich auszieht und meine Städte belagert? Und du ihn auch noch begleitest? Dafür habe ich dich nicht zu ihm gesandt!«

Für einen Moment war sie versucht, sich damit herauszureden, dass dies ja nicht in ihrer Entscheidung liege. War sie nicht nur ein schwaches Weib? Doch etwas in ihr wehrte sich, diese Rolle anzunehmen. Nein, sie selbst hatte Albrecht überzeugt, dass er seine Flagge im Land zeigen und gegen die Provokationen des Bischofs vorgehen musste. Wie konnte sie das ihrem Vater gestehen? Sie warf einen prüfenden Blick in sein von Krankheit und Schmerz aufgeschwemmtes und vom vielen Wein gerötetes Gesicht.

Nein, das war vielleicht nicht der rechte Ort und nicht der rechte Zeitpunkt. Es gab zu viele Zuhörer in der Halle, die sich begierig auf jedes Wort stürzen würden, sollte der Bischof im Zorn seine Stimme erheben. So wechselte sie lieber das Thema.

»Was habt Ihr nun hier in Karlstadt vor?«

Der Bischof ließ sich ablenken. Er öffnete die fleischigen Lippen zu einem süffisanten Lächeln. »Nun, da die Gefangenen verteilt sind, die mir so unverhofft und zahlreich in die Hände gefallen sind, werde ich mich um den schlimmsten meiner Widersacher kümmern! Und ich sage dir, wenn ich ihn erst in Händen halte, werde ich dafür sorgen, dass er mir niemals wieder in die Quere kommt!«

»Euer schlimmster Widersacher?«, wiederholte Elisabeth mit einem Zittern in der Stimme. »Albrecht?«

Der Bischof sah sie verblüfft an. »Der Wertheimer? Nein, wie kommst du auf den Gedanken? Ja, er ist lästig und spurt nicht so, wie er sollte, aber das werde ich beizeiten schon noch regeln. Nein, wer mir wirklich ein Stachel in meinem Fleisch ist, ist der abgesetzte Dechant, der, statt sich in Demut zurückzuziehen, weiter und weiter gegen mich intrigiert und meine Bürger gegen mich aufwiegelt.«

»Reichard von Masbach«, sagte Elisabeth und nickte nachdenklich. Ihre Frage, ob der Bischof wusste, wie nah ihm sein Widersacher im Augenblick war, beantwortete er sogleich.

»Das war ein entscheidender taktischer Fehler, auf der Karlburg zu bleiben!« Der Bischof rieb sich die Hände. »Nun, meine Tochter, willst du eine Wette wagen? Wie lange wird mir die Burg standhalten? Nachdem die Männer des Wertheimers gerade erst abgezogen sind, glaube ich nicht, dass ihre Keller besonders üppig gefüllt sind. Außerdem habe ich mir sagen lassen, der Amtmann der Burg, Sebastian von der Than, ist kein wahrer Kämpfer. Er ist zu weich und unentschlossen, als dass er großem Druck lange standhalten würde. Nun, was sagst du? Ich meine, es dauert keine Woche, bis sie aufgeben. Meine Männer haben die Burg bereits vollständig eingeschlossen. Da schlüpft keine Ratte unerkannt mehr rein oder raus!«

Ein wenig zu optimistisch war die Prognose des Bischofs. Die Belagerung dauerte genau zehn Tage, bis der Amtmann von der Than die Kapitulation verkündete. Bischof von Brunn frohlockte und ließ ein üppiges Freudenmahl auffahren. Weder die Burg selbst noch der Amtmann und seine Besatzung interessierten ihn besonders. Er ließ sie von einem seiner Hauptleute gefangen nehmen und davonführen. Sein Triumph war es, nun endlich den Dechanten von Masbach in Händen zu halten.

»Was habt Ihr mit ihm vor?«, fragte Elisabeth.

»Ihn in das tiefste Verlies werfen, das ich mein Eigen nenne«, erwiderte der Bischof mit einem breiten Grinsen. »Dort kann er von mir aus verrotten.«

»Das könnt Ihr nicht machen!«, rief Elisabeth entsetzt. »Er ist Euer Domdechant!«

»War er. Er wurde abgesetzt«, erinnerte sie ihr Vater.

»Ganz gleich, er ist ein hoher Kirchenmann aus altem, fränkischem Adel. Ihr könnt ihn nicht einfach verschmachten lassen.«

Der Bischof hob seine massigen Schultern. »Dann sage Friedlein, er soll ihn ab und zu füttern. Das ist mir gleich. Hauptsache, er kommt mir nicht mehr in die Quere.«

Elisabeth beeilte sich, dem Narren diese Botschaft auszurichten, ehe es sich der Bischof wieder anders überlegte.

»Glaubt Ihr, er würde das wirklich tun?«

Der Narr sah zu ihr auf. »Was?«

»Einen Gefangenen in seinem Verlies verschmachten lassen.«

Friedlein zog eine Grimasse. »Ich möchte ja nicht Euer zartes jungfräuliches Gemüt belasten, doch was glaubt Ihr, wie viele der zweihundert Gefangenen, die der Bischof auf seine Burgen und Städte hat verteilen lassen, den Kerker lebend wieder verlassen werden?«

»Es werden einige sterben, die verletzt sind und deren Wunden nicht heilen«, vermutete Elisabeth. »Aber die anderen? Man gibt ihnen doch zu essen?«

»Mal mehr, mal weniger. Ihr dürft nicht die Feuchte der Verliese und die winterliche Kälte vergessen. Der November neigt sich bereits dem Ende zu. Die Winterkälte kriegt auch einen kräftigen Mann klein. Das erste Dutzend ist bereits gestorben, und es werden ihnen noch viele folgen.«

Elisabeth starrte den Narren entsetzt an und griff nach dem Ärmel seines Rockes.

»Dann müsst Ihr etwas unternehmen. Ihr könnt dem doch nicht tatenlos zusehen!«

»Ich?« Friedlein löste mit sanfter Gewalt ihre Finger aus seinem Gewand. »Wie stellt Ihr Euch das vor? Das ist nicht meine Aufgabe, und ich könnte auch gar nichts machen. Soll ich nach Hasfurt eilen und nach Geroldshofen? Nach Schwarzach und zum Zabelstein und jedem Gefangenen eine Decke und regelmäßig warme Mahlzeiten bringen?«

»Nein, natürlich nicht, und das wisst Ihr auch. Aber Ihr könnt den Amtmännern befehlen, die Gefangenen anständig zu behandeln und auf ihr Leben zu achten!«

»Ach, Fräulein Elisabeth. Wer glaubt Ihr, dass ich bin? Ist Euch noch nicht aufgefallen, dass ich nur der Narr des Bischofs bin, der ihn in diesen trübsinnigen Zeiten zum Lachen bringen muss – was, unter uns gesagt, schwer genug ist?«

»Ihr macht es Euch verdammt leicht!«, fauchte sie ihn an und rauschte wutentbrannt hinaus, um den Bischof aufzusuchen.

Die Männer des Bischofs ritten nun schon den zweiten Tag gen Osten, nachdem sie nach dem Ende der Belagerung noch zwei Wochen untätig in Karlstadt zugebracht hatten. Elisabeth hielt sich von ihrem Vater fern – so weit ihr das möglich war. Sie hatte ihm noch nicht verziehen, dass er wegen der Gefangenen nicht bereit war, etwas zu unternehmen. Anscheinend waren inzwischen wieder einige der Männer elendig gestorben. Und er gab auch nicht ihrer Forderung nach, sie zur Marienfestung zurückkehren zu lassen.

»Nein, das passt mir im Moment nicht. Wir müssen erst darüber reden, wie du deiner Aufgabe das nächste Mal besser gerecht wirst.«

»Meiner Aufgabe? Ich wüsste nicht, dass Ihr mir einen Auftrag mit auf den Weg gegeben hättet.«

»Offensichtlich«, war alles, was der Bischof darauf zu sagen hatte.

»Dann lasst mich wenigstens auf den Zabelstein zurückkehren«, verlangte Elisabeth. Dort hätte sie wenigstens diesen Gefangenen beistehen und dafür sorgen können, dass sie nicht an Kälte oder Hunger starben. Aber der Bischof gab nicht nach. Er bestand darauf, dass sie in seiner Nähe blieb.

»Und wohin reisen wir?«, fragte Elisabeth mürrisch, als sich die Männer seines Gefolges zum Aufbruch rüsteten. Glücklicherweise hatte sich das Wetter gebessert, und seit fast zwei Wochen war es nun zwar winterlich kalt, aber trocken.

»Ich werde mich mit Markgraf Friedrich in Hochstet treffen. Es gibt einige Misshelligkeiten wegen des Guldenzolls der Abtei Kitzingen, die ich endlich ausgeräumt haben möchte.«

»Was geht mich das an?«

»Nichts, meine Tochter. Aber ich wünsche, dass du mit mir reist; daher mach dich bereit, wir brechen bald auf.«

Der Bischof gab ihr eine fremde Magd an die Seite, die nun in einem der Karren mitfuhr, während Elisabeth auf seinen ausdrücklichen Befehl in der Kutsche des Bischofs Platz genommen hatte. Sie unterdrückte einen Seufzer. Lieber wäre sie mit den Männern geritten, als hier in diesem schaukelnden Gefährt mit ihrem Vater, dem Hofnarren und Kaplan Berthold eingesperrt zu sitzen und bei jeder Furche und jedem Stein hin- und hergeschleudert zu werden.

Die Nacht verbrachten sie in Schlüsselfeld. Elisabeth musste mit einem muffigen, unbequemen Lager vorliebnehmen, aber sie beschwerte sich nicht. Sie war zu sehr damit beschäftigt, Pläne zu schmieden. Es bedrückte sie, dass sie noch immer nicht wusste, ob Jeanne und Gret mit dem Leben davongekommen waren und unversehrt in Würzburg weilten.

Aber was konnte sie tun? Bei Nacht ein Pferd entwenden und heimlich zum Marienberg zurückkehren? Das war keine gute Idee. Zumindest nicht alleine. Mit ihrer neuen Magd brauchte sie allerdings nicht zu rechnen. Sie war ein rechter Hasenfuß und würde nichts ohne die Erlaubnis des Bischofs unternehmen. In Gedanken ging Elisabeth die jungen Ritter im Gefolge des Bischofs durch. War einer unter ihnen, den sie zu solch einem Abenteuer würde überreden können?

Bei den meisten lautete die Antwort eindeutig: Nein. Bei ein paar: Vielleicht. Das aber war zu wenig. Das Risiko, sie könnten sie an den Bischof verraten, war zu groß.

So brütete sie vor sich hin, als die Kutsche am anderen Tag an einem Bach entlang dem kleinen Ort Elsendorf entgegenholperte. Plötzlich hörte sie Rufe. Das Gefährt ruckte, als der Mann auf dem Bock scharf die Zügel anzog und die vier Pferde die Hufe gegen den Morast stemmten.

Es wird ja wohl nicht wieder ein Überfall sein, dachte Elisabeth sarkastisch, doch das Lächeln gefror, als sie die Männer draußen schreien hörte.

»Ein Angriff!«, rief der Bischof und riss den Wagenschlag auf. Er war schneller nach draußen geklettert, als es Elisabeth bei seinem Körperumfang für möglich gehalten hätte. Friedlein folgte ihm sogleich, während sich der Kaplan ängstlich in die Ecke drückte.

»Ein Angriff? Wer kann das sein? Der Wertheimer? Oh ja, er muss es sein. Er wird den Zwischenfall auf der Zeller Steige vergelten wollen.«

Draußen herrschte nun wildes Durcheinander. Die Männer brüllten durcheinander, Pferde galoppierten vorbei. Elisabeth drängte sich hinter Friedlein ins Freie.

»Es sind zu viele! Wir müssen uns zurückziehen.«

»Wer ist es, der diesen Frevel wagt?«, rief der Bischof erzürnt dazwischen und riss einem der Reiter, der neben ihm hielt, das Schwert aus der Hand.

Friedlein kniff die Augen zusammen. »Wenn ich recht sehe, dann ist das die Fahne des von Hirschhorn, der Euch schon lange mit Fehde droht.«

»Sie aber nicht ordnungsgemäss angekündigt hat. Ha! Nichts da, Rückzug. Wir werden die frechen Buben bestrafen!«, rief der Bischof erzürnt.

Zwei Gruppen von Reitern in den Farben des Bischofs von Brunn preschten vorbei, bereit, sich dem Gegner zu stellen.

»Wir müssen den befestigten Kirchhof von Elsendorf erreichen«, drängte ihn einer der Ritter.

»Ich muss sehen, wie der Kampf verläuft. Gebt mir ein Pferd!« Er zwang den jungen Edlen, dem er bereits das Schwert entwunden hatte, von seinem Ross zu steigen und ihm in den Sattel zu helfen. Friedlein folgte seinem Beispiel. Er drehte sich noch einmal zu Elisabeth um, die neben der Kutsche stand und fassungslos zu ihm hinaufstarrte.

»Ihr könnt doch reiten? Dann nehmt Euch ein Pferd und versucht, so schnell Ihr könnt, den Kirchhof zu erreichen. Dort können wir uns verteidigen. Ich fürchte, wir sind in der Minderzahl und in keiner guten Position. Das sieht nicht gut aus.«

Elisabeth liess sich vom nächstbesten Ritter aufs Pferd ziehen und umklammerte seine Mitte.

»Wartet, ich muss sehen, was geschieht. Wenn der Bischof sich zurückzieht, dann folgen wir ihm«, wies sie den Mann an. Sie reckte den Kopf. Wie schlugen sich die Männer des Bischofs gegen den Raubritter, von dem sie schon so viel gehört hatte? Er hatte einen beachtlichen Haufen bei sich. Vielleicht zweihundert Reiter. Dem konnten die Männer des Bischofs nicht standhalten. Elisabeth schielte zu ihrem Vater, der mit erhobenem Schwert auf dem Pferd sass und gar nicht daran dachte zurückzuweichen.

Das taten nun allerdings seine Geharnischten und zogen sich in Richtung des Dorfes mit seiner befestigten Kirche zurück.

»Es ist vorbei, Exzellenz. Kommt schnell, sonst ist es zu spät«, drängte Friedlein. Die meisten seiner Männer hatten die

Kutsche und die kleine Gruppe bereits passiert und sprengten nun dem Kirchhof zu.

Der Bischof zögerte ein wenig zu lange. Ein Haufen des von Hirschhorn wurde auf sie aufmerksam und wendete seine schweren Kriegsrösser.

»Jetzt aber rasch!«, rief Friedlein und schlug im Vorbeireiten dem Pferd, das Elisabeth und den jungen Junker trug, auf die Kruppe, sodass es aus dem Stand in Galopp verfiel und hinter Friedleins Ross herrannte. Der Bischof und die Reiter, die bei ihm geblieben waren, folgten ihnen. Einer der Edlen, denen der Bischof und Friedlein ihre Pferde weggenommen hatten, saß bei einem Kameraden hinten auf, dessen Ross nun zurückfiel. Der andere sprang auf den Kutschbock und schrie auf den Kutscher ein, der bereits die Peitsche schwang. Das Gespann zog an und folgte den Reitern, doch obgleich die vier kräftigen Rappen im Galopp weit ausgriffen, vergrößerte sich der Abstand stetig.

Elisabeth sah zu ihren Verfolgern hinüber. Würde es ihnen gelingen zu entkommen? Die Männer des von Hirschhorn schwenkten in einen Bogen ein. Nein, das sah nicht gut aus. Nun teilten sie sich, um Johann von Brunn und seine Männer in die Zange zu nehmen. Zumindest das kleine Grüppchen um den Bischof selbst. Der größte Teil seiner Männer hatte bereits den sicheren Kirchhof erreicht und verschanzte sich hinter den Mauern. Elisabeths Blick flog zwischen den Angreifern und der so verheißungsvoll vor ihnen aufragenden Kirche hin und her.

Nein, sie hatten keine Chance. Es war vorbei. Schon kreuzten die schweren Kriegsrösser ihren Weg, die Ritter und Edelknechte mit erhobenen Schwertern. Und auch zurück gab es kein Entkommen. Von dort preschte der Rest der Gruppe heran. Friedlein zügelte sein Pferd. Den anderen blieb nichts anderes übrig, als es ihm gleichzutun, wollten sie nicht direkt in die Leiber der Kriegsrösser hineinreiten. Elisabeth erhaschte ein gefährliches Glitzern in den Augen ihres Vaters. Erwog er durchzubrechen? Vielleicht. Er war ein alter, kranker Mann mit aufgedunsenem Leib, und dennoch lebte noch etwas von der Verwegenheit in ihm, die er auf früheren Kriegszügen immer wieder unter Beweis gestellt hatte.

Auch Friedlein schien die Gefahr zu erkennen. »Haltet ein, Exzellenz! Das ist es nicht wert. Wollt Ihr wirklich Euren Kopf auf einer Lanze des von Hirschhorn sehen?«

Bischof von Brunn stieß einen Ruf des Zorns aus, brachte aber sein Pferd neben Friedlein zum Stehen. Wütend warf er das geliehene Schwert in den Schmutz.

Einer der Angreifer klappte sein Visier hoch. Ritter Hans von Hirschhorn, der Friedleins Worte offensichtlich gehört hatte, grinste breit.

»Euren Kopf will ich nicht, zumindest nicht aufgespießt. Auch wenn die Vorstellung nicht eines gewissen Reizes entbehrt. Aber nein, lebendig seid Ihr mir lieber, Exzellenz, oder soll ich besser sagen: wertvoller?«

Das Gesicht des Bischofs lief puterrot an. »Ihr habt kein Recht, mir den Weg zu verlegen und mich gefangen zu nehmen, elender Raubbube.«

»Da irrt Ihr Euch. Das Recht steht auf meiner Seite. Ich habe Euch Geld geliehen, doch weder Zins noch Rückzahlung erhalten. Wie es von alters her der Brauch ist, habe ich vor acht Tagen einen Fehdebrief nach Würzburg und auf die Burg geschickt.«

»Der Bischof hat von diesem keine Kenntnis erhalten. Vermutlich ist er noch nicht einmal eingetroffen«, widersprach Friedlein.

Ritter von Hirschhorn hob die Schultern. »Mag es sein, wie es ist. Seine Exzellenz ist jedenfalls in meinen Händen, und ich werde den Teufel tun, ihn wieder freizulassen, ehe er mir nicht jeden Gulden, den er mit schuldet, auf Heller und Pfennig zurückgezahlt hat.« Er wandte sich an zwei seiner Gefolgsleute. »Ruft die Männer zusammen. Wir brechen auf.«

»Was ist mit den anderen?«

Ritter von Hirschhorn warf einen Blick zum Kirchhof hinüber und zuckte mit den Schultern. »Lasst sie. Es lohnt nicht, den Kampf aufzunehmen. Die Beute, auf die ich mein Auge gerichtet habe, ist in unseren Fängen; das soll genügen.«

Seine Reiter sammelten sich um den Ritter. Ein paar eskortierten die Kutsche heran, die es ebenfalls nicht zum Kirchhof geschafft hatte. Elisabeth sah das schreckensbleiche Gesicht des Kaplans im Fenster auftauchen. Der von Hirschhorn befahl dem Bischof, sich wieder in die Kutsche zu begeben. Schwerfällig ließ Johann sich vom Pferd gleiten und humpelte zu dem Gefährt, auf dessen Kutschbock nun einer der Männer des Raubritters saß. Elisabeth ließ sich von Friedlein herunterhelfen und folgte ihrem Vater. Fast war sie froh, wieder in die Kutsche zu kommen, denn der eisige Wind trieb dicke Wolken von Westen heran, die sich in einer Mischung aus Schnee und Regen entluden. Fröstelnd drückte sie sich in die Polster, als die Kutsche mit einem Ruck anfuhr.

Ihre Stimmung war ähnlich düster wie das Wetter draußen. Wo wollte der Ritter seine Gefangenen hinbringen? Was würde mit ihnen geschehen? Wie schnell konnten und wollten die Edlen und Bürger des Landes das Lösegeld aufbringen? Vielleicht waren sie ganz froh, ihren streitbaren Bischof auf so bequeme Art loszuwerden? Nein, darüber wollte sie lieber nicht nachdenken. Sie tauschte einen Blick mit Friedlein, dem anscheinend ähnliche Gedanken durch den Kopf gingen.

»Ich frage mich, wie der von Hirschhorn uns so schnell aufgespürt hat. Man kann wohl davon ausgehen, dass ihm Ziel und Reiseroute bekannt waren«, überlegte der Narr.

Der Bischof sah ihn aufmerksam an. »Du meinst, das war ein Racheakt dafür, dass ich den von Masbach in meinen Kerker werfen ließ?«

»Schon möglich. Ich könnte mir denken, dass ein gewisser Wertheimer auf dem Marienberg es nicht sehr eilig hat, Euch loszukaufen.«

Der Bischof setzte eine zuversichtliche Miene auf. »Ach, das lass mal meine Sorge sein. Er wird sich bemühen, glaube mir.«

»Wenn Ihr es sagt, Exzellenz«, murmelte Friedlein.

Sie fuhren über Land, bis der Tag vorüber war. Ein notdürftiges Lager wurde aufgeschlagen. Elisabeth fühlte sich völlig zerschlagen. Sie fror, und ihr Gewand war schmutzig, doch sie hatte weder eine Magd noch frisches Wasser. Ihre Kleidertruhe war irgendwo verloren gegangen. Und für die Nacht warf man ihr lediglich eine dünne Decke zu, die so klamm war, dass sie vermutlich überhaupt nicht wärmte. So konnte Elisabeth froh sein, wenigstens ihren fellgefütterten Mantel um sich wickeln zu können. Da die Männer keine Zelte mit sich führten, blieben die Gefangenen in der Kutsche, die zwar unangenehm eng war, aber wenigstens vor dem schneidend kalten Wind Schutz bot. Ein paar Flocken tanzten vor dem Fenster vorbei. In nicht einmal drei Wochen war Weihnachten. Elisabeth wagte nicht, sich zu fragen, wie sie das Fest in diesem Jahr begehen würde. Nein, darüber dachte sie im Moment lieber nicht nach. Sie sollte lieber versuchen, Schlaf zu finden und ihre Kräfte zu schonen.

Der Bischof stöhnte und versuchte eine bequemere Stellung zu finden. Seine Hände zuckten und krampften sich um seinen Leib. Er litt Schmerzen. Der Kriegszug und der Überfall hatten ihm mehr zugesetzt, als er bereit war zuzugeben. Er schwankte und lehnte sich gegen Friedlein. Ehe er ihn vollends gegen die Wand drücken konnte, öffnete der Narr die Tür und schlüpfte aus der Kutsche. Vielleicht zog er die Dezemberkälte der Gefahr vor, von seinem Herrn zerquetscht zu werden. Elisabeth hörte ihn draußen mit ihren Bewachern sprechen. Die Männer lachten leise. Bewundernswert! Der

Narr fand immer einen Spalt hindurchzuschlüpfen. Um ihn machte sie sich keine Sorgen. Doch wie würde es mit ihr weitergehen? Und wie mit ihrem Vater?

Kapitel 28

Als die Nachricht über die Gefangennahme des Bischofs Würzburg erreichte, wurde rasch eine Sitzung der Domkapitulare und der bischöflichen Räte einberufen. Man beschloss, zuallererst die fränkische Ritterschaft und die benachbarten Fürsten zu benachrichtigen. Außerdem beorderte man eine Anzahl ihrer Mitglieder auf die Festung, die für den Schutz der Marienburg nun verantwortlich sein sollten. Über die Freilassung des Bischofs würde an Weihnachten in Nürnberg beschieden werden. Zu dieser Versammlung lud man auch die Bischöfe von Bamberg und Eichstädt sowie Markgraf Friedrich von Brandenburg ein. Dort würde man auch über das weitere Schicksal des Bistums sprechen müssen. Es konnte nicht angehen, dass der vom Kapitel bestellte Pfleger gegen den abgesetzten Bischof zu Lasten das Landes eine nicht enden wollende Fehde bestritt.

Ja, zu Weihnachten würden sie sich treffen und all die Probleme lösen.

Die Tage zogen sich dahin. Elisabeth kam es vor, als fiele sie in eine Art Dämmerschlaf. Oder war es eine Kältestarre? Sie konnte sich nicht erinnern, wann sie einmal tagelang so gefroren hatte. Nicht einmal während ihrer Zeit im Frauenhaus. Aber daran wollte sie im Augenblick nicht denken. Denn dann drängten sich unweigerlich Gret und Jeanne in ihre Erinnerung, und sie musste sich wieder mit der Frage quälen, was aus den beiden Frauen geworden war. Elisabeth schloss die Augen. Ihr Rücken und die Schultern schmerzten. Sie sehnte sich danach, sich endlich ausstrecken zu können. Fast hoffte sie, ihr Ziel – wie auch immer es heißen möge – bald zu erreichen. Doch genauso sehr fürchtete sie sich davor. Was würde der Ritter von Hirschhorn mit ihnen machen? In was für ein Verlies wollte er sie sperren? Elisabeth dachte mit Schaudern an das stinkende Loch unter der hohen Warte des Marienberges. Dann schon lieber die Kerkerzelle, in der Albrechts Vater auf dem Zabelstein gefangen gehalten worden war. Vielleicht würde sie sich schon bald nach der weichen Polsterbank der Kutsche zurücksehnen. Endlich schlief Elisabeth vor Erschöpfung ein. Sie träumte von Jeanne und Gret, wie sie zusammen mit ihnen durch einen dichten Wald lief, doch sosehr sie sich abmühten, ihre Schritte wurden immer langsamer. Efeuranken griffen nach ihren Beinen, umschlangen ihre Knöchel und hielten sie fest. Hinter ihnen ertönte Kriegsgeschrei. Männer mit blanken Schwertern nahmen die Verfolgung auf. Sie konnte ihre grimmigen Gesichter erkennen und die Klingen, in denen sich das Mondlicht spiegelte. Ihr Mund öffnete sich zu einem Schrei, doch kein Ton wollte herauskommen, sosehr sie sich auch anstrengte. Elisabeth warf im Schlaf den Kopf hin und her. Aus ihrem Stöhnen formte sich ein Name: »Albrecht!«

Ihr Ziel hieß Schloss Reicheneck, das Albrecht von Egloffstein vom Stift Eichstätt zu Lehen hatte. Bang sah sich Elisabeth um, als die Kutsche anhielt und der Schlag geöffnet wurde. Was erwartete sie an diesem Ort? Elisabeth versuchte nicht an die Männer zu denken, die die Bischöflichen bei ihrem Treffen auf der Zeller Steige gefangen genommen hatten und von denen so viele bereits an Hunger und Kälte elendig zugrunde gegangen waren. Nein, die Lebenserwartung in einem Verlies war nicht besonders hoch!

»Nur Mut, Fräulein«, raunte ihr der Narr zu, dem ihre Verzagtheit nicht entging. »Es wird sich schon ein edler Retter finden, der Euch befreit und auf sein Ross hebt, um mit Euch davonzureiten.« Der Spott in seiner Stimme trug nicht dazu bei, sie aufzuheitern.

»Wollen wir es hoffen«, gab sie gepresst zurück. »Ich frage mich nur, wie viele Herren bereit sind, für die Freiheit des Bischofs mit schwerer Münze zu bezahlen.«

Der Narr wiegte den Kopf. »Ja, das steht auf einem ganz anderen Blatt«, gab er zu, ehe ihre Unterhaltung rüde unterbrochen wurde. Einer der Bewaffneten trat zu ihm und griff nach seinem Arm.

»Komm mit.«

»Aber ja, ich folge dir. Du musst mir nicht gleich die Hand abreißen. Ich brauche sie noch für meine Narreteien. Außerdem bin ich doch neugierig auf die Gemächer, die der Edle von Egloffstein für uns bereithält.«

Er zwinkerte dem Fräulein noch einmal zu und ließ sich dann abführen. Elisabeth bewunderte seinen Mut und die stolze Haltung, mit der er den Leidensweg der Gefangenschaft antrat. Entschlossen straffte sie die Schultern und nahm sich vor, ebenfalls keine Schwäche zu zeigen. Wenn sie schon keinen Wert drauf legte, dass ihr Vater stolz auf sie sein konnte, so wollte sie sich später wenigstens selbst noch in die Augen sehen können. Und so folgte sie ihrem Bewacher, als dieser sie dazu aufforderte, mit hoch erhobenem Haupt.

Es wurde nicht so schlimm, wie sie befürchtet hatte. Der Bischof, sein Narr und der Kaplan wurden in den Zellen im großen Turm eingeschlossen und streng bewacht. Dort war es zwar kalt, aber lange nicht so feucht und unwirtlich wie im unteren Geschoss, das wie üblich nur durch das Angstloch zu erreichen war. Elisabeth traf es noch besser. Man brachte sie in eine spärlich eingerichtete Kammer im obersten Stock des Palas, die eine schwere Eichentür verschloss. Im Gegensatz zu ihren gewohnten Gemächern war die Kammer zwar unbeheizt, dafür gab es ein richtiges Bett mit einer Strohmatratze und zwei wollenen Decken darüber. Elisabeth zog ihre Schuhe aus und liess sich aufs Bett fallen. Mit einem Stöhnen streckte sie sich aus und breitete die Decken über sich. Endlich! Für den Augenblick schob sie ihre Sorgen und Ängste beiseite und fiel in einen traumlosen Schlaf, aus dem sie erst zehn Stunden später wieder erwachte, als sich die Tür öffnete und eine Magd ihr eine Schale mit Suppe und einen Kanten Brot auf den einzigen Hocker im Zimmer stellte. Dann verschloss sie die Tür wieder. Ihre Schritte entfernten sich.

Die Tage verstrichen ereignislos. Ab und zu durfte Elisabeth unter Bewachung im Hof ein wenig umherspazieren, dann wieder kämpfte sie tagelang gegen die Langeweile und die Einsamkeit. Einmal am Tag kam die Magd, brachte Wasser und etwas zu essen und leerte ihren Eimer, der in einer Ecke stand. Ansonsten blieb ihr nichts, als die Schatten an der Wand entlangstreichen zu sehen, wenn die Sonne über den bleichen Winterhimmel wanderte. Und ihre schweren Gedanken, die wie ein Strudel im Kreis wirbelten.

Die heiligen Christtage kamen, und selbst Elisabeth blieb nicht verborgen, wie sich eine feierliche Stimmung über die Burg senkte. Es roch nach frischen Zweigen und Gebäck. Kurz vor Weihnachten stattete der Ritter von Hirschhorn der Burg noch einmal einen Besuch ab, doch Elisabeth bekam ihn während eines ihrer Spaziergänge nur von fern zu Gesicht. Für sie interessierte er sich nicht. Er sprach mit dem Bischof und versicherte sich, dass seine wertvolle Geisel wohlauf war. Was würde er ihm noch nutzen, wenn er verhungerte oder erfror? So zumindest dachte Elisabeth. Und dieser Gedanke schloss auch Friedlein, den Kaplan und die Männer, die mit ihnen gefangen genommen worden waren, mit ein.

Sie hörte den Ritter von Nürnberg sprechen, wohin er unterwegs sei, mit der Hoffnung, es würde nun endlich Bewegung in die Sache kommen.

Dann dämmerte der Tag der Heiligen Nacht herauf. Die Sonne stand schon tief, als Elisabeths Tür geöffnet wurde und der ihr nun schon vertraute junge Wächter sie aufforderte, ihren Mantel umzulegen und mit hinunter in den Hof zu kommen. Als sie zufällig auf der Treppe Albrecht von Egloffstein begegnete, fasste sie sich ein Herz und sprach ihn an.

»Ich wünsche Euch und Eurer Familie ein gesegnetes Weihnachtsfest, Ritter von Egloffstein.«

Der Junker hielt inne und sah sie erst überrascht und dann misstrauisch an. »Euch auch, Jungfrau Elisabeth. Was wollt Ihr von mir?«

Sie seufzte. »Nun gut, überspringen wir weitere Höflichkeiten und kommen wir sogleich zu der Bitte, die ich an Euch richten möchte.«

»Ich höre.«

»Ich bitte Euch darum, den Bischof und die anderen Gefangenen besuchen zu dürfen.«

»Zu welchem Zweck?«

»Nun, um mich von ihrem Wohlergehen zu überzeugen. Um ein paar Worte mit ihnen zu sprechen und vielleicht zur Heiligen Nacht gar eine kleine Gaumenfreude im trostlosen Einerlei überbringen zu dürfen.«

»So, das dachtet Ihr.« Seine Stimme klang zwar barsch, doch in seinem Blick glaubte sie Verständnis lesen zu können. Sie sah ihm in die Augen, bis sich seine Lippen ein wenig zu einem Lächeln verzogen.

»Gibt es etwas, das Ihr mit Eurer Hartnäckigkeit nicht erreicht?«

Elisabeth erwiderte sein Lächeln. »Unsere Freiheit, vermute ich.«

Der Ritter nickte nun wieder ernst. »Ja, das wäre dem von Hirschhorn gar nicht recht, fürchte ich. Wobei ich mich frage –

ohne Euch zu nahe treten zu wollen –, ob er für Euch überhaupt ein Lösegeld fordert – und wenn ja, auch eines bekommen würde.«

Elisabeth hob die Schultern. »Mich dürft Ihr das nicht fragen, denn ich kenne die Antwort nicht. Bisher hat sich wohl kein edler Ritter gemeldet, der sich für meine Freilassung eingesetzt hätte?«, fügte sie in bemüht scherzhaftem Ton hinzu. Der Junker schüttelte den Kopf. »Nein, ich hätte es Euch wissen lassen. Und nun geht Eure Runden im Hof. Ich schicke Euch eine Magd mit einem Korb aus der Küche. Lasst Euch damit zu Eurem Vater begleiten.«

Elisabeth versank in einen tiefen Knicks. »Ich danke Euch von Herzen, Ritter von Egloffstein. Noch einmal die besten Wünsche zur Heiligen Nacht und Gottes Segen.«

Elisabeth konnte es kaum erwarten, bis sie mit dem Korb unter dem Arm in die Zellen gelassen wurde. In der ersten fand sie den Kaplan und einen Sohn des Ritters von Schwarzenberg. Es ging ihnen leidlich gut, und sie freuten sich über den unerwarteten Besuch und vor allem über die Süßigkeiten und die beiden fetten Weihnachtswürste. Auch die anderen Männer waren alle noch am Leben, auch wenn zwei husteten und offensichtlich unter Fieber litten. Elisabeth versprach, sie werde versuchen, ein paar Decken für die Kranken aufzutreiben, und vielleicht auch mehr heiße Suppe.

Dann betrat sie die Kerkerzelle, die der Bischof mit Friedlein teilte. Elisabeth erschrak, wie schlecht ihr Vater aussah. An dem Narren dagegen schien die Gefangenschaft spurlos vorbeizugehen. Er grinste, zog Grimassen und begrüßte Elisabeth mit heiterer Stimme. Der Bischof dagegen wandte sich ihr unter Schmerzen zu. Sein Gesicht war eingefallen und blass, ja von geradezu ungesund gelblicher Farbe. Er musste einiges an Gewicht verloren haben. Sein Blick war trüb, die Augen blutunterlaufen. Er lächelte schwach, als Elisabeth ihn

435

begrüßte. Sie übergab Friedlein den Korb, dessen Inhalt ihm einen Ruf der Begeisterung entlockte.

»Ihr seid ein Engel, Fräulein Elisabeth. Ach, und ich begann schon daran zu zweifeln, dass es Weihnachtswunder in unseren Tagen noch gibt.« Der Narr stopfte sich eine Wurst in den Mund und schob gleich noch einen Honigkuchen hinterher.

»Falls du dich unterstehst, alles alleine aufzufressen, war dies deine Henkersmahlzeit!«, drohte der Bischof.

Friedlein warf einen besorgten Blick in den Korb. »Ist noch genügend für Euch drin«, versicherte er.

Elisabeth blieb vor ihrem Vater stehen. »Wie geht es Euch? Behandelt man Euch gut? Leidet Ihr Hunger?«

Er hob die Schultern und ließ sie kraftlos wieder fallen. »Es ist nicht das wenige Essen, das mir zu schaffen macht. Das Reißen in den Gliedern ist schier unerträglich, und die Wunden an meinen Beinen werden fast täglich größer. Die Haut scheint so dünn, dass sie überall aufzubrechen droht. Ich bedürfte dringend der lindernden Tinkturen dieses vermaledeiten Apothekers, der sich ohne meine Erlaubnis aus dem Staub gemacht hat.«

»Er ist mit Georg wieder auf Reisen gegangen. Was hätte er denn tun sollen, wo er doch keinen Apothekenbrief für den Marienberg erhalten hat?«, verteidigte sie Meister Thomas und seine Entscheidung.

Der Bischof winkte ab. »Es ist mir zu mühsam, darüber zu streiten. Sag mir lieber, ob schon Nachricht aus Nürnberg gekommen ist.«

Elisabeth schüttelte den Kopf. »Ich denke, sie haben erst begonnen zu tagen und über die Bedingungen Eurer Freiheit zu sprechen. So wie ich die Edlen und Kirchenmänner kennengelernt habe, werden sie nun tagelang streiten und um jeden Gulden schachern.«

Friedlein kicherte. »Treffender hätte ich solch eine Versammlung nicht beschreiben können. Ihr habt ein gutes Gespür für Politik bekommen, Fräulein Elisabeth.«

»Dennoch werden sie sich sicher bald einigen und das Lösegeld bereitstellen«, meinte der Bischof voller Zuversicht und faltete die Hände über seinem nun etwas schlaff wirkenden Bauch. Elisabeth sah ihn zweifelnd an.

»Ich weiß nicht. Es ist ja nicht nur wegen des Geldes. Ihr habt Euch viele Feinde gemacht, die jetzt vielleicht froh sind, dass Ihr hier auf dieser Burg sitzt und ihnen nicht mehr in die Quere kommen könnt.«

Das beeindruckte den Bischof nicht. »Der größte Querulant unter ihnen, der alte von Masbach, sitzt in meinem Kerker. Der ist aus dem Weg und kann kein Gift mehr gegen mich versprühen.«

»Und Euer Pfleger?«, wagte Elisabeth einzuwenden. »Wird er nun nicht erleichtert sein, seine Politik ohne Eure Einmischung verfolgen zu können, und versuchen, Ruhe ins Land zu bringen? Ich vermute, er hofft, Ihr müsst möglichst lange hier einsitzen.«

Zu Elisabeths Erstaunen verzog ein breites Lächeln die bleichen Lippen des Bischofs. »Albrecht? Aber nein. Das mag vielleicht sein innerlicher Wunsch sein, doch das ist mir gleich. Er wird sich tatkräftig für meine Freilassung einsetzen und nicht eher ruhen, bis ich dieses Tor als freier Mann durchschreite.«

Elisabeth schüttelte den Kopf. »Wie könnt Ihr Euch da so sicher sein? Warum sollte er das tun?«

Der Bischof kicherte vergnügt. »Nun, er kennt mich, und er weiß, dass auch du hier gefangen gehalten wirst.«

»Und Ihr glaubt, meinetwegen würde er sich mit den Fürsten und Kirchenherren anlegen, um Euch freizubekommen?«

»Aber ja! Ich habe ihm dringend dazu geraten. Er hält ja so große Stücke auf dich, mein Kind. Es ist erstaunlich.«

»Diese Zeiten sind längst vorbei. Ihr wisst das! Er hat seinen Schwur und das Eheversprechen gebrochen, das er mir gegeben hat. Er hat all seine Tugenden als Ritter verraten, um seiner Familie zu dienen und um als Bischof später reich und mächtig zu werden oder was auch immer. Ich stehe schon lange nicht mehr an erster Stelle. Seine Aufmerksamkeit, seine Kraft und seine Liebe gehören nun dem Land, seiner Familie und seiner glänzenden Zukunft.« Elisabeth stieß ein Schnauben voller Verbitterung aus.

»Zumindest nicht seiner glänzenden Zukunft«, widersprach Friedlein. »Ansonsten hätte er nie dem Vertrag zugestimmt, der ihn als Nachfolger des Bischofs ausschließt.«

Elisabeth öffnete einmal tonlos den Mund. Dann keuchte sie: »Das hat er gemacht? Deshalb war der von Grumbach so erfreut! Ja, jetzt verstehe ich. Aber warum hat Albrecht das getan? Sein Vater und sein Oheim werden ihn in Stücke reißen.«

»Er strebt eben nicht nach dem Bischofsstab«, sagte ihr Vater und rieb sich vergnügt die Hände. »Wichtiger ist es ihm, nach meinem Tod frei zu sein.«

»Ach, und wozu dann das Ganze? Warum ist er dann Pfleger geworden und opfert sich für das Land auf?«

»Weil ich es von ihm verlangt habe.«

Elisabeth hob die Brauen. »Verzeiht, wenn ich das sage, doch ich glaube nicht, dass Albrecht Euch sonderlich liebt oder das Bedürfnis hätte, für Euch ein Opfer zu bringen. Jedenfalls steht Ihr ganz sicher nicht vor seinem Vater und seinem Oheim.«

»Das habe ich auch nicht behauptet. Ich ließ ihm keine Wahl. Genauso wie ich ihm keine Wahl lasse, mich wieder an der Regierung zu beteiligen oder mich schnellstmöglich aus diesem Kerker hier zu befreien.«

Elisabeth starrte ihn verblüfft an. Friedlein verdrehte die Augen.

»Fräulein, fragt Ihr Euch allen Ernstes, welches Druckmittel seine Exzellenz in der Hand hält? Schaut in den Spiegel, wenn Ihr die Antwort nicht von alleine findet.«

Mit weit aufgerissenen Augen starrte Elisabeth ihn an. »Wie kann das sein?«, stotterte sie.

»Albrecht hat seine Ehre als Ritter nicht verraten, noch ist er gegen Euch wortbrüchig geworden. Er hat geschworen, sein Leben dafür zu geben, Schaden von Euch fernzuhalten, und genau diesen Schwur befolgte er nun, so schwer es ihm auch fällt.«

»Aber ich verstehe nicht.«

Der Bischof lachte. »Nein? Ich kann es nicht glauben, dass dieses Kind ein Jahr in einem Hurenhaus gelebt hat und noch immer so unschuldig ist.«

Elisabeth zuckte zurück. Natürlich hatte sie ihrem Vater ihr dunkles Geheimnis gebeichtet, aber dass er dies so unverfroren vor Friedlein aussprach!

»Wie soll ich das verstehen?«, fragte sie steif.

»Ganz einfach. Ich habe ihn vor die Wahl gestellt, mir zu gehorchen und dadurch dein schändliches Geheimnis zu wahren.«

»Und wenn er sich widersetzt hätte?«, fragte Elisabeth bang.

»Nun, ich habe ihm damit gedroht, dich vor aller Welt bloßzustellen und in Schande davonzujagen. Einmal eine Dirne, immer eine Dirne!«

Elisabeth keuchte. »Und das hättet Ihr wirklich getan?«

»Nur wenn er mir keine andere Wahl gelassen hätte«, erwiderte ihr Vater mit einem selbstzufriedenen Lächeln. Dazu fiel ihr nichts mehr ein. Erschüttert schwieg sie.

»Du musst das verstehen. Wie sonst wäre ich an ihn herangekommen? Diese mir unerklärliche, aber so unerschütterliche Liebe zu dir hat ihn zu einem idealen Instrument in meinen Händen gemacht. Allerdings war es dann doch nicht so einfach, ihn dazu zu bringen, mich wieder an der Politik teilhaben zu lassen. Da musste ich ein wenig nachhelfen. Ich dachte, ein gefangener Vater wiege schwerer, aber siehe da, auf seine Vernarrtheit war dann doch noch Verlass. Er hat sich ganz schön ins Zeug gelegt, um eine Mehrheit im Kapitel zu überreden!« Breit lächelnd lehnte sich der Bischof zurück. Elisabeth brachte noch immer kein Wort heraus.

»Auf die Möglichkeit, nach meinem Tod Bischof zu werden, hat Albrecht – zu Hans von Grumbachs großer Freude – dagegen gern verzichtet. Er ist ein Narr, aber ein brauchbarer Narr. Dennoch versuchte er irgendwann, sich mir klammheimlich zu entziehen.« Nun verdüsterte sich die Miene des Bischofs. »Ich konnte seinen wachsenden Widerstand spüren. Natürlich war die treibende Kraft dahinter der von Masbach, aber Albrecht unternahm nichts, um ihn aufzuhalten oder gar mundtot zu machen, wie ich es von ihm erwartet hätte. Nein, der Wertheimer versteckte sich in meiner Festung auf dem Marienberg und ließ dem von Masbach freie Hand, mir meine Städte abspenstig zu machen und gegen mich gar die Waffen zu erheben.«

»Deshalb habt Ihr mich zu ihm geschickt«, kam Elisabeth plötzlich die Erkenntnis. »Nicht weil Ihr das Feldlager für zu gefährlich hieltet und mich in Sicherheit wissen wolltet. Es ging darum, Albrecht wieder in Eure Hand zu bekommen.«

Der Bischof nickte. »Ja, so ist es. Das hast du richtig erkannt. Ich wusste schon immer, dass du für ein Weib ungewöhnlich viel Geist mitbekommen hast.«

Das Kompliment konnte ihr nicht schmeicheln. Sie war viel zu entsetzt über die Intrigen ihres Vaters.

»Ich fürchtete, seine Gefühle könnten mit der Zeit schwinden und damit meine Möglichkeiten, ihm zu befehlen. Daher dachte ich, es wäre vielleicht ganz sinnvoll, sein Gedächtnis ein wenig aufzufrischen und ihm vor Augen zu führen, was er aufs Spiel setzt.«

Elisabeth sah zu Friedlein hinüber. Kein Zweifel, er wusste von dieser gemeinen Erpressung und hatte ihr nichts davon gesagt! Wenigstens schien er sich im Augenblick recht unwohl in seiner Haut zu fühlen. Mit Widerwillen richtete sie ihren Blick wieder auf ihren Vater, der noch immer so selbstgefällig dreinblickte, dass es ihr schlecht wurde. Ihre Stimme zitterte, als sie ihn fragte:

»Ach, und nun soll ich dem Ritter von Hirschhorn zu seinem Lösegeld und Euch zu Eurer Freiheit verhelfen?«

Entweder wollte er den Sarkasmus in ihrer Stimme nicht wahrnehmen oder er war dazu gar nicht in der Lage. Bedächtig nickte der Bischof.

»Aber ja, mein Kind. Albrecht wird Himmel und Hölle in Bewegung setzen, um uns beide hier herauszuholen.«

»Und wenn das nicht schnell genug geht, dann werdet Ihr dem Egloffsteiner vorschlagen, mich ein wenig zu quälen? In sein schlimmstes Verlies zu stecken oder auszupeitschen zu lassen? Wenn Ihr Albrecht diese Nachricht überbringen lasst, wird er sich ganz sicher noch mehr beeilen!« Ihr Ton troff geradezu vor Verachtung und Bitterkeit. Ihr Vater sah sie nachdenklich an.

»Seid vorsichtig, was Ihr sagt«, erhob nun Friedlein seine Stimme. »Bringt seine Exzellenz nicht auf Gedanken, die Ihr später bitter bereut.«

Elisabeth riss die Augen auf und starrte den Narren an. »Nein, das glaubt Ihr nicht wirklich. Ihr traut dem Bischof zu, so etwas Schändliches zu tun?«

Friedlein hob die Brauen. »Ihr nicht, mein Fräulein? Erstaunlich, wirklich erstaunlich. So unerschütterlich wie Albrecht von Wertheims Liebe zu Euch ist Euer irriger Glaube, in jedem Menschen müsse ein guter Kern stecken. Man sollte es nicht für möglich halten.« Er sah sie lange mit einem tieftraurigen Blick aus seinen grünen Augen an. »Ich kann nur hoffen, dass es niemandem jemals gelingt, Euch der Hölle so nah zu bringen, dass dieser letzte Funke Hoffnung in Flammen aufgeht und zu Asche verbrennt.«

Sie sahen sich schweigend an, bis sich der Bischof schwerfällig von seinem Lager aufrappelte.

»Und nun lasst uns essen. Hast du auch Wein gebracht? Heute ist die heilige Christnacht, und die wollen wir gebührend feiern!«

Elisabeth schob ihm einen Krug Wein hin und trat dann zur Tür. Sie klopfte, und schon zog der Wächter den Riegel zurück. Ohne ein weiteres Wort verließ Elisabeth die Gefängniskammer des Narren und ihres Vaters, des Bischofs Johann von Brunn.

Weihnachten verging für Elisabeth, als sei sie in einer Nebelwand gefangen. Die Worte des Bischofs kreisten unablässig durch ihren Geist und ließen sie nicht zur Ruhe kommen. Und am Ende stand immer die eine Frage: Wie hatte sie so blind sein können? Albrecht gegenüber, aber auch gegenüber dem Bischof, ihrem Vater, der sie so schändlich benutzt hatte.

Dieser Gedanke führte dann zu der Frage, was sie getan hätte, hätte sie den teuflischen Plan durchschaut. Oder wenn Albrecht ihr davon erzählt hätte. Wäre sie davongelaufen, alleine über die Landstraße, ohne Schutz und ohne Ziel, und hätte damit das ihr zugedachte Schicksal selbst erfüllt? Oder hätte sie sich von der Plattform der hohen Warte in den Hof hinabgestürzt, um Albrecht zu befreien?

Sie wusste es nicht, und vielleicht war sie ganz froh darüber, nicht vor diese Entscheidung gestellt worden zu sein. Er hatte sie belogen, um sie zu beschützen. Und so absurd dies schien: Er hatte scheinbar sein Eheversprechen gebrochen, um seinen Schwur ihr gegenüber zu halten.

Und wie sollte es nun weitergehen? Elisabeth weigerte sich noch immer zu glauben, ihr Vater würde sie absichtlich quälen lassen, nur um den Druck auf Albrecht zu erhöhen, auch wenn Friedlein ihm das offensichtlich zutraute. Ganz sicher war sie sich allerdings nicht, und so begann sie darüber nachzugrübeln, welche Möglichkeit sie hatte, Albrecht aus diesem Dilemma zu befreien, ohne dass sie als Selbstmörderin ihr Seelenheil aufgab.

Der Januar kam und verstrich, ohne dass Elisabeth einer Lösung näherkam. Ihre Gefangenschaft verlief weiter ereignislos, und das Einzige, gegen das sie zu kämpfen hatte, war die Langeweile. Zum Glück schien ihr Vater ihr doch nicht ernsthaft schaden zu wollen – oder der Burgherr weigerte sich, dieser perfiden Forderung nachzukommen.

Zweimal kam Ritter von Hirschhorn zu Besuch. Seine Laune wurde mit jeder Woche, die ereignislos verstrich, schlechter, und Elisabeth hütete sich, ihm zu nahe zu kommen. Mochte sich Albrecht nun ihretwegen bemühen oder nicht, so einfach war es nicht, Städte und Junker dazu zu überreden, ihre Geldschatullen zu leeren oder zumindest Schuldverschreibungen über insgesamt sechsundzwanzigtausend Gulden auszustellen, denn um solch eine riesige Summe ging es hier!

Der Januar war bereits zu Ende, als der Ritter von Egloffstein eines Tages während ihrer kurzen Spaziergänge zu ihr trat. Er stieg mit ihr hinauf auf den Wehrgang, stellte sich neben sie und sah über das weite Land, wo die Sonne sich golden dem Horizont näherte.

»Wenn Ihr der untergehenden Sonne folgt, bringt sie Euch nach Nürnberg. Und von dort führt die Landstraße weiter nach Nordwesten direkt nach Würzburg.« Er schwieg. Elisabeth sah ihn neugierig von der Seite an. Wollte er sich einfach mit ihr unterhalten, oder stand eine Absicht hinter seinen Worten? Sie wartete, bis er nach einer Weile scheinbar zusammenhanglos weitersprach.

»Wir glauben immer, die Menschen, die viele Jahre in unserer Nähe verbringen, zu kennen, doch manches Mal bedarf es einer außergewöhnlichen Situation, um die Wahrheit ans Licht zu bringen. Es ist ganz erstaunlich. Menschen, die wir kaum beachtet haben, werden plötzlich zu Freunden, auf die man sich verlassen kann. Und Mitglieder der Familie zu Verrätern, die einem schaden wollen.« Er sah sie noch immer nicht an, doch Elisabeth war, als horche er aufmerksam, ob sie verstand.

»Nicht immer liegt es in unserer Macht, etwas zu unternehmen, selbst wenn wir die Zeichen erkannt haben«, sagte sie leise.

Der Ritter nickte. »Vielleicht nicht sofort. Doch wenn man die Augen offen hält und bereit ist, etwas zu wagen...«

»Was nützt einem ein Wagnis, wenn man nicht gewinnen kann? Was könnte ein schwaches Weib beispielsweise gegen Ritter und Knechte ausrichten?«

Der von Egloffstein hob die Schultern. »Ist ein einfaches Weib es wert, dass man Ritter und Knechte nach ihr ausschickt?«

Elisabeth nickte. Beide schwiegen lange, dann drehte er sich um und nickte ihr zu. »Es kann niemals schaden, wachsam zu sein.«

Sie senkte das Haupt. »Ich werde mir Euren Rat zu Herzen nehmen.«

Kapitel 29

Wachsam war sie, oh ja. Elisabeth war so aufgeregt, dass sie die nächsten Nächte kaum schlief, doch es ereignete sich nichts Ungewöhnliches. Oder hatte sie die Gelegenheit nur nicht erkannt?

Es war ein klarer, sonniger Tag im Februar, als ihr Bewacher vorschlug, einmal über die Brücke vor die Burg zu spazieren. Das Tor stand weit offen, Schneereste glitzerten in der Sonne. Wie herrlich! Erst als die Burg in ihrem Rücken lag und sie über das weite Land blickte, fühlte sie, wie sehr ihr die Freiheit gefehlt hatte. Elisabeth atmete tief durch und schritt weit aus.

»Ihr habt aber einen ordentlichen Schritt«, bemerkte der junge Wächter, der entspannt neben ihr herging. Ein Schwert steckte in seiner Scheide, ein Messer hing auf der anderen Seite an seinem Gürtel.

Als sie sich auf dem Rückweg wieder dem Tor näherten, erschallte ein Ruf vom Wehrgang. »Gilg, eile dich! Komm rasch her!«

Der junge Mann sah zur Mauer hoch, dann zu Elisabeth. »Dann ist unser Spaziergang nun zu Ende. Darf ich Euch bitten, Euch zu beeilen?«

War das der ersehnte Augenblick?

»Ach, lasst mich noch ein wenig hier draußen die Sonne und die Weite des Ausblicks genießen«, bat sie. »Lauft ruhig hinein. Ich will Euch nicht zur Last fallen. Und dann holt Ihr mich wieder ab. Bitte, es schaudert mich davor, an diesem herrlichen Tag schon wieder in meine düstere Kammer eingeschlossen zu werden.«

Der junge Wächter zögerte einen Moment, schüttelte dann aber den Kopf. »Nein, Fräulein, das geht auf keinen Fall. Ich würde großen Ärger bekommen. Ihr müsst mir folgen, und bitte rasch.«

Was blieb ihr anderes übrig, als ihm zu gehorchen? Als sie aber das Tor durchschritten, hielt Gilg inne.

»Ich denke, es wäre nicht so schlimm, wenn Ihr so lange, bis ich wiederkomme, im Hof noch ein wenig auf und ab gehen würdet.«

Elisabeth nickte ein wenig abwesend und versuchte nicht zum Bergfried hinüberzusehen, obgleich er ihren Blick wie magisch anzog.

Da stand ein Pferd. Gesattelt und aufgeschirrt, zwei lederne Taschen zu beiden Seiten und eine zusammengerollte Decke hinter dem Sattel. Richtig, ein Bote war vor wenigen Minuten durch das Tor geritten. Sicher eine wichtige Botschaft, die er rasch überbringen musste. Das Pferd zu versorgen war später noch Zeit.

Vorsichtig ließ Elisabeth den Blick schweifen. Gilg war verschwunden, und auch sonst war keine Menschenseele im Hof zu sehen. Merkwürdig. Äußerst merkwürdig! Konnte das ein Zufall sein? Ganz egal, es war eine Chance!

Elisabeth raffte die Röcke und eilte zu dem Pferd. Sie band es los, führte es zur Treppe, erklomm die zweite Stufe und schwang sich von da aus in den Sattel. Sie nahm die Zügel in die Hand und drückte dem Wallach die Fersen in die Flanken. Gemächlich zockelte er los. Nun, vielleicht war es ganz gut, keine unnötige Aufmerksamkeit auf sich zu lenken. So ritt sie im Schritt durch das Tor und über die Brücke. Sie war so angespannt, dass sie meinte, ihr Kopf müsse bersten. Gleich würde es vorbei sein, würden sich die Wächter auf sie stürzen und sie vom Pferd zerren. Elisabeth hielt die Luft an, doch nichts geschah. Niemand rief sie an. Niemand versuchte sie aufzuhalten.

Kaum hatte Elisabeth die Brücke hinter sich gelassen, drückte sie noch einmal die Fersen zusammen. In flottem Trab lief das Pferd den von braunen Schneeresten bedeckten Weg hinunter, den unzählige Hufe und Karrenspuren zerfurcht hatten. Erst als die Burg hinter einer Biegung verschwand, wagte Elisabeth wieder zu atmen. Ja, es war ihr gar, als müsse sie laut jauchzen. Sie war entkommen!

Vor Freude drückte sie das Pferd in die linke Flanke, dass es mit einem Wiehern in den Galopp fiel und den langgezogenen Hügel hinabsprang.

Am Abend zogen Wolken auf. Elisabeth hatte prall gefüllte Satteltaschen vorgefunden, und auch die Decke schien dick und warm, sodass sie beschloss, um Nürnberg einen Bogen zu schlagen und die Nacht lieber in einer Scheune zu verbringen. Denn Geld besaß sie bis auf ein paar Pfennige keines. So ritt sie in den zunehmend dunkler werdenden Abend hinein, bis sie fand, wonach sie suchte. Eine Scheune auf freiem Feld, weit weg von der Behausung der Bauernfamilie – ein Ort, an dem kein Hund sie aufstöbern würde und kein Bauer ihr unangenehme Fragen stellte. Windschief und baufällig war die Scheune, doch sie musste für diese Nacht genügen. Elisabeth zog das Pferd hinein und schloss hinter ihnen die Tür. In völliger Finsternis saß sie in Mantel und Decke gehüllt auf einem Haufen Stroh und lauschte dem immer kräftiger werdenden Heulen des Windes, der um die morschen Bretterwände fuhr. Nur das zufriedene Kauen des Pferdes, das sich am Heu des Bauern gütlich tat, tröstete sie ein wenig. Wie gerne hätte sie sich an den warmen Pferdeleib gekuschelt, doch so viel Vertrauen wie ihre eigenen Pferde früher schenkte ihr das Ross des Boten nicht.

Am Morgen erhob sie sich steif, aß und trank ein wenig und sattelte das Pferd. Ein Holzklotz half ihr, in den Sattel zu kommen. Elisabeth stieß die Tür auf. Ein eisiger Luftstoß blähte ihren Mantel. Wie hatte sich die Landschaft über Nacht verändert! Es musste die ganze Nacht geschneit haben, und es sah nicht danach aus, als würde es bald besser werden. Elisabeth trieb den Wallach über die Wiese und an dem kleinen Wäldchen vorbei, das sie gestern im Westen vor sich gesehen hatte. Aber wie ging es nun weiter? Sie hatte Nürnberg im Norden umritten. Wie weit war sie gekommen? Lag die Stadt schon hinter ihr? Musste sie nun wieder nach Süden, um auf die Landstraße zu treffen? Sich bei diesem Wetter ohne Weg und Steg nicht zu verirren, traute sie sich nicht zu. Ja, sie fürchtete gar, jetzt schon die Richtung verloren zu haben. Wie sollte sie in diesem Schneetreiben herausfinden, wo Süden war?

Sie sah den vom Wind getriebenen Schneeflocken hinterher. Der Winterwind kam meist aus Westen oder aus Norden. Wenn sie also die schneebedeckte Seite der Bäume rechts von sich ließ, müsste sie irgendwann auf die Straße stoßen. Vielleicht. Elisabeth beschloss, es zu versuchen.

Eigentlich würde sie die Landstraße lieber meiden. Sie konnte sich nach den Erzählungen der Frauen der Eselswirtin lebhaft vorstellen, was einer Frau alles zustoßen konnte. Aber wie sollte sie Würzburg bei diesem Wetter finden, wenn sie querfeldein ritt? Vielleicht war in diesen Tagen auf der Straße gar nicht so viel los. Oder war sie gar so eingeschneit, dass man sie nicht einmal mehr erkennen konnte?

Viele bange Fragen wirbelten ihr im Kopf umher, während sie sich voranquälte. Endlich traf sie auf Karrenspuren und Hufabdrücke, die von Südost nach Nordwest führten, falls ihre Annahme mit der Windrichtung korrekt war.

Elisabeth war zuversichtlich, die Straße gefunden zu haben, und bog nach rechts auf die Spuren ein. Stunde um Stunde folgte sie den mal deutlichen, dann wieder beinahe verwehten Spuren, ohne einen Menschen zu treffen. Bald hatte sie jedes Gefühl von Zeit verloren. Es gab keine Sonne, an deren

Wanderung sie sich hätte orientieren können. Nur das Grau über ihr und das Weiss rundherum, das sich langsam verdunkelte und ihr das Gefühl gab, blind zu werden. So trottete das Pferd mit gesenktem Kopf dahin. Kein Hufschlag war zu hören. Und auch sonst war die Welt um sie sonderbar still.

Plötzlich riss das Pferd den Kopf hoch. Die Ohren stellten sich steil auf. Elisabeth wurde aus ihrem Dämmerzustand gerissen.

»Was hast du denn gesehen?«, fragte sie den Wallach undeutlich mit vor Kälte tauben Lippen. Sie kniff die Augen zusammen und versuchte durch das Schneetreiben etwas zu erkennen. Mit einem Mal schwand selbst das diffuse Licht. Der Wind frischte auf und heulte zwischen den Stämmen der kahlen Bäume. War der Tag bereits zu Ende? Sie sah zu den nun finsteren Wolken auf, die bedrohlich auf sie herabzudrücken schienen. Ein Grollen hallte über die verschneite Landschaft, und ein ferner Lichtschein zeichnete für einen Moment die Konturen der aufquellenden Wolken nach. Wieder schnaubte das Pferd. Es blieb stehen und starrte nach vorn.

Elisabeth hatte gerade ein Wäldchen hinter sich gelassen. Vor ihnen breiteten sich Felder und Wiesen aus, durch die sich undeutlich die Spuren der Strasse zu einem flachen Hügel wanden, dessen Kuppe von einem Tannenwald bedeckt war. Elisabeths Blick verharrte an der Stelle, wo die Strasse zwischen den Bäumen verschwand. Bewegte sich dort zwischen den Stämmen etwas? Ihr war, als könne sie Reiter sehen. Zwei, drei – nein, mehr. Es mussten mindestens ein Dutzend sein. Ja, nun kamen sie langsam den Hügel herunter.

Ein seltsames Kribbeln breitete sich in ihrem Leib aus, das nichts mit Kälte und Erschöpfung zu tun hatte. Wollte ihr Gefühl sie warnen? Vermutlich war es besser, sich diesen Männern nicht zu zeigen. Elisabeth wendete das Pferd und trieb es zwischen die Bäume zurück. Wieder erhellte ein Blitz den Himmel. Der Donnerschlag liess sie und das Pferd zusammenzucken. Nun mischten sich harte Eiskristalle unter die Schneeflocken, die auf sie herabprasselten und ihr schmerzhaft ins Gesicht schlugen. Elisabeth verließ die Straße und lenkte das Pferd hinter den dicken Stamm einer Eiche. Wenn sie sich ruhig verhielten, bis die Männer sie passiert hatten, würden diese sie sicher nicht bemerken.

Der nächste Blitz, der irgendwo draußen auf dem freien Feld niederging, ließ das Pferd den Kopf hochwerfen. Es rollte ängstlich mit den Augen und wich zurück.

»Nein! Bleib hier. Es ist alles in Ordnung. Du musst dich nicht ängstigen.« Ihre beruhigenden Worte gingen in dem Donnerschlag unter. Es kostete Elisabeth alle Mühe, das Pferd wieder hinter den Baumstamm zu dirigieren. Die Reiter mussten das freie Feld bald überwunden haben. Schnee und Eisschauer peitschten nun in Wogen herab. Dazwischen konnte Elisabeth die Männer sich vorankämpfen sehen.

»Nur ruhig. Gleich haben sie uns passiert, und dann können wir unseren Weg fortsetzen«, wisperte sie dem Pferd zu, dessen Ohren nervös spielten. Unruhig trippelte es auf der Stelle.

Das Zischen fuhr Elisabeth durch Mark und Bein. Sie hatte das Gefühl, ihre Haare würden zu Berge stehen und ihr Herz einfach aussetzen. Gleißende Helligkeit und ein Dröhnen, das die Erde unter ihren Füßen beben ließ, als würde sie bersten. Elisabeths Geist hatte den Strahl kaum erfasst, der einen Baum nur wenige Dutzend Schritte von ihr entfernt spaltete, da raste das Pferd mit panischem Wiehern davon. Elisabeth zog die Zügel an und stemmte ihre Sohlen gegen die Steigbügel, doch das Tier war nicht bereit, auf seine Reiterin zu hören. Sein Instinkt befahl ihm die Flucht. Und auf ihn allein war es in diesem Moment bereit zu hören. Es reckte sich in die Länge, Hals und Kopf gesenkt, und rannte hinaus aufs freie Feld. Elisabeth wurde fast aus dem Sattel geschleudert. Ihr blieb nichts anderes übrig, als sich in die Steigbügel zu stellen und sich nach vorne zu beugen, die Arme zu beiden Seiten an den Hals des Pferdes gepresst, ihr Gesicht dicht an seiner Mähne.

So jagten sie durch den Sturm, während um sie herum die Blitze über den Himmel flackerten und der Donner grollte. Als sie sich dem gegenüberliegenden Wald näherten, wurde das Pferd langsamer, und Elisabeth wandte sich im Sattel um. Ihr Herz drohte erneut stehen zu bleiben. Die Reiter hatten sie nicht nur erspäht. Sie hatten trotz des Gewittersturms ihre Pferde gewendet und ritten ihr hinterher. Einer von ihnen war weit voraus und musste sie bald einholen. Die anderen waren zwar zurückgefallen, folgten aber gleichfalls im Galopp.

Nun war es Elisabeth, die ihr Pferd antrieb. Was konnten die Geharnischten von ihr wollen? Jedenfalls ganz sicher nicht Gutes!

»Schneller! Nun lauf schon, bitte, mach schneller«, flehte sie das Tier an, das sich noch einmal mühte, weit auszugreifen. Sie ritten noch immer auf die vor ihnen aufragenden Bäume zu. Sollte sie ins Unterholz reiten und hoffen, dort ein Versteck zu finden, oder besser am Waldrand entlang?

Das Pferd nahm ihr die Entscheidung ab, zog nach rechts und sprang über einen verschneiten Graben, sodass Elisabeth beinahe das Gleichgewicht verlor. Sie hatte sich gerade wieder gefangen, als wieder ein Blitz in der Nähe herabfuhr und das Pferd aufschreckte. Es schlug einen Haken und raste nun um einen Ausläufer des Waldes herum, wandte sich wieder nach Westen und sprengte in ein von kahlen Obstbäumen bestandenes Tal hinab. Das Pferd wandte sich mal nach links, mal nach rechts. Schneebedeckte Zweige peitschten Elisabeth ins Gesicht. Zweimal gelang es ihr, sich unter einem Ast hindurchzuducken. Beim dritten Haken jedoch schoss das Pferd unter einem sehr niedrigen Ast hindurch, der Elisabeth an der Schläfe traf. Sie hörte den Schlag und spürte, wie sie fiel. Sie fühlte den kalten Schnee, der um sie herum aufstob. Ihr Blick erfasste die Huftritte, die ihr Pferd im Schnee zurückgelassen hatte, und dann ein riesiges Streitross, das schlitternd vor ihr zum Halten kam und sie mit noch mehr Schnee überhäufte. Der Ritter sprang aus dem Sattel und stürzte zu ihr. Wieder zischte in der Nähe ein Blitz herab. Das Pferd bäumte sich auf, riss seinem Herrn aber nicht die Zügel aus der Hand.

»Ruhig! Ganz ruhig! Ja, so ist es brav.« Er warf den Zügel über einen Ast und wandte sich dann von seinem Ross ab.

Noch während der Donner ihren Leib schüttelte, ließ sich der Ritter auf die Knie fallen und zog Elisabeth in einer Umarmung an seine Brust, dass sie glaubte, nun berste noch ihre letzte Rippe.

»Heilige Jungfrau, ist dir etwas geschehen?«

Sie konnte es nicht begreifen. Nein, ihr Kopf war nur noch ein einziges Dröhnen, und dennoch legten sich ihre Arme wie von selbst um seinen Hals, und ihr Mund küsste den seinen, als sei es das Letzte, was sie in diesem Leben erfahren würde. So blieb die Zeit an diesem Ort stehen, an dem sich zwei Menschen eng umschlungen hielten und küssten, während um sie herum der Wintersturm weiter tobte.

Erst als ihre Arme erschlafften, ließ er von ihr ab. »Mein Gott, du blutest ja. Deine Schläfe ist aufgerissen«, rief er entsetzt und kramte in seinem Beutel nach einem Tuch. Elisabeth richtete sich auf, doch alleine der Versuch aufzustehen jagte ihr einen solchen Schmerz durch den Kopf, dass es ihr schwarz vor Augen wurde und sie wieder in den Schnee zurücksank.

Das Erste, was sie danach wieder wahrnahm, war die Kälte des eisigen Windes. Und neben dem Schnee einen Geruch, der ihr so seltsam vertraut war und ihr Tränen in die Augen trieb. Dann hörte sie seine Stimme, und sein Atem wärmte ihr Ohr.

»Elisabeth, mein Leben, mein einzig Lieb, wach auf! Was hast du dir getan? Bitte, sag doch was und öffne die Augen.

Wir können hier nicht bleiben. Der Sturm wird immer schlimmer. Merkst du nicht, wie es immer stärker schneit? Man kann bald keinen Schritt mehr sehen. Das Schneetreiben wird uns töten und in sein weißes Leichentuch hüllen.«

Elisabeth versuchte vergeblich die Augen zu öffnen. Sie wollte diesen schönen Traum nicht nur hören. Sie wollte sein Antlitz noch einmal sehen. Oder herausfinden, welches Trugbild mit seiner geliebten Stimme sprach. Hatte sie nicht eben geträumt, ihn zu küssen? Was für ein süßer Traum!

»Wenn du mir nicht gehorchst, dann muss ich dich eben tragen«, sprach er in strengem Ton weiter. Sie fühlte zwei Hände und dann einen Arm unter ihrer hämmernden Schläfe. Dann schien sie zu schweben. Ein Pferd schnaubte.

»Bleib stehen, mein Alter.«

Sie konnte es auch riechen. Sie wurde auf ein Pferd gehoben, dann stieg der Reiter hinter ihr in den Sattel und umschlang sie mit festem Griff. Das Ross setzte sich in Bewegung. Elisabeth spürte, wie sich ihre Lippen zu einem Lächeln öffneten. Ihr Kopf dröhnte zwar noch immer, doch sie fühlte sich trotz der Kälte und dem Heulen des Sturmes auf seltsame Weise geborgen. Die Schwärze nahm wieder von ihr Besitz, aber es war die Dunkelheit einer Höhle, die Geborgenheit schenkt.

Sie saß nicht mehr auf einem Pferd. Das Heulen des Windes war nur gedämpft zu hören, und es war auch ein wenig wärmer. Wenn sie sich bewegte, knisterte es unter ihr. Als sie den Kopf nach links bewegte, tauchte ein roter Schimmer hinter ihren Lidern auf. Sie lag auf etwas Weichem, aber ihr Hemd fühlte sich unangenehm klamm an. Am Rücken und unter den Armen vom Schweiß, den sie auf der wilden Flucht vergossen hatte, und vom Saum bis zur Taille vom Schnee, der ihre Kleider durchweicht hatte. Wo waren eigentlich ihre restlichen Kleider geblieben? Elisabeth öffnete die Augen.

»Die Heilige Jungfrau hat meine Gebete erhört und dich zu mir zurückgeschickt!«, sagte Albrecht mit bewegter Stimme und zog sie noch näher an seine Brust.

»Wie hast du mich nur gefunden?«, war die erste der vielen Fragen, die ihr über die Lippen kam.

Albrecht hob die Schultern. »Das kann ich nicht sagen. Die Engel des Herrn müssen meine Schritte gelenkt haben. Ich war mit meinen Männern auf dem Weg zur Burg Reicheneck, um dich aus den Klauen der Ritter von Hirschhorn und Egloffstein zu reißen, und dann sehe ich dich plötzlich wie eine Fee des Waldes durch den Sturm reiten.«

Elisabeth musste lächeln. »Der Sturm hat ein wenig deine Sinne verwirrt. Ich versichere dir, die beiden genannten Ritter haben Hände wie wir und keineswegs Krallen wie ein Dämon, auch wenn bei dem von Hirschhorn in seinem zunehmenden Zorn sicher Vorsicht geboten ist. Albrecht von Egloffstein jedenfalls ist ein Ritter, der sich die Ehre verdient hat.«

»Und dennoch wurde mir zugeflüstert, du seist in höchster Gefahr und würdest mit deinem Leib und deiner Seele büßen müssen, würde sich die Begleichung des Lösegeldes noch länger hinziehen.«

Elisabeth stieg ein bitterer Geschmack im Hals auf. »Dies haben vermutlich der Bischof und der von Hirschhorn zusammen ausgeheckt.« Sie nickte. »Ich verstehe. Deshalb hat mich der Egloffsteiner entkommen lassen. Er fürchtete wohl, jemand könnte den Worten Taten folgen lassen, und diese Schuld wollte er nicht auf sich kommen lassen. Andererseits konnte oder wollte er sich auch nicht offen gegen die stellen, die diesen Plan ersonnen haben.«

Albrecht schwieg. Vielleicht musste er die Worte erst einmal verdauen. Elisabeth nutzte die Stille, um sich umzusehen. »Wo sind wir?«

»Ich weiß es nicht so genau. Ich dachte, mich an einen Weiler zu erinnern, den die Straße westlich des Hügels durchquert hat, konnte ihn aber im Sturm nicht wiederfinden. Wir irrten eine Weile umher, bis das Pferd fast gegen die Wand dieser Scheune stieß. Und ich dachte mir, dies hier ist gut genug, um uns vor der Sturmesgewalt zu schützen.«

Der Schein eines Binsenlichts, das er an einem Balken befestigt hatte, erhellte eine mit Heu und Stroh gefüllte Scheune, größer und nicht so baufällig wie die, in der Elisabeth die vergangene Nacht zugebracht hatte. Ein Stück weiter stand das Streitross an einen Stützbalken angebunden und tat sich an einem Haufen Heu gütlich. Wie viel Zeit war überhaupt verstrichen? Wie lange war sie ohnmächtig gewesen?

»Die Nacht ist seit einer Weile hereingebrochen«, bestätigte Albrecht. »Uns wird kaum etwas anderes übrig bleiben, als hier den Morgen abzuwarten.«

»Das will ich hoffen«, sagte Elisabeth und kuschelte sich wieder in die Decken. Eine Weile war nur das Kauen des Pferdes zu hören. Elisabeth spürte, dass Albrecht sie ansah. Sie hob den Blick zu dem seinen.

»Warum hast du mir nichts davon gesagt? Ist Ehrlichkeit nicht das Brot der Freundschaft?«

»Was meinst du?«, fragte Albrecht. Sein Blick jedoch irrte davon. Sie griff nach seinen Händen und drückte sie.

»Dass mein eigener Vater dich unter Druck gesetzt hat, ja dich erpresst hat, seinen Machtgelüsten zu dienen, weil er sich sicher sein konnte, dass du deine Ehre als Ritter und deine Schwüre nicht verraten würdest.«

»Genau das hast du mir vorgeworfen«, sagte er leise.

»Ja, denn das musste ich doch glauben, als du dich zum Pfleger ernennen ließest, statt mich zur Frau zu nehmen.«

Albrecht seufzte. »Es war die schwerste Entscheidung meines Lebens.«

Sie nickte voll Verständnis. »Ich weiß, weil du glaubtest, der Bischof würde seine Drohung wahr machen und mich vor aller Welt der Schande aussetzen.«

»Ja, ich habe ihm geglaubt und mich Tag und Nacht gefragt, ob er zu so etwas fähig wäre.«

Elisabeth schnaubte abfällig durch die Nase. »Oh ja, er ist sowohl fähig als auch willig, alles zu tun, was seinem Machtstreben dient. Er hat die Karte nur noch nicht ausgespielt, weil er dann jeden Einfluss auf dich verloren hätte. Doch keiner weiß, wie lange er deinen erst zaghaften und dann immer deutlicheren Widerstand – in den ich dich getrieben habe – hingenommen hätte.«

»Es tut mir so leid!«

Elisabeth legte den Kopf schief. »Was tut dir leid? Dass ich einen Vater habe, der sich nicht scheut, seine Macht auf der Schande seiner Tochter aufzubauen? Oder dass mein Ritter, der sich mir versprochen hat, der Erpressung nachgab und nun, solange der Bischof lebt, der Kirche verpflichtet ist?«

»Ich bin der Kirche nicht verpflichtet und auch nicht dem Bischof. Nicht mehr.« Seine Stimme klang bitter.

»Was? Ich verstehe nicht.«

»Ich bin kein Pfleger mehr und kein Domherr. Ich bin gar nichts. Ohne Geld und ohne Titel, von allen bereits vergessen.«

»Du bist nicht mehr der Pfleger des Bistums Franken?«, wiederholte Elisabeth ungläubig.

Albrecht nickte. »Ja, so ist es. Das Kapitel und die Edlen von ganz Franken haben sich darauf geeinigt, dass die Fehden eingestellt werden müssen, wenn sie sich schon darauf einlassen, den Bischof für so viele Gulden aus seiner Haft zu befreien. Er soll also – zumindest vorläufig – all seine Rechte als regierender Bischof zurückerhalten und auf die Festung Marienberg zurückkehren.«

»Und du bist das Bauernopfer, das man für diese vordergründige Versöhnung darbringt.«

Albrecht nickte. »So ist es. Ich habe all meine Sachen bereits gepackt und nach Wertheim bringen lassen. Ich selbst jedoch konnte nicht einfach abreisen und dich deinem Schicksal überlassen. Wer weiss, wie schnell es mit der Freilassung geht. Und wer kann schon sagen, was der Bischof mit dir im Sinn hätte, nun, da du nicht mehr der Trumpf bist, den er gegen mich ausspielen kann.«

Sie schwiegen beide, bis ein Lächeln Elisabeths Gesicht erhellte. »Aber wenn du nun nicht mehr der Kirche gehörst, dann ist alles wie früher?«

Er blickte fast ein wenig verlegen drein. »Ja, ich bin wieder Ritter Albrecht, Sohn des Grafen Hans von Wertheim.«

Elisabeth rutschte ein wenig näher an ihn heran. »Wirklich der Ritter, den ich, seit ich ein kleines Mädchen bin, kenne und liebe?«

»Ja! Ich weiss, ich habe dir viel Schmerz zugefügt, und ich habe meine Rechte längst verwirkt. Doch wenn du es möchtest, dann würde mich nichts glücklicher machen, als meinen Schwur nun zu erfüllen, den ich dir mit Freuden gab und den ich nie bereut habe.«

Seine letzten Worte gingen in ihrem Kuss unter, der wohl Antwort genug war. Albrecht erwiderte die Umarmung, und sie küssten sich, bis sie Luft holen mussten. Elisabeth rutschte ein Stück von ihm weg, richtete sich auf und zog sich das noch immer unangenehm feuchte Hemd über den Kopf. Einladend streckte sie die Arme nach ihm aus.

»Willst du nicht auch dein nasses Hemd ausziehen? Komm zu mir und wärme mich in dieser kalten Nacht.«

Zögernd gehorchte er ihr, widerstand aber ihrem Drängen, noch näher heranzurutschen.

»Was ist?« Schmerz und Trauer durchfluteten Elisabeth. »Ist es dieses Jahr meiner Schande, das immer zwischen uns stehen wird?«

Albrecht schüttelte den Kopf. »Aber nein, das ist vergangen. Es war eine Prüfung Gottes, die du ertragen musstest. Wer bin ich, dass ich die Entscheidungen des Herrn infrage stelle?«

»Was hast du dann?«

Er wirkte verlegen wie ein kleiner Junge. »Ich kann nicht näher zu dir kommen. Ich begehre dich einfach schon zu lange, und nun deine nackte Haut zu spüren ist einfach zu viel. Ich kann nichts dagegen tun. Mein Körper will mir nicht gehorchen.«

Elisabeth sah ihn verdutzt an, dann lächelte sie. »Was würdest du für einen schlechten Ehemann abgeben, wenn du mich nicht begehrtest? Auch ich spüre diese mir noch so fremde Hitze. Ich will dir nahe sein und dich überall berühren.«

Bei diesen Worten rutschte sie an ihn heran. Ihre Hände glitten an seinen nackten Schultern herab, über seine kaum behaarte Brust, den flachen, straffen Bauch und über die steif aufgerichtete Männlichkeit, die sich ihrer Hand entgegenreckte.

»Nein, Elisabeth, ich halte das nicht aus«, stöhnte er. »Wir müssen warten, bis wir den Segen haben. Bitte, ich weiß nicht, ob ich so stark sein kann, das zu ertragen.«

Sie kümmerte sich nicht um seine Worte, sondern schob ihren Leib über den seinen. »Der Priester wird es uns nachsehen. Sind wir nicht seit einer Ewigkeit einander versprochen? Ich werde zur Buße ein paar Ave Marias auf meinen Knien beten.« Und dann küsste sie ihn wieder und umschlang ihn mit Armen und Beinen, als könne sie es nicht ertragen, ihn nicht noch näher bei sich haben zu können.

Ein wenig leistete der Ritter noch Widerstand, dann ergab er sich dem Drängen seiner und ihrer Lust. Doch so stürmisch er sie auch an sich presste und küsste, als er dann in sie drang, hielt er sich zurück und ertastete sich langsam und vorsichtig seinen Weg. Beinahe zaghaft bewegte er sich und hielt immer wieder inne, um dann den Rhythmus zu steigern, zu verharren und wieder schneller und stürmischer in sie zu dringen. Als er sich nicht mehr zurückhalten konnte und Elisabeth mit einem Aufstöhnen an sich presste, standen ihr Tränen in den

Augen. Doch dieses Mal waren es Tränen des Glücks. Ja, Gret hatte recht behalten. Die Vereinigung konnte auch dem Weib Lust und Erfüllung bringen, wenn sie in Liebe und Zärtlichkeit geschah. Elisabeth lächelte noch, als das Binsenlicht erlosch und sie an seine Brust gekuschelt vor Erschöpfung einschlief.

In der Nacht flaute der Wind ab, dann hörte es auf zu schneien. Die ersten Risse zeigten sich in der Wolkendecke, und nach und nach blitzten die ersten Sterne am Firmament auf. Als sich die Sonne am Morgen über den östlichen Horizont erhob, setzte sie die weite, noch unberührte Schneedecke für einige Augenblicke in rötliche Flammen. Höher und höher stieg sie auf. Der Himmel wandelte sich von blassem Rosa zu tiefem Blau, während die Wälder und dick verschneiten Wiesen wie mit Edelsteinen übersät unter der Sonne glitzerten.

Albrecht stieß die Scheunentür auf und führte das Pferd hinaus. Elisabeth folgte ihm. Mit einem Aufschrei des Entzückens blieb sie stehen und ließ den Blick über die weite Landschaft schweifen.

Albrecht trat hinter sie und legte die Arme um ihren Leib.

»Lass uns gehen.«

»Weißt du denn wohin? Haben wir denn noch einen Platz auf dieser Welt, der uns Sicherheit und Wärme schenkt?«

Albrecht lächelte. »Zuerst nach Wertheim. Dort werden wir freundlich aufgenommen. Mein Vater und der Oheim sind zwar wütend, aber sie geben mir nicht die Schuld daran, meiner Stelle als Pfleger enthoben worden zu sein.«

»Haben sie denn keine andere Braut für dich im Sinn?«, fragte Elisabeth bang.

Albrecht hob die Schultern. »Bevor ich aufbrach, dich zu suchen, habe ich ihnen gesagt, dass ich keine andere heiraten werde.«

»Und? Wie haben sie reagiert?«

Albrecht sah sie nachdenklich an. »Seltsam. Ich dachte,

mein Vater würde Himmel und Hölle in Bewegung setzen, um das zu verhindern, doch stattdessen neigte er nur den Kopf und trug mir auf, dir seine freundlichen Grüße zu übersenden.«

Elisabeth verstand. Der Graf hatte versprochen, es ihr nicht zu vergessen. Er war ein Ritter, wie sein Sohn, auf dessen Wort man sich verlassen konnte.

Sie umarmte Albrecht. »Ja, dann lass uns nach Wertheim reiten.«

Plötzlich stieg Thomas' Bild vor ihr auf. Er lächelte und nickte ihr zu. Stumm sandte sie einen Gruß in die Ferne, wo auch immer er sich auf seiner Reise gerade aufhalten mochte. Er hatte ihren Weg gesehen, als sie selbst nicht mehr an ihn glauben konnte. Das Gefühl von Wärme und Geborgenheit, das sie in der Nähe des Apothekers so oft verspürt hatte, hüllte sie ein, und sie dankte ihm von Herzen.

Albrecht hob sie auf sein Pferd und lächelte zu ihr hinauf. »Du wirst eine freudige Überraschung vorfinden, wenn wir auf der Burg eintreffen. Ich habe mir erlaubt, Gret und Jeanne vorauszuschicken. Sind sie nicht deine persönlichen Mägde, auf die du nicht verzichten willst?«

Ihr Herz machte einen freudigen Satz. »Sind sie wohlauf?«

»Ja, bei bester Gesundheit, doch stets in Sorge um dich. Sie haben die Nacht auf der Zeller Steige unbeschadet überstanden.«

Elisabeth sandte ein stummes Dankesgebet an die Heilige Jungfrau, während sich Albrecht hinter ihr in den Sattel schwang.

Das Pferd hatte kaum ein paar Schritte getan, als eine Gruppe Bewaffneter am Waldrand auftauchte.

»Sieh nur, meine Männer haben uns gefunden.« Er winkte ihnen zu, und die Geharnischten ritten ihnen entgegen. Als sie näher kamen, erkannte Elisabeth einige von Albrechts Getreuen, die sichtlich erleichtert waren, ihren Herrn und die

Gesuchte wohlbehalten aufzufinden. Zu Elisabeths Erstaunen führten sie auch das Pferd mit sich, das sie von Burg Reicheneck hierhergebracht hatte. Elisabeth glitt von Albrechts Schlachtross und ließ sich in ihren eigenen Sattel heben. Strahlend sah sie zu Albrecht hinüber.

»Und nun lass uns nach Wertheim reiten. Es wird Zeit heimzukehren.«

Epilog

Am Tag nach St. Gregor, dem 18. März 1439, wurde Bischof Johann II. von Brunn aus seiner Haft befreit, nachdem mehrere Dutzend Junker und hohe Kirchenmänner sich für die Schuldzahlung der sechsundzwanzigtausend Gulden verbürgt hatten. Das Stift Würzburg befand sich in einer aussichtslosen Lage. Inzwischen waren alle Städte und Ortschaften, Schlösser und all deren Einkünfte verpfändet. Lediglich der Weinguldenzoll war dem Bischof auf einige Jahre noch geblieben. Und die Gläubiger des Stifts wurden nicht müde, Tag für Tag auf Rückzahlung zu drängen. Nicht wenige von ihnen griffen zur Selbsthilfe, fingen wahllos Bürger und Kirchenleute und schätzten sie auf das Härteste. Wer nicht bezahlen konnte oder wollte, riskierte, sein Leben elendig in einem Kerker zu beschließen.

An Albrecht von Wertheims statt wurde nun Herzog Sigmund von Sachsen Pfleger und möglicher Nachfolger des Bischofs. Hans von Grumbach schäumte vor Wut. Wieder waren seine Pläne durchkreuzt worden. Was für eine Wahl! Es war der Herzog Friedrich von Sachsen, der auf die Ernennung seines dritten Sohnes drängte und all seinen Einfluss und seine Macht in die Waagschale warf. Hans von Grumbach konnte es nicht fassen. Sigmund war völlig untauglich zu regieren! Er galt als geistesschwach, und das wusste sein Vater sehr genau. Hatte er ihn nicht aus diesem Grund in den geistlichen Stand gedrängt und ihm eine Domherrenpfründe beschafft?

Doch sosehr sich der Propst auch ereiferte, Sigmund von Sachsen wurde zum Pfleger auf Lebzeiten Bischof Johanns bestimmt.

Lange sollte er dieses Amt nicht innehaben. Der Bischof verließ bereits als schwer kranker Mann sein Gefängnis auf Burg Reicheneck. Ein offenes Geschwür am Schenkel peinigte ihn und warf ihn aufs Krankenbett. Da war es ihm kein rechter Triumph, auf die Marienfestung zurückzukehren. So siechte er dort seine letzten Tage, bis ihn am 9. Januar im Jahre 1440 in seinem achtzigsten Lebensjahr der Tod ereilte, noch ehe Sigmund von Sachsen Würzburg erreichte und seine Aufgabe als Pfleger in Angriff nehmen konnte.

Sigmund trat die Nachfolge des Bischofs an, brachte den Bewohnern Frankens aber kaum mehr Freude als der verstorbene Bischof von Brunn. Immerhin dankte er bereits nach drei Jahren ab und überließ den Bischofsstab Gottfried IV. Schenk von Limpurg. Hans von Grumbach musste sich bis 1455 gedulden, bis sein lang gehegter Traum endlich in Erfüllung ging und er Gottfried von Limpurg beerbte. Auch diesen Bischof hatte er zeit seines Lebens massiv bekämpft und war auch nicht vor einem Mordkomplott zurückgeschreckt. Nach elf Jahren auf dem Bischofsthron starb Hans von Grumbach im Jahr 1466.

Wichtige Personen

Elisabeth:	Tochter des abgesetzten Bischofs Johann II. von Brunn und der Ratsherrenfrau Catharina Suppan.
Georg:	Elisabeths Bruder, von seinem Vater ignoriert zieht er es vor, als Fernhandelskaufmann sein Glück zu versuchen.
Thomas Klüpfel:	Freund von Georg, Kaufmann und Apotheker aus Bamberg.
Gret:	Elisabeths Dienerin und Freundin, groß und knochig mit roten Haaren und Sommersprossen, intelligent und nicht auf den Mund gefallen.
Jeanne:	Elisabeths Kammermädchen und Freundin. Eine mollige Französin mit schwarzem Haar und dunklen Augen.
Johann II. von Brunn:	Abgesetzter Bischof von Würzburg, der das Leben in allen Zügen auskostet und mit seiner Verschwendungssucht für viel Ärger sorgt.
Geradina:	Geliebte des abgesetzten Bischofs von Brunn, die seine Verbannung mit ihm teilt.

Friedlein:	Hofnarr des abgesetzten Bischofs von Brunn. Ein schlauer Kopf, der mehr sieht und von Politik versteht, als für ihn vielleicht gut ist.
Johann von Wertheim:	Vom Domkapitel eingesetzter Pfleger des Bistums.
Albrecht von Wertheim:	Domherr, jüngerer Bruder von Johann von Wertheim, früher Ritter im Gefolge des Bischofs, dann Nachfolger seines Bruders.
Hans von Wertheim:	Graf, Vater von Johann und Albrecht von Wertheim. Hat hohe Pläne für seine Söhne.
Michael von Wertheim:	Onkel von Johann und Albrecht von Wertheim, Bruder von Graf Hans von Wertheim, erklärter Gegner des albbesetzten Bischofs.
Hans von Grumbach:	Dompropst mit großen Plänen, den Elisabeth berechtigt fürchtet und hasst.
Reichard von Masbach:	Domdechant, erbitterter Gegner von Johann von Brunn.
Meister Thürner:	Henker der Stadt.
Else Eberlin:	Auch Eselswirtin genannt. Frauenhauswirtin und Meisterin über die Dirnen des städtischen Frauenhauses.

Glossar

Amber: oder auch Bernstein ist ein gelber Schmuckstein aus fossilem Harz. Er ist kein Mineral oder Gestein, obgleich er zu den Schmucksteinen gezählt wird.

Atzung: Mahlzeit, Speisung. In der Jägersprache auch Belohnung, die dem Greifvogel für eine erfolgreiche Jagd im Tausch gegen die Beute gegeben wird.

Barbakane: Tor einer mittelalterlichen Burg, das dem eigentlichen Tor vorgelagert ist und als zusätzliches Verteidigungswerk dient.

Basilika: Grundform der Kirchenbauten im frühen Mittelalter mit einem Hauptraum, der durch zwei Säulenreihen in drei Schiffe geteilt wird, und einer Apsis für den Altar als Abschluss. Später auch mit einem Querschiff als Kreuzbasilika.

Bergfried: Schutz- und Wachturm einer Burg. Höchster Turm und letzte Rückzugsmöglichkeit der Burgbewohner bei einem Angriff. Daher liegt der einzige Zugang meist

	in 8 oder 10 Meter Höhe und kann nur über eine leichte Außenholztreppe erreicht werden, die bei Gefahr entfernt werden kann.
Brandschatzen:	Erpressung von Geld oder anderen Gütern durch die Androhung, bei Nichtbezahlen einen Brand zu legen und zu plündern. Städte zu brandschatzen war lange Zeit im Mittelalter bis in den 30-jährigen Krieg übliches Kriegsmittel.
Brokat:	Gemustertes Gewebe aus Seide, zu dessen Musterbildung auch Gold- und Silberfäden dienen.
Bursnerin:	Wirtschafterin im Kloster, verwaltet die Gelder.
Damast:	Webtechnischer Ausdruck für ein Seiden-, Leinen- oder Wollgewebe, dessen Muster durch den Wechsel von Kett- und Schussbindungen zustande kommt.
Devotionalien:	Gegenstände zur religiösen Andacht, wie Heiligenbilder, Kreuze, Rosenkränze und Spruchtafeln. Zentren des Devotionalienhandels waren Wallfahrtsorte.
Domherr:	Meist adelige Beamte eines geistlichen Fürsten. Als Domkapitulare werden die geweihten Domherren bezeichnet.
Fehde:	Regelung von Rechtsbrüchen direkt zwischen Verursacher und Geschädigten. Eine Fehde musste formell angekündigt werden, nur

	dann waren z.B. kriegerische Akte toleriert.
Frauenhaus:	Städtisches Freudenhaus.
Freie Weiber:	Prostituierte, Dirne.
Greden:	Die Stufen vor dem Würzburger Dom, auf denen reger Handel betrieben wurde.
Häcker:	Arbeiter in den Weinbergen, dessen Hauptaufgabe es während des Jahres war, das Unkraut um die Weinstöcke zu entfernen und den Boden zu lockern und im Herbst die Trauben zu ernten.
Haube:	Kopfbedeckung von Männern und Frauen; bei Frauen entwickelte sich die Haube aus dem Gebende, Risew und Schleier. Eine Haube war für verheiratete Frauen vorgeschrieben.
Heimliches Gemach:	Toilette.
Hellebarde:	Etwa zwei Meter lange Hieb- und Stichwaffe mit einer Stoßklinge, einem Beil und einem Haken.
Hintersasse:	Arme Bewohner der Stadt, die meist kein Bürgerrecht hatten und zur Untermiete in einer Dachkammer oder in kleinen Stuben im Hinterhaus wohnten.
Junker:	Die Adeligen nannten sich ab dem späten Mittelalter Junker oder Edelmann.
Kapitular:	Katholischer Priester, der mit anderen Kapitularen in einer Gemeinschaft lebt und eine be-

	stimmte Aufgabe an einem Dom oder Münster zu versehen hat.
Kirchhof:	Der Kirchhof war im Mittelalter auch immer Friedhof, da man so nah wie möglich an der Kirche in geheiligter Erde begraben werden wollte.
Majolika:	Wertvolle Keramik aus Mallorca, die im Gegensatz zu normaler unglasierter Töpferware weniger flüssigkeitsdurchlässig war. Die Oberfläche war durch eine undurchsichtige zinnhaltige Bleiglasur veredelt.
Moschus:	Duftstoff aus den Bauchdrüsen des Moschushirsches.
Offizin:	Werkstatt oder Arbeitsraum, später auch für den angeschlossenen Verkaufsraum bei Apotheken und Buchdruckereien verwendet.
Palas:	Wohngebäude auf einer Burg, in dem die Familie des Burgherrn lebt.
Rock:	Kleidartige Oberbekleidung für Männer und Frauen.
Schwibbalken:	Balken, der über eine Aufhängung als Hebel wirkt, um zum Beispiel einen schweren Mörser zu bedienen.
Tatz / Datz:	Steuer, ursprünglich nur für eine bestimmte Zeitperiode eingeführte zusätzliche Umsatzsteuer, in Würzburg wurde die Tatz allerdings zur Dauereinrichtung.

Terra sigillata:	Siegelerde – noch halbfeuchte Erde, in die ein Siegel gepresst wurde, um Fälschungen zu verhindern. Als Heilerde angewendet. Die berühmteste stammt aus Lemnos, einer Insel im Ägäischen Meer, und sollte gegen Pestilenzen wirken.
Terzel:	Männlicher Greifvogel, meist ein Drittel kleiner als die weiblichen Vögel, daher auch schlanker und schneller.
Urfehde:	Jeder Verurteilte oder auch Freigesprochene musste schwören, das Urteil anzuerkennen, und versprechen, niemandem, der mit dem Prozess zu tun hatte, Schaden zuzufügen.
Verpissen:	Abdichtung der Treibladung in einer Steinbüchse.
Verschoppen:	Verdämmen der Kugel einer Steinbüchse im Flug, das heißt, die Kugel wurde mit Keilen und Lehm im Lauf der Kanone so befestigt und abgedichtet, dass möglichst wenig Luft vorbeiströmen konnte und daher nichts von der treibenden Wirkung der Ladung verloren ging.
Wams:	Obergewand der Männer. Im 14. und 15. Jhd. eng anliegend und oft wattiert.
Warte:	Beobachtungsturm.
Zehnt:	Zehnprozentige Steuer oder Abgabe, die der Kirche zustand. Es

gab beispielsweise den großen Zehnt auf Getreide oder Großvieh oder den kleinen Zehnt auf Geflügel und Gemüse.

Dichtung und Wahrheit

Wie in allen meinen historischen Romanen ist meine Hauptfigur erfunden. Elisabeth, die Tochter des Bischofs, gab es nicht. Ihren Vater Bischof Johann II. von Brunn allerdings schon, und sein Leben ist sehr gut dokumentiert.

In seiner *Chronik der Bischöfe von Würzburg* beschreibt Lorenz Fries die Streitereien zwischen Domkapitel, Rat und Bischof Johann II. von Brunn. Unzählige Begebenheiten sind von ihm akribisch gesammelt und auf fast zweihundertfünfzig Seiten ausführlich dargestellt. Das geht los mit den 15.000 Gulden, die sich der Bischof von Ritter Hans von Hirshorn geliehen hat und die er dann für seinen teuren Lebenswandel verschwendete. *»Dem Domkapitel spiegelte Johann vor, er wolle mit diesem Anleihen den Antheil des Stiftes an Kitzingen auslösen; in der That geschah aber dieses keineswegs und das Geld wurde ohne Nutzen für das Stift verschwendet.«*

Detailliert geht Lorenz Fries auf die Streitereien mit Stadt und Kapitel und die versuchten Vermittlungen ein, bis der Streit 1428 eskalierte, als Johann II. von Brunn ein Heer vor der Stadt zusammenziehen ließ. Ein Heer seiner Gläubiger, die ihr Geld nun von den Bürgern und dem Stift zurückfordern sollten.

Doch nicht nur seine Verschwendungssucht und seine königliche Hofhaltung mit Turnieren, Tanz, Banketten und Jagden wurden immer wieder vom Domkapitel beklagt. Auch seine Vorliebe für Frauen brachte ihm scharfe Kritik ein.

Lorenz Fries schreibt über Bischof Johann II. von Brunn: *»...auch mit unzüchtigen Weibern und... Ehefrauen, zuvo-*

raus mit Hanßen Suppans Haußfrauen Catharin g(e)nannt, mit (d)er er etliche Kinder gezeugt, [e]in sch[ä[ndlich [ä]rgerlich Leben zu f[üh]ren...«

Bischof Johann kümmerte die Kritik nicht. Er hielt bis ins hohe Alter an seinem ausschweifenden Leben fest und verpfändete und verschuldete das Bistum so sehr, dass es am Ende nur noch wenige Gulden einbrachte.

Auch die Entmachtung des Bischofs zog sich über einen längeren Zeitraum hin, bis 1433 Graf Johann von Wertheim endlich als Pfleger eingesetzt werden konnte und sich der Bischof auf den Zabelstein zurückziehen musste. Dort wurde es ihm schnell langweilig, außerdem reichten ihm die 3.000 Gulden, die das Kapitel ihm jährlich zuteilte, bei weitem nicht. So begann er, an seiner Rückkehr zu arbeiten.

Pfleger Johann von Wertheim starb nach wenigen Wochen im Amt nach einem Mahl im Kloster Kitzingen. Das Gerücht, Johann von Brunn habe ihn vergiften lassen, hielt sich. Es wurde zu diesem Vorfall von Meistersänger Bernkopff sogar ein Gedicht verfasst, und Pfarrer Reinhart aus Emskirchen wurde der Behauptung wegen mit einer Geldstrafe belegt.

Danach wurde Johanns Bruder Albrecht von Wertheim Pfleger des Bistums. Warum er sich überreden ließ, einen Vertrag zu siegeln, der Bischof von Brunn einen Teil seiner Regierungsrechte zurückgab, und er selbst auf eine Nachfolge als Bischof verzichtete, ist nicht bekannt. Vielleicht war der noch recht junge Domherr mit der Aufgabe einfach überfordert. Allerdings war er dann doch nicht bereit, Johann von Brunn die Festung Marienberg wieder zu überlassen. Es schlugen sich immer mehr Domherren wieder auf die Seite des abgesetzten Bischofs, die Bürger der meisten Städte, allen voran Würzburg, blieben jedoch hart. So ließ der Bischof Würzburg 1435 vergeblich belagern und verheerte die Felder und Weinberge. Auch die Episode in Ochsenfurt, als Dechant Masbach die abtrünnigen Domherren zurückholen will, ist sehr genau in der Chronik beschrieben, genauso wie die beiden Belagerungen der Stadt durch Johann von Brunn. Selbst die fruchtlose Belagerung Karlstadts durch den Oheim des Pflegers, Graf Michael von Wertheim, und die Katastrophe auf der Zeller Steige ist überliefert. Die Chronik spricht davon, dass sechzig der Gefangenen danach in den Kerkern des Zabelsteins, von Hasfurt und Geroldshofen, Schwarzach und Iphofen verschmachtet sind. Diese ganzen Vorfälle haben sich allerdings in einem Zeitraum von vier Jahren ereignet, währenddessen Abgesandte des Kirchenkonzils von Basel die Vorfälle untersuchten und immer wieder Vertreter sandten. Viele der Schreiben und Gegenschreiben der Parteien sind überliefert und zeigen die Ereignisse aus dem jeweiligen Blickwinkel. Graf Michael von Wertheim war übrigens über die Vorwürfe, die der Bischof gegen ihn erhob, so erzürnt, dass er ihn vor den Richterstuhl forderte. Er selbst gehörte zu den »Wissenden«, den angesehenen Schöffen des westfälischen Gerichts. Natürlich weigerte sich Johann von Brunn zu erscheinen. Graf Michael verhängte daraufhin Acht und Bann über ihn und sandte ein paar Reiter, die dem Bischof auflauern und ihn als Geächteten und Verfemten aufhängen sollten. Der Bischof war allerdings schon abgereist.

1437 kam es zur Aussöhnung des Pflegers von Wertheim mit dem Bischof, und dieser kehrte zum Marienberg zurück. Albrecht stimmte seiner Entlassung zu und verzichtete sogar auf den Leibding von 200 Gulden, woraufder Bischof im Gegenzug die Schulden übernehmen musste, die der Pfleger in seiner Amtszeit gemacht hatte. Graf Michael von Wertheim dagegen war nicht zu einer Aussöhnung bereit.

Johann von Brunn ließ sofort den – aus seiner Sicht – abtrünnigen Domherrn Friedrich Schoder gefangen nehmen und kerkerte ihn auf dem Marienberg ein. Der Randesacker Turm wurde daraufhin Schodersturm genannt. Erst der Nachfolger Bischof Sigmund entließ ihn drei Jahre später aus seiner

Haft. Dies und einige folgende Fehden und Eroberungen des Bischofs habe ich im Roman weggelassen.

Am 7. Dezember 1438 wird der Bischof bei Elsendorf von Ritter von Hirshorn gefangen genommen. Diese Episode ist in der Chronik sehr genau beschrieben, und hier werden auch die Mitgefangenen Kaplan Berthold und des Bischofs Hofnarr Friedlein erwähnt. Am 18. März 1439 wird er aus der Haft auf Burg Reicheneck entlassen, nachdem Ritter und Kirchenmänner Frankens Schuldverschreibungen über sechsundzwanzigtausend Gulden ausgestellt haben. Allerdings dauerte es bis zu den Zeiten Bischof Rudolfs, bis die Herren von Hirshorn die Gesamtsumme der Schuldverschreibungen eingelöst bekommen hatten. Rudolf II. von Scherenberg war ein Nachfolger Johanns III. von Grumbach und regierte von 1466 bis 1495.

Der Bischof kehrte zum Marienberg zurück und nahm sein verschwenderisches und auch kriegerisches Leben trotz Krankheit und hohen Alters wieder auf. Ein offenes Geschwür am Schenkel warf ihn kurz darauf aufs Krankenbett. Derweil wurde nach einem Nachfolger für Pfleger Albrecht von Wertheim gesucht. Die Wahl des geistesschwachen Sigmund von Sachsen war sicher keine kluge. Das Domkapitel beugte sich der Macht Herzogs Friedrichs von Sachsen und hoffte wohl, den Pfleger leicht in ihrem Sinne lenken zu können.

Pfleger Sigmund war noch nicht auf dem Marienberg eingetroffen, als Bischof Johann II. von Brunn am 9. Januar 1440 in seinem achtzigsten Lebensjahr auf dem Marienberg starb.

Hans (bzw. Johann) von Grumbach war ein ehrgeiziger und machtgieriger Mensch, dem jedes Mittel zur Erreichung seiner Ziele recht war. Er musste noch eine ganze Weile warten, bis sein größter Wunsch, Bischof von Würzburg zu werden, in Erfüllung ging. Noch zwei Bischöfe sah er kommen und gehen – Sigmund von Sachsen 1440–1443 und Gottfried IV.

Schenk von Limpurg 1443–1455 –, bis er 1455 endlich zum Bischof gewählt wurde und dann für elf Jahre dieses Amt innehatte. Wer mehr über Hans (Johann) von Grumbach und die Würzburger Intrigen seiner Zeit erfahren möchte, dem empfehle ich meinen Roman *Die Maske der Verräter*.

Danksagung

Und wieder hat mich mein Weg nach Würzburg geführt, um herauszufinden, wie es mit dem unbequemen Bischof von Brunn weiterging. Die Grundlagen der Stadtgeschichte stammen von Angelika Riedel von der Würzburger Stadtbücherei, dem Kastellan Stephen Jüngling, der mir die Festung Marienberg nähergebracht hat, und Dr. Ulrich Wagner mit seinen Mitarbeitern im Stadtarchiv Würzburg. Dieses Mal war ich aber auch in der Umgebung unterwegs, in Ochsenfurt, Kitzingen und Karlstadt, und habe dort in den Büchereien und Stadtmuseen viel freundliche Unterstützung erfahren. Allen Mitarbeitern ein herzliches Dankeschön.

Vielen Dank auch an meine guten Seelen Thomas und Mariam Montasser, die mir mit ihrer Agentur den Rücken freihalten und immer für dringend benötigte Aufmunterung zur Stelle sind.

Ganz lieben Dank an meinen Mann Peter Speemann, der wie immer als Technikengel für einen reibungslosen Ablauf sorgt und auch sonst gelegentliche Aufbauarbeiten leistet.

Und dann möchte ich natürlich nicht versäumen, mich bei meiner Verlegerin Silvia Kuttny-Walser zu bedanken und bei meiner neuen Programmleiterin Nicola Bartels, mit der die Zusammenarbeit auf Anhieb so reibungslos geklappt hat. Danke auch an alle Mitarbeiterinnen und Mitarbeiter von Blanvalet in der Presseabteilung, dem Veranstaltungsmanagement, in Herstellung und Vertrieb und den anderen Abteilungen, die dazu beitragen, dass »Das Antlitz der Ehre« nun durchstarten kann.

»Ein wunderbar atmosphärisch dichter Mittelalterkrimi mit einer hinreißenden Heldin!«
MDR

448 Seiten. ISBN 978-3-442-37669-8

Alyss' Neffe Tilo und der Geschäftspartner und Freund des Hauses, John of Lynne, wurden auf der Überfahrt über die Nordsee von Vitalienbrüdern entführt. Bang fragt Alyss sich, ob sie sich aus eigener Kraft aus den Fesseln der Piraten befreien können. Und auch in Köln droht schreckliche Gefahr: Ein Mann mit Wolfsmaske schleicht durch die Gassen und stellt Frauen nach. Eines Tages schleppt sich die junge Inse schwer verletzt vor Alyss' Hof. Mit letzter Kraft haucht sie noch: »Ketzer ...«

Lesen Sie mehr unter: **www.blanvalet.de**